KB054472

문화문자학

문화문자학

류지성(劉志成) 저

임진호 · 김하종 역

문현
MUN HYEN

들어가며

　이 책은 저자가 그 동안 진행해 온 연구의 최종 성과물이며, 한자와 문화를 키워드로 하는 다양한 관점을 싣고 있다. 문화가 한자에 어떻게 내재해왔는지 한자는 문화를 어떻게 표현해 내었는지에 대한 심도 있는 분석을 통해 한자와 문화와의 관계를 규명하였다.

　우리는 흔히 19세기가 정치의 시대였다면 20세기는 경제의 시대였다고 말한다. 그럼 21세기는 무엇이 화두일까? 대부분의 미래학자들은 주저 없이 문화를 21세기의 키워드로 꼽는다. 지식기반사회에서 문화인은 마라토너의 속내를 읽듯이 문화 현상의 속성, 즉 정체성을 읽어내는 다각적인 시각을 필요로 한다. 정체성을 고정되거나 단일한 것으로 간주하기 보다는 때로는 복잡하고 미묘하게 때로는 다양하고 진지하면서도 깊고 폭 넓게 읽어야 한다. 그리고 읽어 낸 의미들을 삶의 현장에서 실천하고 타인들과 공유하는 소통적 인간으로 거듭나야 한다. 여기에 문자는 필수적인 메신저이다. 문자는 언어를 기록하는 시각적인 부호이자 사상과 생각을 전달하는 도구인 동시에 언어를 공간적 시간적으로 전달하는 기능을 가지고 있어 특정 국가나 지역의 문화성숙도를 나타내는 지표가 될 뿐만 아니라 축적된 문화를 후대에 전달하는 주요 도구로 활용된다.

　중국의 전통문자학은 『설문해자』를 위주로 문자의 기원, 육서, 자체의 변화 등을 다루었고, 이러한 경향은 청대에 와서 최고조에 이르렀다. 민국

초 장태염章太炎에 이르러 전통적으로 '소학'이라 불려왔던 말을 대신해 '언어문자학'이라는 명칭을 제창하였고, 이후 그의 제자인 전현동錢玄同과 주종래朱宗萊가 '문자학'이라는 명칭을 정식으로 제기함으로써 '문자학'이라는 명칭이 오늘날까지 사용되고 있다.

1950년대에 들어서 중국의 문자학사에 문화문자학이라는 새로운 학문영역이 등장하는데, 이는 문화학적 관점을 가지고 이러한 문자의 종류 및 그에 대한 역사, 표기법의 원리, 표기법으로 실현되는 문자 언어의 현상과 특징 등을 연구하는 학문이다. 서방에서는 19세기에 문화문자학 연구가 시작되어 20세기 초에 이르면 이에 대한 인식이 더욱 확고해지는데, 당시 연구에 참여한 인류학자들 가운데 적지 않은 이들이 언어학자였던 까닭에 민족, 문화, 언어라는 세 가지 측면에서 문자학을 연구하였다.

중국에서 문화언어학의 출발은 비교적 늦은 편이다. 1950년 처음으로 문화문자학적 관점에서 논술한 나상배羅常培의 『언어와 문화』가 발표되었으나 세인의 관심을 끌지 못하였다. 그 후 80년대 이르러 주진학周振鶴과 유여걸游汝傑의 『방언과 중국문화』가 출판되면서 중국의 문화언어학은 새로운 단계로 접어들게 되었는데, 이에 대해 유지성은 서문에서 "80년대 중기 문화언어학의 열기에 편승하여 문화문자학이 흥기하였다."고 밝히고 있다. 이처럼 당시 문화문자학에 대한 연구영역이나 명칭, 연구대상이나 범위에 대해 학계로부터 명확하게 공인된 것은 없었지만, 이만춘李萬春의 『한자와 민속』, 조선탁曹先擢의 『한자문화만필』, 하구영何九盈의 『한자문화대관』, 장극화臧克和의 『설문해자의 문화해설』 등의 관련 논저가 등장하였고, 1991년과 1994년 왕녕王寧은 『한자와 문화』, 『설문해자와 한자학』 등을 발표하면서 한자와 문자와의 관계에 대한 요지와 한자문화학에 대한 정의 및 그 범위를 언급하였는데, 그의 견해는 이후 문화문자학을 한자학의 갈래로 확정짓는 계기가 되었다.

1995년에 유국은劉國恩이 한자의 문화적 의미와 한자와 문화의 관계를 밝히고, 한자의 과거와 현재, 그리고 미래를 고찰하여 한자의 현대화를 촉진시키는 것을 목적으로 하는 한자문화학의 성립을 제의하였으며, 같은 해 하구영이 『중국한자문화대관』을 편찬하면서 한자문화학과 기타학과의 관계를 체계적으로 논술하고, 이와 동시에 "한자문화학이란 한자를 중심으로 하는 하나의 다주변 교차학과"라고 정의를 내렸다. 이 말에는 두 가지 의미가 함축되어 있다. 하나는 한자를 하나의 부호체계이자 정보체계로 삼아 그 자체에 가지고 있는 문화적 의미를 밝혀내는 것이고, 또 하나는 한자와 중국문화의 관계를 밝히는 것으로, 다시 말해서 한자로부터 중국문화에 대한 연구를 시작하며, 문화학의 각도에서 한자를 연구한다는 의미를 가지고 있다. 이후 하구영은 『한자문화학』을 출간하고, 왕녕과 함께 연명으로 한자문화학은 풍부한 문화적 정보를 담고 있는 새로운 학문이라고 천명하였다.

저자가 서문에서 밝히고 있듯이 문화문자학은 두 가지 내용을 포함하고 있는데, 하나는 문화의 관점에서 한자에 대한 기원과 이에 대한 변화와 발전 규칙, 그리고 구조형성에 대한 작용을 연구하는 것이고, 다른 하나는 문자의 각도에서 중국문화에 대한 한자의 성질과 기능의 응용정도, 중국문화에 대한 한자의 반영과 작용을 탐구하고 이로부터 한자의 미래를 판단하는 것이다. 저자는 이를 근거로 본서를 두 부분으로 나누어 서술하였다. 전반부는 문화문자학에 관한 이론을 다룬 한자의 발생, 성질, 구조, 기능, 전망 등을 분석하였으며, 후반부에서는 중국민족의 기원, 생존 환경, 경제발전, 가족혼인, 거주지와 의식, 과학, 예술 등의 문화적 요소가 한자에 어떻게 반영되었는가를 연구 분석하였다.

이러한 내용을 종합해 보면 문화문자학 연구의 궁극적인 목적은 당시

사회와 문화적 환경을 이해하는 데 있다고 할 수 있다. 다시 말해서 설문해자를 중심으로 연구하는 전통문자학의 범위를 뛰어넘어서 고문자에 대한 연구 성과와 전적에 대한 독서 경험, 그리고 설문에 대한 연구 성과를 종합적으로 연구하는 새로운 학문 영역으로 정의내려 볼 수 있을 것이다.

현재 중국을 비롯한 여러 나라에서 문화문자학과 관련된 서적과 논문이 지속적으로 나오고 있어 향후 이 분야의 긍정적인 발전이 기대된다. 이제 한자 연구는 저장되고 축적된 지식이 아니라 기존의 지식을 새롭게 가공하고 재배열할 수 있는 능력을 의미한다. 중국뿐만 아니라 우리나라에도 일고 있는 문화와 문자학의 변동은 어느 날 갑자기 일어난 것이 아니라 한자에 대한 새로운 인식을 바탕으로 우리 자신의 정체성을 지켜내고 확장시키고자 하는 미적 체험의 일환이라고 할 수 있다.

그동안 문자학에 관한 훌륭한 역작들이 많이 등장하였지만, 이 책은 저자가 문화문자학이라는 명칭아래 문화와 문자의 관계를 독자들이 쉽게 이해할 수 있도록 소개한 최초의 책자이다. 하지만 역자 능력의 한계와 시간에 쫓겨 서둘러 번역을 끝내다보니 미숙하고 부족하다는 아쉬움이 남는다. 이 역서를 보시는 모든 분들의 따뜻한 충고와 매서운 질타를 기다리며 향후 지속적으로 보완과 개정에 힘쓸 것을 약속드린다.

끝으로 이 책의 번역을 허락해 주신 저자 유지성 선생께 진심으로 감사의 말씀을 드리며, 이 책의 기획과 출판을 맡아 고생해 주신 한신규 사장께 감사드린다. 특히 언제나 말없이 헌신적으로 뒷바라지 해준 부모님과 가족에게 머리 숙여 감사드린다.

2011년 5월
동학골에서 임진호

『한자와 화하문화』 서

1978년 '문화대혁명'이 끝난 이듬해부터 나는 다시 한어사漢語史를 전공하는 대학원생을 모집하기 시작하였다. 나와 엄수嚴修 교수가 공동으로 학생 3명을 모집했는데, 그 가운데 동북인이 한 명 있었다. 그가 바로 유지성劉志成이었다. 강의가 시작되었지만 그는 남방 발음이 섞인 내 보통화普通話 발음을 제대로 알아듣지도 못하는 상황 속에서 고음의 청탁淸濁·입성入聲을 무턱대고 외워서 구분할 수밖에 없었으니, 음운학 공부에 대한 지성의 어려움을 가히 짐작해볼 수 있을 것이다. 하지만 그는 대학원 수업을 꾸준히 수강해 나가면서 외국어 세 과목은 물론, 『서주금문사대계도록고석西周金文辭大系圖錄考釋』과 『금문고림金文詁林』을 통독하고, 『금문편金文編』을 필사하는 열정을 보여주었다. 그가 나에게 상고음上古音과 고문자를 연계해 연구하고 싶다는 견해를 피력했는데, 마침내 강한 의지력으로 모든 학습 과정을 우수한 성적으로 수료하고 『양주금문음계적성모계통兩周金文音系的聲母系統』을 주제로 논문을 완성하고 석사학위를 수여받았다.

그는 졸업 후 무한武漢의 화중공학원華中工學院(지금의 화중이공대학華中理工大學) 언어연구소에서 일하면서 3년간 전국의 유명 도서관들을 찾아다니며 2,000종의 문자학 서적을 열람하여 백 만여 자에 달하는 방대한 자료를 수집해 대학원에 『중국문자학발전사中國文字學發展史』를 개설하고 학생들에게 강의를 하였다. 그는 1984년 사천四川사범대학으로 자리를 옮겨 중문과 학생들에게 고대한어・문자학・훈고학 등의 과목을, 대학원생들에게는 한어음운학연구도론・문화문자학・언어학연구방법서론을 강의하면서, 몇 권의 저서를 저술하였으며 현재 부교수가 되었다. 그가 걸어온 길을 돌이켜 볼 때 그가 얼마나 치밀하게 고대한어를 연구했는지 그의 학문적 태도를 엿볼 수 있을 것이다. 이제 나는 그의 지도교수로서 그의 학문 발전에 진심으로 기쁜 마음을 금할 수가 없다.

본인은 1923년에 『문자상지고대사회관文字上之古代社會觀』(『국학총간國學叢刊』 1권 2기)이라는 문장을 한 편 발표한 적이 있었는데, 이 문장에서 "세계에서 형상문자를 말하는 자에게는 반드시 우리나라를 추천하고자 한다. 즉 이 문자에는 진실로 선사시대의 선민들의 자취가 묻어있거늘, 어찌 이를 활용하여 정사政事와 풍속의 대강과 사책史策의 내용을 보충하려 하지 않는가!"라는 견해를 주장한 바 있다. 이후 60여 년의 세월이 흐르는 동안 학문은 끊임없이 발전하여 문자학・고고학・인류학 역시 괄목할만한 성과를 거두었지만 나는 이제까지 이 과제를 다시 체계적으로 연구할 만한 여력을 갖추지 못했다. 그런데 지성은 이 책에서 화하문화華夏文化라는 큰 시각을 가지고 한자의 탄생과 성질, 그리고 변천을 고찰하는 동시에 한자의 형상과 구조를 통해 선사시대의 화하문화를 증명해 내었다. 내가 수십 년 전에 제기했던 과제를 이제 나의 학생이 완성하게 되었으니 대단히 기쁘며, 또한 커다란 위안을 느낀다. 더욱이 파촉서사巴蜀書社에서 이 책을 출판해 준다고 하니 이렇게 지면을 빌려 감사의 말을 전한다.

　나는 나이가 많이 들고 시력도 좋지 않은 데다 사천과 상해의 거리가 멀어 그 초고를 통독하지 못했음을 밝혀두며, 그의 연구 성과가 어떠한지는 다만 책이 출판된 후 언어학계 동학 여러분의 평가를 청해 보는 수밖에 없을 것 같다.

1990년 9월 복단대학에서

작가가 덧붙이며 : 다행히도 존경하는 은사께서 서문을 완결하시고 타계하셨다. 그러한 까닭에 안타깝게도 『한자와 화하문화』의 출간을 보시지

못하셨다. 지금 『문화문자학』의 초고가 다시 완성됨에 따라 여기에 『한자와 화하문화』의 서문을 보존하여 스승의 가르침에 대한 은혜에 감사를 드리고자 한다. 또한 책 속에 언급된 내용도 일부 변화가 생겼다. 즉 화중이공대학은 이미 화중과기대학으로 이름을 바꾸었고, 본인의 직책 역시 이미 교수의 대열에 오른 지 오래이다.

차례

2부 한자형체에 반영된 고대화하문화

1부

....

문자학의 문화분석

1

서론

1. 문화와 문화어언학

문文과 문紋은 고금자古今字(시대의 전후적 의미에서 말하는 개념)로, 후에 나온 글자 문紋이 본의를 대표한다. 문文은 군대나 전쟁(주로 덕정德政과 예의를 가리킨다)과는 상관이 없는 화려하고 아름답다는 의미로 파생 되었다. 화化는 갑골문과 금문에 의하면 '한 사람은 바르게 서 있고, 다른 사람은 거꾸로 서 있는 모양'을 그린 것인데, 이렇게 함으로써 '변화하다'는 뜻을 나타내었다. 『설문 · 비부匕部』에서는 "化, 敎行也."(화化는 행실을 교화시키는 것이다)라 하였는데, 이는 바로 그 파생된 의미, 즉 인신의引申義를 나타낸다.

"문화文化" 두 글자가 중국 전적 중에서 가장 일찍 연용된 곳은 한대 유향의 『설원說苑 · 지무편指武篇』이다. 이 책에는 "聖人之治天下也, 先文德而後武力. 凡武之興, 爲不服也. 文化不改, 然後加誅. 夫下愚不移, 純德之所不能化, 而後武力加焉."(성인이 천하를 다스림에 먼저 문덕으로 다스리고 난 후에라야만 무력을 사용할 수 있다. 그러므로 무력을 강화한다면, 백성들은 복종하지 않는다. 문으로써 변화시키고자 하지만 바꿀 수 없는 상황에서야만 벌할 수 있다. 대저 어리석음을 고치지 않고 순수한 덕으로도 교화시킬 수 없는 상황에 이르러서야만 무력을 사용해야 한다는 문장이 있다. 이 문장에 출현하는 "문화文化"라는 단어에 대해 금본今本 『사원辭源』에서는 "文治與敎化"(문치와 교화)로 해석하였는데, 이렇게 동사성動詞性 동의同義 병렬구조로 설명한 점은 문의文義를 가볍게 본 것으로 결코 적절하지 않다. 여기서 "문화"는 부사어와 중심어 구조로 된 동사성 구로, 위 문장에서 "文化不改"의 구조는 문장 중의 "純德之所不能化"의 구조와 같다. 이 문구의 의미는 비군사적 수단으로 상대방이 귀순하지 않는 상황을 바꾸지 못하는 것을 말하는 것이다. 그래서 여기에서의 '문화'는 '문치의 수단으로 교화화는 것'을 가리킨 것이다. 대다수의 중국인들은 이러한 의미를 잘 알지 못한다. 일반인들이 알고 있는 '문화'의 의미는 바로 일본 명치明治시대에 중국에 유입된 것이다.

명치시대의 일본 학자들은 일본 한자인 "문화(ぶんか)"를 가지고 영어의 Culture를 번역한 것이다. 영어의 이 말과 독일어의 Kulture, 프랑스의 Culture 등은 모두 라틴어의 Cultura에 어원을 두고 있는데, 본의는 경작, 재배, 음성陰性 등의 의미를 나타내는 명사이다. 원래는 인류 자신의 물질적 수요와 전개를 만족시키는 생산 활동을 가리켰으나, 18세기 이후 의미가 확대되어 인류의 정신 활동을 가리키는 사회 지식과 개인의 교양, 저작 등의 의미를 포함하게 되었고, 더 나아가 규정된 사회의 모든 생활 내용을 가리키게 되었다. 현대 한어에서 "문화"는 일반적으로 문학, 예술, 교육, 과학 등을 가리키는데, 이는 근대 중국 학자들이 일본 한자로 번역된 "문화"의 의미를 확대시킨 결과이다. 영어 Culture의 어의語義 변화는 한자 "예藝"와 서로 엇비슷하다. "예藝"의 갑골문은 '한 사람이 모종을 잡고 땅에 심는 모양'을 본뜬 것으로, 따라서 본의는 '심다'이다. 『맹자孟子 · 등문공상滕文公上』에 "后稷敎民稼穡, 樹藝五穀."(후직이 백성에게 농사를 가르쳐서 오곡을 심게 하였다)라는 구절이 있는데, 이 "수예樹藝"는 동의 연문連文으로 모두 '심다'는 의미를 가지고 있고, 그리하여 기예技藝, 재능才能이라는 의미로 확장되었으며, 더 나아가 예술이라는 의미를 가리키게 되었다.

철학에 있어서 '문화'라는 개념을 다만 의미 확장 관계만을 가지고 해석하는 일은 매우 충분하지 않다. 문화의 정의에 대해서, 1952년 외국의 어떤 학자의 통계에 의하면 모두 160여 종에 달하였다고 하니 추측하건데 지금은 200여 종을 넘어 섰을 것이다. 필자가 살펴본 문화의 정의를 개념적 확장이란 방법으로 나누어 볼 때 대체로 3가지로 구분해 볼 수 있다. ① 인류의 정신 활동으로 한정한 것으로, 영국의 인류학자이자 고전진화론 학파의 창시인 가운데 한 사람인 E. B. 타일러는 『원시문화原始文化』에서 가장 영향력 있는 정의를 제기하였다. 즉 "文化或文明, 就其人類學的意義來說, 乃是 包括知識、信仰、藝術、道德、法律、習俗和任何人作爲一名社會成員而獲得的 能力以及習性內在的複合整體."(문화 혹은 문명을 인류학적 의미를 가지고 말하면, 바로 지식, 신앙, 예술, 도덕, 법률, 습관, 풍속과 누구라도 한 사람의 사회 구성원을 위해 획득한 능력과 습관이 내재된 복합적 총체이다.)고 하였고, 1978년판 스페인의 『세계대백과전서世界大百科全書』에서는 "文化就是在某一社會裏, 人們共有的 由後天獲得的各種觀念、價值的有機整體, 也就是非先天遺傳的人類精神財富的總 和."(문화는 어떤 사회 속에서 사람들이 공유하고 있는 후천적으로 획득한 각종 관념과 가치의 유기적 총체이다. 다시 말해서 비선천적으로 유전된 인류정신 재산의 총체이다.)고 하였다. 이 정의에서는 문화의 초자연성, 초본능성, 종합성을 강조하고 있다. 현재 사회에서 일반인들이 이해하고 있는 문화는 대부분 이와 서로 비슷하다. ② 물질과 정신 두 가지 방면을 포괄하고 있다. 1982년 상해사서上海辭書출판사의 『간명사회과학사전簡明社會科學辭典』에서 "文化, 人 類在社會發展過程中所創造的物質財富和精神財富的總和."(문화는 인류가 사회 발전과정 중에서 창조한 물질과 정신 재산의 총체이다.)고 하였다. 고고학적으로 어떠한 한 시기에 공통적인 특징을 갖추고 있는 유적과 유물의 종합체를 가리키며, 이러한 정의는 그 범위를 확대하여 형성된 것이다. ③ 일반적으로 인류사회의 모든 활동을 가리킨다. 1973년 판『소련대백과전서蘇聯大百科全書』에서는 "文化是社會和人在歷史上一定的發展水平, 它表現爲人們進行生産和活動的種種類型和形式, 以及人們所創造的物質和精神財富."(문화는 사회와 사람이 역사상 일정한 발전 수준에서 사람들을 위하여 생산과 활동을 진행하는 여러 가지 유형과 형식, 그리고 사람들이 창조한 물질과 정신적 재산을 표현한 것이다.)고 하였다. 마지막의 이러한 해석은 잘 이해하기 어렵지만 여기서는 물질적인 측면과 정신적인 측면이외에도 인류 생존활동의 방식을 포함하고 있다. 이 정의가 가장 치밀하여 철학과 문화인류학계에서는 모두 이 개념을 사용하고 있다. 본서의 문화적 개념은 두 번째 개념을 채용하였다.

문화의 정의에 대해서 만일 개념적 방식으로 구분한다고 하면, 문화의 외연을 묘사한 것, 문화의 성질을 규정한 것, 문화의 기능을 설명한 것, 문화의 기원과 변화를 탐구한 것, 문화의 해석 작용을 강조한 것 등등으로 나누어 볼 수 있다. 여기서는 더 이상 논하지 않겠다.

문화언어학의 연구는 서방의 학자들에 의해 19세기부터 시작되었다. 당시의 일부 인류학자들 가운데는 적지 않은 수가 언어학자이기도 했는데, 그들은 인류학에 대해 민족, 문화, 언어 등 세 가지 측면에서 연구를 시작하였으며, 20세기 초기에 이르러 이러한 인식은 더욱 확고해졌다. E. Sapir (1884~1939)의『어언론語言論』에서 "語言也不能脫離文化而存在, 卽不能脫離社會流傳下來的、決定我們生活面貌的風俗和信仰的總體."(언어 역시 문화를 벗어나서는 존재할 수 없다. 즉 사회적으로 전해져 내려 온 것이나 우리 생활상을 결정하는 풍습과 신앙의 총체를 벗어 날 수 없다.)고 주장하였다. L. R. 帕默爾의『어언학개론語言學槪論』제8장에서 전문적으로 문화와 언어에 대해 토론 하면서 언어사와 문화사가 함께 연관된 것으로 상호간에 증거와 설명을 제공한다는 견해를 주장하였다. 아울러 도구, 건축, 복식, 종교, 방언, 차용어(외래어) 등의 단어를 열거하면서 논증하였다. 외국과 비교해 볼 때 중국에서의 문화

언어학에 관한 연구는 비교적 늦었다고 할 수 있는데, 나상배羅常培선생의
『어언여문화語言與文化』(1950)는 이 방면의 첫 번째 전문서적이다. 그러나
애석하게도 국내 언어학계의 관심을 끌지 못했다. 30여 년 간의 침묵의
시간(당연히 모두 알고 있는 원인)을 지나 80년대에 이르러 주진학周振鶴·유여
걸游汝傑의 『방언여중국문화方言與中國文化』(1986) 출판은 문화언어학의 연구
가 새로운 시기로 접어들었음을 보여주는 지표가 되었다. 이후 이 방면의
저작들이 쏟아져 나와 문화언어학이라는 명칭을 가진 책만도 6~7종이나
되었다. 그리고 일부 젊은 학자들은 문화언어학회라는 조직을 구성하기도
하였다.

문화언어학은 문화학적 관점을 가지고 언어현상을 분석하는 학문이다.
언어는 본래 문화의 구성 성분이다. 따라서 문화와 언어의 관계를 논할
때 여기서 말하는 문화는 자연히 언어를 배제한 것이다. 문화는 라마원인拉
瑪猿人이 고인류古人類(원인猿人)로 진화하는 가운데서 생겨난 것으로, 원모인
元謀人의 타제석기 출현은 바로 중화 대지상에서 원시문화가 시작되었다는
것을 의미하는 것이다. 고인류는 문화를 창조하였고, 또한 그 문화 속에서
자신을 개조하면서 끊임없이 진화하여 현대의 인류가 되었다. 문화는 유성
有聲 언어보다 일찍 등장하였다. 일반적으로 인류가 유성 언어를 완성하기
전에 형체形體 언어를 위주로 교류하는 시기가 존재 했었다고 알려져 있다.
현대인류학자들이 지금으로부터 20만 년~10만 년 전의 네안데르탈인(독일
서부 Düsseldorf 부근의 네안데르탈 하곡河谷의 작은 산 동굴 안에서 발견되었다.)의
두개골을 모방해 본 뜬 상후두上喉頭 모형을 근거로 살펴 볼 때, 당시에는
간단한 음절만을 발음할 수 있는 구조를 지녔을 뿐 현대인과 같이 모든
발음을 내기는 매우 어려웠을 것이다. 구석기 중기에 고인류간 언어교류는
형체언어가 중요한 수단으로 활용되었다. 구석기 말기 호모사피엔스 단계
에 이르러 유성 언어가 발달하게 되었다. 문화언어학의 주요 내용은 언어의

발생, 변화와 문화 간의 관계를 연구하는 것이다. 인류 신체의 진화와 사회 정보 교류의 발전 필요성, 이 두 가지 조건은 유성 언어의 발생을 촉진시켰다. 분화分化와 융합融合을 포함한 어음語音의 진보는 모두 정치적 영향과 불가분의 관계가 있다. 새로운 단어의 탄생과 오래된 단어의 소멸, 이 중에서 소수의 단어는 단어 교체의 결과이지만 절대 다수의 단어는 사회 사물 자체의 변화에 따라 조성된 것이다. 예를 들어, 식食(먹다) —— 흘吃, 폐閉(닫다) —— 관關, 시視(보다) —— 간看, 목木(나무) —— 수樹, 주舟(배) —— 선船 등은 단어가 교체된 경우이다. 그러나 노奴(노예), 첩妾(첩), 과戈(창), 월鉞(도끼) 등과 같은 단어는 사물이 사라지게 됨에 따라 오래된 단어들은 사라지게 되었고, 부도浮屠(불타), 기독基督(기독교), 도탄導彈(유도탄), 빙상冰箱(냉장고) 등과 같이 새로운 사물이 등장함에 따라 새로운 단어가 출현하게 되었다. 단어의 변화는 사회생활의 변화를 가장 직접적이고도 가장 뚜렷하게 반영한다. 문법 역시 이와 같다. 아편전쟁 이후 번역물이 대량으로 출현하면서 동시에 중국어의 문장 구조 역시 복잡하게 되었다. 이에 당연히 문화언어학의 연구 내용 역시 새로운 각도에서 문화의 분류를 사유, 철학, 정치, 종교, 민속, 호칭, 복식, 건축, 음식, 생산, 과학기술, 예술로 나누어 문화의 각 방면과 언어의 관계를 탐구해야만 한다.

문화언어학의 내용에는 또한 연구방법의 탐구 등도 포함해야 하지만, 본서의 연구 범위와 본인의 지식적인 한계로 인하여 여기에서 전체적인 문화언어학의 내용을 다루지 못함을 미리 언급해 둔다.

2. 문자와 문화문자학

본서에서 말하는 문자란 한자를 지칭하며, 문자학 역시 한자학을 가리킨다. 그러므로 엄밀하게 말한다면 본서는 당연히 문화한자학이라고 칭해야 타당할 것이다.

한대漢代 허신許愼은 『설문해자說文解字』에서 "文, 錯畵也, 象交文."(문文은 엇갈려 그린 형태로 문양이 교차된 모양이다.)", "字, 乳也."(자字는 '낳다'이다)라고 문文과 자字에 대하여 해석하였다. 갑골문의 "문文"자는 '정면을 보고 서 있는 사람의 형상이며, 가슴 부위에 무늬가 그려져 있다.' 그 모양도 여러 가지가 있는데, 이는 화하 태고 선민의 문신 풍속을 반영한 것이라고 할 수 있다. "문文"의 본의는 '문신紋身의 문紋'자로, 종횡으로 교차된 무늬이다. 문文·문紋은 고금자古今字(시간적 전후로 탄생한 글자로, 文은 고자古字이고 紋은 금자今字이다) 관계이다. 『좌전左傳·애공哀公 7년』의 "仲雍嗣之, 斷髮文身."(중 옹 역시 그것을 계승하여 단발과 문신을 하였다)라는 구절이 있는데, 여기에서는 단지 "문文"이라 썼다. 후에 일반적인 문양을 가리키게 되었고, 이로 인하여 '화려하다', '우아하다'는 의미로 확장되었다. "자字"는 회의겸형성자會意兼形聲字(역자주: 회의자이기도 하고, 회의자의 자소字素 가운데 하나가 소리를 겸한 경우를 말함.)로, 집안에 아이가 있는 모양을 그렸다. 여기에서 '자子'는 의미로도 쓰이고 소리도 나타낸다. 『주역周易·둔屯』에 "女子貞不字"(여인이 점을 볼 때, 이 괘가 나오면 임신하여 자식을 낳을 수 없다.)라는 구절에서 '자字'는 '생식'이라는 본의로 사용되었다. 후에 '젖을 먹이다', '양육하다'는 의미로 확장되었다.('유乳'자의 본의 역시 '생식'이다. 예를 들어 4자 성어인 '성여유호聲如乳虎'는 '호랑이새끼를 낳은 어미 호랑이의 소리와 같다.'의 쓰임이 그것이다.)

한자를 문자라고 칭한 것은 진秦나라 시대의 『낭야석각琅琊石刻』의 "書同文字"(문자를 동일하게 한다.)에서 최초로 보인다. 선진시대에는 『좌전左傳·선공宣公 12년』의 "夫文, 止戈爲武."(무릇 문자인 무武는 창戈을 멈춘다止는 의미이다.)라는 구절에서 보듯이 한자를 '문文'이라 칭하기도 하였고, 『의례儀禮·빙례聘禮』의 "百名以上書於策."(백 개 이상의 문자를 죽간에 기록하였다.)라는 구절에서 보듯이 '명名'이라 칭하기도 하였으며, 『순자荀子 · 해폐解蔽』의 "好書者衆矣, 而倉頡獨傳者, 壹也."(문자를 잘 쓰는 사람은 많았지만, 유독 창힐만이 문자를 전하였다.)에서처럼 '서書'라고 칭하기도 하였다.

한자를 문자라고 부를 때 '문文'과 '자字'의 본의는 어떤 관계를 가지고 있을까?

허신은 『설문해자서』에서 "倉頡之初作書也, 蓋依類象形, 故謂之文. 其後形聲相益, 卽謂之字. 文者物象之本, 字者言孶乳而浸多也."(창힐이 문자를 처음 만들 때에는 대개 사물의 종류에 따라 형체를 본뜬 것을 문文이라 하였고, 그 연후에 의미와 소리를 서로 더한 것을 자字라 하였다. 문文이라는 것은 만물 형상의 본래의 면목이고, 자字라는 것은 파생하여 점차 많아진다는 뜻이다. 단옥재 『설문해자주說文解字注』.) 허신의 뜻을 살펴보면, 창힐이 문자를 창조 할 때 만물의 모양대로 그 형태를 그려서 만든 상형자象形字, 상형자에 '지시의 뜻을 가진 부호'를 덧붙여 만든 지사자指事字는 독체獨體(형체 구조를 더 쪼갤 수 없는 한자)로, 모두 그림에서 발전된 것이다. 그러므로 그림과 무늬라는 의미를 지닌 "문文"자와 관계가 있기 때문에 '문文'이라고 부르게 된 것이다. 후에 상형자, 지사자가 서로 조합하게 되는데, 상형자 혹은 지사자의 어떤 형체 위에 다시 뜻을 나타내는 형방形旁인 상형자와 지사자를 덧붙이는 것을 '형상익形相益'이라 하며, 이렇게 조합하여 한자를 만들면 회의자會意字가 된다. 그리고 소리를 나타내는 성방聲旁인 상형자와 지사자를 붙이는 것을 '성상익聲相益'이라 하며, 이렇게 조합하여 한자를 만들면 형성자形聲字가 된다. 회의자와 형성자는 합체자合體字로 상형자와 지사자가 조합되어 만들어진 것으로, 이는 '생식'이라는 의미를 지닌 "자字"와 서로 관련이 있기 때문에 '자字'라고 부른 것이다. 독체로 써의 "문文"은 만물을 지칭하는 한자의 기초가 된다. 합체한 문자는 독체인 '문文'에서 파생되며, 한자를 만드는 주요 방법으로 한자의 대다수를 차지한다. 허신의 설명은 대단히 명확하였다.

문자학과 문자는 다르다. 우리가 매일 글씨를 쓰고, 편지를 쓰고, 필기를 하며 사용하는 것은 문자이지, 문자학이 아니다. 문자학의 이론적 틀은 문자를 전체적인 틀 안에서 연구하는 것으로 마땅히 하나의 체계로 간주해야 한다. 당연히 체계는 이 체계를 구성하고 있는 구체적인 구성원과 떨어지지 못하며, 구성원 체계가 없으면 결코 존재하지 못한다. 한자학 이론을 연구함에 있어서도 일부 구체적인 한자를 언급할 필요가 있다. 한자는 비교적 특수하여 수천 년의 역사를 가지고 있으므로, 고문자의 식별과 고증, 그리고 일반 문자로 기록된 어휘의 내용 고찰 등 이러한 내용 역시 당연히 문자학의 범주에 속한다. 그래서 한자학은 이론과 구체적인 한자 연구라는 두 가지 부분의 내용을 포함하고 있다.

그렇다면, 문자학연구의 구체적인 내용은 어떠한 것들이 있는가?

첫째, 문자의 기원이다. 옛 사람들은 한자가 창힐倉頡이 창조한 것으로 믿어 왔지만 당대의 학자들은 그렇게 생각하지 않는다. 해방 후, 문자는 노동인민들이 창조했다는 견해가 유행하였으나 문제를 너무 지나치게 간단하게 본 측면이 있다. 우리는 다양한 학설 가운데서 실마리를 찾아내어 합리적인 견해를 밝혀 내야한다. 둘째, 한자의 기능이다. 문자의 기능은 언어를 기록하는 것이다. 그렇다면 어떻게 기록하는가? 표음表音문자 아니면 표의表意문자로 기록하는가? 한자는 이미 자신만의 특징을 가지고 있다. 셋째, 한자의 성질과 구조이다. 근대이래 일부 사람들은 한자가 표의 계통의 문자로서 배우기 어렵고, 인식하기 어렵고, 기록하기 어려워 국력을 키우는 데 악영향을 준다라는 이유로 폐지를 주장하였고, 심지어 어떤 사람들은 신중국 성립 이후에도 여전히 이러한 견해를 견지하였다. 이러한 관점은 단편적인 견해라 할 수 있다. 한자의 구조에 관해서는 전통적인 경학가經學家들은 육서六書를 주장하였는데, 오늘날 자세히 연구해 보면 수천 년 발전해 온 한자의 변화를 개괄하기에는 어려움이 너무 많다는 것을 알 수 있다.

넷째, 한자의 변화·발전의 규칙과 전망이 있다. 한자는 유구한 역사를 간직하였다. 그렇다면 도대체 어떠한 규칙에 근거하여 변화한 것이며, 이러한 규칙이 우리가 읽는 전적과는 어떤 관계를 가지고 있는지, 오늘날의 한자와 어떤 연계성이 있는지, 한자는 병음拼音문자에 의해서 대체가 될 지 등등 이러한 내용 역시 문자학의 연구 내용이다. 이러한 내용은 앞으로 각 장을 나누어 설명하고자 한다.

중국문자학은 오늘에 이르기까지 이미 수많은 분파들이 생겨나면서 발전하였다.

전통문자학은 『설문해자』를 위주로 해설하면서 문자의 기원, 육서, 자체字體의 변화 등을 언급하였다. 한위漢魏이래 경학가들은 소학小學을 가장 기본적인 지식으로 여겼다. 그리하여 소학이 곧 문자학이었으나, 후에야 문자, 음운, 훈고訓詁 등의 세 부분을 포함하게 되었다. 『설문해자』는 이 가운데서 가장 중요한 내용이다. 민국民國 초기 출현한 문자학 강의를 다룬 서적 중에서 많은 사람들이 문자학을 전통 소학으로 이해하고 있었다. 이런 이유로 인해 전현동錢玄同의 『문자학음편文字學音篇』(1918년 북경대학에서 간행되었으며, 대체로 오늘날의 음운학과 같다.), 계획 중에 있던 『문자학형편文字學形篇』(지금의 문자학에 해당된다.), 『문자학의편文字學義篇』(지금의 훈고학) 등이 출현하게 되었다. 또한 일부 학자들이 저술한 문자학 서적에는 문자, 음운, 훈고 등의 내용을 포함하고 있는데, 예를 들어, 하개賀凱의 『중국문자학개요中國文字學概要』, 부개석傅介石의 『중국문자학강요中國文字學綱要』, 하중영何仲英의 『신저 중국문자학대강新著中國文字學大綱』 등이 있다. 또한 일부 학자들은 자형字形 위주의 문자학을 견지하기도 하였는데, 장세록張世祿의 『중국문자학개요中國文字學概要』, 제패용齊佩瑢의 『중국문자학개요中國文字學概要』 등이 모두 이와 같은 서적이다. 해방 후 고형高亨선생이 저술한 『문자형의학개론文字形義學概論』의 영향력은 지대하였는데, 역시 이와 같은 부류의 저술이다.

고문자학은 출토된 고문자의 자료를 위주로 언어문자의 연구를 역사 및 고고학과 결합시켰다. 그리하여 발견 내용과 중요한 문헌을 소개하고, 고문자 형체의 특수한 변화 규칙을 탐구하며, 문자와 그 고증 방법을 고증하고 해석하고, 고문자 자료를 선독하고, 각종 고문자의 특수한 문체 및 갑골문, 금문金文, 석고문石鼓文, 새인봉니璽印封泥, 간독簡牘, 백서帛書 등을 연구하는 것이다. 예를 들어, 당란唐蘭의 『고문자학도론古文字學導論』, 이학근李學勤의 『고문자학초계古文字學初階』, 고명高明의 『중국고문자학도론中國古文字學導論』, 강량부姜亮夫의 『고문자학古文字學』, 진위담陳煒湛 · 당옥명唐鈺明의 『고문자학강요古文字學綱要』, 진세휘陳世輝 · 탕여혜湯餘惠의 『고문자학개요古文字學槪要』 등이 고문자학 연구의 통론서通論書이다. 이 뿐만 아니라 이포李圃의 『갑골문문자학甲骨文文字學』, 조성趙誠의 『갑골문자학강요甲骨文字學綱要』, 추효려鄒曉麗 · 이동李彤 · 풍려평馮麗萍의 『갑골문자학술요甲骨文字學術要』, 하림의何琳儀의 『전국문자통론全國文字通論』 등은 한 가지 종류만 혹은 한 시대의 고문자만을 논한 서적이다.

근년에 일부 새로운 문자학이 출현하였다. 고문자학의 연구 성과와 전적에 대한 열독 경험을 『설문』 연구와 결합하여 과거의 학문적 성과를 뛰어 넘고자 노력을 기울였는데, 구석규裴錫圭의 『문자학개요文字學槪要』가 대표적인 저서이다. 왕봉양王鳳陽의 『한자학漢字學』과 첨은흠詹鄞鑫의 『한자설략漢字說略』 등도 상당히 새로운 견해를 담고 있어 한 번쯤 읽어 볼만한 책이다.

현대문자학은 현대한자학의 응용, 규범, 정보처리 등을 연구하는 것으로, 이 방면에 있어 소배성蘇培成의 『현대한자학강요現代漢字學綱要』, 고가앵高家鶯 · 범가육範可育 · 비금창費錦昌의 『현대한자학現代漢字學』 등은 비교적 일찍 출판된 서적이다.

80년대 중기, 문화언어학 열기가 고조되자 문화문자학 역시 이러한 열기에 편승하여 흥기하였다. 이만춘李萬春의 『한자여민속漢字與民俗』, 조선탁曹先擢의 『한자문화만필漢字文化漫筆』, 유지성劉志成의 『한자여화하문화漢字與華夏文化』, 하구영何九盈 등의 『한자문화대관漢字文化大觀』, 장극화臧克和의 『설문해자적문화설해說文解字的文化說解』, 송영배宋永培의 『설문한자체계여중국상고사說文漢字體系與中國上古史』 등이 모두 이러한 부류에 속한다. 학자들의 견해가 저마다 다르지만 필자가 생각하건데 문화문자학은 두 가지 측면을 포함하고 있다. 하나는 문화의 관점으로 문자를 보는 것으로, 화하문화의 한자에 대한 기원과 그에 대한 변화 발전의 규칙, 그리고 구조형성에 대한 작용 등을 연구하는 것이다. 다른 하나는 문자의 각도에서 문화를 보는 것으로, 화하문화에 대한 한자의 성질과 기능의 응용정도와 화하문화에 대한 한자의 반영과 작용을 탐구하고, 이로부터 한자의 전망을 판단하는 것이다. 그렇기 때문에 본서 역시 이에 상응하여 두 부분으로 나누었다. 전반부는 문화문자학에 관한 이론 부분으로, 한자의 발생, 발전, 성질, 구조, 기능, 전망을 분석하였는데, 표면적으로 보면 일반문자학과 별다른 차이가 없는 것 같지만, 사실 그 관점과 자료에서 큰 차이점을 가지고 있다. 후반부는 화하문화가 한자(주로 고문자를 가리킴)에 어떻게 반영되었는가 하는 점을 구체적으로 분석하였다. 여기에는 중화민족의 기원, 생존 환경, 경제발전, 가족혼인, 거주지와 의식, 종교예술 등을 포함시켰다. 분명한 점은 문화문자학은 여전히 한언어문자학이라는 학문 분야 범주에 속한다는 점이다. 그러므로 반드시 한언어문자학 학문 분야의 연구 규칙을 따라야 한다. 귀납이나 연역을 막론하고 모두 엄격한 학풍을 견지해야 한다. 지나치게 허황되거나 허상을 쫓아 한자의 실제 상황을 벗어난다면 이는 성실한 학자의 태도는 아니라고 본다.

3. 문화문자학의 발전

『설문』연구를 위주로 하는 전통문자학은 청대清代에 와서 최고조에 이르렀다. 『설문』에 대한 교감校勘, 소증疏證, 부수部首, 인경引經, 일문逸文, 신부新附, 체례體例, 성의聲義관계 등에 대하여 모두 전대미문의 성과를 거두었는데, 이 과정에서 『설문』사대가四大家로 불리는 단옥재段玉裁, 계복桂馥, 왕균王筠, 주준성朱駿聲 등이 등장하였다. 이들은 정말 대가답게 뛰어난 성과를 남겼다.

단옥재(1735~1815년)의 자는 약응若膺, 호는 무당茂堂, 강소성 금단金壇인이다. 그는 청대 건가乾嘉시기의 대표할 만한 걸출한 경학가로서 『설문』4대가의 영수이다. 그는 『설문해자주說文解字注』에서 문자의 음과 뜻과의 관계를 분명히 설명하였고, 『설문』의 체례를 알아내었으며, 판본의 착오를 교정하였고, 허신의 주장에 대하여 증거를 들며 해설하였다. 이렇게 함으로써 전례 없는 업적을 이룩하였다. 지금까지도 『설문』을 열독하는데 첫 번째 참고서가 되고 있다. 계복(1736~1805년)의 자는 동훼冬卉, 호는 미곡未谷으로 산동성 곡부曲阜인이다. 그가 저술한 『설문해자의증說文解字義證』은 여러 전적을 인용하여 허신의 설을 증명하였으며, 예증이 풍부하고 조리 정연하며 자의字義에 대한 해설과 증명이 세밀하여 편폭이 단옥재 『설문해자주』의 거의 두 배나 된다. 이 책은 "단옥재주"와 참조하여 열독할 수 있다. 왕균(1784~1854년)의 자는 관산貫山, 호는 녹우菉友, 산동성 안구安丘인이다. 그가 편찬한 『설문석례說文釋例』는 『설문』체례에 대해 전반적으로 세밀하게 분석하였으며, 부수, 부수배열, 문장 배열의 순서, 해설, 이체자異體字, 궐闕(빠진 부분)과 구두, 육서 등을 함께 언급하였다. 그가 편찬한 또 다른 서적인 『설문해자구두說文解字句讀』는 여러 학자들의 주장(주로 단옥재와 계복의 설)을 흡수하여 요점을 세우고 자신의 견해를 보충하여 간단하면서도 요령 있게 정리해 놓았다. 이 책은 청대 『설문』의 주요 연구 성과를 수록해 놓았는데, 자료

선택이 엄격하고 석의釋義가 간명하면서도 신중하여 『설문』 학습에 시간과 정력을 아낄 수 있는 훌륭한 책이다. 주준성(1788~1858년)의 자는 풍기豐芑, 호는 윤천允倩, 강소성 오현吳縣인이다. 그는 『설문통훈정성說文通訓定聲』을 저술하였다. 부수통자部首統字의 전통을 깨고, 상고운부上古韻部와 성수통자聲首統字로 바꾸어 놓았는데, "고음古音으로 고의古義를 찾는 것으로, 한자의 뜻을 찾는 데 그 형체에 구속받지 않는다"는 내용을 견지하면서 연구하기에는 가장 적합한 참고서가 될 것이다. 이 책은 의미 계통을 연구하는 지금 사람들에게도 대단히 높은 평가를 받고 있다.

전통적인 방법으로 『설문』을 연구한다면, "사대가"의 연구 업적을 뛰어넘기란 사실상 매우 어려운 일이다.

청대의 소학가들은 고문자학, 특히 청동기에 새겨진 문자와 고증 역시 커다란 업적을 남겼다. 이에 대한 업적 가운데 반조음潘祖蔭의 『반고루이기관식攀古樓彝器款識』, 완원阮元·주위필朱爲弼의 『적고재종정이기관식積古齋鐘鼎彝器款識』, 오영광吳榮光의 『균청관금문筠淸館金文』, 오운吳雲의 『양뢰헌이기도석兩罍軒彝器圖釋』, 유심원劉心源의 『기고실길금문술奇觚室吉金文述』 등이 유명하다. 특히 오대미吳大澂·손이양孫詒讓·방준익方濬益의 성과가 더욱 뛰어나다고 할 수 있다. 오대징의 『각재집고록恪齋集古錄』·『자설字說』, 손이양의 『고주습유古籀拾遺』·『고주여론古籀餘論』, 방준익의 『철유재이기관식고석綴遺齋彝器款識考釋』은 전적과 고문자를 결합하여 이에 대한 고증 및 해석을 하였으며, 각자의 독특한 견해를 견지하고 있어 고문자학사에서 중요한 지위를 차지하고 있다.

청말, 광서 25년(1899년) 전후, 하남성河南省 안양현安陽縣 소둔촌小屯村 지역은 고증을 거쳐 상商 왕조 최후의 도성인 은허 유적지로 판명되었는데, 여기서 갑골문이 발견되었다. 청 왕조가 멸망하기 몇 년 전에 비로소 국내외 학자들에게 널리 알려지게 되었다. 초기 갑골문을 수집한 사람으로는 왕의 영왕王懿榮, 왕양王襄, 맹정생孟定生, 단방端方, 유악劉鶚, 그리고 미국의 선교사인 Frank Herring Chalfant, 영국의 선교사인 Samuel Couling, 독일의 Welch, 일본의 서촌박西村博, 삼정원三井源, 임태보林泰輔, 캐나다의 James Mellon Menzies 등이 있다. 가장 먼저 갑골문을 인식한 사람은 일반적으로 왕의영이라고 알려지고 있으나 애석하게도 그는 어떠한 저작도 남기지 못하였다. 오늘날 볼 수 있는 최초의 저작은 손이양의 『계문거례契文擧例』(1904년)이다. 지금까지 약 백여 년 간 갑골문을 연구한 저술은 이미 3,000여 종을 넘어섰고, 학자도 수백 여 명에 이르렀을 뿐만 아니라 갑골학은 이미 국내를 벗어나 전세계에서 인기 있는 학문이 되었다. 국내 학자들 가운데 전前세대의 진몽가陳夢家, 우성오于省吾, 당란唐蘭, 호후선胡厚宣, 용경容庚, 상승조商承祚, 양수달楊樹達, 손해파孫海波, 서중서徐仲舒 등과 당대의 이학근李學勤, 구석규裘錫圭, 요효수姚孝遂 등은 모두 갑골학의 발전에 중대한 공헌을 한 학자들이다. 그 가운데서 "사당四堂"이라고 불리는 네 사람은 학계에서도 성과가 가장 큰 것으로 공인되고 있다.

나진옥羅振玉(1866~1940년, 호는 설당雪堂)은 갑골학의 창시자이다. 그는 우선 출토지점인 안양 소둔촌은 바로 은허殷墟임을 확정하였고, 아울러 갑골문을 간행하였으며, 이것을 세상에 널리 알린 공적은 그를 이 방면의 선두자라고 할 수 있다. 갑골을 수록해 놓은 책으로는 『은허서계전편殷虛書契前編』, 『은허서계후편殷墟書契後編』, 『은허서계청화殷墟書契菁華』 등이 있고, 갑골문을 고증한 책으로는 『은상정복문자고殷商貞卜文字考』, 『은허서계고석殷墟書契考釋』 등이 있다. 그는 "허신의 『설문』을 가지고 시대를 거슬러 올라가 금문을 관찰하였고, 다시 금문을 가지고 시대를 더욱 거슬러 올라가 서계書契를 살펴본다."는 문자해석방법을 창안하였다. 이후 전적을 찾아 증명하는 방법은 줄곧 후대 학자들이 따르고 있는 방법이다.

왕국유王國維(1877~1927년, 호는 관당觀堂)의 최대 공헌은 갑골문을 가지고 상왕조商王朝의 역사를 증명해 내어, 역사서에 등장하는 상왕조의 역사를 더욱 신빙성이 있는 역사로 바꾸어 놓았다는 점이다. 저명한 논문인 『은복사중소견선공선왕고殷卜辭中所見先公先王考』와 "속고續考"는 1917년에 쓰였으며, 이는 갑골학에서 그를 숭고한 지위에 올려놓는데 중요한 역할을 하였다. 이밖에도 단대斷代, 철합綴合, 석자釋字 등에도 뛰어난 공헌을 하였다.

동작빈董作賓(1895~1963년, 호는 언당彦堂)은 1932년에 발표한 논문 『갑골문단대연구례甲骨文斷代硏究例』에서 가장 먼저 갑골문을 다섯 시기와 열 가지 표준으로 나누는 방법을 제시하였다. 십여만 조각의 갑골을 시기별로 나눈 일은 갑골문 연구 자체뿐만 아니라 역사를 연구하는데 있어서도 매우 중요한 의의를 지니고 있다.

곽말약郭沫若(1892~1978년, 호는 정당鼎堂)은 처음으로 갑골문을 가지고 전면적으로 상대商代 사회를 고찰한 학자이다. 그는 『갑골문자연구甲骨文字硏究·자서自序』 중에서 "余之硏究卜辭, 志在探討中國社會之起源, 本非拘拘於史地之學."(내가 복사卜辭를 연구하는 목적은 중국사회의 기원을 탐구하고자 하는 데 있다. 그렇기 때문에 지금까지의 역사와 지리학에 어떠한 구속을 받지 않는다.)고 하였다. 그가 저술한 『중국고대사회연구中國古代社會硏究』에서는 복사의 내용을 분석하여 상대 사회의 어업과 수렵, 목축, 농업, 공예, 무역, 씨족 등의 상황을 추단推斷 하였다. 『갑골문자연구甲骨文字硏究』에서는 갑골문자의 형의形義를 고증하여 모두 상대 사회와 연결시켰는데, 이는 바로 문화문자학의 방법을 운용하였다고 말할 수 있을 것이다. 이밖에 『복사통찬卜辭通纂』, 『은계수편殷契粹編』을 편찬하였고, 『갑골문합집甲骨文合集』 등의 주편을 역임하였다. 또한 여기서 언급할 만한 가치를 지닌 분은 바로 은사이신 복숭福崇(장세록張世祿) 선생이다. 1923년에 저술한 『문자상지고대사회관文字上之古代社會觀』(『국학총간國學叢刊』 1권 2기)에서 "世界言象形文字者, 必推吾國. 則此文字者, 誠有史以前先民遺迹之所留, 曷借之以窺其政俗之梗槪, 以補史策所未及者乎!"(세상에서 상형문자를 말하는 자는 반드시 우리나라를 추천해야 한다. 즉 우리나라의 문자는 진실로 선사시대의 선민들이 남겨 놓은 흔적이기 때문에 이를 통해 그 정치와 풍속의 대략적인 내용이 어떠했는지 살핀다면 역사서의 부족한 면을 보충할 수 있지 않겠는가!)라는 주장을 제기하였다. 다시 말해서 고문자에는 상형자와 회의자가 많고, 그 형체에 자연히 고대 사회의 사물을 반영하고 있어 고증의 실례를 찾을 수 있음을 언급하였다. 그러나 애석하게도 당시 학계의 관심을 끌지 못하고 말았다.

문화인류학은 청말 중국에 유입된 것으로 20세기 30·40년대에 이르러 비로소 초보적인 궤도에 올랐는데, 이를 개척한 학자로는 임혜상林惠祥·비효통費孝通 등이 있었다. 그러나 이들은 문화언어학의 발전을 촉지시키지는 못하였다.

1950년 나상배羅常培 선생은 『어언여문화語言與文化』를 저술하였는데, 지금까지 알려진 국내에서 가장 이른 문화언어학 서적이다. 내용이 비록 많지는 않아도 그 의의는 매우 중요한 의미를 가지고 있다. 다만 유감스럽게도 당시 학자들의 반응을 얻지 못한 아쉬움을 남겼다. 80년대 초기 국내 일부 젊은 학자들이 문화언어학을 창도함으로써 비로소 열기를 불러일으켰다. '문화언어학'이라는 책명을 가진 저서만도 여러 종류 출현하였다. 그밖에 또 중요한 저서 한 권을 언급하면, 바로 육종달陸宗達 선생의 『설문해자통론說文解字通論』(북경출판사, 1981년) 가운데서 제3장 『<설문해자> 중소보존적 유관고대사회상황적자료〈說文解字〉中所保存的有關古代社會狀況的資料』에서 허신의 『설문』에 반영된 고대 사회의 생산, 과학, 의료, 사회제도에 대해 전적典籍과 고훈故訓 자료 등을 참고하여 철저하게 분석을 함으로써 당대 문화문자학의 발전에 상당한 영향을 주었다. 이러한 상황하에서 문화문자학의 번영은 자연히 필연적이라고 하겠다.

연구제시

1. 세계에서 중요한 몇 종류의 백과전서를 읽고, 문화에 대한 정의를 비교한 후 논평하시오.
2. 20세기 80년대 이후의 문화문자학과 유관한 저작을 수집하고, 그 가운데 한 권을 골라 간단하게 평가하시오.

주요 참고문헌

1. 林惠祥, 『文化人類學』, 常務印書館, 1991년 제2판.
2. 戴昭明, 『文化語言學道論』, 語文出版社, 1996년 제1판.
3. 莊錫昌等, 『多維視野中的文化理論』, 浙江人民出版社, 1988년 제1판.
4. 劉志成, 『中國文字學書目考錄』, 巴蜀書社, 1998년 제1판.

2

한자의 탄생

1. 탄생의 조건

　문자는 일종의 문화 현상으로, 한자의 기원을 논하고자 한다면 반드시 문화의 기원으로부터 언급해야 한다.

　문화발생의 원인은 또한 인류진화의 원인이기도 하다. 사회주의 이론의 위대한 창시자 가운데 한 사람인 엥겔스(Friedrich Engels)는 "勞動創造了人本身."(노동은 인간 자체를 창조하였다. 『자연변증법自然辨證法』에 보임.)라는 명언을 남겼다. 그리고 독일의 철학자인 카시러(Ernst Cassirer)는 『인류人倫』에서 "人的突出特徵, 人與其他動物不同的標誌, 旣不是他的形而上學本性, 也不是他的物理本性, 而是人的勞作(Work). 正是這種勞作, 正是這種人類活動的體系, 規範和劃定了'人性'的圓圈. 語言, 神話, 宗敎, 藝術, 科學, 歷史, 都是這個圓的組成部分和各個扇面."(중역본, 87쪽. "사람의 두드러진 특징은 사람이 다른 동물과 다른 지표를 가지고 있기 때문으로, 그것은 바로 형이상학적 본성도 아니고 또한 물리적 본성도 아닌 사람의 노동(Work)이다. 바로 이러한 노동은 인류 활동의 체계로써 '인성'의 범위를 규범화하고 확정지어 놓았다. 언어, 신화, 종교, 예술, 과학, 역사 모두 이 범위를 구성하는 부분과 조직이다.")고 하였는데, 여기서 '노동' 혹은 '일하다'는 의미는 간단하게 체력을 소모하는 행위로 이해하기 보다는 당연히 후천적으로 유전된 창조성 활동, 즉 도구의 제작, 이성적인 지도 아래 행하는 단체 행동, 자연규칙의 발견, 자연규칙의 이용, 고인류자신의 생존 환경을 개조하는 등등을 포함하고 있다. 이러한 활동 가운데 고인류古人類는 자신의 체질을 향상시킴과 동시에 자신의 각 기관器官을 개선시켜 고원古猿에서 현대 호모 사피엔스(智人)로 발전하게 되었다. '노동' 혹은 '일하다'를 이렇게 이해해야 비로소 인류 진화역사에 부합된다. 그래서 란드만(Michael landmann)은 『인사—문화창조자급기산물文化創造者及其産物』 가운데서 "인간이 창조한 것은 문화세계이지만 반대로 인간은 또한 문화세계의 산물이기도 하다. 그래서 인간은 문화를 창조해 가면서 동시에 자신의 존재와 본질을 형성해 나간다."라고 언급하였다.

문화의 진보와 인류의 진화는 동시에 발생한다. 1965년 5월 운남성 원모현元謀縣 상나방촌上那蚌村 부근에서 고인류 화석 즉, 성인의 좌우측 앞니 두개가 발견되었는데, 원모직립인元謀直立人(속칭 원모인元謀人)으로 명명되었다. 그 지질연대는 초기 홍적세로 중국 지질과학원 지질역학연구소의 방사성탄소연대측정에 의하면 지금으로부터 대략 170만 년 전이다. 이는 중국에서 지금까지 알려진 연대가 가장 이른 직립인直立人이다. 또한 목탄 부스러기가 발견되었는데, 아마도 불을 사용했던 흔적인 것 같다. 당시 함께 살았던 포유동물의 화석으로 검치호劍齒虎, 중국 코뿔소 등이 있는데, 모두 일찍이 멸종된 동물들이다. 발견된 화석지층에서 가까운 흑색점토와 그 부근에서 석편石片, 석핵石核, 첨상기尖狀器, 괄삭기刮削器 등 7개의 석기를 발견하였다. 그 가운데 주의할만한 점은 3개의 괄삭기로 2차 가공의 흔적이 보인다는 점이다. 원모인은 화하민족의 "원조遠祖"로, 타제打製의 과정을 거친 석기가 출현하였다는 사실은 중국에서 문화의 시작을 의미한다. (이밖에 60년대 섬서성 예성현芮城縣 서후도西侯度 유적에서 180만 년 전의 석기가 출토되었으나, 고인류 화석은 발견되지 않았다.)

문화의 발전과 인류의 진화가 동시에 이루어졌다는 말의 의미는 인류와 문화가 발전·변화 과정 속에서 서로 촉진시키고 원인과 결과를 낳으며 서로 함께 발전된 단계로 나아가는 것을 가리킨다. 그러나 현존하는 모든 문화 형식과 그 내용이 맨 처음의 타제석기와 동시에 발생했다는 것을 의미하는 것은 아니다. 여러 가지 문화현상은 일정한 규칙에 따라서 순차적으로 발생하는데, 일반적으로 원생문화原生文化와 차생문화次生文化 두 부류로 나누어진다.

고인류가 가장 먼저 창조한 생존양식 체계와 그 안에 포함된 각종 문화 형식(어떤 것은 초기상태에 있다고 하더라도)을 우리는 원생문화라고 부른다. 구석기 직립인시대에 중국 경내에서 발견된 원모인元謀人, 섬서성에서 발견된 난전인蘭田人(약 100만 년~80만 년 전), 북경 주구점周口店에서 발견된 북경인北京人(약 70만 년~20만 년 전), 광동성에서 발견된 마패인馬壩人, 호북성에서 발견된 장양인長陽人(약 10만 년 전), 산서성에서 발견된 정촌인丁村人(약 80만 년 전), 녕하寧夏에서 발견된 하투인河套人(약 3만 5천 년 전), 북경에서 발견된 산정동인山頂洞人(약 2만7천 년 전) 등이 창조한 문화는 모두 원생 문화에 속한다.

원생문화와 구별되는 문화는 차생문화로, 신석기시대이후의 인류문명을 가리킨다. 중국 경내의 신석기문화는 주로 하남성의 배리강문화裴李崗文化(기원전 약 5500년), 황하 중류 하남성·산서성·섬서성을 중심으로 하는 앙소문화仰韶文化(기원전 약 5000년~기원전 3000년), 감숙성과 청해靑海 일대의 마가요문화馬家窯文化(기원전 약 3300년~기원전 2000년), 산동성 태산泰山 주위의 대문구문화大汶口文化(기원전 약 4300년~기원전 2500년), 황하 중하류의 용산문화龍山文化(기원전 약 2900년~기원전 1900년), 장강 중하류 서쪽의 대계문화大溪文化(기원전 약 4400년~기원전 3300년), 장강하류의 양저문화良渚文化(기원전 약 3300년~기원전 2200년), 영파寧波 소흥紹興 일대의 하모도문화河姆渡文化(기원전

약 5000년~기원전 3300년), 강한평원江漢平原의 굴가령문화屈家嶺文化(기원전 약
3000년~기원전 2600년) 등등이며, 이러한 선사시대의 신석기문화와 후대의
역사시대가 차생문화를 구성하고 있다.

구석기 시기의 원생문화에 사용된 노동 도구는 목기, 타제석기, 골기骨器
등이 있으며, 그들은 주로 자연적으로 형성된 산 동굴에서 거주하였다. 복장
은 대개 동물의 가죽이나 혹은 나뭇잎을 연결하여 만들었으며, 말기에는
간단한 재봉기술을 활용할 줄 알았다. 그리고 이미 원시종교가 생겨났는데,
만물에 영혼이 있다는 관념아래 주로 자연현상을 숭배를 하였다. 노동의
상황을 모방하거나 귀신의 위력을 상상하여 만든 원시가무歌舞가 출현하였
고, 조개껍질, 짐승의 이빨, 조약돌 등으로 간단한 장식물을 만들 줄 알았으
며, 암각화를 그리기도 하였다. 사회조직은 모계사회이고, 어업과 수렵, 채
집 등의 활동으로 음식을 장만하였다. 혼인제도는 집단혼集團婚이 유행하였
으며, 말기에 혈연간 동년배 결혼으로 넘어가기 시작하였다. 집단노동과
공동소유, 이러한 상황에서의 사유적 특징은 서로 얽히고설킨 혼돈한 사유
체계를 지닌다는 것이다. 말기에는 이미 유성 언어가 출현하였다.

신석기시기문화에 이르러 노동 도구에도 가공이 비교적 복잡한 목기, 마
제석기, 마제골기 및 생활상에서 쓰이는 토기가 출현하였고, 아울러 원시
농경과 초기단계의 수공업이 등장하였다. 그리고 강을 건너는 도구인 배가
등장하였고, 복장도 이미 자연 식물섬유로 제작한 삼베옷을 입었다. 원시종
교도 거듭 발전하였으며, 점복占卜이 성행하고, 점토로 구워서 빚어낸 그릇
을 사용하고, 간단한 돌조각 및 토기, 뼈, 대나무 등으로 만든 악기가 출현하
였다. 회화繪畫도 이미 기본적으로 형상의 특징을 다룰 수 있는 수준에 이르
렀다. 사회 조직은 말기에 부계사회로 넘어가는 과도기 상태에 있었으며,
혼인제도 역시 대우혼對偶婚에서 일부일처제로 발전하였다. 주된 음식 공급
원은 농경과 사육이었다. 분배에 있어서는 여전히 수확을 함께 공용하였으

며, 거주는 인공으로 만든 집에서 살았다. 사유 특징은 종합적인 집단적 사유를 가지고 있었으며, 이미 초보적인 개괄능력을 가지고 있었다.

이상은 근래의 고고학적 성과에 의거하여 열거한 것이다. 그렇다면, 문자는 이러한 문화 발생 서열 중에서 어떤 위치에 처해 있는가?

한자 발생의 요구조건은 다음과 같다. 언어가 발달하고, 추상적인 사유를 할 수 있는 능력을 구비하고, 일을 기록할 수 있는 부호를 정확하게 활용할 줄 알며, 또한 사물의 특징을 개괄하여 간결하고 세련되게 그려 낼 수 있어야 한다. 사회적으로는 부계사회에서 가부장제도가 싹트고, 거주지는 비교적 큰 규모의 읍락이 형성되고, 농경·목축·토기 제작 등이 이루어지고, 물건의 교환과 기술 전달의 수요가 늘어나는 한편, 정보교류에 대한 사회의 요구도 더욱 높아지고, 그 과정에서 사물 표현에 적합한 정보 부호를 찾아내는 등등의 요건이 구비되어야 한다. 이러한 요구 조건으로 볼 때, 한자는 당연히 신석기시대 말기에 출현하였다고 할 수 있다. 다음에서 그 주요 조건을 분석해 보고자 한다.

1) 유성언어의 고도 발달

언어는 원생문화이다. 언어에는 형체언어와 유성언어, 그리고 비교적 늦게 출현한 유형부호언어가 포함되는데, 이러한 광의의 언어개념을 가지고 말하면, 언어와 인류의 진화는 동시에 이루어져왔다고 하겠다. 인류가 유성언어를 활용하기까지는 아주 오랜 진화의 과정을 거쳤다. 일반적으로 인류가 유성언어를 완성하기 전까지는 형체언어를 위주로 하는 단계에 머물러 있었다고 알려져 있다. 오스트레일리아 원인猿人화석의 후두 형상을 통해 추측해 보면 그 당시에는 말을 할 수 없었다는 사실을 알 수 있다. 지금으로부터 20만 년에서 10만 년 전(구석기 중기)의 네안데르탈인(1856년 독일 서부 Düsseldorf 부근의 네안데르탈 하곡의 작은 산 동굴 안에서 발견되었다)의 두개골은 이마가 낮고 평평하며 눈두덩이 현저하게 두드러져 있고, 뇌의 용량은 1230㎖이다. 현대 고인류학자가 본뜬 후두를 가지고 볼 때, 아직은 현대인의 모든 발음을 내기에는 발음기관이 덜 발달된 상태로 다만 간단한 음절만을 낼 수 있는 수준이었다. 중화대지에서 신석기 말기에 출현한 북경인과 마패인은 유럽의 네안데르탈인에 해당되며, 유성언어의 기능을 완전히 갖추지 못한 상태였다. 우리는 구석기 말기 산정동인山頂洞人은 유성언어가 이미 비교적 발달된 상태였다고 추측해 볼 수 있다. 혹자는 『한비자韓非子』에 기록된 수인씨燧人氏가 "鑽木取火"(나무를 문질러 불을 얻었다.), 유소씨有巢氏가 "構木爲巢"(나무를 얽어매어 집을 만들었다.)는 전설을 근거로, 그 전설이 후대로 전해질 수 있었던 것은 인공으로 불을 구하는 방법을 발명하고 나무 위에 집을 지어 살던 시대에 이미 유성언어가 어느 정도 발달했었기 때문이라고 추측하였다. 인공으로 불을 만들고, 나무 위에 집을 짓던 상황은 아마도 구석기 말기 혹은 신석기 초기에 출현했다고 보는데, 이것은 앞에서 우리가 언급한 시대와 서로 부합된다. 그러나 전설이 반드시 그 사물의 발생시기부터 유전되었다고 볼 수는 없다. 그것은 후대 사람들의 억측 가능성을 배제할 수 없기 때문이다. 그러므로 이러한 자료를 증거로 활용하기에는 적합해 보이지 않는다.

언어의 발전은 크게 세 단계로 나누어 볼 수 있다. 형체언어가 주가 되고 음절이 나뉘지 않은 어음語音을 보조로 사용하던 시기(대략 구석기 초기), 불완전하게 음절이 나뉘진 언어와 형체언어를 동시에 사용하던 시기(대략 구석기 중기), 비교적 발달된 유성언어가 형체언어를 보조하던 시기(구석기 말기로 추측)로 나눌 수 있다. 구석기시기 고인류의 정보 교류는 형체언어가 중요한 지위를 차지하고 있던 단계이므로, 이는 형체 동작에 의해 구분 지어지는 특징에 제한을 받을 뿐만 아니라 "어휘"도 풍부하지 않았기 때문에 문법구조는 커녕 언어를 기록하는 부호는 등장조차 하지 않았다. 하지만 형체언어 가운데 어떤 함축적인 의미를 담고 있는 몸짓은 아마도 상형자의 기원 가운데 하나일 것이다. "교爻"자는 갑골문에서 마치 한 사람이 정면을 보면서 두 다리를 교차하고 있는 듯한 모습을 하고 있는데, 두 다리를 교차하여 교차한다는 의미를 표시한 것은 아마도 형체언어 가운데 한 단어인 듯하다. 이러한 예와 유사한 것으로 성인이 정면을 보고 서 있는 것을 나타낸 "대大"자, 두 손을 모아서 위로 바치는 모양을 나타낸 "공廾"자, 두 손을 허리에 대고 있는 모양을 나타낸 "요腰"자 등이 있다. "지止", "수手", "목目", "설舌"(입에서 내민 혀), "자自"(코), "구口", "면面" 등은 더욱 직접적으로 신체의 관련 부분을 가지고 표현해 내었다.

유성언어의 발전은 인류 교제 수요에 따라 지속적으로 발전(당연히 인류 체질진화의 생리적 조건의 필요에 의해)된 것으로 생산의 발전과 사회의 진보에 따라 교제가 빈번해지고 부락은 크고 작은 연맹으로 결성되면서 점차적으로 일정한 범위의 지역성을 지닌 언어가 형성되었다. 그러나 비교적 큰 범위내의 통일된 언어의 출현은 반드시 정치세력의 영향을 받아 생긴 결과이다. 대규모의 전쟁을 통해 강력한 권력이 만들어지면서 하나의 강대한 부락을 주체로 하는 부락 연맹 혹은 국가가 형성되었다. "고도로 발달한" 유성언어의 기초 위에 언어부호를 기록하는 문자가 발생하였다. 여기에서 말하는 "고도로 발달한"의 의미는 어음이 복잡한 음절의 출현, 일상에서 습관적으로 보는 사무에 대해 고정된 의미를 표현할 수 있는 단어, 실사實詞, 허사虛詞 등의 기본적인 품사의 분류가 모두 갖추어져 있는 것을 말한다. 오직 고인류의 발음기관만이 복잡한 음절을 낼 수 있기 때문에 그 차이의 특징을 가지고 만물을 표현할 수 있는 어휘량을 만들어 낼 수 있었다. 실사와 허사의 기본 분류가 완전하게 갖추어지면 언어는 정확한 정보를 전달할 수 있다. 통일된 언어의 범위가 넓으면 넓을수록 언어 정보의 교류 역시 더욱 넓어진다. 이러한 기초 위에서 문자가 발생해야만 정보를 전달하는 기능이 훨씬 강해지게 된다.

2) 사유능력의 발전

언어와 사유는 상호간의 관계가 매우 밀접하다. 비록 일반적으로 언어(유성有聲)가 있기 전에 사유단계가 있다고 여기지만, 여기에서 말하는 사유란 매우 간단하고 초보적인 구석기 초기의 인류 사유를 가리키는 것이다. 유성언어의 발전과 사유의 발전이 서로 촉진시켜 나가면서 지속적으로 발전하는 과정 가운데 유성언어는 점차적으로 사유의 주요 도구(다른 사물의 부호를 도구로 삼은 사유 활동의 도움을 받는다는 것은 지극히 부차적이다.)가 되었다. 가견도賈甄陶는 『인식론인론認識論引論』에서 "語言是主體加工、儲存、傳遞信息的工具, 因而也是主體進行意識、思惟活動和鞏固、傳達意識、思惟活動成果的工具."(언어는 주체적으로 가공하고 저장하며 정보를 전달하는 도구이다. 그렇기 때문에 또한 주체적으로 의식하고 사유하는 활동을 진행하고 공고히 하며 의식과 사유 활동의 성과를 전달하는 도구이다.), "思惟活動可以說是一種携帶信息、具有意義的符號的操作."(사유 활동은 일종의 정보를 휴대하고, 의미를 지니고 있는 부호의 조작이다.)라고 하였다. 사유와 언어의 관계를 가지고 볼 때, 사유능력과 언어능력의 발전 역시 동시에 발생한 것이다.

저명한 스위스의 언어학자인 소쉬르(Fedinand de Saussure)의 주장에 의거해 볼 때, 부호는 개념(가리킴을 받는 것)과 음성(가리키는 것)의 결합이다. 다시 말해서 언어는 음성을 이용해 정보를 전달하고 객관적 개념을 반영하는 부호 시스템이다. 하지만 문자는 필획 형체를 이용해 언어를 기록하는 부호

시스템이라고 할 수 있다. 그래서 문자는 객관적 개념의 2급 부호 시스템인 것이다. 한자의 형체는 언어를 기록하는 것뿐만 아니라 간결하고 세련된 형체를 통해 전체적으로 혹은 부분적으로 어의語義를 반영하고 있다. 표의문자는 반드시 사물의 특징을 분명하게 나타내야만 비로소 말을 기록할 수 있다. 그렇지 않으면, 그림 방법으로 세상 만물을 그린다고 할 때 동일한 종류의 물체라도 개체상의 차이가 있기 때문에 선택하지 않고 만물의 모양과 차이를 "묘사" 한다면, 한 "글자"를 묘사하기 위하여 얼마만큼의 재능을 가지고서 비로소 "묘사"를 완성할 수 있을지 단언하기 어렵다. 이것은 바보 같은 사람이 1만 번의 필획을 그으면 1만 자를 쓸 수 있다고 생각하는 것과 같다. 그렇다면 이것은 어떤 응용 가치가 있다고 하겠는가. 문자의 형체는 오직 불필요한 특징을 생략하고 그 사물의 특징만을 나타내야만 비로소 형체가 간단하고 세련되어진다. 만물을 비교하고, 그 비교 과정에서 그것만의 특징을 인식하게 되는데, 그러한 과정에는 이미 부분적인 이성적 판단이 포함되어 있다. 그렇기 때문에 한자를 창조한 화하의 조상들은 당연히 어느 정도 추상화와 연상, 그리고 비교하는 인식 능력을 갖추고 있었다는 사실을 알 수 있다.

원시인류의 사유는 주·객관적 구분이 충분히 안정되어 있지 않은 까닭에, 개체의식은 미완성의 집단의식 가운데 포용당하고 있어 사물의 특징에 반영되지 않은 사소한 부분을 파악하기에 좋다. 초기 원시모계 공동사회에서 우두머리인 노조모老祖母가 바로 집단의식을 대표하며, 그녀는 오랜 생산과 생활 경험을 통해 모든 일체를 판단하고 지휘한다. 씨족의 구성원은 수령의 옳고 그름을 독립적으로 생각하지 못하고 객관적 세계에 대한 인식은 오직 수령의 말만을 따른다. 동일한 사물에 대하여 비교하여 귀납하지 못한다면, 공통적이고 본질적인 특징을 찾아내기 어렵다. 비본질적인 상징을 근거로 사물을 인식하기 때문에, 그리하여 이러한 것들이 언어에 반영된다면 동일한 사물을 나타내는 단어는 상당히 많게 된다. 『설문·마부馬部』에는 115자(단어)가 있는데, 그 가운데 색깔을 기준으로 나눈 글자는 23자, 깃털의 길고 짧음을 가지고 나눈 글자는 2자, 대소로 나눈 글자는 3자, 말의 이름을 가지고 나눈 글자는 5자이다. 이러한 것은 모두 상징을 분류한 것으로 아마도 원고遠古시기 중국어 어휘의 잔존인 것 같다. 어떤 글자들은 한대 이전의 문헌 기록 중에서 사용(문자로 기록된 어휘는 대부분 그 어휘 문자의 발생을 기록한 것보다 이르며, 다만 소수만이 새로운 어휘를 기록하여 창조한 것이다. 이러한 어휘 뒤에 발생한 한자는 형성자방법으로 이 어휘들을 마부馬部에 포함시켰다.)되었다. 소수민족의 언어에 근거하여 조사해보면, 어떤 민족은 방위사가 없으나, 어떤 방향의 지역으로 가는 길이 아무리 멀어도 길 위에 있는 표시(나무, 강, 산, 돌 등)를 분명하게 기억해낼 수는 있다. 하지만 이것은 개괄하는 사유 능력이 비교적 떨어지는 것을 의미한다. 세상에 상존하는 소수 원시 부락을 가지고 추단해 볼 때, 구석기시대 혹은 신석기 중기 이전의 원고인류의 사유는 만물의 본질적인 특징에 대하여 아직 완벽하게 파악할 수 없었다고 할 수 있다. 여기서 분명한 점은 이러한 사유능력을 가지고는 문자를 창조할 수 없다는 점이다.

구석기시대에는 어업과 수렵, 채집활동을 통하여 동식물의 특징과 지형 노선 등에 대하여 비교를 통해 차츰 인식해갔다. 불과 화살의 발명 역시 고인류의 초보적인 연상 능력을 설명해주는 것이다. 그러나 이러한 것들은 기본적으로 집단적인 의식을 통해 만들어낸 것으로, 그 중에서 최고의 지혜를 대표하는 사람은 모계사회의 여성 우두머리이다.

신석기시대에 이르러 원시농경이 발생한 후에 토기의 제작 등 원시적인 수공업이 출현하였다. 수공업의 출현은 인류사회에 최초로 분업 시대를 열어주었다. 생산도구의 진보와 개체간의 능력 차이로 인해 생산 활동 중에서 서로 다른 작용을 함으로써 개체의식의 독립적인 경향을 증가시켰다. 뿐만 아니라 생산 활동이 점차 확대됨에 따라 사물을 관찰하는 능력도 더욱 발전하게 되었다. 분업은 필연적으로 교환을 가져왔으며, 교환을 하는 과정을 거치면서 인류는 교환물에 대한 특징, 품질, 수량 등에 대하여 더욱 정확하게 이해하게 되었다. 봄에 씨앗을 뿌려 가을에 거두며, 추운 계절과 더운 계절이 바뀌고, 오이를 심으면 오이를 얻고, 콩을 심으면 콩을 얻게 되는 자연의 섭리 역시 어느 정도 활용하게 되었고, 이러한 사회적 진보는 고인류의 비교·개괄·연상 능력을 제고시켜 주었다. 특히 신석기 중기 이후 부락연맹의 범위가 확대됨으로써, 전설 속의 황제黃帝, 염제炎帝, 치우蚩尤 등 무리를 이끄는 부락의 우두머리들이 출현하였고, 이들의 지혜와 사유능력은 그 시대를 대표하게 되었다. 그들은 수천수만의 군사들을 지휘하면서 산천의 지형과 특징을 숙지하여 작전을 수립하고, 군사를 조련하고 양식과 무기를 공급하였다. 이와 같은 그들의 인지능력은 이미 주·객관이 나뉘지 않았던 혼돈의 원시적인 단계를 뛰어넘었음을 시사해준다. 이러한 사실로 볼 때, 황제黃帝 이후에 문자가 만들어졌다는 것은 가능한 일이다.

3) 고급 기사記事부호의 출현

나무 조각, 나뭇잎, 돌덩이, 깃털 등의 실물을 가지고 사건을 기록하던 단계에서 결승結繩, 각목刻木으로 발전하였는데, 이것이 원시적이고 초보적인 기사記事 방법이었다. 초보적인 기사방법은 일에 대한 내용 없이 대강만을 기록할 수 있었다. 그 대강이란 작용만을 제시할 뿐 복잡한 정보를 표현할 방법이 없어 이것은 문자 탄생의 토대가 되지는 못한다. 신석기중기에 이르러 앙소문화유적지에서 비교적 개괄적인 기사 그림과 추상적인 기사 부호가 발견되었는데, 이것은 수준 높은 기사방법이었다. 이러한 기사 그림과 기사 부호가 지속적으로 발전하여 각종 물체와 사건을 기록할 수 있게 되었다. 인류와 사회의 사물 역시 부호 체계이다. 하지만 고정된 독음讀音과 사회적으로 일치되어 승인된 고정적 의미가 없기 때문에 이들 부호를 문자라고는 할 수 없고, 다만 이들 부호가 화하민족의 사유능력을 훈련시켰다고 볼 수 있을 뿐이다. 이러한 그림과 추상적인 기사 부호는 원시적인 한자 형태의 토대가 된다. 중국 상고시대의 문자 발생 이전의 기사방법과 관계있는 내용은 다음 절에서 상세히 소개하고자 한다.

4) 사회의 발전

이 조건은 모든 조건 중에서 가장 중요한 것으로 언어, 사유, 기호의 발전은 모두 사회의 발전에 기인하며, 사회 생산력 발전 수준에 의해서 결정된다. 구석기시기 고인류는 자연적으로 형성된 동굴에서 거주하며 타제석기를 사용하고, 과실의 채집과 수렵을 통해 짐승을 잡는 것이 그들의 주요 생산 활동이었다. 신석기시기에 이르러 인류는 인공으로 지어진 지혈地穴 혹은 지상의 건축물에서 생활하였고, 주로 농경, 사육, 도자기 제조, 옥 조각 등의 생산 활동에 종사하였다. 음식물 획득 방법은 채집, 수렵에 대한 의존도가 점차적으로 줄어들었고 사람들의 노동에도 분업이 일어났으며, 이에 생산품 교환에 기록이 필요하게 되었다. 뿐만 아니라 복잡한 생산 경험 역시 기록과 전달이 필요하게 됨으로써 간단한 결승結繩이나 각계刻契는 이러한 상황을 대처해 나갈 수 없게 되었다. 특히 배가 발명(신석기시대 중기의 하모도河姆渡 문화유적에서 이미 나무로 만든 노가 출토되었다.)됨으로써 인류가 자연을 정복하는 능력이 크게 제고되었다. 인류는 대자연과 더불어 투쟁하는 가운데 자신의 역량에 대한 인식을 강화시켜 나가는 동시에 인식상의 주·객체 분리를 가속시켰으며, 또한 자연규칙에 대한 이해도 심화시켜 나갔다.

원시종교인 무술巫術은 원시사회에 있어서 인식세계의 가장 중요한 철학이며, 공동의 신은 오직 집단을 단결시키는 역량뿐만 아니라 또한 고인류 집단 활동의 정신적 지주이기도 하다. 무술이 사람과 귀신을 연계시키기 위해서는 정확한 부호가 중요한데, 부호의 역할은 정확하게 귀신의 뜻을 전달하기 위한 것이다. 생산 기술이 높아지고, 또한 자연자원의 중요성이 인식되고, 잉여 재물이 등장함으로써 정확한 지표가 필요하게 되었다. 분업과 교환 역시 기록이 필요하게 되었다. 혼인제도가 족외혼으로 발전하면서 성씨 기원으로써의 씨족의 토템이 더욱 중요성을 가지게 되었다.

이러한 조건은 오직 신석기중기 이후에야 비로소 갖추어질 수 있었다.

2. 문자가 없던 시기의 기사방법

한자가 출현하기 이전, 전설상의 기사 방법으로는 결승結繩, 각계刻契, 화괘畵卦, 작도作圖 등이 있었다. 이러한 기사 방법은 한자 탄생의 준비 단계로, 화하 상고인들의 사유의 부호화 능력을 훈련시켜 주었다. 결승, 각계, 화괘는 추상적인 기사 방법으로 그 추상적인 기사부호는 지사자指事字 가운데 지사부호의 중요한 근원이며, 작도 역시 한자의 형태 형성에 영향을 끼쳐 일부 상형자와 회의자의 기초가 되었다. 한자의 사각寫刻방법과 한자 형체에 담겨있는 의미 역시 이러한 기사방법을 사용하는 과정 가운데 점차적으로 확정되어졌다.

1) 결승

중국에서 지금까지 전해지는 전적 가운데 화하 상고인과 연관하여 결승 기사를 언급한 전설을 많이 찾아 볼 수 있다. 이 가운데 몇 가지 중요한 구절을 선택하여 분석해 보고자 한다.

『노자老子』 제18장에서 "小國寡民. 使有什伯之器而不用, 使民重死而不遠徒. 雖有舟輿, 無所乘之. 雖有甲兵, 無所陳之. 使民復結繩而用之. 甘其食, 美其服, 安其居, 樂其俗. 鄰國相望, 鷄犬之聲相聞, 民至老死不相往來."(나라가 작고 백성은 적어서 여러 사람이 사용할 만큼 도구가 있어도 부릴 데가 없고, 백성이 죽음을 무겁게 여겨 먼 데로 옮겨 다니지 않게 한다. 배와 수레가 있어도 탈 일이 없고, 군대가 있어도 진을 펼칠 일이 없다. 백성들이 다시 노끈을 매듭지어 쓰게 하고, 음식을 달게 먹고, 입는 옷을 곱게 입으며, 거처를 편안하게 하고, 풍속을 즐기게 한다. 이웃 나라가 서로 바라보고, 닭과 개 소리가 서로 들리지만 백성들은 삶을 마칠 때까지 오가지 않는다.)고 하였고, 『역易ㆍ계사繫辭』 하에서 "上古結繩而治, 後世聖人易之以書契, 百官以治, 萬民以察."(상고시대에는 새끼를 매서 다스리더니 후세에 성인이 서계로 바꾸어 백관이 이로써 다스리며 만민이 이로써 살핀다.)"고 하였으며, 허신의 『설문해자서』에서는 "古者庖犧氏之王天下也, 始作『易』八卦, 及神農氏結繩爲治, 而統其事."(옛날에 복희씨가 천하를 다스릴 때 드디어 『주역』의 팔괘를 만들었고, 신농씨에 이르러 새끼로 매듭을 지어 그 일을 기록하는 결승으로 다스렸는데, 복잡하고 허위로 작성하는 일들이 빈번하게 발생하였다.)고 언급하였는데, 이는 결승과 관련 있는 비교적 유명한 전설로 사람들에 의해 자주 인용되고 있다. 이외에도 진晉나라 사람의 위작僞作인 공안국孔安國의 『상서서尙書序』의 내용은 위에서 언급한 내용과 대동소이하다. 뿐만 아니라 『장자莊子ㆍ거협胠篋』에서 "昔者容成氏、大庭氏、伯皇氏、中央氏、栗陸氏、驪畜氏、軒轅氏、赫胥氏、尊盧氏、祝融氏、伏犧氏、神農氏、當是時也, 民結繩而用之."(옛날에는 용성씨, 대정씨, 백황씨, 중앙씨, 율육씨, 려축씨, 헌원씨, 혁서씨, 존노씨, 축융씨, 복희씨,

신농씨가 있었으니, 이때에는 새끼를 맺어 문자로 썼다.)고 하였다.

　『노자』가 지어진 연대에 대해서 학술계에서 논란이 비교적 큰 편이다. 특히 출토된 곽점죽간郭店竹簡의 내용과 현전하는『노자』의 내용이 완전히 다른 까닭에 어떤 학자는 현전하는『노자』의 작자가 전국시대 초년의 노담老儋이라고 추측하기도 한다.『장자・거협』편은 외편에 속하며, 모두들 공인하듯이 장자 본인이 저술한 것이 아니라 아마도 장자의 후학 또는 한대漢代의 사람이 저술한 듯하다.『역・계사』편은 서한 이전에 쓰였으며, 허신은 동한시대 사람이다. 이러한 몇 가지 자료 가운데 우리가 특히 위에서 언급한『노자』의 말을 중시하는 것은『노자』가 시간적으로 일찍 출현했을 뿐만 아니라 적어도 전국시대 초기 혹은 한대 이전의 저작이며, 더욱이 진실을 상세히 설명하고 있기 때문이다. 이 구절은 노자의 사상을 반영하고 있을 뿐만 아니라 또한 화하 원시부락에 얽힌 상고인들의 전설을 회상한 것으로 공허한 상상에서 나온 것이 아니다. 노자가 회상한 화하 상고인들의 원시부락 특징으로는 네 가지가 있다. 첫째는 "소국과민小國寡民"으로 나라는 작고 백성은 적어도 스스로 한 나라를 이루어 자신이 스스로 자신을 관리한다고 하니 그것은 다만 원시적인 씨족사회라고 할 수밖에 없다. 두 번째는 "먼 곳으로 옮겨 다니지 않고", "거처를 편안하게 한다"는 것은 이미 안정된 주거 생활을 한다는 말로써 당시는 농경사회에 진입하여 가축 사육도 이미 발달하였기 때문에 "닭과 개 소리가 서로 들린다"고 한 것이다. 이것은 『장자』와『설문・서』에서 말하는 신농씨시대와 기본적으로 부합되며, 또한『역・계사』의 "상고上古"시기와도 모순되지 않는다. 셋째는 생산도구가 "여러 사람이 사용할 만큼 있다"라고 할 정도로 많아 아직은 중시 받지 못하는 원시적인 시기이기는 하나 이미 수레와 배가 발명되었다는 점이다. 넷째는 서로 다른 부족 간에 "서로 왕래하지 않는다"고 한 것은 부락 내부 생산에 의지하여 자급하기 때문에 부락간의 교환행위를 하지 않았다. 이러한 사회에서는 새끼를 묶어 일을 기록하는데, 대체로 신석기시대 초기 혹은 중기 이전의 상황을 말한다. 전설상의 신농씨를 당연히 원시 농경을 발명한 인물 혹은 부락으로 보고는 있지만 고고학적 자료에 의하면 중국의 원시적인 농경의 출현은 신석기 초기 혹은 구석기 말기에 출현했다고 본다. 이러한 사실로 볼 때, 고고학적 자료와 전설상의 시기가 대체로 부합된다.

결승 기사방법이 어떤 것인가 하는 것은 중국내 문자가 없는 소수민족의 습속習俗을 참고해 보면 대략 다음과 같다. 첫째, 노끈 위에 크고 작은 서로 다른 매듭을 지어 수를 세거나 날짜를 헤아린다. 독용족獨龍族은 사람이 멀리 문을 나서는 경우 매일 하루가 지날 때마다 노끈 위에 매듭을 하나씩 지어 걷는 날짜를 계산한다. 경파족景頗族은 먼 길을 나갈 때 장도長刀에 달린 이삭으로 매듭을 지어 날짜를 계산한다(『고고학보考古學報』 1981년 1기에 게재된 왕녕생汪寧生의 『원시기사도문자발명從原始記事到文字發明』에서 자세히 볼 수 있다). 서장西藏 등인僜人과 미림지구米林地區의 낙파족珞巴族 역시 유사한 방법을 사용한다. 청대 이조원李調元은 『남월필기南越筆記』에서 려족黎族에 대해 "黎長不以文字爲約, 有借貸以結繩作結, 可以左券. 如不能償, 卽百十年後, 子孫皆可持結繩而問之, 負者子孫不敢諉也."(려족은 오랫동안 문자로 약속하지 않아도 돈을 빌리는 경우가 있으면 노끈으로 매듭을 지어 증거로 삼았다. 만일 갚지 못할 일이 있으면 백년이 지난 후에도 자손이 노끈 매듭을 가지고 가서 돈을 요구하면 빚을 진 사람은 감히 핑계를 대지 못 한다)고 기록하였다. 신중국 건립 이전에 율율족傈僳族인 흑연맥黑燕麥이 그 조카를 부양하였는데, 조카가 그의 집에 들어가 살기 시작하면서 한 달이 지날 때마다 검게 칠한 삼베 끈 위에 매듭을 하나씩 지어 모두 쉰 한 개가 되었다. 후에 그는 이것을 근거로 해방 후 일자리를 잡은 조카에게 쉰 한 달치의 식사비를 청구하였다(『문물文物』 1962년 제1기에 게재된 이가서李家瑞의 『운남기개민족기사화표의적방법雲南幾個民族記事和表意的方法』에서 상세히 볼 수 있다).

둘째, 매듭으로 일을 기록한다. 광서성 요족瑤族 마을 간에 분쟁이 나면 언제나 쌍방 우두머리의 "강사講事"의 방법으로 해결하는데, 말을 할 때 쌍방 우두머리가 서로 돌아가면서 자기 측의 도리를 주장한다. 한 사람이 이유를 설명해 만일 상대방 우두머리의 동의를 얻게 되면 자기 측의 노끈에 매듭을 하나 맨다. 마지막에 가서 어느 쪽 노끈 위에 매듭이 많으면 도리가 많은 것으로 간주되어 이기게 된다(『민족단결民族團結』1963년 제1기에 게재된 이유강李維剛의 『요족적기사방법瑤族的記事方法』에 보인다). 진 쪽에서는 도리에 진 수 만큼 징과 북을 치며 소 또는 돼지 등의 예물을 들고 상대방 마을에 가서 사과한다. 노족怒族은 노끈을 매듭지어 일을 기록하는데 큰 일에는 크게 작은 일에는 작게 매듭을 진다. 『역易·계사繫辭』하下의 정현鄭玄『주注』에서는 "大事, 大結其繩. 小事, 小結其繩."(일이 크면 그 노끈의 매듭을 크게 짓고, 일이 작으면 그 노끈의 매듭을 작게 진다.)고 하였는데, 이 내용은 바로 노족이 사용하는 방법과 같다.

노끈 위의 매듭으로 수를 계산하고, 날짜를 기록하며 일을 기록한다. "上古結繩以治"(상고시대에는 결승으로 다스린다.)에서 "治"(다스린다)의 구체적인 내용은 우리가 추측해 보건데 이와 대체로 유사하다고 보인다. 현대 한자 중에서 십+, 입卄, 삽卅에 대응하는 고문자 형체를 보면, 십+은 한 줄의 노끈 같고, 입卄, 삽卅은 나누어진 두 줄 세 줄의 노끈이 함께 연결된 것 같은데, 이는 당연히 노끈을 매듭지어 일을 기록한 것을 반영한 것이라 할 수 있다.

2) 각계刻契

유희劉熙는 『석명釋名·석서계釋書契』에서 "契, 刻也, 刻識其數也."(계는 칼로 새긴다는 뜻으로 그 수를 새겨 안다는 의미이다.)라고 하였다. 일반적으로 대나무, 나무 조각 위에 이빨과 같은 모양을 새긴다(고고학적으로는 아직까지 뼈를 사용해 이빨같이 생긴 모양을 새긴 유물을 발견하지 못했다). 『주례周禮・천관天官・질인質人』에는 "掌稽市之書契."(계시를 관찰하는 것이 서계이다.)라 하였는데, 이에 대하여 정현은 『주』에서 "書契, 取予市場之券也. 其券之象, 書兩箚刻其側."(서계는 시장에서 주고받는 표이다. 그 표의 모양은 두 목간에 써서 그 옆에 새긴다.)고 하였다. 이른바 "書兩箚刻其側."(두 목간에 써서 그 옆에 새긴다.)고 한 말에 대해 손이양孫詒讓은 『주례정의周禮正義』에서 정현의 『역・주』를 인용하여 해설한 공영달의 『소疏』가 실려 있는 『서書・서敍』를 인용하여 "書之於木, 刻其側爲契, 各持其一, 後以相考合."(글씨는 나무에 쓰는데, 그 측면에 새기는 것을 계라 한다. 각자 그 한쪽을 가지고 있다가 후에 서로 부합되는지 이를 맞춰본다.)고 해석하였다. 그러므로 양찰兩箚은 하나의 계契를 둘로 나눈 것을 가리킨다.

『관자管子・경중갑輕重甲』에는 "朝功臣世家遷封食邑積餘藏羨峙蓄之家曰 : '城肥致沖, 無爲致圍. 天下有慮, 齊獨不與其謀. 子大夫有五穀菽粟者勿敢左右, 請以平賈取之子.' 與之定其券契之齒. 釜驅之數, 不得爲侈弇焉."(봉록이 있는 공신과 채읍과 양식이 풍부한 사람들을 불러놓고 "성벽이 두텁지 않으면 공격을 당하기 십상이고, 식량이 없으면 포위를 당하기 일쑤다. 천하에 혼란이 발생하였을 때 오직 제나라만이 그 일에 간섭하지 않았다. 만일 경대부들이 식량을 갖고 있다면 홀로 처리하지 말지어다. 국가가 평등한 가격으로 당신들의 곡식을 사들일 것이다"라고 말하였다. 이에 그들은 이빨이 새겨진 서계 반쪽을 주어 서로 결합하였다. 그리하여 양식의 수량에 대하여 경대부들은 많거나 적게 할 수 없었다.)라는 구절이 있다.

『묵자墨子・공맹公孟』에는 "子墨子曰 : '夫知者, 必尊天事鬼, 愛人節用, 合焉爲知矣. 今子曰 : "孔子博於『詩』、『書』, 察於禮、樂, 詳於萬物", 而曰可以爲天子, 是數人之齒, 而以爲富.'"(묵자께서 말씀하시길 '무릇 앎이란 하늘과 귀신을 잘 섬겨야 하며, 나라의 재물을 아껴 쓰고 백성을 사랑해야 한다. 이 내용에 잘 부합하는 것이 바로 앎이다.' 지금 그대가 '공자께서는 시서와 예악 그리고 만물에 밝으시다.'라고 말하니, 이것은 남의 장부를 보고 자기를 부자로 착각하는 것과 같다.)라는 내용이 있다.

『열자列子・설부說符』에는 "宋人游於道得人遺契者, 歸而藏之, 密數其齒. 告鄰人日 : '吾富可待矣.'"(송나라 사람이 길에서 거닐다가 남이 버린 약속 어음을 주은 자가 있었다. 집으로 가지고 가서 숨겨두고 남모르게 그 액수를 헤아려 보고서는 이웃 사람에게 '나는 부자다. 기대하여라'라고 말하였다.)라는 내용이 있고, 서화西漢의 초연수焦延壽는 『역림易林』에서 "符左契右, 相與合齒."(왼손에는 부를 들고 오른손에는 계를 들어 서로 합치시킨다.)라고 하였다.

『관자管子・경중편輕重篇』과 『관자』의 각 편은 하나의 사상체계로 이루어진 것이 아니다. 왜냐하면 그 안에 한대漢代인들의 숙어와 역사적 사실이 많이 보이기 때문이다. 그래서 마비백馬非百선생은 서한 말년 왕망王莽시대의 사람이 이름을 빌린 것이라고 여겼다(『관자경중편신론管子輕重篇新論』에 보임). 현존하는 『열자』는 위서僞書로 공인되고 있는데, 바로 위진魏晉 시기의 사람이 당시 보았던 여러 전적을 하나로 모아 편집한 책이다. 그밖에 『묵자・비성문備城門』의 "十人之所舉爲十挈."(열 사람이 들고 있는 것을 십설十挈이라고 한다.)라는 구절 중에서 "설挈"을 손이양은 "계契"와 같다고 여겼는데, 이는 아직 토론의 여지가 필요하다. 『주례』는 아마도 책이 이루어진 시기가 전국시대 초년인 것 같고, 『묵자・공맹孔孟』 역시 전국시대 문헌이므로, 이러한 사실로 볼 때 서계에 관해 전국시기에 이미 명확한 기재가 있었음을 알 수 있다.

『사기史記・위공자열전魏公子列傳』에는 "'嬴聞晉鄙之兵符常在王臥內, 而如姬最幸, 出入王臥內, 力能竊之. ……' 公子從其計, 請如姬. 如姬果盜晉鄙兵符與公子. 至鄴, 矯魏王令代晉鄙. 晉鄙合符."('영이 듣건데, 진비의 병부가 왕의 침실 안에 있음을 듣고, 가장 총애를 받는 여희로 하여금 왕의 침실에 들어가 그것을 훔치도록 하였다. …… ' 공자는 그의 계략대로 여희에게 청하자 여희는 진비의 병부를 훔쳐 공자에게 주었다. 공자가 업이란 곳에 이르자, 위왕은 진비에게 살펴보도록 하자 진비가 부합한다고 하였다.)라는 내용이 있다. 이는 바로 위공자가 훔친 병부로 조나라를 구했다는 고사로 전국시대에 발생한 고사이다. 병부는 동으로 제조하여 만든 짐승 모양으로 등에는 명문이 새겨져 있고, 가운데가 둘로 나뉘어져 있다. 그 가운데 반은 병사를 지휘하는 장령에게 주고 나머지 반은 국군國君이 가지고 있다가 병사를 움직이고자 할 때는 두개를 하나로 합쳐 명령의 진위를 판단하게 된다. 대나무로 만든 계契는 중간에 이빨같이 생긴 부분이 있는데 가르면 둘이 된다. 그러면 일을 맡은 쌍방이 각자 그 반을 가지고 신뢰의 증표로 삼는다. 대나무는 쉽게 제작할 수 있기 때문에 자연히 동기銅器 병부兵符보다 앞서 출현하였다.

1976년 청해성 낙도현樂都縣 유만촌柳灣村 마창馬廠 유형의 고분(신석기 말기)중에서 크고 작은 선을 그은 40여 개의 골편骨片이 출토 되었는데, 각각의 길이는 1.8mm이고, 넓이는 0.3mm이다. 골편 가운데 부분에 한쪽 혹은 양쪽에 이가 빠진 곳이 각각 하나 내지 세 개가 있다. 이것이 신석기시대 화하 고대인들의 각계기사刻契記事의 습속을 증명해 주고 있으나 우리는 아직 이러한 각계刻契의 구체적인 용법을 모르고 있다.

각계刻契의 용법 역시 단지 소수민족의 습속을 참고하여 추측해 보는 수밖에 없다. 첫째, 이빨 같은 모양을 새겨 날짜를 계산하고 숫자를 계산한다. 경파족景頗族 남자들은 먼 길을 떠날 때 칼자루 위에 가로로 선을 그어 날짜를 계산하는데 하루가 지날 때마다 하나씩 새겨 넣었다. 독용족獨龍族과 서맹와족西盟佤族은 이처럼 생긴 부분을 평평하게 깎아 약속날짜를 일깨워준다. 또한 두 사람이 서로 며칠 후에 만나기로 약속하면 각자 목편木片이나 혹은 죽편竹片을 하나씩 가지고 각각 홈을 몇 개씩 새겨 넣은 후, 하루가 지날 때마다 홈을 하나씩 평평하게 깎아 나가는데, 홈을 모두 깎게 되면 자연히 약속한 날짜에 이르게 된다. 독용족 사람들은 다른 사람들에게 돈을 얼마나 빌려주었는지 나무 위에 새겨 두었다가 돈을 돌려받으면 홈을 평평하게 깎는다. 서장의 등인僜人들은 돈을 빌려주면 판자벽 위에 줄을 그어 수를 계산한다.

둘째, 홈을 새긴 후 둘로 갈라서 증거로 삼는다. 고대 중국 홍하紅河의 합니족哈尼族 농민은 지주에게 세를 지불했는데, 하나의 죽편이나 목편 위에 세만큼 홈을 새겼다. 그런 연후에 중간을 쪼개 농민과 지주가 각기 그 반을 잡아 증거로 삼는다. 매 홈마다 수량이 얼마나 되는지는 각 지방마다 다르나 일반적으로 하나의 홈은 곡식 50근에 해당한다.

셋째, 홈을 새겨 일을 기록한다. 경파족의 습속은 새로운 곡식을 처음 수확할 때 노인은 촌민들에게 다른 촌과의 원한을 말한다. 노인은 사건이 기록된 목각木刻을 집어 들고 기록에 따라 한번 이야기한다. 홈의 큰 것은 큰 규모의 분쟁을 뜻하고, 작은 것은 작은 분쟁을 나타내었다. 홈의 구체적인 내용은 오직 그것을 새긴 자만이 알고 있다. 서맹와족 막아새자莫阿寨子의 애급艾給이 애초艾草에게 아편을 넣은 담배 60량을 빌렸는데, 연 이자가 30량으로 쌍방은 목각木刻을 새겨 증거로 삼았다. 목각의 한쪽에 60개의 선을 새겨 빌려준 양을 표시하고, 다른 한쪽에 30개의 선을 새겨 이자를 표시하였다. 후에 애급이 이를 갚지 못하자 애초는 애급에게 목각 하나를 보내면서 한쪽 끝 부분에 5개의 작은 홈을 새겼는데, 이는 "다섯 달 내에 돈을 갚기를 희망한다"는 뜻을 의미한다. 그리고 다른 한쪽에 큰 홈을 하나 새겼는데, 이는 "만일 갚지 않는다면 내가 소 한 마리 혹은 어린아이 하나를 데려가겠다"는 의미를 나타낸다.

결승結繩, 각계刻契를 가지고 간단한 숫자나 날짜를 계산하는 것은 비교적 정확하나, 사건을 기록하는 것은 단지 힌트를 제공하는 것에 지나지 않기 때문에 내용을 알려면 이를 만든 사람의 해석이 필요하다. 결승, 각계의 정보 전달 기능은 매우 약하기 때문에 단지 일에 있어서 먼저 약정한 범위

내의 간단한 정보만을 나타낼 수 있다. 비교적 복잡한 숫자나 연월일, 그리고 사건은 결승이나 계각을 통해 표현하기에는 곤란하기 때문에 반드시 더욱 복잡한 기호의 도움을 받아야 한다.

3) 화괘畵卦와 추상적 기사부호記事符號

『역・계사』 하下에 "古者包犧氏之王天下也, 仰則觀象於天, 俯則觀法於地, 觀鳥獸之文與地之宜, 近取諸身, 遠取諸物, 於是始作八卦, 以通神明之德, 以類萬物之情."(옛날 포희씨가 천하에 왕을 할 때에 우러러서는 하늘의 형상을 보고 구부려서는 땅의 법을 보고, 새와 짐승의 무늬와 땅의 마땅함을 보고, 가까이로는 저 몸에서 취하고 멀리로는 저 물건에서 취하여 이에 비로소 팔괘를 지음으로써 신명의 덕을 통하여 만물의 실정을 분류하였다.)라는 내용이 있는데, 여기서 포희씨는 바로 복희씨伏犧氏(상고한어에는 순치보음脣齒輔音이 없어 포炰와 복伏이 같은 음으로 읽혔다.)를 말한다. 『세본世本』, 『역』 등의 서적에서는 복희씨가 신농씨보다 늦게 세상에 출현하였다고 하였다. 신농씨가 결승으로 다스렸다하니 화괘의 발생은 당연히 결승에 비해 늦게 등장했다고 할 수 있으며, 그 시기 역시 당연히 신석기초기 보다 빠르지 않다고 보여진다. 아마도 앙소문화의 토기 부호의 출현시기와 비슷한 대략 신석기 중기 전후의 일로 여겨진다. 『역』의 괘사卦辭, 효사爻辭는 주대周代 초기에 만들어졌으며, 십익十翼은 전국시대에서 한대漢代 초기에 형성되었다고 보여지기 때문에 화괘에 비해 많이 늦다고 하겠다.

괘형은 여덟 가지가 있는데, 이는 여덟 가지 괘상을 대표한다. ☰하늘(乾), ☷땅(坤), ☳우레(震), ☶산(艮), ☲불(離), ☵물(坎), ☱연못(兌), ☴바람(巽) 등으로 괄호 안은 괘의 명칭이다. 괘 모양의 기본적인 기호는 길게 가로로 그어진 하나의 획과 짧게 그어진 두개 획으로 이루어져 있는데, 이 두 가지가 조합함으로써 어떤 범위안의 사물을 표시하게 된다. 낙도유만樂都柳灣에서 홈이 새겨진 40개의 골편이 출토되었는데, 유사한 괘를 조합하여 복잡한 사물을 표현할 수 있었는지는 아직까지 알 수가 없다. 괘와 같은 이러한 기호 조합은 기호의 발전이 고급단계에 이르렀음을 나타낸다. 한자의 회의자, 형성자는 상형자의 조합이고, 지사자는 상형자와 지사기호의 조합인데, 이 두 종류의 기호로부터 조합하여 변화된 괘의 형태는 원시한자의 발생에 분명 어느 정도 영향을 주었을 것이다.

여덟 가지 괘형에는 각기 괘명卦名과 괘상卦象이 있다. 그렇다면 사류事類를 대표하는 것은 괘명인가 아니면 괘상인가?

하늘(건乾)에 대해, 문일다聞―多는『주역의증류찬周易義證類纂』중에서 "건乾"은 응당 "알斡"로 써야 한다고 하였는데, 그의 주장은 매우 타당하다.『설문』에서 "斡, 蠡柄也."(알斡은 표주박의 손잡이다.)고 하였는데, 바로 표주박의 손잡이라는 말에서 빙빙 선회한다는 뜻이 파생되었다. 옛 사람들은 천문현상을 세밀하게 관찰하였다. 그리하여 하늘은 북두를 따라 도는데 그 중심에 북두성이 있다고 여겼다. 이에 '돈다'는 말로 '천문의 현상'을 대신 가리켰다. 그러므로 "건乾"(알斡)은 천문 현상을 가리키게 된 것이다. 땅(곤坤), 우레(진震)도 하늘(건乾)과 유사하게 괘상과 괘명 모두 의미상에서 연결되어 있다.『설문』에서 "坤, 地也.『易』之卦也. 從土從申."(곤坤은 땅을 말하며,『역』의 괘이다. 토土와 신申에서 뜻을 취하였다.)라고 하였는데, 곤坤자는 전국시대 고새古璽에서는 립立과 신申이 결합하였다(나복이羅福頤의『고새문편古璽文編』317쪽에 보임). 고경古經의 내용에 따르면 곤괘는 주로 대지 위의 인간 활동과 대지에 대한 인식을 표현하였다. 진震괘의 내용은 천둥과 번개에 대한 사람들의 인식을 표현한 것으로『설문』에서 "震, 劈歷振物者."(진震은 벽력劈歷이 사물을 진동시킨다.)고 하였다. 여기서 벽력劈歷은 지금의 벽력霹靂을 말하며,

번개의 명칭이다. 『역』의 경문經文은 비록 주대周代 초기에 쓰였다고는 하나 아마도 괘형 기호의 원시적인 의미에 근거하여 만들어진 것 같다. 간艮·리離·감坎·태兌·손巽 등의 5괘는 경문의 내용상으로 볼 때 모두 괘명과 관련이 있으나 괘상과는 연계되어 있지 않다. 리離는 리罹와 통하며 고경古經에서는 전쟁의 재앙을 의미하고 있다. 감坎괘의 내용은 대부분 함정에 빠진 포로를 사로잡거나 수렵에 관련된 내용을 담고 있다. 간艮괘의 간艮자에 대해 고형高亨 선생은 『주역고경금주周易古經今注』에서 "見"자의 반대되는 글자로 여겨 "爲還視之義, 引申爲注視之義."('돌아본다'는 뜻에서 '주시하다'는 뜻으로 의미가 확장되었다. 이 책의 重訂本 311쪽에 보임.)고 하였는데, 고경에서는 '몸을 보호한다'는 의미로 쓰였다. 손巽괘에 대해 단옥재는 『설문』 "손巽"자에 대하여 "巽乃遜之假借字. 遜, 順也, 順故善人."(손巽은 바로 손遜의 가차자이다. 손은 순종한다는 의미이니 순종한다는 것은 착한 사람을 말한다.)고 하였다. 경문에서 사용된 손괘는 의미가 뒤섞여 잡다하다. 손巽자는 네 번 보이는데, 모두 '순종하고 복종한다'는 의미로 쓰였다. 태兌괘의 내용은 나라간의 화평을 말한다. 『설문』에서 "兌, 說也."(태兌는 말한다는 뜻이다.)고 하였는데, 이에 대한 설명으로 단옥재는 『설문해자주』에서 "說者今之悅字, 其義見 『易』."(설說자는 지금의 열悅자로 그 뜻은 『역』에 보인다)고 하였다.

위의 고찰 내용을 통해 여덟 가지 괘형의 의미가 각각의 천문현상, 땅과 사람, 번개와 우레, 신체, 재난, 함정, 나라의 화평, 복종과 순종을 나타내며 괘명과 일치한다는 사실을 알 수 있다. 그리고 괘상은 하늘, 땅, 우레, 산, 불, 물, 연못, 바람 가운데 후반부의 5가지는 확실히 후대의 사람들이 여덟 가지 자연 현상을 채우기 위해 갖다 붙인 것이다.

한대漢代 사람들은 팔괘를 문자로 여겼다. 그래서 『역위易緯·건착도乾鑿度』에서 "☰ 古文字 天, ☷ 古文字 地, ……"(☰는 고문 천天자이며, ☷는 고문 지地자이다……)라고 하여 괘상을 가지고 괘형에 억지로 끌어다 붙었으니 실로 황당하여 할 말이 없다. 더구나 후대의 유자儒者들이 그 그릇됨을 모르고 여기서 한 걸음 더 나아가 논증을 덧붙이기도 하였다. 팔괘에 형태는 있지만 의미는 단지 대체적인 사류事類를 나타낼 수 있을 뿐 사회상의 수만 가지 사물을 기록할 수 있는 방법은 없다. 원고遠古한어의 어휘가 아무리 부족했다손 치더라도 오직 여덟 가지 기호만을 사용해 의사를 전달할 수는 없기 때문에 언어를 기록한다는 일은 불가능한 일이었다. 게다가 출토된 문물 중에서도 유사한 괘형의 원시 문자가 발견되지 않았다. 팔괘는 상고시대 선민들의 일종의 원시 기사부호에 불과하며, 후에 복서卜筮 부호로 변화 발전되었다. 『설문해자주』 "곤坤"하에 "伏犧三奇謂之乾, 三耦謂之坤, 而未有乾字坤字, 傳至倉頡, 乃後有其字, 坤巽特造之. 乾、震、坎、離、艮、兌, 以意義相同之字爲之, 故文字之始作也. 有義而後有音, 有音而後有形, 音必先於形. 名之曰乾、坤者, 伏犧也. 字之者, 倉頡也. 畫卦者, 造字之先聲也. 是以不得云☰☰卽坤字." (복희씨는 ☰를 건이라 하였고, ☷은 곤이라 하였다. 당시에는 건과 곤이란 한자가 없었다. 창힐에 이르러서야 그러한 한자가 만들어졌다. 이때 특별히 곤과 손이란 한자를 만들었다. 건, 진, 감, 리, 간, 태는 의미가 서로 같은 글자로 그것들을 삼았다. 그리하여 문자의 시작인 것이다. 뜻이 있는 다음에 음이 있게 되었고, 음이 있은 연후에야 문자가 있게 되었다. 따라서 소리는 반드시 문자보다 앞선다. 건과 곤이란 이름을 붙인 것은 복희씨이고, 건과 곤이란 문자를 만든 것은 창힐이다. 팔괘 역시 그림을 그릴 때에는 소리가 먼저 있는 다음이었다. 그리하여 ☷을 부득이 곤이라 한 것이다.) 라고 하였다. 이 문장에서는 화괘와 한자의 관계를 언급하고 있는데, 그의 설명은 기본적으로 정확하다고 할 수 있다. 여덟 가지 괘형을 가지고 64괘를 조합한 일은 후에 일이다. 사마천司馬遷의 『보임안서報任安書』에서 "文王拘而演『周易』."(문왕은 갇힌 몸으로 『주역』을 발전시켰다.)고 하였는데, 이러한 설명은 바로 한대 유학자들의 대표적인 주장을 반영한 것이었다. 그러나 『주역』의 내용은 대부분 문왕 이후의 일들을 기록하고 있어 문왕이 만들었다는 것은 불가능한 일이다. 그래서 다수의 학자들은 서주 말년에 완성되었다고 추단하고 있다. 중국에서 고고학적으로 신석기시대의 토기에 새겨진 부호들이 대단히 많이 발견되고 있지만 현재로서는 아직까지 이러한 부호를 해석할 수 있는 방법이 없다.

$$ ||| \quad \bigcirc \quad \times \quad ||| $$

신중국 성립 초기 중앙에서 파견한 운남성 복공福貢의 위문단이 4개의 부호(위의 그림)가 새겨진 길이가 7센티미터에 달하는 목각木刻 한 개를 수집하였는데, 이것은 분명 어떠한 정보를 전달하는 것이었다. 순서에 따라 "세 명의 대표", "달", "만남", "대·중·소 세 분의 지도자"의 의미를 가지고 있다. 이것을 함께 연결해 보면 "당신들이 파견한 세 분의 대표가 달이 둥그렇게 떴을 때 이미 우리와 서로 만나기로 하였다. 이에 세 포대의 토산품을 각각 대·중·소 세 분 지도자에게 나누어 보냈다"는 내용을 담고 있다. 이 4개의 부호를 함께 연결한 의미는 결코 완전하게 부호 자체만을 가지고 표시할 수 있는 것이 아니기 때문에 보충 해석이 필요하다. 이는 화괴畵卦 성질과 비슷하기 때문에 문자라고 할 수 없다.

추상적으로 정보를 전달하는 부호는 비록 문자는 아니지만 한자의 발생에 더더욱 가까워졌음을 시사한다. 이처럼 부호가 복잡해지면서 설령 의미와 부호 사이에 고정적인 연계가 생겼다고는 하지만 의미는 여전히 비교적 추상적이다.

4) 작도作圖와 도형기사부호

『태평어람太平御覽』 97권에는 『세본世本』을 인용하여 "敤首作畫."(과수가 그림을 그렸다.)라는 구절이 있고, 『한서고금인표漢書古今人表』에는 "敤手, 舜妹."('과수'는 순임금의 누이동생이다.)라는 구절이 있으며, 『서사회요書史會要』에서는 "畫螺, 舜妹也. 畫始於媒, 故曰畫媒."('화라'는 순임금의 누이동생이다. 그림은 '루'에서 시작되었다. 그러므로 '화루'라고 말하는 것이다.)라는 기록이 있다. 게다가 『노사路史 · 후기後記』를 주석한 송대 나평羅泙은 그의 주석에 『역통괘험易通卦驗』을 인용하여 "伏犧氏『易』無書, 以畫事. 此畫之始也."(복희씨의 『역』은 글씨가 아닌 그림으로 일을 기록하였다. 이로부터 그림이 시작되었다.)라고 하였고, 『좌전 · 선공宣公 3년』에는 "昔夏之方有德也, 遠方圖物, 貢金九枚, 鑄鼎象物, 百物而爲之備, 使民知神、奸."(옛날 하 나라의 임금이 덕을 가지고 있을 때에는 먼 곳에 있는 나라들은 자기들의 산천이나 기이한 물건 등을 그려서 바쳤다. 그리고 쇠를 구주의 우두머리들에게 명하여 바치게 하며, 솥을 주조하여 거기에 지방에서 바친 공물을 새기고, 온갖 형태의 물건들을 나타내어서 백성들로 하여금 귀신과 괴물을 알게 했던 것이다.)라는 구절이 있다.

과敤의 음은 kě로써 『설문』에서는 "敤, 研治也, 從攴, 果聲. 舜女弟名敤首." (과敤는 깊이 파고들어 다스린다는 것이다. 복攴에서 뜻을 취하고, 과果에서 소리를 취한다. 순임금의 여동생의 이름이 과수이다.)고 하였고, 『옥편玉篇』에서는 깊이 파고들어 이치를 궁구한다는 의미로 해석하였다. 위 문장에서 연치研治나 연리研理는 모두 옥을 잘 다룬다는 의미를 담고 있다. 과수敤首는 바로 돌을 다듬어 제작할 수 있는 집단의 우두머리로 암벽화를 발명한 사람일 것이다. 전설을 억지로 갖다 붙여 순임금의 여동생이라고 하였는데, 이는 당연이 하대夏代 이전의 일로, 신석기시대 말기 이전의 인물임을 설명해 준다. 또한 리螺고 부른 것은 과敤 · 누媒는 모두 가부자歌部字에 속하며, 성뉴聲紐는 계모

溪母와 래모來母로, 복보음複輔音 관계가 되므로, 상고음上古音이 매우 유사하기 때문이다. 『역통복험易通卜驗』의 견해에 따르면 그림과 기사부호는 동시에 발생했다고 한다. 『좌전』중에서 하대 초기 구주九州에서 동銅을 헌납하여 정鼎을 주조했다고 한 말은 시간적으로 조금 이른 듯 해 보이기는 하지만 기명器皿 위에 온갖 물건을 그리는 일은 일찍이 앙소문화의 토기에서 이미 살펴 볼 수 있다.

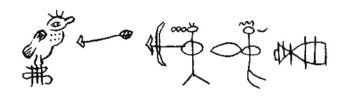

중국에서는 소수민족들이 도형부호를 가지고 사건을 기록하는 예를 많이 찾아 볼 수 있다. 위의 그림은 납서족納西族의 상형문자 경전인 『동파경東巴經』 가운데 등장하는 도형기사부호이다. 이 다섯 개의 도형부호는 오른쪽에서 왼쪽의 순서로 읽는데, 그 의미는 각각 "베틀", "손으로 베틀의 북을 잡고 있는 여인", "활을 잡고 쏘려고 하는 남자", "화살", "울타리 위를 나는 산비둘기 한 마리"이다. 납서족의 동파(무사巫師)는 이 다섯 개의 도형부호를 보면서 능히 아래의 내용을 읽어 내려갈 수 있었다.

"천녀天女 취해파파翠海波波가 마침 베를 짜고 있을 때, 산비둘기가 울타리 위를 날자 인류의 시조 착약리은錯若利恩이 활과 화살을 가져와 쏘려고 세 번 겨누었으나 미처 쏘지 못하고 있자 취해파파가 '쏴라! 싸라!'하고 말하면서 베틀의 북을 던져 착약은리의 손을 맞추자 이에 화살이 날아가 산비둘기의 모이주머니를 명중시켰다."(이림찬李霖燦의 『마사상형문자자전麽些象形文字字典·인언引言』에 보임.)

도형기사부호는 그림이 아니다. 그림은 세상만물 형상을 사실적으로 그리기 때문에 그림에 대한 이해는 민족과 시대를 가리지 않고 오직 그림위의 사물을 숙지하기만 하면 된다. 어떤 고대의 그림은 이해하기가 어려운데 이는 그림 자체가 문제가 아니라 그림위의 사물이 우리로부터 너무 멀리 떨어져 있기 때문이다. 도형기사부호의 특징은 첫째, 세상의 사물을 지나치게 개괄적으로 묘사하면서 특징만을 살리고 다른 세부적인 사항을 간단하게 생략함으로써 필획이 간결하고 세련되었다. 또한 능히 부호를 통해 기록된 사물을 추측해 볼 수 있다. 도형기사부호는 그림처럼 그렇게 구체적이거나 자세하지는 않다. 둘째, 도형부호는 형체가 지나치게 간단하기 때문에 의미에 약정성約定性이 있어 그 의미에 대한 이해는 도형부호를 그린 부족이나 혹은 사람에게 전하기 때문에 외부 사람이 이해하는데 필연적으로 곤란이 따른다. 셋째, 어음語音과 서로 결합된 것이 없기 때문에 매 도형기사부호마다 고정적인 의미를 가지고 있어 조합하여 비교적 복잡한 내용을 기록할 수 있다고는 하지만 매 도형부호에는 고정적인 독음이 없기 때문에 조합하여도 언어를 정확하게 기록할 수 없다. 그러므로 도형기사부호는 문자가 아니다.

송대 나비羅泌는 『노사발휘路史發揮・변사황씨辨史皇氏』에서 "上古始制文字者, 倉頡也. 而無懷氏已刻徽號, 伏犧已立書契, 俱在炎、黃之前, 豈得至黃帝而始制文字耶?"(상고시대 처음으로 문자를 만든 사람은 창힐이다. 그리고 무회씨無懷氏는 이미 휘호徽號를 새길 줄 알았으며, 복희씨는 이미 서계書契를 정립하여 염제와 황제 이전에 갖추었거늘 어찌 황제에 이르러 처음으로 문자를 만들었다고 하는가?)라고 하였다. 이는 정말 탁월한 견해라 할 수 있다. 창힐이 그 어떤 것에 의지하지 않고 문자를 만들었다는 것은 불가능한 일이다. 문자를 만들기 위해서는 반드시 휘호와 같은 도형기사부호의 기초가 있어야만 가능한 일이다.

도형기사부호와 추상기사부호가 조합하여야만 비교적 복잡한 소식을 전달 할 수 있다. 이것은 고급이라고 할 수 있는 복잡한 기사방법인데, 이러한 기사방법이 바로 한자 발생의 기초가 되었다. 결승과 각계는 저급이라고 하는 이유는 간단한 기사 방법이기 때문에 이는 문자의 발생을 촉진시킬 수 없기 때문이다. 이는 한자가 발생하기 전에 기사방법이 거쳐 온 두 개의 서로 다른 단계일 뿐이다.

3. 한자 창제에 관한 전설

한자의 창조에 관하여 수많은 신화와 전설이 존재한다. 여기에서는 탄생 시기가 비교적 이르고 영향력이 큰 몇 가지 신화와 전설에 대해 간략하게 분석하고자 한다.

1) 문자를 창조한 사람

『세본世本·작편作篇』에서는 "沮誦、倉頡作書."(저송·창힐이 문자를 만들었다.)라고 하였고(『광운廣韻·구어九語』의 "서書"하에서 인용), 『사체서세四體書勢』에서는 "昔在皇帝, 創製萬物, 有沮誦、倉頡者始作書契以代結繩."(옛적에 황제가 만물을 창제하였고, 저송·창힐이 처음으로 서계를 대신하여 결승을 만들었다.)라고 하였으며, 『세본世本』에서는 "史皇作圖."(사황이 도圖를 만들었다.)고 하였다 (『문선文選·선귀비뢰宣貴妃誄』에서 이선李善의 주석을 인용). 그리고 『순자荀子·해폐편解蔽篇』에서는 "故好書者衆矣, 而倉頡獨傳者, 壹也."(옛날 글을 좋아하는 사람들이 매우 많았다. 하지만 유독 창힐만이 그것을 전해주었다.)라고 하였다.

위의 자료를 통해 보면, 전설상에서 문자를 만든 사람은 저송沮誦, 사황史

皇, 창힐倉頡 세 사람이다. 『한서漢書・고금인표古今人表』에는 오직 창힐만을 언급하고 저송과 사황은 보이지 않는다. 정산丁山의 『중국고대종교여신화고 中國古代宗教與神話考』 436쪽에는 마서륜馬敍倫의 『독서차기讀書箚記』를 인용 하여 "史皇作圖, 卽倉頡作書也. 倉頡所造爲象形、指事、會意之文, 皆圖畵也, 故 亦曰作圖. 倉頡造文, 因以記事, 記事之職, 是謂史官. 倉頡始爲史官, 故號史皇."(사 황이 도圖를 만들었고, 창힐은 서書를 만들었다. 창힐이 창조한 것은 상형, 지사, 회의 문자로 모두 도화圖畵이다. 그렇기 때문에 역시 도圖를 만들었다고 말한 것이다. 창힐 이 문자를 만들고 사건을 기록함으로써 기사의 직책을 맡게 되었는데, 이를 일러 사관이라 한다. 창힐이 처음으로 사관이 되었다. 그러므로 호칭을 사황史皇이라 한 것이다.)라고 하였다. 한자의 주요 연원은 도형기사부호이기 때문에 조자造字 를 작도作圖라고 하는 것이 더욱 이치에 가깝다. 창힐을 사황이라 부른 마씨 의 논리가 참으로 옳은 것 같다.

저송祖誦의 "저祖"는 당시에 저詛로 읽었다. 『설문・언부言部』에서는 "詛, 咒也."(저詛는 '저주하다'이다)라고 풀이하였다. 경전에서는 "저詛"는 "축祝"으 로 통용된다. 그 말을 분석해 보면, 신에게 빌어 다른 사람에게 피해를 입게 하는 것을 일러 저詛라고 하고, 신에게 빌어 다른 사람에게 복을 내려 주는 것을 일러 축祝이라 한다. 이 말을 종합해 보면, 신에게 알리는 것을 모두 일러 축祝 혹은 저詛라 한다. 『설문』에서 "誦, 諷也."(송誦은 암송하는 것이다.) 라고 해석하였다. "풍諷"을 분석해 보면 문장을 암송한다는 뜻을 가리키며, "송誦"은 리듬에 맞춰 문장을 읽는 것을 가리킨다. 그러므로 "풍송諷誦"은 서로 같은 말이다. "저祖(저詛)송誦"은 바로 리듬감 있는 어조로 신에게 기원 하여 복을 구하거나 혹은 사람에 재앙을 내리도록 하는 것을 가리킨다. 은殷・주周의 정복문자貞卜文字, 『시경』 중의 묘당廟堂 악장樂章, 『초사』 중의 귀신에게 제사를 지내는 편을 연상해 보면 원시한자가 귀신과 사람을 연계 하는 측면에서 사용된 것이 아마도 가장 중요한 용도 가운데 하나인 것 같다. 『사기史記·오제본기五帝本紀』에는 귀신, 산천에 대한 봉선과 제사 등의 일이 많이 기재되어 있는데, 다만 『하본기夏本紀』에서는 이와 같은 활동이 비교적 적게 기록되어 있다. 이는 아마도 우禹임금 치수의 공을 드러내기 위한 것인 것 같다. 문자를 이용해 귀신과 왕래함에 있어 기도할 때에는 고정된 격식이나 혹은 원본이 있었을 것이며, 귀신의 "계시" 역시 기록되었을 것이니 당연히 일종의 사회의 진보라고 할 수 있을 것이다. 그러므로 저송祖誦이란 한자가 쓰이는 과정 위에서 추측해낸 문자 창조자이다.

창힐 역시 창힐蒼頡로도 쓰는데, 창蒼과 창倉의 상고음은 완전히 같다. "창倉"은 당연히 창創으로 읽어야 한다. 처음으로 창조했다는 시조始造, 수창首創의 의미를 지니고 있다. 『광아廣雅·석고釋詁』에서는 "創, 始也."(창創은 시작하다이다.)고 하였고, 『논어論語·헌문憲問』에서는 "爲命神諶草創之."(정나라는 외교문서를 작성할 때 비심이 초고를 작성하였다.)고 하였다. 즉 '처음'이라는 뜻으로 사용하였다. 정산丁山선생은 "힐頡"이 "결結"과 통한다(『중국고대종교여신화고中國古代宗敎與神話考』, 437쪽에 보임.)고 여겼다. 『설문』에서 "結, 締也."(결結은 맺는다는 뜻이다.)고 하였으니, 본의는 '노끈으로 묶는다'는 뜻으로 점차 '굴곡'이라는 의미로 확대되었다. 『광아·석고』 1에서 "結, 曲也."(결結은 '굽다'이다.)라고 하였다. 『장자莊子·거협胠篋』에서는 "知詐漸毒頡滑堅白解垢同異之變多, 則俗惑於辯矣."(속임수, 위선, 교활, 지조, 궤변, 의견차이 등의 말이 많아지면서 세상 사람들이 이러한 것에 미혹되었다. 이에 곧바로 세상의 습속은 이론에 집착하여 빠지게 되었다.)고 하였다. 여기에서 "견백堅白"은 전국시대 명가名家 학설 가운데 하나의 명제로써 굳고 단단한 흰색과 돌과의 관계를 가리킨다. 『경전석문經典釋文』에서는 최선崔譔의 주석을 인용하여 "頡, 纏屈也."(힐頡은 얽히고 굽은 것이다.)고 하였다. "힐활頡滑"은 즉 굽고 미끄러운 것으로 간사하고 교활함을 기리킨다. 이것은 "힐頡"과 "결結"의 뜻이 상통함을 증명한 것이다. 『설문·서』에서 "二曰象形, 象形者, 畵

成其物, 隨體詰誳, 日、月是也."(둘째가 상형이다. 상형이란 그려서 그 사물을 이루는 것으로 형체를 따라 구불구불하게 되며, 日·月이 그것이다.)고 하였다. 이와 같은 사실로 볼 때 "창힐"의 의미는 아마도 처음으로 굽은 곡선을 이용하여 물체 형상의 특징을 그려 문자를 만든 사람으로 여겨진다. 『설문·서』에서 또 "倉頡之初作書, 蓋依類象形, 故謂之文."(창힐이 처음 글자를 만들 때 대체로 유형에 의거하여 형태를 본떴으니 그러므로 이를 문文이라 한다.)고 말하였으니, 이는 필자의 추측과 서로 부합된다.

창힐倉頡, 사황史皇, 저송沮誦은 모두 확실히 가리킬 수 있는 역사적 인물들이 아니며, 세 사람의 이름은 단지 이름을 지은 관점이 서로 다를 뿐이다. 창힐은 원래 문자를 만드는 과정에 저송은 문자의 기능에 연원을 두었으며, 사황은 문자를 만드는 사람의 직무에서 나왔다.

말이 나온 김에 하는 말인데, 예전에 유행했던 "한자는 사람들이 노동하는 과정 중에 창조한 것이다."는 견해는 설득력이 떨어진다. 추상기사부호와 도형기사부호는 사람들이 사회생활을 하면서 창조한 것이고, 원시한자는 창힐(혹은 저송, 사황으로 불림)이 이러한 부호의 기초상에서 정리하여 창조한 것이다. 전설 속에 보이는 문자를 만든 사람의 이름으로부터 한자의 창조자는 역사상의 사관史官, 영무靈巫와 같은 계층의 지식인들이었다는 사실을 추측해 볼 수 있다.

『순자』에서 "好書者衆矣."(글을 좋아하는 자들이 매우 많다.)라고 하였는데, 이는 즉 기사부호의 창조에 참여한 사람이 대단히 많았다는 사실을 설명한 것이다. 그리고 "而倉頡獨傳者, 壹也."(하지만 유독 창힐만이 전했다.)라고 하였는데, 이는 창힐이 전념하여 이러한 부호를 정리하여 문자를 창조하였으며, 오직 창힐이 창조한 한자만이 전해 내려온다는 의미이다.

2) 창힐의 품덕과 용모

한漢 희평熹平 6년 『창힐묘비蒼頡廟碑』에는 "蒼頡天生, 德於大聖, 四目靈光, 爲百姓作憲."(창힐은 천성적으로 큰 성인의 덕을 갖추었으며, 네 개의 눈에는 신기하고 이상한 빛이 나왔다고 한다. 그리고 백성을 위해 헌신하였다. 『예석隸釋』에서 인용.)라고 쓰여졌다. 『춘추원명포春秋元命苞』에서는 "蒼帝史皇氏, 名頡, 姓侯崗. 龍顔侈侈, 四目靈光, 實有睿德."(창제 사황씨의 이름은 힐頡이고, 성은 후강侯崗이다. 용을 닮은 얼굴에 자신감이 넘쳤고, 네 개의 눈에서는 신기하고 이상한 빛이 나왔다. 진실로 지혜로운 덕을 갖추었다. 『세본世本』 장주張澍의 주석 인용.)라고 하였고, 『서단書斷』에서는 "頡首有四目, 通於神明."(힐의 머리에는 네 개의 눈이 있고 천지의 신명神明과 통한다. 『태평어람太平御覽』 권749 인용.)라고 하였다.

문자의 발명은 인류가 문명사회로 진입했다는 중요한 지표 가운데 하나이다. 그리하여 한자를 창조한 사람의 공로가 매우 위대하기 때문에 자연히 "큰 성인의 덕을 갖추었다."고 말한 것이다. 『한서·고금인표』 중에서 역사적 인물을 아홉 개의 등급(상중하로 크게 분류하고 이를 다시 각각 세 단계로 분류하였다.)으로 나누었는데, 염제炎帝, 황제黃帝, 요堯, 순舜 등은 일등급의 상상성인上上聖人에 열거한 반면, 혁혁한 명성을 남긴 진시황은 중하中下의 여섯 번째 등급에 열거하였고, 창힐은 세 번째 등급인 상하上下의 지혜로운 사람 가운데 열거되어 역대로 사람의 추앙을 받아 왔음을 엿볼 수 있다. 창힐의 품덕을 통해 그의 용모가 범속하지 않으며, 그중에서도 가장 중요한 특징은 신기하고 이상한 빛을 내뿜는 네 개의 눈을 가지고 있다는 점이다. 이는 보통 사람보다 배나 더 많은 눈을 가진 것이다. 그리하여 능히 만물의 특징을 명확하고 자세하게 관찰할 수 있었기 때문에 사물의 특징을 표현하는 부호를 잘 정리할 수 있었다. 창힐을 일컬어 "예덕睿德"이라고 하는데, "예"는 통달, 심오하다는 의미로 "사목四目"과 뜻이 상통한다.

3) 조자造字의 과정

『회남자淮南子·수무훈修務訓』에서는 "史皇産而能書."(사황은 태어나서 글을 쓸 수 있었다)라고 하였고, 『설문·서』에서는 "黄帝之史倉頡見鳥獸蹄迒之迹, 知分理之相別異也, 初造書契. …… 倉頡之初作書, 蓋依類象形, 故謂之文. 其後形聲相益, 即謂之字. 字者, 言孳乳而浸多也."(황제의 사관 창힐이 새와 짐승의 발자국을 보고 나뉘어진 무늬가 서로 구별되어질 수 있음을 알고 처음으로 서계를 만들었다. …… 창힐이 처음 글자를 만들 때 대체로 유형에 의거하여 형태를 본떴으니 그러므로 이를 문文이라 하고, 그 뒤에 형태와 소리가 서로 더해지니 이를 곧 자字라 한다. 문이란 사물의 본래 모습이고, 자란 말이 파생되어 차츰 많아진 것이다.)라고 하였으며, 『춘추원명포春秋元命苞』에서는 "蒼帝史皇氏, 名頡. ……生而能書, 及受河圖綠字, 於是窮天帝之變, 仰觀奎星圓曲之勢, 俯察龜文、鳥羽、山川、指掌, 而創文字."(창제는 사황씨로 그의 이름은 힐이다. …… 태어나면서부터 능히 글을 쓸 수 있었다. 그리고 하도의 영향을 받아서 천제의 변화에 막힘이 없게 되었다. 규성의 변화를 관찰할 수 있었고, 거북 등껍질에 있는 문양, 새의 깃털, 산천, 손바닥 등을 자세히 관찰한 결과 문자를 창조하였다.)라고 하였다. 그리고 『논형論衡·기괴奇怪』에서는 "蒼頡作書, 與事相連."(창힐이 문자를 만들었는데, 모든 사물과 서로 연결시켰다.)라고 하였고, 『채옹집蔡邕集·전세篆勢』에서는 "字畫之始, 因於鳥迹. 蒼頡循聖作則, 制文體, 有六篆, 要妙入神."(문자는 처음 새의 족적에 의해서였다. 창힐이 살펴 문체를 만드니 육전이 생겨나게 되어 신의 경지에 도달할 수 있었다.)라고 하였으며, 『한비자·오두五蠹』에서는 "昔者倉頡之作書也, 自環者謂之'私', 背私謂之'公'."(옛날에 창힐이 문자를 만들었는데, 자신을 감싸는 것을 사私라 하였고, 사私와 반대되는 것을 공公이라 하였다.)라고 하였다.

문자를 만든 사람은 존경을 받아 성덕聖德이 되었고, 여기서 한 걸음 더 나아가 제帝가 되고 신神이 되었다. 제와 신은 중국 고대 전설 중에서 역시 서로 상통한다. 신과 보통 사람의 최대 차이는 지혜의 비범함에 있다. 신은 범인처럼 배워서 아는 것이 아니고 태어나면서부터 알고 있는 천재이다. 그래서 창힐은 "태어나면서부터 능시 글을 쓸 수 있었다."라고 한 것이다.

문자의 필획은 새와 짐승의 발자국들을 보고 나뉘어진 무늬가 서로 구별 되어질 수 있음을 알고 만든 것이다. 종류가 다른 조수는 그 족적 또한 서로 다르며, 그 족적을 가지고 그 모양을 추측할 수 있다. 상형문자는 가장 간결하게 만물의 특징을 표현해야 하며, 반드시 만물의 다름을 찾아야 한다. 또한 반드시 세밀하게 분석하여 천문과 지리를 관찰하고 천지의 변화를 궁구해야 비로소 문자의 형체와 그것이 나타내는 일이 서로 연결되게 할 수 있다. 일부 "공公", "사私" 같은 추상적인 개념은 변화된 추상기사부호를 이용하여 표시할 수 있다.

원시한자는 자연만물과 사회현상에 대한 사람들의 인식을 반영한 것으로 그 가운데는 사물의 특징을 묘사할 수 있는 상형자가 가장 많이 차지한다.

4) 문자의 기능

『설문·서』에서는 "及神農氏結繩爲治而統其事, 庶業其繁, 飾僞萌生. 黃帝之 史倉頡 …… 初造書契, 百工以乂, 萬品以察, 蓋取諸夬. 夬 : '揚於王庭', 言文者宣 敎明化於王者朝廷, 君子所以施祿及下, 居德則忌也."(신농씨의 시절에 이르자 결승 으로 다스리고 제반 일들을 통솔하였다. 많은 일들이 매우 번잡해지며 가식과 거짓이 싹트기 시작했다. 황제의 사관 창힐이 …… 서계를 만들었다. 백관이 그것으로 다스려 지고 만물이 그것으로 살펴졌다. 대체로 쾌의 쾌에서 그것을 취하였는데, '쾌는 왕의 조정에서 펼친다.'라는 뜻이니 문자란 원래 왕이 조정에서 가르침을 펼치고 교화를 밝히는 기능을 하던 것임을 말하는 것이다. 군자는 그것(문자)으로 아랫사람에게 복을 베풀고, 덕을 쌓으니 곧 경계할 바를 알게 된다.)라고 하였고, 『회남자·태족훈泰族訓』에서는 "蒼頡之始作書, 以辨治百官, 領理萬物. 愚者得以不忘, 智者得以志遠."(창힐이 처음 문자를 만들었는데, 이로써 백관을 다스릴 수 있었고, 만물을 통제할 수 있었다. 어리석은 자들은 문자로써 잊어버리지 않게 되었고, 지혜로운 자들은 문자로써 그 뜻을 널리 펼 수 있었다.)라고 하였다. 그리고 『노사路史·전기前紀』6에서는 [倉帝創文字]"以正君臣之分, 以嚴父子之儀, 以肅尊卑之序; 法度以出, 禮樂以興, 刑罰以著 ; 爲政立敎, 領事辦官, 一成不外, 於是而天地之蘊盡矣. 天爲雨粟, 鬼爲夜哭, 龍乃潛藏."(창힐이 문자를 만들었다. 이로써 임금과 신하의 구분이 있게 되었고, 부자지간의 예의가 더욱 엄숙하게 되었고, 존비의 서열이 더욱 분명하게 되었다. 이로써 법도가 생겨나니 예악이 흥성해지고 형벌이 분명해졌다. 정치가 바로서고 교육이 제 자리를 찾았다. 일에 따라서 관리들을 분명하게 구분하였는데, 어느 한 가지라도 예외가 없었다. 이에 천지가 제각기 제 자리를 찾았다. 이렇게 되자 하늘에서는 종일토록 좁쌀을 뿌렸고, 귀신은 밤새 곡소리를 내며 울었다. 용은 물속에 잠기어 모습을 감추었다.)라고 하였고, 『회남자·본경훈本經訓』에서는 "昔者倉頡作書, 而天雨粟, 鬼夜哭."(창힐이 문자를 만들자 하늘에서는 좁쌀을 뿌렸고 귀신은 밤새도록 통곡하였다.)라고 하였다.

문자는 사회가 일정한 수준까지 발전하면 필연적으로 나오는 산물이다. 사회의 생산이 발전하고 사람들의 왕래가 점차 많아지면 "많은 업종이 번창"하는데, 결승이나 각계가 정확하지 않으면 소수의 사람들이 재물을 획득하는 수단과 방법으로 사용될 수 있기 때문에 더욱 정확한 기사방법을 요구하게 되었다.

상고시대의 문자의 정리와 창조는 군주아래의 사관史官과 영무靈巫 등과 같은 부류의 지식인들이 담당하였기 때문에 당시에 문자를 장악한 사람들은 반드시 소수의 통치권자들이었다. 그 이유는 문자의 주요 기능이 국가를 다스리는 것이었기 때문이다. 뿐만 아니라 귀신과의 "연계" 역시 국가를 통치하기 위함이었다. 왕위에 있는 자는 조정을 선전하고 교육하는 동시에 교화를 밝히고, 각 계급의 관리(백관)들을 살피고 정확하게 각종의 사물을 관리하였다. 『노사路史』에서는 이에 대하여 더욱 자세하게 언급하였다. 문자는 군신의 명분을 바로잡고 부자간의 예의를 존중하게 하여 존비尊卑의 관계를 중요하게 여기도록 하였다. 법률 조문은 문자를 빌려 제정되고 예악은 문자를 빌려 흥성한다. 정무를 처리하고 교화를 추진하여 공적인 일과 사적인 일을 처리하는 등의 모든 규정과 결과는 문자를 빌려 기록되어질 뿐만 아니라 문자 기능을 넘어서는 것이 없기 때문에 천지간의 심오한 일을 모두 능히 표현해 낼 수 있다.

문자는 이러한 중요한 작용이 있기 때문에 확실히 천지를 놀라게 하고 귀신을 울게 하는 큰 일이었다. 인류가 문자를 주관하게 되자 인류는 현명하게 변하였다. "어리석은 자는 잊지 않을 수 있게 되었고, 지혜로운 자는 뜻을 크게 가질 수 있게 되었다." 마치 손오공이 여의봉을 찾은 것 같이 생존 능력이 비약적인 발전을 하게 되어, 귀신에 대한 의지가 줄어들게 되었다. "밤에는 귀신이 울었다."는 것은 자신의 위치가 전도됨에 대한 통곡이며, 사람의 자연 정복 능력에 대한 두려움이다. "하늘에서 곡식이 비처럼 내렸다."(우雨는 동사로 내리다는 뜻으로 쓰였다.)는 말은 화하 선민이 문자를 빌려 자연을 정복하는 능력을 제고시켜 대자연이 순순히 사람들 앞으로 양식을 보냈다는 사실을 반영하였다.

창힐이 문자를 만든 공로는 이와 같이 위대하다. 그래서 역대로 그가 생활 했던 곳이나 문자를 만든 곳, 또는 죽어서 묻은 장지 등에 대해 견강부회한 내용이 적지 않다. 『역사繹史』 권5에서는 『춘추원명포春秋元命苞』를 인용하여 [蒼帝史皇氏]"都於陽武, 從葬衙之利鄕亭."(양무陽武에 도읍을 세웠으며, 죽어서 아지리衙之利의 향정鄕亭 남쪽에 장사지냈다.)고 하였고, 『노사路史・전기前記』 6의 나평羅泙의 『주注』에서는 "今開封之祥符, 故浚義縣, 即春秋之陽武高陽鄕

也."(지금 개봉開封의 상부祥符이다. 옛날에는 준의현浚義縣이었다. 즉 춘추시기의 양무陽武 고양향高陽鄉이다.)고 하였다. 그리고 『구역지九域志』에서는 "今長安城西南二里宮張村有三會寺者, 記爲倉頡造書之堂."(지금 장안성 서남쪽 2리 궁장촌宮張村에 삼회사三會寺가 있었는데, 기록에 의하면 창힐이 문자를 만들었던 장소라고 전한다.)고 하였고, 『태평어람太平御覽』 권560에서는 『황람총묘기皇覽塚墓記』를 인용하여 "倉頡墓在馮翊衛縣利南亭南道旁, 墳高六尺, 學書者皆往上姓名、投刺, 祀之不絶."(창힐의 묘는 풍익위현馮翊衛縣 이남정利南亭 남쪽길 옆에 높이 6척의 분묘가 있는데 문자를 배우는 자들은 모두 성명이나 명함을 올려놓고 제사를 올리는 사람이 끊이지 않는다.)고 하였다. (생각건대, 풍익馮翊은 지금의 섬서성 대려현大荔縣 경내를 말한다.) 하지만 이러한 견강부회한 흔적들은 일찍이 사라져버렸다.

송대宋代 섭몽득葉夢得은 『석림연어石林燕語』 권5에서 "京師百司胥吏, 每至秋, 必醵錢爲賽神會, 往往因劇欽終日. 蘇子美(按卽蘇舜欽, 北宋詩人)進奏院, 會正坐此. 余嘗問其何神, 日：'蒼王.' 蓋以蒼頡造字, 故胥吏祖之, 固可笑矣."(경사의 백관과 서리胥吏들은 가을이 되면 반드시 돈을 추렴하여 감사의 제사를 지내는데 때때로 심할 정도로 하루 종일 마신다. 소자미蘇子美(생각건대 즉 북송 시인 소순흠蘇舜欽이다.)가 상주문을 올리는 곳에 들어가니 마침 모임이 이곳에서 있었다. 내가 일찍이 어떤 신인가를 물었는데, 대답하여 '창왕蒼王'이라고 하였다. 창힐이 문자를 만들었다고 숭상한 까닭에 서리들이 조사로 모셨다고 하니 참으로 우스운 일이다.")라고 하였다. 이 구절에 기재된 내용을 통해 송대의 서리(관직이 비천한 하급 관리)에 이르기까지 여전히 창힐이 문자를 만들었다고 여겨 서리의 조사로 간주하였다는 사실을 엿볼 수 있다.

4. 고고학과 한자의 발생

신석기 중기 앙소문화仰韶文化 반파半坡 유적지

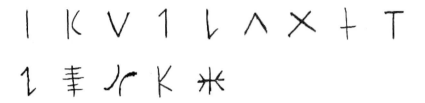

신석기 말기 청해靑海 낙도樂都 마가요馬家窯(마창馬廠 유형)문화 유만柳灣유적지

춘추시기 산서성 후마侯馬 진국晉國의 도성 유적지

1) 토기에 새겨진 부호

토기에 새겨진 부호는 대부분 최근에 출토되었는데, 그 중에서 유명한 것으로는 서안의 반파半坡, 임동臨潼, 강채姜寨, 동천銅川, 이가구李家溝 등 다섯 곳의 유적지에서 출토된 부호이다. 대부분 토기 그릇의 바깥 입구 가장자리의 검은 허리띠 무늬와 검은 역삼각 무늬 위에 새겨져 있고, 소수는 토기 동이의 외벽과 토기 그릇의 바닥 부분에 새겨져 있다. 일반적으로 그릇 위에는 부호가 하나씩 새겨져 있다. 반파 유적지에서는 총 113개에 달하는 부호가 새겨진 그릇이 출토되었는데, 그 중에는 27종의 부호가 있었다. 강채에서는 129개가 출토 되었으며, 그 중에서 38종의 부호가 발견되었다. 다섯 곳의 유적에서 출토된 270개의 부호가 새겨진 토기를 종합하여 그 가운데서 중복된 부호를 제외하고 나면 총 52종(『考古與文物』 1980년 3기에 실린 왕지준王志俊의 『관중지구앙소문화각화부호종술關中地區仰韶文化刻畵符號綜述』에서 상세히 살펴볼 수 있음.)의 부호를 발견할 수 있다.

이러한 토기 부호는 중국 역사상 오랜 기간 지속되어왔다. 연대가 가장 이른 것은 섬서성 화현華縣 신석기 초기의 노관대老官臺 유적지(지금으로부터 약 8천년)로, 출토된 채색 토기 위에 부호가 새겨져 있다. 예를 들어, 하남성의 언사이리두偃師二里頭(근래 혹자는 하대夏代의 유적이라고 여김), 정주鄭州의 이리강二里崗, 산서성의 후마侯馬 진국晉國 유적 등에서 모두 발견된 것으로 보아, 하·상·춘추·전국시기까지 지속되었음을 알 수 있다. 토기 부호를 사용한 지역 역시 상당히 광범위하여 신석기시기 문화유적지로서 토기 부호가 발견된 곳으로는 감숙성의 마가요馬家窯, 산동성의 장구章丘 용산龍山, 절강성의 여항餘杭 양저良渚, 상해의 청포靑浦 숭택崧澤 등 황하유역 뿐만 아니라 심지어 장강 하류지역까지 이른다.

위에서 예로 든 것은 부분적으로 토기에 새겨진 부호들이다.

이러한 토기상의 부호는 필획이 간단하고 추상적이므로 형체를 통해 그 의미를 파악하기는 매우 어렵다. 일반적으로 토기 하나에 부호가 하나씩 새겨져 있다. 사용시간은 한자가 이미 고도로 발달한 전국시기까지 연속되었으나 형체는 별다른 발전이 없었다. 유사한 부호가 은주殷周의 청동기 위에도 역시 존재한다.

왕영생汪寧生은 "西雙版納傣族制陶, 據我們一九六四年和一九六五年兩次調査所見, 一般是不加標記的, 但遇到下列情況偶而作出標記 : (一)做好器坯後有時爲了提醒自己, 這是剛做好的, 便在底部隨便劃幾道, 以免和已乾的坯相混. (二)做坯時中途有事離開, 便用手指甲在器坯壁上劃一直道, 表示拍打到這里, 下次接着再打. 這一刻劃或在下次拍打中往往被消滅, 但亦有留下痕迹的. (三)若幾家合燒一窯. 常在自己器物底部作出符號, 以免彼此相混. 這些符號一般是用指甲劃出交叉形, 也有或一直道或幾道平行線條, 并沒有什麼含意, 祇要認出是自己産品卽可. 而且同一個人這一次作的符號和下一次作的符號, 也未必相同. 總之, 這是一種隨意刻劃, 祇是爲了不與他人相混卽可."(서쌍판납西雙版納 태족傣族이 만든 토기에 대해 우리가 1964년과 1965년 두 차례에 걸쳐 조사한 견해에 의하면 일반적으로는 기호를 남기지 않았으나 아래와 같은 상황에 직면하면 간혹 부호를 남기기도 하였다. 첫째, 그릇을 완성한 후 경우에 따라서 자신의 주의를 환기시키기 위하여 이것은 방금 만든 것이라는 의미로 바닥 부분에 자유롭게 몇 개의 획을 그어 이미 말려 놓은 그릇과 서로 섞이는 것을 면하고자 하였다. 둘째, 그릇을 만드는 과정 중에 일이 있어 중간에 손을 놓을 경우 편리한대로 손톱으로 그릇 위에 하나의 선을 그어 여기까지 만들었다는 표시를 남겼다가 다음에 이어서 다시 만들었다. 이때 새겨졌던 선은 간혹 이어서 만드는 과정 중에 종종 사라지기도 하지만 또한 흔적을 남기기도 한다. 셋째, 만약 몇 집이 함께 하나의 가마에서 토기를 구울 때 항상 자신의 그릇 바닥에 부호를 남겨 서로 섞이는 것을 면하고자 하였다. 이러한 부호는 일반적으로 손톱을 이용해 선을 교차한 교차형을 만들기도 하였으며, 또한 똑바로 선을 하나 긋거나 혹은 몇 개의 평행선을 굿기도 하였는데, 별다른 의미를 담고 있는 것은 아니고 오직 자신이 만든 물건이라는 것을 표시할 뿐이다. 그리고 한 사람이 만든 부호라도 이번에 만든 부호와 다음에 만든 부호가 반드시 같을 수는 없다. 요컨대, 이것은 일종의 임의적으로 부호를 새긴 것으로 오직 다른 사람의 물건과 서로 섞이지 않도록 하기 위한 것이다.)라고 하였는데, 이 말을 가지고 추측해보면, 토기의 부호는 일종의 추상적인 기사부호이며, 다수의 동일한 부호가 동일한 가마 혹은 동일한 지역에서 출토되는데, 이는 아마도 토기를 제작한 사람 혹은 소유자의 기호를 표시한 것 같으며, 혹시 어쩌면 수를 세는 작용을 가졌을 수도 있다.

일부 토기 부호의 형체는 갑골문이나 금문의 형체와 유사하다. 예를 들어, 一, 三, 五, 六, 七, 八 등과 같이 한자의 형체가 어떤 토기 부호의 영향을 받았다고 하는 것은 한자의 형성과 추상기사부호가 어느 정도 관계를 가지고 있음을 표명한 것이라고 하겠다. 어떤 이는 이러한 토기 부호가 아마도 원시한자일 것이라고 말하는데, 현재 이러한 견해를 증명하기에는 상당한 어려움이 있다.

2) 도형 기사부호

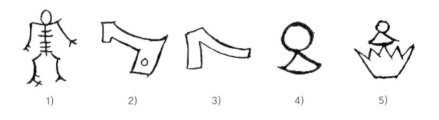

1)   2)   3)   4)   5)

위에서 예로 든 도형 기사부호 가운데 1)은 오산吳山 선생의 『중국신석기

시대도기장식예술中國新石器時代陶器裝飾藝術』에서 베껴 온 것이지만, 원래는 감숙성에서 출토된 것이다. 이것은 반산형半山型의 마가요문화馬家窯文化에 속하는 채색 토기 상의 인물 기호이다. 이러한 도형 부호는 은주殷周 청동기 상에 많이 보이는데 대다수의 학자들은 부족의 표지라고 생각한다.

오른쪽의 4개 부호는 산동 문관처文管處의 『대문구大汶口』에서 베껴 온 것으로 산동 거현莒縣 능양하陵陽河 유적과 제성전채諸城前寨 유적에서 출토된 대문구문화에 속하는 토기 항아리 위에서 발견된 것이다. 2), 3)의 형상은 갑골문의 "무戊", "근斤"자와 비슷하다. 4), 5)의 형상은 "회의"문자에 가까운데, 앞에 것은 "단旦"자와 비슷하고 마지막 그림의 형상은 "단旦"과 "산山"의 조합이라 할 수 있다. 또한 어떤 사람은 4)와 5) 도형에 태양에 제사지내는 의미가 함축되어있다고 여겼다.

이와 같은 몇 가지 도형은 추상적인 기사부호와는 달리 명확한 의미를 갖추고 있으며, 이미 한어 고문자에 상당히 근접해 있다. 한자의 상형, 회의의 조자造字 방법에 대해 여기에서 그 시작을 발견할 수 있다. 하지만 이러한 도형 기사부호가 어음語音과 결합되었다는 증거를 발견하지 못하였으므로, 문자라고 판정할 수가 없다.

신석기시기 토기 상에 천문현상, 동물, 식물, 기하학적인 선 등 수많은 도안 무늬가 있다. 하지만 그 함의는 단순하게 오늘날 사용하는 장식 작용을 가지고 간단하게 이해하기는 어렵다. 왜냐하면 그것은 아마도 토템 숭배, 신화 신앙, 만물 기록, 소원 등과 같은 함의를 가지고 있기 때문이다. 하모도河姆渡 토기에는 벼이삭 무늬가 나타나지만, 앙소문화의 토기에서는 절대로 이러한 무늬가 나타날 수 없다. 하모도 골비骨匕에 보이는 쌍봉대일雙鳳帶日 문양에 대해 요종이饒宗頤 선생은 초나라 지역의 상고 신화 기록이라고 여겨 『초사』를 가지고 증명(『부호符號 · 초문여자모初文與字母─한자수漢字樹』에 보임)하였다. 이것으로 볼 때, 토기문양 역시 "기사"의 작용이 있고, 그 형체의 추상화 역시 고한자古漢字 상형자의 기원가운데 하나라고 추측해 볼 수 있다.

또한 중국의 흑룡강, 내몽고, 감숙, 청해, 신강, 서장, 광서, 운남, 귀주, 사천, 강소 등에서 모두 고대 암벽화가 발견되었는데, 그림에는 수렵, 정복 전쟁, 제사, 촌락, 농작물 등의 내용이 있는 것으로 보아, 이 또한 광의상 도형기사부호의 작용이 있다고 할 수 있다. 하지만 현재까지 아직 이러한 암벽화와 고한자의 형체 간에는 어떠한 관계가 있는지 확실하지 않다.

3) 원시한자

1)   2)   3)

1899년 전후에 은주 갑골문 발견 이래 고고학에 종사하는 사람들은 줄곧 더 오래된 한자를 찾기 위해 심혈을 기울였다.

해방 후, 70년대 발굴을 시작한 하남성 등봉왕성강登封王城崗 유적은 용산 문화龍山文化 말기에 속하는데, 여기서 출토된 밑바닥이 평평한 흑도黑陶의 바깥쪽 밑바닥에 토기를 굽기 전에 새겨 넣었던 부호가 하나 발견되었다. 이것은 위에서 예로 든 그림 1)이다. 이 그림부호와 아래 예로 든 갑골문과 금문이 지극히 비슷하다. 그림 2)는 『은허문자을편殷墟文字乙篇』 3443에 보이며, 3)은 유문卣文이며, 제4판인 『금문편金文編』 부록509호에 보인다. 자형 은 두 손을 잡고 있는 모양으로 이선등李先登은 『시론중국문자적기원試論中國

文字的起源』 중에서 원시한자(『천진사범대학학보天津師範大學學報』1985년 4기에 보임)라고 여겼다. 그러나 다만 형태 하나만을 가지고는 도형기사부호의 가능성을 배제하기 어렵다.

정홍춘鄭洪春·목홍정穆鴻亭은 1988년 11월 10일 『인민일보人民日報』(해외판)에 『간론장안문화원촌객성장이기문화유지출토골각원시문자簡論長安門花園村客省莊二期文化遺址出土骨刻原始文字』를 발표하였는데, 1986년 3월 문장 제목에서 지적한 지점에서 그림이 새겨진 짐승의 뼈 10여 개가 출토되었는데, 위에는 작은 파리머리 같은 원시한자가 있었다. 은허 갑골문과 대단히 유사하며 해석이 가능한 글자는 "인人", "만萬", "무無" 등이 있으며, 오늘날의 "二", "三", "八" 등의 숫자와 유사한 자들도 있다. 이 유적지 역시 용산문화 말기에 속한다. 우리가 오직 간단한 신문 보도만 보았을 뿐 지금까지 정식 논문이 발표된 것을 보지 못했기 때문에 작자가 제기한 견해가 믿을 만한 것인지 논평할 방법이 없다.

근래에 출토된 여러 개의 부호를 연용하고 있는 토기부호를 요종이饒宗頤 선생은 "성구도문成句陶文 즉, 문장을 이루는 도문"이라 칭하였다. 그 하나는 산동 추평鄒平 용산문화 정공촌丁公村 유적에서 출토된 것으로 모두 11개의 부호가 있다. 어떤 사람은 위조품(조정운曹定雲, 『산동추평정공유지용산도문변위山東鄒平丁公遺址龍山陶文辨僞』)이라고 여기나 요종이 선생은 진짜라고 적극적으로 변론하였다. 또 하나는 1993년 강소성 고우용규장高郵龍虯莊 양저문화유적에서 출토된 도편 위에 새겨진 두 개의 부호로 요 선생은 이를 고증하여 주우朱尤(축유祝由)라고 주장하였다. 세 번째는 미국 하버드대학 사클러 박물관(Arthur M. Sackler Museum)에 소장된 양저문화 시기의 흑도호黑陶壺에 대해 요씨는 "子子人土厥幺……育"라고 고증하였다. 네 번째는 1973년~1974년에 강서성 청강현淸江縣 오성촌吳城村에서 발견된 상대商代 유적지에서 많은 문자 혹은 부호가 있는 토기가 발견되었다. 이회질泥灰質의 토기 발鉢 그릇

밑바닥에 명확하게 "畾田(佃)人土" 네 글자가 쓰여 있었으며, 황색의 유약을 칠한 토기 항아리 목 주위로 돌아가면서 "中宗之亘, 燎, 臣畾七" 여덟 글자가 쓰여 있었다. 이회질의 토기 발 그릇과 진흙질의 황색 토기 사발에도 역시 여러 부호가 보이는데, 이러한 도문陶文은 은허 갑골문보다 이르지만 동일한 종류의 문자에 속한다(요종이 『부호符號·초문여자모初文與子母──한자수漢字樹』 참고).

필자는 중국 고고학 종사자들이 언젠가는 은허 갑골문보다 더 오래된 체계를 갖춘 원시한자를 찾아내기를 기대해 본다. 뿐만 아니라 중화 대지 지하에 묻혀 있는 풍부한 고대 유물이 국가 건설과 함께 고고학 발굴이 진행됨에 따라 반드시 더욱 큰 발견이 있으리라 굳게 믿는다.

앞에서 논술한 한자 발생의 조건, 조자와 관계된 전설의 문화적 분석, 고고학 자료의 증명 및 은상대殷商代에 존재했던 상당히 성숙한 문자인 갑골문 등의 논의를 통하여 아무리 늦어도 하대夏代 초기(신석기시대 말기, 약 4000여 년 전)에 이미 언어를 기록할 수 있는 한자가 있었다고 추단해 볼 수 있다. 원시한자의 발생은 당연히 이보다 조금 빠르다고 볼 수 있기 때문에 황제시기 조자의 전설이 결코 가능성이 없는 신화는 아니다라고 할 수 있다.

원시한자는 당연히 추상기사부호가 변화 발전한 지사자와 도형기사부호가 변화 발전한 상형자와 회의자가 주류를 이룬다. 이를 토대로 오랜 세월의 변화를 거쳐 자수가 점차적으로 증가하였다.

주요 참고문헌

1. [소련] B·A·이스트린, 『文字的産生和發展』, 北京大學出版社, 1987년.
2. 饒宗頤 『符號·初文與字母―漢字樹』, 上海書店出版社, 200년 1판.
3. 思考與硏究提示中 1·列入非常重要的文獻.

3

한자의 성질

1. 문자의 유형

1) 분류 기준

문자는 형태를 이용해 언어를 기록하는 부호체계이다. 그래서 문자 형태 부호와 언어의 관계는 바로 문자 유형을 구분하는 기준이 된다. 이 말은 추상적이라 세심한 분석이 요구된다.

어떠한 언어든 간에 모두 어음·어휘·문법 등 세 부분을 포함하고 있다. 문법은 굴절어에서 단어 내부의 어음변화와 어미의 변화로써 단어가 문장 속에서 가지는 여러 가지 관계를 나타내는데, 예를 들어 러시아어와 같은 경우이다. 교착어는 실질적인 의미를 가진 단어 또는 어간에 문법적인 기능을 가진 요소가 차례로 결합함으로써 문장 속에서의 문법적인 역할이나 관계의 차이를 나타내는데, 예를 들어 일본어 같은 경우이다. 고립어는 단어의 변화가 결핍되어 있어 문법은 주로 어순과 허사, 그리고 어음의 환경을 가지고 구체적으로 드러내는데, 예를 들어 중국어 같은 경우이다. 이렇게 세계 언어의 주요 어법과 형태론 수단은 어음변화, 허사, 어순과 언어환경이다. 언어환경과 문자는 무관하며, 어순은 문자를 이용해 어음을 기록한 문자의 순서를 이르며, 허사 역시 문자를 이용해 표현할 수 있다. 문자와 문법 관계는 문자형체가 어떻게 어음의 변화와 허사를 표현해 내는가 하는 것에 달려 있다. 허사는 문법적 의미를 갖추고 있으며, 또한 어휘의 의미가 될 수 있는 하나의 특수한 분류라고 할 수 있다. 중국어 어휘는 어형 변화가 결핍되어 있다.

그렇기 때문에 문자와 중국어 관계에 대해서 귀납해 보면, 문자와 중국어 음·뜻의 관계에 불과하다. 다시 말해서 문자의 형체부호는 음을 기록하고 또한 뜻을 표현하는데, 이것이 바로 문자 유형을 확정짓는 구체적 기준이다.

2) 주요 유형

고대이집트

| 다리 | 입 | 집 | 체인 | 물 | 산 | 성 | 바구니 |

크레타인

| 이삭 | 문 | 달 | 산 | 도끼 | 나무 | 눈 |

수메르인

생산(새＋10＋알)　　　흉악(눈＋10＋개)　　　보다(눈＋10＋활)

(1) 표의문자

표의문자는 주로 도형기사부호로부터 변화된 것으로 문자의 형체가 직접적으로 의미를 나타내기 때문에 일반적으로 상형문자라고 부른다(한자 육서六書 중의 상형 개념과는 다르다). 표의문자는 크게 두 가지로 나눠 볼 수 있다.

직접적으로 하나의 상형 형체(이른바 분리되지 않는 단독 형체의 한자인 독체자)를 가지고 어의를 표현하는 것으로 표사문자表詞文字라고 부른다. 앞에서 예로 든 첫 번째 줄은 고대 이집트의 표사자表詞字로 에게문화(Aegean 기원전 3000~기원전 2000년 전에 존재했던 문화로 그 중심은 에게해의 크레타섬이다. 지금은 그리스에 속해 있다.)에 속한다. 한어 고문자 가운데 상형자 역시 표사자이다. 표사자가 나타내는 대다수는 구체적으로 물체를 알아볼 수 있는 명사가 많이 차지한다.

표사자를 어소(語素. 형태소)로 삼아 조합(즉 이른바 합체를 의미함)하면 비교적 추상적인 어의를 표현할 수 있는데, 이를 어소문자라고 한다. 앞에서 예로 든 세 번째 줄은 수메르인(수미로도 번역되며, 기원전 4000년경 이라크 경내의 티그리스tigris와 유프라테스Euphrates 사이에 있는 유역에서 활동하였음)의 문자 가운데 어소자語素字이다. 한어 고문자 중의 회의자는 어소자이다. 어소자는 추상적인 개념(당연히 구체적인 개념을 표현할 수 있다)을 표현할 수 있는데, 그 가운데 적지 않은 부분은 동사, 형용사가 차지하고 있다.(이상의 고문자

자료는 모두 [소련] 이스트린伊斯特林의 『문자적산생화발전文字的産生和發展』에서 인용하였다.)

(2) 표음문자

　문자형체가 직접 음을 나타내는 것으로 이를 표음문자라고 부른다. 표음문자의 형성이 표의문자보다는 늦으나 대략 3000여 년 전에 출현하였으므로 역시 유구한 변천의 역사를 가지고 있다. 표음문자는 두 가지로 나눌 수 있다.

　문자형체부호로 직접 어음 가운데 하나의 음절을 기록하는 문자(음절은 자음과 모음의 조합을 가리킨다.)로 음절문자라고 부른다. 크레타문자는 기원전 1750~기원전 1200년에 이미 선형문자線形文字로 변화 발전되었는데, 그 가운데 많은 부분이 음절부호이다. 마우리아왕조의 초기 브라문婆羅門 자모 역시 음절문자이다. 현재 세계상에서 여전히 사용되는 음절문자는 일본의 가나, 이디오피아 등으로 비교적 적은 편이다.

　어음의 모음과 자음마다 모두 하나씩 대응하는 표현부호가 있는데, 이렇게 서사書寫한 형체부호를 사용하여 음소音素를 기록하는 문자를 음소문자라고 부른다. 여기에서 "음소"는 엄격한 언어학이론상의 음소가 아니다. 언어학이론 중의 음소는 음질의 관점에서 나눈 가장 작은 어음단위이다. 더욱이 어떠한 음소문자도 표현하는 것은 자음과 모음체계이지만 실제적으로 음위音位에 의거하여 나눈 것이기 때문에 혹자는 음질음위音質音位라고 일컫기도 한다. 음위는 구체적인 언어 중에서 어의 혹은 단어의 형식을 구별하는 작용을 하는 가장 작은 어음 단위이다. 어의와 단어의 형식을 구별하지 않은 어음의 차이를 서사書寫 부호를 사용하여 표현하는 것은 의미가 없는 일이다. 그러나 일반적으로 습관상 음질음위문자라고 부르지 않는다. 중국대륙에서 유행하는 방법은 병음문자拼音文字이다. 세계적으로 현재 사용되는 문자는 절대다수가 음소문자이다. 예를 들어, 러시아, 영국, 프랑스, 독일, 스페인 등의 나라에서 사용되는 문자이다.

오랜 세월의 역사적 변천으로 인해 모든 언어의 어음은 모두 조금씩 음이 변하였으나 문자는 상대적으로 변화가 없었다. 현재의 어음과 처음 음소문자가 창조될 때와 이미 큰 차이가 생겼다. 그래서 현재 세계적으로 대다수의 역사가 유구한 표음문자들은 모두 몇 십 개의 자모부호만을 가지고 읽고 쓰기에는 어려움이 있기 때문에 음소부호의 병음(표음)과 실제어음의 차이를 보완하기 위해서 어쩔 수 없이 수많은 병음규칙과 정자법正字法을 제정하고 있다. 문자가 오래 될수록 규칙 역시 더 복잡해져 이미 이러한 언어를 알고 있는 사람이라도 다시 이러한 문자를 배워야 하는 경우를 야기하며, 또한 하나하나의 어형語形을 기억해야 한다. 따라서 현재 세상의 대다수 음소문자가 모두 유명무실하다고 할 수 있다.

3) 표의문자와 표음문자의 장점과 단점

이 제목은 중국 해방 후 대륙 출판물 중에서 흔히 볼 수 있는 내용으로 대부분 표음문자가 표의문자보다 우수하다는 내용이 주류를 이루었지만, 사실 문제가 그렇게 간단한 것만은 아니다. 이 문제에 대하여 민족의 문화, 어음의 특징에 근거하여 구체적인 분석을 해야 한다.

표의문자에서 형체부호는 직접 "뜻"과 연계되어 있어 부호가 뜻을 나타낸다. 또한 고정된 독음讀音이 있고, 정보량 또한 표음문자에 비해 크다. 문자를 만드는 요소가 많고, 단어를 이루는 문자형체 사이에도 차이가 분명하기 때문에 쉽게 식별할 수 있다. 형체의 차이가 크기 때문에, 형체가 잘못 기재될 지라도 일반적으로 의미 전달에 영향을 주지 않는다. 사의詞義 학습은 직접 형形과 의義를 연결시켜 학습하면 쉽게 기억할 수 있다. 그 독음은 문자의 역사적 음변音變에 따라 변하기 때문에 병음이나 독음의 변화 규칙을 보충할 필요가 없다. 결점은 형체가 복잡하고 서사書寫가 어렵다는 점이다. 문자를 익히기 위해서는 수천 개의 자형을 기억해야 하기 때문에 병음문자에 비해 많은 정력을 쏟아야 한다. 컴퓨터에 입력 방법 역시 병음문자보다 조금 더 복잡하다. 표의문자는 하나의 문자에 하나의 음과 하나의 뜻이 있기 때문에 굴절어 어법語法 혹은 사법詞法 중의 어음 변화를 기록할 수 없다.

표음문자는 부호의 수량이 단지 몇 십 개에 불과할 뿐만 아니라 형체가 간단하고 기억하기도 쉽고 쓰기도 쉽다. 특히 라틴 자모를 기초로 하는 병음문자는 오른쪽으로 기울여 써 나가기 때문에 팔운동에 대단히 적합하다. 부호의 수량이 적기 때문에 컴퓨터 입력 방법이 간단하고 인쇄 조판을 쉽게 처리할 수 있다. 이러한 조자造字의 출현이 늦어 조자가 만들어진 시대로부터 지금에 이르기까지 어음에 어떠한 변화도 일어나지 않았기 때문에 읽기에 비교적 쉽다. 굴절 유형의 언어 가운데 사詞의 성性, 수數, 격格, 시時, 체體의 어음 변화를 정확하게 기록할 수 있다. 그러나 그 정보량은 표의문자만 못하며, 표음부호는 뜻을 표현하지 못한다. 사詞 형체의 차이가 작아 잘못 쓰여 질 여지도 적으나, 형체의 작은 잘못에도 잘못된 이해를 초래하기도 한다. 역사가 오래된 표음문자는 어음의 변화로 인해 병독 규칙이 복잡하다. 동음의 사詞는 자형상의 차이가 없어 서면상에서 구별을 할 수 없다. 기록하는 음절이 간단하고 동음의 사詞가 대량으로 존재하는 어음은 의미가 뒤섞이는 결과를 낳기 쉽다.

표의문자와 표음문자는 각자 장점과 단점을 가지고 있어 본국의 언어적 실제 상황을 고려하지 않고 그 가운데 어떠한 언어에 대해 무분별하게 찬양한다거나 심지어 어떤 형식의 문자가 세계 문자의 공통 방향이라고 하는 주장들은 모두 취할 만한 것이 못된다.

혹시 어떤 사람이 '그렇다면 전세계의 대다수 표의문자가 소멸된 것을 어떻게 설명할 것인가'라고 질문할 수도 있으나, 전세계에서 대다수의 표의문자가 소멸된 것은 결코 세계문자의 공통된 변화 규칙이 아니다. 여기에서 공동으로 이 문제를 논의해 보기로 하자.

첫째, 언어유형이 다르다는 것이야말로 가장 중요한 원인이다. 중국 옛 속담에 "適者存, 不適者亡."(환경에 적응하는 자는 살고 적응하지 못하는 자는 망한다.)라는 말이 있는데, 세계적으로 가장 오래된 문자는 모두 표의자라고는 하지만 세계의 대다수 언어는 굴절어이기 때문에 그 소멸된 원인은 표의자가 정밀하게 기록을 필요로 하는 굴절유형의 언어에 적합하지 않았기 때문이다. 굴절어는 동일한 사詞가 서로 다른 언어 환경 중에서 성性, 수數, 격格, 시時, 체體 등이 서로 다를 경우 어음에 종종 변화가 생긴다. 동일한 표의자를 사용해 그 변화를 기록할 경우, 이 문자는 몇 가지 또는 심지어 수십여 종류의 독음을 필요로 한다. 만일 그 독음을 고려하여 굴절 변화된 어음과 서로 같은 문자를 사용해 기록하게 될 경우 동일한 사詞에 대해 몇 개에서 심지어 십여 가지 서로 다른 문자를 가지고 표현해야 하기 때문에 반드시 문자의 혼란을 가져오게 된다. 표의문자는 고대에 굴절유형의 언어를 기록하는데 있어 정밀함을 요구하지 않을 때 혹은 뜻은 기억하지만 정확한 음을 기억하지 못할 때 어쩔 수 없이 억지로 대응하여 사용했던 문자이다. 그러나 사회가 발전과 교류가 빈번해짐에 따라 문자를 정밀하게 기록할 수 있는 언어(뜻뿐만 아니라 정확한 음의 기록이 요구됨)가 요구되었고, 굴절유형의 언어를 사용하는 국가의 표의문자는 필연적으로 사라지게 되었다. 이와 반대로 고립유형의 언어를 사용하는 민족의 표의表意 성분을 대량 함유하고 있는 문자는 생기를 얻어 활기를 띠게 되었는데, 그 원인은 바로 적응이었다.

둘째, 문화요인 역시 대단히 중요하다. 문자의 변천은 대단히 복잡한 문화현상으로 적응의 여부에 대한 원인 이외에도 민족의 심리와 주변 국가 혹은 민족문화의 영향, 사회생산의 수준, 종교전파, 민족문화의 안정 정도 등 고려해야 할 부분이 많다. 어떠한 민족이라도 사회의 발전 과정에서 자신의 민족에 알맞은 문화와 언어의 문자 형식을 찾기 마련이다. 일본어는 교착어로서 일본어의 어근語根은 한자를 사용하여 쓰지만 일본어의 한자는 독음이 이미 일본화 된 것뿐만 아니라 어의도 어떤 것은 이미 중국의 한자와 다르다. 더욱이 일본어는 어근 뒤에 어음 변화가 풍부한 접미사와 격조사를 덧붙이는 음절문자인 가나를 사용하여 쓴다. 이렇게 한자와 가나를 혼용하는 일본어는 한민족漢民族 문화의 영향을 받아 형성되었으며, 또한 일본어에 적응한 한자가 일본에서 사용되어 온지 이미 1600~1700년이나 되었다. 한자는 일본어 가운데 수많은 동음어근의 구별이라는 난제를 해결해 주었으며, 가나는 어미와 격조사의 어음 변화를 정확하게 기록할 수 있었다. 이러한 문자 형식은 일본의 고도로 발달한 공업사회 건설에 적극적인 작용을 하였다. 그리하여 일본에서는 이제까지 한자가 일본의 현대화에 영향을 주었다는 말을 들어 보지 못하였다.

2. 한자의 우열에 관한 토론

한자가 탄생한 지 수천 년 간 우리 민족은 줄곧 한자를 존숭해왔지만 근래 백년간에 걸쳐 변화가 일어나기 시작하였다. 전국적으로 커다란 관심을 불러 일으켰던 것 가운데 비교적 영향이 큰 논의가 역사상 세 번에 걸쳐 일어났는데, 첫 번째는 청말, 그 다음은 "5·4 운동" 전후, 그리고 세 번째는 신중국성립 이후 50년대에 발생하였다. 이 몇 번의 토론의 초점은 모두 한자의 낙후성 여부에 관한 토론을 전개하였는데, 그 원인은 한자 성질의 인식에 대한 기준이 다르기 때문에 발생한 일이었다.

1) 청말의 한자 개혁

최초로 병음 자모를 사용하여 한자의 독음에 주석을 단 사람은 명明나라 때 중국에 온 프랑스 선교사 니콜라스 트리콜트(Nicolas Trigault, 1577~ 1629) 였다. 그는 명明 천계天啓 6년(1626년)에 『서유이목자西儒耳目資』를 출판하였 는데, 이 책 중의 병음방안은 이탈리아 예수교 선교사인 마테오 리치(Mateo Ricci, 1553~1610) 방안(마테오 리치의 방안은 이미 실전되었으나 『정씨묵원程氏墨 苑』 가운데 전하는 4편의 주음 문장을 가지고 추측하여 정리해 낼 수 있다. 이 4편의 문장은 중국에서 습관적으로 『서자기적西字奇迹』이라 칭한다.)을 기초로 확충하여 만든 것이다. 이 책의 목록은 한자를 개혁하기 위한 것이 아니라 "서유西儒" (외국의 학자)가 한자와 한어를 이해할 수 있도록 하기 위한 참고서로 제공하 기 위한 것이었다.

진정으로 한자를 개혁하기 위하여 제출된 중문병음방안은 청말에 출현하 였다. 아편전쟁이후 해금정책海禁政策이 풀리자 수많은 선교사들이 중국으 로 쏟아져 들어 왔다. 그들은 로마자모로 한어의 방언을 병독하고 성경을 번역함으로써 청말 한자 개혁운동을 촉진시키는 역할에 영향을 주었다. 더 욱 중요한 것은 아편전쟁 실패 후 부패한 만청滿淸 정부가 제국주의 침략자 들과 굴욕적인 조약들을 끊임없이 체결하는 상황 속에서 애국지사들은 중 국이 실패한 원인을 분석하여 나라를 구할 수 있는 방책을 찾고자 하였다. 특히 일부 문인과 당시 조정의 정권을 장악하고 있던 자희慈禧 태후와 대신들은 오히려 중국이 낙후하게 된 근원을 한자에서 찾고자 하는 정책을 전개하였다.

심학沈學이 『성세원음서盛世元音序』 중에서 "今日之議時事者, 非『周禮』復古, 卽西學更新, 所說如異, 所志則一, 莫不以變通爲懷, 如官方、兵法、農政、商務、製造、開鑛、學校, 余則以變通文字爲最先."(지금 시사를 논하는 자는 『주례』로 돌아가서는 안 된다. 즉 서학을 배워 낡은 것을 새롭게 바꿔야 한다. 비록 말하는 것은 다르다 하지만 뜻은 분명 하나이니 모든 것은 현실에 맞게 변화시켜야 할 것이다. 예를 들어, 정부, 병법, 농정, 상무, 제조, 광산개발, 학교 등 역시 모두 같은 생각일 것이다. 하지만 나의 생각은 문자를 변화시키는 것이 가장 급선무라고 생각한다.)라고 주장한 바는 그 대표적인 성격을 보여주고 있다. 그리고 "通變文字, 則學校易廣, 人才崛起."(문자를 시대에 맞게 변화시키면 학교가 쉽게 늘어나고 인재가 많이 배출될 것이다.)라고 하였고, "得文字之捷徑, 爲富强之源頭."(문자를 얻는 것이 첩경이요, 부강함의 근원이다.)라고 하였다. 노공장盧贛章은 『일목요연초계서—目了然初階序』 중에서 병음문자로 고쳐서 사용하는 것이 한자 학습 보다 "省費十餘載的光陰, 將此光陰專攻於算學、格致、化學以及種種之實學, 何患國不富强也哉!"(10여 배의 시간을 줄일 수 있으며, 여기서 남는 시간을 산술, 화학, 사물의 이치를 궁구하는 등의 실질적인 학문에 힘을 쏟는다면 어찌 나라가 부강하지 않을까 걱정하겠는가!)라고 하였다. 이러한 사람들은 하나같이 한자 학습은 정력을 소모하며 많은 시간을 낭비하기 때문에 병음문자를 학습하여 시간을 절약하는 것만 못하며, 과학 지식의 학습과 보급에 영향을 주기 때문에 중국이 낙후하게 된 원인이라고 여겼다. 외국이 강대한 원인은 병음문자이기 때문이라고 생각하였는데, 이러한 잘못된 사조가 심지어 해방 후에까지 지속되어 국가의 한자 정책에 어느 정도 영향을 주었다.

19세기 말엽 청 왕조의 멸망 전후로 한자의 병음 개혁방안이 우후죽순처럼 쏟아져 나와 마치 한자가 막다른 골목에 처한 것 같은 상황에 이르러 대체될 전야에 이르렀다. 라틴자모식 혹은 그 변형으로는 예를 들어, 노공장의 『일목요연초계—目了然初階』(또는 『중국절음신자하공中國切音新字廈空』라 함, 1892년), 주문웅朱文熊의『강소신자모江蘇新字母』(1906년) 등이 있다. 그리고 속기부호식速記符號式으로는 채석용蔡錫勇의 『전음쾌자傳音快字』(1896년), 심학沈學의 『성세원음盛世元音』(1896년), 역첩삼力捷三의 『민강쾌자閩腔快字』(1896년) 등이 있고, 한자 편방식偏旁式으로는 왕조王照의『관화합음자모官話合音字母』(1901년)가 있다. 한자 필획식筆劃式으로는 이원훈李元勳의 『대성술代聲術』(1904년), 류맹양劉孟揚의『천뇌음天籟音』(1904년) 등이 있다. 과두문(蝌蚪文. 올챙이 형상의 문자)을 채용한 것으로는 진규陳虯의『신자와문칠음탁新字甌文七音鐸』(1903년)이 있으며, 숫자를 채용한 것으로는 전정준田廷俊의『수목대자결數目代字訣』(1901년)이 있고, 독체자獨體字 고문을 채용한 것으로는 장병린章炳麟의 『뉴문紐文·운문韻文』(1908년)이 있다. 이외에 전문篆文을 응용한 것, 일본의 가나를 응용한 것 등 천태만상의 수십 여 가지가 출현하였다. 그들은 열정을 가슴에 품고 자신의 방안을 적극적으로 널리 알리면서도 명리名利는 추구하지 않았다. 이와 같이 열성적으로 하는 것이야말로 자신이 나라를 사랑하는 일에 공헌하는 것이라고 생각하였다. 심학은 자비를 들여 광고를 하거나 무료로 찻집에서 강의를 여는 등의 노력을 기울이다 결국은 빈털터리 거지가 되어 길거리에서 병들어 세상을 떠났는데, 당시 그의 나이가 30세를 넘기지 않았다. 오직 나라를 사랑하는 마음뿐이었으니 그의 노력은 정말 감탄할만하다. 그러나 방향이 틀렸으니 이것이 바로 그들의 인생을 비극으로 몰고 간 근본 원인이다. 이러한 방안은 개별적으로 몇 차례 학습반을 운영하였으나 그다지 큰 영향을 주지는 못하였다.

문자는 사회 현상의 일종으로 정확하게 언어를 기록할 수 있어야 할 뿐만 아니라 또한 수많은 문화 요인의 영향아래 형성되어야만 한다. 고대의 창힐 혼자서는 문자를 창조할 수 없는 일이었다. 그것은 오직 전설에 불과할 뿐이다. 오늘날에도 개인 혼자서는 역시 문자를 창조해 낼 수 없다. 문화적 요소를 고려하지 않거나 사회의 승인을 고려하지 않고 망령되이 개인 마음대로 하나의 방안을 마련하여 사회에 전파하려고 한다면, 그것은 아마도 과거의 심학 등과 같은 비극적 인생을 맞이하게 되리라 본다. 해방 이래 한자의 개혁방안이 비록 여러 신문지상에서 많이 보이지는 않지만 개인적으로 적지 않은 시험을 거쳐 소책자로 만들어 배부하거나 정부 관련 부서에 보낸 것이 천여 종이 넘을 것으로 추측된다. 일부 중·소학교 교사, 노동자, 퇴직한 간부, 심지어 귀국 화교까지 모두 심혈을 기울여 방안을 연구하였으며, 이들은 또한 자신들의 방안이 가장 우수하다고 목소리를 높이면서 한자를 대체하여 나라를 진흥시킬만한 위력을 지니고 있다고 호언하였다. 그들은 정부가 그들의 방안을 중시하지 않는다고 원망하며 각계각층의 인사들의 동의를 구하는 한편 사람을 동원하여 사회에 호소하였다. 필자도 자신을 대신하여 내가 중앙당에 글을 올려달라고 요구하는 사람을 만난 적이 있다. 나는 그들에게 어떤 사람이 우공愚公의 정신을 발휘하여 "자자손손 끝이 없게 하자."고 주장한다는 것은, 그들이 문자와 문화의 관계를 전혀 이해하지 못하기 때문에 그렇게 주장하는 것이라고 이해시켰다. 중국은 현재 법제사회로 나아가고 있기 때문에 문자의 사용 역시 어떤 조직이나 어떤 부서에서 말한다고 결정될 일이 아니고 전국인민대표대회의 토론과 비준을 거쳐야 될 일이다. 개인적으로 자신이 설계한 문자방안을 밀고 나가 규범화된 한자의 사용을 방해하는 것은 위법행위로써 처벌을 받아야 한다고 생각한다.

2) "5·4" 전후의 토론

"5·4" 운동 전후 "공자를 타도하자."라는 구호가 중국 대지위에 울려 퍼져 적극적인 측면에서는 봉건문화 전체에 충격을 주었으며, 소극적인 측면에서도 역시 우수한 전통문화를 부정하였다. 언어문자 측면에서는 적극적으로 백화문白話文을 제창하는 동시에 한자의 개혁과 로마자 주음注音을 채용하는 방안에 대한 논의를 전개하였다. 이러한 토론은 우선 『신청년新青年』 잡지로부터 시작되어 뒤이어 『국어월간國語月刊』, 『신조新潮』 역시 이에 동참하였다. 1923년 여름에 이르러 한자의 개혁을 전문적으로 다룬 『국어월간』 한자개혁호가 출판됨으로써 이에 관한 토론은 매듭단계에 이르렀다. 그리고 1918년부터 1925년까지 끊어졌다 이어졌다를 반복하면서 7, 8년간 지속되었다.

이번 토론은 청말에 비해 한 층 더 심도 있는 논의가 이루어져 병음자모 표기, 이어쓰기, 성조 붙이기 방법 등도 모두 언급되었다. 토론의 직접적인 성과는 류복劉復, 조원임趙元任, 전현동錢玄同, 여금희黎錦熙, 임어당林語堂, 왕이汪怡 등이 논의하여 『국어라마자병음법식國語羅馬字拼音法式』을 결정하였다는 사실이다. 민국 15년(1926년) 중국어통일주비회中國語統一籌備會가 공포하고, 민국 17년(1928년) 9월 다시 민국정부 대학원大學院에서 정식으로 공포하였다. 이 로마자모주음은 민국 초기 교육부에서 심의하였던 장병린의 "取古文籀迿省之形"(고문과 주문에서 간소화된 자형을 취한다.)의 원칙에 의거 초안한 39개의 주음자모보다 더욱 엄격해졌다.

30 · 40년대 전국은 일본침략에 맞서 항전을 하던 시기로 문자개혁에 관한 논의가 활기를 띄지는 못했지만 여론과 실천면에 있어서는 여전히 그 명맥을 이어가고 있었다. 10월 혁명 후의 소련은 레닌의 제창아래 한자의 라틴화 문제에 대한 연구가 시작됨에 따라, 소련의 한학자로는 곽질생郭質生, 내혁첩萊赫捷, 사평청史萍靑, 용과부龍果夫 및 구추백瞿秋白, 오옥장吳玉章, 임백거林伯渠, 소삼蕭三 등이 이 연구에 참여하였다. 이들은 방안의 초안을 마련하고 수차에 걸쳐 수정을 가하였다. 1931년 9월 소련은 블라디보스톡Vladivostok에서 중국문자의 라틴화 제1차 대표대회를 개최하여 한어의 『라

틴화신문자적사법拉丁化新文字的寫法』을 통과시켰다. 소련에서 이 방안은 일찍이 극동지역의 중국 노동자와 철수하는 소련경내의 항일 의용군들에게 학습을 시켰던 것으로 중국 내에서 노신魯迅, 섭뇌사葉籟士, 도행지陶行知 등이 제창하여 단체를 세우고 교재를 출판하는 동시에 반을 편성하여 교육을 시키는 등 민중들에게 널리 전파하였다. 특히 해방지역 내에 있어서 그리고 해방지역이 확대됨에 따라 신중국 성립시기까지 지속적으로 이어졌다. 어떤 부서나 직업부분에서는 심지어 1958년『한어병음방안漢語拼音方案』이 공포될 때까지 사용되었다.

1935년 초에 진망도陳望道 등의 발기로 상해간체자추진회를 성립하고 상용자 보급을 추진하였다. 이 해 2월 상해문화계의 채원배蔡元培, 소력자邵力子, 곽말약郭沫若, 진망도陳望道, 도행지陶行知 등 200여 명과 15개의 잡지사가 연합하여 서명한『추행수두자연기推行手頭字緣起』를『태백太白』등의 잡지에 발표하였는데, 여기서 처음으로 300자의 간체자를 발표하였다. 이는 중국 역사상 처음 공개적으로 간체자화 활동을 제창한 운동이다. 이러한 간체자 가운데 상당 부분이 후에 나온『한자간화방안漢字簡化方案』에 채용되었다.

여기서 하나 언급할 만한 것은 이 시기에 또한 한자의 심리연구가 시작되었다는 점이다. 그 가운데 비교적 유명한 것으로는 1916년에서 1919년 사이에 실시했던 미국 콜롬비아대학에서의 유정방劉廷芳의 실험과 1923년 워싱톤 죠지타운대학에서 실시했던 애위艾偉의 실험이다. 실험의 목적은 인식하여 기억하고 이를 다시 식별하여 써보는 과정에서 한자의 형形·음音·의義 관계와 형·음·의가 한자 학습자에게 주는 난이難易의 영향을 판단하기 위한 것이었다. 애위는『한자문제漢字問題』,『한자지심리연구漢字之心理研究』,『한자음의지분석연구漢字音義之分析研究』등의 서적을 저술하였는데, 그는 주로 심리학적인 각도에서 한자에 대해 시험을 진행하여 간체자가 번체자보다 우수하다는 결론을 도출하였다. 애위는 한자심리연구에 있어서 중요한 영향을 남긴 학자였다.

50년대 한자개혁의 중대 성과로는 1956년 1월 국무원에서 두 차례에 걸쳐 『한자간화방안』을 정식으로 공포하였으며, 이후 또 세 번째와 네 번째 방안을 공포하였다. 비록 소수의 간화자의 간화가 적당하지는 않지만 전체적으로 보면 그 성과가 중요하다고 하겠다. 1958년 2월 제1회 전국인민대표대회 제5차 회의에서 라틴자모를 기준으로 하는 『한어병음방안』을 비준함으로써 한자의 주음注音이 과학적 궤도에 오르게 하였는데, 이는 문자 해독, 사서辭書의 편집, 국가표준, 외래어 병음표기, 한자의 세계화에 모두 중요한 의미를 가지고 있다.

60·70년대 대륙에서 열광적인 정치적 운동으로 인해 모든 것이 정체되었다가 80년대에 이르러 중국 대륙이 참신한 시기로 접어되었다. 이에 당과 국가는 중대한 정책을 결정하기 위해서는 과학적 논증을 강화시켰는데, 한자의 연구 역시 국가의 모든 사업과 마찬가지로 하나의 신기원에 진입하였다.

3. 한자의 성질

1) 한자의 발전성

한자는 적어도 4000년의 역사를 가지고 있기 때문에 적어도 4000년의 발전사를 가지고 있다고 할 수 있다. 중국 각개 각층의 사회적 발전에 부응하기 위하여 한자는 끊임없이 내부적인 조정을 진행하였다. 그리하여 고금의 차이가 대단히 크며, 성질 역시 시대에 따라 변천의 과정을 거쳤다. 어떤 사람은 한자의 성질을 논할 때면 항상 상형자의 갑골문, 금문, 소전, 예서, 해서 등의 몇 가지 서법을 함께 열거하여 한자가 표의문자라는 점을 설명하는데, 이러한 형이상학적 관점은 역사유물주의 원칙에 위배되며, 또한 한자의 변천 사실과는 부합되지 않는다.

(1) 한자 "성화聲化" 정도의 변화

아래의 표는 이효정李孝定선생의 『한자사화漢字史話』에서 베껴 온 것이다. 하지만 표의 분류방법에 대해 완전히 찬성할 수는 없지만 수량이 적은 편이기 때문에 문제의 설명에 대해 영향을 주지 않는다고 사료된다.

자료 출처	통계황목	상형	지사	회의	가차	형성	전주	미상	통계
은상갑골문	자수	277	20	396	129	334	0	70	1226
	%	22.6	1.6	32.3	10.5	27.3	0	5.7	100
송대 『육서략』	자수	608	107	700	598	21810	372	0	24235
	%	2.5	0.4	3.1	2.5	90	1.5	0	100

은상갑골문의 가차자와 형성자 두 항목을 합쳐 거의 38%를 차지하나 송대 정초鄭樵의 『육서략』에 와서는 92.5%에 달한다. 상형, 지사, 회의 세 항목의 통계에서 갑골문은 56.5%, 『육서략』은 6%를 점하고 있다. 양자의 이와 같이 큰 차이를 보이는 것은 통계상의 결과로 볼 때 갑골문의 "성화" 정도가 낮아 표의문자를 위주로 하는 문자체계를 가지고 있기 때문이며, 『육서략』 시대의 한자는 완전히 표음을 위로 하는 문자체계가 형성되었기 때문이다. 필자의 대략적인 통계를 통해 살펴보면, 금문 가운데 형성자는 959자이고, 파생자(통용하거나 가차하여 사용되며, 후대 형방을 증가시켜 형성자가 된 것으로 경전 중의 고금자(古今字 : 동일한 의미를 표시하지만

고금의 용자用字가 다른 한자를 일컫는 말)와 유사하다.)는 106개로 글자를 식별할 수 있는 총 2420개의 금문 가운데 20%를 차지하는데, 만일 여기에 글자를 차용하여 쓰는 상황을 더한다면, "성화"의 정도는 분명 50%를 초과할 것이다.

동한의 허신의 『설문해자』에서 형성자가 차지하는 비율은 81%이다.

한자의 표음기능의 강화는 오랜 과정을 거치면서 이루어졌다. 은상의 갑골문에서 형성자는 거의 27%를 차지하고, 서주와 동주의 금문은 대략 40%를 차지하는데, 6,7백년 사이에 거의 13%가 증가되었다. 만일 청동기 명문銘文의 글자체가 속된 자체(이 가운데 아마도 적지 않은 형성자가 있다.)를 배척하고 장엄함과 고풍스러움을 추구하였던 상황을 고려한다면 서주와 동주의 형성자가 차지하는 비율은 아마도 더 높아질 것이다.

(2) 문자형체부호 성질의 변화

이 문제는 구석규裘錫圭 선생이 『한자적성질漢字的性質』 중에서 대단히 훌륭한 견해를 피력하고 있다. 즉 "文字是語言的符號. 作爲語言的符號的文字, 跟文字本身所使用的符號, 是不同層次上的東西."(문자는 언어의 부호이다. 언어부호로서의 문자는 문자 자체에 사용된 부호와 서로 다른 단계상의 문자이다.)고 하였다. 구선생은 후자를 일컬어 자원字元이라고 하였는데, 이는 본서의 문자형체부호이다. 게다가 그는 "各種文字的字元, 大體上可以歸納成三大類, 卽意符、音符和記號. 跟文字所代表的詞, 在意義上有聯繫的字元是意符, 在語音上有連繫的是音符, 在語音和意義上都沒有聯繫的是記號. 拼音文字祇使用音符, 漢字則三項符號都使用."(각종 문자의 자원은 대체로 크게 세 가지로 귀납할 수 있다. 즉 의부, 음부 그리고 기호이다. 문자를 대표하는 사와 의미상에서 연관되는 자원은 의부이고, 어음상에서 연관되는 것은 음부이다. 그리고 어음과 의미상에서 모두 관련 없는 것은 기호이다. 병음문자는 오직 음부만을 사용하지만 한자는 세 가지 부호를 모두 사용한다.) 라 하였고, 또한 "在漢字發展的過程中, 由於字形和語音、字義等方面的變化, 卻有很多意符和音符失去了表意和表音作用, 變成了記號."(한자 발전 과정 중에서 자형과 어음, 자의 등의 변화로 인하여 수많은 의부와 음부가 표의와 표음 작용을 상실하고 기호로 변하였다. 『중국어문中國語文』 1985년 1기에 보임)고 하였다.

갑골문, 금문의 상형 정도가 가장 높으며, 상형, 지사, 회의자가 차지하는 비율이 큰 편이므로 문자의 형체부호 대부분이 그림의 흔적을 가지고 있어 사의詞義와의 연계가 대단히 명확하지만 소전小篆 가운데 일부는 그 연계를 알아볼 수 없을 정도이다. 현재 해서화 형체 가운데 상형자가 변화 발전된 것은 대부분 상형이 아니다. 어떤 것은 기호자로 변하여 고문자형체부호의 성질과 완전히 다르다. 사람 인人자는 갑골문에서 측면으로 서 있는 사람 형태를 하고 있으나 현대 한자에서는 하나의 왼쪽 삐침(丿)과 오른쪽 삐침(乀)으로 구성되어 있어 더 이상 사람 형상 같지 않게 완전히 그림의 흔적을 벗어나 있다. 예서로의 변화는 한자의 형체상에서 질적인 변화를 가져왔으며, 소전小篆의 상의象意(육서 중의 회의會意)의 선은 "뜻"과는 무관하게 가로橫, 세로豎, 삐침撇, 오른쪽 삐침捺, 점點, 아래에서 위로 끌어올림提 등의 필획으로 변하였다.

2) 표의문자체계 중의 표음자

표의문자는 문자형체부호와 기록하는 사의 의미가 직접적으로 연계되는 문자체계이다. 하지만 완전히 의부만으로 구성되거나 또는 순수하게 의부만을 사용하는 문자체계는 이 세상에 존재하지 않는다. 형체부호가 언어를 기록하지 않으면 우리는 그것이 문자인지 아닌지 단정할 방법이 없다. 언어를 기록하기 위해서는 반드시 허사를 기록해야 하는데, 허사의 어법은 의미적으로 서로 상응하는 표의자를 만들기에는 어려움이 있기 때문에 이러한 표의문자는 "本無其字"(본래 없는 문자)한 가차가 반드시 생기기 마련이고, 실사 기록에도 역시 의부를 음부로 삼아 사용하는 상황이 발생하게 된다. 그렇기 때문에 이른바 표의문자 체계는 반드시 "성화聲化" 성분이 포함되어 있어 표음용법이 없는 순수한 표의문자체계는 존재하지 않는다. "성화"는 표의문자 가운데 표의자가 표음 기능으로 전환되는 것을 가리키는 것으로 한자에서는 형성자, 육서의 가차, 용자통가用字通假 등을 말한다. "성화" 정도는 문자성질을 판정하는 중요한 근거 가운데 하나이다. 과거 일부 학자들은 표의문자에 대한 이해 개념이 모호하여 형이상학적인 정지상태에서 문제를 보거나 심지어 한자의 틀에서 벗어나 사용하기 때문에 오직 『설문』을 근거로 글자의 육서를 판단하였다. "이而"자에 대해 『설문』에서는 "頰毛也, 象毛之形"(뺨의 털이다. 털의 형상을 본뜬 것이다.)고 하였다. 갑골문과 금문에서는 아래턱 수염의 형상을 본뜬 것이지만 전적 중에서 "이而"자는 줄곧 접속사, 대명사로 쓰였기 때문에 "이而"자가 뺨에 난 털이라는 의미로 쓰인 예문을 찾기가 매우 어렵다. "이而"자가 상형자라고 말한 것은 한자의 발생학적 각도에서 말한 것으로 사용하는 데 있어서 "이而"자는 줄곧 음을 기록하는 부호로 쓰였다. 또한 표의문자는 개념상의 잉여법을 채용하여 표음문자이외의 문자를 일률적으로 표의문자라고 일컬었지만 이와 같은 문자 중의 "성화"현상을 구체적으로 분석하지 않았다는 것은 역시 일종의 형이상학적 관점이다.

표의문자 "성화"의 정도가 만일 50% 이상인 경우는 이미 더 이상 표의문자라고 일컬을 수 없다.

3) 형성자가 한자의 성질 결정

한자 가운데 상형자가 비록 적지 않게 기호로 변화었다고는 하지만 당란 唐蘭 선생은 『중국문자학中國文字學 · 기호문자화병음문자記號文字和拼音文字』 중에서 "截至目前爲止, 中國文字還不能算是記號文字, 因爲我們認識一個'同'字, 就可以很容易地認識'銅'、'桐'、'筒'、'峒'等字, 可見這還是形聲文字."(지금까 지도 중국의 문자는 아직 기호문자라고 할 수 없다. 왜냐하면 우리가 '동同'자를 알게 되면 아주 쉽게 '동銅', '동桐', '통筒', '동峒' 등의 문자를 알 수 있기 때문이다. 따라서 아직까지도 형성문자인 것이다.)고 하였는데, 이는 옳은 견해라 할 수 있다. 현대 한자 가운데 형성자가 이미 90% 이상을 차지하고 있어 현대한자의 "성화" 정도를 구체적으로 보여주고 있다. 설령 형성자 가운데 표음성분 역시 어떤 것은 표음이 아닌 기호로 변했다고는 해도 그 수가 많지 않기 때문에 형성자의 성질이 한자의 성질을 결정하게 된 것이다.

형성자는 의부와 음부로 구성되며, 그 의부는 원래 독립적으로 의미를 표시할 수 있는 문자로 한어 중에서 가장 작은 의미 단위(형태소와 관계가 있는 자부字符)이다. 그 음부의 표음과 형태소의 문자는 다르지만 음절문자와 는 유사한 까닭에 음부가 표시하는 것은 음절이다. 그래서 형성자는 형태소 (음절문자)라고 하며, 한자를 결정하는 것 역시 형태소(음절문자)이다.

상형자, 회의자, 지사자 가운데 얼마나 많은 글자가 기호자로 변했는지는 모르겠지만 전체의 수는 현대 한자의 10%에도 미치지 못하기 때문에 현대 한자의 기본성질에 영향을 주지 못한다.

4. 한자의 성질과 화하문화

1) 한자와 한어

근대학자들의 한장언어漢藏言語 대비 연구를 통하여 원시한어는 고립적인 유형의 언어가 아닌 형태 변화가 비교적 많은 언어라고 표명하였다. 그러나 현재 발견되는 가장 오래된 한자체계 가운데 하나인 갑골문 시대의 관찰을 통해 한어 형태의 변화가 이미 거의 일어나지 않았을 뿐만 아니라 점차 사라지게 되었음을 알 수 있다. 현대 한어의 형태 변화는 더욱 더 미미하여 동사의 시태에 붙이는 성분의 "着・了・過"와 인칭대명사의 접미사 "們", 그리고 몇 개의 명사 접미사 정도만 존재함으로써 표준적인 고립유형의 언어가 되었으며, 이러한 언어 형태소, 즉 음절문자로 기록하는 것에 완전히 적응하였다.

중화민족은 수천 년의 문명사에서 사물이 발전하면서 오래된 것은 사라지고 새로운 것은 생겨났고, 외국과의 교류가 진행되면서 기이하고 신기한 물건이나 일들이 이루 헤아릴 수가 없을 정도로 많아졌다. 이에 따라 한어의 어휘도 부단히 풍부해지고, 어법 역시 더욱 자세하고 정밀해졌으며, 어음도 수차례에 걸쳐 변화하였으나 한자는 정확하게 한어를 기록하였을 뿐만 아니라 한어를 풍부하게 하여 한어의 표현 능력을 강화시켰다.

한어의 어음은 음절의 시작 보음과 끝을 맺는 보음은 비교적 단순하다. 복자음은 상고시대 한어에 설사 존재했었다고 해도 그 수는 아주 적으며, 복모음 또한 많지 않았다. 음절구조[자음]＋[개음介音]＋모음＋[자음]의 조합배열은 여러 측면에서 제한을 받았다. 현대 한어는 성조를 구별하여 계산할 수 있는 범위 내에 있으며, 보통화普通話는 1200여 개 정도의 음절로 구별할 수 있다. 상고시대 한어 음절의 구조가 현대 한어에 비해 복잡할 수도 있겠지만 음절을 구별하는 데 있어 그렇게 큰 차이는 나지 않을 것이다. 고대한어에서 단음절어가 절대다수를 차지하고 현대 한어에서 다음절어가 증가했다고는 하지만 동음어가 여전히 대량으로 존재한다. 『신화자전新華字典』에 8,500자가 수록되어 있는데, 평균적으로 매 음절마다 5개의 동음자가 있으니 56,000여 자가 실려 있는 『한어대사전漢語大辭典』은 더 말할 것도 없다. 한자는 의부意符에 의거하여 동음어를 구별하는데, 여기의 의부는 형성자 중의 의부와 의부자意符字를 포함하고 있다. 일본어 중의 한자 역시 주로 동음어근을 구별하는 작용을 한다.

한어의 어휘는 단음절어가 많이 차지했던 상고시대로부터 다음절어가 우세한 현대 한어로 변화하였으며, 다음절어의 절대 다수는 복합어로써 어의와 이 합성어를 구성하고 있는 형태소는 밀접한 관계를 가지고 있다. 한자는 매우 명확하게 이러한 관계를 반영하고 있으며, 아울러 비교 과정을 통하여 합성어의 발생 과정을 엿볼 수 있다.

『역易·사師』에서 "大君有命, 開國承家, 小人勿用."(대군이 천명을 받아 나라를 세우고 가문을 일으킬 때 소인을 쓰면 안 된다.)"고 하였는데, 공영달孔穎達은 『소疏』에서 "若其功大, 使之開國爲諸侯. 若其功小, 使之承家爲卿大夫."(만약 공이 크면 그에게 나라를 세운 제후로 삼고, 만약 공이 작으면 그에게 가문을 이어갈 수 있도록 경대부로 삼는다.)고 하였다. 여기서 제후의 관할 지역을 상고시대에는 국國이라고 칭하였으며, 대부가 관할하는 지역을 가家라고 불렀음을 알 수 있다. 『한비자韓非子·애신愛臣』에는 "社稷將危, 國家偏威."(사직이 장차 기울어지면 국가의 위엄이 위태롭게 된다.)라는 구절이 있는데, 이 문장에서 "국가"와 "국國"은 같은 뜻으로 제후국을 가리킨다. "국가"는 뜻이 가까운 형태소가 조합된 병렬 합성어이다. 현대 한어에서 "국國"과 "국가國家"의 의미는 서로 같으며, 어떤 집단의 원수가 관할하는 영토와 그 관할에 의지하고 있는 조직을 대표한다.

『순자荀子・수신修身』에는 "勇膽猛淚 則輔之以道順."(용감한 기백과 맹렬한 기세로써 그것들을 보충하면 도가 순조롭게 된다.)라는 구절이 있는데, 이에 대하여 양경楊倞은『주注』에서 "膽, 有膽氣."(담이란 담력과 기백을 뜻한다.)고 하였다. 『상군서商君書・거강去强』에 "怯民使以刑必勇, 勇民使以賞必死."(두려워하는 백성은 형벌로 다스리면 반드시 용기가 생기고, 용기 있는 백성은 상으로써 다스리면 반드시 죽게 된다.)라는 구절이 있는데,『옥편玉篇』에서는 "怯, 畏也."(겁怯이란 두려워 한다는 뜻이다.)고 하였다. 현대 한어에서 겁내다는 뜻의 "담겁膽怯"은 명사 성질의 형태소 "담膽"과 형용사 성질의 형태소 "겁怯"으로 구성된 진술식 합성어이다.

"국가國家", "담겁膽怯" 중의 형태소 의미는 기본적으로 변화가 없지만 한자는 이와 같은 다음절어를 기록할 때 기록할 형태소의 자字를 조합하게 되는데, 이 때 합성어의 어의와 형태소의 관계 표현이 매우 분명하다.

『논어・위정爲政』에는 "溫故而知新, 可以爲師矣."(이미 배운 것을 잘 기억하고 새로운 것을 계속 배워간다면 가히 스승이라고 할 만하다.)라는 구절이 있는데, 여기서 "사師"의 의미는 교사를 가리킨다. 『논어・계씨季氏』에 "及其老也, 血氣旣衰, 戒之在得."(몸이 늙어가면 혈기도 따라 쇠하는지라, 경계할 것은 탐하여 얻으려는데 있다.)"라는 구절이 있는데, 여기서 "노老"의 의미는 나이가 많다는 뜻이다. 『사기・순경전荀卿傳』에 "田騈之屬皆已死. 齊襄王時, 而荀卿最爲老師."(전병의 무리가 모두 죽고 나자 제나라 양왕 때 이르러 순경이 가장 유명한 선생이 되었다.)라는 구절이 있는데, 여기서 "노사老師"는 나이가 많아 경륜이 풍부한 학자를 가리키는 것으로 "노老"는 "사師"의 수식 성분이다. 원호문元好問은『시질손백안示侄孫伯安』에서 "伯安入小學, 穎悟非凡小, 屬句有夙性, 說字驚老師."(백안이 소학에 입문하여 총명함이나 비범함이 적었다. 하지만 말 몇 마디도 제대로 말하지 못하는 평소와는 달리 글자를 말하자 선생님이 놀랐다.)"고 하였는데, 여기서 "로老"자는 의미 없는 복합명사의 조어접두사이다.

『오등회원五燈會元・장구성張九成』에 "公推倒卓子."(공이 탁자를 밀어 넘어뜨렸다.)"라는 문장이 있는데, 여기서 "탁卓"과 "탁桌"은 고금자이다. 『설문』에서 "卓, 高也."(탁卓은 높다는 뜻이다.)고 하였으며, "자子"의 본의는 유아를 가리킨다. "桌子"의 "子"는 허화虛化되어 의미가 없어진 복합명사의 조어접미사이다.

"로사老師", "탁자桌子"는 어근을 사용해 접사를 덧붙여 구성한 복합사이다. 한자는 이와 같은 류의 복합사를 기록할 때 원래의 어근을 기록한 글자와 음부를 사용해 기록한 접사를 조합한다. 그러나 접사의 형체는 원래 의미를 가지고 있었으나 점차 의미를 상실하게 되었다. 하지만 임의대로 동음자로 바꾸어 쓸 수는 없다. 이와 같이 비교를 통해 의미 상실(虛化)의 과정을 엿 볼 수 있다.

"호초胡椒", "번가番茄", "서복西服", 이 세 개의 단어 앞에 붙은 수식 성분은 사물의 기원을 설명해 준다. "비기飛機", "도탄導彈", "빙상氷箱", 이 세 개의 단어 앞에 덧붙인 수식 성분은 그 성능을 명시한다. "탄극坦克", "덕막극랍서德漠克拉西 democracy" 등은 한자의 음을 가차하여 번역한 외래어이다. 그러나 한민족은 일본만큼 음역한 외래어 사용을 좋아하지 않고, 항상 한자의 장점을 발휘하기를 좋아한다. 그래서 소수 전문 어휘를 제외하고는 음역한 일반적인 단어 대부분을 의역으로 바꾸었다. "5・4 운동" 전후 신문잡지에 가득했던 "덕막극랍서德漠克拉西"가 지금은 보이지 않는 대신에 "민주"라고 고쳐 부른 것이 바로 전형적인 예이다. 새롭게 탄생한 단음절어에 대하여 한자는 육서라는 조자造字의 장점(주로 형성자)을 발휘하여 새로운 글자를 만들어 그것에 적응하는데, 예를 들면 "경氫", "양氧", "담氮", "뇌鐳", "갑鉀" 등과 같은 원소를 나타내는 단어들이다. 이 단어들은 형성자의 의부를 통해 상온에서 기체가 되거나 혹은 고체가 되는 것을 알 수 있으니 정말로 기묘하기 이를 데 없다.

한어 어휘의 발전은 과거, 현재 혹은 미래를 막론하고 한자를 곤란하도록 만들지는 못한다.

한어의 어법은 형태변화가 결핍되어 있다. 성性, 수數, 격格, 시時, 체體 등의 어법적 의미는 주로 사詞의 수식 성분, 보충성분, 허사, 어순 등의 방법을 가지고 구현하는데, 어떤 경우는 언어의 환경에 의해서 확정되기도 한다. 음과 뜻이 결합한 한자는 이에 대해 매우 강한 적응성을 가지고 있다. 수식과 보충 성분, 그리고 허사 모두 한자를 이용해 표시할 수 있으며, 어순 역시 한자배열의 순서를 이용해 나타낼 수 있다. 심지어 한어 어법으로 구별 할 수 없는 어법 현상은 어떤 경우에는 역시 한자를 이용해 구별해 낼 수 있다. 예를 들어, 3인칭 대명사를 가지고 "他", "她"의 성별을 구별 할 수 있고, 대명사로 사람과 사물을 가리키는 "他"와 "它"로 구별 할 수 있다.

한자가 한어에 적응하는 동시에 한어의 발전에 대해서도 커다란 영향을 주었다. 고대 한어의 표준말 형성과 전파는 모두 한자와 커다란 관계를 지니고 있으며, 어휘 가운데 성어, 전고典故, 관용적으로 쓰이는 4자의 형태, 수식어 가운데 대구법 등 역시 한자를 떠나서는 존재하기 어려운 것들이다. 예를 들면 "我姓章, 立早章."(제 성은 장씨입니다. 입立자 밑에 조早자를 쓰는 장章입니다), "那家夥不够人字那兩撇."(그 녀석 사람 인人자에서 양쪽 삐침을 모두 떼어버렸군(사람도 아니다.) 등과 같은 문장 중에서 글자를 분해하는 파자 방법은 동음어를 구별하거나 혹은 수식하는 작용을 갖추고 있다.

중화의 대지가 광활하고 한어의 방언도 복잡하여 민閩, 월粵, 오吳 등의 방언과 관화官話 사이에는 대화가 통하지 않는다. 한자는 방언을 초월하여 방언이 다른 지역 간의 한족인의 왕래를 도와주는 도구(현재 주요 도구는 보통화이고, 고대는 표준어이다.)이다. 표준어를 할 줄 모르는 광동인과 흑룡강인 사이의 대화에 만일 한자가 없다면 반드시 번역하는 사람이 필요할 것이다.

2) 한자와 역사

한자는 수천 년의 역사를 지니고 있어 중화민족이 긍지를 가질만한 가치를 지닌 인류의 문화유산이다. 한자의 역사가 이렇게 유구한 것은 유구한 중화민족 역사와 밀접한 관계(중화민족의 주체민족은 한족이다.)를 가지고 있기 때문이다.

염황炎黃·하夏·상商·주周는 한민족의 직계 선조로 서주西周와 동주東周 시대를 거치면서 이夷·융戎·만蠻·적狄 등의 부족을 융합하여 진대秦代에 이르러 한족을 중심으로 하는 통일된 나라가 형성되었다. 양진兩晉과 남북조 시기에 이르러 또 다시 선비, 흉노 등의 부족을 융합하였는데, 이 시기에 한족의 활동 강역이 대체로 확정되었다.

왜 일부 부족이 한족에 의해 동화 될 수 있었는가? 기본적인 원인은 한족의 문화가 발달했기 때문이다. 아름다운 한자로 기록한 전적이 그 중요한 지표 가운데 하나이다. 남북조시기에 선비족은 북위北魏 왕조를 건립한 후 효문제孝文帝 원굉元宏은 선비탁발부족鮮卑拓拔部族의 한족화 정책을 강요하여 선비족의 성씨를 한족으로 고치고 한인漢人과의 결혼을 장려하는 한편, 호족의 복장을 금지하고 한어 사용을 제창하였다. 『북사北史·위본기魏本紀』에는 "太和十九年(公元四九五年)六月己亥, 詔不得以北俗之語(指鮮卑語)言於朝廷." (태화 19년(459년) 6월 기해일, 조서를 내려 북속의 언어(선비족의 언어를 가리킴)를 조정에서 말하지 못하도록 하였다.)라는 내용이 있고, 원굉 본인 역시 "雅好讀書, 手不釋卷, 『五經』之義覽之便講. 學不師受, 探其精奧, 史傳百家無不該涉. 善談莊、老, 尤精釋義……, 自太和十年以後, 詔冊皆帝文也."(독서를 좋아하여 손에서

책을 놓지 않았으며, 『오경』의 뜻을 새겨 말할 수 있었고, 스승에게 학문을 배우지는 못했으나 그 정수와 오묘함을 탐구하여 역사서나 여러 서적을 섭렵하지 않은 것이 없다. 장자와 노자를 즐겨 담론하였는데, 특히 문의 해석에 뛰어났다……. 태화 10년 이후 조서와 책자 모두 제문帝文을 사용하였다.)라고 하였다. 원굉은 한족의 전적에 정통하여 조정에서는 한어를 사용하였다. 위에서 "詔冊皆帝文"(조서와 책자 모두 제문을 사용하였다.)에서 제문은 바로 한자를 의미한다. 원굉이 자신의 민족을 강제로 한화시키려고 한 것은 바로 한족의 문화에 매료되었기 때문이다. 이처럼 한족의 형성에 한자가 중요한 작용을 하였다.

진한이후 중국의 판도가 대체로 정해졌다. 중화 수천 년의 문명사에서 이 땅 위에 여러 번 몇 개의 정권이 대치의 국면을 이루었지만 결국은 여러 개의 나라로 분열되지 않았는데, 그 원인은 바로 공통의 민족 특징이 중화민족을 하나로 연결시켰기 때문이다. 그 가운데 중요한 특징 하나는 바로 한자와 한자로 기록된 전적으로 대표되는 한족문화이다. 역사상 대치 정권에서 정권을 잡은 자들은 모두 자신이 전중국의 "천자"라고 선포하고 지방을 독립시키지 않았다. 지금까지도 한자는 여전히 해협양안 인민의 단결과 해외교포의 중요한 연결체가 되고 있다.

은주殷周이래 정부의 문건, 문헌, 전적, 불경, 도장, 시가, 소설, 비각, 대련, 제기, 화폐…… 등에 사용된 것이 한자가 아닌 것이 없다. 신중국을 건설하는데 전통문화 유산을 계승하지 않으면 어떻게 "중국특색"이라고 말할 수 있겠는가? 중국역대로 축적되어 지금에 이르는 고서에 거의 백억 자에 이르는 글자들이 수록되어 있는데, 절대 다수는 지금까지도 사용되는 한자로 쓰여 있다. 이러한 문화를 지닌 우리 한민족을 모든 인류가 부러워한다. 세계의 상당히 많은 학자들이 『주역』의 철학, 공자의 사상, 『묵자』의 과학, 『손자병법』 등을 공부하고 있을 뿐만 아니라, 『삼국연의』·『서유기』·『홍루몽』·당시·송사 등은 일찍부터 세계에 광범위하게 영향을 끼쳐왔다.

3) 한자와 예술

일부 한족예술은 한자와 밀접한 관계가 있다. 서예는 바로 한자를 아름답게 쓰는 예술로 독특한 서예이론을 형성하였다. 대문구문화大文口文化에서 출토된 도문陶文의 형체와 갑골문의 붓으로 붉게 쓴 글자를 가지고 추측해 보면 서예예술은 거의 한자와 마찬가지로 유구한 역사를 지니고 있다. 수천 년간 무수한 서예가와 서예 이론가들이 출현하여 다량의 서예 작품과 서예 논술을 남겼다. 서체로 진眞, 행行, 예隷, 전篆, 주籀 등이 있는데, 이는 본래 한자 형체가 변화 발전하여 형성된 것이다. 서체 역시 한자의 형성 발전에 영향을 주었는데 일부 초서·행서·해서간화자가 바로 그 가운데 하나의 예이다. 같은 한자라도 서예가의 붓끝에서 다양한 형태가 생겨나는데, 어떤 것은 엄격하면서도 강건하고, 어떤 것은 웅혼하고 수려하며, 어떤 것은 활발하고 분방하며, 어떤 것은 기세가 충만하다. 각양각색의 온갖 형태를 지니고 있을 뿐만 아니라 각자 나름대로 예술성을 보여 주고 있다. 전문가의 손에 의하여 결국 수많은 작품 가운데서 수천 수백 년 전의 서예작품의 진위가 감별된다. 평소에 서예 연습에 몰두하면 정신을 조절하는 의료 효과가 있기 때문에 서예가들은 대부분 장수한다. 근래에 또 경필 서예에 대한 열기가 흥기하여 볼펜, 만년필, 연필 등 모두 한자 서예의 예술적 풍채를 구현할 수 있으니 정말로 세계적인 기적이라 할 수 있다.

중국의 전통회화에서 사용하는 것은 역시 붓이다. 사의寫意(사물의 형식보다도 그 내용·정신에 치중하여 그리는 일)의 준皴(산과 바위 등의 주름을 그리는 방법), 피披(주로 남종화南宗畵에 사용된 선적線的인 주름), 염染(그림을 그리다.), 점點을 막론하고, 또는 공필工筆의 정두서미묘丁頭鼠尾描, 유엽묘柳葉描, 철선묘鐵線描 등의 운필은 모두 서예와 서로 가깝다. 국화國畵의 구성 역시 서예작품과 상통한다. 그림 위의 표제 역시 서書·화畵가 서로 잘 돋보이며, 각자 서로 나름대로의 정취를 가지고 있다. 그래서 국화가國畵家 역시 대부분 서예가이기도 하다.

전각篆刻은 칼로 청동, 돌, 나무, 대나무에 한자를 쓰는 것으로 역사 역시 매우 유구하다. 전국시대 이후 인장에 수많은 전각이 보존되어 전해오고 있다. 예를 들어, 관인官印·사명인私名印·압자押字·석도인釋道印·길어인吉語印 등이 있으며, 유사한 것으로는 또한 봉니封泥(옛날 죽간과 백서를 사용하던 때, 왕복하는 서함書函을 새끼로 묶고 그 매듭을 진흙으로 봉하던 일이나 그 위에 도장을 찍어 남이 함부로 개봉하지 못하게 했음)가 있다. 자체字體로는 고문·진전秦篆·한전漢篆·조충서鳥蟲書·현침전懸針篆·관인전서官印篆書 등이 있다. 현대에 와서는 또 행서, 해서, 위대魏代의 비각체를 모방한 글자체를 이용하기도 한다. 옥새의 전각은 음각과 양각이 있으며, 도법刀法에는 충沖·절切·평平·척剔 등이 있고, 여기에 손힘의 빠르고 느림, 가볍고 무거움을 더하고 알맞은 배열, 연결, 과장, 밀도를 고려하면 사방 한치도 안 되는 곳에 드러나는 묘미가 정말로 무궁무진하다. 인감은 증거와 같으며 그 작용은 유럽과 미주의 싸인에 해당된다. 십 몇 억 되는 한족인들의 집에는 대부분 인장이 있다.

4) 한자와 민족심리

대부분의 서방학자들은 동방인은 종합적인 사고를 하며, 집단주의적 관념을 중시하고, 집안의 명성을 중요하게 여기며, 옛 사람을 숭배하고 옛 풍속을 계승하며, 예의를 강조하고 민족의 긍지가 매우 강하며 개인의 존엄을 지키는 것을 중요하게 여긴다고 생각한다.

한족인들은 자신의 성씨를 매우 존숭하여 항상 다른 사람들에게 자신의 성씨와 같은 역사상의 명인들을 자랑한다. 그리하여 그들은 자신의 성씨를 동음자東音字로 바꾸려고 하지 않는다. "장章"과 "장張" 두 글자는 동음이지만 이 두 성씨의 사람들은 다른 사람에게 구두로 자신을 소개할 때 반드시 "입조立早"와 "궁장弓長"이라는 해설을 덧붙여 구별한다. 이름은 부모에게 받은 것이기 때문에 평생 바꾸고자 하지 않는데, 이는 이름 안에 부모의 바램이 담겨 있다고 믿기 때문이다. 한어는 동음어가 지나치게 많기 때문에 한족인들은 자신의 이름 쓰는 법을 대단히 중시한다. 즉 문맹이라도 자신의 성명을 정확하게 쓰는 법을 알고 있을 정도이다. 그러므로 다른 사람이 마음대로 동음자로 고치려고 하면 절대로 안된다. "왕수창王壽昌"을 "망수장亡獸猖" 혹은 "왕수창王瘦娼"이라고 쓰면, 이는 일종의 인격을 모욕하는 부도덕한 행위로 간주되어 분쟁이나 소란을 일으키게 된다.

한족의 풍속은 명절, 혼사, 장례, 생일, 기공식, 이사 등에 모두 대련對聯을 붙여 주인의 마음을 표현한다. 여덕천余德泉 선생은 『대련종횡담對聯縱橫談』에서 대련은 당대에 이미 있었다고 주장하였다. 1년 동안 수고한 군중은 설이 다가오면 문기둥과 정원에 붉은 종이 위에 쓴 대련을 붙인다. 예를 들어, "雲霞成異彩, 梅柳動春風"(운하는 이채롭고 매화와 버들엔 봄바람이 불어온다.), "千年共住紅喜字, 百穀同登大有年"(오랜 세월 붉은 희喜자와 벗을 하니, 온갖 곡식이 풍년드네.) 등과 같은 대련을 붙이고 집집마다 돌며 새해 인사를 드리면서, 각 집의 대련을 감상하는 데, 이 역시 즐거운 일 가운데 하나이다. 혼사나 장례뿐만 아니라 개인의 정원과 길거리 가게, 기관단체 역시 대련을 붙이는 습관이 있는데, 이는 격려와 웅장함, 그리고 선전의 효과를 활용하기 위한 것이다. 정부의 문기둥에는 "講原則克己奉公一身正氣, 做公僕鞠躬盡瘁兩袖清風"(공직에 나갈 때에는 자신을 올바르게 하고, 공직에 종사할 때에는 항상 최선을 다하여야 하며 매 순간 청렴결백해야 한다.)과 같이 관원에게 경계의 말로 채찍질하는 대련을 붙이고, 전신국에는 "消食瞬通萬里外, 往來不過須臾間"(소식이 만리까지 전해지니, 왕래가 잠깐에 불과하네.)과 같이 보면 전신국이라는 사실을 알 수 있는 대련을 써 붙인다. 게다가 "進去蓬頭垢面, 出來滿面春風"(들어갈 때는 흐트러진 머리에 때가 낀 얼굴이지만, 나올 때는 얼굴에 춘풍이 가득하다.)와 같은 대련이 붙어 있다면 이곳은 이발소라는 사실을 알 수 있다. "男增瀟灑女添俏, 夏透淸涼冬禦寒"(남자에게는 깨끗함을 더해주고 여자에게는 아름다움을 더해준다. 여름에는 시원하게 해 주고 겨울에는 추위를 견딜 수 있게 해 준다.)와 같은 대련은 자연히 의류점을 나타낸다. 사원 경관의 대련은 좋은 글귀가 더 많이 보여 묘미를 한층 더해 준다. 복주福州의 용천사湧泉寺 미륵불전에 "日日携空布袋少米無鹽, 却剩得大肚寬腸, 不知衆檀越信心時用何物供養? 年年坐冷門山接張待李, 總見他歡天喜地, 請問這頭陀得意處是什麼來由?"(날마다 공양받으러 빈 자루를 걸고 다니며 얼마 안 되는 쌀만을 얻을 뿐이거늘 배가 크고 불룩하니, 백성들이 소원을 빌러 올 때 대체 어떤 물건들을 공양하는 것일까? 해마다 냉문산에 앉아 손을 펼쳐 오얏을 기다리며 하늘과 땅을 기쁘게 맞이할 뿐이구나. 문건대 이 석상은 어떠한 연고로 득의하였을까?)와 같은 글귀의 대련이 걸려 있는데, 글귀 가운데 종교적인 색채의 공담은 완전히 보통인의 유머로 뒤덮여 버렸다. 진황도秦皇島시 세관 부근의 맹강녀 사당에 교묘하게 한자의 통가通假와 이독異讀을 이용하여 쓴 대련이 한 폭 걸려 있다. "海水朝朝朝朝朝朝落, 浮雲長長長長長長消"(바닷물의 조수는 아침이면 아침마다 조류를 이루어 아침 조수 물결은 아침에 썰물이 되고, 뜬 구름의 장천漲天은 늘상 늘상 창천을 이루어 늘 하늘에 가득 찼다가는 늘 사라진다네.)라고 쓰여 있는데, 두 구는 당연히 "海水潮朝朝潮朝潮朝落, 浮雲長常常長常長常消"라고 읽어야 한다. 구절 가운데 "장長"의 음은 당연히 zhǎng으로 읽어야 한다. 이것은 완전히 네모난 한자만의 독특한 장점이다.

위의 내용을 종합해 보면, 한자는 형태소인 음절문자로써 이러한 문자는 한어를 기록하는데 적합하며, 또한 한족문화에도 적합하다. 그리고 한민족의 사유습관과 문화습속과도 서로 일치된다. 수천 년 동안 한자는 중화민족을 위해 큰 공헌을 해왔으며, 지금도 사회주의 건설을 위해 훌륭하게 임무를 수행하고 있어, 향후 한자는 소멸되지 않을 것이라 사료된다. 우리는 지금 한자를 잘 학습하고 사랑하는 한편, 한자 규범의 엄숙성을 지켜 한자가 국가의 정보교류 건설이라는 사업에 더욱 더 큰 작용을 할 수 있도록 해야 한다.

연구제시

1. 20세기 한자성질에 대한 문헌을 정리한 후, 한자성질에 대한 서로 다른 관점에 대하여 분류하여 몇 가지 관점이 있는가를 살펴보시오.
2. 그 가운데 하나의 관점에 대하여 논평하는데, 한자는 표의문자라는 관점을 중점으로 논평하시오.

주요 참고문헌 ···

1. 한자성질에 대하여 다양한 관점을 제시한 문헌 가운데 매우 중요한 문헌을 열독.
2. 倪海曙 『中國拼音文字運動史簡編』, 上海時代書報出版社, 1948년.
3. 倪海曙 『反對拉丁化的十種"理由"』, 上海文化出版社, 1941년.

4

한자의 구성

한자의 구조에 대해 전통문자학에서는 육서六書의 견해를 견지하고 있다. 현재 삼서三書 같은 일부 새로운 분류방법이 있기는 하지만, 필자는 여전히 육서가 한자의 구조를 파악하는 데 적합하다고 생각한다. 본장에서는 문화학과 결합하여 분석을 통하여 육서의 형성에 대한 필자의 견해를 제시해 보고자 한다.

1. 상형

갑甲 2422

경진京津 1498

일佚 671

오방이吳方彝

여호보旅虎簠

소전

수粹 240

원정員鼎

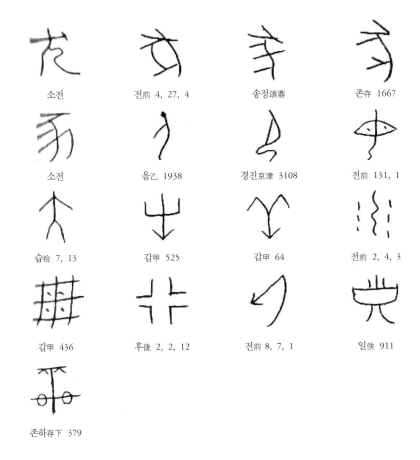

소전	전전 4, 27, 4	송정頌鼎	존存 1667
소전	을乙 1938	경진京津 3108	전前 131, 1
습拾 7, 13	갑甲 525	갑甲 64	전前 2, 4, 3
갑甲 436	후後 2, 2, 12	전前 8, 7, 1	일佚 911

존하存下 379

허신은 『설문 · 서』에서 "象形者, 畵成其物, 隨體詰詘, 日、 月是也."(상형이란 그려서 그 사물을 이루는 것으로 형체를 따라 구불구불하게 된다. 해와 달이 그것이다.)라고 하였다. 이에 대하여 단옥재는 『주』에서 "'詰詘, 見言部, 猶今言屈曲也.' 日下曰 : '實也, 大陽之精, 象形.' 月下曰 : '闕也, 大陰之精, 象形.' 此複擧以明之, 物莫大乎日月也."(힐굴詰詘은 말씀 언言 부수에 보이며, 지금의 굴곡을 뜻한다. 日자에 대하여 '꽉차있는 모습이다. 대양大陽의 정수로 상형자이다.'라고 하였고, 月자에 대하여 '비어있는 모습이다. 대음大陰의 정수로 상형이다.'라고 하였다. 이를 다시 예로 들어 밝히는 것은 사물 가운데 일월보다 큰 것이 없기 때문이다.)"라고 하였다. 상형자는 원시 그림으로부터 다시 도형부호를 거쳐 변화 발전된 것이므로, 필획이 물체의 외형을 따랐기 때문에 굴곡이 생기게 되었다.

앞에서 예로 든 자형은 1)~6) 虎, 7)~9) 犬, 10)~13) 豕, 14) 人, 15) 女, 16) 母, 17) 大, 18) 牛, 19) 羊 , 20) 水, 21) 周, 22) 行, 23) 斤, 『설문』에서 "(斤), 斫木也, 象形."(근斤은 나무를 베다는 뜻이다. 상형이다.)라 하였다. 즉, 근斤 은 도끼를 그린 상형자이다. 24) 子, 25) 車자이다.

첫째, 상형자는 화하선민들이 객관적으로 존재하는 물체의 외부형체 특징에 대한 인지능력을 반영한다.

같은 호虎자이지만 1)의 갑골문은 원시 그림과 비슷하다. 호랑이의 특징인 둥근 머리에 큰 입, 날카로운 이빨, 무늬, 날카로운 발톱 등이 매우 상세하게 표현되어 있는데, 이는 화하선민이 보이는 객체의 형체를 자세한 부분까지 잘 기억하는 원시사유특징(이 갑골편은 비록 3000여 년 전의 유물이지만 그 형상은 아주 오래전부터 유전되어온 형체이다.)을 반영한 것이다. 2)의 갑골문에도 둥근 머리, 날카로운 이빨과 발톱, 무늬 등의 특징이 보인다. 3)의 자형에는 오직 날카로운 이빨과 발톱만이 표현되어 있다. 4)의 금문은 3)의 갑골문에 가까운 형태를 보여주고 있다. 5)의 금문은 필획이 둥글게 변하였고 단지 날카로운 이빨의 특징만 남아 있다. 이렇듯 호虎자의 다양한 형체를 비교해보면, 이것은 바로 화하선민들이 호랑이의 특징에 대한 인식과정을 보여주고 있다. 세상의 만물은 형체가 복잡하기 때문에, 그 가운데 가장 중요한 특징을 표현해내야만 문자의 형태를 간단하게 할 수 있을 뿐만 아니라 또한 혼란을 피할 수 있다.

견犬자는 커다란 입, 둥근 꼬리를 본떴고, 시豕자는 커다란 돼지 입, 볼록 튀어나온 둥근 배, 늘어진 꼬리(시豕의 소전체는 11)를 계승한 것이다. 하지만 금문과 갑골문 12)는 수컷 돼지를 뜻하는 가豭자로 해석해야 한다.)를 본떠 그렸다.

상형자는 원시 그림이나 도형부호보다 필획이 간결하고 더욱 추상적이다. 세 개의 문자인 호虎, 견犬, 시豕의 형체 구분은 바로 화하선민들이 세 종류의 동물인 호랑이, 개, 돼지의 형태 특징에 대한 비교의 결과이다.

둘째, 객체에 대하여 정면이나 측면, 또는 굽어보는 등 다방면의 시각으로 묘사하면 복합적으로 물체의 형체적 특징을 표현할 수 있을 뿐만 아니라 더욱 정확하게 표현할 수 있다. 14)~16)은 모두 측면의 시각으로 묘사한 것으로 "인人"자는 사람이 서 있는 모습을 측면에서 본 형태이다. 늘어뜨린 팔, 등, 둥근 엉덩이, 곧은 다리 등을 표현하였다. "절卩"자는 사람이 웅크린 모습을 옆에서 본 형태로, 다리를 구부려 엉덩이로 발을 누르고 팔을 다리에 올려놓은 모습이다. "모母"자는 한 여인이 꿇어앉아있는 모습의 측면 형태이며, 가슴 앞에서 양 손을 교차하고 있다. 아울러 두 점은 마치 유방처럼 생겼는데, 여인의 유방을 표현한 것은 성숙된 성性을 나타내는 상징이다. 17)~19)는 모두 정면에서 바라본 시각으로 묘사한 상형자이다. "대大"자는 마치 성인이 사지를 벌리고 있는 형상이다. "우牛", "양羊"은 정면에서 바라본 뿔의 형상을 표현하였다. 20)~21)는 위에서 내려다 본 도형을 묘사한 것인데, 20)은 물이 흘러가는 물결의 무늬와 사방으로 흩어지는 물방울을 나타내고 있다. "주周"자는 논밭 가운데 여기 저기 심어져 있는 모종의 모습을 위에서 내려다 본 형태로, 이것은 바로 주위의 둘레를 표시한다. "행行"자가 표현하고 있는 것은 십자로의 모퉁이로써, 이것은 도로를 나타낸다.

"주周"자가 의미하는 바는 상형자의 형체와 의미가 완전히 같을 수는 없다. 이렇듯 비교적 추상적인 개념에 대해서도 화하 선민들은 이와 관련된 구체적인 물체의 상형방법을 이용해 표현해 내었다. "주周자"의 본의는 '주변'이라는 뜻을 나타내는 것으로 밭 가운데 가득 심어진 모종을 가리키는 것은 아니다. 그런데 어떤 사람은 "주周자"의 본의가 밭 가운데 가득 심어진 모종을 가리키는 것이며, 주변이라는 말은 여기에서 파생되었다고 주장하기도 하는데, 이는 잘못된 것이다.

물체의 특징을 정확하게 표현하기 위하여 어떤 경우에는 하나의 상형자에 대해 여러 각도에서 종합적으로 묘사하였다. 25)는 갑골문의 "차車"자로 끌채, 저울대, 굴대 등은 굽어보는 형상이지만, 바퀴는 위에서 내려다 본 형태이다.

상형자의 자부字符는 이미 고도로 추상화되었을 뿐만 아니라 한자가 발전하는 과정에서 또한 변화가 크기 때문에 반복적인 비교와 말의 뜻을 추정해야만 비로소 알아 볼 수 있다. 24)는 갑골문의 자子자로, 머리 위에 짧은 머리카락(갓난아이는 머리가 차지하는 비율이 크기 때문이다.)이 자라나 있고, 아래에 두개의 짧은 다리를 그려 놓았다. 23)은 화살촉 하나로 도끼날의 방향을 표시한 것이며, 아래로 굽은 선을 하나 그어 시矢자와 구별하였다. 이렇게 함으로써 이미 "부斧"자와 완전히 달라 보이게 되었다.

셋째, 갑골문에서 상형자는 23%를 차지하며, 『설문』중에서는 상형자가 4%를 차지한다. 이로써 추측해 보건데, 원시한자에서 상형자가 차지하는 비율이 더욱 크다고 할 수 있을 것이다. 한자 발생 초기 상형은 화하 선민들이 쉽게 이해하고 기억할 수 있는 방법이었음을 암시해 준다. 상형자에 표현된 개념은 절대다수가 볼 수 있는 물체이다. 이는 화하 선민들의 사유 속에 구체적인 개념이 비교적 발달하였으며, 형상적인 사유가 상당히 중요한 위치를 차지하고 있었다는 사실을 표명해 주고 있다.

2. 지사

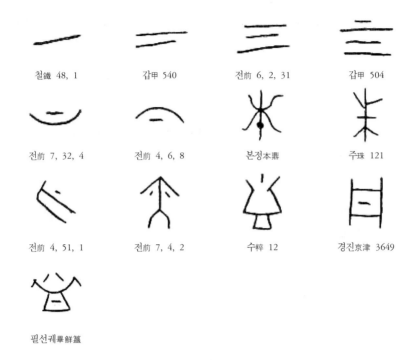

철鐵 48, 1	갑甲 540	전前 6, 2, 31	갑甲 504
전前 7, 32, 4	전前 4, 6, 8	본정本鼎	주珠 121
전前 4, 51, 1	전前 7, 4, 2	수粹 12	경진京津 3649

필선궤畢鮮簋

허신은 『설문・서』에서 "指事者, 視而可識, 察而見意, 上、下是也."(지사는 보면 알 수 있고, 자세히 살펴보면 그 뜻을 알 수 있는데, 상(上)・하(下)가 그것이다.) 라고 하였다. 단옥재는 『주』에서 "指事之別於象形者, 形謂一物, 事胲衆物, 專博斯分."(지사가 상형과 다른 점은 상형은 한 가지 물건을 말하는 것이지만 지사는 여러 물건을 포괄하는 것이기 때문에 하나(專)와 여러 가지(博)의 차이이다.)라고 하였다. 상형자가 표현하는 것은 구체적인 개념으로 우리가 볼 수 있는 물체이며, 지사자가 표현하는 것은 대부분 추상적인 개념(소수의 지사자 역시 볼 수 있는 물체를 표현하는 것도 있다. 예를 들어, 혈血자와 같은 것이다. 상형자에도 추상적인 개념을 표현하는 것이 있다. 예를 들어 주周자와 같은 경우이다.)이다.

지사자는 두 가지 종류로 나뉜다. 첫째 순수한 지사부호로 구성된 것이다. 예를 들어, 위에서 열거한 1)~6)은 각각 갑골문의 일一, 이二, 삼三, 사四, 상上, 하下 등의 문자(上・下에서 길게 그은 가로 획은 어떤 구체적인 물건을 대표하며, 짧게 그은 가로 획은 그 위에 혹은 그 아래의 물건을 표시한다.)이다. 그것들이 나타내는 의미는 완전히 어떤 구체적인 물체와도 서로 닮은 관계가 없는 추상부호를 이용해 암시한 것으로, 이러한 암시는 사회적 약속의 성격을 가지고 있다. 소수민족의 조사 자료를 통해 보면, 문자가 없는 민족은 모두 숫자를 표시하는 부호를 가지고 있다. 그러므로 일一, 이二, 삼三, 사四는 당연히 가장 먼저 탄생한 한자라 할 수 있다. 사四 이하의 수는 필획과 표시된 수가 서로 같으나 오五 이상의 수는 모두 더 이상 필획을 중복하는 방법을 사용하지 않았다. 이에 대해 어떤 사람은 화하 선민은 오五 이내의 계산 능력을 가지고 있었으나 후에 두 손의 열 손가락에서 착안하여 십진법이 발명되었다고 추측하였다. 육六, 칠七, 팔八, 구九, 십十자 자형의 원시적인 의미를 탐구하기에는 비교적 어렵지만 수를 표시하는 것이 그 음을 가차하는 것이라는 점은 오히려 고문자학자들의 공통된 견해이다. 춘추시대에 이르러 다시 의미를 가차한 상형자 "사四"를 대체할 수 있는 네 획의 서법이 출현하였다.

둘째, 상형자 위에 지사부호를 덧붙이는 것이다. 즉 앞에서 예로 든 7)~12)이다. 7)은 금문의 본本자이다. 『설문・목부木部』에서는 "木下曰本, 從木, 一在其下."(목木 아래를 본本이라 한다. 나무에서 뜻을 취한다. 一이 나무 아래에 있다.)라고 하였다. 여기에서 나무 아래는 바로 나무의 뿌리를 말한다. 『진어晉語』 1에는 "伐木不自其本, 必復生."(벌목을 할 때에는 뿌리에서부터 해서는 안 된다. 그래야만 다시 자랄 수 있다.)라는 구절이 있다. 8)은 갑골문의 주朱자이다. 『설문・목부木部』에서는 "赤心木, 松柏屬. 從木, 一在其中."(속이 붉은 나무이다.

소나무와 잣나무류에 속한다. 나무에서 뜻을 취한다. 一이 나무 사이에 있다.)라고 하였다. 본의는 당연히 붉다는 의미로 즉 아주 진한 홍색을 의미한다. 곽말약郭沫若은 주朱가 바로 주株의 초문初文이라고 여겼던 반면, 서중서徐仲舒는 『한어고문자자형표漢語古文字字形表』에서 상승조商承祚의 설을 인용하여 주株의 초문이라고 여겼다. 9)는 갑골문 인刃자이다. 『설문・인부刃部』에서는 "刀堅也, 象刀有刃之形."(칼의 강하고 날카로운 부분이다. 칼의 날 모양을 그린 것이다.)라고 하였다. 10)은 갑골문의 역亦자이다. 『설문・역부亦部』에서는 "人之臂亦也, 從大, 象兩亦之形."(사람의 겨드랑이이다. 사람에서 그 뜻을 취한다. 즉, 사람의 두 개의 겨드랑이 모양을 그린 것이다.)라고 하였다. 역亦은 즉 액腋의 초문이다. 사람의 겨드랑이 아래에는 두 곳이 있다. 이로부터 '다시'라는 의미인복復・우又・야也라는 의미로 확장되었다. 11)은 혈血자이다. 『설문・명부血部』에서는 "祭所薦牲血也, 從皿, 一象血形."(제사를 지낼 때 바치는 희생犧牲의 피이다. 제기祭器에서 뜻을 취한다. 一은 제기 안에 있는 피의 모양을 나타낸다.)라고 하였다. 12)은 단丹이다. 『설문・단부丹部』에서는 "巴越之赤石也, 象採丹井, 一象丹形."(파군巴郡과 남월南越에서 생산되는 주사朱砂이다. 이것은 주사를 채굴하는 우물을 그린 것이고, 一은 바로 주사의 모양이다.)라고 하였다. 단丹은 오늘날에 말하는 주사朱砂를 일컫는다.

지사자의 특징은 다음과 같다.

첫째, 지사자 역시 비록 구체적인 물체를 나타내기는 하지만 상형자와는 차이가 있다. 이러한 구체적인 물체의 특징이 일반적으로 외형상에 반영되어 있지 않기 때문에 상형자의 "隨體詰詘"(물체를 따라 구불구불하게)하는 방법으로 표현하는 것이 비교적 곤란하다. 그렇지만 이러한 물체들은 또한 관찰할 수 있는 물체와 관련이 있다. 어떤 것은 부분과 전체(본本과 목木, 인刃과 도刀, 역亦과 대大), 어떤 것은 특정한 조건 아래의 액체와 용기(제사 때 사용하는 혈血과 명血), 어떤 것은 생산물과 생산지(단丹과 정井) …… 등이다. 그래서 관련 있는 상형자를 편리하게 사용하여 지사부호를 첨가한다.

지사부호의 작용이 완전히 같지는 않지만 대체로 두 가지로 분류해 볼 수 있다. 하나는 대물부호代物記號라고 할 수 있는데, 어떤 것은 한 덩어리 혹은 한 알의 광석(丹)을 대신 가리키고, 어떤 것은 한 방울의 혈액을 대신 가리킨다. 그리고 어떤 것은 어떠한 물체(上·下)를 대신 가리키기도 한다. 다른 하나는 오늘날 길의 방향을 가리키는 화살표와 유사한 작용을 하는 지시부호이다. 즉, 지사자가 의미하는 위치를 분명하게 지시하는 것을 지시부호라고 부르며, 본本·인刃·역亦 중의 지사부호가 바로 이것이다.

대물부호와 지시부호의 발명은 화하선민들의 인지능력이 제고된 결과로 상형자가 표현하는 물체의 특징은 상징의 범주에 속한다. 비교적 원시적인 도형부호는 회화에 가깝다. 그래서 상형자의 발생 초기에는 작은 범위 내에서 음音과 의義(형체가 변천하면서 회화로부터 점차 멀어지게 되는데, 도형부호가 문자로 변하거나 큰 범위 내에서 교제의 도구가 되었을 때 도형부호 발생시기의 음音과 의義는 사회의 약속으로 변한다.)가 인정되지만 지사자는 다르다. 대물부호는 오래된 실물기사방법의 계시를 받아 탄생된 것으로 어떠한 물과 물의 고체 상태(丹), 액체 상태(血), 기체 상태를 대표할 수 있으며, 심지어 보이지 않는 소리(현대물리학 관점에서 소리도 물질이다.)까지도 표현할 수 있다. 모牟는 모哞의 원형으로 "우牛" 위에 있는 부분은 소가 내는 울음 소리를 곡선으로 표현한 것이다. 대물부호와 상형자의 배합만을 가지고는 의미와 독음을 표현할 방법이 없다. 원시상형자는 눈으로 보이는 형상에 대하여 묘사한 것으로 처음에는 주로 사회적인 경험을 통해서 이해하였다. 지사자는 눈으로 보이는 형상의 연상으로 반드시 사회의 약속을 근거로 해석해야 한다.

둘째, 손짓은 언어교제를 보조하는 중요한 방법으로 현대인들의 교제에 있어서도 언어나 혹은 방언이 서로 달라 어떤 어휘를 알아들을 수 없을 경우에는 항상 손으로 구체적인 물체(혹은 그 물체의 그림)를 가리키며 설명을 한다. 화하선민들은 상형을 이용해 보이는 물체의 개념을 표현할 길을 찾았지만 상형은 표현하기 어렵기 때문에 언어 교제 가운데 손짓의 계시를 받아 상형자에 지사부호를 더하는 방법을 창조해 내었던 것이다.

셋째, 어떤 지물부호指物記號와 한자의 형체 구별은 내부조정과 관련이 있다. 13)은 금문의 회의자인 익益자인데, 후에 일溢자로 쓴다. 명皿의 윗부분은 물을 나타내는데, 즉 물이 넘치는 형상으로 단지 두 개의 획으로 물을 표시하였다. 그리고 혈血자 윗부분에 하나의 획을 그어 용기 안에 제혈祭血이 담겨 있음을 표시하였는데, 사실 혈血이란 단지 한 방울만을 말할 수는 없다. 하지만 고문자 가운데 혈血자 윗부분 대물부호에 두 획을 긋지 않은 것은 바로 익益자와 서로 뒤섞이는 것을 피하기 위해서였다.

3. 회의

수粹 665   속續 6, 23, 10   전前 2, 4, 1   전前 1, 9, 7

청菁 7, 1   전前 2, 9, 5   을乙 4057   전前 3, 27, 5

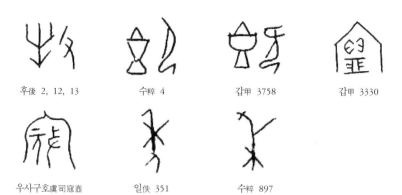

후後 2, 12, 13 　　　 수粹 4 　　　 갑甲 3758 　　　 갑甲 3330

우사구호虞司寇壺 　　　 일佚 351 　　　 수粹 897

허신은『설문・서』에서 "會義者, 比類合誼, 以見指撝. 武、信是也."(회의라는 것은, 글자의 종류를 조합하여 의미만을 합쳐 취지를 구현하는 것으로 무武・신信이 그것이다.)라고 하였는데, 여기서 "비류比類"는 병렬하는 두 자를 가리키고, "의誼"는 지금의 "의義"의 본자이며, "지휘指撝"는 현재 "지휘指揮"라고 쓰는데, 이는 바로 지향하다는 의미이다. 왕균王筠은『설문석례說文釋例・회의會意』에서 "會義者, 合二字三字之義, 以成一字之義."(회의라는 것은 두 글자 또는 세 글자의 뜻을 합하여 한 글자의 뜻으로 만드는 것이다.)라고 하였는데, 이 말은 회의의 의미에 대하여 가장 명확한 해석을 내린 설명이라 할 수 있다. 상형과 지사는 독체자獨體字이기 때문에 문자가 될 수 있는 두 개의 독립된 부분(지사부호의 내용은 구체적인 지사자에 따라 달라지기 때문에 하나의 가로획은 숫자 일一이 아니며, 점도『설문』에서 zhǔ 소리로 발음되는 글자도 아니다.)으로 나눌 수 없다. 회의자는 글자가 되는 몇 개의 부분으로 구성되는 것으로 두 글자를 합한 것이 가장 많다.

앞에서 예로 든 자형 중에서 13)만 금문이고 나머지는 모두 갑골문이다.

1)은 급及자이다.『설문・우부又部』에서는 "逮也, 從又, 從人."('따라잡다'는 뜻이다. 손(又)과 사람(人)이 결합하였다.)라고 하였다. 자형은 뒤에서 앞사람을

잡기 위해 쫓는 형상으로 본의는 '따라잡다'는 뜻이다. 『국어國語·진어晉語』에는 "往言不可及."(말이 나가면 되돌릴 수 없다.)라는 구절이 있다.

2)는 병秉자이다. 『설문·우부又部』에서는 "禾束也, 從又持禾."(벼 묶음이다. 손으로 벼를 잡고 있는 모습이다.)라고 하였다. 자형은 한 손으로 벼를 잡고 있는 형상으로 본의는 이삭 한 줌을 잡고 있다는 뜻이다. 『시경詩經·소아小雅·대전大田』에 "彼有遺秉."(저곳에 곡식 단들이 버려져 있네.)라는 구절이 있다.

3)은 반反자이다. 『설문·우부又部』에서는 "覆也, 從又厂."(뒤집다는 의미이다. 이것은 우又와 엄厂이 결합한 회의문자이다.)라고 하였다. 여기에서 엄厂은 절벽이라는 의미이다. 손으로 바위를 잡고 절벽을 기어오르는 형상이다. 즉 지금의 반攀의 초문으로 반扳은 반反자의 후기증형자後起增形字이다. 경전에서는 '뒤집다'라는 뜻으로 사용되었는데, 이는 아마도 음을 가차해서 쓴 것 같다. 『맹자·공손축公孫丑』 상에 "以齊王, 由反手也."(제나라를 왕의 나라로 만들기는 손을 뒤집는 것과 같이 쉬운 일이다.)라는 구절이 있다.

4)는 취取자이다. 『설문·우부又部』에서는 "捕取也, 從又, 從耳."(잡다는 의미이다. 이 한자는 우又와 이耳가 결합한 회의문자이다.)라고 하였다. 예전에는 짐승을 잡거나 전쟁의 포로를 잡으면 왼쪽 귀를 잘라서 그 공을 계산하였다. 『주례周禮·하관夏官·대사마大司馬』에 "大獸公之, 小獸私之, 獲者取左耳."(큰 짐승은 공의 것이고, 작은 짐승은 저의 것입니다. 짐승을 잡으면 왼쪽 귀를 취하겠습니다.)라는 구절이 있다. 후에 '취하다'는 의미로 뜻이 확장되었다.

5)는 계啓자이다. 손으로 문을 여는 (반쯤 문이 열린 형태)형상으로 본의는 '문을 열다.'는 뜻이다. 『좌전左傳·양공襄公 25년』에 "門啓而入."(문을 열고 들어가다.)라는 구절이 있다. 『설문』에서는 "교敎"라 해석하였는데, 이는 파생되어 나온 의미이다.

6)은 철撤(徹)자이다. 나진옥羅振玉은 『증정은허서계고석增訂殷墟書契考釋』에

서 "此從鬲從又, 像手像鬲之形, 蓋食畢而撤去之. 許書之徹從攴, 殆從又之訛矣, 卒食之徹乃本義. 訓通者, 借義也."(이 한자는 력鬲과 우又가 결합한 한자로, 손으로 솥을 잡는 모양을 그렸다. 식사를 마치면 그것을 치운다. 허신의 책에서는 철徹자가 복攴자와 결합되었다고 하였고, 복攴은 우又의 와변이다라고 하였다. 본의는 식사를 마치면 치운다는 뜻이다. '통한다'라고 해석한 것은 뜻을 빌린 것에 지나지 않는다.)라고 하였다. 본의는 '철거하다'는 의미로 『좌전・선공宣公 12년』에 "諸侯相見, 軍衛不徹, 警也."(제후가 서로 바라볼 때에는 군위가 철수하지 않고 경계한다.)라는 구절이 있다.

7)은 상相자이다. 『설문・목부目部』에서는 "省視也, 從目, 從木"(자세히 살펴본다는 의미이다. 이 한자는 목目과 목木이 결합한 회의문자이다.)라고 하였다. 서호徐灝는 『설문해자주전說文解字注箋』에서 "상相"자 아래에 대동戴侗의 말을 인용하여 "相, 度才也. 工師用木, 心相視其長短、曲直、陰陽、剛柔之所宜也. 相之取義始於此, 會意.."(상相이란 법도를 말한다. 공사가 나무를 사용할 때, 나무의 장단과 곡직, 음악과 강유의 옳음을 자세히 살핀다. 그리하여 상相은 여기에서 최초의 뜻을 취하였다. 회의문자이다.)라 하였다. 자형은 눈으로 목재를 살펴보는 형상으로, 본의는 '관찰하다'는 의미이다. 『좌전・은공隱公 11년』에 "量力而行之, 相時而動."(힘을 헤아려 행했으며, 때를 보아 움직였다.)라는 구절이 있다.

8)는 패敗자이다. 『설문』에서는 "毁也, 從攴貝."(파괴하다이다. 복攴과 패貝를 결합하였다.)라고 하였다. 자형은 막대기를 잡고 조개를 두드리는 형상으로 본의는 '파괴하다'는 의미이다. 『한비자韓非子・난일難一』에 "法敗則國亂."(법이 파괴되면 나라가 어지럽다.)는 구절이 있다.

9)는 목牧자로, 자형은 막대기를 잡고 가축을 모는 형상이다. 본의는 가축을 방목한다는 의미이다. 『맹자・공손축公孫丑』 하에 "今有受人之牛羊而爲之牧之者."(지금 남의 소와 양을 맡아 기르는 자가 있다면)라는 구절이 있는데, 『설문』에서 소를 키우는 사람이라고 해석한 것은 확장된 의미이다.

10)은 즉卽자이다. 『설문』에서는 "卽食也."라고 하였는데, 이 문장에서 '즉식卽食'은 '바로 먹는다'는 뜻이다. 갑골문에 따르면 왼쪽의 반은 밥이 가득 담긴 용기 같고, 오른쪽 부분은 한 사람이 꿇어 앉아 먹는 모양을 하고 있다. 『역·정鼎』에 "鼎有實, 我仇有疾, 不我能卽."(솥 안에 물건이 있다. 나의 적이 병에 걸렸으니 나와 함께 먹을 수 없다. 이경지李鏡池는 『주역통의周易通義』에서 솥 안에 음식물이 있지만 처가 병이 나서 함께 먹을 수 없다고 해석하였다.)라는 구절이 있다.

11)는 기旣자이다. 자형 가운데 왼쪽 반은 즉卽과 같고, 오른쪽 부분은 한 사람이 꿇어 앉아 머리를 뒤로 돌리고 있는 형상으로 사람이 이미 음식을 모두 먹었다는 것을 표시한다. 본의는 음식이 다 없어졌다는 의미이다. 이미 의미가 확대되어 있다. 『춘추·환공桓公 3년』에 "日有食之, 旣."(일식이 생겼다가 사라졌다.)라는 구절이 있다. 여기에서는 본의로 사용되었다.

12)는 보寶(宝)자이다. 『설문』에서는 "寶, 珍也, 從宀, 從玉, 從貝, 缶聲."('진귀하다'. 집(宀), 옥(玉), 조개(貝)가 결합하여 뜻을 취하고, 부(缶)에서 소리를 취한다.)라고 하였다. 하지만 갑골문의 보寶자는 형성자가 아니기 때문에 부缶는 소리를 나타내는 성부聲部가 아니다. 실내에 있는 조개와 옥(아래 반은 바로 갑골문의 붕朋자로 왕국유王國維, 『관당집림觀堂集林·설붕說朋』에서는 "古制貝玉, 皆五枚爲一系, 合二系爲珏, 若一朋."(옛날 패옥貝玉을 제작할 때 5매를 하나의 계系라 하고, 두개의 계를 각珏이라 하였는데, 이는 하나의 붕朋과 같다.)고 하였다.)으로, 본의는 진귀한 보배라는 뜻이다.

13)는 구寇자이다. 『설문』에서는 "暴也."(폭동이다)라 하였다. 자형은 손으로 막대기를 잡고 방에 들어가 사람의 머리를 때리는 형상으로 본의는 약탈하다는 뜻으로 역시 도적을 가리킨다. 『안자춘추晏子春秋·문하問下』에 "民聞公命, 如逃寇仇."(백성들이 공의 명령을 듣는다면, 도둑과 원수를 보듯이 달아나 버립니다.)라는 구절이 있다.

14)는 년禾자이다. 갑골문은 사람이 벼를 들고 있는 형상으로 본의는 수확한다는 뜻이다. 『설문』에서는 "穀熟也."(곡식이 익었다.)고 하였다. 『곡량穀梁・환공桓公 3년』에 "五穀皆熟, 爲有年也."(오곡이 모두 익었으니 풍년이 들었다.)라는 구절이 있다.

회의자의 특징은 다음과 같다.

첫째, 회의자 중에는 사람의 동작을 표시하는 글자가 차지하는 비중이 크다. 동작을 표시하는 부분은 자연히 대부분 사람과 관계가 있으며, 예를 들어, 우又(오른손), 구口(입), 목目(눈), 복攴(치다), 인人(사람) 등이다. 오늘날 연구에 근거해 볼 때, 갑골문시대에는 아직 필순(『중국어문中國語文』 1983년 4기에 수록된 유순쇠游順釗의 『중국고문자적결구정식中國古文字的結構程式』 참조)이 형성되지 않아 이체자異體字가 아주 많은데, 이체자가 만들어지게 된 원인 가운데 하나가 바로 부건部件의 조합위치가 일정하지 않기 때문이다. 병秉, 급及, 취取자는 손(又)과 결합하였고, 목牧은 때리는 것(攴)과 결합하였다. 이 경우 우又나 복攴이 왼쪽이나 오른쪽에 쓰여도 모두 무방하다. 왜냐하면 갑골문을 각사刻寫하는 사람이 먼저 禾, 人, 耳, 牛 등을 새기고 뒤에 "又"자를 혹은 "攴"자를 첨가하였기 때문이다. 유순쇠는 이러한 부건部件의 배합범례의 순서는 처리성분에 앞서 처리된다고 주장하였는데, 사실 이러한 배합 순서와 사람의 심리과정은 일치된다. 외부의 객관적 대상에 반응이나 동기를 불러일으키게 될 때 비로소 사람의 행위가 일어난다. 이러한 회의자는 대부분 동작물을 강조하는 것이지 동작은 아니다. 15)의 화禾자는 『수粹897』에서는 년禾으로 사용되었는데, 인人을 생략한 것이 바로 그 증거이다.

둘째, 원시상형자는 단독물체에 대한 시각적인 이미지를 묘사한 것이고, 회의자는 바로 이러한 시각적 이미지를 모사한 부호를 조합하여 조작한 것이다. 조작은 간단하게 배합하는 것이 아니라 실제 생활의 관찰을 근거로 부건部件의 평면 공간을 이용하여 조합한 위치를 가지고 회의자의 의미를 표시한다. 년年자의 윗부분은 화禾이고, 아래 부분은 사람이 옆으로 서 있는 형상이다. 그리고 화禾의 형상이 가로로 놓인 것은 없고 또한 화禾를 들 때 사람이 팔로 드는 모습도 없다. 이것은 그림이 아니라 상형자인 화禾·인 人을 부건部件으로 삼아 상하관계로 조합하여 곡식이 익었다는 의미를 표시한 것이다. 화禾가 인人 위에 있는 모양은, 원래 누르다, 무겁다, 들다, 종자 등의 여러 가지 의미로도 표현할 수 있다. 그래서 회의자의 의미에 대해 이해하기 위해서는 사물 관계에 대한 관찰이외에도 사회적인 약속을 살펴야 한다.

셋째, 상형자는 단독 객체의 관찰에 기원을 두는 반면 회의자는 여러 개의 객체관계의 관찰에 기원을 둔다. 사유발전에 따르면 객체관계에 대한 이해는 사유발전상에서 당연히 단독객체의 인식보다 높다.

한자가 발생하던 시대에는 화하선민의 사유와 언어가 이미 상당히 발달하였다. 그렇기 때문에 상형자가 창조되던 시기에 단순한 사유에서 오직 단독적으로 가시적 물체를 인식할 수 있는 수준까지만 도달할 가능성이 절대로 없다. 게다가 언어 중에서도 오직 상형자 몇 백 개로만 표시할 수 있는 것은 한계가 있다. 우리가 한자에 근거하여 선민의 사유를 분석해 보면, 한어는 화하민족의 도구이자 또한 객관적인 현상을 지칭하는 부호체계이다. 더욱이 한자는 소리와 뜻 양 방면에서 한어를 기록하는 부호체계이다. 이러한 두 부호체계의 발생과 과정이 서로 유사한 측면이 있기 때문에 한자의 표의방법의 발전과 선민들의 사유의 발전 역시 서로 유사한 점이 있다.

4. 형성

림林 1, 19, 14	갑甲 3070	후後 2, 21, 4	수粹 380
존存 2011	전前 5, 29, 4	을乙 930	을乙 324
극종克鐘	을乙 340	중사부정仲師父鼎	소전
철鐵 27, 3	왕손종王孫鐘	록유彔卣	구존矩尊
강소중정江小仲鼎	11년정鼎	석고石鼓	청菁 4, 1
공정孔鼎			

허신은 『설문·서』에서 "形聲者, 以事爲名, 取譬相成, 江、 河是也."(형성이라는 것은 사물로 이름을 삼고 음을 더하여 이루어진 것으로 강江과 하河가 그것이다.)라고 하였다. 이에 대하여 단옥재는 『주』에서 "事兼指事之事、 物形之物, 言物亦事也. 名卽古曰名今曰字之名. 譬者諭也, 諭者告也. 以事爲名謂半義也, 取譬相成謂半聲也. 江、 河之字以水爲名, 譬其聲曰工、 可, 因取工、 可成其名."(사事라는 것은 지사指事의 사事와 상형象形의 물物을 함께 가리키는 것이니 물物을 말하는 것 역시 사事이다. 명名은 즉 예전에 명名이라 하였는데, 지금은 자字의 명名을 일컫는다. 비譬라는 것은 비유한다는 뜻이고, 유諭라는 것은 알린다는 뜻이다. 사事로써 명名을 삼는 것을 의부라 하고, 비유로써 일을 완성하는 것을 성부라 하였다. 강江과 하河의 자는 수水로써 명名을 삼았고, 그 소리를 비유하여 공工·가可라 말하였고, 이 때문에 공工·가可를 취하여 그 명名을 이루었다.)"고 하였다. 여기서 "以事爲名"(사事로써 명名을 삼는다.)는 것은 바로 상형자(또한 소수의 지사자·회의자·형성자가 있다.)를 의부意符로 삼아 어의語義를 표현하는 것이고, "取譬相成"(비유로써 일을 완성한다.)는 말은 음이 같은 하나의 자字를 취하여 음절을 표시할 수 있는 성부聲符로 삼는다는 의미로, 의부와 더불어 형성자를 구성한다.

앞에서 예로 든 자형 모두가 형성자는 아니다. 자체상字體上으로 12)는 소전小篆이고, 19)는 석고문石鼓文이다. 1)~8)·10)·13)·20)은 갑골문이며, 그 나머지는 금문이다.

1)은 복福자로 술잔(畐)을 신주(示) 앞에 놓은 형상이다. 원래는 제사의 명칭이다. 갑골문 『은계일존殷契佚存』 524에 "子漁疾目, 福告於父乙."(자어子漁(복사 가운데 보이는 무정武丁의 아들)가 눈병이 나서 부을不乙에게 제사를 지냈다.)라는 내용이 있는데, 이 문장에서 복福자는 제사로 복을 기원하는 것을 나타낸다. 그러므로 만사를 위해 모두 뜻을 따른다고 한 것이다. 『예기·제통祭統』에서 "福者, 備也. 備者, 百順之名也, 無所不順者謂之備."(복福이라는 것은 비備이다. 비備라는 것은 모든 일이 순조롭다는 뜻이다. 순종하지 않는 것이 없는 것을 일러

비備라 한다.)라는 내용이 있다. 『설문·시부示部』에서 돕는다고 풀이한 것은
인신의引申義이다.

3)은 우祐자이다. 『설문·시부示部』에서는 "助也, 從示右聲."(돕는 것이다. 시
示에서 뜻을 취하고, 우右에서 소리를 취한다.)고 하였다. 현응玄應은 『일체경음의一
切經音義』에서 『자림字林』을 인용하여 "祐者, 助也, 天之所助也."(우祐라는 것은
돕는다는 의미이다. 하늘이 돕는 것이다.)라고 하였다. 『역·대유大有』에 "自天祐
之, 吉無不利."(하늘이 돕는 것이다. 길하여 불리한 것이 없다.)라는 구절이 있다.

5)는 달达, 즉 달達자이다. 성인이 길 어귀를 지나가는 형상을 그린 것으로
본의는 '통달', '막힘없이 통하다'이다. 『좌전·소공昭公 7년』에 "聖人有明德
者, 若不當世, 其後必有達人."(성인 가운데 밝은 덕을 지닌 성인이 있다면, 만약 당시
에 통달하지 못한다면 그 후에 반드시 통달한 사람이 된다.)라는 문장이 있다. 이에
대하여 『소소疏』에서는 "其後必有達人謂知能通達之人."(위 문장에서 달인이란 통
달할 수 있는 사람을 말한다.)라고 풀이하였다. 『설문·착부辵部』에서는 "行不
相遇"(길을 가는데 서로 마주치지 않는 것이다.)라고 해석하였는데, 옳은 해석이
아니다. 뉴수옥鈕樹玉은 『설문교록說文校錄』에서 위 문장 중의 "행불行不"은
바로 "왕래往來"라고 주장하였다.

6)은 득得자이다. 『설문·척부彳部』에서는 "行有所得也."(길을 가다가 얻은
바가 있다.)라고 하였다. 자형은 손으로 길 위에서 조개를 줍는 형상으로,
본의는 얻는다는 뜻이다. 『시·주남周南·관저關雎』에 "求之不得, 寤寐思
服."(구애하여도 얻지 못하니, 자나깨나 그리워하네.)라는 구절이 있다.

8)은 전畋자로, 손으로 막대기(쟁기의 형상을 간략하게 처리한 듯하다.)를 잡고
밭을 평평하게 고르는 형상이다. 『설문·복부攴部』에서는 "畋, 平田也, 從攴
田."(전畋이란, 밭을 고르는 것이다. 복攴과 전田이 결합된 것으로부터 의미를 취한다.)
라고 하였다. 전田은 성부聲部이기도 하다. 『서書·다방多方』에 "今爾尙宅爾
宅, 畋爾田, 爾曷不惠王熙天之命?"(지금 그대들은 오히려 그대들 집에 살고 그대들

의 밭을 갈고 있거늘, 그대들은 어찌하여 임금에게 순종하여 하늘의 명을 빛내려 하지 않는가?)라는 구절이 있다. 이에 대하여 공영달孔穎達은『소소疏』에서 "治田謂之畋."(밭을 가는 일을 전畋이라 한다.)고 하였다.

9)는 전佃자로 사람이 밭 주변에 서 있는 형상이다.『설문·인부人部』에서는 "佃, 中也, 從人田聲."(전佃은 가운데다. 사람(人)에서 뜻을 취하고, 전田에서 소리를 취한다.)고 하였다. 여기에서 중中이라고 풀이한 것은 본의가 아니다. 주준성朱駿聲은 "佃字本訓當爲治田也.『漢書·韓安國傳』卽上言'方佃作時',『注』:'治田也.'"(전佃자의 풀이는 원래 밭을 간다고 하는 것이 마땅하다.『한서·한안국전』에서 '바야흐로 밭을 갈 적에'라고 한 말에 대하여『주』에서는 '밭을 갈다'고 해설하였다.)고 하였다.『금문편金文編』에서는 "佃, 與甸爲一字, 魏三字石經候甸, 古文作佃."(전佃은 전甸과 같은 자이다. 위나라 때의 삼자석경에서는 후전候甸이라고 썼으나, 고문에서는 후전候佃이라고 썼다.)라고 풀이하였다.『설문·전부田部』에서는 "甸, 天子五百里地, 從田, 包省."(전甸이란, 천자의 오백리 땅을 말한다. 이 한자는 전田과 포包의 생략된 형이 결합하였다.)라고 하였다. 주준성은『설문통훈정성說文通訓定聲』에서 회의겸형성會意兼形聲이라 하였다. 전甸자 역시 원래는 밭을 간다고 풀이한다. 그래서 '관리하다'는 의미로 확장되었다.『시·소아小雅·신남산信南山』에 "信彼南山, 維禹甸之."(길고 긴 저 남산, 그곳은 바로 우임금께서 다스리시던 땅이라네)라는 구절이 있다. 이에 대하여 모형毛亨은『전傳』에서 "甸, 治也."(전甸은 '다스리다'다.)라고 풀이하였다. "天子五百里王田"(천자의 오백리 땅)라는 의미는 인신의引申義이다.

12)는 기箕자로『설문』에서는 "簸也."(키로 곡식을 까부는 것이다.)라고 풀이하였다.

15)는 국國(国)자로,『설문·구부口部』에서는 "邦也, 從口從或."('나라'란 뜻이다. 이 한자는 위口와 혹或이 결합하였다.)고 하였다. 즉 국國자는 혹或자에 편방자를 덧붙여 만들어졌다.

16)은 구矩자이다. 『설문・공부工部』에는 구矩자가 없고 거巨자가 있다. 즉 "巨, 規巨也, 從工, 象手持之. 榘, 巨或從木矢. 矢者其中正也."(거巨란 곱자를 말한다. 이 한자는 공工과 사람이 손으로 그것을 잡고 있는 모양을 그린 것이다. 구榘는 거巨의 혹체이고, 이는 목木과 시矢가 결합하여 이루어진 한자이다. 시矢는 정확하게 가운데 적중하였다는 뜻을 나타낸다.)라고 풀이하였다. 자형은 한 사람이 목공용 평방척을 잡고 있는 형상이다. 고홍진高鴻縉은 『중국자례中國字例』에서 "工像 榘形, 爲最初義. 自借爲職工、 百工之工, 乃加畵人形以持之……, 後所加之人形變 爲夫, 變爲矢, 流而爲矩, 省而爲巨."(공工이 곱자의 형태임을 그렸다는 것은 최초의 뜻이다. 그리하여 직공職工, 백공百工의 공工자로 쓰인다. 게다가 사람이 그것을 잡고 있는 형태도 그렸다. ……, 후에 사람의 형태는 부夫라는 형태로 변화하였고 다시 부夫가 시矢의 형태로 변화를 하였던 것이다. 사회에서는 구矩자가 사용되었고, 구矩자 에서 생략하여 거巨자가 되었다.)라고 하였다.

17)은 강江자이다. 『설문・수부水部』에서는 "水出蜀湔氐徼外岷山, 入海. 從 水, 工聲."(강은 물의 명칭이다. 이 물은 촉군 전저도 요새 밖의 민산에서 흘러나와 바다로 흘러간다. 수水에서 뜻을 취하고 공工에서 소리를 취하는 형성문자이다.)라고 하였다. 원래 장강의 고유명사이다. 『서書・우공禹貢』에 "岷山導江, 東別爲 沱."(민산에서 강수를 인도하고, 동쪽으로는 타수를 이루었다)라는 구절이 있다.

18)은 공空자이다. 『설문・혈부穴部』에서는 "竅也, 從穴工聲."(동굴이란 뜻 이다. 혈穴에서 뜻을 취하고 공工에서 소리를 취하는 형성문자이다.)라고 하였다. 이에 대하여 단옥재는 『주』에서 "今俗語所謂孔也, 天地之間亦一孔耳."(오늘날 속칭 공孔이라 한다. 천지간 역시 텅 비어있는 구멍과 같다.)라고 하였다. 『한서漢 書・포선전鮑宣傳』에 "今貧民菜食不厭, 衣又穿空."(오늘날 가난한 백성들은 먹을 음식도 없고, 구멍이 숭숭 뚫린 옷을 입는다.)라는 구절이 있는데, 이에 대하여 안사고顔師古는 『주』에서 "空, 孔也."(공空은 공孔이다.)라고 하였다.

19)는 홍虹자이다. 『설문・충부虫部』에서는 "蝃蝀也, 狀似虫, 從虫, 工聲."

(무지개란 뜻이다. 벌레 모양을 하고 있다. 이 한자는 충虫에서 뜻을 취하고 공工에서 소리를 취하여 만든 형성문자이다.)라고 하였다. 즉 무지개를 의미한다.

하나, 형성자의 성부 변천은 다섯 가지의 주요 경로가 있다.

첫 번째는 의차義借이다. 바로 상형·회의의 자의字義를 차용하여 인신引申한 후 이것을 사용하는 것이다. 후에 자의를 구분하기 위해서 형방形旁(육서의 하나인 형성形聲에 있어서, 뜻을 나타내는 부분)을 덧붙였다. 원래 의차자義借字는 형성자의 성부聲符와 의부意符를 겸하게 되었다.

우又자는 본래 오른손의 형상을 본뜬 것으로 사람은 생활에 있어 주로 오른손의 도움을 많이 받기 때문에 본래의 뜻은 돕는다는 의미이다. 『좌전·양공 10년』에 "王右伯輿."(왕께서 백여를 도와주셨다.)라는 구절이 있는데, 이에 대하여 두예杜預는 『주』에서 "右, 助."(右는 돕는다.)라고 하였다. 후에 '신의 도움', '가호加護'라는 뜻으로 확장되었다. 4)는 갑골문의 우右자이다. 『은계수편殷契粹編·380』에는 " ? 牛, 王此受右."(?소, 왕께서는 신의 도움을 받으셨다.)라는 내용이 있다. 이러한 용법의 우右는 후에 신주神主의 상형인 의부意符 시示가 보태져 "우祐"가 되었다. 즉 우祐자는 시示의 의미와 우右의 의미가 모여 신이 돕는다는 뜻이며, 여기에서 우右는 성부聲部의 역할도 한다.

복畐자. 2)의 형상은 갑골문에 따르면 술이 가득 찬 술잔을 본뜬 형상이다. 이 글자는 갑골문의 유酉자의 형상과 비슷한 것 같으면서도 차이가 나는데, 바로 복福자의 오른쪽 반이다. 허신은 본의를 '가득하다'는 만滿자로 풀이하였다. 만滿자를 인신하여 만사가 모두 순조롭다는 의미로 풀이하였는데, 갑골문에서 소수 지명으로 사용한 것 이외에 그 나머지는 모두 복福으로 읽었다. 후에 뜻을 나타내는 의부意符인 시示를 첨가하였는데, 이는 신에게 기도를 해야 비로소 순조롭지 않은 것이 없게 된다는 의미를 지니게 되었다. 원래 글자가 변하여 성부聲符 겸 의부意符가 되었다.

이러한 의차증형義借增形 현상은 한자의 형체 변화 발전의 중요한 규칙

가운데 하나로써 전적의 구별자區別字(고금자古今字라고도 함)의 일부분이 되었다. 원래 글자의 어의는 종종 변화한다.

　두 번째는 형차形借이다. 형차는 서로 관련이 있거나 혹은 서로 가까운 글자의 형상을 빌려 의미를 나타내는 것으로 후에 성부聲符가 덧붙여져 형성자가 되었다. 의차와 다른 점은 의차에서는 의부를 첨가하였다는 것이다. 『은계수편殷契粹編』 897에는 "癸丑卜受禾"(계축일에 점을 칩니다. 풍년이 들까요?)라는 내용이 있고, 금문『중궤中簋』에서 "其萬禾永用"(오래도록 영원히 사용할 것입니다.)라는 내용이 있는데, 이 두 문장 모두 화禾의 형상을 빌려 해(年)를 나타내었으며, 후에 성부聲符 인人을 덧붙여 형성겸회의자가 되었다. 금문『종백정鐘伯鼎』 등에서는 잡帀의 형상을 가지고 사師를 대신하였는데, 역시 이와 같다.

　사실 형차形借 역시 대부분 의義와 관계가 있다. 년年의 본래 의미는 곡식이 익는다는 뜻으로 화禾와 관계가 있다. 『설문』에서는 "帀, 周也"(잡帀이란 주위라는 뜻이다.)라고 하였는데, 주변이라는 말 역시 대중이라는 의미가 있다. 갑골문과 금문의 "부夫·대大", "음㬎·언言"은 자주 형차로 인하여 혼용되는데, 이 역시 서로 의미가 연계되기 때문이다.

　세 번째는 편방을 덧붙이는 가방자加旁字로 상형·지사·회의·형성자 모두 편방을 덧붙이는 것(양수달楊樹達의『적미거소학술림積微居小學述林·문자중적가방자文字中的加旁字』 참조)과 성부를 덧붙인 것이 있는데, 원래의 글자가 변하여 의부가 되었다. 의부를 덧붙인 원래의 글자가 성부로 오해되기도 한다. 편방을 붙이는 것과 의차·형차는 모두 다르다. 편방을 덧붙인 글자와 원래의 글자는 본래 한 글자이지 원래의 글자에서 그 의미를 인신하여 사용한 것은 아니다. 성부를 덧붙이면 종종 이체자가 만들어지고, 의부를 덧붙인 것은 부분적으로 구별자(고금자)가 된다.

　13)은 혹或자로, 갑골문 형상은 창을 들고 성읍城邑을 지키는 형상이다.

『설문·과부戈部』에서 "或, 邦也, 從口從戈以守一, 一, 地也. 域, 或從土."(혹或은 나라를 뜻한다. 구口와 과戈로써 일一을 지킨다는 뜻으로, 여기에서 일一이란 토지를 말한다. 역域은 혹或과 토土가 결합하여 만들어졌다.)라고 하여 혹或자에 의부인 토土를 덧붙여 역域자를 만들고, 의부인 위口자를 덧붙여 국國자를 만들었다. 14) 역시 국國자이다. 삼면이 벽으로 둘러싸여 있고 창이 있는 한쪽 성문을 개방하여 더욱 형상적으로 국가의 의미를 담아내었다.

타사它蛇·항항亢頏·구구求裘·승증丞拯·곤곤困梱·가가哥歌·원원爰援·광광匡筐·강강康糠·기기其箕 등은 모두 의부意符를 덧붙인 가방자이다. 그래서 원래의 글자가 쉽게 성부聲符로 오해되기도 한다. 형방形旁을 덧붙인 글자는 원래 글자의 사성詞性·사의詞義에 종종 변화가 일어난다.

성부를 덧붙인 가방자는 비교적 적은 편으로 망网자에 망성亡聲을 덧붙여 망罔자를, 편片자에 반성反聲을 덧붙여 판版자를, 그리고 고告자에 학성學聲을 덧붙여 곡嚳 등을 만들었다. 이러한 가방자는 원자와 더불어 이체자를 구성하기도 하며, 혹은 단순히 의미만을 연계시키기도 한다.

네 번째는 성화聲化이다. 성부는 다만 한어 어음만을 기록할 뿐 자의와는 대부분 무관하다. 지명·방언·상성像聲, 소리를 모방하여 이름 지은 동물의 명칭, 후에 등장한 형성자 등이 기본적으로 이와 같다.

20)은 홍虹자로, 이는 갑골문 홍虹자의 상형자로써 하늘을 향해 몸을 구부린 곤충 같은 형상이다. 독음 역시 충虫자와 유사(우성오于省吾는 『갑골문자석림甲骨文字釋林』에서 충虫은 동부冬部, 홍虹은 동부東部에 속하며, 고문자에서 동冬과 동東 두 부는 밀접한 관계를 가지고 있다고 여겼다.)하며, 후에 형성자 홍虹이 등장하였다. 소리를 나타내는 성부 공工은 무지개라는 의미와는 전혀 관련이 없다.

이러한 반의반성半義半聲의 형성자가 의미하는 것은 한자의 표의表意·표음表音의 기능이 서로 균형을 이루고 있으며, 한자의 의意와 음音의 성질 또한 안정화되어 있음을 표명해 주고 있다.

다섯 번째는 음차音借이다. 형성자의 성부와 자의가 서로 관련이 없지만 성부가 "통가자通假字"와 다름없으며, 성부의 음과 동음에 가까운 글자와 의부意符가 결합하여 형성자의 자의(양수달의 『적미거소학술림積微居小學述林·조자시유통차증造字時有通借證』 참고.)가 된다.

닐暱은 『설문』에서 "日進也, 從日匿聲."('날마다 점점 가까워지다'이다. 일日에서 뜻을 취하고, 닉匿에서 소리를 취한다.)라고 하였다. 또한 『설문』에서 "匿, 亡也."(닉匿은 '도망가다'이다.)라고 하였다. 『광운廣韻』에서는 "匿, 藏也."(닉匿은 '감추다'이다.)라고 하였다. 닉匿은 닐暱의 "날마다 점점 가까워지다."라는 뜻과는 서로 상관이 없다. 닉匿과 니尼는 쌍성雙聲이고, 닐暱의 이체자는 닐昵로 쓴다. 『설문』에서는 "尼, 從後近之也."(니尼는, '뒤에서 점점 가까워지다'이다.)라고 하였다. 일日과 니尼가 합쳐져 '해가 가깝다.'는 뜻이 되었으니, 닉匿은 바로 니尼의 음차이다.

초哨는 『설문』에서 "不容也, 從口肖聲."(입이 작아서 더 이상 들어갈 수 없는 상태를 말한다. 이 한자는 구口에서 뜻을 취하고, 초肖에서 소리를 취하는 형성문자이다.)라고 하였고, 초肖에 대하여 "肖, 骨肉相似也, 從肉小聲, 不似其先, 故曰不肖也."(초肖는 용모가 서로 비슷함을 뜻한다. 이 한자는 육肉에서 뜻을 취하고, 소小에서 소리를 취하는 형성문자이다. 아이가 부모와 닮지 않은 것을 불초不肖라고 한다.)라 하였다. 초肖와 "부용不容"이라는 의미와는 무관하다. 초肖는 소小에서 발음을 취하지만, 구口와 소小가 결합하여 "부용不容"의 뜻을 나타내기 때문에, 초哨는 바로 소小의 음차자이다.

음차와 성화聲化는 쉽게 구분이 가지 않기 때문에 음차를 판단하기 위해서는 고음古音과 고의古義에 대한 고증을 거쳐야 한다.

형성자는 주로 이러한 다섯 가지 방식에 의해 형성되지만 다만 성화聲化 방식에서 성부聲符는 뜻을 겸하지 않는데, 이는 바로 형성자의 성부가 여러 가지 의미를 겸하기 때문이다.

둘, 허신은『설문·서』에서 "轉注者, 建類一首, 同意相受, 考、老是也."(전주는 종류가 같은 글자만을 모아서 그중에 하나를 대표로 삼아 같은 뜻을 서로 주고받는 것으로 노老와 고考가 이와 같은 예이다.)라고 하였다. 이 부분을 이해하는 것이 각자 다르기 때문에 하나만이 옳다고 해서는 안된다.『설문』에서 노老자를 회의자로, 고考자를 형성자로 풀이한 것은 형태를 근거로 하여 잘못 오해한 것이다. 갑골문에서 두 자는 큰 차이 없이 모두 장발의 노인이 등을 구부리고 있는 형상이며, 고考자는 한 노인이 지팡이 하나를 더 짚고 있는 형상에 지나지 않는다. 노老자와 고考자의 고음 또한 같아 모두 유부幽部에 속하며, 성모聲母는 아마도 복보음複輔音일 것이다. 고考자와 노老자 두 글자를 통해 볼 때, 전주轉注 글자 사이에는 형形, 음音, 의義가 서로 연계되어 있음을 알 수 있다. "건류建類"는 음의 연계를 가리키는 것으로 어음이 유사하며, "일수—首"는 형形의 연계를 가리키는 것으로 어떤 부수를 가지고 형부 혹은 성부를 충당함을 말한다. 그리고 "동의同意"는 의義의 연계를 가리키는 것으로 의동義同이나 혹은 의근義近을 의미한다. 전田·전敗·전佃·전甸, 화禾·년年, 잡帀·사師 등은 서로 모두 전주 관계이다. 즉 의차義借·형차形借·가방加旁으로부터 변화 발전된 형성자 혹은 원래의 글자 상호간에는 모두 전주관계이다. 따라서 전주 역시 조자방법임을 알 수 있다. 전주를 거쳐 만들어진 글자인 회의는 형성자를 겸하는데 이는 기원이 같은 관계이기 때문이다.

　허신은『설문·서』에서 "假借者, 本無其字, 依聲托事. 令、長是也."(가차는 본디 그 글자가 없고 소리에 따라 사물을 기탁하는 것으로 영令·장長이 그것이다.)라고 하였는데, 근대의 학자들은 모두 영令과 장長은 인신引伸한 것으로 가차가 아니니 허신이 든 예가 타당하지 않다고 여겼다. 서西는 본래 '새의 보금자리'의 상형자로 가차하여 방위사가 되었다. 이처럼 본래 그 글자가 없는 가차를 형성자 가운데 확대하여 성부聲符로 삼는 것이니, 즉 음만을 기록하고 뜻을 취하지 않는 것이 바로 성화聲化 방식이다.

본래 그 글자가 있는 통가자通假字를 형성자 가운데 확대하여 성부로 삼으면 즉 성부는 차음하는 것이니 이것이 바로 음차音借 방식이다.

그러므로 가차는 바로 용자用字 방법이며, 또한 간접적인 조자 방법이다.

셋, 비교적 일찍 등장한 형성자는 모두 회의자를 겸하고 있으며, 성부 역시 모두 표의表意를 겸하고 있는데, 이는 형성자와 회의자가 함께 발생하였음을 의미하는 것이다. 화하선민들이 새로운 사물을 인지하게 된 사실을 암시해주는 것으로 옛부터 있던 개념을 가지고 유추한 것일 뿐만 아니라, 아울러 옛 개념을 표현한 발음으로 새로운 사물을 지칭한 것이다. 이러한 개념의 유추와 발음의 겸칭 역시 기원이 같은 글자가 발생하게 된 원인이다.

형성자의 발생은 한자가 표의문자에서 의음문자意音文字로 비약적으로 발전한 것으로 한자 생명력의 진정한 원천이다. 한자는 화하선민들의 위대한 발명이라고 할 수 있는데, 이러한 평가를 받아도 손색이 없는 것은 주로 형성자라고 하겠다.

형성과 회의자는 본래 관계가 밀접하여 음차 · 성화聲化와 같이 성부가 뜻을 겸하지 않은 형성자가 등장한 후에야 비로소 형성과 회의로 하여금 각각 길을 나누어 가도록 하였다. 형성자는 자생능력이 매우 강하여 현대 한자 가운데 역대로 축적된 자가 대략 십만 여자나 되며, 90%이상이 형성자이다. 반형半形 · 반의反義의 조자 방식은 조자의 구건構件으로 하여금 규범화가 가능하도록 하여 중국문자개혁위원회中國文字改革委員會의 1985년 통계에 의하면 1979년판『사해辭海』에 16,339자(그 안에『기본집基本集』을 보충한 43자가 포함되어 있음) 가운데 말급부건末級部件은 675자(『한자적결구급기구성성분적분석화통계漢字的結構及其構成成分的分析和統計』,『중국어문』1985년 제4기에 실려 있음)에 지나지 않았다. 이러한 부건部件는 횡橫 · 수竪 · 별撇 · 점點 · 절折 · 날捺 · 구勾 · 도挑 등의 필획으로 구성된 것으로 이것이야말로 바로 한자의 쓰기를 표준화 하도록 만든 것이다. 그러므로 한자야말로 음과 의를 겸비하고 복잡한 것을 간단하게 표현해낸 가장 과학적인 문자라고 할 수 있을 것이다.

보다 이상적인 형성자는 회의자를 겸하는 것으로 형形 · 의義 · 음音이 일치하여 형체만을 가지고 자의字義를 추측할 수 있고, 그 안의 의부 겸 성부를 근거로 글자의 음을 읽을 수 있게 하는 형성자이다. 그러나 고금 한어의 발음의 변화와 외래어 · 방언 · 사회의 발전 등의 원인으로 인해 한어의 어휘가 끊임없이 풍부해졌기 때문에 모든 형성자가 모두 회의자를 겸한다는 것은 사실상 불가능한 일이다. 이에 오직 회의자를 겸하지 않은 형성자만이 비로소 이러한 추세에 적응할 수 있었다. 다시 말해서 오직 표의 · 표음 기능이 서로 균형을 이루는 형성자(즉 한자의 의意 · 음音 성질을 구현한 것이다)만이 비로소 한자의 과학성을 구현해 낼 수 있다는 말이다. 동시에 한자의 육서는 유기적으로 구성된 하나의 집합체로 형성形聲이 나머지 오서五書와 떨어져서 독립적으로 존재할 수 없다는 점을 잊어서는 안 된다.

● 연구제시

1. 육서 가운데 하나를 평술하시오. 난이도는 전주, 회의, 형성, 지사, 가차, 상형 순서이다.
2. 삼서설과 육서설을 비교하시오.

주요 참고문헌

1. 王筠 『說文釋例』.
2. 段玉裁 『說文解字注』, 上海古籍出版社影經韻樓本.
3. 孫雍長 『轉注論』, 岳麓書社, 1991년.
4. 黃永武 『形聲多兼會意考』, 臺灣文史哲出版社, 1976년.
5. 필자가 직접 정리한 육서관련 서적 중에서 각 서적마다 가장 중요한 논문.

5

한자의 자체

갑골문 을乙 9082

금문 우정盂鼎

석고문

금문
괵계자백반虢季子白盤

소전체

『설문』 주문籀文

『설문』 고문古文

『한간汗簡』

『고새휘편古璽彙編』 027

『고새휘편古璽彙編』 024

『고전대사전古錢大辭典』

『고천휘古泉彙』

『조전비曹全碑』에서

초서

1. 자체字體의 변천

자체와 구조는 다르다. 한자의 구조 방식은 육서로, 한자형체와 문자의 의음意音관계를 가리킨다. 다시 말하자면, 구조는 한자가 어떤 구조방식을 사용하여 언어 속의 어음語音과 어의語義를 표현하는 것이고, 자체는 한자의 형체에 대한 필획의 형태 차이를 가리키는 것이다. 그러나 서예가 개인의 서예 풍격의 변화, 예를 들어, 같은 해서체에서도 안진경顔眞卿, 유공권柳公權의 풍격이 서로 다르다. 따라서 이처럼 풍격의 변화에 따른 자체의 변화는 일반적으로 문자학의 자체연구 범위에 속하지 않는다.

한자의 자체는 대체로 갑골문甲骨文, 금문金文, 주문籒文, 육국고문六國古文, 소전小篆, 예서隸書, 초서草書, 해서楷書, 행서行書 등이 있으며, 이상은 기본적으로 출현한 연대의 순서에 따라 배열한 것이지만 또한 교차되는 부분도 있다. 예를 들어, 은상殷商의 동기銅器 금문 가운데서 족휘族徽는 시간적으로 갑골문보다 조금 더 이른 편이다.

1) 갑골문

갑골문은 일찍이 귀갑문龜甲文, 귀각문龜刻文, 정복문자貞卜文字, 복사卜辭, 은허서계殷墟書契, 계문契文, 은간殷簡 등 여러 가지 명칭이 있었다. 호후선胡厚宣은 『오십갑골문발현적총결五十年甲骨文發現的總結』에서 "一切的名稱, 都不如叫甲骨文和甲骨文字, 比較恰當."(모든 명칭이 갑골문과 갑골문자라고 부르는 것만 못하니, 갑골문이나 갑골문자로 부르는 것이 비교적 적절하다. 상무인서관商務印書館, 1951, 8쪽 참고)고 하였으므로, 지금의 학자들은 모두 호선생의 의견을 따라 갑골문이라고 부르고 있다.

갑골문은 청말 광서光緖 25년(1899년) 전후에 발견된 것이다. 발견된 연대는 갑골문을 가리켜 세상 사람들이 고고학 자료로 알게 된 시간보다도, 현지 농민이 용골龍骨로 여기고 약재로 쓰기 위해 발굴하던 시기보다도 많이 앞선다. 출토 지점은 하남성 안양 서북쪽 5리에 있는 소둔촌小屯村의 은허 유적지로, 일찍이 청말부터 골동품 상인들이 비밀을 지키기 위해 하남의 탕음湯陰과 위휘衛輝에서 출토되었다고 속여 왔으나 1910년 나진옥羅振玉에 이르러 정확한 지점을 알아낼 수 있었다. 오늘날에 와서 안양은 이미 시로 승격되었고, 은허박물관이 세워져 갑골문발견 100주년을 기념하는 국제학술토론회가 안양에서 열렸다.

은나라 사람들은 귀신을 섬기고 모든 일을 점을 쳐서 처리하였다. 거북은 아주 일찍부터 화하선민들이 장수영물로 숭배해온 까닭에 귀갑龜甲 점복이 영험하다고 생각하였다. 그래서 드디어 귀갑 위에 새기는 점복기록이 출현하게 되었던 것이다. 중국 역대 왕조의 통치 중심은 내륙에 처해 있어 귀갑이 진귀할 뿐만 아니라 점복도 너무 많아 어쩔 수 없이 짐승의 수골獸骨로 보충하여 사용할 수밖에 없었다.

갑골문은 상왕 반경盤庚이 은殷으로 천도한 시기부터 주왕紂王에 이르러 나라가 망할 때까지 약 270여 년의 자료이다. 백여 년 동안 갑골문은 이미 총 15만 편이 발견되었다. 가장 먼저 갑골문을 기록한 책은 유악劉鶚의 『철운장귀鐵雲藏龜』(1903년)이고, 가장 완전한 것은 곽말약郭沫若이 주편한 『갑골문합집甲骨文合集』(이 책에는 모두 41,956편의 갑골이 수록되어 있으며, 시간의 순서에 따라 다섯 시기로 나누었다. 그리고 매 시기마다 그 아래에 다시 사류事類를 나누었는데, 이는 20세기 80년대 이전에 발견된 갑골의 총결산이라고 하겠다.)이다. 그밖에 사회과학원 고고학연구소에서 편찬한 『소둔남지갑골小屯南地甲骨』(70년대 발견되어 "합집"에 수록되지 못했다.)이 있다. 연구문헌은 더욱 풍부하여 단지홍段志洪 등의 『갑골문헌집성甲骨文獻集成』(사천대학출판사 2001년)에서는 청말 이래의 중외문헌을 수집하여 집대성함으로써 학계에 커다란 성과를 남겼다.

갑골문은 지금까지 발견된 가장 오래된 체계적인 한자이다. 구조상 육서 방법을 이미 갖추고 있으며, 상형, 지사, 회의자가 60%를 차지하는 표의 성질의 문자이다. 문자를 구성하는 성분은 위치를 수시로 서로 바꿀 수 있었으며, 형체가 비슷한 글자는 대부분 혼용하거나 또는 문자를 합치기도 하였는데, 이는 한자가 발전해나가는 과정의 정상적인 현상이라 할 수 있다.

2) 금문과 주문籀文

금문의 발견은 한대의 기록에 이미 나타나며, 금문을 편집하여 기록한 책은 송대부터 나타나기 시작하였다. 송대 금문을 기록한 책 가운데 일부가 후세에 전해져 내려왔는데, 예를 들어, 여대림呂大臨의 『고고도考古圖』, 왕초王楚의 『선화중수박고도록宣和重修博古圖錄』, 설상공薛尚功의 『역대종정이기관식법첩歷代鐘鼎彝器款識法帖』 등이 있다. 현재 기록된 자료 가운데 가장 완전하다고 할 수 있는 것은 중국사회과학원 고고학연구소에서 편찬한 『은주금문집성殷周金文集成』(기록된 동기가 거의 10,000개에 달함), 구덕수邱德修의 『상주금문집성商周金文集成』, 엄일평嚴一萍의 『금문총집金文總集』 등이 있다. 연구문헌상에서는 주발고周發高의 『금문고림金文詁林』, 대가상戴家祥의 『금문대자전金文大字典』 등이 있다.

금문은 은상시대에 이미 존재하였으나 그릇상의 글자 수가 비교적 적었을 뿐 자형字型은 장중하면서도 풍만하였다. 서주의 동기에 새겨진 명문은 금문을 대표하는데, 그 주요 내용은 전사典祀, 전쟁, 책봉冊封, 훈고訓詁, 추효追孝, 약제約劑, 율령, 잉사媵辭(역자주: 청동기에는 예기禮器 외에, 딸을 시집보낼 때 딸려서 보내는 청동기도 있다. 이러한 청동기는 서주말기부터 춘추시대까지의 제후국에서 유행하였다. 왜냐하면 당시 제후들은 통혼을 통하여 그들 간의 관계를 증진시키고, 서로간의 이익을 증대시켰기 때문이다. 잉사의 형식은 매우 간단하다. 일반적으로 만들어진 시간, 누가 누구를 위하여 만든 이유, 축원 등 세 부분으로 구성된다.) 등이다. 구조상에서 육서 가운데 형성자가 대량으로 증가하였는데, 형성자는 상형, 지사, 회의자의 총수의 2/3 이상을 초과함으로써 한자 성질의 근본적인 변화가 시작되어 더 이상 표의表意를 위주로 내세우지 못하게 되었다. 글자를 구성하는 성분의 위치가 고정됨으로써 글자가 합쳐지는 현상이 적어지고, 형체가 가까운 것끼리 혼용하는 현상도 이미 없어지게 되었다. 필획이 원숙하고 매끄러우면서도 장중한 느낌을 주지만 여전히 표의를 벗어나지 못한 흔적이 보인다.

주문籀文은 또한 대전大篆이라고 하는데, 원래는 서주시대 초학자들에게 글을 가르치는 교본인『사주편史籀篇』에 쓰였던 자체였는데, 동한시기 허신 역시 완전한 주문의 모습을 보지 못하였다. 이 책은 대략 위진시대에 실전되었다. 현재『설문』에 223자의 주문이 실려 있다.『사주편』은『한서 · 예문지藝文志』에 실려 있는데, 반고의『주』에서는 "周宣王太史作大篆十五篇, 建武時亡六篇矣."(주나라 선왕 때 태사가 대전 15편을 만들었으나, 건무 때 그 가운데 6편이 없어졌다.)라고 하였다. 그리고 "『史籀篇』者, 周時史官教學童書也, 與孔氏壁中古文異體."(『사주편』은, 주나라 사관이 학동들을 가르치기 위한 책으로, 공자의 집 벽에서 출토된 고문과는 다른 자체이다.)라고 하였다. 근래 왕국유王國維는 주문이 전국시기의 진토문자秦土文字(『관당집림觀堂集林 · 전국시진용주문육국용고문설戰國時秦用籀文六國用古文說』에 보임.)라고 여겼는데, 이러한 그의 주장은 영향력이 실로 대단하여 학자들 대부분이 이 설을 따랐다. 하지만 근래에 출토된 고문자와 비교해 볼 때 아직 증거가 부족하여 의심스러운 점이 있어 이 부분에 대하여 더 많은 연구가 필요하다고 보여진다.

3) 육국문자

　전국시대에는 고문의 종류가 아주 다양하였다. 그리하여 일찍이 『설문』은 이체자 중에서 모두 510자의 고문을 표명하였는데, 일반적으로 문자학에서 자체의 변천를 거론하면서 언급하는 고문이 바로 이 글자들이다. 허신은 『설문·서』에서 "今敍篆文, 合以古、籀."(본서의 자체는 전문, 고문, 주문 순서이다.)라고 하였고, 이에 대하여 단옥재는 『주』에서 "小篆因古、籀而不變者多, 故先篆文, 正所以說古、籀也. 隷書則去古、籀遠, 難而推尋, 故必先小篆也. 其有小篆已改古、籀, 古、籀異於小篆者, 則以古、籀附小篆之後, 曰古文作某、籀文作某, 此全書之通例也."(소전은 고문과 주문에서 변하지 않은 것이 많기 때문에, 전문을 앞에 쓴 것이다. 그리하여 고문, 주문이라 한 것이다. 예서는 고문과 주문에서 멀어 그 근원을 찾기 매우 어려웠기 때문에, 소전을 가장 앞에 썼다. 소전은 고문과 주문에서 변한 것이므로, 고문과 주문이 소전과 다른 것이 있을 경우에는 소전 뒤에 고문과 주문을 더하였다. 그리하여 고문은 어떻게 쓰고, 주문은 어떻게 쓴다라고 한 것이다. 이것이 바로 『설문』의 통례이다.)라고 하였다. 이를 통하여 『설문』에서 표명한 주문과 고문은 단지 소전과 다른 것임을 알 수 있다. 고문은 바로 공자의 저택을 허물 때 벽 속에서 나온 문자이다. 『한서漢書·예문지藝文志』에 "武帝末, 魯恭王壞孔子宅, 欲以廣其宮, 而得 『古文尙書』 及 『禮記』、『論語』、『孝經』, 凡數十篇, 皆古字也."(무제 말년에, 노나라 공왕은 그의 궁을 넓히고자 공자의 고택을 허물었다. 뜻밖에 『고문상서』, 『예기』, 『논어』, 『효경』 등 수십 편을 얻게 되었는데, 모두 옛 문자였다.)라는 구절이 있다. 여기에서 밝히고 있듯이, 노나라 공왕이 공자 고택을 허물면서 그 벽 속에서 책을 얻었는데, 당시의 벽이 지금까지도 전하며 곡부曲阜 공부孔府의 인문경관을 이루고 있다. 노벽魯壁의 고문에 대해 왕국유는 『관당집림觀堂集林』에서 전국시대 동토(전국시대 진秦 이외의 6국은 동쪽에 위치하여 있었으므로 동토라고 말하였음)의 문자라고 여겼는데, 지금까지도 문자학자들이 이 주장에 모두 찬성하고 있다. 이외에 전국시대 고문자로는 백서帛書, 간독簡牘, 병기금문兵器金文, 화폐문貨幣文, 인새문印璽文, 도문陶文 등이 전한다.

4) 소전

소전에 대해 『설문・서』에는 "秦始皇帝初兼天下, 丞相李斯乃秦同之, 罷其不與秦文合者. 斯作『倉頡篇』, 中車府令趙高作『爰歷篇』, 太史令胡母敬作『博學篇』, 皆取『史籀』大篆, 或頗省改, 所謂小篆者也."(진시황제가 천하를 통일하자 승상인 이사가 문자를 통일할 것을 아뢰면서, 진나라 문자와 동일하지 않는 것을 사용하지 못하게 하였다. 이사는 『창힐편』을 짓고, 중거부령 조고가 『원력편』을 지었으며, 태사령 호모경이 『박학편』을 지었다. 이 모두가 『사주』인 대전에서 취하여 생략하거나 고쳤는데 이것이 이른바 소전이다.)라고 하였다. 하지만 이 말은 사람들로 하여금 쉽게 이사 등의 사람들이 대전을 생략하거나 고쳐 소전을 만들었다는 오해를 불러일으키게 하지만, 사실 소전은 전국시대 진나라 계통의 문자가 변화 발전(구석규裘錫圭의 『문자학개요文字學槪要』 참고)된 것으로, "모두가 『사주史籀』인 대전大篆에서 취하여 생략하거나 고쳤다."는 말은 소전이 주대의 『사주편』의 자체를 계승하여 변화 발전된 것임을 말해준다. 그리고 "생략하거나 고쳤다."는 말은 부분적으로 소전과 대전을 서로 비교하여 생략하거나 고쳤다는 말이다. 『창힐편』, 『원력편』, 『박학편』은 이사 등의 사람들이 전국적으로 진나라 계통의 문자인 "서동문書同文"을 보급하고자 표준자체로 쓴 초학자 교재이다. 『한서・예문지』에 "漢興, 閭里書師合『蒼頡』、『爰歷』、『博學』三篇, 斷六十字以爲一章, 凡五十五章. 幷爲『蒼頡篇』."(한나라가 흥하자, 마을의 스승님들께서는 『창힐편』, 『원력편』, 『박학편』 등 세 편을 합하여, 60자를

1장으로 나누어 모두 55장이 되었는데, 이렇게 하여 『창힐편』이 되었다.)라는 내용이 있다. 이를 통하여 이사 등이 보급한 소전의 교본에 거의 3,300개의 상용자가 있었음을 알 수 있다. 『설문』에는 9,000여 개의 소전이 있지만이 모든 글자가 이사의 교정을 거친 것이 아니며, 이사가 창조한 것은 더욱아니다. 그렇다면 『설문』에서 초과된 6,000여 개의 소전은 어디에서 온것인가? 합리적인 해석은 당연히 『창힐倉頡』등의 편과 같이 진秦나라 계통의 문자에서 왔으며, 그 가운데 소수는 아마도 한인들이 창조한 것이라고볼 수 있다. 혹자의 통계에 의하면, 선진 전적 가운데 사용된 한자가 거의1만 자에 가깝다고 한다. 이사의 "문자통일"이 규범화한 것은 상용자였다.『설문』에서는 전적의 용자用字 역시도 규범화하였는데, 이 역시 『설문』의위대한 공적 가운데 하나이다.

5) 예서 등

예서는 전해지는 바에 의하면 진나라 때 하두下杜 사람인 정막程邈이 만들었다고 하지만, 고고학적 발굴에 의하면 전국시대 말기에 해당하는 수호지睡虎地 11호 진나라 고분에서 발견된 죽간에 이미 옛날 예서체(혹은 진예秦隸)가 엿보이는데, 이를 한나라 때의 예서체와 서로 비교해 보면 여전히 소전에가깝다고 할 수 있다. 예서를 설명하자면 전국시대 후기 진나라 계통의문자에서 변화 발전된 것으로 볼 수 있다. 서한시대에 이르러 한대의 예서가출현하여 당시 한자 응용에 있어서 예서의 중요한 지위를 확립시켰다. 예서는 한자 자체의 변화발전사에서 혁명적인 성격의 변화를 가져와 철저하게소전 이전의 고문자 형체의 상의필적像意筆跡을 타파하고, 한자를 횡橫 · 수竪 · 별撇 · 날捺 · 점點 · 구勾 등 필획의 조합으로 변화시켜 쓰기에 편리하도록 함으로써 한자의 응용 기능을 강화시켰다.

초서는 대략 서한 후기에 형성되었는데, 이는 고예서古隸書의 속체가 변화 발전된 것이다. 행서와 해서는 모두 한위漢魏 시기에 형성되었다.

2. 변화발전의 원인과 특징

자체가 변화 발전한 원인은 무엇 때문인가? 계공啓功 선생은 『고대자체논고古代字體論稿』에서 "簡單說來, 在下列條件下, 各有不同的字體. 卽, (1) 時代; (2) 用途, 如鼎彝、碑版、書冊、信箚等; (3) 工具, 如筆、刀等; (4) 方法, 如筆寫、刀刻、範鑄等; (5) 寫者、刻者; (6) 地區. 由於以上等等條件的不同, 則字體亦卽不同. 而同在某一條件下, 如加入其他條件時, 字體便又不同."(간단하게 말해서 아래에 열거한 조건아래 각기 서로 다른 자체가 있다. 즉 ① 시대 ② 용도, 예를 들어 종묘의 제기·비문·서책·편지 등 ③ 도구, 예를 들어, 붓·칼 등 ④ 방법, 예를 들어, 필사·도각·범주 등 ⑤ 쓰는 사람과 새기는 사람 ⑥ 지역. 이상의 다양한 조건의 차이에 따라 자체 역시 다르다. 그리고 같은 어떤 조건 아래에 있어서도 만일 다른 조건을 덧붙이게 될 때 자체 또한 다르게 된다.)라고 하였다.

아래에서 "마馬"자의 여러 가지 다른 자체를 살펴보자. 단, 행서와 해서와 같이 독자들에게 익숙한 자체는 생략하고자 한다.

1)은 초기 갑골문으로 형상의 정도가 상당히 높아 그림이나 도형기사부호에 가깝다. 갑골문은 칼을 이용해 새긴다. 형체를 사실적으로 묘사할 수 없으며, 필적 또한 비교적 가는 편이다. 은나라 사람들은 귀신을 섬겨 모든 일에 대하여 점을 쳤다. 귀각龜刻이 대단히 많아짐에 따라 정인貞人(점치는 사람)들이 새기는 글자의 형태도 점차 간략해졌다. 서주시대 금문은 동기銅器 위에 주조하였는데, 동기는 모두 장중한 예기禮器라 자체 역시 장중하고

웅혼한 느낌을 준다. 서주시대 초기 금문의 상형 정도 역시 매우 높은 편이다. 예를 들어, 2) 우정盂鼎 같은 경우이다. 후에 점차 반듯하게 변하여 선의 원곡圓曲이 균일하며 또한 일부 평직平直한 필적이 섞여 있다. 예를 들어 4) 괵계자백반虢季子白盤 같은 경우이다. 구석규선생은『문자학개요文字學槪要』중에서 "我們可以把甲骨文看作當時的一種比較特殊的俗體字, 而金文大體上可以看作當時的正體字. 所謂正體就是在比較鄭重的場合使用的正規正體, 所謂俗體就是日常使用的比較簡便的字體."(우리는 갑골문을 당시 일종의 비교적 특수한 속체자로 간주할 수 있으며, 금문은 대체로 당시의 정체자로 간주할 수 있다. 이른바 정체는 바로 비교적 정중한 자리에서 사용한 정식적인 자체이며, 이른바 속체는 바로 일상에서 사용한 비교적 간편한 자체이다.)라고 주장하였는데, 이는 대단히 탁월한 견해라고 할 수 있다.

주문 마馬자의 예 6)과 예 2)의 금문형체에는 연원관계를 가지고 있다. 말갈기를 나타내는 세 획과 목·눈을 분리하여 표시하였고, 방향 또한 오른쪽에서 왼쪽으로 잘못 새기고, "눈" 역시 오직 안구부분만을 남겼다. 마馬의 주문籀文은 비교적 특수하여 예 7)노벽고문魯壁古文, 예 8)『한간汗簡』의 형체와 지극히 유사하지만 주문을 전사하면서 잘못 되었을 가능성은 그다지 크지 않다. 이는 동주이후 한자의 자체 변화가 비교적 컸음을 나타내는 것이라 하겠다. 그러나 고고학 자료 가운데 이를 인증할만한 자료를 발견하지 못하고 있어 혹시 춘추전국시기에 손으로 쓴 글씨체일수도 있다.

전국시기 고문자는 간독簡牘·새인璽印·화폐貨幣·병기·동기銅器 등 용도가 다르고, 지역 또한 다르기 때문에 자체 역시 완전히 다르다. 새인璽印·고전古錢 등에 쓰인 글자의 면적이 비교적 작을 뿐만 아니라 자체의 간화簡化 역시 매우 심한 편이다. 예 9)에는 말의 눈과 꼬리가 있고, 예 10)·11)에는 또한 눈과 몸이 있으며, 예 12)에는 다만 큰 눈만이 남아 있을 뿐이다.

소전小篆은 형체를 표시한 필획의 위치가 고정되어 있으며, 필적이 굵고 가늘면서도 균형이 잡혀 있다. 그러나 또한 후기 금문의 원곡圓曲과 평직平直이 교차하는 필획을 유지하고 있어 여전히 일정한 정도의 상형 성분을 포함하고 있다. 예 5)는 소전이며, 예 4)·예 3) 석고石鼓는 분명하게 계승관계를 보여 주고 있다. 진秦나라 계통의 문자인 소전을 전국에 널리 전파하기 위해 처음으로 한자는 국가의 규범에 의해 제약을 받게 되었는데, 이는 국가가 통일을 이룩한 후 정치·경제·문화 발전에 따른 필요성과 화하민족의 단결의 필요성에 따른 것이다. 중화문화가 오늘날에 계승해 올 수 있었던 점에 대해 우리는 "서동문書同文"을 건의한 진나라의 승상 이사에게 감사하지 않을 수 없으며, 또한 이 건의를 받아들인 진시황에게도 감사하지 않을 수 없을 것이다.

예서는 곧은 선으로 소전에 남아있던 굽은 곡선을 완전히 대체하고, 점點·횡橫·수豎·별撇·날捺·구勾·절折 등의 필획을 형성함으로써 한자 부품을 필획으로 분해할 수 있어 쓰는 속도를 빠르게 할 수 있다. 가로획은 늘상 일파삼절一波三折(날획을 서사할 때 일으키고 엎음이 있으면서 세 차례 필봉의 방향을 전환해야 함을 이르는 말이다.)을 거쳐 누에머리에 제비 꼬리처럼 쓰고, 오른쪽 삐침과 왼쪽 삐침은 붓끝을 날카롭게 한다. 세로획은 가로획에 비해 굵고 장중하여 붓의 부드러우면서도 강인한 특징을 충분하게 살릴 수 있다. 이러한 필획은 한자가 표의表意 필적에서 벗어나 일반 문자부호가 되게 하였다. 예서는 한자가 질적으로 변하도록 만들었다.

반고班固의 『한서·예문지』에서는 "(秦)是時始造隸書矣, 起於官獄多事, 苟趨省易, 施之於徒隸也."(진나라 때 처음으로 예서를 만들었다. 이는 감옥의 일이 너무 많은 데서 기인하였다. 감옥의 일이 너무 많아 점차 한자를 간략하게 만들어 하급관리들에게 사용하도록 하였다.)라 하였고, 허신은 『설문·서』에서 "是時秦燒滅經書, 滌除舊典, 大發隸卒, 興役戍, 官獄職務繁, 初有隸書, 以趣約易, 而古文由此絶

矣."(이때 진나라는 경서와 옛 전적들을 태워 없애고, 대대적으로 병사를 징발하여 노역과 변방을 지키게 하였는데, 그에 따라 행정과 사법의 업무가 많아짐에 따라 원래 있던 예서가 더욱 간단하고 쓰기 쉬워져 고문은 전혀 쓰이지 않게 되었다.)라고 하였다. 반고·허신은 예서가 진나라가 육국을 통일한 후에 발생하였다고 말하고 있는데, 시간에 대해서는 정확하게 말하지 못했으나 예서의 발생 원인에 대한 해석은 기본적으로 취할만하다. 전국시대 중기 진효공秦孝公은 상앙商鞅을 임용하여 변법을 시행하기 위해 법률을 제정하고 농경을 장려하고 군공에 따라 상벌을 엄격하게 하였다. 법률의 조문이 많아지자 자연히 감옥에 일이 많아지게 되었고, 이에 따라 하급 관원들은 일을 간략히 처리하는 과정 속에서 속체자俗體字가 발생하게 되었는데, 이것이 바로 진예秦隸이며, 정체자正體字는 즉 소전이다. 수호지睡虎地에서 발견된 진의 고분 속에서 나온 죽간에 보이는 진예는 전국시대 말기의 유물로 대부분 법률조문이 실려 있으니 상술한 분석과 일치된다. 육국문자 역시 속체자가 있는데, 초나라 간백문자簡帛文字가 바로 후세의 예서에 가깝다고 할 수 있다. 만일 진나라가 중국을 통일하지 못했다고 해도 육국문자의 속체자 역시 결국은 예서와 유사한 새로운 자체로 변화 발전하였을 것이다. 이는 예서가 한자 형체의 변화 발전에 있어서 필연적인 추세였기 때문이다. 진예秦隸로부터 한예漢隸로 변화 발전하게 되자, 소전의 둥글고 굽은 필적과 상형 성분이 완전히 사라지고 말았다. 한예를 또한 팔분八分이라고 부르기도 한다. 예 16) 조전비曹全碑 위의 마馬자는 바로 한예漢隸이다.

초서의 첫 번째 특징은 필획이 서로 이어져 있고, 두 번째는 고예古隸의 필획을 더욱 간략화하여 부분적으로 생략하고, 필획을 줄이거나 혹은 합치기도 하고, 편방을 변형하는 등의 방법을 채용하였다. 예 14) 마馬자 초서는 좌측의 세로획을 하나 생략하고 우측위로부터 선을 연결시켜 네 개의 점 대신 둥근 고리로 대체하였다.

해서와 예서를 서로 비교해 볼 때, 필획이 결코 바르고 곧은 것만은 아니고, 일파삼절—波三折의 가로획과 붓끝을 날카롭게 하는 오른쪽 삐침이나 왼쪽 삐침이 없으며, 붓의 자연스러운 운력運力 방향으로 글자를 쓰며, 가로획은 우측으로 조금 들어 붓끝을 거두어들이고, 오른쪽 삐침과 왼쪽 삐침은 아래를 향해 날카롭게 기울인다. 일반적으로 정자整字는 높으면서 조금 크고 넓어 보이는 장방형이다.

행서는 초서와 해서 사이의 자체이다.

속체자는 한자 자체의 변천에 중요한 작용을 하였다. 그림에 가까운 초기의 갑골문과 금문으로부터 발전하여 이른 오늘날의 해서는 바로 속체俗體의 간략화 노력이 끊임없이 촉진시킨 결과이다. 신석기 말기 원시 한자가 발생했을 시기로부터 오늘날에 이르기까지 사회가 끊임없이 진보하면서 빈번하게 교제가 이루어지고 정보가 급증함에 따라 글자를 쓰는 사람들은 항상 간단하고 쉽게 힘을 줄이려는 경향이 있다. 그러나 한자의 체계 자체는 형체는 안정화를 취하고자 하지만 부건部件은 구별되어지고자 한다. 그렇게 하면서 자의를 보다 정확하게 표현하고자 한다. 이것이 바로 서로의 모순으로 서로를 제약하는 것이다. 교제는 서로 다른 시기의 모순의 중요한 측면으로, 이것이 바로 한자의 자체의 변천을 촉진시킨다.

1. 『설문』에서 주문을 정리해 낸 후, 그것들을 『금문편』의 주나라와 진나라의 청동기의 자체와 대조하여, 왕국유의 의견이 정확한지 여부에 대하여 논증하시오.
2. 『설문』에서 고문을 정리해 낸 후, 『금문편』의 관동關東 문자와 대비하여, 육국에서 고문을 사용하였음을 논증하시오.
3. 소전과 주문과의 관계를 논하시오.

주요 참고문헌

1. 鄒曉麗等 『甲骨文字學述要』, 岳麓書社, 1999년.
2. 王宇信等 『甲骨文精粹選讀』, 語文出版社, 1989년.
3. 唐蘭 『西周靑銅器銘文分代史徵』, 中華書局, 1986년.
4. 何琳儀 『戰國文字通論』, 中華書局, 1989년.
5. 商承祚 『說文中之古文考』, 上海古籍出版社, 1983년.
6. 張湧泉 『漢語俗字硏究』, 岳鹿書社, 1995년.

6

한자의 동태적 응용

한자의 동태적動態的 응용 연구는 한자의 사용 과정 중에서 형形·음音·의義의 관계를 고찰하는 것으로 오직 표의적 성분을 지닌 한자에서 이러한 상황이 발생하며, 병음문자에서는 이러한 문제가 존재하지 않는다.

한자의 구조 연구는 바로 문자를 벗어난 동태의 사용 연구를 가리키는 것이다. 정태적靜態的 문자는 오직 자전 중에서만 살펴 볼 수 있다. 사실상 한자의 재료는 절대 다수가 사용하는 가운데 있으며, 혹은 동태 중에 있다고 말할 수 있다. 동태 중에 있는 문자는 형체와 사용 의미 양자의 관계에 있어서 어떤 것은 변하고 어떤 것은 변화가 적으며, 어떤 것은 변화가 크다. 그리고 음音 역시 소수는 사용하는 가운데서 변화가 일어난다.

문자 사용 과정 중에서 언어의 사의詞義와 한자의 형체 의미가 완전히 서로 합치되는 것을 본의本義라고 하고, 사의와 형체 의미가 다만 일반적인 연계만을 가지고 있으면 인신의引伸義라고 한다.

문자는 언어를 기록한다. 언어는 끊임없이 발전하고, 이에 따라 또한 문자는 언어에 적응하여 발전한다. 사회는 문자의 언어 기록에 대하여 더욱 정확한 것을 요구한다. 한자의 형체는 부단히 증가하고 분화함으로써 고금자(구별자區別字라고도 하며, 동일한 의미를 표시하지만 고금의 용자用字가 다른 한자를 일컫는 말)가 탄생하였다.

한편, 문자 사용자는 쓰기의 효율성을 높이기 위해 최대한 필획을 생략하는 과정 속에서 끊임없이 속체자가 등장하게 되었다. 또한 글자를 만드는 사람에 따라 한 글자에 여러 가지 필법이 만들어지기도 하였으며, 혹은 사용 과정 중에 쓰는 사람이 잘못 쓰거나 고의적으로 변형된 자체를 씀으로써 이체자가 발생하는 원인이 되었다.

한자 발생 초기에는 기본적으로 표의방법으로 글자를 만들었으나, 한어 가운데 허사虛辭·외래음역사外來音譯詞·연면사連綿詞·방언사方言詞 등은 대부분 표의 방법을 가지고 만들어낼 수 없기 때문에 임시로 어떤 한자를 음을 기록하는 부호로 사용하였다. 그리하여 필연적으로 가차자가 출현하게 된 것이다.

신중국성립 이후 정부는 한자를 국가의 대사로 삼고 필획이 번잡한 한자에 대하여 획수를 줄여 나가면서 한자의 형체를 규범화하기 시작하였는데 이것이 바로 간화자簡化字이다.

본 장에서는 본의와 인신의·고금자·가차자·이체자·번체자·간체자를 설명해 보고자 한다.

1. 본의와 인신의

1) 본의

동태 중의 한자가 본의인지 아닌지에 대한 토론은 우선 정태靜態 중 한자의 본의를 이해해야 한다. 본의를 이해하기 위해서는 정태 중의 한자 본의와 육서의 구조 관계를 알아야 한다.

이른바 육서의 구조에 대해 본문에서는 대진戴震·단옥재段玉裁 등이 주장한 육서의 4·2라는 간단명료한 분류방법을 따랐다. 여기서 앞의 4서는 상형·지사·회의·형성으로 이것은 문자의 구조에 관한 것이고, 뒤의 2서는 전주·가차로 이것은 문자의 쓰임이다. 그렇기 때문에 여기서 논하는 구조는 앞의 4서를 가리킨다.

또한 한자 육서 구조의 형체와 본의의 관계를 관찰하기 위해서는 현재 쓰이는 간화 한자나 번체자를 그 근거로 삼을 수 없고, 적어도 소전이나 소전 이전의 고문자를 근거로 삼아야 한다.

☐ 상형자의 형체에 반영된 의미는 기본적으로 본의이다. 그러나 주의해야 할 점은 옛 사람들이 쓰기의 어려움을 줄이기 위해 가장 적은 선을 사용하여 사물을 표현하였는데, 바로 사물의 가장 두드러진 특징을 표현하고자 하였다. 그러나 이러한 특징의 선택은 관찰하는 사물의 각도에 따라서 다르기 때문에 다만 어떤 한 각도에서 어떤 한 부분만을 바라 볼 수밖에 없지만, 글자의 본의는 결코 사물의 어떤 한 부분만을 가리키는 것이 아니라 사물 자체인 전체를 가리키는 것이다. 마馬·견犬·시豕·호虎 등의 갑골문은 모두 필획의 측면 형상을 가지고 물체의 전체를 나타낸 것이지만 이를 이해하는데 오해를 불러일으키지는 않는다. 그러나 측면에서 소와 양의 특징을 구분할 방법이 없기 때문에 소와 양은 앞에서 본 머리의 형상을 그려 뿔의 형태가 다름을 가지고 소와 양을 구분하였다. 그러므로 자형의 본의가 소의 머리나 양의 머리와는 형태가 다를 수밖에 없다. 이렇게 간단하게 예를 든 것은 규칙을 설명하기 위한 것으로 언어학계에서 아직까지 어떤 사람이 소나 양의 본의를 소의 머리나 양의 머리로 이해했다고 하는 이야기를 들어

보지는 못했다. 그렇지만 어떤 글자는 이렇게 간단하지만은 않다. 특히 비교적 추상적인 형용사(또한 소수의 동사)를 표현한 일부 상형자는 본의와 차이가 매우 큰 편이다.

대大자는 갑골문과 금문에서 모두 성인의 정면 형상과 같지만 본의는 오히려 대인이 아니라 크다는 말을 형용한 것이다.

주周자는 갑골문에서 논 가운데 벼의 싹인 모를 심어 놓은 듯한 모양이지만 본의는 논과 모와는 모두 무관한 주변이라는 뜻을 나타낸다.

고高자는 아주 높은 관망대 혹은 난간이 있는 건물처럼 보이지만 본의는 높다는 것을 형용한다.

소小와 소少자는 갑골문에서는 한 글자로 쌀알 혹은 모래알 형상 같지만 본의는 쌀이나 모래와는 모두 관계없는 형용사로서의 소小와 소少이다. 쌀은 아주 작은 낟알이기 때문에 갑골문에서 수를 세어 써 넣었는데, 그 중간에 짧은 가로획을 하나 그어 소小와 소少를 구별하는 부호로 삼은 것으로 쌀 가운에 섞여 있는 줄기와는 다르다. 본의는 곡식에서 피를 벗긴 쌀을 의미한다.

어떤 상형자는 방향이 틀리기 때문에 서로 다른 의미를 담고 있기도 하다. 목目자의 본의는 눈이며, 갑골문은 가로로 쓰는데, 사람의 눈의 정상적인 방위와 서로 통한다. 그러나 눈을 세운다는 것은 주시한다는 의미를 표시하는 것으로 존경의 뜻을 포함하고 있다. 타인에 대하여 존경한다는 것은 즉 자신의 신분이 낮다는 것이기 때문에 본의는 노예이며, 글자 또한 목目으로 읽지 않고 신臣으로 읽는다.

대大자를 만일 거꾸로 쓰면, 즉 역屰(ni)으로 읽는데, 이러한 방법은 역逆자를 가장 간단하게 생략하여 쓰는 방법으로 본의는 영접이다.

② 지사자의 형체에 반영된 의미 역시 기본적으로는 글자의 본의이다.

그러나 주의할 점은 그 지사부호의 성질이 서로 같지 않다는 점이다. 어떤 것은 지시 의미가 존재하는데, 예를 들어, 인刀·본本·말末 중의 지사부호 같은 경우이다. 어떤 것은 오히려 물건을 대신하기도 하는데, 예를 들어, 단丹자 중의 점 같은 경우로 우물 속의 광물(주사)를 대표한다. 심지어 볼 수 없는 물질이 있는데, 예를 들어, 모牟자 윗부분에 보이는 사厶자 오른쪽 반은 소의 울음소리를 표시하는 것이다.

③ 회의자가 표시하는 어의로는 동사·형용사·명사 등이 있는데, 어의 가 모두 개괄적이며, 게다가 자형은 다만 구체적인 사물을 빌려 표현할 수 있을 뿐이다. 그렇기 때문에 우리가 회의자를 볼 때 더욱 자형의 합성 적인 의미에 구애받을 필요가 없다.

벌伐자는 갑골문에서 창으로 사람의 목을 치는 형상을 하고 있으나 본의 는 창으로 사람의 목을 치는 것이 아니라 '죽이다'는 의미를 가지고 있다.

상相자는 갑골문에서 눈으로 수목을 관찰하는 형상을 하고 있으나 본의 는 '관찰하다'는 뜻이지 수목을 관찰한다는 의미는 아니다. 일부 극소수의 사 서辭書나 자서字書에서는 수목을 관찰하는 뜻을 본의로 해석하고 있으며, 인신하여 일반적으로 관찰하다는 의미로 통용된다고 설명하는데, 이렇게 지나치게 자형의 결과에 얽매일 필요는 없다.

구寇자는 금문에서 손으로 몽둥이를 잡고 방에 들어가 사람의 머리를 때리는 형상이지만 본의는 '빼앗거나 약탈하다'는 뜻이지 몽둥이를 들고 방안에 들어가 사람을 때린다는 뜻은 아니다.

혹或자는 국가에서 국國자의 본원자本源字로, 고문자는 창으로 강역을 보 위하는 형상이지만 본의는 국가라는 의미이지 창으로 강역을 보위한다는 뜻은 아니다.

미美자는 갑골문에서 성인의 머리 위에 양의 뿔 혹은 깃털의 장식을 쓴 형상으로 형용사인 아름답다는 뜻의 아름다움을 나타내는 미美자이다. 양이 크기 때문에 아름답다고 말할 수는 없다.

④ 형성자의 본의는 뜻을 나타내는 형방形旁과 관계가 있다. 형방이 대표하는 것은 의미분류로써, 그 의미의 이해는 고금의 문화상식까지 관련이 있기 때문에 흔히 쓰이는 부수의 의미를 파악해야 한다. 대부분 부수의 의미는 쉽게 파악할 수 있는 것들이다. 예를 들어, 인人・수手・이耳・목目・구口・인言・음音・족足・심心・골骨・남男・녀女・로老・육肉(대부분 월月로 쓴다.)식食・산山・석石・토土・전田・수水・운云・우雨・일日・월月・도刀・궁弓・과戈・금金・옥玉(대부분 좌측에서 왕王으로 쓴다)・명皿・부缶・망网・의衣・주舟・차車・용龍・마馬・우牛・양羊・어魚・귀龜・록鹿・죽竹・목木・화禾・초艸 등으로 무릇 이러한 글자를 부수로 삼는 것은 모두 부수자의 의미와 관련이 있다. 더욱이 이러한 부수자의 의미는 옛날이나 지금이나 기본적으로 변화가 없어 쉽게 이해할 수 있다. 그러나 어떤 것은 부수자의 고금의 의미와 해서화된 형체의 변화가 모두 너무 커서 그렇게 간단한 것만은 아니다.

부阜・읍邑은 해서화한 후 모두 속칭 포이包耳로 불리우는데, 부阜는 좌측 변에 쓰는 포이로써 부阜를 따르는 글자는 산릉山陵・토석土石・대계臺階 등과 관련이 있다. 예를 들어, 음陰・양陽・진陣・아阿・육陸・두陡・험險・함陷 등이 있고, 읍邑자는 우측방에 쓰는 포이로써 읍을 따르는 글자는 성城・진鎭과 관련이 있다. 예를 들어, 도都・군郡・곽郭 등이 있다.

근斤자의 본의는 도끼를 나타낸다. 근斤자를 따르는 자는 도끼와 관련이 있다. 예를 들어, 작斫・사斯・절折・석析 등이다.

혈頁자의 본의는 머리를 나타낸다. 혈頁자를 따르는 자는 머리와 관련이 있다. 예를 들어, 제題(본의는 이마(額)를 나타낸다.)・두頭・전顚・안顔・령領

등이다.

착辵자는 해서화한 후 속칭 책받침이 되었다. 무릇 착辵자를 따르는 자의 의미는 도로·걷다는 뜻과 관련이 있다. 예를 들어, 도道·조造(도착하다)·역逆(본의는 영접하다)·추追·축逐 등이다.

행行자의 본의는 도로이다. 그래서 부수로 행行자를 삼은 것이며, 그 의미는 도로·걷다는 뜻과 관련이 있다. 예를 들어, 구衢(본의는 대로이다)·술術(도읍안의 길)·연衍·가街 등이다.

척彳자를 따르는 자 역시 도로와 걷다는 의미와 관련이 있다. 예를 들어, 서徐·도徒(보행)·정征(원행)·왕往·후後 등이다.

추隹·조鳥자는 갑골문에서 본래 한 글자였으나 후에 분화되었다. 추隹와 조鳥를 따르는 자는 의미가 서로 상통한다. 허신이 말한 것처럼 추隹는 꼬리가 짧은 날짐승이고, 조鳥는 꼬리가 긴 날짐승의 명칭이었으나 역시 후에 분화된 것이다. 웅雄·자雌(아鴉자와 본래 한 글자였다.)·조雕·계鷄 등이다.

패貝, 주대 이전에 패貝는 화폐로 사용되었다. 그래서 패자를 따르는 자는 돈·재물과 관련이 있다. 예를 들어, 탐貪·재財·회賄·자資 등이다.

면宀(mián), 면宀은 집의 형상을 하고 있다. 그래서 면宀자를 따르는 자는 모두 집과 관련이 있다. 예를 들어, 실室·가家·우宇(처마)·택宅·숙宿·객客(실내에 찾아 온 사람) 등이다.

엄广, 엄广자를 따르는 자 역시 집과 관련이 있다. 예를 들어 정庭·노盧·점店·묘廟 등이다.

호戶의 본의는 문을 나타낸다. 그래서 호를 따르는 자는 문·집과 관련이 있다. 예를 들어, 방房·비扉·계啓(본의는 문을 열다는 뜻이다.) 등이다.

이상은 정태적인 육서의 구조 분석이라는 측면에서 출발한 것이다. 설령 분석하는 형체가 갑골문과 금문이라고 하지만 단순히 육서의 구조를 분석하는 방법만을 가지고 본의를 판단하는 것 역시 믿을 만하지 못하기 때문에 반드시 가능한한 시대가 이른 용자用字의 예증이 필요하다. 상相자를 예로 삼아 이 문제를 토론해 보기로 하자.

① 『역易 · 함咸』: "柔上而剛下, 二氣感應以相處."(부드러운 것이 위에 있고 강한 것이 아래에 있다. 두 기운이 감응하여 서로 친해진다.)

② 『시경詩經 · 용풍庸風 · 상서相鼠』: "相鼠有皮, 人而無儀."(쥐를 보건데 가죽이 있는데, 사람으로서 위의가 없단 말인가!)

③ 『서書 · 조고召告』: "成王在豊, 欲宅洛邑, 使召公先相宅."(성왕께서 풍에 계시면서 집을 낙읍으로 옮기고자 하였다. 그리하여 소공으로 하여금 먼저 점을 쳐 물어보게 하셨다.)

④ 『주례周禮 · 고공기考工記 · 시인矢人』: "凡相笴, 欲生而摶."(모든 사람들에게 상자를 선택하게 하니, 마음이 생겨나 서로 엉겨버렸다.)

⑤ 『순자荀子 · 비상非相』: "術正而心順之, 則形相雖惡而心術善, 無害僞君子也."(학술이 바르고 마음이 올바르면 외형적인 상태가 비록 흉악하다고 할지라도 마음과 학술이 좋으면 해로움이 없고 군자가 된다.)

⑥ 『좌전左傳 · 소공昭公25년』: "公鳥死, 季公亥與公思展與公鳥之臣申夜姑相其室."(공조가 죽자, 계공해와 공사전 그리고 공조의 신하인 신야고가 그의 집안을 다스렸다.)

각 구절 가운데 "상相"의 의미는 예문 ①은 서로, ②는 관찰, ③은 복서卜筮, ④는 선택, ⑤는 용모, ⑥은 다스리다는 의미로 쓰였다. 결합한 자형으로 볼 때, 목目과 목木이 결합한 뜻인 예문 ②의 관찰이 본의이다.

『설문』은 한자 형체의 구조를 분석하여 본의를 판단한 자서字書이자, 우리가 한자의 본의를 관찰하는 주요 근거가 된다. 하지만, 『설문』을 사용할 때에 몇 가지 주의할 사항이 있다.

① 『설문』의 해설은 한대 당시는 분명한 것이었으나 시간적으로 이미 1800여년(기원전 121년 조정에 바쳤다.)이나 떨어진 지금에는 언어에 커다란 변화가 생겼기 때문에 반드시 후인들의 연구 성과를 참조해야 한다. 주로 청대 『설문』 4대가의 저작을 참조하면 된다. 일반적으로 『설문해자주說文解字注』를 살펴보면 되기는 하지만, 엄격하게 요구하면 4대가는 물론 심지어 "소서小徐"와 기타 연구 성과도 훑어봐야 한다.

② 『설문』의 체례에 대해 이해를 해야 한다.

③ 『설문』 가운데 일부 잘못된 해석이 있기 때문에 근대의 고문자 연구 성과를 참조해야 한다. 예를 들어, "위爲"를 "어미 원숭이다."라고 해석하였으니, 이는 분명히 잘못된 것이다. 위爲자는 갑골문에서 손으로 코끼리를 잡아끌며 일을 돕는 형상이다.

용자用字의 상황으로 보면 한어 기본어휘 가운데 자연 현상(日·月·山·水·丘·雨·雲·風), 인체의 각 부분에 대한 명칭(目·耳·口·足), 수사, 동물 명칭(馬·牛·羊·鷄·虎·鳥·狐), 인간생활과 관계가 밀접하면서 옛날이나 지금이나 변화가 없는 것(房·門·米), 부분적으로 친족의 호칭을 말하는 것(母·妻·舅) 등은 기본적으로 모두 본의라고 할 수 있다.

2) 인신의

한자로 언어를 기록하면서 모두 본의를 사용한다는 것은 불가능한 일이다. 동태動態 중의 한자는 대부분 인신의引伸義를 나타낸다. 우리가 『강희자전康熙字典』·『한어대자전漢語大字典』을 보면, 매 글자 아래 뜻을 설명하는 조항이 많이 차지하고 있는 것을 볼 수 있다. 어떤 것은 심지어 몇 십 조항이나 된다. 일반적으로 말해서 첫 번째 조항은 기본적으로 본의를 나타내고,

그 나머지는 대부분 인신의이며, 일부는 가차의假借義를 나타내기도 한다. 이러한 인신의·가차의는 동태動態문자 중에서 도출해낸 것이다.

1 인신의와 고금자古今字. 한자가 발생 이후 자수字數는 점차적으로 늘어나고 있는데, 이 같은 사실은 우리가 갑골문(4천여 자)·금문(5천여 자)·『설문』(1만여 자)의 자수와 비교를 해보면, 증명해 볼 수 있을 것이다. 고문자 자료에서 한 글자를 가지고 여러 가지로 사용하는 일자다용一字多用 현상이 대단히 보편화되어 있는데 이것이 바로 원인이다. 언어를 정확하게 기록하기 위하여 끊임없이 뜻을 첨가시킨 증형자增形字, 소리를 첨가시킨 증성자增聲字를 만들어냈는데, 이것이 바로 고금자이다. 그래서 후에 등장한 글자의 다수가 인신의를 분담하고 있다. 이 방면의 상황은 다음절을 참고하기 바란다.

2 인신의와 품사의 변화. 옛 사람들이 글자를 만들 당시 정확한 개념을 가지고 있지 않았던 까닭에 사유적인 측면에서 동사와 동사의 명사화의 구분에 대하여 그다지 고려하지 않았다. 예를 들어, 우雨의 자형은 하늘에서 비가 내리는 형상이지만 갑골문에서는 대부분 동사로 활용하였으나 또한 명사로도 활용하였다. 그런데 춘추이후 전적 가운데서는 대부분 명사로 쓰이는 반면 소수만이 동사로 쓰이고 있다. 만일 문헌의 시간적 전후만을 가지고 본의를 판단한다면 우雨의 본의는 당연히 비가 내린다는 동사이고, 인신의는 명사인 우雨를 가리키게 된다. 일부 출토 문헌을 보지 못한 학자들은 오직 세상에 전하는 문헌만을 가지고 출발하기 때문에 당연히 본의는 명사이고 동사가 되는 것은 품사의 활용이라고 말할 것이다.

인신한 후에는 품사의 성질이 변화하기 때문에 어떤 명사는 동사가 되고, 또한 어떤 것은 형용사가 명사가 되며, 혹자는 상반되기도 한다. 이러한 예가 대단히 많은 편이다. 전田의 본의는 명사인 땅을 일구어 파종하는 경작지를 나타낸다. 옛 사람들은 야외의 수렵활동을 경작지에서 수확하는 것과 동일하게 인식하였다. 그래서 인신하여 동사로써 사냥하다가 된 것이고, 후에 와서 사냥하다는 전畋으로 사용하였다. 전田·전畋은 고금자이다.

③ 인신의와 회의자의 자형 구성요소 관계의 전이. 회의자는 적어도 두 부분으로 구성되어 있어, 그 본의는 모두 그 중의 한 구성요소에서 출발한 것이라고 말할 수 있으나, 시점을 또 다른 하나의 구성요소로 돌리게 되면 즉 인신의가 만들어지게 된다.

보保자는 갑골문에서 자식을 등에 업은 형상으로 본의는 짊어지다는 뜻의 배揹자이다. 그러나 우리가 만일 시점을 돌려 "子" 위에 두게 되면, "子"는 성인에게 있어서는 기대거나 의지하는 존재가 된다. 그래서 인신하여 의지한다는 뜻이 된다. 『좌전左傳·희공僖公 23년』에서 "保君父之命而享其生祿, 於是乎得人."(군부의 명령으로 포성의 책임자가 되어 녹을 먹고 살고 있어 그리하여 사람들을 거느리게 되었다.)라는 문장이 있는데, 여기에서 보호한다는 뜻은 곧 의지한다는 의미이다.

리利자는 갑골문과 소전에서 모두 칼로 벼를 베는 형상인데, 시점을 벼에 둔다면, 본의는 바로 양식이 된다. 『좌전·성공成公 2년』에는 "物土之宜而布之利."(그 땅에 적당한 곡물을 심어서 이익을 널리 미치도록 하였다.)라는 문장이 있는데, 여기에서의 의미는 적당한 토지를 물색하여 그 위에 양식을 파종한다는 뜻이다. 리利는 응당 양식으로 해석하지만 다시 인신하면 이익·자원·이자 등이 된다. 만일 시점을 칼로 돌리면 그 의미는 응당 날카롭다는 뜻이 되고 다시 인신하면 빠르다·순조롭다 등의 뜻이 된다.

질疾자는 갑골문에서 화살을 쏘는 사람의 형상을 하고 있지만 본의는 질병을 나타낸다. 그러나 시점을 화살 위로 돌리면 화살을 빠르게 쏘는 사람이 되고, 다시 또 인신하면 속도가 빠르다는 의미가 된다.

4 인신의와 본의의 관계는 매우 복잡하다. 어떤 것은 그 형상을 비유하였고, 어떤 것은 상관된 사물을, 어떤 것은 그 사물의 기능을, 어떤 것은 인과 관계를, 어떤 것은 그 방식을 비유하였다.

병兵자는 갑골문 자형에서 두 손으로 도끼를 들고 있는 형상을 하고 있는데, 본의는 병기를 나타낸다. 인신하여 병기를 들고 있는 사람, 즉 병사·군대를 의미한다. 이것은 상관된 사물을 나타내었다.

부父자는 갑골문에서 오른쪽 손으로 돌도끼를 들고 있는 형상을 하고 있으며, 본의는 바로 도끼를 나타낸다. 도끼를 들고 노동을 하기 위해서는 강한 체력이 요구되기 때문에 남자의 일이다. 그러므로 인신하여 성인 남성을 가리킨다. 남녀가 결혼한 이후 친속의 호칭이 되는데 한 항렬 위인 남성의 명칭을 가리킨다. 이것은 상관된 사물을 다시 인신한 것이다.

홍虹자의 본의는 하늘에 떠 있는 무지개를 나타낸다. 그 형상은 반원형을 하고 있어 다리의 형상과 유사하다. 그렇기 때문에 인신하여 다리라는 의미를 가지게 되었고, 모두 일곱 가지 색깔을 하고 있는 까닭에 또한 인신하여 채색 깃발이라는 의미를 가지게 되었다.

위危자는 소전小篆의 자형에서 한 사람이 절벽 위에 서 있고 절벽 아래에 있는 한 사람은 이를 저지하고 있는 형상으로, 본의는 형용사로써 『설문·위부危部』의 해석과 같다. 즉 『설문』에서는 "높은 곳에 있어 두렵다."고 해석하였듯이 높은 곳에 있으면 불안정하기 때문에 인신하여 걷는 것이 안정되지 않고 나라가 불안정하다는 의미가 되었다. 이것은 인과의 관계를 가지고 인신한 것이다.

2. 고금자

고금자古今字는 동일한 자의字義를 표현할 때 시대가 다르기 때문에 출현하게 된 형체가 다른 한자를 가리킨다. 자의는 동일하지만 고금의 형체가 다르게 된 것으로, 고금자가 만들어지는 상황은 복잡하다. 어떤 것은 고금의 자의가 완전히 동일하다. 예를 들어, 괴괴凷塊는 본서에서는 이체자로 분류하였으며, 어떤 것은 통가자의 연용이 굳어져 본래의 자를 사용하지 않고 다른 것을 사용하는 경우가 있다. 예를 들어 강강彊强・백패伯覇・송용頌容・의의誼義 등은 본서에서는 통가자로 분류하고 있지만 고금자의 연구 범위 내에 있지 않은 경우도 있다. 이른바 본서에서 말하는 고금자는 동일한 자의를 나타내지만 시대의 변천에 따라 형체가 다른 것을 가리킬 뿐만 아니라 또한 동시에 형체・의미상에서 반드시 연계되어야만 한다는 것에 한정한다. 형체상에서 금자今字는 대부분 고자古字의 형체 위에 필획이나 혹은 편방을 덧붙여 만든다. 의미상으로는 금자나 혹은 고자를 표현한 본의, 혹은 고자를 표현한 인신의를 가진다. 고자를 가차하여 만든 금자는 반드시 고자와 형체상 연계되어 있다. 예를 들어, 벽辟・피避와 같은 경우로 이렇게 통가에 기초하여 고금간 쓰임의 다름을 구분해 낼 수 있다. 극소수의 금자와 고자는 형체상 연계가 없다. 예를 들어, 화蕐・화花와 같은 경우이다. 그러나 의미상에서는 반드시 연계(주의 할 점은 여기서 말하는 의미상의 연계는 의미가 동일함을 포함하는 것은 아니다.)되어 있다. 본서에서 말하는 고금자는 구석규 선생이 『문자학개요』에서 언급한 "분화자分化字"와 같은 것이지만 "고금자"라는 말을 견지하는 것은 바로 통행되는 고대한어 교재의 용어와 서로 연결되도록 하기 위함이다. 가장 먼저 고금자라는 용어를 사용한 사람은 동한의 정현鄭玄이다. 『시詩・대아大雅・한혁韓奕』에서 "虔公爾位."(그대의 자리를 공경하고 삼가다.)라는 문장이 있는데, 이에 대하여 정현은 『전箋』에서 "古之恭

字或作共."(옛날에는 공恭자를 공共자로도 썼다.)라고 하였다. 『예기禮記・곡례중曲禮中』에는 "君天下曰'天子', 朝諸侯, 分職、授政、任功, 曰'予一人'."(천하의 임금이 된 자를 '천자'라 일컫고, 제후들이 알현할 때에는 직분과 공적에 따르는데, 이때 천자는 '여일인予一人'이라 스스로 칭한다.)는 문장이 있는데, 이에 대하여 정현은 『주注』에서 "余、予古今字."(여余와 여予는 고금자이다.)라고 하였다.

고대 경학가들이 일컫는 "고금자"는 결코 문자학상에서 의미하는 고금자를 말하는 것은 아니다. 『시詩・소아小雅・녹명鹿鳴』에서 "我有嘉賓, 德音孔昭, 視民不恍, 君子是則是效."(나에게는 반가운 손님이 있는데, 그는 좋은 말씀이 너무 밝다. 그래서 백성들에게 후박한 마음을 보여주신다. 이에 군자들도 그의 언행이 옳아서 그를 본받는다.)라는 문장에 대하여, 정현은 『전』에서 "視, 古示字也."(시視는 고자 시示자이다.)라고 하였다. 이처럼 시示자는 바로 통가자 시視의 본자이다. 이러한 현상에 대하여 구석규선생은 『문자학개요』에서 "由於講古今字的目的主要在於注釋古書字義, 而不在於說明文字歷史, 所謂'古今'幷不一定反映一個詞的不同書寫形式開始使用的時間的早晚. 如果A開始使用的時間晚於B, 但是到後來A已經不再通行而B仍在通行的話, 就可以把A看做B的古字."(고금자를 분석하는 주요 목적은 고서의 자의를 주석하는데 있는 것이지 문자의 역사를 설명하는데 있는 것은 아니다. 이른바 '고금'은 어떤 하나의 사詞에 대한 서로 다른 쓰기 형식이 사용되기 시작한 시간의 이르고 느린 것을 반영하는 것은 아니다. 만일 A가 사용되기 시작한 시간이 B보다 늦지만 후대에 와서 A는 이미 더 이상 통행되지 안하지만 B는 여전히 통행된다고 한다면 A를 B의 고자로 간주할 수 있다." 271쪽 참고)라고 명쾌하게 주장하였다. "시示"자는 갑골문에 보일 뿐만 아니라 "시視"자보다 먼저 출현하였다. 원래 신주神主의 형상을 나타낸 것으로 인신하여 표시表示・시인示人 등의 의미가 되었다. 시인示人에서 시示는 주대周代에 시視로 쓰였으나 한대에 와서는 쓰이지 않고 오직 시示자만이 통용되었다. 정현이 "『전箋』"에서 언급하였던 주대의 『소아小雅』 가운데 보이는 시視자는 그

자의에 있어 한대의 시示자와 동일한 의미이다. 또 다른 예를 들면,『시・정
풍鄭風・준대로遵大路』에서 "無我魗兮."(나를 더럽다하지 마시고)라고 하였는데,
이에 대해 공영달孔穎達은『소疏』에서 "魗與醜古今字."(추魗와 추醜는 고금자이
다.)라고 하였다. 여기서 추魗・추醜는 시대가 다름으로 인해 사용되는 이체
자이다. 여기서 알 수 있는 것은 경학가들이 주장하는 고금자는 뜻을 중심으
로 하는 훈고학적 용어로써 고금의 시대차이에 치중하였으며, 또한 부분적
으로 통가자와 후에 나온 이체자를 포함하고 있다.

고금자는 시대적으로 전자를 고자, 혹은 본원자本原字・초시자初始字・모
자母字라고 부른다. 시대적으로 후자는 금자, 혹은 후기자後起字라고 부르는
데, 그 가운데 형체가 연계된 것을 일러 분별자分別字・구별자區別字・누증
자累增字라고 부른다. 주의 할 점은 "금今"자가 오늘이라는 의미의 금자가
아니고 바로 "고古"와 상대적인 개념이라는 점이다. 단옥재는『설문해자주』
에서 "의誼"자에 대하여 "古今無定時, 周爲古則漢爲今, 漢爲古則晉宋爲今, 隨時
異用者謂之古今字."(고금이란 정해진 시간을 말하는 것이 아니라 주대周代가 고古가
되면 즉 한대는 금今이 되고, 한대가 고古가 되면 진송晉宋이 금今이 되듯이 시간의
차이에 따라 사용자가 이를 고금자라 부른다.)는 설명을 덧붙여 놓았다.

아래에 고금자 발생의 경로를 소개해 보고자 한다.

한자의 수량은 시대의 발전에 따라 점차적으로 많아졌다. 갑골문은『갑골
문편甲骨文編』을 근거로『설문』에 예속되어 있어 대부분 식별할 수 있는
글자가 1,723자이고, 합문은 371자로 모두 2,094자이고, 부록은 2,949자이
다.『금문편金文編』에 예속시킬 수 있는 글자는 2,420자이고, 부록은 741자
이다.『설문』에서 전서체가 9,353자이고, 이체자가 1,163자이다.『강희자
전康熙字典』에 수록된 자수는 47,035자에 달하며,『한어대자전漢語大字典』에
는 5, 6만자가 수록되어 있다. 시간의 흐름에 따라 한자가 불어나던 추세는
신중국 성립 이후 비로소 한자가 늘어나는 추세를 제어할 수 있게 되었다.

한자가 늘어나게 된 기본적인 원인 가운데 하나는 언어 기록의 정밀화 요구에 적응하여 점차 분화되었기 때문이다. 처음에 본원자가 의義를 겸한 경우가 지나치게 많았으나, 시대의 발전에 따라 후기자가 본원자가 처음 등장할 때의 부분적인 의미를 분담하게 됨으로써 고금자가 출현하게 되었다. 또 다른 하나의 원인은 속체자가 끊임없이 출현하였으므로 이체자가 증가되었다는 점이다. 다음은 후기자의 출현 이후 본원자와 후기자의 의미적 관계를 염두해 두면서 고금자 발생의 경로를 나누어 서술하고자 한다.

☐1 본원자가 후에 가차의假借義로 사용되고, 후기자는 본의를 표시하였다.

• 莫莫 : 모暮. 『시 · 소아小雅 · 소명小明』에는 "歲聿云莫, 採蕭獲菽."(올 한 해도 벌써 저물어 가네, 이제 야생 대두를 거둬들이세.)라는 구절이 있고, 『논어 · 이인里仁』에는 "不患莫己知, 求爲可知也."(사람들이 나를 알아주지 않음을 걱정하지 말고 남이 나를 알 수 있도록 노력하라.)라는 구절이 있으며, 『국어 · 진어晉語 5』에는 "范文子暮退於朝."(범문자는 저녁에 조정에서 물러났다.)라는 구절이 있다. 이 세 구절에 등장하는 "막莫"은 회의자로써 일日과 망艸으로 구성되었다. 즉 이것은 바로 해가 수풀 속으로 떨어진 모습이므로 해질 무렵이라는 뜻이다. 갑골문과 서주 금문에서 "막莫"자에 대해 모두 해질 무렵이라고 해석하였다. 『소아』는 서주시기 작품으로 "세율운막歲聿云莫"의 "막莫"자 역시 저녁이라는 의미이다. 춘추시대에 "막莫"자의 부정대명사 가차용법이 등장하였다. 『국어國語』는 당연히 춘추시기 사관의 원시적인 기록을 기초로 한대인들이 편찬과 수정을 가한 것이다. 이것으로 판단해 보건데, 막莫자는 아마도 한대(이 시기에 또한 "막莫"자의 부정부사 용법이 등장하였다.)에 등장하였던 것 같다. 이후 해질 무렵이라는 의미의 막莫과 모暮가 일정기간 병행하여

통행하던 시기가 있었으나, 당송대에 이르러 극소수 개별적으로 옛 문장을 모방하는 것 이외에 해질 무렵이라는 의미로 쓰인 막莫자는 지극히 찾아보기 어렵게 되었고, 막莫은 전문적으로 부정대명사와 부정부사로 쓰였다. 그리고 "모暮"자가 도리어 "막莫"자의 본의를 표시하게 되었다.

• 연然 : 연燃. 『설문·화부火部』에서는 "然, 燒也."(연然은 불태우다라는 뜻이다.)라고 하였다. "然然"은 가차되어 지시대명사 "저양這樣(이처럼)"과 접속사 "연이然而(하지만)"로 쓰였기 때문에 후기자인 "연燃"이 "연然"의 본의를 표시하였다.

• 구求 : 구裘. 『설문·의부衣部』에서는 "裘, 皮衣也, 從衣求聲. 求, 古文省衣."(구裘는 가죽옷이란 뜻이다. 의衣에서 뜻을 취하고, 구求에서 소리를 취한다. 고문에서는 의衣가 생략된 구求만을 사용하였다.)라고 하였다. 실제로 고문에서는 의衣자를 생략한 "구求"자가 바로 처음 글자이다. 갑골문에서는 짐승의 털로 만든 모피형태의 형상을 하고 있지만, 은상시대에 이미 가차하여 "구득求得(구하라)"의 뜻으로 쓰였고, 여기에 의衣자 편방을 덧붙인 "구裘"자가 본의를 표시하게 되었다.

• 쇠衰 : 사蓑. 『설문·의부衣部』에서 "衰, 草雨衣, 秦謂之萆, 從衣象形."(쇠衰란 풀을 엮어서 만든 우비이다. 진나라에서는 비萆라고 부른다. 이 한자는 의衣에서 뜻을 취하고, 비가 옷에 내리는 모양을 그린 것이다.)라고 하였다. "쇠衰"자는 가차되어 쇠퇴 또는 감소 등의 의미로 쓰였으며, 초艸자(혹은 죽竹자를 덧붙여)를 덧붙인 "사蓑"자가 "쇠衰"자의 본의를 표시하게 되었다.

• 영永 : 영泳. "泳"자는 본래 회의자로써 갑골문에서는 인人·척彳·수水로 구성되어 있다. 사람이 모여 물속에서 수영을 한다는 의미이다. 『설문』에서 "永, 長也."(영永은 길다란 뜻이다.)라고 하였는데, 이것은 바로 그 가차의를 가리킨 것이다. 후기자 "영泳"자가 "영永"자의 본의를 표시하게 되었다.

• 혹或 : 국國·역域. 『설문·과부戈部』에서 "或, 邦也, 從口從戈以守一, 一

地也. 城, 或又從土."(혹或은 국가란 의미이다. 구口와 과戈로써 일一을 지킨다는 의미이다. 여기에서 일一은 국토를 말한다. 역域은 혹或과 토土가 결합하여 이루어진 한자이다.)라고 하였다. 여기서 허신이 말한 "혹或"자의 의미는 정확하지만 형체가 잘못되어 있다. 갑골문에서는 위口(음은 위圍)와 과戈로 구성되어 있는데, 창을 들고 그 강역을 지킨다는 의미이다. 『설문·구부口部』에서 "國, 邦也, 從口從或."(국國은 국가란 의미이다. 이 한자는 위口와 혹或이 결합하여 이루어진 한자이다.)라고 하였는데, 여기서 혹或·역域·국國 등 세 자의 의미가 서로 같으며 모두 국가를 가리킨다. 본원자 "혹或"은 가차하여 부정대명사인 "유적有的(사람·사물·물건)"와 부사인 "혹허或許"로 쓰였으며, 후기자 "국國"자는 본의를 표시하며, "역域"자는 인신의를 표시한다.

• 부父 : 부斧. 부父자는 갑골문에서 오른손으로 곤丨(丨은 바로 돌도끼의 형태의 형상이다)을 잡고 있는 형상을 하고 있는데, 『설문·우부又部』에서는 "從右擧杖"(오른손으로 지팡이를 짚고 있는 모습)이라고 잘못 해석하였다. 본의는 도끼이다. 그래서 후에 도끼를 잡고 노동하는 성인 남자의 뜻으로 바뀌게 되었다. 혈연적으로 동년배 결혼이 성행하던 시대에 촌수를 구별하기 위해 한 항렬이 높은 남성의 통칭으로 사용하였다. 대우혼對偶婚 이후 비로소 점차적으로 혈연관계가 있는 부친의 호칭이 되었다. 형태 부호 "근斤"자를 덧붙인 후기자 "부斧"가 부父의 본의를 표시하였다.

• 범凡 : 반盤. "범凡"은 갑골문에서 소반 형태의 형상을 하고 있는데, 『설문·이부二部』에서는 "凡, 最括也."(범凡이란 모아서 총괄한다는 의미이다.)라고 하였다. 이것은 바로 가차의이다. 후기자 "반盤"이 본의를 표시하는데, 지금은 또 간체화하여 반盘(자형 중에서 "주舟"는 바로 "범凡"자를 잘못 변화시킨 것이다.)이 되었다.

• 허虛 : 허墟. 『설문·구부丘部』에서 "虛, 大丘也. 昆侖丘謂之昆侖虛. 古者九夫爲井, 四井爲邑, 四邑爲丘. 丘謂之虛."(허虛란 큰 언덕을 뜻한다. 곤륜구를 곤륜

허라고 칭하기도 한다. 옛날 9명의 성인 남자가 하나의 정을 이루고, 네 개의 정이 모여 읍이 되고, 네 개의 읍이 모여 구를 이루는데, 구丘를 허虛라 칭하기도 한다.)라고 하였다. 서현徐鉉은 『보주補注』에서 "今俗別作墟, 非是."(오늘날 속체로 허墟자를 만들었는데, 이것은 옳지 않다.)라고 하였다. "허虛"는 가차하여 공허하다는 뜻으로 사용하였으며, 후기자 "허墟"는 본의를 표시하게 되었다.

• 의義 : 의儀. 『설문・아부我部』에서 "義, 己之威儀也, 從我羊."(의義란 자신의 위의를 나타낸다. 이 한자는 아我와 양羊이 결합한 회의문자이다.)라고 하였는데, 생각컨데 "아我"자는 바로 창 중에서 세 개의 날이 선 병기와 유사하며, "종아양從我羊"은 이 병기를 잡고 머리에 양의 뿔을 써 위의를 갖춘 무사와 비슷하다. "의義"는 바로 위의를 나타내는 의儀자의 본원자이다. 의미를 가지고 말하면 "의誼"의 가차라고 할 수 있다. 그래서 『설문・서』에 대하여 단옥재는 『주』에서 "今人用義, 古書用誼. 誼者本字, 義者假借字."(요즘 사람들은 의義자를 사용하지만, 고서에서는 의誼자를 사용하였다. 의誼가 본자이고, 의義는 가차자이다.)라고 하였다.

이러한 예들은 아주 많이 있다. 예를 들어, 요要 : 요腰, 대隊 : 추墜, 무無 : 무舞, 숙孰 : 숙熟, 현縣 : 현懸, 타它 : 사蛇, 수叟 : 수搜, 기其 : 기箕, 광匡 : 광筐, 월戉 : 월鉞, 신辰 : 신蜃, 오午 : 저杵, 단段 : 단鍛, 원員 : 원圓, 전前 : 전剪, 북北 : 배背, 서西 : 서棲, 위韋 : 위衛, 능能 : 웅熊, 유酉 : 주酒, 정正 : 정征, 풍馮 : 빙憑, 증曾 : 증甑, 역亦 : 액腋 등과 같은 것들이다.

② 본원자가 인신의를 표시하고, 후기자가 본의를 표시한다.

• 승丞 : 증拯. 『문선文選』 가운데 양웅揚雄의 『우렵부羽獵賦』에는 "丞民乎農桑."(백성을 구제하기 위해서는 뽕나무를 심어야 한다.)라는 구절이 있는데, 이에 대하여 『주』에서는 『성류聲類』의 "丞亦拯字也."(승丞은 긍拯자이다.)라는 문

장을 인용하였다. 『여시춘추呂氏春秋 · 개립介立』에는 "有龍於飛, 周遍天下, 五蛇從之, 爲之丞輔."(용이 하늘을 날아 온 천하를 주유하였다. 이때 5마리의 뱀이 용을 쫓아 옆에서 잘 보좌하였다.)라는 구절이 있는데, 여기에서 "승보丞輔" 두 자는 같은 뜻이 연결된 문장으로 어의가 서로 같다. 『맹자孟子 · 양혜왕하梁惠王下』에는 "民以爲將拯己於水火之中也."(백성들은 물과 불과 같은 재난 속에서 자신을 구제할 것으로 믿었다.)라는 문장이 있는데, 이 문장에서 "증拯"자는 구한다는 의미이다. 갑골문의 "승丞"은 한 사람이 함정 가운데 빠져 두 손으로 끌어당기는 형상으로 본의는 "증拯"이며, 인신하여 보조하다는 뜻이 되었다. 후에 "승丞"은 보조하다는 의미로 전용하게 되었고, 관직인 승상인 경우에도 이것을 명칭으로 삼았다. 후기자 "증拯"이 그 본의를 나타낸 것이다.

• 문文 : 문紋. "문文"은 갑골문에서 한 사람이 정면을 보고 서 있는 형상으로 가슴에 꽃무늬 그림을 새겨 넣었는데, 이는 바로 화하선민의 문신 습속을 반영한 것이다. 『설문 · 문부文部』에서 "文, 錯畫也."(문文이란 서로 엇갈리게 교차한 그림이다.)라고 언급한 것처럼 문채 등의 의미는 인신의가 되었고, 문신의 문紋은 그 본의로 사용하게 되었다.

• 익益 : 일溢. "익益"자는 수水 · 명皿으로 구성되어 있으며, 물이 모여 그릇이 넘쳐흐른다는 뜻이다. 『설문 · 명부皿部』에서 "益, 饒也."(익益은 넉넉하다는 뜻이다.)라고 하였는데, 이러한 의미는 인신의이다. 『수부水部』에서 "溢, 器滿也."(일溢은 그릇에서 넘친다는 뜻이다.)라고 하였는데, 익益자의 본의를 나타낸다.

• 금禽 : 금擒. 갑골문에서 "금禽"자는 짐승을 포획하는 긴자루가 달린 그물 형상으로 본의는 바로 동사인 '사로잡다'는 의미이다. 허신은 "走獸總名."(걸어다니는 짐승의 총칭이다.)라고 해석하였는데, 이러한 의미는 인신의이다. "금擒"자가 본의를 나타낸다.

• 수獸 : 수狩. 갑골문에서 "수獸"자는 짐승을 잡는 도구와 개로 구성되어

있는데, 이렇게 결합하여 동사인 사냥하다는 뜻이 되었다. 『은허문자을편殷墟文字乙編』 2352에 "貞, 王往獸."(묻습니다. 왕께서는 사냥하러 가셔도 될까요?)라는 내용이 있는데, 이 문장에서는 본의로 사용되었다. 후에 등장한 형성자 "수狩"가 "수獸"의 본의를 표시하게 되었는데, "수獸"는 인신하여 산짐승을 가리키게 되었다.

원原 : 원源, 봉奉 : 봉捧, 공共 : 공拱, 경景 : 영影, 요要 : 요腰("요要"를 강조하여 말하고자 것은 인신의이다. 요구하다. 장차 하고자 한다고 해석하는 것은 바로 가차의이다.), 지止 : 지趾, 폭暴 : 폭曝, 존尊 : 준樽, 도塗 : 도途, 감監 : 감鑑 등이 모두 이러한 류에 속한다.

③ 후기자가 어떤 하나의 인신의를 나타내고, 본원자가 본의 및 그 나머지 인신의를 나타낸다.

• 도道 : 도導. 『설문·착부辵部』에서 "道, 所行道也. 從辵從首. 一達謂之道."(도道란 사람들이 걸어다니는 길을 말한다. 이 한자는 착辵과 수首가 결합하여 이루어진 한자이다. 완전히 통달하여 다른 것이 없는 것을 가리켜 도라 한다.)라고 하였는데, 이에 대하여 단옥재는 『주』에서 "道之引申爲道理, 亦爲引道. 首聲, 行所達也, 首亦聲."(도道는 인신하여 도리, 인도 등의 의미가 되었다. 이 한자는 수首를 소리로 삼는다. 사람들이 걸어가서 도달하는 것이다. 이 한자는 수首가 소리도 나타내기 때문에 회의겸형성자이다.)라고 하였다. 『시경·대아·대동大東』에 "周道如砥, 其直如矢."(주나라 가는 큰 길은 숫돌같이 평탄하니, 그 곧기가 화살같이 바르구나.)라는 구절이 있는데, 구절 가운데 "도道"는 행하는 도리를 말한다. 『논어·학이學而』에 "道千乘之國, 敬事而信, 節用而愛人, 使民以時."(제후의 나라를 다스림에는 일을 삼가하여 조심스럽게 처리하고 믿음이 있어야 한다. 쓰기를 절도 있게 하고 백성을 사랑하며, 백성을 부리기를 때에 맞게 해야 한다.)라는 구절이

있는데, 이에 대하여 『석문釋文』에서는 "道本或作導."(도道는 원래 도導라고 쓰기도 한다.)라고 하였다. 『설문·촌부寸部』에서 "導, 導引也, 從寸道聲."(도導는 인도하다는 뜻이다. 촌寸에서 뜻을 취하고 도道에서 소리를 취하여 만든 형성문자이다.)라고 풀이하였다. "도導"는 "도道"의 인신의를 나타낸다.

• 진陳 : 진敶. 『설문·복부攴部』에서 "敶, 列也, 從攴陳聲."(진敶은 진열하다는 뜻이다. 복攴에서 뜻을 취하고 진陳에서 소리를 취하여 만든 형성문자이다.)라고 풀이하였고, 게다가 『부부阜部』에서 "陳, 宛丘也, 舜後嬀滿之所封. 從阜從木申聲."(진陳이란 사방은 높고 가운데가 낮은 분지를 말한다. 순임금의 후예인 규만이 분봉 받은 곳이다. 이 한자는 부阜와 목木이 결합하여 뜻을 이루고 신申에서 소리를 취하여 만든 형성문자이다.)라고 풀이하였는데, "진敶"자가 사용되지 않아 가차자인 "진陳"자로 그 본의를 나타내었다. 『문선·사조謝眺 <제경황후애책문齊敬皇后哀策文>』에 "顧史弘式, 陳詩展義."(역사를 돌아보고 법식을 넓힌다. 시를 써서 그 뜻을 펼친다.)라는 구절이 있는데, 이에 대해 여향呂向은 『주』에서 "陳, 布."(진陳은 포布이다.)라고 하였다. 『논어·위령공衛靈公』에 "衛靈公問陳於孔子."(위나라 영공이 공자에게 진을 치는 방법을 물어보았다.)라는 구절이 있는데, 하안何晏은 『집해集解』에서 공자의 말을 인용하여 "軍陳行列之法."(군이 진을 치고 행군하는 방법)라고 하였다. 『사기·장의열전張儀列傳』에서 "大王嘗與吳人戰, 五戰而三勝, 陳卒盡矣."(대왕께서 일찍이 오나라와 전쟁을 치름에 다섯 번 싸워 세 번을 승리하셨습니다. 이에 군졸들을 포진함에 힘을 다하셔야 합니다.)라는 구절이 있다. 이러한 문장에서 "진陳"자는 진열한다는 뜻으로부터 인신하여 포진하다는 의미의 "열진列陣"이 되었고, 후에 "진陣"자가 그 인신의를 나타내게 되었다.

• 도茶 : 차茶. 『설문·초부草部』에서 "茶, 苦茶也."(도茶는 씀바귀이다.)라고 하였고, 『이아爾雅·석초釋草』에서 역시 "茶, 苦茶."(도茶는 씀바귀이다.)라고 하였다. 『시·빈풍豳風·칠월七月』에 "採茶薪樗."(씀바귀 캐고 개똥나무 베어)

라는 구절이 있는데, 이에 대하여 정현은 『전箋』에서 "乾荼之菜, 惡木之薪." (마른 씀바귀는 채소가 되고, 썩은 나무는 땔나무가 된다.)라고 하였다. 마서진馬瑞辰은 『모시전전통석毛詩傳箋通釋』에서 정현鄭玄의 "蓋讀經'採'爲'菜', '菜荼'與 '薪樗'相對成文."(경전을 읽을 때 '채採'가 '채菜'의 뜻으로 사용된다. '채도菜荼'와 '신저薪樗'는 상대적으로 문장을 이룬다.)라고 하였다. 즉 "도荼"는 본래 씀바귀의 명칭으로 이것이 바로 "도荼"의 본의이다. "도荼"에서 씀바귀가 되었으며, 인신하여 맛이 쓴 차를 가리키게 되었다. 『이아·석목釋木』에서는 목木에서 뜻을 취하고 가賈에서 소리를 취하는 글자가 있다고 하였는데, 이에 대하여 곽박은 『주』에서 "樹小似梔子, 冬生葉, 可煮作羹飮."(나무가 작아 어린 치자나무와 흡사하다. 겨울에 잎이 나고, 그 잎을 따서 끓이면 국을 만들 수 있다.)라고 하였다. 이것이 바로 차나무이다. 당대唐代에 이르러 비로소 한 획이 적은 차茶자가 출현하였는데, 이 한자는 육우의 『차경茶經』에 보인다. "차茶"는 "도荼"의 인신의를 나타낸다.

최근 유행하는 성어인 사물이 흥성하거나 군대의 기세가 하늘을 찌를 듯하다는 뜻인 여화여도如火如荼의 도荼는 씀바귀를 가리키는 것이 아니다. 이 말은 『시·정풍鄭風·출기동문出其東門』의 "有女如荼"(미녀들 띠의 꽃처럼 많아지길)에서 나온 말로 정현은 『전』에서 "荼, 茅秀. 物之輕者, 飛行無常."(다荼는 모수이다. 이것은 가벼워 계속 날아다닌다.)라고 하였고, 마서진馬瑞辰은 『통석通釋』에서 "按'如荼'與'如雲'皆取衆多之義."(덧붙여 말하자면 '여도如荼'와 '여운如雲'은 모두 매우 많다는 뜻이다.)라고 하였다. 즉 여기의 "도荼"와 씀바귀의 "도荼"는 이름은 같으나 실체가 다른 것이다. 띠에 돋은 이삭의 융털이 바람에 하늘 가득히 날리는데, 이 모습을 가지고 여인에 많이 비유한다.

• 경竟 : 경境. 『설문·음부音部』에서 "竟, 樂曲盡爲竟, 從音儿."(경竟이란 음악이 끝나는 것을 나타낸다. 이 한자는 음音과 인儿이 결합하여 이루어진 회의문자이다.)라고 하였는데, 인신하여 변경이라는 의미가 되었다. 『좌전·선공宣公

2년』에 "對曰 : '子爲正卿, 亡不越竟, 反不討賊, 非子而誰?'"(대답하여 가로되, 그대가 정경이면서 도망하여 국경을 넘지 않고 돌아와 범인을 찾아 처결하지 않는 것이 그대의 잘못이 아니면 누구의 잘못인가?)라는 구절이 있다. 후에 와서 변경이라는 의미의 竟境으로 쓰이게 되었다. 『설문신부說文新附』에서 "境, 疆也, 從土竟聲. 經典通用竟."(경境이란 지경을 말한다. 토土에서 뜻을 취하고 경竟에서 소리를 취하는 형성문자이다. 경전에서는 경竟으로 통용된다.)라고 풀이하였다. 『맹자・양혜왕하梁惠王下』에 "臣始至於境, 問國之大禁, 然後敢入."(제가 처음 제나라의 국경에 도달하였을 때 저는 예에 따라서 제나라의 엄중한 국법이 무엇인가를 물어본 연후에야 감히 들어 왔습니다.)라는 구절이 있다. 이 竟境자는 후인들이 고친 것으로 원래 있었던 것인지는 아직 확정지을 수 없으나 한대의 『장평자비張平子碑』에 이미 "경境"자가 보이고 있어, 이 한자가 탄생한 연대는 아무리 늦어 봐야 한대를 벗어나지 않는다고 할 수 있다.

지支 : 지肢, 가家 : 가嫁, 좌坐 : 좌座, 고告 : 고誥, 내內 : 납納, 십十 : 십什, 양兩 : 량輛, 오五 : 오伍, 반反 : 반返, 사士 : 사仕, 변辨 : 변辯, 부赴 : 부訃, 해解 : 해懈, 대大 : 태太, 취取 : 취娶, 혼昏 : 혼婚, 질疾 : 질嫉, 견見 : 현現, 입立 : 위位, 가賈 : 가價, 지知 : 지智, 종從 : 종縱 등 모두 이러한 종류에 속한다.

4 본원자에서 발생한 일부 가차의는 본원자에 뜻을 나타내는 형방을 보태여 구성한 후기자를 가지고 표현한다.

• 벽辟 : 피避. 벽辟자는 갑골문에서 한 사람이 무릎을 꿇고 앉아 형벌을 받는 형상으로, 『설문』에서 "辟, 法也."(벽辟은 법이다.)라고 해석하였다. 이는 정확하게 맞는 말이다. 가차로 피하다는 뜻은 『좌전・은공隱公元年』에서 "姜氏欲之, 焉辟害?"(어머니 강씨가 요구한 것이니 어찌 피할 수 있겠소)라고 한 구절에서 찾아볼 수 있으며, 『논어』에서도 역시 벽辟이 피하다는 의미로 사용되

었다. 『설문』에는 피避자가 보이지 않으나 『사기』에는 보이고 있어 허신이 당시 피避자를 정자로 보지 않았던 것 같다.

• 모母 : 무毋, 여與 : 여歟, 척戚 : 척慼, 도刀 : 조刁, 사술 : 사㪥, 모牟 : 모眸 등 모두 이러한 종류에 속한다.

위에서 언급한 고금자 발생의 상황은 다만 대략적으로 분류해 놓은 것으로 실제로는 상당히 복잡하다.

본원자와 후기자는 1대 1이 아닌 하나의 본원자마다 거의 서너개의 후기자가 있으며, 이 후기자들은 고자의 본의, 인신의 혹은 가차의를 표시하며, 그 분류 역시 앞에서 예로 든 것처럼 그렇게 단순하지 않고 몇 가지 종류가 함께 뒤섞여 있다.

• 공共 : 공拱 · 공供 · 공恭을 예로 들면, 공共은 갑골문에서는 공손히 두 손으로 맞잡고 인사하는 형상이며, 금문과 소전에서는 두 손을 들어 올려 쳐드는 형상으로 본의는 두 손으로 맞잡고 인사하는 의미를 가지고 있다. 두 손으로 맞잡고 인사한다는 것은 받든다는 것으로 인신하여 공급하다는 뜻으로도 쓰이는데, 『좌전 · 희공僖公 4년』에는 "爾貢包茅不入, 王祭不共."(너희 초나라가 바칠 포모를 바치지 않아, 천자께서 제사를 지낼 때 올릴 수 없었다.)라고 하였는데, 여기서 공급供給은 즉 높다는 의미로 쓰였으며, 또 인신하여 공경한다는 의미로 쓰였다. 『좌전 · 희공 27년』에 "公卑杞, 杞不共也."(노나라의 희공이 기나라를 무시한 것은 기나라가 공손하지 않았기 때문이다.)라는 구절이 있는데, 이에 대하여 『경전석문經典釋文』에서는 "共音恭, 本亦作恭."(공共의 음은 공恭이다. 본래는 공恭으로 써야 한다.)라고 하여 두 손을 모두 든다는 의미로 쓰였으며, 또한 인신하여 "함께 또는 다같이"라는 의미로 쓰였다. 『논어 · 공야장公冶長』에는 "願車馬衣輕裘與朋友共, 敝之而無憾."(수레와 말과 가벼운 갓옷을 벗과 더불어 같이 쓰다가 낡아지더라도 서운해 하지 않고자 합니다.)라는 구절이 있다. 이처럼 후에 본원자가 인신의 의미인 "함께"라는 뜻으로 쓰였으며,

후기자인 공拱이 오히려 본의를 나타내었다. 공供 · 공恭 역시 모두 인신의를 나타낸다.

이뿐만 아니라, 다른 고금자가 발생한 후에 의미가 뒤섞여 한 시기가 사용된 후 서로 교체된 경우도 있다. 예를 들어, 동童 : 동僮, 편扁 : 편匾, 초酢 : 초醋 등과 같은 경우이다. 동童은 금문『모공정毛公鼎』에서 신辛과 목目(목目으로 머리를 표시하였다.)으로 구성되어 있는데, 여기에서 중重은 소리를 나타내고, 신辛은 형구를 나타낸다. 허신은 이에 대하여 "童, 男有罪曰奴, 奴曰童, 女曰妾."(동童이란 남자가 죄를 지으면 노奴라 하는데, 노奴를 동童이라 한다. 여자가 죄를 지으면 첩妾이라 한다.)라고 해석하였다. 허신이 말한 형상이 금문과 대략적으로 서로 부합되고 있다. 즉 동童의 본의는 남자 노예를 가리킨다. 남자 노예는 아이와 마찬가지로 머리를 기르지 않기 때문이며, 또한 어린아이를 가리키기도 한다. 『시 · 위풍衛風 · 환란서芄蘭序』에 "芄蘭, 刺惠公也. 驕而無禮, 大夫刺之."(환란이란 혜공을 어지럽게 자극한다는 뜻이다. 혜공은 교만하고 무례하기 때문에 경대부들이 그를 자극하였다.)라는 문장이 있는데, 이에 대하여 공영달은『소』에서 "經言童子, 則惠公時乃幼童. 童者, 未成人之稱. 年十九以下皆是也."(경전에서 동자라고 하는 것은 바로 혜공이 어렸을 때를 가리킨다. 동童이라는 것은 미성년을 지칭한다. 나이가 19세 이하인 자들 모두를 가리킨다.)라고 언급하였다. 후에 동僮자가 등장하였다. 『설문 · 인부人部』에서 "僮, 未冠也. 從人童聲."(동僮이란 미성년인 남자를 가리킨다. 이 한자는 인人에서 뜻을 취하고 동童에서 소리를 취하는 형성문자이다.)라고 하였으나, "동僮"자 역시 남자 노예를 가리키는 뜻으로 자주 사용된다. 『한서 · 사마상여전司馬相如傳』에 "臨邛多富人, 卓王孫僮客八百人."(임공 지방에는 부자들이 많은데, 그 가운데 탁이라는 왕손은 집안에 노예가 800여 명에 이른다.)라는 구절이 있는데, 이에 대하여 안사고顔師古는『주』에서 "僮謂奴."(동僮이란 남자 노예를 가리킨다.)라고 하였다. 당대唐代의 『간록자서干祿字書』에 이르러 "童 : 僮, 上童幼, 下僮僕. 古則反是, 今則不行."(동

童 : 동복, 동동은 어리다는 뜻이고, 동복은 노예란 뜻이다. 옛날에는 반대로 쓰였다가 지금에는 바르게 쓰인다.)라고 밝히고 있는데, 그 의미가 이미 호환이 되었으며, 아울러 『간록자서』로 인해 규범화되었다.

3. 가차자

한자가 한어의 어의를 기록할 때 한자의 형체 구조에 표현된 의미와 어의는 아무런 상관도 없으며, 다만 어의의 어음과 그 한자의 어음이 당시 서로 같거나 혹은 서로 가까운 이러한 한자를 일러 가차자라고 부른다.

한자의 초기 단계는 표의체계를 따라 발전하였기 때문에 설령 한자의 성숙단계인 은상 갑골문시기에 이르렀다고 해도 상형자와 회의자는 여전히 절반이상을 차지하였다. 그리하여 정확하게 한어를 기록하기 위하여 필연적으로 가차 현상이 등장하게 되었다. 일반적으로 말하면, 문헌이 이를수록 가차자 역시 더욱 많아진다. 가차는 한자 표음 기능 강화의 구현이며, 한자 체계 성숙의 지표이다. 이치는 아주 간단하다. 언어 중에서 허사의 어법적 의미는 표의문자로는 구현해낼 방법이 없지만 실사實辭의 의미는 완전히 표의문자의 형체를 가지고 대응할 수 있다. 하지만 이 역시 대단히 어려운 일이다. 가차자가 대량으로 존재하는 것이 바로 이를 증명한다.

가차자에 대해 당대 학자들은 일반적으로 두 가지로 분류한다. 하나는 본자가 없는 가자차이고, 하나는 본자가 있는 통가자通假字이다. 사실 청대 경학가들은 가차나 통가의 개념을 사용하는데 있어 별 다른 구분을 두지 않았다. 왕인지王引之는 『경의술문經義述聞·경문가차經文假借』에서 "許氏 『說文』論六書假借曰 : '本無其字, 依聲托事, 令、長是也.' 蓋無本字而後假借他字, 此謂造作文字之始也. 至於經典古字, 聲近而通, 則有不限於無字之假借

者, 往往本字現存, 而古本則不用本字, 而用同聲之字. 學者改本字讀之, 則怡然理順 ; 依借字解之, 則以文害辭."(허신이 『설문』에서 육서를 설명할 때, 가차에 대하여 '본래 없는 글자는, 일에 맞는 소리를 지닌 문자를 빌려야 한다. 령令과 장長이 그것이다.'라고 하였다. 본래 문자가 없었지만 후에 다른 글자를 빌려 사용하는 것 역시 문자를 만드는 방법이라 하겠다. 경전의 고자는 소리가 비슷하면 통할 뿐, 원래부터 문자가 없었던 가차자에 국한하지 않는다. 그리하여 종종 본래의 글자도 존재한다. 하지만 본래의 글자를 사용하지 않고 도리어 소리가 같은 글자를 사용한다. 학자들은 본래의 글자로 그것을 읽어 내려가는데 이렇게 하는 것이 순리에 맞다. 그리하여 가차자를 가지고 그것을 이해하면 문사를 해칠 우려가 있다.)라고 하였다. 다음에서 각각 나누어 토론해 보기로 하자.

1) 본자가 없는 가차자

본자는 여기서 가차자와 상대적인 개념이다. 가차자는 단지 어의의 음을 기록할 뿐 형체가 그 뜻을 나타내지 않는 자를 가리키며, 본자는 즉 가차자와 고음古音이 서로 같고 또한 그 뜻을 나타내는 자를 가리킨다. 수많은 가차자는 수천 년 동안 사용해 오고 있으나 지금까지도 본자가 없는 경우가 있다. 즉 허신이 언급한 "本無其字, 依聲托事"(본래 그 글자가 없으나 소리를 근거로 일을 의탁하였다.)는 경우이다.

① 한어의 대명사, 접속사, 개사, 어기사 및 어떤 부사의 한자를 기록함에 있어 기본적으로 모두 본자가 없는 가차이다. 그렇기 때문에 육서를 가지고 추상적인 어법적 의미의 본자를 표현할 방법이 없다.

이而, 『설문・이부而部』: "頰毛也, 象毛之形."(뺨에 난 털이다. 털의 모양을 그렸다.)

언焉, 『설문・오부烏部』: "焉鳥黃色, 出於江淮, 象形."(언조라는 새로, 황색을 띤다. 이 새는 장강과 회수 일대에서 나서 자란다. 상형문자이다.)

칙則, 『설문・도부刀部』: "等畫物也, 從刀從貝. 貝, 古之物貨也."(등급에 따라 구분되는 물체이다. 이 한자는 도刀와 패貝가 결합한 회의문자이다. 패貝란 고대의 화폐를 말한다.)

인因, 갑골문에서는 문양을 엮어 만든 자리 형상으로 바로 인茵의 초문이다. 『설문・초부草部』: "茵, 車重席."(인茵이란 수레 안에 까는 자리를 말한다.)

불不, 『설문・불부不部』는 "鳥飛上翔不下來也."(새가 비상하여 아래로 내려오지 않는다는 뜻이다)라고 오역하였다. 갑골문에 따르면 불不은 꽃받침 모양을 그린 한자이다. 『시・소아・상체常棣』 정현 『箋』에서 "承華者曰鄂. 不當作柎, 柎, 鄂足也."(꽃을 받치고 있는 부분을 악鄂이라고 해야 한다. 이것을 부柎라고 해서는 안 된다. 부柎는 꽃받침 아래 부분을 말한다.)라 하였다.

수雖, 『설문・충부虫部』: "似蜥蜴而大, 從虫唯聲."(도마뱀과 유사하지만 이것보다는 크다. 이 한자는 충虫에서 뜻을 따르고 유唯에서 소리를 따른다.)

사斯, 『설문・근부斤部』: "析也, 從斤其聲."(나무를 쪼개다는 의미이다. 근斤에서 뜻을 취하고 기其에서 소리를 취하여 만든 형성문자이다.)

소所, 『설문・근부斤部』: "伐木聲也, 從斤戶聲. 『詩』曰: '伐木所所.'"(나무를 자르는 소리를 말한다. 『시경』에서는 '슥삭슥삭 나무를 자르네.'라는 구절이 있다.)

아我, 상형자로 갑골문에서는 세 개의 창날이 있는 긴 자루의 병기 형상을 하고 있으며, 『설문・아부我部』에서는 "施身自謂也"(자신을 나타낸다.)라고 하였는데, 바로 가차의이다.

수逐, 『설문・착부辵部』: "亡也."(도망가다는 뜻이다.)

타它, 『설문・타부它部』: "虫也, 從虫而長, 象冤曲重尾形. 上古艸(草)居患它, 故相問無它乎. 蛇, 它或從虫."(독사이다. 독사의 꼬리를 길게 한 모양으로 웅크린 모양에 꼬리가 길게 늘어져 꼬여있는 모양을 그린 것이다. 옛날에, 사람들이 초야에 거주하였는데 그곳에 있는 독사를 매우 무서워하였다. 그래서 독사가 없었는지라는 말로 서로 안부를 전한다. 사蛇는 타它의 혹체이다. 이 한자는 충虫과 결합하여 만들었다.)

야也, 옛날에는 타它자와 같은 글자이다.

기其, 본래 기箕자의 초문이다.

지之, 본의는 동사로 도착하다는 뜻이다.

이렇게 흔히 보이는 한어 허사를 나타내는 자들은 모두 가차의를 사용한다.

2 연면사連綿詞(두 음절로 연철聯綴되어 이루어지고, 분리되어서는 의미를 갖지 못하는 단어를 가리킴)의 글자 사용 역시 음만을 기록하고 의미를 표시하는 것은 아니다. 진秦・한漢대의 문헌 중에서 하나의 연면사는 여러 가지 서법을 가지고 있어 모두 음만을 표시한다. 그러므로 이른바 어떠한 종류의 서법도 없는 것이 본자이다.

소조蕭條・소조蕭篠・초조旹窕. 『회남자淮南子・제속훈齊俗訓』에 "故蕭條者, 形之君 ; 而寂寞者, 音之主也."(심히 고요한 자는 그 모양이 군주의 모양이고, 적막한 자는 그 소리가 뛰어난다.)라는 구절이 있는데, 이에 대하여 고유高誘는 『주』에서 "蕭條, 深靜也."(소조蕭條는 심히 고요함을 뜻한다.)라고 하였다. 그리고 한대의 『장평자비張平子碑』에서는 "對封樹之蕭篠."(봉지에 심어진 나무 고요하기만 하네.)라고 하였다. 『구사질세九思疾世』에 "日陰噎兮未光, 闃眳窕兮靡睹."(해가 사라지니 빛이 없고, 고요하고 어두워 볼 수가 없다.)라는 구절이 있는데, 이에 대하여 왕일王逸은 『주』에서 "眳窕, 幽冥也."(초조眳窕란 그윽한 어두움을 뜻한다.)라고 하였다.

피리披離・피려被麗・배려配藜. 『문선文選・송옥宋玉＜풍부風賦＞』에 "至其將衰也, 被麗披離, 沖孔動楗."(그것이 장차 쇠해지면, 여기저기 사라져 버리기 때문에 구멍을 막기 위하여 문빗장을 걸어 잠근다.)라는 구절이 있고, 『초사楚辭・애영哀郢』에 "妒披離而鄣之."(시기와 질투가 사라져 그것이 다시 마음속에 오지 못하도록 막는다.)라는 구절이 있으며, 양웅揚雄의 『감천부甘泉賦』에는 "紛披麗其亡鄂."(분산되어 사라져버렸네.)라는 구절이 있다. 『예문류취藝文類聚』 권39에서 『감천부甘泉賦』를 인용하여 "피려被麗"를 "배려配藜"로 썼다. 모든 훈에서 '분산하는 모양이다.'라는 뜻을 지니고 있다.

요조窈窕・묘조苗條. 이사李斯의 『간축객서諫逐客書』에 "而隨俗雅化佳冶窈窕趙女不立於側也."(따라서 풍속에 따라 우아하고 아름답게 꾸민 조신한 조나라의 여자들도 폐하 곁에 없었을 것입니다.)라는 구절이 있고, 『진서晉書・황후전皇后傳』의 『주』에는 "窈窕, 一作苗條."(요조窈窕는 묘조苗條라고 쓰기도 한다.)라는 구절이 있는데, 모두 자태와 용모가 아름다운 모습을 나타내었다.

려황黎黃・려황麗黃・리황離黃・리황鸝黃은 새의 명칭으로 또한 창경倉庚이라고 한다. 즉 꾀꼬리이다. 『진서晉書・곽박전郭璞傳』에 "欣黎黃之音者."(기쁜 꾀꼬리 여기저기 지저귀네.)라는 구절이 있고, 『문선・장형張衡・＜동경부東京賦＞』에 "雎鳩麗黃."(물수리와 꾀꼬리)라는 구절이 있으며, 『시・빈풍豳風・칠월七月』에는 "有鳴倉庚."(들어보니 꾀꼬리 울음소리네.)라는 구절이 있다. 이에 대하여 모씨毛氏 『전傳』에서는 "離黃也."(꾀꼬리란 뜻이다.)라고 하였다.

③ 외래어를 음역한 단어

고대 소수민족의 왕의 호칭은 선우單于·가한可汗 등으로 불리었으며, 나라의 이름은 강거康居·귀자龜玆 등으로 불리었다. 불교 용어를 음역한 단어로는 불타佛陀·보살菩薩·반야般若·남무南無(나모那模·낭막囊膜) 등이 있으며, 러시아어를 음역한 단어는 포이십유극布爾什維克·소유애蘇維埃, 영어를 음역한 단어는 비액발뢰費厄潑賴·마등摩登·이매아伊妹兒(E-mail) 등등이 있다. 개혁개방으로 인해 각국의 교류가 빈번해지면서 외래어를 음역하는 단어가 점차 많아지는 추세이다. 켄터키(肯德基)·디코스(德克土. dicos)·아오디(奧迪. audi)·산타나(桑塔那. sangtana) 등 수많은 서양 상품의 상표 및 음역한 외국회사의 명칭 등은 모두 본자가 없는 가차이다.

④ 방언 가운데 일부는 본자가 없는데, 특히 고대의 방언이 그렇다.
『방언』권2에서는 "逞、苦、了, 快也. 自山而東或曰逞, 楚曰苦, 秦曰了."(령逞·고苦·료了는 빠르다는 뜻이다. 자산自山 동쪽에서는 령逞이라 하고, 초楚나라에서는 고苦라 하며, 진秦나라에서는 료了라 한다.)라고 하였다. 전역錢繹은 『방언전소方言箋疏』에서 "此條有三義 : '逞'爲快意之快, '苦'爲快急之快, '了'爲明快之快."(위 문장은 세가지 뜻이 있다. '령逞'은 상쾌하다라는 뜻의 쾌快이고, '고苦'는 빠르다는 의미의 쾌快이며, '료了'는 명쾌하다는 뜻의 쾌快이다.)라고 하였다. 『설문』에서는 "령逞"을 통하다는 의미로 해석하였으며, 후에 '만족하다', '뜻대로 되다'는 의미로 확장되었다. "료了"는 "료憭"의 통가자로 『설문·심부心部』에서는 "憭, 慧也."(료憭는 총명하다는 뜻이다.)라고 하였다. "고苦의" 본의는 씀바귀이고, 쾌快는 빠르다는 뜻으로 풀이할 수 있지만 본자가 없는 가차자이다.
이러한 예들은 『방언』중에서 많이 찾아 볼 수 있다. 현대 한어 방언 중에서도 본자를 밝힐 수 없는 자가 많기 때문에 여기에서 더 이상 예를 들지 않겠다.

5 고금한어의 일반 실사實辭 중에서도 일부 본자가 없는 가차자를 사용한 기록이 있다.

권權,『한서・율력지律歷志』에서 "權者, 銖、兩、斤、鈞、石也, 所以稱物平施、知輕重也."(권력이라는 것은 수銖, 량兩, 근斤, 균鈞, 석石(24수가 1냥, 16양이 1근, 10근이 1균, 4균이 1석)이다. 그리하여 이것들을 잘 베풀어야 그 경중을 알 수 있다.)라고 하였다.『설문』에서는 권權자를 "黃華木."(노란 꽃이 피는 나무)라고 하였다.

난難・역易,『노자』 3장에서 "故有無相生, 難易相成."(있고 없음이 상생하고, 어렵고 쉬움 역시 서로 상생한다.)라고 하였으며,『설문・추부隹部』에서는 "難, 鳥也"(난難은 새란 뜻이다.), "易, 蜥易、蝘蜓、守宮也, 象形."(역易이란 석역, 언전, 수궁이라 불리는 도마뱀으로 상형문자이다.)라고 하였다.

북北,『좌전・희공 9년』에서 "故北伐山戎, 南伐楚."(그리하여 북으로는 산융을 정벌하였고, 남으로는 초나라를 정벌하였다.)라고 하였는데, 북北자는 두 사람이 서로 등을 맞대고 서 있는 형상으로 바로 배背자의 초문初文이다.

이상의 예문 중에서 권權・역易・북北 등의 자가 나타내고 있는 어의의 형체와 이에 대응하는 본자를 찾아 볼 방법이 없다.

2) 본자가 있는 통가자

본자가 있으나 도리어 사용하지 않고, 어쩔 수 없이 음이 같은 글자를 대신하여 쓸 수밖에 없는 경우로 상황이 매우 복잡하다. 기본적인 원인은 한자의 표음 기능이 강화되었기 때문인데, 이는 모든 표의문자 발전의 공통적인 현상으로 한자는 예서가 등장한 이후 이미 순수한 표의문자라고 할 수 없게 되었다. 대체로 아래와 같은 몇 가지 상황을 살펴 볼 수 있다.

① 통가자와 본자가 동시에 유행한다. 이러한 경우가 통가자 가운데 절대 다수를 차지한다.

• 조무 : 조蚤. 『설문・일부日部』에서 "早, 晨也. 從日在甲上."(조무는 새벽이란 뜻이다. 태양이 갑甲 위에 있는 모양을 그린 것이다.)라고 하였다. 『좌전・선공宣公 2년』에는 "[趙盾]盛服將朝, 尙早, 坐而假寐."(이때 조둔은 성복을 차려 입고 바야흐로 조회에 나가려고 하였으나, 때가 아직 일렀기 때문에, 그대로 앉아서 선잠을 자고 있었다.)라는 구절이 있고, 『전국책・제책齊策 1』에는 "早救之, 孰與晚救之便."(빨리 그를 구해 주어라. 그렇게 하는 것이 늦게 그를 구해 주는 것 보다 낫다.)라는 구절이 있다. 그리고 『후한서・환제기桓帝記』에 "曩者遭家不造, 先帝早世."(옛날 조가를 만들지 않았을 때, 선제께서는 일찍 세상을 열었다.)라는 구절이 있는데, 이 세 개의 구절에서 모두 본자를 사용하였다. 『시・빈풍・칠월』에 "四之日其蚤, 獻羔祭韭."(이월 달 아침에 염소와 부추 차려 제사 지낸다.)라는 구절이 있고, 『맹자孟子・이루離婁下』에 "蚤起, 施從良人之所之, 遍國中無與立談者."(일찍 일어나 남편이 가는 곳을 비스듬히 뒤따랐다. 온 성을 두루 다녀도 함께 서서 이야기하는 사람이라곤 찾을 수 없었다.)라는 구절이 있으며, 『사기・항우본기項羽本紀』에는 "旦日不可不蚤自來謝項王."(아침 일찍 와서 항왕께 감사하다고 할 수 밖에 없었다.)라는 구절이 있다. "蚤"는 『설문・충부蟲部』에서 "齧人跳虫"(사람을 물고난 후 도망가는 벌레이다.)라고 설명하였다. 위에서 언급한 예문은 통가자이며, 본자는 조무이다.

• 난간 : 난蘭. 난欄은 『설문』에는 없고, 『광아廣雅・석궁釋宮』에서는 "欄,

牢也."(난欄은 '우리'라는 뜻이다.)라고 하였다. 『묵자墨子·비공非攻』에 "至入人 欄廐, 取人馬牛者, 其不仁, 又甚攘人犬豕鷄豚."(남의 마구간에 들어가 남의 말이나 소를 훔친 사람의 경우에는 그 어질고 옳지 못한 것이 남의 개나 돼지나 닭을 훔치는 것보다 심하다.)라는 구절이 있는데, 여기서 사용한 것은 본자이다. 『한서· 왕망전王莽傳』에 "又置奴婢之市, 與牛馬同蘭."(또한 노비가 거주하는 것은 마소의 우리와 같다.)라는 구절이 있다. 난蘭은 『설문·초부草部』에서 향초라고 설명 하였다. 구절 가운데 쓰인 것은 통가자이며, 본자는 난欄이다.

• 반叛 : 반畔. 반叛은 단옥재 『주』에서 "半反也."(반反의 반쪽이다.)라고 교 정하였다. 『좌전·은공 4년』에 "衆叛親離, 難以濟矣."(인심을 잃어 가까운 사람 들도 떠나 버리면 하나로 뭉치기 어렵다.)라는 구절이 있는데, 여기에서는 본자 를 사용하였다. 『논어·옹야雍也』에 "君子博學於文, 約之以禮, 亦可以弗畔矣 夫."(군자가 널리 글을 배우고, 예로써 단속한다면, 비로소 올바른 도道에 어긋나지 않게 될 것이다.)라는 문장이 있는데, 이 문장 중에서 "반畔"은 통가자를 사용 한 것이다. 『설문·전부田部』에서 "畔, 田界也, 從田半聲."(반畔이란 밭의 경계 를 말한다. 전田에서 뜻을 취하고 반半에서 소리를 취하여 만든 형성문자이다.)라고 하였다. 본자는 반叛이다.

• 맹氓 : 맹萌. 『설문·민부民部』에서는 "氓, 民也, 從民亡聲, 讀若盲."(맹氓 이란 백성을 뜻한다. 이 한자는 민民에서 뜻을 취하고 망亡에서 소리를 취하여 만든 형성문자이다. 발음은 맹盲과 비슷하다.)라고 하였다. 『맹자·등문공滕文公상』에 "[許行]自楚之滕, 踵門而告文公曰 : '遠方之人聞君行仁政, 願受一廛而爲氓.'"(허 행이 초나라로부터 등나라에 가서는, 발꿈치가 문에 이르자마자 문공에게 고하여 말 하길: 멀리 사방의 사람들이 군주께서 인정仁政을 행한다고 듣고 있습니다. 원컨대 하나의 터전이라도 받아서 백성이 되고자 합니다.)라는 문장이 있다. 이 문장 중에 쓰인 "맹氓"자는 본자로 쓰였다. 『한비자·초견진初見秦』에 "彼固亡國之形 也, 而不憂民萌."(망국의 형상이 된 지 오래니 백성들이 차츰 생겨나는 것에 대하여

별다른 걱정을 하지 않는다.)라는 구절이 있는데, 여기에 쓰인 "맹萌"은 통자가로 쓰였다. "맹萌"의 본의는 『설문』에서 "풀의 싹"이라고 해설하였다.

• 준峻 : 준駿. 준峻은 『설문・산부山部』에서 "고高"(높다)고 해석하였다. 『국어・진어晉語 9』에 "高山峻原, 不生草木."(산이 높고 험준하여 초목이 자라지 않는다.)라는 문장이 있는데, 여기에서 "준峻"은 본자로 쓰였다. 『시・대아・숭고崧高』에 "崧高維岳, 駿極於天."(저 숭고한 유악이 하늘에 닿아있네.)라는 문장이 있다. 『설문・마부馬部』에서 "駿, 馬之良材者."(말 가운데 품종이 뛰어난 말을 뜻한다.)라고 하였기 때문에, 『숭고崧高』 중의 "준駿"은 통가자이고, 본자는 준峻이다.

② 가차자는 예부터 지금까지 유행하고 있으나 훗날 등장한 후기본자後起本字는 통행되지 않고 있다.

『방언』 권6에서 "叜、艾、長, 老也. 東齊、魯、衛之間凡尊老謂之叜, 或謂之艾."(수叜・애艾・장長은 연로하다는 뜻이다. 동쪽의 제齊나라와 노魯나라 그리고 위衛나라에서는 노인을 존경하는 것을 수叜 혹은 애艾라고 한다.)라고 하였다. 생각해 보건데 "수叜"자는 갑골문에서 면宀과 화火로 구성되어 있어 마치 실내에서 불을 들고 물건을 찾는 형상 같은데, 바로 "수搜"의 초문이다. 나이가 많다는 의미로 사용된 것은 바로 본자가 없는 방언 가차자이다. 후에 본자 "수搜"가 만들어져 수叜자는 또한 본자가 있는 통가자가 되었다. 현재 전하는 『방언』 가운데서는 "수叜"를 "수搜"로 쓰고 있지만, 『중경음의衆經音義』 권4에서는 『방언』의 이 구절을 인용하면서 여전히 "수叜"로 사용하고 있다.

이러한 글자들은 고적을 읽을 때, 어떠한 장애가 되지 못하기 때문에 본자를 고쳐서 읽을 필요까지는 없다. 형체 구조상으로 볼 때 당연히 문자분화의 한 종류로 볼 수도 있지만 "후기자"가 유행하지 않아 일반 독자들도 자의를 분명하게 알 수 있는데, 억지로 "후기본자"에 맞추어 해석하게 된다면 오히려 사람들을 더욱 어리둥절하게 만들기 때문에 필자는 그것을 고금 자라고 일컫지 않으며, 다만 형체와 의미관계에서 출발하여 통가자의 특례 로 간주하여 처리한다.

③ 본자의 사용이 극히 드물지만 통가자로 지금까지 사용된다. 이것은 위에서 언급한 정황과 유사하다. 하지만 구분되는 점은 바로 다만 본자가 후에 만들어진 것이 아니라는 점이다.

• 백伯 : 패覇. 『순자·성상成相』에 "穆公任之, 强配五伯六卿施."(목공이 그를 임용하여 5백과 6경을 강제하여 시행토록 하였다.)라는 구절이 있는데, 왕선겸 王先謙은 『순자집해荀子集解』에서 "伯, 讀若覇."(백伯은 패覇로 읽는다.)라고 하였다. 『맹자·공손축상』에는 "夫子加齊之卿相, 得行道焉. 雖由此霸王不異矣."(선생님께서 제나라의 재상이 되셔서 정치의 도를 행할 수 있게 된다면 이로 인하여 제나라가 패자가 되든지 왕이 되든지 간에 이상하게 여길 것이 없습니다.)라는 구절이 있다. 『설문·월부月部』에서는 "覇, 月始生覇然矣, 大月二日, 承小月三日." (패覇란 달이 처음으로 떠올라 사방으로 희미한 빛이 퍼져나가는 것과 비슷하다 초이틀날에는 큰 달이 떠오르고 초삼일에는 작은 달이 떠오른다.)라고 해석하였다. 따라서 "패覇"의 본의는 매월 월초 초승달이 떠오를 때를 나타내는 말이지만 경전에서는 대부분 "백魄"으로 사용하였으며, 사실상 백魄의 본의에 대해 『설문』에서는 음신陰神으로 해석하였다. 패왕의 본자는 백伯이지만 지금 패覇자가 유행함으로써 결국 사람들은 백伯을 통가자라고 여기게 되었고, 왕선겸이 "패覇라고 읽는다."고 한 말은 잘못된 해석이다. 『순자』 구절 가운데 "백伯"으로 쓴 것은 본자이다.

• 강彊 : 강强. 『설문』에서는 "彊, 弓有力也, 從弓畺聲."(강彊이란 활에 힘이 실려 있는 모습이다. 이 한자는 궁弓에서 뜻을 취하고 강畺에서 소리를 취하여 만든

형성문자이다.)라고 하였다. 『순자‧왕패王霸』에 "彼持國者不可以獨也, 然則疆固榮辱, 在於取相矣."(국가를 유지하고자 하는 자는 홀로 해서는 안 된다. 그런 연후에 국경을 공고하게 하여 국가를 번영시켜야 한다. 그렇게 하기 위해서는 재상을 잘 등용해야 한다.)라는 문장이 있는데, 여기에서는 본자의 인신의를 사용하였다. 『설문』에서는 "强, 蚚也. 從虫弘聲."(강强이란 쌀바구미이다. 이 한자는 충虫에서 뜻을 취하고 홍弘에서 소리를 취하여 만든 형성문자이다.)라고 하였고, 왕균王筠은 『설문해자구두說文解字句讀』에서 "牛虻, 蠅類, 瞰(啖)牛馬血."(소 등애, 파리와 같은 종류로, 이것들은 마소의 피를 먹고 자란다.)라고 하였다. 『순자‧권학勸學』에 "蚓無爪牙之利、筋骨之强."(지렁이는 손톱과 어금니의 날카로움과 근육의 단단함이 없다.)라는 문장이 있는데, 여기에서 "강强"은 통가자이다. 더욱이 강强자는 지금까지 통행되고 있지만 "강疆"의 의미는 점차 잊혀져 아는 사람이 적어졌다.

• 망亡 : 무無. 망亡자는 갑골문에서 형상이 불명확하다. 게다가 모두 있다 없다는 뜻을 지닌 무유無有의 무無의 의미로 사용되었다. 무無는 무舞의 초문이며, 무유無有의 의미로 쓰인 것은 통가자로서 지금까지도 유행하고 있다. 지금의 간체화한 "무无"는 『설문』 가운데 "무無"의 고문기자古文奇字이다.

• 죄辠 : 죄罪. 『설문』에서는 "辠, 犯法也, 從辛從自. 言辠人戚鼻苦辛之憂, 秦以辠似皇字改爲罪."(죄辠라는 것은 홀로 법률을 어긴 것을 말한다. 이 한자는 신辛과 자自에서 뜻을 취하여 만든 회의문자이다. 이는 죄인이 말을 할 때 코를 약간 비틀어 비통해하는 근심을 뜻한다. 진시황은 죄辠란 한자가 황제를 나타내는 황皇자와 비슷하기 때문에, 죄辠란 한자를 죄罪자로 바꾸었다.)라고 하였고, 또한 "罪, 捕魚竹網, 從网非."(죄罪란 물고기를 잡는데 사용하는 대나무로 만든 그물이다. 이 한자는 망网과 비非가 결합하여 이루어진 회의문자이다.)라고 하였다. 『시‧소아小雅‧소명小明』에 "豈不懷歸, 畏此罪罟."(어찌 돌아가고 싶은 마음 없으리오만 이것이 죄되고 허물될까 두려워서라네.)라는 문장이 있는데, 이 문장에 대하여 마서진馬瑞辰은

『모시전전통석毛詩傳箋通釋』에서 "罪罟猶云網罟"(죄고罪罟란 망고網罟를 말한다.)
라고 설명을 하였으니 대단히 옳은 말이다. 모『전傳』에서 "設罪以爲罟"(죄罪
는 고罟이다.)라고 해석한 것은 쫓을 만한 것이 못된다. 허신이 진나라 때
"죄辠"를 "죄罪"로 바꾸었다고 한 말은 믿을 만한 것이 못된다. "죄罪"와
"죄辠"가 통용되는 예를『서·요전堯典』·『좌전』·『맹자』중에서도 그 용
례를 찾아 볼 수 있기 때문이다. 한대 이후 "죄辠"자는 점차 폐지되고 통가
자인 "죄罪"가 지금까지 사용되어 오고 있다.

　이러한 글자들은 현대의 용례를 가지고 고대의 의미까지 파악해 볼 수
있기 때문에 이는 앞의 예와 마찬가지로 역시 전적을 읽는데 어려움이 있는
것은 아니다.

3) 통가자의 식별

　통가자를 식별하는 것은 전적을 읽는데 중요한 지식이다.『한서·유협전
游俠傳』의 "[郭]解爲人靜悍, 不飮酒"(곽씨는 사람의 고요함과 사나움을 식별하기
위하여 술을 마시지 않았다.)라는 문장에 대해 안사고顏師古는 "性沈靜而勇悍"(성
품이 침착하여 고요하지만 용맹스럽고 사납다.)라고 주석을 하였다. 여기서 안사
고는 다만 문자의 표면적인 뜻을 가지고 문구를 해독했는데, 이는 통가자를
식별하지 못하여 문장을 잘못 해석한 것이다. 왕념손王念孫은『독서잡지讀
書雜志』에서 정靜을 정精으로 기록하였는데,『예문류취藝文類聚·인부人部』·
『태평어람太平御覽·인사人事』에서도 이 문장을 모두 정精으로 기록하고
있다.

　그렇다면, 어떻게 통가자를 구분할 것인가? 여기에는 통가자에 대한 판단,
그 본자의 고찰, 고금자와의 구분 등의 문제가 포함되어 있다.

통가자를 판단하는 방법은 주로 형의形義상으로부터 식별한다. 만일 문자의 형태가 표현하고자하는 의미와 예문에 사용된 어의가 서로 아무런 관련도 없다면, 그것이 바로 통가자이다. 가차자 역시 이와 같다.

『염철론鹽鐵論 · 수시授時』에서 "三代之盛無亂萌, 敎也."(삼대 동안 번영하여 어지럽게 하는 백성이 없는 것이 가르침이다.)라고 했는데, 여기서 맹萌의 본의는 새싹을 의미한다. 만일 이 의미로 혹은 본의를 확대한 싹이 트다는 등의 의미로 해석하면 이 문구는 말이 통하지 않는다. 그런데 "맹萌"을 "맹氓"으로 읽으면, 즉 백성이란 의미로 읽으면 문구의 의미가 대단히 매끄럽게 통한다. 그러므로 맹萌은 통가자이고 맹氓이 본자로써 맹萌과 맹氓은 통가관계이다. 통가자의 본자를 찾는 과정을 파통가자破通假字라고 하며, 또한 독파讀破(통가자를 본자에 의거하여 독음을 읽는 것)라고도 한다. 그렇다면 어떻게 본자 찾을 수 있으며, 또한 확정된 통가자의 본자 조건은 어떤 것인가?

(1) 고음古音이 서로 같거나 혹은 비슷해야 한다.

고음은 통가자가 용례로 사용되던 문헌시대의 한어어음 체계를 가리키는 것이다. 한어어음은 대략적으로 상고음(선진 · 양한) · 중고음(위魏 · 진晉으로부터 송宋) · 근고음(원元 · 명明으로부터 청淸 중기) · 현대음(청말 이후) 등과 같이 4개의 시기로 구분할 수 있다. 통가자와 본자는 음이 같거나 혹은 음이 비슷해야 한다. 선진이나 양한시대의 문헌은 상고음에 의거하여 살피고, 당송시기의 문헌은 중고음에 의거하여 가늠하며, 원곡元曲은 근고음에 의거하여 비교해야지 절대로 현대 한어의 음독에 의거하여 고적 중의 통가관계를 판단해서는 안 된다. 서로 다른 시기의 한어어음체계의 상세한 상황은 한어음운학의 학습과 한어어음사의 학습을 통해 파악해야 한다. 이외에 또한 관련 참고서의 검색을 통해서도 파악할 수 있다.

　음이 서로 같거나 혹은 비슷하다는 기준을 반드시 준수해야 한다. 어음이 같아야 한다는 것은 두말할 나위가 없다. 어음이 비슷하다는 것은 운부韻部가 같고 성모聲母가 비슷하거나 혹은 성모가 같고 운부가 비슷한 것을 말한다. 운부관계를 고려하지 않고 단지 성모의 쌍성雙聲(혹은 준쌍성準雙聲)통가通假만을 보게 된다면 혹은 이와는 반대로 성모관계를 관찰하지 않고 단지 운부의 대전對轉, 방전旁轉만을 보게 된다면 우리가 알고 있는 것들은 모두 타당하지 않다고 보여진다. 성모가 비슷하다는 것은 발음부위가 서로 같으나 발음방법이 차이가 있는 것을 말한다. 또한 발음방법이 서로 같으나 발음부위가 서로 비슷한 것을 말할 수도 있다. 운부가 서로 비슷하다는 것은 주요 원음元音이 서로 같으나 운미韻尾가 다른 것 혹은 운미가 서로 같으나 주요원음이 서로 비슷한 것을 말한다.

　『안자춘추晏子春秋・내편잡하內篇雜下』에 "王笑曰 : '聖人非所與熙也, 寡人反取病焉.'"(왕이 웃으며 말하길 '성인과는 더불어 농담할 바가 아니니, 과인이 도리어 병을 얻었습니다.'라고 하였다.)이라는 문장이 있는데, 혹자는 이 문장에서 "희熙"는 통희通戲라고 여긴다. 희熙는 효모지부曉母之部이고, 희戲는 효모가부曉母歌部이다. 성모는 같지만, 운모는 차이가 심한 편이므로, 이는 잘못된 것이다. 일반적으로 희熙는 희嬉와 통한다. 왜냐하면 희熙와 희嬉는 모두 효모지부曉母之部이기 때문이다. 희嬉는 희락戲樂이다. 이렇게 하면, 고음古音은 대체로 통하지만, 문의文意는 결코 타당하지 않다. 사실, 이 문장에서 희熙는 해咍와 통한다. 해咍는 조롱하다는 의미로, 문장의 뜻과 완전히 일치한다.

　형성자의 성부가 같은 글자는 상고음의 성모와 운부가 반드시 일치한다(성부가 같지만 상고음의 독음이 차이가 있는 것은 개별적인 현상에 지나지 않는다. 설사 이러한 개별자라고 할지라도 상고시대의 독음은 반드시 비슷해야 한다). 이러한 글자들은 재차 참고서를 뒤적일 필요가 없다. 성부가 서로 같은 통가자는 매우 많기 때문이다.

『염철론鹽鐵論・복고復古』에 "昔秦常擧天下之力以事胡、越, 竭天下之財以奉其用."(옛날 진나라는 천하의 힘으로 호나라와 월나라를 공격하려고 온 천하의 재물을 다 고갈시켰다.)라는 문장이 있는데, 이 문장에서 상常은 상嘗과 통하며, 모두 상성尙聲이다.

『순자荀子・군자君子』에 "先祖當賢, 後子孫必顯；行雖如桀、紂, 列從必尊；此以世擧賢也."(선조께서 어짐을 숭상한 적이 있으면 후인들은 반드시 그것을 밝혀야 한다. 그 행동이 비록 걸왕이나 주왕과 같을 지라도 반드시 따라야 한다. 이것이 바로 어짐과 현명함을 세상에 알리는 것이다.)라는 문장이 있다. 왕념손王念孫은 『독서잡지讀書雜志』에서 "先祖當賢, 卽先祖嘗(甞)賢, 作當者借字耳."(선조당현先祖當賢을 선조상현卽先祖甞賢으로 써야 한다. 당當자를 쓴 것은 가차자에 불과하다.)라고 하였다. 당當과 상嘗은 모두 상성尙聲을 따른다.

『회남자淮南子・전언詮言』에 "蔘苯成行, 瓶甌有堤, 量粟而舂, 數米而炊, 可以治家, 不可以治國."(여뀌 나물을 가득 채취하여 병과 사발에 담아 옮긴다. 조는 방아에 넣어 찧고 쌀은 헤아려 밥을 짓는다. 그렇게 하는 것은 집안을 다스리는 것이지 결코 나라를 다스리지는 못한다.)라는 구절이 있는데, 양수달楊樹達은 『회남자증문淮南子證聞』에서 "堤當讀爲提, 提謂用手提挈之處."(제堤는 제提로 읽어야 한다. 제提란 손으로 들어서 끌어가는 곳을 말한다.)라고 하였다. 제堤와 제提는 모두 시성是聲을 따른다.

『한비자韓非子・난언難言』에 "閎大廣博, 妙遠不測, 則見以爲誇而無用."(말하는 품이 너무 크고 넓으며, 고상해서 헤아릴 수 없으면 야단스럽기만 하고 무익하게 보일 것입니다.)라는 구절이 있는데, 여기에서 묘妙는 묘眇와 통한다. 그 의미는 "작다"이다. 묘妙와 묘眇는 모두 소성少聲을 따른다.

『좌전左傳・은공원년隱公元年』에 "莊公寤生, 驚姜氏, 故名曰寤生, 逐惡之."(형인 장공은 난산으로 태어나 어머니 강씨를 놀라게 했으므로 이름을 오생이라 불렀고 강씨는 장공을 미워하였다.)라는 구절이 있는데, 여기에서 오痛는 오牾와 통하고, 그 의미는 "거스르다"이다. 즉, 오생痛生이란 난산難産을 말한다.

『상군서商君書·갱법更法』에 "黃、堯、舜誅而不怒."(황제, 요임금, 순임금께서는 적을 베어 죽였을 뿐 그 죄가 처자에게까지 미치지 않게 하였다.)라는 문장이 있다. 이 문장에 대하여 고형高亨은『상군서역주商君書譯注』에서 "怒, 當讀爲弩, 一人有罪, 妻子連坐爲弩."(노怒란 노弩라고 읽어야 한다. 한 사람이 죄를 지으면 처자에게까지 그 죄가 미치는 것을 노弩라 한다.)라고 해석하였다. 노怒와 노弩는 모두 노성奴聲을 따른다.

『한서漢書·진승항적전陳勝項籍傳』에 "羽聞漢幷關中, 且東, 齊、梁畔之, 大怒."(항우는 한, 관중, 동, 제, 량이 모반했다는 이야기를 듣고 대노하였다.)라는 문장이 있다. 여기에서 반畔은 반叛과 통한다. 반畔과 반叛은 모두 반성反聲을 따른다.

『좌전左傳·장공莊公 9년』에 "管仲請囚, 鮑叔受之, 及堂阜而稅之."(관중은 체포해 가기를 요청하므로 포숙은 그를 인수하여 제나라 당부까지 데리고 와서 끈으로 묶은 것을 풀어 주었다.)라는 구절이 있다. 이 구절을『사기史記·제세가齊世家』에서는 "탈脫"이라 적었다. 따라서 세稅는 탈脫과 통한다. 세稅와 탈脫은 모두 태성兌聲을 따른다.

성부가 같으면, 대부분은 쉽게 판단할 수 있다. 하지만 소수의 상황에서는 도리어 문제를 식별하기가 어렵다. 『한서漢書·사마상여전司馬相如傳』에는 "乘虛亡而上遐兮, 超無友而獨存."(성읍을 옮겨도 망하였을 뿐만 아니라 더 이상 꼼짝하지 못하도록 막혀버렸다. 초는 있어도 없는 듯하여 홀로 존속하였다.)라는 구절이 있는데, 여기에서 우友는 유有와 통한다. 우友는 두 개의 우又(손)를 그린 것이며, 우又는 또한 성부聲符의 역할도 한다. 유有는 월月(肉)에서 뜻을 취하고, 우又에서 소리를 취한다. 이처럼 한자의 해서화 형체의 변이에 대한 기본적인 지식을 구비하기 위해서는, 반드시『설문』의 부수 및 소전체와 해서자의 대응 관계를 이해해야만 한다.

(2) 전적으로 증명해야 한다.

언어는 일종의 사회현상이다. 언어의 사회성은 각각의 통가자에 대하여 단지 하나의 용례만을 지닌다는 것은 불가능하다(이것은 훈고학자들이 말하는 고증孤證이라는 것이다). 고대에 이러한 용례가 있는지 여부와 관계없이 단지 고음古音이 상통하는지 여부만 관찰하여 본자本字를 판단하면, 이러한 것을 "통가의 남용"이라 부른다.

통가의 범람이라는 잘못을 피하기 위해서는 고음방면의 참고자료뿐만 아니라 통가자전과 같은 서적을 조사해야만 한다. 만일 문헌에서 서로 다른 판본을 인용한다든지 혹은 이문異文을 인용한다든지 한다면 이것은 본자本字 이므로, 다시 다른 증명을 찾을 필요는 없다.

『열자列子·주목왕편周穆王篇』에 "秦人逢氏有子, 少而惠."(진나라 사람 봉씨에게는 지혜로운 아들이 한 명 있었다.)라는 문장이 있는데,『태평어람』490에서는 이 문장의 혜惠를 혜慧로 바꾸었다. 혜惠는 혜慧와 통한다.

『시·대아大雅·가악假樂』에 "假樂君子, 顯顯令德."(아름답고 즐거운 님이시여, 아름다운 덕미 밝고도 밝아라.)라는 구절이 있는데,『예기禮記·중용中庸』에서 이 문장의 가락假樂을 가락嘉樂으로 바꾸었다. 가假는 가嘉와 통한다.

『맹자孟子·양혜왕상梁惠王上』에 "狗彘食人食而不知檢."(개와 돼지가 사람이 먹을 양식을 먹어도 제지할 줄 모른다.)라는 구절이 있는데,『한서漢書·식화지食貨志』에서 이 문장의 검檢을 렴斂으로 바꾸었다. 검檢은 렴斂과 통한다.

『묵자墨子·상현중尙賢中』에 "親戚則使之, 無故富貴. 面目佼好者則使之."(친척이 그렇게 하도록 하니 연고가 없어도 부유해진다. 면목이 좋은 자는 그렇게 하도록

할 수 있다.)라는 구절이 있는데, 『경전석문經典釋文』에서 "佼字又作姣, 好也." (교佼자는 또한 교姣로도 쓴다. 좋다라는 의미이다.)라고 하였다. 교佼의 본자는 교姣이다.

『서書・무일無逸』에 "其在祖甲, 不義爲王, 舊爲小人."(저 조갑에 있어서는 의로운 왕이 아니라 하여 오랫동안 낮은 백성이 되어 있었다.)라는 구절이 있는데, 『사기史記・로세가魯世家』에서는 구舊를 구久로 고쳤다. 구舊는 구久와 통한다.

『초사楚辭・원유遠游』에 "野寂漠其無人."(들판은 적막하여 사람 하나 없구나.)라는 구절이 있는데, 왕일王逸은 『초사장구楚辭章句』에서 "漠, 一作寞."(막漠은 막寞이라고도 쓴다.)라고 하였다. 막漠은 막寞과 통한다.

만일 증명할 이문異文이 없다면, 다른 문헌의 용례를 찾아서 증명해야 한다. 뿐만 아니라 문헌을 가지고 증명할 때 증명하는 문헌은 증명되는 문헌보다 동시대이거나 혹은 이른 시대의 것이라야만 한다. 그리하여 후에 나타난 통가로 전대의 통가를 증명해서는 안 된다.

『묵자墨子・비공상非攻上』에 "今至大爲不義攻國, 則弗知非, 從而譽之謂之義, 情不知其不義也, 故書其言以遺後世."(그러나 크게 나라를 침공하여 수천수만을 죽이는 불의에 대해서는 그 잘못을 알지 못하고, 도리어 예찬하고 의롭다고 말한다. 이것은 진정 불의를 알지 못한 것이다. 그러므로 그의 말을 기록하여, 후세에 남긴다.)라는 구절이 있다. "정情"은 종모경부從母耕部이고, "성誠"은 정모경부定母耕部로, 운부가 같고 성모는 모두 탁음으로 그 발음부위도 비슷하다. "성誠"은 문장에서 "실제로", "정확히"라는 부사로 쓰였다. 『좌전左傳・희공僖公 28년』에 "晉侯在外十九年矣, 而果得晉國. 險阻艱難備嘗之矣, 民之情僞盡知之矣." (진나라 문공은 국외에 19년 동안이나 망명해 있다가 과연 진나라를 얻어 온갖 험난한 일과 어려움을 두루 맛보았다. 그래서 백성들의 진정과 허위를 모두 알고 있다.)라는 구절이 있는데, 여기에서 "정情" 역시 "성誠"과 통한다.

(3) 통가자와 고금자의 구별

고금자는 다음과 같이 세 가지 특징이 있다. 하나, 고자와 금자는 시대적 전후관계이다. 고자는 먼저 탄생하였고, 금자는 나중에 탄생하였다. 둘, 금자와 고자는 의미가 서로 연관되어 있다. 금자는 고자의 본의 혹은 인신의(극소수의 가차의)를 나타낸다. 셋, 금자는 고자와 형체가 서로 연관되어 있다. 대다수의 금자는 고자의 형체에 뜻을 나타내거나 혹은 음을 나타내는 편방偏旁을 첨가하여 만들었다.(소수의 고금자는 이 세 가지 특징 가운데 두 가지 특징에만 부합하는 경우도 있다.) 이 세 가지 특징에 따르면 통가자와 서로 구별할 수 있을 것이다.

피避, 벽辟, 폐嬖, 비躄는 모두 벽辟자의 가차용법으로 편방을 더하여 만들어진 후기자이다. 피避, 벽辟, 폐嬖, 비躄와 벽辟자는 의미적 연관성은 없지만 형체상으로 연관되어 있고, 만들어진 시기가 전후관계가 있어, 이 네 개의 글자는 고금자관계이다.

화華, 화花, 화華는 본시 옛 화花자이다. 화花는 후기형성자이다. 비록 형체상 연관이 없지만, 의미상 연관되어 있고, 시대의 전후관계가 있으므로, 역시 고금자이다. 그렇다면 왜 이체자異體字라고 부르지 않는가? 이체자는 형체나 혹은 한자 구성요소의 위치만 차이가 있을 뿐, 독음과 의미가 완전히 같은 글자를 말한다. 화華와 화花는 의미가 결코 완전히 같지는 않다. 한자가 변화와 발전을 거듭하면서, 후에 의미상 새롭게 분화가 되었다. 화華는 "문체가 화려하다."는 인신의를 나타내지만, 화花는 "꽃"이라는 본의를 나타낸다. 독음 역시 차이가 있다.

통가자 역시 시간의 전후문제가 있을 수 있다. 일찍부터 존재하였던 본자가 사용되지 않고 도리어 통가자가 유행한다거나, 혹은 가차용법이 유행하면 소위 후기본자라는 것이 탄생한다. 하지만 통가자와 본자와는 형체상으로나 의미상으로 어떠한 연관이 없다. 앞에서 언급한 백패伯覇, 수수叟搜가 이와 같다.

성부가 같은 통가자는 형부를 바꿔 만들어진 소수의 고금자와 쉽게 구별되지는 않는다. 왜냐하면 표면적으로 형체상 연계가 있는 것처럼 보이기 때문이다. 하지만 실상은 우리들은 고금자의 특징에 따라서 구분할 수 있다. 열說과 열悅은 고금자이다. 『설문・언부言部』에서는 "說, 說釋也. 從言兌聲." (열說이란 기뻐하다는 뜻이다. 언言에서 뜻을 취하고 태兌에서 소리를 취하는 형성문자이다.)라고 해석하였고, 단옥재는 『설문해자주』에서 "說釋卽悅懌, 說悅, 釋懌 皆古今字, 許書無悅懌二字也. 說釋者, 開解之意, 故爲喜悅."(설석說釋은 열역悅懌이다. 설說과 열悅, 석釋과 역懌은 모두 고금자 관계에 있다. 허신의 책에서는 열悅과 역懌이란 두 개의 한자가 없다. 열역說釋이란 넓게 풀어 헤친다는 의미로 그리하여 기뻐하다는 뜻이 되었다.)라고 해석하였다. 이로부터 열說과 열悅은 의미상 서로 연관되어 있음을 살펴볼 수 있다. 앞에서 설명한 묘妙는 묘眇와 통하고, 반眫은 반叛과 통한다는 것이 바로 통가자와 본자는 의미상 어떠한 연관도 없는 예이다.

『시・위풍魏風・벌단伐檀』에 "坎坎伐檀兮, 置之河之干兮."(끙끙 박달나무를 베어왔거늘 황하 물가에 버려두었다.)라는 구절이 있는데, 여기에서 간干은 안岸으로 해석해야 한다. 그렇다면 이것은 고금자인가 아니면 통가자인가? 간干의 본의는 방패이다. 『시・대아大雅・공류公劉』의 "載戢干戈"(창과 방패를 거두어들이며) 중의 간干이 바로 방패이다. 『설문』에서 "범犯"(저지르다)라고 해석한 것은 인신의이다. 방패는 병기를 막기 위함이고, 강변은 물을 막기 위함이다. 그리하여 안岸은 "간干"의 인신의를 나타내기 위하여 만들어진 후기자이다. 몇 몇 교재에서 "간干은 안岸과 통가자이다."라고 한 것은 정확한 것이 아니다.

『맹자孟子・고자상告子上』에 "富歲子弟多賴."(풍년에는 젊은 사람들이 대부분

나태해진다.)라는 구절이 있는데, 여기에서 뢰賴는 라懶로 해석해야 한다. 뢰賴와 라懶의 관계를 판정하기 위해서는 우선 뢰賴의 본의를 분명하게 해야 한다. 본의를 연구하기 위해서는 가장 오래된 문헌의 용례의 의미를 참고해야 한다. 『상서尚書 · 려형呂刑』에 "一人有慶, 兆民賴之."(한 사람이 경애함이 있다면 모든 백성이 이를 신뢰한다.)라는 구절이 있다. 이 문장에서 뢰賴는 "믿다", "기대다"라는 의미이다. 만사를 다른 사람에게 의지하는 것을 라懶라고 한다. 따라서 라懶는 뢰賴의 인신의로, 뢰賴와 라懶는 고금자이다.

형성자와 원성방자原聲旁字는 의미상 관계가 없다. 그리하여 형체상 확실한 증명이 있는 경우를 제외하고는 일반적으로 통가자라 확정한다. 『묵자墨子 · 비성문備城門』에 "周垣之高八尺, 五十步一方."(주환에게는 높이가 8척이고 넓이가 50보인 집이 있다.)라는 구절이 있다. 이에 대하여 유월兪樾은 『제자평의諸子評議』에서 "方者房之假, 五十步置一方爲守者入息之所."(방方은 방房의 가차이다. 50보를 1방으로 한 것은 지키는 사람이 들어가서 쉬는 장소를 말한다.)라고 하였다. 방方은 방房의 통가자로 방房이 본자이다. 벽辟과 피避는 고금자이다. 이것은 방方, 방房과 어떠한 구별이 있는가? 선진문헌에 따르면 "피하다"라는 의미는 일반적으로 벽辟을 썼다. 물론 피避자를 쓴 용례가 있을 수는 있지만 거의 찾아볼 수 없다. 『장자莊子 · 각의刻意』에 피避자가 있지만, 이것은 외편에 속한다. 『장자』 외편은 장자의 제자들이 기록한 것이다. 이러한 사실로 미루어볼 때, 선진시기에는 피避자가 아직 탄생하지 않았을 것이다. 피避는 벽辟자가 오랫동안 가차용법으로 사용되었다가 만들어진 후기형성자이다. 하지만 방房의 의미는 선진문헌에서 일률적으로 방方으로 쓴 것은 아니다. 단지 간혹 그렇게 썼을 뿐이다. 그리하여 방方과 방房은 통가관계이다. 이러한 류에 해당하는 글자에 대한 식별은 문헌의 용자 상황에 대한 기본적인 이해가 있어야만 가능하다. 그리하여 이러한 것을 식별하기 위해서는 약간의 어려움이 따른다. 다행인 것은 이러한 상황은 결코 많지 않다는 점이다.

4. 이체자異體字

이체자는 한자 형체의 구성이 서로 다르거나 혹은 구성 요소의 위치가
서로 다르지만 독음과 의미가 완전히 같은 글자를 말한다. 독음이 같다는
것은 고음과 금음 모두를 포괄한다. 그리고 의미가 같다는 것은 본의와
인신의를 포괄한다. 어떤 교재에서는 이러한 것을 협의의 이체자라고 명명
하기도 하였다. 광의의 이체자 즉, 의의와 용법에서 서로 같은 이체자에
대해서는 본서에서는 이체자의 범위에 포함시키지 않았다. 왜냐하면 그 가
운데 고금자와 혼동을 일으킬 수 있기 때문이다. 본서에서 말하는 이체자는
모두 협의의 이체자를 가리킨다.

이체자는 어떠한 언어환경에서라도 모두 제한 없이 서로 대체할 수 있다.
하지만 고금자와 통가자는 특정한 문장에서 고자는 금자로 대체할 수 있고
통가자는 본자로 대체할 수 있다. 이와는 반대로 금자나 본자가 있는 문장에
서는 마음대로 고자나 통가자로 대체할 수는 없다. 『좌전左傳‧은공원년隱公
元年』에 "莊公寤生."(장공은 난산으로 태어났다.)라는 구절이 있다. 여기에서 오
寤와 오牾는 어음이 서로 비슷하여 통가관계가 성립하는데, 이는 임시적인
것이다. 하지만 이체자는 음과 의가 동등한 관계로 영구불변한다.

이체자는 그 형체 구조와 구성 요소의 위치적 차이에 따라서 세 종류로
나눌 수 있다.

1) 육서의 구조가 다르다

⚀ 상형자와 형성자. 어떤 것은 상형자에 소리를 나타내는 성방이나 혹은
  뜻을 나타내는 형방을 더한다.

구韭 구韮   모皃 모貌

② 회의자와 형성자. 이러한 종류가 가장 많다.

전羴 전膻   악岳 악嶽

2) 육서의 구조는 같지만, 구성요소의 형체가 다르다.

① 모두 형성자이다.
- 성부는 같지만 형부가 다르다. 하지만 형부의 의미는 반드시 통한다.
  가詞 가歌   배杯 배盃   도覩 도睹   편遍 편徧
- 형부는 같지만 성부는 다르다. 하지만 성부의 독음은 같거나 혹은
  비슷하다.
  인蚓 인螾   연煙 연烟   선線 선綫
- 성부와 형부 모두 다르다.
  촌村 촌邨   적蹟 적迹

② 모두 회의자이다.
  기棄 기弃

③ 구조와 구성요소가 모두 같다.
- 구성요소의 위치가 다르기 때문에 이체자가 된다.
  군群 군羣   해蟹 해蠏
  하지만 구성요소의 위치가 변화를 일으켰지만 이체자가 되지 않는
  것도 몇 몇 개가 있기 때문의 주의를 기울여야 한다. 예를 들면 함흠

술吟, 명령命呤(líng. 작은 소리로 말하다.) 등이다.

— 구성요소의 해서화 방식의 차이로 인하여, 필획이 다른 이체자를 형성한다. 필획이 와변하여 만들어진 이체자도 있다.

춘春 춘瞢   진珍 진珎   허虛 허虗   개丏 개匃

이체자를 파악하는 것은 고대문헌을 열독하기 위함이다. 따라서 일반적으로 이체자라 칭해지는 것들은 전적에서 한자사용범위 내에 존재한다. 동일한 한자이지만 갑골문·금문·소전·해서 등 다른 자체인 경우에는 이체자라고 하지 않는다. 서예가들의 필획이 서로 다른 변화 역시 이체자가 아니다. 역대 서예가들의 비각碑刻 작품에 대해서는 비교적 특수하다고 할 수 있다. 서예가들은 한자 형체의 다변화를 추구한다. 그리하여 수많은 자태와 자유분방하고 활발함을 보여준다. 예를 들면 백 개의 수壽자를 쓰지만 각각의 형체가 서로 다르다. 이렇게 하는 이유는 스스로 무한한 재능을 내포하고 있다고 느낀다. 필자가 진공秦公이 편집한『비별자신편碑別字新編』을 보았는데, 동일한 글자에 필획이 더해진 것도 있고 필획을 줄인 것도 있으며 변형을 추구한 것도 있다. 심지어 규칙이 없는 경우도 있다. 이러한 글자들은 대부분 사회에서 유행하지 않을 뿐만 아니라 비각碑刻 이외의 고대문헌에서도 찾기가 어렵다. 이러한 것들은 이체자 중의 단지 특수한 유형이라고 볼 수밖에 없다.

역사상, 어떤 이체자가 의미와 용법에서 변화가 발생하였다면, 이것은 이체자로 간주할 수 없다. 유諭, 유喩 두 자는 당대唐代에 까지만해도 효유曉諭(상급자에게 분명하게 알리다.), 비유比喩라는 뜻으로 모두 통용되었다. 백거이白居易이 역시『매화買花』에서 "低頭獨長歎, 此歎無人喩."(고개 숙여 길게 탄식해도 아무도 그 이유를 모른다.)라고 썼다. 하지만 상사가 하급자에 대한 공고문이나 지시를 나타낼 때에는 당오대唐五代 이후에는 다시는 "유喩"를 사용하지 않았다. 즉, 절대로 "조유詔諭"를 "조유詔喩"라고 쓸 수 없다. 『전국책戰國策·제책사齊策四』에 "請以市諭. 市朝則滿, 夕則虛, 非朝愛市而石憎之也, 求存故往, 亡故去."(청컨대 시장을 비유해 말씀드리겠습니다. 시장이란 아침에는 사람이 들끓지만 저녁이 되면 텅 비고 맙니다. 그것은 아침 시장을 사랑해서라거나 저녁시장을 미워해서가 아닙니다. 구하는 것이 있으면 가고, 없으면 떠나 버리기 때문입니다.)는 문장이 있다. 비유比喩를 비유比諭라고 쓸 수 있다. 혹자는 청대에도 이렇게 사용하였다. 하지만 비유比喩라고만 쓸 수 있는 것은 아마 근대近代 이후일 것이다. 유諭와 유喩의 의미가 나뉘어졌기 때문에 이것은 다시는 이체자가 될 수 없다.

한자는 결코 한 사람에 의하여 만들어진 것이 아니다. 중국의 인구는 매우 많고, 역사도 유구하기 때문에, 다량의 이체자가 존재하는 것은 당연한 일이라 할 수 있다. 혹자는 선진문헌에 사용된 글자는 1만여 자 가량이라고 통계를 낸 바 있다. 『설문』의 소전체에 중문重文을 더하면 1만 1천자 정도이다. 80년대에 출판된 『한어대자전漢語大字典』에는 5만 6천여 한자를 수록하였는데, 그 가운데 많은 한자가 이체자이다. 다량의 이체자의 존재는 열독과 교류의 곤란을 가중시켰다.

이체자를 제한하고 감소시키기 위하여, 중국의 역대 정부에서는 많은 일들을 하였다. 한자에 대한 첫 번째 규범화 작업은 중국을 통일한 진시황의 "書同文"(문자통일)이었다. 그것은 진나라의 원래 문자인 소전을 표준으로 한다는 내용으로 이를 천하에 반포하여 시행하였다. 진나라의 승상인 이사李斯는 이를 위하여 힘든 노력을 기울인 결과, 그는 한자 규범화의 위대한 선구자가 되었다. 하지만, 영정嬴政(진시황)이 시황제始皇帝라고 칭하였을 때부터 자영子嬰이 유방劉邦에게 항복할 때까지는 단지 15년이었으므로, 이 짧은 기간 동안 "문자통일"을 전국적으로 진행시키는 것은 불가능하였다.

허신은 『설문·서』에서 "書或不同, 輒擧劾之."(글자가 혹 같지 않으면, 매번 잡아다 죄를 물었다.)라고 하였고, 반고班固는 『한서·예문지藝文志』에서 "吏民上書, 字或不正, 輒擧劾."(관리와 백성들이 상서를 올릴 때, 글자가 혹 바르지 않으면, 매번 잡아다 죄를 물었다.)라고 하였다. 이러한 내용을 통하여 한나라 때는 매우 엄한 한자규범화법률을 반포했음을 알 수 있다. 한대에는 예서가 정체正體가 되었다. 예서는 소전의 필적을 파괴하였고, 상형의 속박으로부터 필사적으로 벗어났다. 그리하여 속체자는 더욱 쉽게 탄생하였던 것이다. 허신은 『서』에서 "[世人]故詭更正文, 向壁虛造不可知之書, 變亂常行, 以耀於世."(고의로 정규의 문자를 변경하여 벽을 향해 헛되이 알 수 없는 글자를 지어 통상적으로 쓰이는 것(글자)을 혼란시켜서 세상에 (자신을) 빛내 보인다.)라고 개탄하였다. 이는 속체자가 정체자에 대한 충격 및 한자간화에 대한 강렬한 경향을 반영한 것이다. 『설문』은 중국문자학사상 첫 번째로 전면적으로 한자를 규범화한 위대한 저작이다. 이 책은 문자의 수(9,353개), 자형(소전체 뿐만 아니라 소량의 이체자 중문重文을 포함하고 있음), 자음(독약讀若)과 자의(본의)를 확정하였다. 애석하게도 후대의 사람들은 이 자전을 일반적인 자전으로 간주하여, 그것을 모방하여 편찬하였다. 하지만 문자의 수가 많은 것을 영광으로 여겨 아무런 분별함이 없이 문자를 수록하여, 『강희자전』은 47,000자나 수록하였다. 이러한 현상은 문자의 수를 규범화하는 작용을 상실해버렸다.

당唐 이후, 자전 이외에도 『간록자서干祿字書』, 『오경문자五經文字』, 『구경자양九經字樣』, 『육서정와六書正訛』, 『자감字鑒』 등 전문적으로 자형과 자의를 규범화한 서적이 출현하였다.

역대의 한자 규범화와 이체자 정리의 대체적인 방향은 올바른 것이라 할 수 있다. 하지만 그것을 추진하는 방법에 있어서는 필획은 반드시 소전의 필의筆意에 부합해야 한다는 등 그 계승성을 지나치게 강조한 나머지 민간의 속체자들을 일률적으로 배척하였다는 점은 잘못된 것이다.

신중국 성립 이후 국무원國務院 문자개혁위원회에서는 매우 신속하게 이

체자를 정리하였다. 문자개혁위원회는 1955년 12월에 『제일비이체자정리
표第一批異體字整理表』를 공포하였고, 여기에서 이체자 1,055개를 탈락시켜버
렸다. 정리작업은 종속從俗과 종간從簡 및 쓰기에 편리한 원칙에 따라 진행하
였던 것이었다. 다음의 예에서 첫 번째의 한자는 폐지하였고, 두 번째 한자
만 보류하였다.

- 종속從俗류 : 곤곤堃坤 개개匃丐 촌촌邨村
- 종간從簡류 : 내내迺乃 맥맥脈脉 점점霑粘
- 쓰기에 편리한 류 : 략략畧略 군군羣群 규규叫呌

신중국의 한자 규범화 작업 가운데, 이체자를 정리하는 것은 한자의 번난
繁難 정도를 떨어뜨리기 위함이었다. 그리하여 다시는 전의篆意를 따르지
않게 되었는데, 이러한 정리작업은 고대의 규범화 작업과는 본질적인 변화
가 있었다. 성과는 긍정적이라 할 수 있다.

필자가 여기에서 이체자를 언급한 것은 고서를 통독하기 위함이다. 만일
오늘날 사회생활 가운데 폐기된 이체자를 사용하지 않는다면 교류하는데
장애가 발생할 수도 있을 것이다.

5. 번간자繁簡字

번간자 간의 관계는 복잡한 편이다. 여기에는 이체자는 포함하지 않지만,
통가자와 고금자를 포함하고 있기 때문에 전문적으로 토론하고자 한다.

한자의 형체변화는 두 가지로 나눌 수 있다. 하나, 갑골문, 금문, 소전,
예서, 해서 등 자체의 필획형태변화를 가리킨다. 이러한 변화는 일반적으로

구조를 변화시키지 않고 또한 의미의 전달관계에도 영향을 끼치지 않는다. 둘, 한자의 구조변화를 가리킨다. 이렇게 하면 원래에 나타내었던 의미관계를 다시 조정하게 만든다. 이러한 형체변화는 방자旁字를 첨가한 것, 육서의 구조와 다른 것 혹은 동일한 구조의 새로운 글자, 요소 혹은 필획의 간소화 등등이 있다. 하지만 총체적인 변화·발전의 추세는 번화繁化와 간화簡化 두 종류로 구분할 수 있다. 문자가 언어를 기록하기 위해서는 정확성이 요구되지만, 사자寫者는 필획의 간소화를 요구한다. 이와 같은 모순이 전체 한자 변화·발전사를 관통한다. 역대에 출현하였던 대량의 속체자는 주로 간체화의 경향으로 말미암아 탄생하였다.

한자의 간화는 사실 역사의 필연이라 하겠다.

장구한 봉건사회에서 한자의 간체화 경향은 억제당하였다. 당唐나라 안원 손顏元孫은 『간록자서干祿字書』에서 이체자를 정正, 통通, 속俗 세 종류로 나누었는데, 이에 대하여 그는 "所謂俗者, 例皆淺近, 唯籍賬、文案、券契、藥方, 非涉雅言, 用亦無爽."(소위 속俗이라는 것은 모두가 비천하여 장부나 문안 그리고 어음이나 약방에서 사용된다. 속은 정제된 언어인 아음으로 사용하지 않기 때문에 사용해도 시원스럽지가 않다.)라고 언급하였다. 관원의 상소문과 첩시帖試 등에서는 반드시 소위 정체자라 불리우는 전의篆意를 계승한 해서체를 사용해야 하고, 심지어 번잡한 글자를 사용해야 한다. 그리하여 한 획이라도 틀려서는 안 된다. 과거시험답안지에 속체자가 출현하였다면, 즉시 자격이 취소될 수 있고, 천하의 웃음거리가 될 수 있다. 하지만 보다 진보적인 지식인들과 심지어 경학의 대가들은 도리어 간체자 쓰기를 즐겼다. 황종희黃宗羲는 속자로 책을 베끼기를 즐겨하였고, 이렇게 하면 시간을 반으로 줄일수도 있었다. 황씨는 친필 서신에서 의議를 의议로, 당當을 당当으로, 난難을 난难으로 썼다. 강영江永과 공광삼孔廣森 역시 간체자를 즐겨 사용하였다.

아편전쟁의 실패로 인하여, 애국지사들은 부국강병의 정책을 심사숙고하여 한자개혁열기를 불러 일으켰다.

1909년 육비규陸費逵는 『교육잡지敎育雜志』창간호에 『보통교육응당채용속체자普通敎育應當採用俗體字』라는 문장을 발표하였고, "余素主張此議, 以爲有利無害, 不惟省學者腦力, 添識字之人數, 卽寫字刻字, 亦較便也."(나는 이것을 사용함에 유리할 뿐 무해하기 때문에 이것을 주장한다. 이것은 오직 글자를 배움에 수고스럽지 않기 때문만은 아니라 또한 글자를 아는 사람들이 더욱 많게 하기 때문이다. 또한 글자를 쓰거나 새기는 데에도 비교적 간편하기 때문이다.)라고 공언하였다. 육비규는 처음으로 간체자 운동의 기치를 수립한 사람이다. 이 이전에, 장태염章太炎은 장초章草를 쓸 것을 주장하였으나, 그는 속체자를 반대하였기 때문에 장씨를 간체자 운동의 발기자로 간주해서는 안된다.

민국시기, 5·4 운동은 전면적으로 봉건문화에 큰 충격을 가했다(과도하게 전통문화를 부정한 부당한 경향도 있기는 하다). 그리하여 강력하게 백화문을 제창하였다. 이러한 일들은 한자 간화에 대하여 고상한 자리로 옮겨 놓는 여론준비를 가능하게 했다. 1921년에 육비규는 또다시 『정리한자적의견整理漢字的意見』(육씨의 『교육문존敎育文存』에 보임)을 발표하였고, 문장에서 통속자의 범위를 한정하고 사회적 기초가 있는 간필자簡筆字를 채용해야 한다고 주장하였다. 1922년, 전현동錢玄同은 국어통일준비위원회에서 『간생현행한자필획안簡省現行漢字筆劃案』을 제출하였고, 육기陸基, 여금희黎錦熙, 양수달楊樹達 등은 여기에 서명하였다(1923년 『국어월간國語月刊 · 한자개혁호漢字改革號』에 보임). 계속하여 1928년에 호회침胡懷琛의 『간이자설簡易字說』, 1934년에 두정우杜定友의 『간자표준자표簡字標準字表』, 1936년에 용경容庚의 『간체자전簡體字典』 등 간체자를 제창한 서적들이 출판되었다.

1935년, 한자개혁에 적극적으로 가담하던 사람들은 간체자보급위원회를 조직하여, 300개의 간체자를 선정하였다. 그해, 문화계 200여 명과 『태백太白』 등 15개 잡지사는 공동으로 『추행수두자연기推行手頭字緣起』를 발표하였다. 그리하여 간체자 운동은 실제적 단계에 진입하게 되었다.

신중국 성립 후 얼마 지나지 않아 국가는 중국문자개혁연구위원회를 조직하였다. 1952년에 군중 사이에 유행하는 간체자를 수집하기 시작하였고, 한자필획 간화 및 간화자 자수 방안의 기초를 설계하였다. 1956년 1월, 국무원은 2 차례『한자간화방안漢字簡化方案』을 정식으로 공포하였고, 후에 다시 세 번째 방안을 공포하였다. 1964년, 문자개혁위원회는『간화자총표簡化字總表』를 엮었는데, 여기에 소개된 간체자는 모두 2,238개이고, 간화번체자는 2,264개이다. 1977년에 "문화대혁명"의 특정한 역사적 조건 하에서 황급히『제이차한자간화방안第二次漢字簡化方案』(초안)을 공포하였다. 이 초안은 문제가 상당히 많은 편이었기 때문에, 국민들의 이견들이 많아 1986년에 국무원의 비준을 얻어 정식 폐지되었다.

한자 간화의 구체적 방법은 이하 9 종류이다.

1) 형성자의 형부를 필획이 적은 것으로 바꾼다.

    묘묘猫猫   적적跡迹   함감鹹碱

2) 형성자의 성부를 필획이 적은 것으로 바꾼다.

    등정燈灯   억억億亿   옹옹擁拥   극극劇剧

3) 형성자의 성부와 형부를 모두 필획이 적은 것으로 바꾼다.

    향향響响   경량驚惊   호호護护

4) 필획이 간단한 회의자로 필획이 복잡한 형성자를 대체한다.

    체체體体   필필筆笔   루루淚泪   암암巖岩

5) 필획이 간단한 회의자로 필획이 복잡한 회의자를 대체한다.

    진건塵尘   흔흔釁衅

6) 부분이 전체를 대체하거나 혹은 번체자의 윤곽만 남겨둔다.

    멸멸滅灭   충충蟲虫   제제齊齐   부부婦妇

7) 초서를 해서체화 하거나 혹은 간단한 상형부호로 편방을 대체한다.

동동東东   서서書书   조조趙赵   전전專专   한한漢汉

8) 고자를 차용한다.

사사捨舍   운운雲云   전전電电   종종從从   예례禮礼

9) 동음으로 대체한다.

추축醜丑   후후後后   두두鬥斗   대태臺台

주유광周有光은 『중국어문적현대화中國語文的現代化』에서 혹자의 간화에 대한 다음의 10가지 권고를 실었다. "1. 約定俗成好, 約未定、俗未成不好. 2. 新字跟原字相比, 輪廓相似、容易辨認好, 否則不好. 3. 不增加近形字好, 否則不好. 4. 手寫不容易跟別的字相混好, 否則不好. 5. 不使一字多音多調好, 否則不好. 6. 新造聲旁能準確表音表調好, 否則不好. 7. 同音代替, 字音字調相同、意義不混好, 否則不好. 8. 草書楷化, 不增加筆劃形式好, 否則不好. 9. 原來筆劃不順手, 改成順手好, 否則不好. 10. 簡化常用字好, 簡化罕用字不好."(1. 이미 자연스럽게 형성된 것은 좋고, 아직 미정되어 별로 사용되지 않는 것은 좋지 않다. 2. 새로운 글자와 원래의 글자를 비교하여 대체적인 윤곽이 비슷하여 쉽게 식별할 수 있는 것이 좋고, 그렇지 않으면 좋지 않다. 3. 새롭게 생겨난 글자를 더하지 않는 것은 좋고, 그렇지 않는 것은 좋지 않다. 4. 손으로 쓰기에 다른 글자와 쉽게 혼동되지 않는 것은 좋고, 그렇지 않는 것은 좋지 않다. 5. 하나의 글자가 다음다조多音多調(역자주 : 하나의 글자가 여러 개의 독음이 있는 것을 다음자多音字라고 하고, 다음자 가운데 성운은 같지만 성조가 다른 것을 다조자多調字라 한다.)한 것을 사용하지 않는 것이 좋고, 그렇지 않는 것은 좋지 않다. 6. 새롭게 만든 성방이 정확하게 음과 성조를 나타낼 수 있으면 좋은 것이고, 그렇지 않은 것은 좋지 않다. 7. 동음대체로 할 경우, 음과 성조가 같고 의미가 다른 것이 좋고, 그렇지 않는 것은 좋지 않다. 8. 초서와 해서체인 경우, 필획형식을 증가시키지 않는 것은 좋고, 그렇지 않는 것은 좋지 않다. 9. 원래 필획이 손에 익숙하지 않다면 손에 익숙하게 고치는 것이 좋고, 그렇지 않은 것은 좋지 않다. 10.

상용자를 간화하는 것이 좋고, 거의 사용하지 않는 글자를 사용하는 것은 좋지 않다.)
위 10가지 권고 사항에 대해서 말하자면 대체적으로는 동의할만 하지만 약간의 보충이 필요하다고 보여지기 때문에 여기에서 3가지를 더 보충하고자 한다. 11. 簡化字不破壞漢字六書科學體系好, 否則不好.(간화자는 한자의 과학적 체계인 육서를 파괴하지 않는 것이 좋고, 그렇지 않으면 좋지 않다.) 12. 簡化字能排印典籍不影響意義理解好, 否則不好.(간화자를 전적에 인쇄할 수 있고 의미의 이해에 영향을 끼치지 않는 것이 좋고, 그렇지 않으면 좋지 않다.) 13. 簡化字能減少和規範筆劃形式好, 否則不好.(간화자는 필획형식을 감소시키고 규범화를 할 수 있다면 좋고, 그렇지 않으면 좋지 않다.) 필자는 『한자간화방안漢字簡化方案』에 대하여 위 10여 가지 요구사항에 부합하길 요구할 뿐이다. 필자가 가장 중요하게 여기는 바는 바로 육서의 체계를 유지하는 것, 의미상에서 혼란을 야기하지 않는 것, 필획형식을 증가시키지 않는 것이다. 이러한 기준을 근거로 위의 9 종류의 간화방법을 판정한다면, 서로 일치하지 않는 것들이 있다.

1)~5)는 육서의 구조를 파괴하지 않고도 의미상 혼란을 초래하지 않았기 때문에 간화가 잘 되었다고 할 수 있다. 6)~9)는 의미를 정확하게 전달할 수 없다. 6)은 부분이 전체를 대신하는 것으로, 예를 들면 충虫과 멸灭은 구성요소가 원래의 의미를 전달하고 있어 잘 된 것이다. 제齐는 원래의 윤곽과 흡사하기 때문에 그래도 괜찮은 편이다. 부妇는 원래 부녀자들이 채집활동에 종사하는 것을 나타낸다. 여기에서 추帚는 채집해서 가지고 온 과일이나 곡식을 나타낸다(『설문·여부女部』에서는 "婦, 服也, 從女持帚灑掃也."(부婦란 복종한다는 의미이다. 이 한자는 여자가 빗자루를 들고서 깨끗하게 청소하는 것을 나타낸다.)라고 해석하였으나, 이는 정확한 해석이 아니다). 부婦를 부妇로 간화한다면, 이론적이나 정황적으로 타당하지 않아 그것이 나타내는 의미가 무엇인지 정확하게 알 길이 없다.

7)은 초서를 해서체화 하는 것으로, 예를 들면 "전专"은 필획의 형식을

증가시켰다. "조趙"는 "조赵"로 간화되었는데, 여기에서 성부인 "초肖"가 "×"로 변하였다. 이것은 형성자가 부호자로 변화된 것이다. 더욱이 "×"은 중화민족의 풍속에서 나타내는 바는 좋지 않은 부호이다. 한汉과 근仅 등의 글자는 모두 육서의 구조를 파괴하여 순수한 부호자로 바뀌었다. 부호자는 따를 만한 음과 의가 없기 때문에 학습의 곤란을 초래하였다.

8)은 번간자를 고금자와 교차시켰다. 고금자는 본시 문자가 정확하게 언어를 기록하기 위하여 의미를 새롭게 나눌 필요가 있어 생겨난 것이다. 고자를 차용하여 간화하였는데, 어떤 것은 서로 다른 시기에 형성된 이체자로, 예를 들면 전전電电과 종종從从이다. 이렇게 간화한 것은 가능한 일이라 할 수 있다. 하지만 어떤 것은 고금자로, 금자를 폐지하여 고자를 다시 과도하게 겸의兼義하게 만든 것이다. 이는 한자의 발전 규율에 위배된 것이다. 예를 들면 운靈은 운云에 방자를 더하였지만, 후에 두 개의 글자의 의미가 나뉘어 구름이란 의미는 "운靈"으로 썼고, 말하다란 의미 혹은 어말어기사는 "운云"으로 썼다. 전적에서 이와 같은 상황을 만나게 되었을 때 어쩔 수 없이 번체자를 사용하였다.

9)는 동음대체이다. 즉 현재적 의미의 통가자라고 할 수 있다. 만일 의미상 혼란이 생긴다면, 간화자는 고대문헌에 사용하지 않는다.

1)~7)의 번간자는 기본적으로 일대일 대응관계로, 고대문헌을 인쇄할 때 의미상의 혼란을 초래하지 않는다. 하지만 8)과 9)의 간화자는 일대일 관계가 아니다. 간화자의 형체가 비슷한 소수의 한자는 손으로 쓰면 구별하기 매우 어렵다. 예를 들면 귀구归旧, 풍봉风凤, 설몰设没, 륜창抡抢 등이 그것이다. 윤빈용尹斌庸 등의 조사에 의하면, 대륙에 거주하지 않는 중국인들이 간화자를 학습할 때 부호자와 부분이 전체를 대체하는 간화자를 어려워한다(이 부분에 대한 상세한 내용은 『현대한자규범화문제現代漢字規範化問題』 참고). 이는 간화자방안 초기 논의가 불충분하였음을 반증한다.

우리들이 전적을 읽을 때, 두 종류의 간화자인 8)과 9)를 특별히 주의해야 한다. 그에 대응하는 번체자는 고대문헌에서 의미상 차이가 있다.

후후後后(후後는 행동의 선후, 후后는 군주 혹은 군주의 처)

곡곡穀谷(곡穀은 양식, 곡谷은 산골짜기)

추축醜丑(추醜는 못생기다, 축丑은 간지干支의 명칭)

곤곤睏困(곤睏는 잠이 부족하여 졸린 것, 곤困은 곤란)

리리裏里(리裏는 안쪽, 리里는 마을 혹은 길이의 단위)

두두鬥斗(두鬥는 싸움, 두斗는 고대의 주기酒器, 양기量器, 별자리 명칭)

발발髮发(발髮은 두발, 발发은 발전發展의 발發의 초서해서체)

면면麵面(면麵은 밀가루 혹은 분말, 면面은 얼굴)

기궤幾几(기幾는 수량을 물어볼 때, 궤几는 안석 혹은 책상)

기기饒饥(기饒는 흉년, 기饥는 배고픔)

대태臺台(대臺는 누대, 태台는 높임말)

강강薑姜(강薑는 생강, 강姜은 성씨)

징정徵征(징徵은 검증, 정征은 길을 가다 혹은 정벌하다)

이 외에도, 간화자는 동형자同形字를 만들어 버릴 수도 있기 때문에 주의를 기울여야 한다. 예를 들면 엽叶(고서에서는 xié로 읽어야 하며, 엽운叶韻이다. 오늘날에는 나뭇잎을 나타내는 엽葉으로 사용된다.), 녕宁(zhù로 읽는다. 이것은 저장하다는 뜻이다. 오늘날에는 녕寧의 간화자로 사용된다.), 괄适(음은 kuò이다. 신속하다는 뜻이다. 오늘날에는 적適의 간화자로 쓰인다.) 등이다.

한자의 간화 과정은, 평균적으로 필획을 7획~13획까지 감소시켰기 때문에 힘을 반이나 덜어주었다. 그리하여 국가 건설에서 적극적인 작용을 하였다. 한자의 간화에 결점이 있다고 하여 전면적으로 간화자를 부정하는 일은 옳지 못하다. 오늘날 글자를 사용함에, 전적에서 정리와 연구의 필요에 의하여 번체자를 써야만 하는 경우를 제외하고는 국가가 규정한 간화자를 사용해야 한다.

1986년 6월 24일, 국무원은 『제이차한자간화방안第二次漢字簡化方案』(초안) 폐지 보고서 가운데 "今後, 對漢字的簡化應指謹愼態度. 使漢字的形體在一個時期內保持相對穩定, 以利用社會應用."(오늘 이후, 한자의 간화에 대하여 신중한 태도를 지녀야 한다. 그리하여 한자의 형체를 일정한 시기 내에 안정화시켜야 한다. 이것이 사회에 사용되는데 유리하다.)라는 점을 지적하였다. 한자의 형체를 안정화시킨다는 정책은 매우 온당한 일이다. 물론 이 말은 한자의 간화를 여기까지만 해야 한다는 뜻은 아니다. 간화하기에 부당한 것은 어떤 글자들인지 어떤 글자들은 간화가 필요한지 등등에 대하여 충분한 조사와 논증이 있어야만 하고, 이에 대하여 적당한 조정도 필요하다. 하지만 너무 많으면 안 된다. 그리하여 제2차간화방안의 잘못을 두 번 다시 초래하지 말아야 한다.

한자의 정리와 간화는 염황자손의 중대사와 관계가 있다. 뿐만 아니라 한자문화권에까지도 영향을 끼친다. 대만, 홍콩, 마카오, 일본, 한국, 싱가포르 및 세계 도처에 산재하고 있는 교포들은 모두 한자를 사용한다. 금후, 한자의 규범화와 간화는 국제와 지역 간 합작을 강화해야만 한다. 그리하여 동일함 가운데 상이함이 존재하고, 그러한 과정을 거쳐 점차 공감대를 얻어 한자변화규칙에 걸맞은 간화자를 추진하여 한자형체의 새로운 통일을 모색해야 한다. 이 역시 21세기 한자언어문자 연구자들의 책임이라 할 수 있다.

연구제시

1. 『시경』 정현 『전』 중의 고금자와 문자학에서 말하는 고금자의 차이를 조사하시오.
2. 선진시기의 전적 가운데 하나를 선택하여 고금자의 출현상황을 통계로 작성하고, 탄생한 순서에 따라서 분류하시오. 그리고 매 분류마다 예를 들어 논술하시오.
3. 선진시기의 전적 가운데 하나를 선택하여 용자 중 두 종류의 가차상황을 통계로 작성하고, 각 규칙에 따라 스스로 분석한 후 예를 들어 평술하시오.

주요 참고문헌

1. 王筠 『說文釋例』, 武漢古籍書店影印世界書局本.
2. 裘錫圭 『文字學槪要』, 商務印書館, 1988년 판.
3. 劉又辛 『通假槪說』, 巴蜀書社, 1988년 판.
4. 蘇培成, 尹斌庸 『現代漢字規範化問題』, 語文出版社, 1995년 판.

2부
···
한자형체에 반영된
고대 화하문화

1

생태환경

    중화민족의 찬란한 문화와 유구한 역사를 언급한다고 하면, 일반인들은 대부분 고금의 사회제도의 변화와 발전을 생각할 것이다. 하지만 이것만으로는 부족하다. 왜냐하면 고금의 생태환경 역시 큰 차이를 보이기 때문이다. 이백李白의 시 "朝辭白帝彩雲間, 千里江陵一日還. 兩岸猿聲啼不住, 輕舟已過萬重山."(아침 일찍 붉게 물들어 빛나는 채운 사이의 백제성을 하직하고 쏜살같이 급류를 타고 천리나 떨어진 강릉에 그날 저녁으로 당도한다. 강 양쪽 언덕 숲에서는 처절한 원숭이들이 끝없이 우짖고 있거늘, 어느덧 날듯이 가벼운 배는 이미 겹겹이 들어 찬 만 겹의 산들을 누비고 지나왔노라.)를 예로 들어 보겠다. 이 시에서 "백제白帝"는 오늘날의 중경重慶 봉절奉節 경내이고, 강릉江陵은 지금의 호북湖北 사시沙市이다. 이 시에서 언급한 바와 마찬가지로 당시 장강長江 삼협三峽의 양쪽 언덕에는 원숭이들이 구슬피 우짖었지만, 오늘날에는 원숭이 그림자조차 찾아 볼 수 없다. 왜냐하면 산림이 파괴되었기 때문인데, 울창한 산림이 없다면 어찌 원숭이들이 살아갈 수 있단 말인가! 혹자는 이백이 조금 과장하여 묘사하였다고 의심하기도 한다. 하지만 해방 후 삼협의 동굴에서 검은 원숭이 뼈가 발견되었는데, 고고학에서는 이를 통하여 당대唐代에 삼협 양안에는 원숭이들이 있었음을 증명하였다. 이러한 생태환경의 변화는 우리들이 고대의 문화와 전적을 이해하는 데에도 매우 중요한 것이다.

본장은 황하 중하류 유역을 중심으로, 그 지역의 신석기 시대의 생태환경을 중점적으로 분석하고자 한다.

1. 지형과 기후

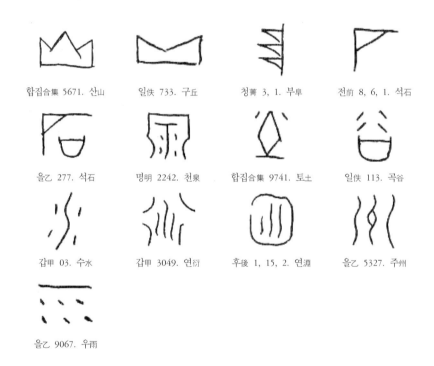

합집合集 5671. 산山   일佚 733. 구丘   청菁 3, 1. 부阜   전前 8, 6, 1. 석石

을乙 277. 석石   명明 2242. 천泉   합집合集 9741. 토土   일佚 113. 곡谷

갑甲 03. 수水   갑甲 3049. 연衍   후後 1, 15, 2. 연淵   을乙 5327. 주州

을乙 9067. 우雨

중국은 동과 남은 바다에 접하여 있고, 서와 북은 큰 산들이 즐비하여 있어, 기본적으로 폐쇄적인 지리를 이루었다. 지세는 서북에서 동남으로

낙차가 큰 계단을 형성하였다. 『초사楚辭·천문天問』에는 "康回憑怒, 地何故
以東南傾？"(강회가 화가 나자 땅은 어찌하여 동남쪽으로 기울었는가?)라는 구절이
있는데, 이에 대하여 왕일王逸은 『주注』에서 "康回, 共工名也."(강회란 공공의
이름이다.)라고 하였다. 뿐만 아니라 『회남자淮南子·천문훈天文訓』에는 "昔者
共工與顓頊爭爲帝, 怒而觸不周之山, 天柱折, 地維絶, 天傾西北, 故日月星辰移焉
; 地不滿東南, 故水潦塵埃歸焉."(옛날에 공공이 전욱과 황제 자리를 놓고 싸우다가
화가 나서 부주산을 들이받았다. 하늘의 기둥이 부러지고, 사방의 땅을 묶어 놓은
끈이 끊어졌다. 하늘이 서북쪽으로 기울었는데 이것 때문에 일월성신이 서쪽으로 이
동하였다. 또한 땅의 동남쪽에는 기울어져서 고인 물과 진흙, 모래 등이 동남쪽으로
흘러 들어갔다.)라는 구절도 있다. 이러한 내용들을 통하여 옛 사람들 역시
일찍이 중국의 지리와 지세를 잘 알고 있었음을 알 수 있다.

태평양에서 불어오는 온난 다습한 계절풍의 영향 때문에 동으로부터 서
로 갈수록 강우량이 줄어든다. 또한 위도 때문에 남에서 북으로 갈수록
온도가 점차 낮아진다. 그리하여 청장고원靑藏高原은 높고 추워서 자연적으
로 기후특구가 되었다.

1만여 년 전, 지구 최후의 빙하기가 끝나자, 지구의 기후는 온난 다습하게
되었다. 화북華北은 아열대 산림과 산림 초원이 되었다. 산정동인山頂洞人의
유골과 함께 출토된 척추동물화석에는 타조도 있다. 지금으로부터 약 1만
년 전부터 8천 년 전까지는 전신세全新世 조기早期로, 기후는 냉습하였다.
지금으로부터 8천 년 전부터 4천 년 전까지는 신석기문화시기로, 지구는
또다시 따뜻해졌는데, 이 시기를 중국 기상고고사氣象考古史에서는 앙소仰韶
온난시기라 칭한다.

황하유역은 한작旱作문화지역으로, 대부분의 지역은 황토와 황토상토黃土
狀土(역자주 : 황토상토란 전형적인 황토의 특징을 불완전하게 구비한 흙을 말한다.)로
뒤덮여 있었다. 중·하 유역의 산지는 아열대 삼림과 삼림초원이었고, 평원

은 삼림 초원과 초전草甸(meadow) 초원이었다. 상류의 감숙甘肅, 청해靑海는 강우량이 적었기 때문에, 관목과 초원의 교체지대였다. 1월 평균 기온은 현재보다 섭씨 3℃~5℃ 가량 높았고, 연평균 기온은 현재보다 섭씨 2℃~3℃ 가량 높았다(자세한 내용은 『역사지리歷史地理』제5집에 수록된 공법고龔法高의 『역사시기아국기후대적변천급생물분포계한적추이歷史時期我國氣候帶的變遷及生物分布界限的推移』를 참고). 장강유역의 중·하류는 중아열대中亞熱帶 범위에 속하였으며, 황하유역보다 더욱 축축하고 무더웠다. 그리고 평원에는 강과 호수가 빽빽하게 분포하였다. 이러한 자연 환경은 도작稻作문화구를 형성하기에 적합하다.

지세는 서쪽으로부터 동쪽으로 내려갈수록 산맥에서 평원으로 이어지는 과도대過渡帶이다. 북쪽은 흥안령興安嶺 내측의 구릉으로부터 연산燕山, 항산恒山, 려양呂梁, 파산巴山을 거쳐 무릉산武陵山에 이른다. 오늘날의 성시城市로 본다면, 대체적으로 장가구張家口로부터 귀양貴陽까지 일직선을 이루고, 너비는 약 1,000여 리가 된다. 기후는 앙소온난시기 아열대 기후로, 북선北線은 동으로 천진天津과 북경北京에서부터 시작하여 영정하永定河를 따라 서쪽으로 항산恒山에 이른 연후에 남쪽으로 꺾어 화산華山에 이른 다음에 위하渭河유역에서 다시 서쪽으로 꺾는다. 지세는 과도대過渡帶와 아열대亞熱帶 북선北線이 만나는 곳으로, 이곳이 바로 신석기 시대의 황하 중류 문화구이다. 이것은 결코 우연의 일치가 아니다. 이곳의 지형과 기후는 농업경제의 발전에 적합하여 기타 다른 지역보다도 훨씬 더 중요한 문화의 중심지가 되었던 것이다. 바로 이곳에서 찬란한 문화가 잉태되었는데, 그 발전 순서는 전앙소문화前仰韶文化(B.C. 5500~B.C. 4800) ─ 앙소문화仰韶文化(B.C. 5000~B.C. 3000) ─ 묘저구이기문화廟底溝二期文化(B.C. 2900~B.C. 2800) ─ 하남河南 용산문화龍山文化(B.C. 2600~B.C. 2000, 이는 B.C. 2300~B.C. 2000에 속하는 섬서陝西 용산문화를 포괄한다.) ─ 하夏(?)이다. 당시 이 지역은 아열대 기후로, 대체로 지금의 안휘安徽 회하淮河 이남의 강우량에 상당하였다. 현재는 섬서陝西의 연평균 강우량은 400∼1000mm이고, 회하准河 이남은 800∼1700mm이다. 즉 다시 말하자면, 앙소온난시기의 이 지역의 강우량은 지금보다 약 두 배 가까이나 되었다. 계절풍의 영향으로 여름철에는 비가 많이 내렸다.

앞의 예 13)의 자형은 우雨자이다. 마치 하늘에서 빗방울이 뚝뚝 떨어지는 형상으로, 윗부분의 횡선인 ─은 하늘을 나타낸다. 『설문・우부雨部』에서는 "雨, 水從云下也."(비라는 것은 구름에서 물이 떨어지는 것이다.)라고 풀이하였다. 우雨자에서 직선은 빗방울을 표시하는 것이다. 현전하는 문헌에서 우雨는 대체적으로 명사로 쓰이지만, 동사로 쓰인 경우도 있는데, 몇 몇 사람들은 이를 명사활용동사라 칭하기도 하였다. 사실, 갑골문에서 우雨는 대부분 동사로 사용된 것으로 보아, 위의 사실과는 정반대의 상황이라 할 수 있다. 명사로 사용되었다는 것은 바로 동사의 명물화名物化 용법이라 해야 정확한 표현인 것이다.

강우량이 풍부하였기 때문에, 분하汾河, 위하渭河, 락하洛河, 경하經河 등 크고 작은 황하의 지류支流가 밀집하게 되었고, 지형이 복잡하게 되었으며, 계곡의 물 역시 매우 풍부하게 되었다.

앞의 예 9)의 자형은 수水자이다. 마치 굽이쳐 흐르는 물과, 옆으로는 물보라가 몰아치는 형상으로, 이것은 본래 강물을 그린 것이다. 현전하는 문헌에서는 일반적으로 강물의 흐름을 수水로 칭하였고, 하河로 칭하지는 않았다. 하河란 바로 황하의 고유명사일 뿐이다. 당시에는 오염되지 않았고, 위하와 락하 등의 강물에도 지금처럼 이렇게 많은 황토진흙모래가 없었다. 맑고 투명한 강물과 계곡의 물 그 자체가 우물이 발견되기 전에는 주요 음용수원이었다. 이 물을 길러서 돌아간 후 마시는 한 모금의 물은 달콤한 꿀맛 같았을 것이다.

이곳의 지형은 서고동저이기 때문에, 대다수의 강물은 모두 넘실넘실 동쪽으로 흘러갔다.

앞의 예 10)의 자형은 연衍자이다. 이 한자는 수水와 행行이 결합하여 이루어진 것으로, 마치 쉼 없이 흐르는 강물이 길을 재촉하는 것처럼 묘사된 것인데, 그렇다면 어디로 질주하는 것일까? 『설문·수부水部』에서는 "衍, 水朝宗于海也."(연衍이란, 물이 바다로 흘러가는 것이다.)라고 풀이하였다. 이것이 바로 본의이다. 개울물이 희희락락 떠들어 대면서 위하, 락하, 분하, 경하로 흘러 들어가고, 이러한 강들은 또한 기뻐 날뛰면서 황하의 품속으로 돌진한다. 황하는 일사천리로 세차게 출렁이며 저 넓은 바다로 돌진한다! 물이 바다로 돌아감은 바로 수많은 지류에서 나온 것으로, 물은 가면 갈수록 불어나는 것이기 때문에 연衍자는 '만연하다', '넓어지다', '불어나다', '변화, 발전하다', '많다' 등의 인신의가 발생하였음은 아주 자연스러운 일이다. 훈고訓詁와 교감校勘함에 있어서 문헌을 베끼면서 불어난 글자를 연衍 혹은 연문衍文, 연자衍字라 하고, 불어난 문장을 연구衍句라 하며, 문장이 정련되지 않고 수식되어 많아진 문체를 연사衍辭라고 한다.

강물은 끝없이 이어지고, 지형은 매우 복잡하였다. 그리하여 어떤 높은 지형은 큰 물로 둘러싸이게 되었다.

예 12)의 자형은 주州자로, 바로 이러한 정황의 조감도를 보는 듯하다. 『설문·천부川部』에서는 "水中可居曰州, 周繞其旁, 從重川."(강물에서 거주할 수 있는 곳을 주州라 하고, 그 주위에는 수많은 하천들이 둘러싸고 있다.)고 해석하였다. 여기에 한 가지 덧붙이자면 "昔堯遭洪水, 民居水中高土, 故曰九州."(옛날 요임금이 홍수를 당하시자, 백성들이 강물 가운데 높은 곳에서 살아가니, 그리하여 구주九州라 불렀다.)라는 이야기가 있다. 요堯임금과 순舜임금시대에도 이러할진대, 염제炎帝, 황제黃帝 이전에는 더 말할 나위조차도 없다. 『역사지리歷史地理』 제6집에 있는 왕묘발王妙發의 논문 『황하유역적사전취락黃河流域的史前聚落』의 통계에 따르면, 앙소시기의 취락 가운데 92.3%는 강가의 언덕에 건설되었다고 하였다. 어떤 것은 자연적으로 양측으로 강물에 둘러싸였는데, 이처럼 강물로 포위된 상황이 발생하게 된 것은 상시적인 일이었다. 강물 가운데 있는 육지를 주州라고 불렀다. 『설문』에서는 『시경』의 "재하지 주在河之州"(강가의 섬에 있다.)를 인용하였는데, 이러한 뜻은 후에 주洲라고 썼다. 금본今本 『시경·주남周南·관저關雎』편에서는 "재하지주在河之洲"라고 썼다. 지금은 놀랍게도 그 범위가 확대되어 아주亞洲, 미주美洲, 비주非洲 등과 같이 지구상의 대양大洋에 둘러싸인 육지를 가리킬 수도 있다. 주州에는 사람이 살 수 있다. 그리하여 후에는 역사상의 행정구역으로 인신되기도 하였다. 뿐만 아니라 어떤 주州는 범위가 지금의 성省보다 더욱 큰 것도 있었다. 전설에 따르면 우禹임금께서는 천하를 12주로 나누었다. 당송唐宋 이후 주州의 범위는 축소되어 현縣을 관할하는 군郡에 상당하였다.

강물은 육지를 포위할 수 있지만, 간혹 육지 역시 강물을 포위할 수 있다. 예 11)의 자형은 연淵자이다. 이것은 강물이 낮은 곳에 위치하여 사면의 언덕에 의하여 저지당하는 형상으로, 강물이 사면이 막혀서 빙빙 돌고 있는 것을 그린 것이다. 『설문·수부水部』에서는 "淵, 回水也. 從水象形, 左右岸也, 中象水."(연淵이란 빙빙 도는 소용돌이를 나타낸다. 물을 본뜬 것으로, 좌우로는 언덕이 있고 그 가운데 물을 그렸다.)라고 풀이하였다. 물이 모이면 깊기 때문에, 연淵에는 깊은 연못이란 뜻이 있게 되었다. 지금도 "進了賭場就是掉進深淵"(노름판에 들어갔다면 깊은 못(심연)에 떨어진 것이다.)라고 하지 않는가? 그러한 연淵자는 사면이 절벽으로 되어 있어서 그곳에 빠진다면 어떻게 기어 올라올 수 있겠는가? 현대인들도 매우 힘든데, 하물며 앙소인들은 오죽하였겠는가? '깊다' '모으다'라는 의미로 확장되어 '정심광박精深廣博'(깊고 넓다. 지식이 해박하다.)을 '연박淵博' 혹은 '연위淵偉'라고 하고, '심오深奧'(심오하다)를 '연현淵玄'이라고 한다.

황하중류문화구의 북쪽에는 연산燕山이 있고, 서쪽에는 하란산賀蘭山과 기련산祁連山이 있으며, 남쪽에는 진령秦嶺과 무당巫堂, 그리고 중간에는 려양呂

梁, 태행太行이 있다. 그리고 유명한 산봉우리로는 항산恒山, 오대산五臺山, 고산嵩山, 화산華山, 태백산太白山 등이 있다. 이처럼 많은 산들이 서로 연결되어 있어 산세가 매우 험준하다.

앞의 예 1)의 자형은 산山자로, 산세가 기복이 있는 모양과 흡사하다. 겹겹이 둘러싸인 산봉우리의 모습을 세 개의 산봉우리로 묘사하였다. 고대에는 삼三은 많은 수를 나타낸다. 산봉우리가 많다라는 것은 바로 산세가 우뚝 솟아 있다는 것이다. 본의는 '돌이 있는 큰 산'이다.『설문·산부山部』는 성훈聲訓을 사용하여 산을 동식물보고의 생태학 관점으로 "山, 宣也, 宣气散生万物. 有石而高, 象形."(산이란 선宣(역자주 : 선양하다)이다. 땅의 기운을 널리 퍼지게 하고 여러 곳으로 흩어지게 하니, 이로써 만물을 생기게 한다. 돌이 있고 높다. 상형이다.)라고 해석하였다. 바다는 생명의 원천이고, 산은 생물의 보고이다. 산으로 수식하는 단어는 매우 많다. 동물 가운데 산저山猪(멧돼지), 산소山魈(맨드릴), 산작山雀(곤줄박이), 산 중의 임금(山中之君)이라 불리우는 호랑이 등이 있고, 식물에는 산차山茶(녹차의 한 종류인 과편), 산사山楂(산사나무), 산내山柰(생강과의 다년생 숙근초), 산수유山茱萸, 산핵도山核桃(히커리)가 있으며, 사람이 수련하여 도를 얻어 신선이 된 '仙'조차도 산과 관계가 있다. 산의 생태환경을 보호하는 것은 사실 인류 스스로 발전하기 위해 필요한 것이다.

높은 산 사이에는 구릉이 매우 많다.

예 2)의 자형은 구丘자로, 두 개의 산봉우리는 산山보다 높지 않음을 나타낸다. 이는 바로 높은 산에서 평원으로 넘어가는 작은 흙산으로, 본의는 『설문·구부丘部』에서의 설명인 "丘, 土之高也, 非人所爲也."(구丘란, 높게 쌓인 흙더미로, 이것은 결코 사람이 만든 것이 아니다.)와 같다고 할 수 있다. 허신은 특별히 자연적으로 형성된 작은 흙산이 그 본의임을 강조하였다. 폐허와 무덤 역시 구丘라 칭하는 것은 인신의이다.『초사楚辭·애영哀郢』에는 "曾不知夏之爲丘兮."(일찍이 하나라의 폐허를 찾을 길 없구나!)라는 문장이 있는데, 여기에서 "구丘"란 바로 "폐허"를 뜻한다.

작은 흙산을 구丘라 하고, 큰 흙산은 부阜(fù)라 한다. 어떠한 형태로 큰 흙산이라는 의미를 나타낼 것인가? 구丘보다 높고 크지만, 산봉우리 하나를 덧붙인다면 산山자와 혼란을 초래하게 될 것이다.

예 3)의 자형은 부阜자이다. 중국의 선조들은 교묘하게도 산山자를 옆으로 세웠다. 옆으로 세웠기 때문에 그 형태 변화는 매우 다양하여, 어떤 갑골문의 부阜자는 직선 옆에 세 개의 횡선을 그리기도 하였는데, 이것은 다름 아닌 계단의 모습과 흡사하였다. 송대宋代의 대문호인 소식蘇軾은 "橫看成岭側成峰."(전후로 보면 산고개이고, 옆으로 보면 산봉우리이니.『제서림벽題西林壁』)라는 유명한 문장을 남겼다. 사실 선조들은 이미 몇 천 년 동안 이처럼 다각도로 시각을 운용하였다. 『설문・부부阜部』에서는 "阜, 大陸山無石者."(부阜란 높고 평평한 넓은 곳으로, 돌이 없는 흙으로 된 산이다.)라고 설명하였다. 부阜의 본의는 바로 넓은 토산이다. 산은 오를 수 있는 곳이다. 그렇기 때문에 부阜가 들어있는 문자들은 모두 산릉 및 계단과 관계가 있다. 부阜 역시 일반적인 산을 가리킬 수 있다. 산은 높고 크기 때문에, '높다', '강건하다'의 뜻으로 의미가 확장되었다. 이로부터 다시 확장되어 '두텁다', '왕성하다', '돈후하다'라는 의미가 되었다. 돈이 풍족한 것을 일러 '부영阜盈', '부단阜胆'이라 하고, 풀과 나무가 무성한 것을 '부무阜茂', '부풍阜豐'이라 하며, 평안하고 건강하다는 것을 '부강阜康', '부안阜安'이라 한다.

높은 산에는 돌이 있는데, 예 4)의 자형이 바로 석石이다. 거꾸로 그려진 삼각형은 바로 돌의 울퉁불퉁한 모양을 나타낸다. 후에 다시 구口를 더하였는데, 예 5)의 자형 역시 석石이다. 이것이 바로 해서화 된 석石자의 근원이 된다. 돌은 고인류진화사에 있어서 매우 중요한 작용을 하였다. 고대 유인원은 석기를 사용하여 자연에 도전하였다. 그들은 석기를 사용하는 와중에 사지四肢가 진화하였다. 이렇게 하여 몇 백만 년 전에 직립인이 된 것이다.

고고학에서 발견된 대량의 돌도끼, 돌칼, 석핵石核은 우리들에게 고인류가 기나긴 시간동안 힘들게 살아온 과정을 알려준다. 오늘날에도 돌은 여전히 우리 생활에서 불가분의 재료이다. 예를 들면 건축용의 연석과 사석, 일상생활 가운데의 석제품, 돌 가운데 아름다운 것인 옥玉은 우리 중화민족이 좋아하는 장식품이다.

백만 년 전의 갱신세조기更新世早期에는 건조하고 한랭한 단계로, 화북華北 지방에는 황토가 광범위하게 퇴적되기 시작하였다. 앙소온난시기에 이 지역은 비교적 높은 산봉우리를 제외하고는, 대부분 황토와 황토상토로 뒤덮였다. 황토는 접착력이 강하여 파낸 이후에 대부분은 덩어리 상태가 되었다.

예 7)은 토土자로, 지면에 세워진 깨지기 힘든 흙덩어리 형태와 흡사하다. 윗부분의 작은 점들은 흙먼지를 나타내지만, 여기에서 가장 중요한 부분은 바로 흙덩어리라는 점이다. 이에 본의는 다름 아닌 토양이다. 『설문・토부 土部』에서는 "土, 地之吐生物者也."(토土란 땅에서 생물들을 토해내는 것이다.)라고 식물 생장 시 가장 중요한 조건으로 해석하였다. 즉, 흙은 식물의 모친이고, 식물은 동물 생존의 조건이 되므로, "吐生物者"(생물을 토해내는 것)라 한 것이다. '논밭', '영토', '향토' 등의 의미로 확장 되었다. 게다가 '본토' 역시도 "土"라 칭했다. '본토에서 생산된 것'을 '토산土産', '본토의 작물'을 '토모土毛', '본토의 풍속'을 '토속土俗', '세상을 보지 못한 것'을 '로토老土(시골뜨기)', '본토의 무장'을 '토단土團', '본토의 방언'을 '토화土話(사투리)', '세대에 걸쳐 본토에 사는 사람'을 '토저土著(본토박이)'라고 한다.

높은 산과 황토 구릉 사이에는 종횡으로 계곡이 있으며, 계곡에는 물이 굽이쳐 흐른다.

예 8)의 자형은 곡谷자로, 마치 시냇물 물보라가 사방으로 튀기면서 계곡의 입구로 나오는 형상을 본뜬 듯하다. 『설문』에서는 "泉出通川爲谷, 從水半見于口."(샘물이 솟아나는 출구가 냇물까지 이어진 곳을 곡谷이라 한다. 수水자가 口

위에 반쯤 보이는 모양을 그린 것이다.)라고 해석하였다. 여기에서 "반수半水"란 중간에 물보라를 나타내는 한 획이 부족한 것을 나타낸다.

시냇물은 어찌하여 나오는 것일까?

예 6)의 자형은 갑골문의 천泉자로, 그 샘물은 바로 산 사이의 구멍 틈에서 뚝뚝 소리를 내며 흘러나온다. 『설문·천부泉部』에서는 "泉水原(后來寫作源)也, 象水流出成川形."(샘물이란 물의 근원(후에 원原이란 한자는 원源으로 썼다.)이다. 이 한자는 마치 물이 흘러 나와서 시냇물을 이루는 형상이다.)라고 설명하였다. 천泉의 본의는 샘물이다. 『주역周易·몽蒙』에는 "山下出泉."(산 아래에서 샘이 솟아난다.)라는 구절이 있다. 샘물은 산 사이 혹은 지하로부터 흘러나오는 것이므로, '지하수'라는 의미로 확장되었다. 한민족의 풍속 가운데 사람이 죽으면 토장土葬(매장)을 하기 때문에, "黃泉之下"란 말은 바로 죽은 사람을 매장하는 곳(천하泉下, 천리泉裏, 천도泉途, 천세泉世로 약칭하며, 또한 상상 속의 저승을 가리키기도 한다.)을 가리키는데, 천문泉門, 천경泉局, 천비泉扉 등이 가리키는 것은 다름 아닌 "墓門(현실의 문)"이다. 샘물은 끊임없이 사람들에게 공급해 주는 물의 근원인 것이다. 돈은 상품사회에서 생활용품의 근원이므로, 옛 사람들은 돈을 천泉이라 하였다. 이에 천화泉貨, 천포泉布, 천폐泉幣 등은 모두 돈을 나타낸다.

이상의 설명은 황하유역의 지형에 대한 내용이다. 장강 중·하류는 호수가 밀집되어 있었고, 강우량이 지금보다 높았지만, 지금과 비교해보면 황하유역처럼 그렇게 큰 차이를 보이지 않는다. 대체적으로 지금의 절강浙江 중부의 기후와 비슷하였다.

2. 식생

갑甲 00. 목木

수粹 726. 림林

후後 2, 3, 2. 삼森

전前 4, 41, 6. 자朿

전前 1, 34, 6. 수垂

금문 구호口壺. 죽竹

명궤命簋. 화華

합집合集 467, 8. 생生

    당시의 황하중·하류는 지금의 회하淮河 이남에서부터 장강長江 북안北岸에 이르기까지의 원시의 식생과 비슷하다. 하지만 지금은 사람들로 인하여 파손되고 훼손되었기 때문에 원시의 식생을 찾을 방법이 없어, 단지 연관된 자료에 근거하여 대체적인 추측을 할 수밖에 없다. 황하중·하류는 아마도 아열대상록활엽과 낙엽혼합림 및 저습초원지역이었을 것이다. 해발고도의 변화와 계절풍에 의한 비로 말미암아, 지금의 낙엽활엽혼합림으로 활엽수 위주인 장강유역의 예남豫南과 제로齊魯 구릉과 흡사하다. 중·하류의 평원 대부분은 아열대저습지초원으로, 구릉 과도지역은 삼림초원일 것이고, 서부 산악지구는 낙엽수와 온난 초원일 것이다. 앙소시기에는 취락이 증가하였는데, 황하중류에서 발견된 이 시기의 유적에는 이미 1천 곳을 초과하였다. 관중關中의 산하滻河, 파하灞河 양안은 특별한 지역으로, 유적지는 오늘날의 촌락 밀도와 흡사하다. 강 연안의 대규모 개척지는 이미 원시농업에 의하여 개발되었고, 화전경작을 위하여 대규모로 숲을 태워서 밭을 만들었다. 게다가 풀이 무성한 저습지를 개발하였기 때문에, 삼림지역은 이미 큰 산 몇 개의 산기슭과 구릉을 파헤치게 되었다. 약간의 평원 구간은 아직까지 저습지와 초원의 경관을 보존하고 있다.

앞의 예 1)의 자형은 목木자로, 한 그루의 나무를 그린 것이다. 아래 부분은 뿌리이고 윗부분은 잔가지가 자라나는 것을 그렸고, 잎이 없는 것으로 보아 대체적으로 가을날 낙엽이 떨어진 교목의 모양인 듯하다. 본의는 나무이다. 『시경・주남周南・한광漢廣』에는 "南有喬木."(남쪽에 교목이 있다.)는 구절이 있다. 선진시기에는 현대 한어의 명사인 수목樹木을 일반적으로 목木이라 칭하였다. 그리고 수樹는 대부분 동사인 '심다'라는 의미로 사용되었다. 의미가 확장되어 목재를 가리킨다. 나무는 감정이 없기 때문에, 또다시 '마비되다'는 의미로 확장되었다.

평평한 지역에는 나무들이 우거진다.

예 2)의 자형은 림林자로, 병렬된 두 개의 나무로 울창하고 그윽한 숲을 나타내었다. 『설문・림부林部』에서는 "林, 平土有叢木曰林, 從二木."(림林이란, 평지에 나무가 우거진 것을 림林이라 한다. 림林은 두 개의 나무를 그린 것이다.)라고 풀이하였다. 숲은 인류의 조상인 유인원들의 고향으로, 대다수의 동식물들이 의지해서 살아가는 장소이다. 이곳은 바로 천연적인 저수지이자, 기후를 조절하여 평형을 맞추는 기계로, 물과 토양의 유실을 방지하기 위한 보호벽이다. 삼림파괴는 인류의 고향을 파괴하는 행위이자 바로 인류 자신을 손상시키는 것이다. 애석하게도, 인류는 너무 늦게 이 점을 인식하게 되어 나무는 일찍이 산악지대에서 멀어지게 되었고, 심지어 산악지대조차도 파괴되기에 이르렀다. 어두운 정치와 야박한 속세를 간파한 사람들은 종종 수풀이 우거진 산림지대로 가게 된다. 그래서 출가인과 은둔자를 림하인林下人, 림하사林下士로 부르고, 민간이나 고향으로 돌아가 은거하고 싶은 마음을 림하의林下意라 부른다.

산기슭에 이르러 저 멀리 푸르고 푸른 수풀을 바라보면 나무 위에 나무가 있는 정경을 보게 된다.

예 3)의 자형은 삼森자로 바로 이러한 모습을 그린 것이다. 『설문·림부林部』에서 "木多貌. 從林從木. 讀若曾參之參."(나무가 많은 모양이다. 림林과 목木을 결합하여 만들었다. 증삼曾參의 삼參과 비슷하게 읽는다.)라고 풀이하였다. 본의는 수풀이 높게 자라서 우거진 모습이다. 의미가 확장되어 '일반적으로 높게 뻗은 것'을 가리키게 되었다. 그리하여 초벽峭壁(가파른 절벽) 역시 삼벽森壁이라 하고, 용립聳立(우뚝 솟다)을 삼용森聳, 삼송森竦이라 하며, 산세가 험준한 것을 형용하여 삼정森挺, 삼초森峭, 삼특森特이라 한다. 재차 '번성하다'는 의미로 확장되었다. 그리하여 수풀이 우거진 것을 삼무森茂, 삼밀森密, 삼성森盛이라 한다. 게다가 삼림이 빽빽하게 들어차면 깊숙하고 그윽하여 그 깊이를 알 수 없기 때문에 '삼엄하다'는 의미로 확장되었다. 그리하여 염라국閻羅國 역시 삼라전森羅殿이라 부른다.

수풀이 우거진 지역과 초원지역의 중간지대에는 상당수의 관목灌木이 자란다. 게다가 가시나무가 우거져 자란다. 서부는 비가 적어 가뭄에 견디는 관목에는 날카롭고 뾰족한 가시가 돋아났다.

예 4)의 자형은 자朿(cì)자인데, 아래 부분은 나무木이고, 나무에 잔가지가 날카롭고 뾰족하게 돋아난 것을 그린 것이다. 『설문』에서는 "木芒也, 象形."(나무의 까끄라기를 그린 것이다. 상형이다.)라고 풀이하였다.

수풀 사이, 개발되어 버려진 평지, 저습지 등지에는 잡초와 산벼가 매년 자란다.

예 8)은 생生자로, 『설문·생부生部』에서는 "進也, 象草木生出土上."('나아가다'이다. 초목이 토양을 뚫고 나오는 것을 그린 것이다.)라고 풀이하였다. 아래의 횡선은 땅을 나타내고, 윗부분은 처음 자라나는 초목의 새싹을 나타낸다. 게다가 이것은 사람의 출생과 만물의 양육을 가리키기도 한다. 뿐만 아니라 새로운 것, 어떠한 경험도 없는 것, 눈에 익지 않은 생소한 것을 나타내는 의미로 확장되었다. 그래서 아직 개간되지 않은 땅을 '생황生荒'이라 하고, 모르는 문자를 '생자生字'라 한다. 사람들은 모두 생명이 있기 때문에, '사람'을 가리키기도 한다. 그래서 '선생先生', '학생學生' 등의 칭호가 생겨나게 된 것이다.

봄과 여름에는 들풀이 자라서 꽃들이 만개한다.

예 7)의 자형은 금문의 화華자이다. 아래 부분은 땅 속에 있는 뿌리를, 윗부분은 다섯 개의 꽃을 가진 한 송이 꽃이 태양을 받으며 만개한 모습을 그린 것이다. 『시경・주남周南・도요桃夭』에 "桃之夭夭, 灼灼其華."(복사꽃이 만발하니, 꽃이 반짝반짝 빛나는 듯하구나!)라는 구절이 있다(여기에서 '灼灼其華'란 '화려하고 아름다운 꽃 봉우리'를 말한다). 화華와 화花는 고금자이지만, 화華는 후에 '화미華美(화려하고 정교하다)'라는 인신의로 전용되었기 때문에, 나중에 만들어진 형성자인 화花가 그 본의를 나타내기 위하여 사용되게 되었다. 화華는 현재 간화簡化되어 화华가 되었다. 그리고 '화려하고 정교하다', '화려하고 산뜻한 색체', '교양이 있다'라는 의미로 확장되었다. 중국의 옛 이름인 '화하華夏'는 '화華'로 약칭되었기 때문에, '화동華東', '화남華南', '화북華北'이라는 명칭이 있게 되었다.

꽃이 핀 모습을 살펴보면 위로 향한 모습과 밑으로 늘어진 모습이 있다.

예 5)의 자형은 수垂자로, 이 한자는 흙 위로 자란 야생초와 꽃잎이 아래로 늘어진 모양을 본떠서 만들어졌다. 이 한자의 자형 아래 부분에 흙(土)을 첨가한 것이 바로 오늘날 수垂라는 한자 형체의 근원이 된다. 본의는 '아래로 드리워지다', '매달다'로, 단지 꽃이 아래로 드리워진 것만을 의미하지는 않는다. 『옥대신영玉臺新詠・위초중경처작爲焦仲卿妻作』에 "紅羅複斗帳, 四角垂香囊."(겹겹이 처진 붉은 비단 휘장, 네 벽에 향주머니 드리웠네.)라는 구절이 있다. 인신되어 '세상에 널리 퍼지다'라는 의미가 되었다. 그래서 '수방垂芳'이라는 것은 바로 '훌륭한 덕성・명성을 후세에 남기다.'라는 의미가 되었고, '영수불휴永垂不休'란 '지난날의 명성·업적·정신 등이 천추에 오래 빛나다.'라는 의미를 지니게 된 것이다.

가장 분명한 특징은 강가의 도랑을 따라 생긴 저습지에 있는 죽림竹林이다.

예 6)은 금문의 죽竹자이다. 이 한자는 대나무 잎사귀가 조각조각 아래로 드리워진 것을 그린 것으로『설문·죽부竹部』에서는 "竹, 冬生草也, 象形." (대나무는 겨울에 자라는 식물이다. 상형문자이다.)라고 해석하였다. 게다가 뽕나무도 있다. 앙소문화에 속하는 하북河北 정남방향에 자리잡은 앙장仰莊 유적지에서는 질그릇에 새겨진 누에나방의 알이 출토되었는데(지금으로부터 약 5,400여 년 전), 이것은 당시에 분명히 뽕나무가 있었다는 증거가 된다. 지금은 대나무 숲은 장강유역까지 밀려났고, 누에실의 주요 생산지는 남쪽으로 이동하여 강소江蘇, 절강浙江, 사천四川 및 주강삼각주珠江三角洲 등지까지 다 다르게 되었다. 예를 들면 오늘날 회화淮河 유역에 분포하는 양치식물은, 당시에는 지금의 북경과 천진 지역에서 자랐다.

장강하류는 당시에는 아열대상록활엽수림지대였고, 중류는 활엽낙엽혼합림지대였다. 그래서 수많은 호수와 습지 가운데 얕은 물이 있는 곳은 초본습지식생을 형성하여, 농업개발에 매우 곤란하였다. 하모도河姆渡 문화시기에는, 늪은 사라지기 시작하였기 때문에, 상당한 면적에 왕겨를 심기 시작하였다(이 부분에 관하여 『考古學報』 1978년 제1기에 수록된 절강浙江박물관의 『하모도유지동식물유존적감정화연구河姆渡遺址動植物遺存的監定和研究』에 상세히 소개되어 있음). 빈해濱海의 진흙만과 백사장에는 '알칼리를 견디어내는 관목'과 '모래에서 자라는 식생'이 있었을 가능성이 있다.

3. 동물

갑甲 1395. 록鹿   일佚 43. 예麑   속續 4, 5, 5. 미麋   갑甲 270. 토兎

능도존能匋尊. 능能   을乙 960. 상象   경진京津 4030. 시兕   전前 6, 48, 4. 랑狼

존存 2, 359. 호狐   전前 4, 46, 3. 마馬   갑甲 3017. 호虎   철鐵 462. 충虫

합집合集 10063. 타它   후後 2, 19, 8. 만萬   철掇 2, 409. 민黽   을乙 6664. 조鳥

림林 2, 16, 13. 연燕   갑甲 3420. 환雚   문文 708. 관雚   철鐵 1332, 4. 서西

합집合集 6007. 치蚩   전前 5, 30, 4. 위爲   아문정亞蚊鼎. 문蚊   경京 1345. 균麇

전적에 기록된 중원 지역의 동물은 현재와 비교해보면 너무나 다르다. 『사기史記·제왕본기帝王本紀』에는 "黃帝敎熊, 羆, 貔, 貅, 貙, 虎, 以與炎帝戰於阪泉之野."(황제는 곰, 큰곰, 비휴, 맹수, 사나운 맹수, 호랑이를 거느려 염제와 판천阪泉의 들에서 전투를 하였다.)라는 기록이 있다. 『여씨춘추呂氏春秋·중하기仲夏紀·고악古樂』에는 "商人服象, 爲虐於東夷."(상나라 사람이 코끼리를 길들여 동이東夷와의 전쟁에 이용하였다.)라는 구절이 있고, 『맹자孟子·등문공하滕文公下』에는 "周公相武王, ……驅虎, 豹, 犀, 象而遠之, 天下大悅."(주공께서 무왕을 도와서, ……호랑이, 표범, 무소, 코끼리를 몰고 그것을 멀리 쫓아버리자, 천하가 크게 기뻐하였다.)라는 구절이 있다. 뿐만 아니라 『국어國語·진어晉語』에는 "唐叔射兕於徒林, 殪以爲大甲."(당숙께서는 도림에서 외뿔들소를 쏘았다. 이를 쓰러뜨려 대갑이 되었다.)는 구절이 있고, 『시·주남周南·권이卷耳』에는 "我姑酌彼兕觥."(내 우선 저 쇠뿔잔에 술을 따른다.)는 구절이 있다. 여기에서 '시굉兕觥'이란 코뿔소의 뿔로 만들어진 술잔으로, 코뿔소가 있으면 코뿔소의 뿔이 있는 것은 당연한 이치이다.

고고학의 자료들은 이상의 기록이 결코 거짓으로 날조된 것이 아님을 증명하기에 충분하다. 중원 지역의 반파半坡 유적지에서 출토된 동식물의 유골에는 얼룩사슴(斑鹿), 대나무쥐(竹鼠), 들토끼(野兔), 살쾡이(狸), 담비(貉), 오소리(獾), 영양(羚羊), 독수리(雕) 등이 있다.(『중국대백과전서中國大百科全書·고고권考古卷』에 자세히 설명되어 있음) 가란파賈蘭坡 등의 『하남석천현하왕강유지중적동물군河南淅川縣下王崗遺址中的動物群』에 따르면, 하남성 서남부의 석천하왕강유적은 앙소문화시기에 속하는 지층대로 이곳에서 출토된 동물의 뼈는 자이언트판다(大熊猫), 수마트라코뿔소(蘇門犀), 아시아코끼리(亞洲象), 큰 노루(麂), 공작(孔雀), 미후(獼猴. 아시아나 아프리카 등지에 서식하는 짧은꼬리원숭이로 길들이기도 쉬우며, 과일과 풀 등을 먹음), 멧돼지(野猪), 사향노루(麝), 호랑이(虎), 담비(貉), 호저(豪猪), 자라(鼈), 거북(龜) 등이 있다.(『文物』 1984년 제3기에

기재됨)

부인의傳仁義의 『대련곽가촌유지적동물유골大連郭家村遺址的動物遺骨』에 따르면, 요동반도遼東半島 남단의 대련 곽가촌 유적지는 지금으로부터 약 5,600~4,400여 년 전의 지층대에 속하는 곳으로, 여기에서 출토된 동물 유골은 표범(豹), 담비(貂), 이리(狼), 곰(熊), 얼룩사슴(斑鹿), 고라니(馬鹿), 노루(獐), 사향노루(麝), 큰사슴(麅), 큰 노루(麂) 등의 유골이 있다.(『考古學報』 1984년 제3기에 기재됨)

장강 하류의 하모도 유적지에서는 붉은얼굴원숭이(紅面猴), 미후(獼猴), 꽃사슴(梅花鹿), 말코손바닥사슴(水鹿), 큰노루(麂), 노루(獐), 곰(熊), 담비(貂), 수달(水獺), 호저(豪猪), 외뿔무소(單角犀), 사불상(四不像), 아시아코끼리(亞洲象), 들오리(野鴨), 기러기(雁), 매(鷹), 학(鶴), 펠리컨(鵜鶘), 백로(鷺鷥), 양자강 악어(揚子鰐), 자라(烏龜), 중국자라(中華鼈) 등이 발견되었다.

『장자莊子・도척盜蹠』에 "且吾聞之, 古者禽獸多而人少"(또 내가 듣건대, 옛적에는 새나 짐승은 많고 사람은 적었다.)라는 구절에서 "多"란 당시의 수량, 종속, 분포 구역이 그 이후와 매우 다름을 나타낸다. 이것은 당시의 지형, 기후, 식생과 매우 밀접한 관계가 있다. 멧돼지, 곰, 표범, 호랑이는 수풀이 우거진 삼림에서만 서식할 수 있는 동물들이고, 꽃사슴, 큰 노루 등은 관목이 무성한 언덕에서 생활이 가능한 동물들이다. 또한 들오리, 기러기, 학 등은 갈대 저습지대에서 생활하는 동물이고, 자이언트판다는 대나무 숲이 있어야만 생활이 가능한 동물이다. 코끼리와 무소 등은 밀림이 있어야만 생존할 수 있을 뿐만 아니라 추위를 싫어하고 따뜻한 곳을 좋아하는 동물들이고, 공작 또한 대체적으로 이와 같다. 오늘날 이미 변화된 동물서식지점과 대비하면 아래와 같다.

아시아코끼리는 서쌍판납(西雙版納)에 살고, 무소는 인도와 미얀마에 서식한다. 그리고 공작은 서쌍판납에 살고, 자이언트판다는 사천四川에 서식한다. 뿐만 아니라 대나무쥐는 회하淮河 이남지역에 서식한다.

전적의 기재와 출토된 동물의 유골은, 앞에서 황하 및 장강 유역의 앙소온 난시기의 식생에 대한 정황의 추론이 믿을 수 있음을 증명해 준다.

이제 우리들은 SF소설에서처럼 타임머신을 통하여 6천 년 전인 앙소온난 시기로 거슬러 올라가 중원 지역에 도착하여 여행해 보자. 길은 좀 힘들 것이다. 여기에서 말하는 '길'이란 단지 '족적'일 뿐이다. 수레의 흔적은 거의 찾아볼 길이 없다. 크고 작은 강가를 따라 즐비한 언덕에는 간간이 혈거穴居 및 반혈거半穴居와 지상건축이 혼합된 촌락이 보이고, 부근의 평지 에는 조가 심어져 있다. 이삭과 그루는 지금보다 작고, 듬성듬성 심어져 있다. 경지관리는 현재보다 매우 낙후되었다. 심어져 있는 조의 상태로 보아 계절은 대략 봄과 여름 사이 정도일 것이다. 거리에서 보이는 나무는 울창하 게 우거져 짙푸르고, 온갖 풀들은 무성하다.

앞에는 관목들이 총총하게 자라난 드넓은 풀밭이 있고, 꽃이 만개하여 온 천지 가득하고, 더불어 깨끗하고 신선한 공기가 넓게 퍼져 있다. 옆으로 는 계곡이 흐르고, 한 무리의 사슴이 물을 마시고 있어 마치 신화 속의 세상 같다. 사슴들이 이상하게 차려 입고 손에는 화살이 아닌 검은 색의 이상한 물건(사진기)을 들고 있는 여행자인 우리들을 발견하고는 안전을 위 하여 그래도 피하는 것이 좋은 듯, 새끼를 데리고서 우리들 앞으로 나는 듯 달려간다.

앞의 예 1)의 자형은 록鹿자로, 사슴이 옆으로 나는 듯이 달려가는 모습을 하였다. 머리에는 뿔이 달려있고, 옆으로 보면 네 개의 다리가 앞뒤 2개의 다리로 변했다. 사슴은 아름답고 온화한 동물로, 중화민족의 사랑을 받고 있다. 게다가 록鹿과 록祿의 고금음古今音이 같아서, 사슴鹿은 '좋고 길함'의 상징이 되어 건축에 조각되고 연화年畵(역자주 : 민간에서 설날에 붙이는 길吉한 뜻을 상징하는 그림)에 그려지게 되었다.

어미 사슴을 따라 달려가던 새끼 사슴은 아직 뿔이 자라지 않았으니, 바로 예 2)의 자형과 같은 모습이다. 이 한자는 예麑(ní)이고, 본의는 바로 새끼사슴이다.

　　또 사슴은 사슴이지만 사슴보다 크고, 커다란 눈언저리에 눈썹이 자란 듯 한 동물은 바로 미록麋鹿(역자주 : 사불상四不像이라 한다. 꼬리는 당나귀와 비슷하고 발굽은 소와 비슷하며 목은 낙타와 비슷하고 뿔은 사슴과 비슷한 동물이다.)이다. 바로 예 3)의 자형이 미麋자이다.

　　그렇다면 뿔이 없는 사슴은 모두 어린 사슴을 말하는 것일까? 여기 사슴과 비슷하고 황갈색의 긴 털을 가진 동물은 바로 장獐(노루)이다. 뛰기 시작하면 종횡으로 마구 달리니, 우리들의 삼단뛰기와 비교해보면 그 수준은 가히 우리의 상상을 뛰어 넘는다. 바로 예 24)의 자형이 뿔이 없는 노루가 풀숲에서 마치 나는 듯 종횡으로 달리는 모습을 하지 않았는가? 이것이 바로 균麇(jūn, 노루)이다. 노루가 세차게 달려 나가니, 풀숲은 한바탕 놀라움에 싸이게 된다. 이때 "까깍" 하고 소리를 내며 갑자기 저 창공으로 날아오르는 몇 마리의 큰 새가 있었으니, 그 새의 모습은 아름다운 볏과 무지개 빛깔의 꼬리를 한 것으로 보아 이 새가 바로 공작새가 아닌가 싶다. 공작을 나타낸 상형자는 공작과 마찬가지로 아름답지만, 애석하게도 창힐 선생은 공작을 상형자로 만들지 않고, 도리어 공작의 형상을 종합하여 봉황鳳 안에 집어넣었다.

　　공작새가 상공을 향하여 갑자기 날아오르니 산토끼는 놀라 질주하였다. 예 4)의 자형은 토兎자로, 큰 귀와 짧은 꼬리를 지닌 산토끼의 모양과 너무도 흡사하다. 토끼는 하얗고 온순하여, "토아괴괴兎兒乖乖"란 말은 동화에서 항상 업신여김을 당하는 대상으로 묘사된다. 중국인들은 토끼를 매우 좋아한다. 그래서 그것을 하늘로 올려 달 속의 궁전으로 보내어 마늘을 찧게 하였다.

산토끼 뒤에는 여우가 뒤쫓고 있다. 예 9)의 자형은 호狐자로, 소리를 나타내는 성방은 과瓜가 아니라 망亡이다. 과瓜와 망亡은 고음이 같다. 그리고 개犬를 더하여 이 한자를 만들었는데, 그러한 이유는 여우와 개는 매우 흡사하기 때문이다.

게다가 이리와 개 역시 매우 비슷하기 때문에, 단지 형성자의 방법을 빌려 만들었다. 예 8)의 자형은 개犬에서 뜻을 취하고 량良을 소리로 취하여 만든 랑狼자이다. 『설문』에서는 "狼, 似犬, 銳頭白頰, 高前廣后. 從犬良聲."(이리는 개와 비슷하다. 날카로운 머리와 하얀 턱이 있고, 몸의 앞부분은 높고, 뒷부분은 넓다. 견犬에서 뜻을 취하고 량良에서 소리를 취한다.)라고 풀이하였다. 이리와 여우는 중화민족이 역대로 싫어하는 동물이다. 그래서 좋지 않은 단어를 만들었는데, 예를 들면 '랑자야심狼子野心'(이리 새끼는 비록 작고 어리지만, 흉악한 본성을 가지고 있다), '랑심구폐狼心狗肺'(이리의 심장과 개의 허파, 즉 매우 흉악하고 잔인한 것), '랑패위간狼狽爲奸'(서로 결탁하여 나쁜 짓을 하다), '호군구당狐群狗党'(나쁜 짓을 하는 패거리들), '호붕구우狐朋狗友'(품행이 단정하지 못한 친구), '호리미파狐狸尾巴'(여우의 꼬리, 진상) 등이다. 사실 여우와 이리는 매우 영리한 동물로, 야생 동물과 식물 연결고리 가운데 없어서는 안 될 부분이므로, 이 역시 우리 인류의 친구이다.

이 뿐만 아니라 풀밭에는 말이 한가로이 풀을 뜯고 있다. 예 10)의 자형은 마馬자로, 곧게 세워진 귀와 길게 자란 갈기, 두 다리를 똑바로 세우고 긴 꼬리를 요리조리 움직이는 것으로 보아 이는 마치 용맹스러운 모습을 한 것 같다. 『설문·마부馬部』에서는 "馬, 怒也, 武也; 象馬頭髦尾四足之形." (말은 눈을 부릅뜨는 동물이자 용맹한 동물이다. 말의 머리, 갈기, 꼬리, 네 다리의 모습을 그린 모양이다.)라고 풀이하였다. 네 개의 다리를 측면에서 보면 단지 두 개의 다리만 볼 수 있다. 당시의 말이란 야생마를 말한다. 중국의 선조들은 말을 영민하고 용맹스러움의 상징으로 삼았다. 그래서 일찍이 '말의 머리'를 '용의 머리'의 형상으로 삼았다. 말은, 신석기 말기에 길들여지기 시작하여 수레를 끄는 동력이 되었다. 몇 천 년 동안 교통사交通史에 있어서 뛰어난 업적을 세웠고, 지금도 농촌에서는 말을 사용하고 있다. 말이 수레를 끌며 달려가는 도로는 비교적 넓기 때문에, 넓고 평탄한 길을 "마로馬路"라고 하였다. 이 단어는 춘추시기에 만들어졌다. 즉, 『좌전左傳·소공십이년昭公十二年』에 "褚師子申遇公於馬路之衢, 遂從."(솜옷을 입은 스승 자신이 말이 다니는 거리에서 공을 만났다. 그리하여 그를 따라갔다.)라는 구절이 있다. 말은 국가를 보위함에 있어서도 매우 중요한 역할을 하였다. 마상馬上(바로, 즉시)은, 원래 이미 전투마의 등에 올라탄 것을 가리키는데, '전쟁의 일'을 비유한다. 이로부터 더 나아가 '일이 빨리 진행되는 것'을 비유하게 되자마자 상용부사가 된 것이다. '일을 함에 있어서 쉬지 않고 계속 일을 진행하는 것'을 '마부정체馬不停綿'라 하고, '재빨리 성공하는 것'을 '마도성공馬到成功'이라 한다.

나무 사이와 수풀 속 여기 저기에서 새 울음소리가 들린다. 예 16)의 자형은 조鳥자로, 이것은 새가 옆으로 서 있는 모습을 그린 것이다. 갑골문에서 조鳥와 추隹는 하나의 글자이다. 『설문』에 따르면 "隹, 鳥之短尾總名也, 象形."(추隹는 꼬리가 짧은 새의 총칭이다. 상형문자이다.)라고 해석하였고, "鳥, 長尾禽總名也, 象形."(조鳥는 꼬리가 긴 날짐승의 총칭이다. 상형문자이다.)라고 풀이하였다. 이 두 개의 한자는 후에 나누어진 것이다. 새가 노래를 부르면 우리들은 그것을 따라 부르게 되는데, 따라서 '추隹'는 전적에서 '서로 응답하는 소리'(후에는 '유唯'로 썼다)라는 뜻으로 인신되었고, 여기에서 더 인신하여 어기사語氣詞로 변하게 되었다.

공중에는 수많은 새들이 선회하고 있고, 그 가운데 제비는 수직으로 고상하게 날다가 다시 급하강 하여 스쳐 지나간다. 예 17)의 자형은 연燕자로, 제비가 깃털과 가위 같은 꼬리를 펼치고 입을 크게 벌려 지저귀면서 하늘에서 수직 하강하여 스쳐 지나가는 모양을 그린 것이다. 수많은 새들이 함께 지저귀며 어우러진 아름다운 노래는 현대의 로큰롤이나 재즈음악보다도 듣기가 좋다. 이것이 바로 기분이 상쾌하고 정신이 유쾌한 광경이다!

하지만 어떤 새들은 낮에 날지도 않고 지저귀지도 않으며 단지 나무 위에만 가만히 앉아 있기만 한다. 예 18)의 자형은 환崔자로, 이것이 바로 이러한 새이다. 화를 낼 때 머리의 도가머리가 곧게 일어선다. 자형의 윗부분은 곧게 일어선 도가머리로 이것이 바로 육식맹금임을 보여준다. 『설문』에 따르면 "崔(huān), 鴟屬."(환崔은 올빼미과이다.)라고 풀이하였다. 즉, 올빼미류의 새인 것이다.

올빼미는 낮에는 눈을 감고 휴식을 취하고, 저녁에는 두 눈을 부릅뜨고 작은 동물을 찾아 잡아먹는다. 예 19)의 자형은 관雚자로, 바로 두 눈을 부릅뜨고 있는 올빼미인 것이다. 관雚은 환崔과 본래 하나의 문자의 이체자로, 갑골문에서 두 개의 글자의 용법은 대략 비슷하다. 관雚(guàn)의 본의는 鸛雀(황새)이다. 밤에는 두 눈을 부릅뜨면 시력이 매우 좋아서, 후에 뜻을 나타내는 형방인 '견見'을 더하여 관觀(간화되어 '观'으로 쓴다.)이라는 한자가 파생되게 된 것이다.

나무 사이에는 도처에 새둥우리 천지이다. 예 20)의 자형은 서西자로, 새둥우리의 모양을 본뜬 한자이다. 『설문』에 따르면 "西, 鳥在巢上也. 象形, 日在西方而鳥棲, 故以爲東西之西."(서西는 새가 둥우리에서 쉬는 것을 나타낸다. 상형문자이다. 태양이 서쪽으로 이동하면 새는 쉬게 된다. 고로 동서東西의 서西가 되었다.)라고 풀이하였다. 서西가 가차되어 방위사方位詞로 사용되었기 때문에, 후에 형성자인 서棲(栖)를 만들어 서西자형의 본의를 뜻하게 되었다.

숲 속에는 수많은 뱀들이 우글거린다. 예 13)의 자형은 타它자이다. 이것은 무늬가 있는 뱀이 몸을 꿈틀거리며 꼬리를 흔들면서 기어가는 모습을 그린 것이다. 본의는 뱀이다. "타它"는 후에 뜻을 나타내는 형방인 '충虫'자를 더하여 "사蛇"자를 만들었다. 『설문』에서는 "它, 虫也, 從虫而長, 象冤曲垂尾形. 上古草居患它, 古相問無它乎."(타它는 이무기이다. 이무기가 꼬리를 길게 늘어뜨린 것을 나타낸 것으로, 이것은 꾸불꾸불한 몸에 꼬리를 길게 늘어뜨린 모양을 그린 것이다. 상고시기에 사람들은 초야에 거주하였는데, 그곳에는 무서운 이무기들이 우글거렸다. 그리하여 이무기가 없는지를 물어보면서 인사를 하였다.)라고 해석하였다.

갑골문에서 '타它'와 '훼虫'는 하나의 글자였다. 예 12)의 자형은 '훼虫'자로, '타它'자의 간소화에 지나지 않는다. "草居患它"(초야에 거주하며 이무기를 무서워하였다.) 및 '타它'자의 무늬로 추측하건데, 이것은 필시 '독사'라고 할 수 있다. 앙소온난시기로부터 은상殷商시기를 포함한 5천 여의 시간 동안 수풀이 우거지고, 비가 많이 내려, 독사가 사람을 물면 급히 구조할 방법이 없었다. 그래서 은나라 사람들은 '타它'와 '훼虫'를 재앙으로 간주하였다.

예 21)의 자형은 '치蚩'자이다. 이 한자는 수풀에서 거닐다가 뱀에게 발이 물린 모습을 그린 것이다. 『설문』에 따르면 "蚩, 虫也. 從虫, 之聲."(치蚩는 뱀이다. 뱀에서 뜻을 취하고 지之에서 소리를 취한다.)라고 해석하였다. 치蚩는 회의겸형성자로, 그 본의는 '타它', '훼虫'와 같이 모두 독사를 나타낸다. 갑골문에서는 모두 인신된 의미인 재앙의 의미로 사용되었다. "黃帝戰蚩尤"(황제가 치우와 전쟁을 치르다.)의 신화에서 '치우'라는 두 개의 문자는 모두 재앙의 뜻이다. 이것은 중국의 조상들이 당시의 다른 부족의 수령에 대한 모욕적인 호칭인 것이다.

풀밭을 지나 깊은 산림지대로 들어가니, 요괴와 같은 모습을 한 동물이 나타났다. 이 요괴의 모습은 하나는 크고 다른 하나는 작은 두 개의 뿔이 차례대로 코 위에 자란 소와 비슷한 동물이다. 예 7)의 자형은 '시兕'(si)자이다. 머리에는 하나의 큰 뿔이 있는 모습이다. 『설문』에는 "兕, 如野牛而靑, 象形."(시兕는 들소이지만 푸른색을 띠고 있다. 상형문자이다.)라고 설명하였다. 『산해경山海經·해내남경海內南經』의 곽郭 『주注』에 따르면 "犀似水牛, 兕亦似水牛, 靑色, 一角, 重千斤."(무소는 물소와 비슷하고, 시兕 역시 물소와 비슷하다. 푸른색이고, 뿔은 하나이다. 그리고 무게가 천근이나 된다.)라고 하였다. '시兕'는 '코뿔소'로, 중원지역에서는 당시에 두 개의 뿔이 달린 '소문서蘇門犀'(역자주: 아시아 지역에 거주하는 수마트라코뿔소)가 생활하였다. 은주 청동기 조형물 가운데 코뿔소는 모두 두 개의 뿔이 달린 것이다. 하지만 다른 하나의 뿔은 앞이마가 있는 곳에 조그맣게 자랐기 때문에, 문자를 만들 때 생략되었을 가능성이 있다. 서犀(코뿔소)는 시兕(수마트라코뿔소)의 후기형성자後期形聲字이다. 『이아爾雅』의 곽박郭璞 『注』에는 "兕一角, 犀雙角"(시兕는 뿔이 하나이고, 서犀는 뿔이 두 개이다.)라고 하였다. 이것은 후세인들이 억지로 나눈 것으로 이 한자의 본의는 아니다. 하모도문화에는 하나의 뿔이 달린 인도코뿔소가 있는데, 이것은 결코 중원의 동물이 아니다.

계속하여 육지 동물 중에서 힘이 센 동물들을 살펴보자. 예 6)의 자형은 '상象'자로, 큰 코와 거대한 상아 그리고 꼬리와 다리로 코끼리의 형상을 나타내었다. 『설문·상부象部』에서는 '漢代象的産地'(한나라 시기 코끼리의 원산지)라고 하면서 "象, 南越大獸, 長鼻牙, 三年一乳. 象耳牙四足之形."(상象은 남월 일대의 커다란 야수로, 큰 코와 상아를 가지고 있다. 3년에 한번 새끼를 낳는다. 귀와 상아 그리고 네 개의 다리를 그린 모습이다.)라고 해석하였다. 남월南越은 월성령越城嶺 이남 지역으로, 지금의 운광雲廣 일대를 가리킨다. 이로써 알 수 있는 것은 한대漢代에는 코끼리가 이미 몇 천리나 떨어진 남쪽으로 이동하였다는 사실이다.

곰은 삼림에서 쉽게 볼 수 있는 동물이므로, 이것을 보게 되더라도 조금도 이상하지 않다. 예 5)의 자형은 금문의 '능能'자로, 곰을 측면에서 본 모습 즉 두 개의 발과 크게 벌린 입 그리고 귀를 세운 모습을 그린 것이다. 『설문』에서는 "能, 熊屬."(능能은 곰속이다.)라고 하였다. '능能'의 본의는 바로 곰이다. 후에 네 개의 점을 더하여 '웅熊'으로 썼다. '능能'은 상형자이다. 하지만 허신은 글자의 형체가 잘못된 소전의 자형에 의하여 이 글자를 잘못 해석하였다. 즉, '賢能(도덕과 재능을 갖추다.)'라고 해석하였는데, 이는 가차의로 해석한 것이다.

이렇게 많은 동물 가운데, 백수百獸의 왕은 아마 호랑이일 것이다. 예 11)의 자형은 '호虎'자이다. 이 한자는 다리, 꼬리, 거대한 입과 날카로운 이빨을 소유한 사나운 동물을 그린 것이다. 『설문·호부虎部』에서는 '다른 동물을 포식함으로써 산림을 재패한다.'라고 해석하면서 "虎, 山獸之君."(호虎는 산짐승의 임금이다.)라고 하였다. 호랑이는 중국대륙에서 가장 용맹스러운 야수로(사자의 원산지는 중국이 아니다.), 그 무늬가 아름답고, 몸체가 거대하다. 그리고 산속에서 서식한다. 중국에는 광범위하게 분포하는데, 송대宋代에 이르러 무송武松은 산동山東에서 호랑이와 싸운 적이 있다. 현재 호랑이의 수량은 판다에 비하여 너무 적어서, 이미 멸종 위기에 처한 동물로 지정되었다. 그래서 단지 공원의 철조망 안의 생기 없는 호랑이만을 볼 수 있을 뿐이다. 어쩌면 몇 년 후에는 상점에서만 천으로 만들어진 호랑이를 살 수 있을 지도 모른다. 그러면 산중의 왕인 호랑이를 영원히 그리워하게 될 것이다. 호랑이는 힘이 센 맹수이기 때문에, 장사의 용맹스러움과 지형의 험준함으로 비유된다. '맹사猛士'를 '호사虎士', '호부虎夫'라 하고, '맹장猛將'을 '호장虎將'이라 한다. '위엄 있는 모습'을 '호두연함虎頭燕頷'이라 하고, '무섭게 노려보는 것'을 '호시탐탐虎視眈眈' 혹은 '호시응린虎視鷹瞵'이라고 한다. '지형이 험준한 것'을 '호거룡반虎踞龍蟠'이라 한다. 이처럼 생동적인 단어는, 호랑이가 존재하지 않는 날에는 어떻게 학생들에게 이해될 수 있게 강의할 수 있을까?

돌아오는 길에, 물웅덩이 안에 있는 개구리를 보게 되었다. 예 15)의 자형은 '민黽'(黽, mín)자이다. 이것은 개구리의 모습을 그린 것이다. 『설문』에서는 "黽, 蛙黽也, 從它, 象形. 黽頭與它頭同."(민黽은 경민耿黽이라 불리우는 맹꽁이이다. 타它의 모습(역자주 : 배가 볼록한 모양)을 그린 것으로, 상형문자이다. 맹꽁이의 머리와 뱀의 머리는 같다.)라고 풀이하였다.

습한 황토에는 독이 있는 전갈이 있는데, 예 14)의 자형은 '만萬'자이다. 이 한자는 전갈의 두 개의 집게와 하나의 독이 들어 있는 꼬리의 모습을 그렸다. 『설문』에서는 "萬, 蟲也."(만萬은 벌레의 이름이다.)라고 하였다. 오늘날 간체자로는 '만万'이라 쓴다. 만萬이 가차되어 수의 단위로 쓰이게 되었기 때문에, 후에 '만萬'자에 '충虫'을 더하여 '채蠆'로 쓴다. 『설문』에서는 "蠆, 毒蟲也, 象形."(채蠆는 독충이다. 상형문자이다.)라고 하였다.

날이 저물자, 모기떼들이 난무를 즐긴다. 만일 아무 것도 입지 않은 몸이라면 참을 수 없을 정도일 것이다. 예 3)의 자형은 금문의 '문蚊'자이다. '문文'은 문신을 나타내는 한자인 '문紋'의 고자이다. 문신이란 필시 나체의 몸이라야 볼 수 있는 것이다. '문蚊'은 '충虫'과 '문文'이 결합하여 이루어진 회의문자이다. 모기는 벌거벗은 몸을 빨아 먹는다. 『설문』에 따르면 '이충=虫을 따르고 민民을 따른다.'라고 썼고, "齧人飛蟲"(사람을 무는 날아다니는 곤충)이라고 해석하였다. 민民은 사람이기 때문에, 회의겸형성자이다. 문蚊은 『설문』에는 속체俗體로 되어 있다. 주대周代에 정체正體가 있었으나 한대漢代에 이르러 돌연 속체로 변하게 된 것이다.

대나무 숲을 통과할 때, 죽순을 주식으로 하는 쥐가 숨죽여 달아난다.

지금까지 선사시기 앙소온난기의 동물군을 두루 살펴보았다. 돌아오는 길에 손으로 큰 코끼리를 끄는 사람을 보게 되었을 때, 길을 잘못 들어 미얀마와 태국에 온 것이 아닐까 의심하였다. 하지만 그가 입은 옷 모양을 가만히 살펴보니 분명 중화민족의 선조였다.

예 22)의 자형은 '위爲'자이다. 이 한자의 자형은 손으로 코끼리를 끌며 노동력을 덜고 있는 모양을 그린 것으로, 본의는 '열심히 일하다', '돕다'이다. 『설문』에서는 어미 원숭이(獼猴)라고 잘못 해석하였는데, 이는 바로 와변된 소전의 자형에 근거하였기 때문이다. 코끼리를 이끄는 사람은 은나라 사람인가 아니면 하나라 사람인가 아니면 용산인龍山人, 앙소인仰韶人인가? 현재 그것을 정확하게 판명할 방법이 없어, 단지 황망히 이별을 고할 뿐이다. 몇 천 년 동안 기후와 지형의 변화로 인하여, 이에 더하여 인위적인 파괴로 말미암아 일부 동물들이 사라져 버렸고, 일부 동물들은 멸종 위기에 처해지게 되었다. 코끼리는 몇 천리 떨어진 남으로 이동해 버렸다. 만일 이와 같은 상태가 지속되고, 다시 몇 천 년이 흐른다면 지구상에서 우리 인류가 생존할 공간이 있을 수 있을까?

중원의 동물은 앞에서 묘사한 몇 십 개의 동물만이 있는 것은 아니다. 게다가 이 이외에도 당시 장강 하류에는 물소, 몸집이 작은 악어, 펠리컨 등 물을 좋아하는 동물들이 있었으나, 고문자 자형은 이 모든 동물들을 표현해 내는 것은 불가능하였다. 여기까지 하고 앙소온난시기의 동물군 소개를 끝낸다.

1. 동물의 종류에 따라서, 『설문』에 들어있는 중국의 지형, 야생동물, 식물명칭을 찾아내고, 관련 있는 참고자료를 참고하여, 본서에 대하여 보충하시오.
2. 관련된 도서를 참고하여, 전형적인 동물과 식물의 고금분포의 변화를 통하여 고금의 기후가 서로 다름을 설명하시오.

주요 참고문헌

1. 『中華文明史』제1권, 하북교육출판사, 1989년.
2. 呂振羽, 『史前時期中國社會研究』, 삼련서점, 1961년.
3. 許愼, 『說文解字』(주의 : 본서의 각 1장 모두 참고해야 한다. 다시는 언급하지 않겠다.)

2

화하민족의 형성

　원인猿人이 진화하여 호모사피엔스가 된 이후에, 언어가 발달하고 사유능력이 점차 향상되면서, 인간은 어디에서 왔는지 자신의 문제에 대하여 재삼 숙고하게 되었다. 『태평어람太平御覽』78권에는 『풍속통風俗通』의 "天地開, 未有人民. 女媧摶黃土作人, 劇務, 力不暇供, 乃引繩絚泥中, 擧以爲人."(천지가 개벽하였을 때에는 사람들이 없었다. 여와는 황토를 뭉쳐 사람을 만들었다. 열심히 만들었는데도 다 만들 기력이 없자 줄을 진흙 속에 넣었다가 휘둘러서 사람을 만들었다.)라는 구절을 인용하였다. 당대唐代의 대시인인 이백李白 역시 "女媧戲黃土, 團作愚下人. 散在六合間, 濛濛若沙塵."(여와는 황토를 가지고 놀다가 황토를 뭉쳐서 세상의 사람들을 만들었다. 진흙으로 만들어진 인간들은 동서남북으로 흩어져 모래 먼지와 같은 많은 사람들이 되었다.)라고 하여 여와가 사람을 만들었다는 내용을 믿었다.(『상운동上雲東』에 보인다.) 여와와 황토라는 단어로부터 이 신화는 모계사회 원시농경시기의 중원인들이 창작한 것임을 알 수 있다. 뿐만 아니라 서방 세계에서 하나님께서 흙을 반죽하여 사람을 만들었다는 부계사회의 신화와 비교해 볼 때, 더욱 오래된 신화임을 알 수 있다.

　여와에 대하여, 『사기史記・보삼황본기補三皇本紀』에는 "女媧氏亦風姓, 蛇

身人首, 有神聖之德."(여와씨는 성이 풍風이다. 뱀의 몸에 사람의 얼굴을 한 모습이고, 신성한 덕을 지녔다.)라고 하였다. 뱀의 몸은 바로 용龍의 형상이다. 이것은 중국민족은 용의 전수자라는 사실을 나타낸 가장 오래된 원천일 것이다.

'여와가 인간을 만들었다.'라는 것은 신화에 불과하다. 근대 고생물 고고학 자료는, 인류는 라마원인拉瑪古猿으로부터 진화된 것임을 입증하였다. 라마원인은 천 만년 이전에 생활하였는데, 중국에서는 운남雲南 개원현開源縣 소룡담小龍潭의 협탄층과 록풍현祿豊縣 석회 방죽에서 원인화석이 발견되었다. 상신세上新世에서부터 중갱신세中更新世(지금으로부터 4백만 년 전부터 백만 년 전까지)까지, 오스트랄로피테쿠스는 라마원인에서 분화되어 나왔다. 대부분의 학자들은 그 가운데 체형이 섬세한 원인들이 바로 후에 인류로 진화되었다고 믿었다. 이는 유원인으로부터 인류로 넘어오는 과도 단계 말기에 해당한다.

진화의 조건에는 생존환경과 환경에 대한 유원인체질의 적응성과 개발성이 있는데, 그 가운데 가장 중요한 것은 바로 유원인의 환경에 대한 적응과 개발의 수단인 창조적 노동이다. 이를 통하여 유인원은 체질을 개선시켜 인류로 진화한 것이다. 창조적 노동은 공구 제작, 창조적인 공구 사용, 종합적인 경험, 자연규율의 발견, 창조적인 생존조건 개선 등을 포괄한다.

1. 공구사용 및 공구제작

경京 476. 미未

본정本鼎. 본本

채후종蔡侯鐘. 말末

수粹 1060. 매枚

전前 6, 11, 2. 전畋

수粹 520. 기歧

연燕 686. 정政

전戩 33, 15. 양養

전前 3, 27, 5. 패敗

우사구호虞司寇壺.구寇

경京 1918. 공工

구존矩尊. 구矩

경京 377. 정丁

구조정□曹鼎. 수殳

전前 7, 37, 1. 상相

갑甲 2903. 부父

전前 8, 7, 1. 근斤

인人 3131. 절折

철掇 2, 158. 석析

전前 5, 21, 5. 작斫

보簠 67. 부斧

수粹 1186. 도刀

을乙 2844. 구乚

합집合集 95. 솔率

1) 목기木器

라마원인 - 오스트랄로피테쿠스 - 직립인 - 호모사피엔스로의 진화 중에서, 가공되지 않은 돌멩이와 몽둥이를 공구로 사용한 것은 필시 공구제작 이전일 것이다. 일반적으로 공구제작은 타제석기로부터 시작된다고 할 수 있는데, 이러한 사실은 이미 고고학에서 증명하였다. 하지만 돌멩이보다 단단하지만, 돌멩이보다 쉽게 가공할 수 있는 나뭇가지는 구석기 시대보다 이전이 아닐까? 따라서 일찍이 어떤 학자는 석기시대 이전에 목기시대가 있었음을 추측하였다. 하지만 목기는 쉽게 썩어버리기 때문에, 목기시대에 대하여 고고학적으로 증명할 길이 없다. 어떤 학자는 대서양 카나리군도의 유인원들을 관찰하면서, 유인원은 구멍이 있는 나뭇가지에 작은 나뭇가지를 끼워서 높은 곳에 있는 야생과일을 툭툭 칠 수 있음을 발견하였다. 목기와 석기의 다른 점은, 석기시대는 청동기의 발명에 따라서 차츰 사라져갔지만, 목기시대의 시작은 석기보다는 이르지만 목기의 사용은 가장 오래 지속되었으며, 지금도 여전히 어떤 공구의 중요한 조성부분을 차지한다는 점이다. 더욱이 석기시대에는 목기의 사용이 지금보다 훨씬 많았다.

중국의 선조들은 일찍이 나무의 뿌리, 나무 끝의 뾰족한 부분, 나뭇가지를 구분할 수 있었다.

앞의 예 2)의 자형은 금문의 '본本'자이다. '목木'자 아랫부분에 필적이 약간 도톰한 부분은 나무의 뿌리를 나타낸다. 『설문・목부木部』에서는 "木下曰本. 從木, 一在其下."(나무 아래를 본本이라 한다. 목木과 그 아래에 일一이 결합한 한자이다.)라고 해석하였다. 이 한자는 지사자이다. 『국어國語・진어일晉語一』에는 "伐木不自其本, 必復生."(벌목할 때에는 그 뿌리로부터 해서는 안된다. 그래야만 반드시 다시 자라날 수 있을 것이다.)라는 구절이 있다. 이 문장에서 '본本'자는 바로 그 본의인 '나무의 뿌리'라는 의미로 사용되었고, 인신되어 '근본', '근원', '본래'가 되었다.

예 3)의 자형은 금문 '말末'자이다. '일一'획이 '목木' 위에 있는 것은 '나무 꼭대기'를 나타낸다. 이 한자 역시 지사자이다. 『설문・목부木部』에서는 "木 上曰末, 從木, 一在其上."(나무의 윗부분을 말末이라 한다. 목木과 그 위에 일一이 결합한 한자이다.)라고 하였다. 본의는 '나무 꼭대기'이다. 『여씨춘추呂氏春 秋・선기先己』에는 "是故百仞之松, 本傷於下而末槁於上."(그래서 100길의 소나 무가 아래의 뿌리가 손상하면 나무 위는 시들어버린다.)라는 구절이 있다. 인신하 여 '뾰족하고 날카롭다', '부차적인 혹은 별로 중요하지 않은', '말미末尾', '아주 작은'이라는 뜻이 되었다.

예 1)의 자형은 갑골문 '미未'자이다. 나무에 가지와 잎이 있는 모양을 그렸다. 전적에는 자형의 본의로 사용된 예를 찾아 볼 수 없다. '미未'는 '부정부사'와 '8번째 지지地支'의 명칭으로 사용되는데, 이러한 것은 모두 가차의이다.

이처럼 나무의 각 부위에 대하여 구별한 주요한 목적은 '이용함'에 있다. 나무에서 자라나는 자연적인 가지는 가장 쉽게 나무 몽둥이 형태의 공구를 제작할 수 있다.

예 4)의 자형은 '매枚'자이다. 이 한자는 '손으로 몽둥이를 잡고서 나무의 가지를 친 다음 남은 나무줄기'를 그린 것이다. 『설문』에서는 "枚, 幹也, 從木攴, 可爲杖也."(매枚는 나뭇가지이다. 목木과 복攴이 결합하여 이루어진 한자이 다. 몽둥이로 사용될 수 있다.)라 하였다. 『시경・주남周南・여분汝墳』에는 "遵 彼汝墳, 伐其條枚."(저 여수의 제방에 따라서 작은 나뭇가지를 친다.)라는 구절이 있다. 이 문장에서 '매枚'자는 그 본의인 '나뭇가지'로 사용되었다. 『설문』 의 해석 가운데 "可爲杖"이란 '나무줄기를 이용하여 나무 몽둥이'를 가공할 수 있음을 나타낸다. 이 몽둥이는 자유자재로 사용할 수 있다. 나무줄기는 몽둥이로 사용되어, 길을 걸어갈 때 쉽게 몸에 착용할 수 있다. 정양강井陽

崗에서 무송武松이 손에 들었던 호신용 막대기는 아마도 이러한 종류일 것이다.

예 7)의 자형은 '정政'자이다. '정正'은 '정征'의 초문이다. 윗부분에 있는 '구口'는 읍락을 나타내는데, 이는 바로 '가는 곳'인 것이다. '지止'는 '발가락'을 나타내는데, 바로 발을 내딛어 앞으로 나아감을 말한다. '정征'이란 '길을 걸어감'이다. 이 한자는 '한 사람이 손에 몽둥이를 들고 사람들이 사는 마을에 걸어감'을 그린 것이다. '정正', '정政', '정征'의 본의는 모두 '길을 걸어감'인데, 나중에 그 뜻이 분화된 것이다. 길을 걸어가면서 목적지에 도달하기 위해서는 노선의 방향이 반드시 정확해야 하기 때문에, '정正'은 '옆으로 쏠리지 않고 정확함'이라는 의미로 사용되었다. 권력을 손에 넣은 사람들은 반드시 정직해야만 한다. '정政'은 '정사政事', '정무政務'의 뜻으로 사용된다. 그래서 단지 '정征'자만이 자형의 본의를 따르게 되었다. '정征'의 본의는 '길을 걸어감'이기 때문에 '정행征行'은 '여행'이 된 것이고, '정념征念', '정사征思'는 '나그네의 심사'가 되었다. 게다가 '멀리 길을 떠남'이라는 뜻도 지녔다. '정차征車', '정선征船'에서의 '정征'은 모두 '멀리 떠나감'의 뜻이다. 전쟁은 '신체 건강한 군인'이 필요하기 때문에 '정征'은 '정벌하다'라는 의미로 인신되었다.

정양강에서 무송이 몽둥이를 때린 것은 바로 '화려한 무늬를 지닌 큰 곤충'인 '용맹스러운 호랑이'이다. 후에 '충蟲'이라는 단어는 일반적으로 동물을 가리키게 되었다.('대충大蟲'이란 가장 흉악하고 용맹스러운 동물인 호랑이이다.) 하지만 원시사회에서 나무 몽둥이로 때릴 수 있는 것은 바로 독사이다.

예 6)의 자형은 '蚾'(shī)자이다. 이 한자는 '독사가 사람을 향하여 돌진해 올 때, 손으로 몽둥이를 잡고 그것을 치는 모양'을 그린 것이고, '옆에 있는 네 개의 점들은 독사가 맞아서 핏자국이 얼룩얼룩 한 모양'을 나타낸다. 따라서 본의는 '때려죽이다'가 된다. 갑골문은 바로 '때려죽인다'라는 뜻으로 사용되었다. 후에 '가하다', '집행하다' 등의 의미로 인신되었다. 전적에서는 '깃발의 모양'을 나타내는 '시施'자로 대체되어 사용되었다.

나무 몽둥이는 '농기구'로도 사용될 수 있다. 땅속의 물건을 캐 낼 때, 날카로운 몽둥이는 식물을 캐낼 수 있다. '악륜춘족鄂倫春族'(역자주 : 중국 소수민족의 하나로 내몽고와 흑룡강 일대에 거주한다.)이 이와 같다. 최초의 농경에서 땅을 갈아엎을 때 사용하는 공구가 바로 '날카로운 몽둥이'이다.

예 5)의 자형은 '전畋'자이다. 이 한자는 회의겸형성자로, '손에 몽둥이를 들고 땅을 가는 모습'을 그린 것이다. 『설문』에서는 "畋, 平田也, 從攴田."(전畋은 땅을 평평하게 하다라는 뜻이다. 복攴과 전田이 결합하여 이루어진 한자이다.)라고 하였다. '밭을 갈고 파종하는 것'과 '수렵'은 모두 땅에서 얻어지는 것이기 때문에, '전畋', '전田', '전佃' 모두 밭농사와 수렵의 뜻이 있다.

이 뿐만 아니라 나무 몽둥이를 이용하여 방목도 할 수 있다.

예 8)의 자형은 '양養'자로, '손에 몽둥이를 들고서 양을 방목하는 모양'을 그린 것으로, 이것은 『설문』에서 '양養'자에 덧붙여 쓴 '고문古文'의 형태와 거의 비슷하다. 갑골문에서 '목牧'자는 '우牛'를 따르는데, 이와는 서로 다르다.

몽둥이는 '파괴'와 '보복'의 무기로도 사용될 수 있다.

예 9)의 자형은 '패敗'자로, '손에 몽둥이를 들고서 조개를 부수는 모습'을 그린 것이다. 『설문・복부攴部』에서는 "敗, 毁也."(패敗는 파괴하다는 의미이다.)라고 하였다. 이 한자 역시 회의자이다. 『좌전左傳・희공僖公 15년』에 "涉河, 侯車敗."(황하를 건너면 후비군의 수레가 격파된다.)라는 구절이 있는데, 이 문장에서 "패敗"는 바로 본의인 '훼손하다', '파괴하다'로 사용되었다. 인신되어 '실패하다', '훼손하다', '파괴하다', '쇠퇴하다', '몰락하다' 등의 의미가 되었다. '사회의 도덕과 풍속을 훼손한 것'을 '상풍패속傷風敗俗'(혹은 '패속상풍敗俗傷風, 패속상화敗俗傷化, 패화상풍敗化傷風'이라 한다.)이라 하고, '글에서 잘못된 문장'을 '패필敗筆'이라 한다.

예 10)의 자형은 금문 '구寇'자로, '손에 몽둥이를 잡고서 방에 들어가 사람의 머리를 때리는 모습'을 그린 것이다. 『설문·복부攴部』에서는 "寇, 暴也."(구寇는 해롭게하다는 의미이다.)라 하였다. 본의는 '남의 물건을 강탈하는 것'이다. 『상서尙書·비서費誓』에는 "無敢寇攘."(감히 약탈이나 도적질은 하지 말아야 한다.)라는 구절이 있는데, 여기에서 '구寇'는 '약탈하는 사람'을 나타낸다. 인신하여 '침범하다', '침략자'의 의미가 되었다.

예 14)의 자형은 금문 '수殳'자로, 『설문·수부殳部』에서는 "殳, 以杸殊人 也. 『周禮』: '殳以積竹.'"(수殳란 팔모진 창으로 사람을 격리시키는 것이다. 『주례』에는 '대나무를 엮어서 만든다'라고 하였다.)라고 해석하였다. '수殳'는 '몽둥이 형태의 무기'이다. 『주례』에는 대나무로 만들었다고 하였는데, 모두 이와 같을 필요는 없다. 단옥재의 『설문해자주』에서는 '수杸'자에 대하여 "軍中所 持殳, 不必皆用積竹, 故字從木."(군대에서 수殳를 든다. 이것은 반드시 대나무를 엮어서 만들 필요가 없기 때문에 목木자를 결합한 것이다.)라고 하였다. 따라서 창을 만들 수 있는 재료는 '대나무'와 '나무'이다.

지금까지 나무를 초벌 가공하여 몽둥이로 응용하는 과정을 소개하였다. 원시 과학기술의 진보에 따라서 점차 나무로 된 몽둥이에 대하여 정밀한 가공을 할 수 있게 되었다. 중원의 앙소문화와 동시대인 하모도문화 시기에, 하모도유적지에서 출토된 나무줄기로 된 난간이 있는 집의 나무 부품에는 치밀하게 연결된 사개(역자주 : 대나무, 나무, 석재 기물 또는 구조재에서 요철방식 을 이용하여 맞물리는 끝을 울퉁불퉁하게 파낸 부분)와 장부구멍이 있다. 부속품 은 장방형의 기둥이 되었고, 표면은 평평하여 상당 수준의 목제가공기술을 보여 주었다.

예 15)의 자형은 '상相'자로, '눈을 부릅뜨고 목재를 살펴본 후, 나무를 선택하여 가공 준비를 하는 모습'을 그린 것이다. 『설문·목부目部』에서는

"相, 省視也, 從目從木."(상相은 '관찰하다'라는 의미이다. 목目과 목木이 결합하여 이루어진 한자이다.)라 하였다. '상相'의 본의는 '관찰하다'이다.

하모도의 나무 부속품은 모서리 각도가 평평하고 곧다. 이는 곱자가 없다면 거의 불가능한 일이었다.

예 12)의 자형은 금문 '구矩'자로, '사람이 각도를 재는데 사용되는 곱자를 들고 있는 모습'을 그린 것이다. 『설문·공부工部』에서는 "巨, 規巨也, 從工象手持之."(거巨는 규칙이라는 의미이다. 공工과 그것을 손에 들고 있는 형상을 나타낸다.)라고 하였다. 금문의 '거巨'는 '대大'자를 따르는데, 후에 잘못 변화되어 '시矢'가 되어, 지금의 '구矩'자가 되었다. '거대하다'는 의미는 가차의이다.

예 11)의 자형은 '공工'자로, '거巨'자에서 '잡고 있는 손'을 제거한 모습이다. 이것은 '구矩'의 상형자이다. 『설문·공부工部』에 따르면 "工, 巧飾也, 象人有規矩也."(공工은 수식하는 것이다. 사람이 곱자를 들고 있는 형상이다.)라 하였다. 곱자가 있어야만 정밀하게 가공할 수 있는 것이다. 다시 인신되어 '기술', '전문적인 기능'이 되었다. '기술'을 '공예工藝'라고 하고, '매우 높은 수준에 도달한 것'을 '공절工絶'이라 하며, '기술이 있는 사람'을 '공장工匠', '공도工徒'라고 한다.

하모도 목재 부속품에는 쐐기못이 있다.

예 13)의 자형은 '정丁'자로, '못이 물체를 뚫고 들어간 후에 보이는 못대가리'를 그린 것이다. 후에 '정丁'자에 '금金'자를 더하여 '정釘'자가 된 것이고, 이것이 본의를 대표한다. 하지만 '정丁'은 '네 번째의 천간天干'으로 쓰이기 때문에, 가차용법으로 사용된다.

2) 석기

원시사회에서 석기의 응용은 고대 인류가 발전하는 단계를 구분하는 중요한 지표이다. 중국 국내에서 발견된 최초의 직립원인은, 1965년에 운남성 원모현元謀縣의 나방촌那蚌村에서 발견된 원모인元謀人인데, 지금으로부터 170만 년 전이다. 1986년 사천성 무산巫山(지금의 중경重慶)에서도 석기가 발견되었는데, 지금으로부터 180만 년 전이다. 하지만 이곳에서는 고대 인류의 화석이 발견되지 않았다.

구석기시대는 타제打製 위주이고, 신석기 시대의 석기는 마제磨製 위주이다. 석기를 가는 기술을 장악함에 따라 석기 역시 반들반들하고 매끄럽게 다듬을 수 있게 되었고, 칼날 부분은 날카롭게 할 수 있었기 때문에 효율성이 높아지게 되었다.

예 16)의 자형은 '부父'자로, '손에 손잡이가 없는 돌도끼를 들고 있는 모습'을 그린 것이다. '부斧'는 '부父'의 후기증형자이다. '부父'는 변화되어 '친족칭호'로 된 원인에 대해서는 '하편 제3장'을 참고하면 될 것이다.

예 17)의 자형은 '근斤'자로, '구부러진 손잡이가 있는 도끼'의 모습을 그린 것이다. '뾰족한 부분의 화살촉'은 '도끼날의 날카로움'을 나타낸다. 이는 아마도 갈아서 만들어진 것일 것이다. 단옥재의 『설문해자주』에 따르면 『설문·근부斤部』의 "근斤"을 "斤, 斫斧也, 象形."(근斤이란 나무를 베고 다듬는 도끼이다. 상형문자이다.)라고 해석하였다. 도끼에 손잡이를 달게 됨으로써, 휘두를 때 찍는 힘을 증가시킬 수 있게 되었고, 그 각도 역시 보다 자유스럽게 되었다. 당시 돌도끼로 큰 나무를 베어 넘어뜨리는 것은 정말 힘든 노동이었다. '근斤'의 본의는 '돌도끼'이고, '돌도끼의 쓰임'으로 인하여 '나무를 베다.'라는 의미로 인신되었다.

예 18)의 자형은 '절折'자로, '도끼로 나무를 베는 모습'을 그린 것이다. 『설문·초부草部』에 따르면 "折, 斷也, 從斤斷草."(절折은 끊다라는 뜻이다. 도끼로 풀을 자르는 것을 나타낸다.)라고 풀이하였다. 풀의 줄기는 약하기 때문에, 일반적으로 도끼로 자를 수는 없다. 소전에서는 '잘라 쪼개진 나무木'자가 와변되어 '초草'자와 서로 중첩되었다. '절단하다'이기 때문에 인신되어 '구불구불하다', '믿고 복종하다', '고통스럽게 하다', '부숴버리다' 등의 의미가 되었다.

나무가 잘린 이후에 목재를 절단하기 위해서 후세에서는 톱이 사용되었지만, 원시사회에서는 도끼가 사용되었다.

예 19)의 자형은 '석析'자로, '도끼로 목재를 절단하는 모습'을 그린 것이다. 『설문·목부木部』에는 "析, 破木也."(석析은 나무를 자른다는 의미이다.)라고 하였다. 『시경·제풍齊風·남산南山』에는 "析薪如之何? 匪斧不克."(장작을 패는데 무엇으로 할까? 도끼가 아니면 할 수 없구나.)라는 구절이 있는데, 이 문장에서 '析'자는 본의로 사용되었다. 인신되어 '쪼개다', '제거하다', '분석하다', '식별하다' 등의 의미가 되었다. 다른 사람의 간담을 해부하는 것을 '석간토단析肝吐胆' 혹은 '석간극단析肝劇胆'이라 하고, 글자와 구를 분석하거나 수식하는 것을 '석자析字', '석구析句'라 하며, 세밀하게 분석하는 것을 '석호부망析毫剖芒' 혹은 '석호부리析毫剖厘'라 하고, 의심되는 사항을 분석하고 잘못을 수정하는 것을 '석의광류析疑匡謬'라고 한다.

'손잡이가 없는 도끼'와 '도끼'는 석기시대의 중요한 공구이다. 그렇다면 이러한 것들은 어떻게 만들어지는 것일까? 그 재료는 당연히 돌이다.

예 20)의 자형은 '작斫'자로, '도끼로 돌을 두드리는 모양'을 그린 것이다. 도끼 주위에 있는 점들은 돌을 칠 때 잘게 부서지는 돌가루를 나타낸다. 『설문·근부斤部』에서는 "斫, 擊也, 從斤, 石聲."(작斫은 부딪혀 부수다는 의미이

다. 근斤에서 뜻을 취하고, 석石에서 소리를 취한다.)라고 해석하였다. '작斫'은 회
의겸형성자이므로, 본의는 '자르고 가는 것'이다. 인신되어 '때리다', '베어
죽이다'의 의미가 되었다.

예 21)의 자형은 '부斧'자로, '도끼로 손에 있는 돌도끼를 내려찍어서 돌
도끼를 만드는 모습'을 그린 것이다. 『설문·근부斤部』에서는 "斧, 所以斫也,
從斤, 父聲."(부斧는 부수다는 의미이다. 근斤에서 뜻을 취하고 부父에서 소리를 취한
다.)라고 해석하였다. 이 글자는 회의겸형성자로, 본의는 '도끼'이다. '도끼
의 작용'으로 인하여 '자르고 깎다', '고치다'라는 의미로 인신되었다. '사람
을 청하여 문장을 고치는 것'을 '부정斧正', '부삭斧削'이라고 한다.

석기시대에는 돌로 만든 도구 역시 매우 다양하였다. 구석기 시대에는
'쪼개고 찍는 도구', '긁는 도구', '날카롭게 하는 도구'가 있었고, 신석기
시대에 이르러서야 돌도끼, 돌호미, 돌칼, 돌절구, 돌대패, 돌보습 등으로
발전되었다. 신석기시대에는 마제磨製 기술로 인하여, 대패, 칼, 낫 등의 날
부분은 매우 얇아졌다. 신석기 조기의 배리강裴李崗문화의 돌대패와 돌호미
가 이와 같다.

예 22)의 자형은 '도刀'자로, '손잡이가 있는 돌칼의 모습'을 그린 것이다.
본의는 칼이다. 칼이란 가축을 잡거나 도살하는 용도이므로, 인신하여 '도살
하다', '긁다', '착취하다' 등의 의미가 되었다. 한대 이전에는 종이가 없었
기 때문에, 대나무의 목간에 글을 썼다. 그리고 붓으로 글을 썼고, 만일
잘못 썼다면 칼로 그곳을 깎아 내었다.(지우개로 글자를 지우는 것은 근대에야
비로소 출현한 것으로, 종이 위에서 사용되었다. 설령 고대에 있었다고 할지라도, 대나
무 위에 붓으로 잘못 쓰여진 글자는 지우기가 매우 어려웠을 것이다.) 이리하여 '도
필문인刀筆文人', '도필리刀筆吏', '도필송사刀筆訟師'라는 단어가 나타나게 된
것이다.(역자주: 도필刀筆이란 고대에 죽간竹簡에다 일을 기록할 때, 칼로 잘못 쓴
글자를 긁어 없애던 일을 가리킨다.)

하나라 이후 점차 청동시대로 접어들었고, 이에 청동으로 만든 칼과 도끼가 출현하였다. 진한 이후에 철기시대로 진입하였고, 이러한 도구들은 철제 위주가 되었다.

3) 굵은 밧줄

목기와 석기 이외에도 밧줄이 있다. 중국의 선조들이 밧줄을 사용할 수 있게 된 시기는 비교적 이르다. 구석기 조기의 암하문화匼河文化(암匼의 음은 kē. 지금으로부터 약 100만 년 전)에 석구石球(돌공이)가 있었다. 게다가 산서성 양성陽城에서 발견된 10만 년 전의 허가요인許家窯人에서 역시 대량의 돌공이들이 출토되었다. 고고학자들은 돌공이는 밧줄을 만들기 위해서 사용되었다는 점에 대하여 공감한다. 즉, 돌공이가 발견되었다는 것은 굵은 밧줄이 존재하였음을 의미한다. 조기의 밧줄은 가공을 거치지 않은 '유연하면서도 끈기가 있는 덩굴식물' 혹은 '나무껍질'일 가능성이 있고, 후에야 비로소 가닥을 같이 꼬아서 만든 밧줄을 발명하게 된 것이다.

예 23)의 자형은 '구丩'자로, '줄을 꼬아서 묶은 모양'을 그린 것으로, 지금의 '규糾'자는 이 형태에 실을 묶은 모양을 더하여 만들어진 한자이다. 『설문』에서는 "丩, 象糾繚也, 象形."(구丩는 줄이 서로 꼬아서 감긴 것을 그린 것이다. 상형문자이다.)라고 해석하였다. 그리고 "糾, 繩三合也."(구糾는 세 가닥의 줄을 꼰 것이다.)라 하였다. 인신되어 '둘둘 휘감다', '취합하다', '바로잡다', '고치다' 등의 의미가 되었다.

예 24)의 자형은 '솔率'자로, 『설문・솔부率部』에서는 "捕鳥畢也."(새를 잡는 그물이다.)라고 해석하였으나, 정확하지가 않다. 『설문통훈정성說文通訓定聲』에서는 원대元代의 주백기周伯琦가 소전에 근거하여 솔率자를 인용하여

"率, 索也. 中象索, 兩旁象枲餘, 上下象糾具."(솔率은 새끼줄이다. 가운데는 새끼줄을 그렸고, 양 옆에는 모시풀의 나머지 끈을 그렸다. 위와 아래는 새끼를 꼬는 도구이다).라고 하였다. 갑골문에서는 위와 아래에 묶고 맺는 도구가 없다. '섬유를 서로 얽어서 밧줄을 만드는 모습'을 그렸고, 양 옆의 점은 '아직 밧줄로 묶이지 않은 섬유'를 나타낸다. 본의는 '큰 밧줄'이다. 이로 말미암아 인신되어 '따르다', '이끌다', '~을 따라서', '순종하다', '귀감', '본보기' 등의 의미가 되었다.

2. 인간의 진화

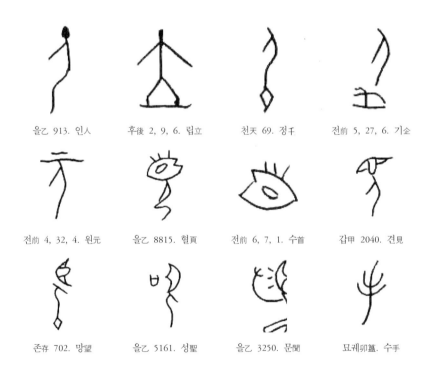

을乙 913. 인人　　후後 2, 9, 6. 립立　　천夭 69. 정千　　전前 5, 27, 6. 기企

전前 4, 32, 4. 원元　　을乙 8815. 혈頁　　전前 6, 7, 1. 수首　　갑甲 2040. 견見

존存 702. 망望　　을乙 5161. 성聖　　을乙 3250. 문聞　　묘궤卯簋. 수手

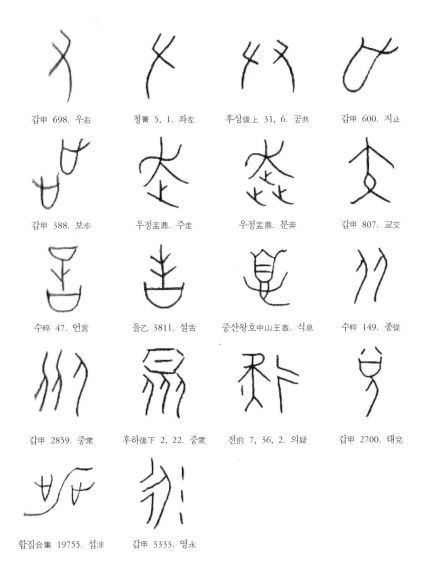

갑甲 698. 우右	청菁 5, 1. 좌左	후상後上 31, 6. 공共	갑甲 600. 지止
갑甲 388. 보步	우정盂鼎. 주走	우정盂鼎. 분奔	갑甲 807. 교交
수粹 47. 언言	을乙 3811. 설舌	중산왕호中山王壺. 식息	수粹 149. 종從
갑甲 2859. 중衆	후하後下 2, 22. 중衆	전前 7, 36, 2. 의疑	갑甲 2700. 태兌
합집合集 19755. 섭涉	갑甲 3333. 영永		

엥겔스(Friedrich Von Engels)는 『자연변증법自然辨證法』에서 유명한 논단 즉, "노동은 전 인류가 생활하기 위한 첫 번째 기본 조건"이고 "노동은 인간

자신을 창조하였다."를 제시하였다. 이러한 관점은 이미 근 100년 동안의 고생물학자들의 연구 성과에 의하여 증명되었다.

　노동의 주요 원천은 바로 '손'을 사용함에 있다. 유인원이 오랫동안 앞 손으로 도구를 잡음으로써 노동이 시작되었고, 이렇게 함으로써 앞 손의 엄지손가락이 점차 커지게 되었다. 엄지손가락은 다른 네 개의 손가락과 함께 조화를 이루면서 사용하다보니, 다섯 개의 손가락이 보다 자유스럽게 움직일 수 있었고, 마침내 '인간의 손'으로 변화된 것이었다.

　앞의 예 12)의 자형은 금문 '수手'자로, '다섯 개의 손가락'을 그린 것이다. 특히 엄지손가락과 새끼손가락의 길이가 거의 비슷하다는 점은 인간의 손과 유인원의 앞 손의 다름을 나타낸다. 손은 인간에게 있어서 가장 중요한 도구이다. 손은 자연과의 투쟁 중에서 매우 민첩하게 변화되었다. 게다가 역으로, 민첩한 손은 인간을 부단히 진보와 승화시켰다. 손은 인류 자신이 발전하는 가운데 위대한 역할을 하였다. 이처럼 손은 인류 생활에 매우 중요하기 때문에, '수手'를 형방으로 삼는 한자는 『설문』에는 265개이고, 『한어대자전漢語大字典』에는 1370개나 들어 있다. 만일 여기에 쌍음사雙音詞와 성어成語를 더한다면, 최소 몇 천개나 될 것이다. 손은 인간의 신체에 달려 있는 것이기 때문에, 인신되어 '손수', '친히'라는 뜻이 되었다. 예를 들면 『한비자韓非子·난삼難三』에 들어 있는 "有間, 遣吏執而問之, 則手絞其夫者也."(그 사이에 관리를 보내어 그것을 묻자, 제 손으로 남편을 살해하였다는 것이다.)라는 구절에서 쓰인 바와 같다. 다시 인신되어 '솜씨', '능력'이라는 뜻이 되었다. '손'과 관련된 성어成語로는, '열심히 공부하는 것'을 형용한 '수불석권手不釋卷'(혹은 '수불석서手不釋書'), '수불정피手不停披'가 있고, '형제 간의 감정'을 말하는 '수족지정手足之情'이 있으며, '동작이 민첩한 손'을 '수급안쾌手急眼快'(혹은 '수질안쾌手疾眼快'), '의술이 뛰어난 것'을 '수도병제手到病除', '매우 즐거운 일'을 형용하는 '수무족도手舞足蹈'(혹은 '족도수무足蹈手

舞'), '힘들게 노동하는 것'을 형용하는 '수족중견手足重繭', '맨 손과 맨 주먹'을 말하는 '수무촌철手無寸鐵', '안절부절못하면서 허둥대는 모양'을 형용하는 '수망각란手忙脚亂'(혹은 '각망수란脚忙手亂', '수황각란手慌脚亂', '수망족란手忙足亂'), '수족실착手足失錯', '일을 쉽게 처리하는 것'을 뜻하는 '수도염래手到拈來', '쉽게 사람을 잡는 것'을 나타내는 '수도금래手到擒來', '수도나래手到拿來' 등이다.

예 13)의 자형은 '우右'자이고, 예 14)의 자형은 '좌左'자로, 이것은 예 12)의 '수手'자 형체를 간소화한 것이다. 갑골문에서는 문자의 정正과 반反은 뜻이 같다. 하나의 문자를 사용할 때 "우又"(有)라는 한자는 '좌左'라는 한자의 형태로도 쓸 수 있다. 하지만 "좌우左右"를 병용하여 쓸 때에야 비로소 구분하여 사용한다. 갑골문에서 '우右'의 뜻은 신의 보살핌이라는 뜻인 '신우神佑', 제사이름을 나타내는 '유侑', '있다' 등의 의미로 사용되었다. 이는 아마도 인간이 손을 사용하여 노동할 때 왼손과 오른손이 구분되었기 때문인 것으로 보인다. 하지만 오른손 위주의 노동이기 때문에, 왼손과 오른손 노동은 습관적으로 손의 기능적 차이를 만들었고, 집중적으로 어느 한 손을 훈련하면서, 손동작의 정확함과 민첩함을 제고시켰다. 당연히 두 손의 조화된 동작 역시 유인원보다는 훨씬 낫다. 왼손과 오른손은 인신되어 '사람의 왼쪽 방향'과 '사람의 오른쪽 방향'이 되었다. 옛 사람들은 '오른쪽'을 숭상하였기 때문에 '오른쪽'을 높였다. 그래서 존귀한 손님을 '우객右客', 승진 및 진급을 '우천右遷', 강등당한 것을 '좌천左遷'이라 하였다. 남북조의 북제北齊, 북주北周로부터 명대까지, 조정에서는 일찍이 좌·우 승상을 설립하였고, 우승상의 지위는 좌승상의 지위보다 높았다.

예 15)의 자형은 '공廾'자로, '두 손을 서로 마주 대하여 물건을 들어 올린 모양'을 그린 것으로, 본의는 '공경을 표시하는 손의 모양으로 손을 가슴 앞에 놓다.'이다. 후에 이러한 의미는 '공拱'자로 썼다. '두 손을 서로 마주

대하여 물건을 들어서 다른 사람에게 주는 것'이라는 뜻은 '공供'자로 썼다. '물건을 들어서 다른 사람에게 주다'라는 것은 곧 '공경하다'를 뜻하는 것이기 때문에, 이러한 의미는 후에 '공恭'자로 썼다. '두 손은 함께 하는 것'이기 때문에 '같이', '공동으로'라는 의미로 인신되었다. '공共'과 '공供', '공恭', '공拱'은 모두 고금자 관계이다.

인류의 노동은 주로 '두 손'에 달려있다. 손은 유인원이 걸어갈 때 지탱하던 작용에서 해방되어, 길을 걸어가는 임무는 '두 다리'로 넘겨주었다. 유인원은 오랫동안 뒷다리를 이용하여 길을 걸었고, 나무에서 지상으로 내려온 후에는 나뭇가지를 잡을 필요가 없었기 때문에, 엄지손가락은 차츰 짧아졌고, 다른 네 개의 손가락에 점차 접근하게 되었다. 게다가 발바닥은 점차 탄성이 강하게 변화하였다.

예 16)의 자형은 '지止'자로, '인간의 발가락'을 그린 것이다. 엄지발가락과 간소화된 다른 네 개의 발가락이 서로 한자리에 모이게 되었다. 본의는 '다리'이다. 『설문·지부止部』에서는 "下基也, 象草木出有趾, 故以止爲足."(지止는 아래의 기초를 뜻한다. 초목이 올라오면 아래에 떠받치는 근간이 있다. 그리하여 지止는 발이란 뜻이 되었다.)라고 해석하였는데, 이에 대한 허신의 해석은 잘못되었다. '지止'가 '다리'의 의미로 사용되었기 때문에 후에 '거趾'로 썼다. 다리는 신체를 지탱하여 어떠한 곳에 멈추어 서게 할 수 있기 때문에, '멈추다', '머물다', '기다리다'라는 의미로 인신되었고, 그 피동적인 의미는 '제지당하다', '억류되다', '구류되다'가 되었다.

발가락은 인간이 걸어갈 때 의지하는 부분이다.

예 17)의 자형은 '보步'자로, '발가락이 앞과 뒤에 있어서 지금 막 걸어가는 모습'을 그린 것이다. 『설문·보부步部』에서는 "步, 行也."(보步는 걸어간다는 뜻이다.)라고 해석하였다. 『장자莊子·전자방田子方』에는 "夫子步亦步, 夫子趨亦趨."(선생님께서 걸으시면 저 또한 걷고, 선생님께서 빨리 걸으시면 저 또한 빨리 걷습니다.)라는 구절이 있다. 이 문장에서 '보步'는 그 본의인 '걸어가다'라는 의미로 사용되었다. 여기에 더하여 '보조'라는 의미로 인신되었다. 평지를 걸어갈 때뿐만 아니라 산을 올라 갈 때에도 발가락에 의지하게 된다. 주의할 점은 보폭을 나타내는 '보步'가 고금古今의 함의가 서로 다르다는 점이다. 『예기禮記・제의祭義』에 "故君子頃步而不敢忘孝也."(고로 군자께서는 조금을 걸어도 감히 효도를 잊지 않으신다.)라는 구절이 있다. 정현鄭玄의 『주注』에서는 "頃當爲跬. 一舉足爲跬, 再舉足爲步."(경頃은 반걸음이다. 한 발을 들어서 간 걸음이 바로 반걸음이다. 다시 한 발을 더 걸으면 보步가 된다.)라 하였다. 오늘날 '발이 앞으로 한 걸음 내딛는 것'을 '일보一步'라 하는데, 고대에는 '두 다리가 앞으로 한 차례 나아가는 것'을 '일보一步'라 하였다. 즉, 고대의 '일보一步'는 오늘날의 '양보兩步'와 같다. 『순자荀子・권학勸學』에서 말한 "규보跬步"는 고대의 '반보半步'를 말하고, 오늘날의 '일보一步'에 상당한다.

길을 걸어가는 임무는 양 다리에 넘겨졌을지라도, 인간이 달리는 능력은 유인원과 비교하면 결코 뒤떨어지지 않는다.

예 18)의 자형은 금문 '주走'자로, '사람이 팔을 흔들면서 달리는 모습'을 그렸다. 아래의 '지止'자는 달려갈 때 단지 하나의 발가락이 땅에 닿는 것만 보임을 나타낸다. 본의는 '달려가다'이다. 『설문・주부走部』에서는 "走, 趨也."(주走는 빨리 가다는 의미이다.)라 하였다. 현대 중국어에서는 단어의 뜻이 바뀌었는데, '주走'는 '달려가다'의 의미에서 '걸어가다'의 의미로 변하였다. '주走'는 인간의 중요한 행동이기 때문에, '주走'와 관련된 단어는 매우 많다. 본의는 '달려가다'이기 때문에, 이로부터 인신되어 '전진하다', '-에 통하다', '물러서다', '잃어버리다', '폭로하다' 등의 뜻이 되었다. '비사주석飛沙走石', '주마간화走馬看花'(혹은 '주마관화走馬觀花'), '주마부임走馬赴任'(혹은 '주마상임走馬上任', '주마도임走馬到任') 중의 '주走'는 '달리다'의 의미이고, '행시주육行尸走肉', '주투무로走投無路'의 '주走'는 '가다'의 의미이며, '주루풍성走漏

風聲'의 '주走'는 '누설하다'의 의미이다.

고대에 '주走'와 의미가 같은 한자는 예 19)의 자형인 금문 '분奔'자이다. 이 한자 역시 '두 손을 흔들면서 뛰어 가는 모양'을 그린 것이다. 아래 부분에 있는 세 개의 발가락은 빠르게 달리고 있음을 보여준다. 『설문·요부夭部』에서 "奔, 走也."(분奔은 달리다는 뜻이다.)라고 하였다.

인간이 직립하면서, 다리가 유인원보다 길어졌고, 다리 부위의 관절이 보다 자유스러워졌다. 그래서 '차다', '밟다', '오르다', '뛰다', '무릎을 꿇다', '쓸다' 등과 같은 동작을 할 수 있게 되었다.

예 20)의 자형은 '교交'자로, '사람이 두 다리를 교차하여 서 있는 모습'을 그린 것이다. 『설문·교부交部』에서는 "交, 交脛也, 從大, 象交形."(교交는 정강이를 서로 교차한 것이다. 사람이 다리를 교차한 모습을 그렸다.)라고 해석하였다. 사람이 다리를 서로 교차시킨다는 의미로부터 '접촉하다', '교착하다', '친교를 맺다', '성교하다', '교환하다', '서로'라는 의미로 인신되었다. '교자交子'란 송대에 촉인蜀人이 처음으로 창조한 지폐이다. 지면에 이에 상당하는 동전을 보증한 것으로, 도착하였을 때 교자交子를 돈으로 바꾼다. 따라서 교자交子의 교交는 바꾼다는 뜻이다.

노동으로 인하여 유인원의 앞다리와 뒷다리는 서로 분업화되어, 손과 다리로 진화되었고, 이로 인하여 직립인이 탄생하게 된 것이다.

예 1)의 자형은 '인人'자로, '옆으로 서 있는 사람의 모양'을 그린 것이다. 『설문·인부人部』에서는 "人, 天地之性最貴者也. 此籒文, 象臂脛之形."(인人은 천지 가운데 성정이 가장 귀한 것을 말한다. 주문은 팔과 다리의 모양을 그렸다.)라고 풀이하였다. '직립'은 인간의 두뇌가 발달한 생리의 전제조건으로, 두 발로 설 수 있어야만 우주에서 가장 고귀한 고등동물이 될 수 있다. 인간의 출현은 자연변천사에 있어서 위대한 이정표이다. 인간은 자연환경에 적응할 뿐만 아니라 자연환경을 바꾸고 창조하기도 하였으며, 더 나아가 심지어 미래에 광활한 우주공간을 바꾸고 창조도 할 것이다. 인류가 서로 긴밀하게 단결하고, 평화적으로 건설하여, 과학기술을 발전시켜야만 찬란한 미래가 있을 것이다!

옆으로 서 있는 것은 '인人'이고, 정면으로 서 있는 것은 '립立'이다. 예 2)의 자형은 '립立'자로, '사람이 땅에 정면으로 서 있는 모습'을 그린 것이다. 『설문·립부立部』에서는 "立, 住也, 從大立一之上."(립立은 멈춰 서다는 뜻이다. 사람이 일一 위에 서있는 모양을 그렸다.)라고 풀이하였다. '서다'라는 의미로부터 '건립하다', '수립하다', '체결하다', '확립하다', '세우다'라는 의미로 인신되었다.

직립한 후의 인간은 다른 물건에 의지하여 자신의 높이를 높일 수 있다. 예 3)의 자형은 '정壬(tǐng)'자로, '옆으로 서 있는 사람이 흙더미 위에 높이 서 있는 모양'을 그린 것이다. 본의는 '우뚝 서다'이다. 후에 형방을 더하여 '정挺'으로 썼다. 그리고 '돌파하다'라는 의미로 인신되었다. 『설문·정부壬部』에서는 "一曰象物出地挺生也."(또 다른 뜻은 식물이 지면을 뚫고 올라와 우뚝 자라는 모양을 그렸다.)라 하였는데, 이것은 바로 인신의이다. 주의할 점은 '정壬'과 '임王'은 두 개의 문자라는 점이다. 즉, '정壬(tǐng)'과 '임王(rén)'인데, 전자는 아래 횡선이 긴 것이고, 후자는 중간 횡선이 긴 것이다.

직립인의 발부위는 자유스럽기 때문에, 간혹 발꿈치를 들어서 앞 다리에 의지하여 몸 전체를 지탱할 수 있는데 이렇게 함으로써 높은 곳을 바라볼 수 있다.

예 4)의 자형은 '기企'자로, '옆으로 선 사람이 발을 들어 먼 곳을 바라보는 모습'을 그린 것이다. 『설문·인부人部』에서는 "企, 舉踵也, 從人止聲."(기企는 발꿈치를 들다는 뜻이다. 인人에서 뜻을 취하고 지止에서 소리를 취한다.)라고 풀이하였다. 이는 회의겸형성자이다. 『한서漢書·소망지전蕭望之傳』에는 "是以天下之士, 延頸企踵, 爭願自效, 以輔高明."(그리하여 천하의 선비들은 목을 쭉

빼고 발꿈치를 들어 앞 다투어 스스로 효과가 있음을 갈망한다. 그리하여 더욱 높고 밝게 한다.)라는 구절이 있다. 기企는 또한 '서다'의 의미가 있고, '고대하다', '바라다'라는 의미로 인신되었다.

인간이 직립한 후에는 머리를 돌리고 고개를 숙이는 동작이 보다 자유스럽게 되었다. 직립인의 머리는 인간에 있어서 가장 높은 곳이다.

예 5)의 자형은 '원元'자로, '인人'과 "이二(상上)"가 결합하여 이루어진 한 자이다. '사람'과 '위'가 서로 결합하여 '인간의 윗부분'인 '머리 수首'가 된 것이다. 이것이 바로 '원元'의 본의가 된다. 『맹자孟子·등문공하滕文公下』에는 "勇士不忘喪其元."(용감한 사람은 그 머리를 잃음을 생각하지 않는다.)라는 구절이 있다. 현대 중국어의 복음사複音詞에 '원수元首'라는 단어가 있는데 이것은 바로 동의同義병렬구조로 이루어진 단어이다. 『설문·일부一部』에는 "원元"을 "시始"(시작하다)로 해석하였는데, 이것은 바로 인신의이다.

손과 발의 분업, 인간의 직립 등도 중요하지만 특별히 중요한 것은 창조적인 노동이라 할 수 있다. 이를 통하여 인류의 사유의 발전을 촉진시킬 수 있었다. 이는 인류의 뇌의 용량을 증가시켜주었다. 인류와 사촌격인 원숭이의 뇌 용량은 단지 400~500그램에 불과하지만, 인류의 뇌 용량은 일반적으로 1,300~1,500그램에 달한다.

예 6)의 자형은 '혈頁'자로, '사람이 꿇어앉은 모습과 발달한 머리의 측면 모습'을 그린 것이다. 본의는 『설문·혈부頁部』에서 "頁, 頭也."(혈頁은 머리라는 뜻이다.)라는 해석과 같다. 따라서 '혈頁'을 따르는 한자들은 모두 '머리'와 관계가 있다. 오늘날 '페이지(쪽)'을 나타내는 '혈頁'은, 고대에는 '엽葉'으로 썼다.(나뭇잎을 나타내는 엽葉은, 오늘날 간소화 되어 이와 같은 음인 협叶으로 대체되었다.)

예 7)의 자형은 '수首'자로, 이것은 '혈頁'자에서 신체 부분을 제거한 모습으로, '혈頁'의 본의와 같다. 머리는 인간의 신체에서 지휘자이기 때문에,

이로부터 인신되어 '우두머리', '영도자'라는 의미가 되었다. 직립 이후에 머리는 인간에게서 가장 높은 곳에 위치하기 때문에, 이로부터 '꼭대기', '우선', '창시하다'라는 의미로 인신되었다. 뜻이 잘 맞아 일이 잘 되어감을 뜻하는 '수미상응首尾相應'의 '수首'는 '군대의 전위대'를 말하고, 첫째로 손꼽히다는 뜻인 '수굴일지首屈—指'의 '수首'는 '우선'을 가리킨다.

사람이 직립함으로써 높이를 높이게 되었으며, 시야를 더욱 넓히게 되었다.

예 8)의 자형은 '견見'자로, '사람이 눈으로 정확하게 앞으로 쳐다보는 것'을 그린 것이다. 『설문·견부見部』에서는 "見, 視也. 從儿從目."(견見은 보다는 뜻이다. 인儿과 목目이 결합하여 이루어진 한자이다.)라고 풀이하였다. '보다'라는 의미에서 '회견하다', '만나다'의 의미로 인신되었다. 보는 것들이 많아지면, 경험이 풍부해지기 때문에 '견문을 넓히다'라는 의미로 인신되었다. '보여지다'라는 것은 '현現'으로, 견見과 현現은 고금자이다.

인간은 다른 물건에 기대어 고도를 높임으로써 멀리 바라볼 수 있다.

예 9)의 자형은 '망望'자로, '사람이 흙 위에 서서 먼 곳을 주시하는 모양'을 그린 것이다. 윗부분에 있는 '신臣'자는 '눈이 세워진 모습'으로 이는 바로 '주시하는 것'을 나타낸다. 그리고 아랫부분은 사람이 흙 위에 서 있는 모습인 '정壬(tǐng)'자로, 임계壬癸를 나타내는 임壬자와는 서로 다르다. 지금은 해서체로 되어 구분하고 있지는 않다. '임계壬癸'의 '임壬'은 가운데 획이 길고, '사람이 흙 위에 서 있는 모습'인 '정壬(tǐng)'은 아래 획이 길다. 후에 이 한자에 형방인 월月자를 더하여, '달을 바라봄'이라는 뜻에서 '멀리 바라봄'이라는 의미가 된 것이다. 또한 성방인 '망亡'자는 '신臣'자를 대신하여, 오늘날에 '망望'을 쓰게 된 것이다. 본의는 '멀리 바라보다'이다. 이로부터 '고대하다', '명망' 및 '매월 음력 15일 보름달이 뜰 때'라는 의미로 인신되었다.

언어의 탄생은 고인류의 체질진화 및 문화의 발전과 밀접한 관계가 있다. 뇌 용량의 증가와 발음기관의 개선은 언어탄생의 생리적 기초가 된다. 인간이 직립한 후, 비강鼻腔 및 구강口腔은 기도氣道와 직각을 이루게 되었고, 성대의 위치는 유인원과 비교해보면 내려갔으며, 턱, 혀, 입술이 발음에 참여하게 되었고, 목구멍, 코, 입의 각 부위는 자유롭게 공기의 흐름을 막아서, 음색音色, 음고音高, 음량音量의 변화가 풍부해지게 되었다.

예 23)의 자형은 금문 '식息'자로, '자自'(코의 모양)와 '심心'이 결합하여 이루어진 한자이다. 옛 사람들은 기체는 마음속에서 생겨나서 코로 방출되는 것이라고 여겼다. 본의는 '호흡하다'이다. 호흡할 때 나오는 기류氣流는 발성의 "기본재료"이다. '호흡하다'로부터 '탄식하다', '짧은 시간'으로 인신되었다. 인간이 노동을 할 때 매우 지치게 되면 숨을 헐떡거리는데, 이때에는 호흡을 조정해야만 한다. 그래서 이러한 의미에서 '휴식하다', '정지하다'라는 의미로 인신되었다. 호흡은 생명을 연장시켜주기 때문에, '증식시키다', '생장하다', '이자'라는 의미로 인신되었다.

인간이 말을 할 때, 발음을 막는 가장 중요한 기관은 바로 혀이다.

예 22)의 자형은 '설舌'자로, '입에서 나오는 혀의 무늬'를 그린 것이다. 『설문・설부舌部』에서는 "舌, 在口, 所以言也, 別味也."(설舌은 입 안에 있어서 말을 할 수도 있고, 맛을 구분할 수도 있다.)라고 해석하였다. 허신은 '혀'는 '말하고', '맛을 변별하는' 기능으로 해석하였는데, 이것은 바로 정확하게 개념을 이해했다고 볼 수 있다. 이로부터 '언어'라는 뜻으로 인신되었는데, 말싸움이 치열함을 뜻하는 '진창설검唇槍舌劍'(혹은 '설검진창舌劍唇槍')의 '설舌'이 가리키는 것은 바로 '언어'이다. 입이 닳도록 말을 많이 함을 뜻하는 '설폐진초舌敝唇焦'의 '설舌'은 본의로 사용되었는데, 대부분 언어라는 비유적인 의미로 사용되었다.

갑골문에서 '음音'과 '언言'은 같은 글자이다. 인류의 발음을 변화시키는 주요한 통제기관은 바로 혀이다. 그래서 예 21)의 '언言'자의 자형과 '설舌'은 거의 비슷한데, '설舌'자에 '일一'획만 더하였을 뿐이다. 이에 이 한자는 지사자로, 이것은 바로 혀의 변화에 의하여 언어(혹은 어음語音)를 형성함을 보여준다. 『설문·음부音部』에서는 "音, 聲也, 生於心有節於外謂之音."(음音은 소리이다. 마음에서 생겨나서 조절하여 밖으로 퍼져 나오는 것을 음音이라 한다.)라고 해석하였다. 심장이 있는 허파로부터 공기가 흘러나오고, 구강口腔과 혀를 거치면서 음절音節을 만들어 낸다. 따라서 허신의 해석은 대체적으로 정확하다고 할 수 있다. 『설문·언부言部』에서는 "直言曰言, 論難曰語."(직접적으로 말하는 것을 언言이라 하고, 논의를 반박하는 것을 어語라고 한다.)라고 '언言'자를 해석하였다. 이것은 후에 나타난 의미에 불과하다. '언言'의 본의는 '말하다'이다. '언지유리言之有理', '언지과심言之過甚', '언지무물言之無物', '언지확착言之確鑿', '언불급의言不及義', '언불달의言不達意', '언외지의言外之意', '언이무신言而無信', '언약현하言若懸河', '언과기실言過其實', '언무부진言無不盡', '언전신교言傳身教', '언간의해言簡意賅', '언청계종言聽計從', '언무륜차言無倫次'(혹은 '어무륜차語無倫次')라는 성어에 사용된 '언言'은 '말하다'(혹은 '문장'을 가리킨다.)이다. 인신되어 '말 한마디' 혹은 '하나의 글자'가 되었는데, '칠언七言', '오언五言'에서의 '언言'이 가리키는 것은 바로 '하나의 글자'이다. 다시 인신되어 '알려주다', '학설' 등의 뜻이 되었다.

언어를 진행하기 위해서는 반드시 상대방이 있어야만 말하고 들을 수 있는 것이다.

예 11)의 자형은 '문聞'자로, '사람이 꿇어앉아서 손을 귀 부분에 대고서 자세하게 듣는 모양'을 그린 것이고, 귀의 모양에 더해진 세 개의 획은 듣는 소리를 보여준다. 『설문·이부耳部』에서는 "聞, 知聞也. 從耳門聲."(문聞이란 소리를 안다는 뜻이다. 이耳에서 뜻을 취하고, 문門에서 소리를 취한다.)라고 하였다. 이것은 바로 후기형성자이다. 인신되어 '견문', '전하다', '명성'이라는 의미가 되었다. '문소미문聞所未聞', '문풍상담聞風喪膽', '문풍이지聞風而至', '문풍이도聞風而逃', '문계기무聞鷄起舞' 등의 성어에 쓰인 '문聞'은 모두 본의인 '듣다'는 의미로 사용되었다.

예 10)의 자형은 '성聖'(간화자는 '성圣'이다.)자로, 그 형태는 갑골문의 '청聽'자와 같다. 고음古音은 모두 '경부耕部'에 속하기 때문에, '성聖'과 '청聽'은 같은 한자이지만 구조가 다른 한자이다. 후세에 두 개의 한자로 변하게 된 것이다.

갑골문에서는 '성聖'자는 여전히 '듣다(聽)'의 의미로 사용되었다. '듣다'라는 의미로부터 '총명하고 명석하다'라는 의미로 인신되었고, 남보다 뛰어나야만 모든 일을 일사천리로 처리할 수 있게 된다. 『설문 · 이부耳部』에서는 '通'(통하다)라고 해석하였고, 『예문류취藝文類聚』에서는 『풍속통風俗通』의 "聖者, 聲也, 通也, 言聞聲知情, 通於天地, 調暢萬物."(성聖은 듣다는 뜻이고, 통하다는 뜻이다. 말의 소리를 듣고서 그 마음을 알 수 있으면 천지에 통하게 되고, 만물에 고르게 울려퍼진다.)라는 구절을 인용하였다. "통通"은 "청聽"의 재인신再引申임이 분명하다. 모든 곳에 통달함이란 바로 성인聖人만이 가능한 것이다. 중국의 전통적인 사유는 보수적인 경향을 보인다. 즉 예로부터 전해 내려오는 말씀을 존중하고, 선현先賢을 추종하면서, 몇 천 년의 역사를 축적해 내려왔는데, 그 가운데 성인들은 매우 다채롭게 출현하였다. 성현들의 서적은 아무리 읽어내려도 끝까지 읽을 수 없을 정도로 많고, 천지운행天地運行에서부터 의식주행衣食住行까지 모든 것에 가르침이 있다. 하지만 중국이 나날이 빈곤해지는 이유는 무엇일까? 성현들의 가르침은 모두 인仁, 의義, 예禮라든가 혹은 "不患貧而患不均"(적은 것을 걱정하지 않고 균등하지 못함을 근심한다.) 등등과 같이 사람과 사람 사이에 관계된 것들이다. 문화대혁명의 계급투쟁론은 여전히 사람과 사람 사이의 관계라는 범주를 벗어나지 않는 것이다. 성현들은 지금까지 '자연에 대항하라.'라는 것을 제시한 적이 없다. 하지만 필자는 그처럼 많은 성현들의 책은 "과학기술이야말로 생산력을 상징하는 첫 번째 지표이다."라는 말보다는 유용하지 않다고 생각된다. 오늘날 다시 새롭게 전통문화를 중시하기 시작하였는데, 이에 대해서는 보다 분명한 인식이 있어야할 것이다. 즉 이에 대한 순위를 바르게 해야 할 것이다. 오늘날에는 현대기술에 전통문화를 첨가시켜야 한다. 과학기술이 가장 중요한 첫 번째라는 사실을 명심해야 할 것이다.

인류언어발전을 촉진시키는 동력은 인간과 자연, 인간과 인간 사이의 정보에 대한 수요이다. 인간의 창조적 노동은 자연에 대한 요구로 자기 자신의 생존 조건을 개선하기 위함이다. 인류의 노동은 반드시 협조해야만 하고, 경험도 서로 전수해야 한다.

예 24)의 자형은 '종从'자이다. 예 25)는 '중众'자이고, 예 26)은 '중衆'자로, 이 한자는 '일日'과 '중众'이 결합하여 이루어졌다. 즉, 해가 뜬 후에 사람들이 서로 모여서 같이 노동하는 것을 보여주는 한자이다. 이상의 세 개 한자는 모두 '같이 모여서 뒤따르다.'라는 의미이다. 『설문·종부從部』에서는 "종从"을 "相聽"(서로 듣다)라고 해석하였는데 이것은 인신의이다. 그리고 "종從"자를 "隨行也"(뒤따르다)로 해석하였는데, 이것이 도리어 "종从"의 본의이다. "종從"은 "종从"의 증형자로, 두 개의 문자로 나누어서는 안 된다. 게다가 "종从"은 "종從"의 간화자라고 오해해서도 안 된다. 자형 파생 규칙에 따르면 "종从"이 "종從"보다 일찍 만들어졌다고 할 수 있다.

언어의 발전은 인류사유의 발전을 촉진시키기도 하였다. 그리하여 기쁨, 노여움, 슬픔, 즐거움, 그리움, 감사, 의심하고 염려함 …… 등등, 감정이 더욱 풍부해지게 된 것이다.

예 27)의 자형은 '의疑'자로, '사람이 길에서 지팡이를 들고서 생각하면서 생각을 결정하지 못하여 머뭇거리는 모습'을 그린 것으로, 『설문·자부子部』에서는 "疑, 惑也."(의疑는 미혹하다는 뜻이다.)라 하였다. 본의는 '머뭇

거리면서 생각을 결정하지 못하다.'이다. 이로부터 '미혹되다', '의심하다', '의문', '괴상하다'라는 의미로 인신되었다.

예 28)의 자형은 '태兌'자로, 자형의 모양은 아래는 '인人', 위에는 '구口'와 '팔八'이 있는데, '팔八'은 '사람이 웃을 때 주름진 입모양'을 나타내는 것이다. '태兌'는 '기뻐하다(悅)'의 초문으로, 『설문·인부儿部』에서는 "兌, 說(悅)也."(태兌는 기뻐한다는 뜻이다.)라고 해석하였다.

인류는 자연과의 투쟁 중에서 생산경험을 얻었을 뿐만 아니라, 자연재해에 대항하는 능력을 증강시켰다. 홍수나 강이 앞을 가로막을 때에는, 물이 얕아진 후에야 건너갔다.

예 29)의 자형은 '섭涉'자로, '걸어서 물에 나아가는 모습'을 그린 것으로, 본의는 '물을 건너가다'이다. 이로부터 '물을 건너다', '나루터', '고생스럽게 먼 길을 걷다', '관련되다', '영향을 주다'라는 의미로 인신되었다.

깊은 물을 만나면 수영을 한다.

예 30)의 자형은 '영永'자로, '척彳', '인人', '수水'가 결합한 한자이다. 즉, '사람이 물에 들어가 수영하여 나아가다.'라는 의미를 지녔다. '영永'은 '영泳'(수영하다)의 초문이다. 원대동元戴侗의 『육서고六書故』에서 "潛行水中謂之永. 『詩經』云 : '漢之廣矣, 不可永思.'"(물에 잠겨 나아가는 것을 영永이라 한다. 『시경』에서 "한수漢水가 너무 넓어 헤엄쳐 갈 수가 없네."라는 구절이 있다.)라고 설명하였다. 금본今本 『시경·주남周南·한광漢廣』에서는 "영永"을 "영泳"이라 썼다. 모든 사전에서 '물줄기가 길다.'라고 해석하였는데, 이러한 해석은 잘못된 것이다. 『설문·영부永部』에서는 "영永"을 "長"(길다)으로 해석하였는데, 이것은 가차의이다. "영永"과 "영泳"은 고금자 관계로, 후기자인 "영泳"이 본의를 나타내고, 본원자는 가차의를 나타낸다.

결론적으로 말하자면, 유인원은 창조적인 노동을 할 수 있게 되었고, 창조적인 노동은 또한 유인원의 체질을 진화시킴으로써, 최종적으로 인류가 만들어지게 되었다.

3. 화하민족의 형성

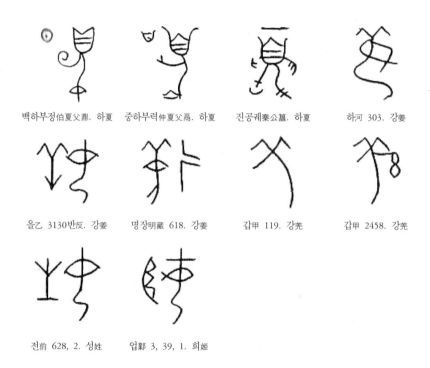

백하부정伯夏父鼎. 하夏   중하부력仲夏父鬲. 하夏   진공궤秦公簋. 하夏   하何 303. 강姜

을乙 3130반反. 강姜   명장明藏 618. 강姜   갑甲 119. 강羌   갑甲 2458. 강羌

전前 628, 2. 성姓   업鄴 3, 39, 1. 희姬

  당대의 고고학의 성과는 수많은 화하문화와 화하민족외래설을 철저하게
뒤집었고, 화하민족 및 그 문화는 중화대륙에 기원을 둔다는 점을 분명하게
증명하였다. 게다가 황하중·하류 지역은 화하민족의 유일한 요람이라는
점에 대해서는 수정을 가하였다. 화하문화의 발전은 다원적인 것으로, 다원
지역의 문화가 중원지역으로 모여들고, 중원지역의 문화가 다원지역으로

전파되는 등 쌍방향으로 진행되었다고 할 수 있다.

중국 구석기 시대의 고고학적 성과에 의하여 비교적 정확하게 유인원진화의 순서를 만들 수 있다. 운남雲南에서 발견된 170만 년 전의 원모원인元謀猿人, 북경 주구점周口店에서 발견된 70만 년 전부터 20만 년 전의 북경원인北京猿人, 산서성 상분襄汾에서 발견된 약 8~9만 년 전의 정촌고인丁村古人(조기 호모 사피엔스), 주구점에서 발견된 약 27,000년 전의 산정동신인山頂洞新人(말기 호모 사피엔스) 등 몇 십 곳에서 출토된 고인류화석을 종합해 보면 신체적 특징은 진화의 순서에 따라서 점차 몽고인종에 가까워졌다. 몽고인종은 검은 머리에 황색 피부를 가진 화하민족의 직계선조이다.

신석기 유적지는 이미 7,000여 곳이 발견되었는데, 이를 다음과 같은 순서로 나눌 수 있다.

황하중류와 하류 두 곳이 비교적 발달한 곳으로, 그 내용 또한 풍부하기 때문에 영향이 다른 곳에 비하여 크다고 할 수 있다. 황하중류문화지역은 하낙河洛지역을 중심으로 하는데, 그 발전 순서는 전앙소문화(기원전 6,000~기원전 5,400년) — 앙소문화(기원전 5,000~기원전 3,000년) — 묘저구廟底溝 2기 문화, 하남용산문화(기원전 2,900~기원전 2,000년) — 하夏문화(?) 순서이다.

황하하류문화지역은 태산泰山을 중심으로 한다. 청련강靑蓮崗문화(기원전 5,400~기원전 4,400년) — 대문구大汶口문화(기원전 4,300~기원전 2,500년) — 산동용산문화(기원전 2,500~기원전 2,000년) — 악석岳石문화(기원전 1,900~기원전 1,500년) — 상商문화 순서이다.

태호평원太湖平原을 중심으로 하는 장강하류문화지역은 하모도河姆渡조기문화(기원전 5,000~기원전 4,000년) — 마가방馬家浜, 송택松澤문화(기원전 4,300~기원전 3,300년) — 양저良渚문화(기원전 3,300~기원전 2,200년) — 상商문화 순서이다.

강한평원江漢平原을 중심으로 하는 장강중류문화는 조시皂市하층문화(기원전 5,000년~?) ─ 대계大溪문화(기원전 4,000~기원전 3,300년) ─ 굴가령屈家嶺 문화(기원전 3,000~기원전 2,600년) ─ 호북용산문화(기원전 2,400년 이후)의 순서가 될 것이다.

이 이외에도, 일찍이 연산燕山을 중심으로 하는 연료燕遼문화구, 황하상류의 감청甘靑문화구, 화남華南문화구 등이 있었다.(이에 대하여 음법로陰法魯 등의 『중국고대문화사中國古代文化史』 참고.)

화하민족은 염제와 황제를 시조로 숭상한다. 『국어國語·진어晉語』에 "昔少典娶於有嶠氏, 生黃帝, 炎帝. 黃帝以姬水成, 炎帝以姜水成. 成而異德, 故黃帝爲姬, 炎帝爲姜. 二帝用師以相濟也, 異德之故也."(옛날에 소전씨가 유교씨에게 장가를 들어, 황제와 염제를 낳았다. 황제는 희수에서 이루었고, 염제는 강수에서 이루었다. 다른 덕으로 이루었기 때문에 황제는 희가 되었고, 염제는 강이 되었다. 두 황제는 군사로써 서로 구제하였으니, 이는 서로 다른 덕이기 때문이다.)라는 구절이 있다. 『죽서기년竹書紀年』에는 "自黃帝至禹三十世."(황제부터 우임금까지는 30세이다.)라고 하였다. 우禹는 대략 기원전 21세기에 해당하기 때문에, 이로부터 추정해보면, 황제는 기원전 약 3,000년쯤으로, 신석기 중기에 해당한다고 할 수 있다. 황제와 염제는 섬서陝西 일대에서 탄생하였다. 이 지역의 시간에 근거하여 추산해보면 앙소문화 말기에 해당하고, 이때에는 원시공동체의 모계사회말기에 해당한다. '염제와 황제는 소전少典의 자식이다.'라는 전설은 불가능하지만, 이것은 한대漢代 이전의 화하민족은 염제와 황제를 공동의 시조로 인식하고 있음을 반영한다.

앞에서 예로 든 9)는 갑골문 '성姓'자로, 『설문·여부女部』에서는 "姓, 人所生也. 古之神聖, 母感天而生子, 故稱天子. 從女從生, 生亦聲. 『春秋傳』曰 : '天子因生以賜姓.'"(성姓이란 사람이 출생한 그 가족의 성씨를 말한다. 고대에 신성한 모친께서는 하늘의 감동으로 말미암아 자식을 낳아 길렀다. 고로 "천자天子"(하늘의 자식)이라 칭한다. 여女와 생生이 결합하여 이루어졌고, 생生은 또한 소리를 나타낸다.)

라고 설명하였다. '성姓'은 회의겸형성자로, '여성이 낳다'라고 해석해야 한다. 그리고 이것은 한 명의 모친이 낳아 번성한 가족계통의 칭호인 것이다. 단옥재의 『설문해자주』에서는 "『五經異義』, 『詩』齊, 魯, 韓, 『春秋公羊』說聖人皆無父感天而生."(『오경이의』, 『시경』제·노·한, 『춘추공양전』등에서는 성인들께서는 아버지 없이 모두 하늘의 감동으로 인하여 탄생하였다.)라고 설명하였다. 『사기·보삼황본기補三皇本紀』에는 "炎帝神農氏, 姜姓. 母曰女登, 有媧氏之女, 爲少典妃, 感神龍而生炎帝."(염제 신농씨는 강씨 성이다. 모친께서는 여등으로, 유왜씨의 여식이다. 그녀는 소전의 부인이다. 신룡으로부터 감응되어 염제를 낳았다.)라는 구절이 있다. '감천感天'이든, '감신룡感神龍'이든 모두 성인이 탄생되는 것을 암시하는 단어로, 사실은 '知母不知父'(어머니는 알지만 아버지는 모른다.)를 반영함에 불과하다. 『여씨춘추呂氏春秋·시군람恃君覽』에는 "昔太古嘗無君矣, 其民聚生群處, 知母不知父, 無親戚, 兄弟, 夫妻, 男女之別."(옛날 태고시대에는 일찍이 임금이 없었다. 그 백성들은 군집생활을 하였다. 그리하여 단지 어머니만을 알 뿐 아버지는 누구인지 몰랐다. 그리하여 친척과 형제 그리고 부부와 남녀의 구별이 없었다.)라는 구절이 있다. '성姓'의 의미는 '知母不知父'(어머니는 알아도 아버지는 모른다.)의 시대를 정확하게 반영한다. 따라서 옛날 성씨에는 '여女'자를 형부로 한 것이 많은데, 예를 들면 요姚, 괴媿, 사姒, 영嬴 등이다. 이러한 것들은 '성姓'의 기원은 모계원시사회라는 점을 암시한다. 하나라 성씨의 상황은 고증할 방법이 없다. 주나라가 되어 '씨氏'가 탄생하였고, 이것은 '동성同姓'의 사람들이 다시 분화된 칭호이다. '씨氏'의 기원은 매우 복잡하다. 예를 들면 진秦, 채蔡, 제齊, 송宋, 진晉, 로魯 등과 같은 제후국명諸侯國名을 따른 것도 있고, 해解, 굴屈, 양설羊舌과 같은 봉읍명封邑名을 따른 것도 있으며, 사史, 경卿, 사도司徒, 복卜, 사마司馬 등과 같은 관직명을 따른 것도 있다. 뿐만 아니라, 동곽東郭, 서문西門, 구邱 등과 같은 거주지명을 따른 것도 있고, 도陶, 무巫 등과 같은 직업을 따른 것도 있으며, 후侯, 왕王 등과 같은 작위명 혹은 군호君號를 따른 것도 있다. 주대에는 귀족들만이 성씨를 가졌고, 일반 백성들은 없었다. '성姓'은 혼인을 구분하기 위한 것이고, '씨氏'는 귀천을 구분하기 위한 것이다. 여자는 '성姓'을 칭하고, 남자는 '씨氏'를 칭한다. 전국시대 이후에, '성姓'과 '씨氏'가 결합하여 '성씨姓氏'가 되었고, 한나라 때에 와서야 '성姓'으로 통칭하였다.

　염제의 성씨는 '강姜'이다. 예 4)와 예 6)은 갑골문 '강姜'자이고, 예 7)과 예 8)은 갑골문 '강羌'자이다. '강姜'과 '강羌'은 옛날에는 하나의 문자였고, 갑골문에서는 서로 구분 없이 사용하였다. 『설문·양부羊部』에서 "羌, 西戎 牧羊人也, 從人從羊, 羊亦聲."(강羌은 서융의 양을 치는 사람이다. 인人과 양羊이 결합하여 이루어진 한자로, 양羊은 소리도 나타낸다.)라고 설명하였다. 갑골문에서 '강姜'과 '강羌'은 '머리에 양의 뿔을 쓰고서 머리를 아름답게 장식한 모양'을 그린 것이다. '강姜'이란 성씨는 최초로 중국 서부의 원시 유목 부락에 기원을 둔다. 예 6)의 '강姜'은 "척彳"이 결합한 한자인데, 이것은 바로 이 한자를 만들 당시 '강姜'씨 성을 가진 부족이 원시 유목생활을 하고 있었음을 반영하는 것이다. 예 8)은 '실(糸)'을 따르는 한자인데, 이것은 은상시기의 '강羌'인의 후예들이 포로가 되어 줄에 묶여 노예 혹은 순장殉葬의 지위로 전락하였음을 보여준다. 『태평어람太平御覽』권78은 『제왕세기帝王世紀』의 "神農氏姜姓, 母曰任姒, 有喬氏之女, 名女登, 爲少典妃. 游於華陽, 有神龍首感, 女登於常羊, 生炎帝. 人身牛首, 長於姜水, 以德王, 故謂之炎帝."(신농씨의 성은 강씨이다. 모친께서는 임사이다. 그녀는 유교씨의 여식으로, 이름은 여등이다. 소전의 부인이다. 화양에서 수영을 하다가 신룡으로부터 감응받았다. 여등은 상양에서 염제를 낳았다. 염제의 모습은 인간의 몸에 소의 얼굴을 하였다. 그는 강수에서 성장하였다. 덕으로써 왕이 되었기 때문에 염제라 칭하였다.)라는 구절을 인용하였다. 신농과 염제를 하나로 잘못 묶은 것은 한대 이후의 일로, 마치 신농이 염제의 선인先人이 되는 것처럼 하였다. '우수인신牛首人身'(소의 머리에 사람의 몸)이란, 가축을 이용하여 밭을 가는 농업의 신의 모습으로, 지금도 아패阿壩의 가융인嘉戎人들은 여전히 '우수인신牛首人身'의 신을 모시고 있다.(1981년 『사회과학전선社會科學戰線』 제1기에 실려 있는 등정량鄧廷良의 『갑융여리우강甲絨與犛牛羌』에 보임.) 강姜씨 성을 가진 부락은 최초에 유목에서 농업으로 변화한 부족이다. 『제왕세기帝王世紀』에 "神農在位百二十年, 凡八世. 帝承, 帝臨, 帝明, 帝直, 帝來, 帝哀, 帝楡岡."(신농은 120년간 재위하였다. 그리고 제승, 제임, 제명, 제직, 제래, 제애, 제유강 등 8세가 이어졌다.)라는 구절이 있다. 하지만 '유강'은 황제에 의하여 멸망당한 것으로 보아, 신농씨가 황제보다는 이른 시기이고, 신농씨는 앙소문화 중기에 속하는 인물임을 알 수 있다. 앙소문화는 이미 원시농업을 하던 시기이기 때문에, 이는 전설의 내용과 거의 일치한다. 강姜씨 성에 대하여, 『설문・여부女部』에서는 "神農居姜水, 以爲姓, 從女羊聲."(신농씨는 강수에 살았기 때문에 그것을 성씨로 삼았다. 여女에서 뜻을 취하고 양羊에서 소리를 취한다.)라고 풀이하였다. 이것은 단지 한나라 사람의 억측에 불과할 뿐이고, 이와는 정 반대로, 강수姜水란 강姜씨 성을 가진 부락이 거주함으로써 얻어진 이름인 것이다. 『수경水經・위수주渭水注』에는 "岐水, ……水北卽岐山矣. 岐水又東經姜氏城南, 爲姜水."(기수……기수의 북쪽은 기산이다. 기수는 또한 동쪽의 강씨 부락의 남쪽에 있는데, 그곳은 강수이다.)라는 구절이 있다. 기산은 현재 섬서성 기산현岐山縣 경내에 자리하고 있으며, 고고학에서 말하는 신석기 황하 중류문화지역과 일치한다. 신농씨와 염제는 모두 신석기 시대 모계사회 중의 인물로, 모두 여성일 가능성이 농후하고, 염제는 아마도 당시 강姜씨 성을 가진 부락의 여성 우두머리일 것이다.

황제라는 이름은 어떻게 해서 얻어진 것일까? 『회남자淮南子・천문훈天文訓』에 따르면 "中央土也, 其帝黃帝, 其佐后土, 執繩而制四方."(중앙에 위치하였는데, 그 곳의 임금이 황제이다. 그를 보좌하는 사람은 후토인데, 그는 먹끈을 들고서 사방을 통제한다.)라는 기록이 있다. 『태평어람太平御覽』 79권은 『하도악구河圖

握矩』의 "黃帝名軒, ……母地祇之女附寶."(황제의 이름은 헌이다. ……모친께서는 토지신의 여식으로 이름은 부보이다.)라는 구절을 인용하였다. 이로부터 '황제'라는 이름은 흙과 밀접한 관계가 있으며, 그는 '희수姬水'(지금의 위수渭水 상류 지역) 근처에서 활동하였음을 추정할 수 있다. 이에 '섬서 황토고원'으로부터 이름을 얻게 되었다는 것이 하나의 설명이다. '황黃'은 '황皇'과 통하고, 이 두 문자의 고음은 같다. 『설문・옥부玉部』에서는 "皇, 大也."(황皇은 크다는 뜻이다.)라고 설명하였다. 『광운廣韻・당운唐韻』에는 "皇, 天也."(황皇은 하늘이다는 뜻이다.)라고 하였다. 『이소離騷』에서는 "陟升皇之赦戱兮"(황천길에 올라보니 모든 것이 용서가 되네.)라 하였는데, 이에 대하여 왕일王逸은 『주注』에서 "皇, 皇天也."(황皇은 황천이다.)라고 하였다. 『광아廣雅・석고釋詁』에서는 "皇, 美也."(황皇은 아름다움이다.)라고 하였다. 『시경・대아大雅・문왕文王』에는 "思皇多士"(아름다운 왕국의 수많은 신하들)라는 구절이 있는데, 이에 대하여 주희朱熹는 『집주集注』에서 "皇, 美."(황皇은 아름답다이다.)라고 하였다. '황제黃帝'는 '상제上帝'로, 이는 우리들이 찬미하는 호칭이다는 것이 또 다른 설명이다. 또 다른 하나의 설은, 후세 사람들이 단순히 상상에 의하여 옛 이름과 사물을 해석한 것이다. 원시부락 수령의 명칭인 '황제黃帝'는 당시의 호칭이 지금까지 전해 내려오는 것일까 아니면 후세 사람들이 추증追贈(죽은 뒤에 관작을 내리거나 품계를 높여주다.)한 것일까? 만일 후세 사람들이 추증한 것이라면, 당시에는 어떠한 호칭으로 불려졌을까? 당시의 호칭은 어찌하여 신이 '상제上帝'가 될 수 있었을까? 아마도 이에 대하여 자신의 학설을 그럴듯하게 꾸며내기도 매우 어려울 것이다. 이에 앞에서의 설명들이 보다 더 믿음이 가는 것은 사실이다.

황제黃帝의 성씨는 '희姬'로, 예 10)의 '희姬'자는 갑골문에서는 '한 여인이 옆에 얼레빗과 참빗을 놓은 모습'을 그린 것이다. '매每'자와 '녀女'자는 갑골문에서 자형이 서로 통용된다. '매每'자는 '녀女'자의 머리 부분에 머리 장식을 하고 있는 모습이다. '강姜'자가 여인의 머리에 양의 뿔로 장식한 모습인데, 이와 비교하면 '희姬'자는 바로 '여인이 참빗으로 상투를 튼 모습'을 그린 것으로, 여인이 화장하고 머리를 곱게 빗은 모습이다. 이렇게 하여 이 두 개의 모계원시부락을 구분하였던 것이다. 상투를 틀기 위해서는 반드시 참빗이 있어야하는 것이지만, 현재 앙소문화유적지에서는 황제시대의 참빗이 발견되지 않았다.

황제黃帝는 앙소문화 후기 모계사회의 인물로, 이 역시 여성이다. 이에 대하여 문헌자료로부터 약간의 단서를 찾아볼 수 있다. 『사기・오제본기五帝本紀』에는 "黃帝者, 少典之子, 姓公孫, 名曰軒轅."(황제는 소전의 자식으로, 성은 공손이고, 이름은 헌원이다.)라고 기록하였다. 그리고 『사기・천관서天官書』에는 "南宮朱鳥, 權, 衡. ……權, 軒轅. 軒轅黃龍體. 前大星, 女主象; 旁小星, 御者后宮屬."(남궁은 주조, 권, 형이다. ……권은 헌원이다. 헌원은 누런 용의 모습이다.)라고 하였다. 색은索隱은 『원신계援神契』의 "軒轅十二星, 后宮所居."(헌원은 12개의 별로 구성되어 있으며, 후궁에 거주한다.)라는 구절을 인용하였다. 석씨石氏는 『성찬星贊』에서 헌원의 용체는 후비의 모습이다라고 하였다. 정의正義에서는 "軒轅十七星, 在七星北, 黃龍之體, 主雷雨之神, 后宮之上也."(헌원은 17개의 별로 구성되어 있는데, 이 가운데 7개의 별은 북쪽에 있다. 이것은 황룡의 몸이다. 천둥과 비를 주관하는 신으로 후궁의 위에 자리한다.)라 하였다. 인간의 남성 시조가 어찌하여 하늘에서 후비를 주관하는 일을 할 수 있었을까? 결코 천제天帝가 일을 잘못 분담시켰을 리가 없다. 중국에서 '별자리' 관념은 비교적 일찍 성립되었고, 그 가운데 몇 몇 견해는 상고시대 화하선민들의 인식을 반영할 수 있을 것이다. 문화학의 각도로 본다면, 『천관서天官書』의 기록은 다른 일반적인 신화 전설보다는 더욱 신뢰할 수 있다. '황제는 남성이다.'라고 하는 것은 아마도 부계사회에서는 부녀자의 지위가 내려갔기 때문에 후세 사람들이 지어냈을 가능성이 농후하다. 전설상의 황제시기에 상응하는 앙소문화 반파半坡 유적지에서 발굴된 250개의 고분에서는 남녀합장묘가 발견되지 않았고, 부장품은 여성의 무덤에서가 남성의 무덤에서보다 더 많이 발견되었다. 이는 당시에는 아직 일부일처제가 형성되지 않았을 뿐만 아니라 여성의 지위 역시 비교적 높았음을 보여준다. 당시에 지위가 낮은 남성이 부락의 수령이 되는 것은 불가능했을 것이다. 시대가 비교적 오래되었기 때문에 현재의 전적에서 보여지는 자료는 얼마나 많은 수정이 가해졌는지 알 길이 없다. 게다가 서로 모순되는 부분이 매우 많은데, 현재로는 이 문제에 대하여 철저하게 증명하기란 매우 힘든 일이다.

염제와 황제라는 두 개의 큰 부족이 있는 황하중류문화지역은 화하문화와 화하민족의 직접적인 발원지이다.

화하華夏라는 두 개의 한자가 최초로 연용하여 사용된 예는 『상서尙書·무성武成』의 "華夏蠻貊, 罔不率俾."(중화와 그 지역 밖에 있는 오랑캐들이 따르고 좇지 않음이 없습니다.)라는 문장에 나타난다. 하지만 『무성武成』편은 동한東漢 사람인 왕숙王肅의 위서僞書이다. 『좌전左傳·정공定公10년』에 "裔不謀夏, 夷不亂華."(먼 곳 사람은 중원을 도모하지 못하고, 오랑캐는 중화를 문란하게 하지 못한다.)라는 구절이 있다. 당나라 공영달孔穎達은 『소疏』에서 "中國有禮儀之大, 故曰夏；有服章之美, 謂之華. 華夏一也."(중국은 크나큰 예의가 있는 나라이기 때문에 하夏라 하고, 복장이 아름답기 때문에 화華라 한다. 하夏와 화華는 하나이다.)라고 풀이하였다. 전설에서의 해석은 대체적으로 이와 비슷하다. 예 1)~3)은 모두 금문 '하夏'자로, 『설문·쇠부夊部』에서는 "夏, 中國之人也."(하夏는 중국 사람이다.)라 하였다. 금문의 자형은 '옆으로 선 사람이 해를 숭상하는 모습'을 그린 것이다. 『예기禮記·제의祭儀』에는 "郊之祭, 大報天而主日, 配以月. 夏后氏祭其闇, 殷人祭其陽, 周人祭日, 以朝及闇."(교외에서 지내는 제사는, 크게 하늘에 보답하기 위하여 해를 위주로 하고, 달을 짝짓는다. 하후씨는 그 어두운데 제사를 지내고, 은나라 사람은 그 밝은데 제사를 지낸다. 주나라 사람들은 제삿날에 아침을 가지고 어두운 데까지 미친다.)라는 문장이 있다. 공영달孔穎達은 『정의正義』에서 "而主日配以月者, 謂天無形體, 懸象著明不過日月, 故以日爲百神之主."(해를 위주로하고 달을 짝짓는다는 것은, 하늘은 형체가 없는 것을 말한다. 위에 매달려 있는 것 가운데 해와 달보다 밝은 것은 없다. 고로 해가 모든 신의 주인이 된다.)라 하였다. 하, 상, 주는 모두 태양을 숭배하는 습속이 있었다. 하나라 사람들은 황혼 때 태양에 제사를 지냈고, 은나라 사람들은 정오에, 주나라 사람들은 예禮가 많아서 아침부터 저녁까지 태양에 제사를 지냈다. 갑골문에는 은나라 사람들이 태양에 제사를 지내는 제명祭名이 많이 등장하는데, 예를 들면 '빈賓', '어御', '우又', '세歲' 등이다. 고로 갑골문에 등장하는 '출일出日', '입일入日'은 모두 제사를 지내야 함을 뜻한다. 고고학에서 발견한 신석기 말기의 토기와 황하 상류지역의 마가요馬家窯문화(대략 기원전 5,000~기원전 4,000년)의 채색토기의 원 문양은 태양이 사방을 밝게 비치는 모양의 변형이다. 신화와 전설에는 태양신과 관련된 것들이 매우 많다. 『태평어람太平御覽』권3은 곽郭 『주注』의 "羲和能生日也. 故日爲羲和之子."(희화는 태양을 낳을 수 있다. 그리하여 태양은 희화의 자식이다.)를 인용하였다. 남양南陽의 한나라 석상에 새겨진 그림 중에 "희화주일羲和主日"도가 있는데, 이것은 희화가 긴 꼬리를 늘어뜨린 나체인 여성을 그린 것이다. 장사長沙 마왕퇴馬王堆의 한나라 묘에서 해와 달 등 천상을 숭배하여 제사를 지내는 정경이 그려진 채색비단이 출토되었다. 태양신과 관계된 신화 가운데, 주의할만한 점은 바로 '후예사일后羿射日'(후예가 태양을 화살로 쏜다.)라는 고사이다. 『산해경山海經·해외동경海外東經』에 대하여 곽郭 『주注』에서는 『회남자淮南子』의 "堯乃令羿射十日, 中其九日, 日中烏盡死."(요임금께서는 예에게 10개의 태양을 쏘아라라는 명을 내렸다. 그 가운데 9개의 태양은 화살에 맞아서 생명을 다하였다.)라는 문장을 인용하였다. 후예가 쏜 것은 누구일까? 『사기·하본기夏本紀』에는 "夏后帝啓崩, 子帝太康立. 帝太康失國, 昆弟五人, 須於洛汭, 作『五子之歌』."(하나라 임금인계가 붕어하자, 그 자식인 태강이 임금이 되었다. 태강이 나라를 잃어버리자, 곤은 동생 5명을 낙예에 옮겨, 『오자지가』를 지었다.)라는 구절이 있다. 『집해集解』에 는 공안국孔安國의 "[大康]盤於游田, 不恤民事, 爲羿所逐, 不得反國."(태강은 여기 저기 사냥에만 힘쓸 뿐, 백성들의 삶을 도외시하자, 예는 태강을 내쫓아 버렸다. 그리 하여 그는 다시는 돌아올 수 없었다.)라는 구절을 인용하였다. 활쏘기 명수인 후예는 무력을 이용하여 단지 뛰어 놀면서 수렵활동만을 하는 태강형제를 축출하였는데, 그가 화살을 쏜 사람은 바로 이러한 '백성들의 삶을 내팽개 친' 통치자였던 것이다. 신화에서는 후예가 태양을 쏘았다고 하였는데, 이것 은 하나라 사람과 태양과의 관계를 혹은 하나라는 태양을 토템으로 하는 씨족임을 설명하는 것이다. 금문에서 '하夏'자는 모두 8개로, 이 가운데 7개 에 태양이 그려졌는데, 모두 한쪽에 치우쳐진 태양의 모습이다.

"夏后氏祭其闇"(하후씨는 어두운데 제사를 지낸다.)에서, '하夏'자는 '황혼 무 렵 태양을 향하여 사방에 제사를 지내는 중원인中原人'의 모습을 그린 것이 다.

'화華'는 '화花'의 고자로, '화하華夏'를 함께 쓰면 '교화된 중원인'이란 뜻이 된다.

우禹가 하나라를 건설함으로써, 화하민족의 역사는 새로운 시대에 진입하 게 되었다. 『사기・하본기夏本紀』에는 "禹行自翼州始."(우임금께서는 익주에서 부터 시작하였다.)라고 하였다. 『한서漢書・지리지地理志』 영수潁水와 양적陽翟 『注』에서는 『세본世本』의 "禹都陽城."(우임금의 수도는 양성이다.)라는 구절을 인용하였다. 익주翼州는 지금의 산서 경내와 대체로 일치한다. 『이아爾雅・ 석지釋地』에 따르면 "兩河間曰翼州."(두 개의 강 사이를 익주라고 한다.)라 하였 다. 양성은 지금의 하남성 등촌登村 부근이다. 하夏는 신석기 시대 황하 중류 문화지역의 직접적인 계승자이다. 하왕조는 기원전 2,100~기원전 1,600년 에 해당하는데, 이는 하남성 용산문화와 서로 일치한다. 하왕조는 중국 역사상 첫 번째로 정식적으로 건립한 국가정권이다. 염제와 황제는 전쟁을 통하여 동이東夷를 융합시켰고, 요임금과 순임금은 묘만苗蠻을 융합시켰기 때문에, 하대에 이르러 통일된 화하민족이 탄생되었던 것이다. 고고학에서도 하 이전의 하남 용산문화와 산동 용산문화의 공통점이 매우 많을 뿐만 아니라, 장강의 중하류 두 개의 문화지역은 각각 황하 중하류 문화지역의 영향을 받아 차츰 일치되는 방향으로 변하였음을 증명하였다. 따라서 고대 화하민족은 염제와 황제가 주체가 되고, 동이족을 병합하였으며, 남방으로는 묘만을 병합하는 등 다원적으로 융합되어 형성되었다고 할 수 있다. 역대의 대통일 관념의 영향으로 인하여, 문헌에는 황하 하류의 동이족과 장강 중하류의 묘만족과 관련된 전설이 그다지 많지 않을 뿐만 아니라, 그 내용 또한 대부분 무시되는 경향으로 말미암아 염제와 황제 이외의 부족에 대하여 전면적으로 문화를 분석하는 것은 상당한 곤란이 뒤따른다.

● 연구제시

1. 황제와 염제의 활동지역 및 사회성질에 대하여 스스로 관련된 자료를 찾아보고 토론해 보시오.
2. '華夏' 두 자의 함축된 의미를 보충할 수 있는 자료를 찾아보시오.
3. 하나라 사회에 관한 최근의 연구성과를 정리하여, 하나라 사회에 대한 소개문을 써 보시오.

주요 참고문헌

1. 陰法魯 等『中國古代文化史』, 북경대학교 출판, 1989년.
2. 袁珂 等『中國古代文化資料雜編』에서 황제와 염제에 대한 부분, 사천성 사회과학원 출판, 1985년.
3. 『史記・帝王本紀』

3

혼인, 가족 및 풍속

1. 혼인, 가족

경진京津 2152. 가家

수粹 258. 족族

경진京津 4387. 족族

수粹 120. 여女

갑甲 2316. 모母

일佚 586. 잉孕

합집合集 2890. 포包

전前 2, 24, 8. 육毓

자부기치字父己觶. 자字

갑甲 2907. 자子

전前 4, 2, 7. 사巳

전前 7, 16, 2. 아兒

은허殷墟 문자기記. 보保　　後後 2, 21, 14. 기棄　　갑甲 387. 대大　　後後 1, 19, 6. 장長

철鐵 76, 3. 로老　　後後 2, 35, 2. 고考　　구차정유口且丁卣. 효孝　　금문 476. 효孝

속續 3, 42, 6. 역逆　　합집合集 2638. 빈賓　　갑甲 1251. 교敎　　갑甲 3063. 우友

　　구석기시대부터 신석기시대에 이르는 장기간의 원시사회에서, 혼인제도
는 대체적으로 군혼잡교群婚雜交, 혈연혼血緣婚, 대우혼對偶婚, 일부일처제 등
몇 개의 주요단계를 거치면서 변천하였다. 중국 고대 전적에는 이와 관련된
전설이 기재되어 있다.

　　『여씨춘추呂氏春秋・시군람恃君覽』에는 "昔太古嘗無君矣, 其民聚生群處, 知
母不知父, 無親戚, 兄弟, 夫妻, 男女之別, 無上下長幼之道, 無進退揖讓之禮."(옛날
태고시대에는 일찍이 임금이 없었다. 그 백성들은 군집생활을 하였다. 그리하여 단지
어머니만을 알 뿐 아버지는 누구인지 몰랐다. 그리하여 친척과 형제 그리고 부부와
남녀의 구별이 없었다. 게다가 상하上下와 장유長幼의 도가 없었고, 진퇴와 읍양揖讓의
예도 없었다.)라는 구절이 있고, 『열자列子・탕문湯問』에는 "老幼儕居, 不君不

臣, 男女雜游, 不媒不聘."(나이든 이와 젊은 사람들이 함께 거주하였으며, 군주도 없었고 신하도 없었다. 남녀가 서로 섞여 노닐었고, 중매쟁이도 없었고 서로 찾아가지도 않았다.)라는 구절이 있다. 이 시대에는 어느 정도 규모가 갖추어진 도시가 없었고, 주택이 없었으며(동굴에서 거주함), 의복이 없었고, 발달한 생산도구가 없었다. 이것이 바로 구석기 중기 이전의 혈연공동사회의 생활 상황이다(구석기 시대 말기 산정동인은 옷이 있었다.) 군혼잡교는 바로 이 시기의 혼인방식이다.

『후한서後漢書・남만열전南蠻列傳』에는 남만의 조상인 고신씨高辛氏가 일찍이 소녀를 공훈견功勳犬인 반호槃瓠에게 시집보냈다는 전설이 기재되어있다. 게다가 "經三年, 生子一十二人, 六男六女. 槃瓠死後, 因自相夫妻."(3년이 경과하자, 6남 6녀인 12명의 자식을 낳았다. 반호가 죽은 후, 서로 부부가 되었다.)라는 기록도 있다. 당왕조 이용李冗의 『독이지獨異志』에는 "昔宇宙初開之時, 有女媧兄妹二人, 在昆侖山, 而天下未有人民. 議以爲夫妻, 又自羞恥. 兄卽與其妹上昆侖山, 呪曰 : '若天遣我兄妹二人爲夫妻, 而烟悉合 ; 若不, 使烟散.' 於烟卽合, 其妹卽來就兄. 乃結草爲扇, 而障其面. 今時人取婦執扇, 象其事也."(옛날 우주가 처음 열릴 때, 여와 남매 두 명만이 곤륜산에 살았다. 그들 이외에는 세상에는 다른 사람이 아무도 없었다. 어쩔 수 없이 부부가 되고자 의논하였으나, 이 또한 부끄러웠다. 이에 오빠가 여동생을 데리고 곤륜산을 올랐다. 빌면서 말하길 "하늘이 만약 우리 두 남매를 보내 부부로 삼는다면 연기는 모두 합하고, 그렇지 않다면 연기는 모두 흩어지게 하라."라고 하자 연기는 서로 합해졌다. 여동생은 곧바로 오빠를 남편으로 맞아들였다. 이리하여 풀을 엮어 부채를 만들어, 얼굴을 가렸다. 지금의 사람들이 장가를 갈 때 부채를 잡는 것은 이 일에서 본받은 것이다.)라는 기록이 있다. 마르크스는 그의 『Thoman Hunt Morgan摩爾根 <고대사회古代社會> 일서적요—書摘要』라는 책에서 "(血緣婚)是以同胞兄弟和妹妹之間的結婚爲基础的, 隨着婚姻制度的擴大, 才逐漸把旁系兄弟姊妹包括在婚

姻范圍內. 在這种血緣家族制下, 丈夫過着多妻生活, 而妻子則過着多夫生活."(혈연혼은 친형제자매간의 결혼을 기초로 한 것이다. 혼인제도가 점차 확대됨에 따라 방계의 형제자매도 혼인의 범위 내에 포함되었다. 이러한 혈연가족제도 하에서는 남편은 많은 부인을 둘 수 있었고 부인 또한 많은 남편과 생활이 가능하였다.)라고 주장하였다. 이러한 족내혈연동배혼族內血緣同輩婚은 구석기 말기에 시작되었을 것이다. 백白, 이彝, 동侗, 포의布依, 율속傈傈, 와佤, 묘苗, 요瑤, 토가土家 등의 소수민족은 이종사촌 형제자매가 우선적으로 혼인을 맺는 습속이 성행하였고('사촌형제자매우선혼'에서는 나머지 남자와 여자는 다른 곳에서 데리고 와서 결혼할 수 있고 다른 곳으로 시집갈 수 있음을 말한다.), 한대漢代에도 사촌자매가 혼인하는 습속이 있었는데, 단지 '우선적'으로 고려하지 않았을 뿐이다. 홍루몽紅樓夢에서 보寶, 채釵, 대黛의 삼각관계 역시 혈연동배혼이라는 습속의 흔적에 불과하다.

앙소문화 반파 유형의 묘장墓葬의 특징은 '다인이차합장多人二次合葬'과 '동성합장同性合葬'일 뿐, '남녀합장男女合葬'은 발견되지 않았는데, 이는 당시에는 아직 '일부일처제'가 확립되지 않았음을 보여준다. 섬서성 임동臨潼 강채姜寨 유적지는 주거지역 중앙에는 광장이 있고, 주위에는 몇 개의 방으로 구성된 집이 몇 채 있다. 집에는 조금 큰 방 하나와 그 주위에 몇 개의 작은 방이 모여 있다. 이러한 작은 방들은 아마도 '족외대우혼族外對偶婚' 거주 장소일 것이다. 『삼국지·위서魏書·오환선비동이전烏桓鮮卑東夷傳』에는 고대 고구려 역시 비슷한 풍속이 있었다고 기록하였다. 즉, "其俗作婚姻, 言語已定, 女家作少室於大室後, 名婿室. 婿昏至女家戶外, 自名跪拜, 乞得就女宿."(혼인하기로 결정되었으면, 여자의 집 큰 방 뒤에는 서실婿室(사위가 거주하는 방)이라는 작은 방이 있다. 사위는 그리워하며 여성의 집 밖에 이르는데, 이것을 궤배跪拜라고 한다. 궤배란 여성의 집에 들어갈 수 있기를 비는 것이다.)라는 내용이다. 해방 이전, 납서족納西族의 "초파肖波", 보미족普米族의 "아주

阿注"(이성異性 동거 친구)란, 대다수의 남성이 밤에 여성의 집에 가서 하룻밤을 보낸 후 낮에 떠나 버리는 '주방혼走訪婚'을 말한다. 염제와 황제 시대에는 대략 대우혼對偶婚과 다우혼多偶婚시대에 해당한다. 전설에 따르면, 요임금은 두 딸을 순임금에게 시집보냈다. 『열녀전列女傳・모의전母儀傳』에는 "有虞(按卽舜)二妃者, 帝堯之二女也. 長蛾黃, 次女英."(유우씨有虞(순임금)에게는 두 명의 부인이 있었는데, 그녀들은 요임금의 두 딸이었다. 장녀의 이름은 아황蛾黃이고 차녀의 이름은 영英이다.)라는 기록이 있다. 『맹자孟子・만장상萬章上』에는 "干戈朕, 琴朕, 弧朕, 二嫂使治朕棲."(방패와 창이 나에게 귀순하였고, 거문고와 활 역시 나에게 귀순하였다. 그리하여 두 형수께서는 나와 동침해야한다.)라는 기록이 있는데, 이는 순임금의 이복동생인 상象이 자신의 공로가 크다고 생각하여, 순과 분가하려고 했다는 내용이다. 이 전설은 요순시대에는 여전히 형제공처兄弟共妻, 자매공부姊妹共夫의 다우혼多偶婚 현상이 있었음을 암시한다. 이후 부계중심사회로 옮겨 가면서 일부일처제가 생겨났다. 묘저구廟底溝 2기 문화에 속하는 화현華縣 천호촌泉護村에서는 남성숭배의 "도조陶祖"(역자주: 토기로 제작한 남성의 생식기)가 발견되었고, 대문구大汶口문화 말기에는 나이가 거의 비슷한 남녀의 합장묘가 상당히 보편적이었다.

화하민족은 역대로 조상의 가르침을 존중해왔다. 한자는 비록 모계원시사회 시대에 발생했다고는 할 수 없지만, 류이징柳詒徵은 『중국문화사中國文化史』 17페이지에서 "然後世造字之觀念, 必根於前人思想"(하지만 후세 문자를 만들자는 관념은 옛 사람들의 사상에 그 뿌리를 뒀다.)라고 하였다. 따라서 한자에 근거하여 모계사회에서 부계사회로 넘어가는 과도기적 상황을 연구할 수 있는 것이다.

우선 '가家'와 '족族' 두 개의 글자에 대하여 알아보자.

'가家'는 『설문・면부宀部』에서는 "居也, 從宀, 豭省聲."(살다는 뜻이다. 면

宀에서 뜻을 취하고, 가(豭)의 생략된 소리를 취한다.)라고 풀이하였다. 예 1)은 갑골문 '家가'자로, '면宀'과 '가豭'가 결합한 형태이고, 여기에서 '가豭'는 소리도 나타낸다. 갑골문의 '家가'자 아래 부분은 '가豭'의 상형자로, '시豕'자의 배 부분에 '하나의 횡선'을 더하였는데, 이 횡선은 바로 수컷 생식기를 나타낸다. '가豭'에 대하여 『설문·시부豕部』에서는 "牡豕也."(수퇘지라는 뜻이다.)라고 하였다. 즉, 이것은 몸집이 비교적 큰 수컷돼지이다. 『시경·빈풍豳風·칠월七月』에는 "言私其豵, 獻豜於公."(작은 돼지는 제 것이고, 큰 돼지는 공께 바치옵니다.)라는 구절이 있다. 여기에서 '종豵'은 생후 6개월 된 작은 돼지이고, '견豜'은 생후 3년이 된 큰 돼지이다. 『주례周禮·대사마大司馬』에는 "大獸公之, 小獸私之."(큰 짐승은 그대에게 바치고, 작은 짐승은 제가 취합니다.)라는 구절이 있다. 이 문장의 뜻은 기본적으로 위 문장과 일치한다. 큰 동물은 '그대'에게 귀속된다는 이러한 습관은 서주시대에도 지속되고 있음을 보여준다. '가家'는 포획한 산짐승을 헌납하는 곳이자 씨족 전체가 평등하게 산짐승을 먹는 곳으로, 앙소문화 유적지에 있는 큰 방이 바로 이러한 곳일 것이다. 이와 같은 큰 방은 같은 어머니에서 출생한 씨족 사람들이 공동으로 생활하는 장소이기 때문에, '동족同族을 대표하는 사람'을 나타낸다. 이에 갑골문에서 '가家'는 간혹 종묘란 뜻으로 사용되었다. 그리고 후에 '가족', '학술유파', '대부가 가지고 있는 땅'이란 뜻으로 변천되었다.

예 2)는 갑골문 '족族'자로, '대大'가 '언㫃'(yǎn) 아래에 있는 모양이다. '언㫃'은 '펄럭이는 깃발'이고, '대大'는 '성인'이다. '족族'은 '언㫃'과 '대大'가 결합된 한자로, 그 본의는 '씨족의 토템이 그려진 깃발 아래에 모인 씨족 구성원'이다. 갑골문에서는 본의인 '씨족', '가족'의 의미로 사용되었다. 이러한 뜻으로부터 '모이다', '많다'라는 의미로 변천되었다.

예 15)는 갑골문 '대大'자로, 『설문·대부大部』에서는 "天大地大人亦大"(하늘도 크고 땅도 크며 사람 역시 크다.)라 해석하였는데, 이것은 한나라 사람들의 관념을 반영한 것이다. '대大'의 자형은 '자子'의 자형과 대조되는 것으로, '성인'을 가리킨다. 성인이기 때문에 '족族'자에 '대大'가 있는 것이다.『예기禮記・곡례상曲禮上』에서 "二十日弱, 冠."(20세는 약弱이라 하고, 갓을 쓴다.)라 하였고, 공영달孔穎達은『정의正義』에서 "(男子)二十, 成人, 初加冠."(남자가 20세가 되면 성인이 되고, 처음으로 갓을 쓴다.)라 하였다. 일찍이 선진先秦 시대에는 20세가 되어야만 '성인으로 갓을 쓰는 예를 행한다.'라는 풍속이 있었다. 중국 소수민족 대부분은 소년이 성인으로 성장함을 나타내는 습속이 있다. 운남 납서족納西族은 13세가 되어야만 바지를 입을 수 있고, 치마를 입을 수 있는 성인식을 거행하는데, 이 때 어렸을 적 입었던 장삼長衫을 벗어 버리고, 남자는 짧은 윗도리와 긴 바지로, 여자는 주름이 잡힌 치마로 바꾸어 입을 수 있다. 강족羌族, 기낙족基諾族, 요족瑤族, 대만의 고산족高山族, 유고족裕固族 등 역시 모두 이와 비슷한 풍속이 있다. 성인식을 거행한 이후의 남녀는 정식적으로 씨족에서 노동과 사교활동에 참여할 수 있고, 연애할 수 있는 자격을 갖추게 된다. 성인은 아이보다 크기 때문에 일반적으로 '크다'는 의미를 지니게 되었다. 이로부터 '넓다', '과장하다', '뽐내다' 등의 의미로 변천하였다.

예 21)은 갑골문 '역逆'자로,『설문・착부辵部』에서는 "迎也."(맞이하다는 뜻이다.)라고 해석하였다. 자형은 '거꾸로 된 대大', '지止', '척彳' 등 세 개의 한자로 구성되었는데, '거꾸로 된 대大'란 '다른 부족의 성인이 손님으로 온 것'을 말하고, '지止'는 '발가락'을 나타내는데, '지척止彳'은 '주인이 손님을 마중하기 위하여 길거리로 걸어 나옴'을 뜻한다. 이 세 개의 한자가 결합하여 '맞이하다'라는 뜻이 된 것이다. '거꾸로 된 대大' 즉 성인은 사교활동에 참가할 수 있는 권리가 있음을 증명하는 것이다. '맞이 당하는 사람'은 '환영을 받아 대접을 받다.'가 된다. 영접하는 사람과 영접받는 사람의 방향은 서로 상반되기 때문에, '역방향으로 향하다', '거슬리다', '위배하다', '배반하다', '사리에 어긋나다', '배척하다', '전도되다', '나쁜 환경' 등의 의미로 변천되었다. 충언은 귀에 거슬린다는 뜻인 '충언역이忠言逆耳'의 '역逆'은 '거슬리다'라는 뜻을, 다른 사람의 모욕과 무례한 대우를 참고 견디어 내다라는 뜻인 '역래순수逆來順受'의 '역逆'은 '무례한 일' 혹은 '나쁜 환경'을, 수단과 방법을 가리지 않고 도리에 어긋나는 짓을 하다는 뜻인 '도행역시倒行逆施'의 '역逆'은 '사리에 어긋나다'라는 뜻을 나타낸다.

예 3)의 '족族'자는 '펄럭이는 깃발 아래란 뜻인 언㫃'과 '시矢'가 결합한 것으로, '화살로 깃발을 쏘는 것'이다. '시矢'는 '화살촉'을 나타내는데, 이것은 '촉鏃'의 고자이다. 『설문·언부㫃部』에서는 "族, 矢鋒也."(족族은 화살촉이라는 뜻이다.)라고 하였다. 갑골문에서는 이러한 자형의 '족族'자는 '씨족氏族'을 나타내었는데, 이것은 본의가 아니라 가차의이다. '대大'를 따르는 자형과 '시矢'를 따르는 자형의 '족族'자는 소전에 이르러 뒤섞여 하나의 한자가 되었다.

'가家'와 '족族'을 연결하여 쓴 '가족家族'은 '씨족氏族'을 가리킨다.

모계사회는 농업이 아직 발달하지 않았고, 수렵활동으로 얻은 포획물들이 고정되지 않았기 때문에, 여성들이 종사하는 채집활동이 음식물의 주요한 원천이었다. 동시에 여성들의 생육능력은 씨족성원들의 다과多寡를 결정하였고, 씨족성원들의 다과는 씨족의 힘과 생존능력을 결정하였다. 따라서 부녀자들은 최고의 존경을 받았으며, 심지어 미성년의 여자 아이들조차 지위가 비교적 높았다. 섬서 화현華縣 원군묘元君廟 29호묘의 두 여자 아이의 유해 아랫부분은 빨갛게 구운 흙덩이로 평평하게 깔았으며, 부장품으로는 785개의 뼈구슬과 6개의 토기가 있었으나, 이것에 비해 같은 시기의 남성의 무덤과 부장품은 볼품이 없었다. 전적에서도 이와 유사한 기록이 있다. 『후한서後漢書·서남이전西南夷傳』에는 염방冉駹이란 오랑캐는 "貴婦人, 黨母

族."(부인을 귀하게 여기고 어머니를 중심으로 모인 부족이다.)라는 구절이 있고, 주거비周去非의 『영외대답嶺外代答』 권2에는 "王二娘者, 黎之酋也, 夫之名不聞. 家饒於財, 善用其衆力, 能制服群黎, 朝廷賜封宜人."(왕이랑은 나이가 많이 들었다. 그때까지는 남편의 이름을 들어보지 못했다. 집에는 재물이 가득하여 많은 사람들을 잘 부릴 수 있었고, 많은 노인들도 거느릴 수 있었다. 이에 조정에서는 의인이라는 벼슬을 하사하였다.)라는 구절이 있다. 운남 영녕永寧의 납서족은 지금까지도 모계제도의 잔해가 남아있는데, 상당히 많은 가정이 어머니의 친족이며, 가계도 모계로 계산한다(송조린宋兆麟 등의 『중국원시사회사中國原始社會史』 참고). 운남 란창瀾滄의 납호족자치현拉祜族自治縣의 몇몇 납호족은 모계대가족이 있었던 적이 있었다.

예 4)의 갑골문 '여女'자와 예 5)의 '모母'자는 모두 '팔을 교차하고 무릎을 꿇어앉은 여인'을 그린 것이고, '모母'자 가운데 있는 '두 개의 점'은 '두 개의 유방'을 나타낸다. 이것은 바로 '성년 여성'을 상징하고, 이를 통하여, '모친'이라는 의미를 갖게 된 것이다. 갑골문과 금문에서 '성인이 된 여성'은 종종 '모母'와 '여女' 두 개의 글자가 통용된다.

예 6)은 '잉孕'자로, '인간의 볼록한 배에 아이를 품은 모습'을 그린 것으로, 갑골문에서는 '임신하다'의 뜻으로 사용되었다. 이로부터 '부화하다', '포함하다'라는 의미로 변천하였다.

예 7)은 '포包'자로, '태반 안에 사람이 있는 모양'을 그린 것이다. 즉, 이것은 '태반'의 '포胞'자의 초문으로, '포胞'는 후기증형자이다. 이로부터 '포용하다', '포괄하다', '덮다'라는 의미로 변천하였다. 하지만 후기자는 '한 어머니에게서 태어난 자식'을 가리키기도 한다.

'잉孕'과 '포包' 두 개의 한자는 원시사회의 생육에 대한 중시를 반영하는데, 현대중국의 농촌에서 여전히 잔존하는 '다자다복多子多福'의 관념의 최초의 근원이라 할 수 있을 것이다.

예 8)은 '육毓'자로, '육毓'은 '육育'의 이체자이다. '어머니' 혹은 '여성'의 팔 아래에 '거꾸로 된 아이'의 모습이 결합한 한자로, 이는 '임산부가 아이를 낳는 모습'을 그린 것이다. 혹은 '거꾸로 된 아이' 옆에 작은 점들이 있는데, 이것은 바로 '아이를 낳을 때의 양수'를 그린 듯하다. 따라서 본의는 '출산하다'이다. 『옥편玉篇』에서 "育, 生也."(육育은 낳다는 뜻이다.)라고 해석하였다. 『역易・점漸』에는 "夫征不得復, 婦孕不育."(남편은 가면 돌아오지 않고, 부인은 잉태하더라도 생육하지 못한다.)는 구절이 있다. 허신이 "育, 養子使作善也."(육育은 자식을 착하게 기르는 것이다.)라고 해석한 것은 인신의이다. 갑골문에서는 '군주'라는 의미로 사용되었고, 이는 '은상殷商의 선공선왕先公先王'을 칭하였다. 『수237粹二三七』에는 "甲寅貞自祖乙至毓."(갑인일에 조을부터 옛 조상께 여쭤봅니다.)라는 복사가 있다. 경전에서 군주의 의미인 '육毓'은 '후后'로 썼는데, '후后'는 '육毓'의 간소화된 형태이다. 아이를 낳고 기르는 모친이라야만 씨족의 수령이 될 수 있었고, 씨족 성원의 생산을 지휘할 수 있었으며, 음식물 분배를 주관할 수 있었고, 씨족의 외교활동을 대표할 수 있었다. '생육'이라는 의미로부터 '교육', '배양', '기르다', '심다' 등의 의미로 변천되었다.

예 22)는 '빈賓'자이고, 회의자이다. '지止'는 '다른 부족 사람이 오다.'는 것을 나타내고, 윗부분의 형태는 '가족 중에서 여성족장이 손님을 접대하는 것'을 보여준다. 정덕正德연간에 쓰여진 『운남지雲南志』권11에는 납씨족納氏族은 "凡仇殺, 兩家婦女和解乃罷."(원수를 살해하면 양쪽 집안의 여성이 화해하면 된다.)라는 기록이 있다. 이것은 바로 모계사회가 전하는 풍속인 것이다. 이러한 뜻에서부터 '인도하다', '영접하다'라는 뜻으로 변천하였는데, 이러한 뜻의 한자는 후에 '빈儐'으로 썼다. 여기에서 더 변천하여 '존경하다', '귀순하다'라는 의미가 되었다.

'객客'은 회의겸형성자이다. '각各'의 본의는 '도착하다'인데, '거꾸로 된

지止'는 바로 거주하는 장소에 도착함을 나타낸다. 그래서 타인이 실내에 들어온다는 것은 바로 손님을 뜻한다. 이로부터 '문객', '여행객', '기거하다(타향 또는 남의 집에서 사는 것)' 등의 뜻으로 변천되었다.

　농업생산의 발전과 계속되는 전쟁으로 인하여, 건장한 체력을 지닌 남자의 지위가 높아지면서 부계제가 모계제를 대체하였다. 이로써 부녀자의 지위가 떨어졌고, 일부일처제 혹은 일부다처제의 혼인이 출현하였다. 황하 상류의 제가齊家문화(기원전 2,100~기원전 1,600년) 황낭낭대皇娘娘臺 유적지에서 '성년 1남 2녀 합장묘' 3좌가 발굴되었는데, 남성은 두 명의 여성 가운데 위치하였고, 옆으로 누운 두 명의 여성은 남성을 향하여 팔다리를 구부린 형태였다. 게다가 수많은 부장품은 대부분 남성 쪽에 있었다. 황하 중류의 도사류형陶寺類型 유적지(기원전 2,500~기원전 2,000년)의 큰 무덤의 무덤주인은 모두가 남성이었으며, 대형묘 양측에는 여성이 묘주墓主인 같은 시기의 중형묘가 있었는데, 이것은 '일부다처제'를 반영하는 것이다. 이러한 사실들은 하대 이전에 이미 부계제사회가 확립하였음을 보여준다. 이 시기의 혼인을 반영하는 한자로는 '취娶'자가 있는데, 이 한자는 '여성이 남성의 집에 시집가야만 하는 것'을 나타낸다. '노奴'자는 노예주계급의 출현과 부녀자의 지위 하강을 보여준다.

　모계씨족사회에서는 모든 구성원 간 관계는 평등하였고, 어린 아이와 나이든 노인들은 보살핌을 받았다. 『예기禮記 · 예운禮運』에는 '대동大同' 즉 '원시공동사회'시기의 정황을 묘사한 문장이 있다. "大道之行也, 天下爲公, 選賢與能, 講信修睦, 故人不獨親其親, 不獨子其子, 使老有所終, 壯有所用, 幼有所長, 鰥寡孤獨廢疾者皆有所養, 男有分, 女有歸. 貨惡其棄於地也, 不必藏於己; 力惡其不出於身也, 不必爲己. 是故謀閉而不興, 盜竊亂賊而不作, 故外戶而不閉, 是謂大同."(큰 지혜를 깨달았을 때 천하는 사람의 공유가 된다. 사회에서는 어질고 재능있는 사람을 뽑는다. 사람과 사람간은 서로 믿고 잘 지내야 한다. 사람은 타인의 부모

뿐만 아니라 타인의 자식도 아끼고 사랑할 줄 알아야 한다. 그리하여 노인들이 노년을 편안하게 지내고, 청장년이 공헌을 세우고, 아이들이 즐겁게 자라날 수 있고, 불행하거나 몸이 불편한 장애인들은 보살핌을 받을 수 있게 해야 한다. 남자는 사회를 위해서 힘을 다하고 여자는 자신의 관할을 찾아야 한다. 물질은 굉장히 풍부하기에 어느 누구도 은닉하고 낭비할 수 없다. 사람들은 가만히 앉아 남이 고생해서 얻은 성과를 누리는 태도를 싫어한다. 그래서 모든 이기심이 불러오는 음모와 모략, 위법 행위는 절대 발생하지 않고 집안의 문도 잠겨있지 않을 것이다. 이것이 바로 대동大同이다.)라는 문장이 그것이다.

우선 고문자에 반영된 어린아이의 상황을 보자.

예 9)는 금문 '자字'자로, 『설문』에서는 "乳也."(젖을 먹이다는 뜻이다.)라고 해석하였다. 글자의 모양은 '방 안에 자식이 있는 것'을 그린 것으로, 본의는 '출산하다', '낳다'로, '육育'자와 같다. 이로부터 '양육하다', '아끼고 보호하다'라는 뜻으로 변천하였다. 허신의 설명에 따르면, '獨體爲文, 合體爲字' (독체는 문文이고, 합체는 자字이다.)라고 하였다. '자字'라는 것은 독체인 상형과 지사가 형방과 성방에 따라서 결합한 것이다. 이것은 두 개의 부분(혹은 그 이상)이 서로 조합하여 이루어진 새로운 한자로, 마치 남녀가 결합하여 아이를 낳는 것과 같은 이치이다. 따라서 '합체'를 '자字'라하고, 이로부터 '문자'라는 뜻으로 변천하였다.

12)는 '아兒'자로, 한자의 윗부분은 '영아의 정수리가 아직 합쳐지지 않은 모양'을 그린 것이다. 본의는 '영아'이고, 이로부터 친속칭호와 소년 남자에 대한 칭호의 뜻으로 변천하였다.

10)은 '자子'자로, '영아의 머리에 모발이 자라고 두 다리의 모습'을 그린 것으로, 이것은 상형자이다. 본의는 '어린 아이'이다. 어린 아이는 성性의 성숙 문제가 존재하지 않기 때문에 남녀의 구별이 불필요하다. 이에 고대 문헌에서 '자子'는 대부분 '남녀'를 겸칭하였다. 『의례儀禮 · 상복喪服』에는

"故子生三月, 則父名之, 死則哭之."(자식이 태어난 지 석달이 되면 아버지는 그의 이름을 지어 주고, 부모님께서 돌아가시면 그를 위하여 곡한다.)라는 구절이 있다. 정현鄭玄의 『주注』에서는 "凡言子者, 可以兼男女."(무릇 자子라고 하는 것은 남녀를 포괄할 수 있다.)라고 하였다. 이에 '남자아이', '여자아이'를 가리킬 수 있으며, 심지어 '사위'도 가리키게 되었다.

11)은 '사巳'자로, 본래 '자子'자와 같은 한자였다. 위 부분은 '큰 머리와 춤을 추는 듯한 두 개의 팔'을, 아래 부분은 '하나의 곡선으로써 두 개의 다리가 묶여 강보襁褓에 싸여진 모습'을 그린 것이다. 가차되어 '간지干支의 명칭'으로 사용되었다.

원시사회에서 영아의 생존률은 매우 낮았다. 반파半坡 유적지 등에서 수많은 토기 옹관에 매장된 아동들이 발견되었다. '知母不知父'(어머니는 알지만 아버지는 누구인지 모르는) 시대에, 근친성교近親性交로 인하여, 기형적인 태아와 사태死胎(임신한 지 20주 이후에 자궁 내에서 사망한 태아)가 매우 많았다. 혹은 '모시某時에 임신하면 불길하다.'라는 미신으로 인하여, 영아를 버리는 일들도 항상 있는 일이었다. 『사기・주본기周本紀』에는 '주나라 사람'의 시조인 '후직后稷'의 이름은 '기棄'라 칭하였고, 그 모친인 강원姜原은 거인의 발자국을 밟아서 "居期而生子, 以爲不祥, …… 初欲棄之. 因名曰棄."(달이 차서 후직을 낳았는데, 임신을 하게 된 이 일이 상서롭지 못하다고 여겼다. …… 처음에 버리려고 하였던 아이였기 때문에 그의 이름을 기棄로 하였다.)라는 기록이 있다.

예 14)는 '기棄'자인데, 바로 이러한 상황을 반영한다고 할 수 있다. 자형은 '두 손으로 삼태기를 잡고서, 아직까지도 양수가 남아 있는 영아를 버리는 모습'을 그린 것이다. 본의는 '버리다'이다. 이로부터 '폐기하다', '위배하다', '잊어버리다', '떠나다' 등의 뜻으로 변천하였다.

'기문취무棄文就武', '기사귀정棄邪歸正', '기본구말棄本求末', '기암투명棄暗投明', '기구영신棄舊迎新'에서의 '기棄'는 모두 '포기하다' 혹은 '내버리다'의 뜻으로 사용되었고, '기정유세棄情遺世'의 '기棄'는 '잊어버리다'라는 뜻으로 사용되었다.

유아의 보양保養과 교육에 대하여, 씨족 구성원들 모두가 심혈을 기울여야만 했다.

예 13)은 갑골문 '보保'자로, 자형은 '성인이 아이를 업고 있는 모습'을 그린 것이다. 『서書・소고召誥』에는 "夫知保抱攜持厥婦子, 以哀籲天."(아버지들은 그의 처자를 끌어안고서 하늘을 향해 불쌍하게 울부짖는다.)라는 구절이 있다. 이 문장에서 '보保'자는 동사로 '업다'라는 뜻인 본의로 사용되었다. 당란唐蘭은 『은허문자기殷墟文字記』에서 "負子於背謂之保, 引申之, 則負之者爲保, 更引申之. 則有保養之義."(자식을 등에 업은 것을 보保라 하고, 이로부터 인신하여 그것을 짊어진 사람을 보保라 한다. 여기에서 다시 인신하여 보양保養이라는 뜻이 되었다.)라고 하였다. 『설문・인부人部』에서는 "保, 養也."(보保는 기르다는 뜻이다.)라고 하였는데, 이것은 인신의이다. 다시 인신되어 '애호하다', '보호하다', '도와주다', '보위하다', '보증하다' 등의 의미가 되었다. 그리고 성인이 어린 아이를 업는 것은 '아끼고 보호하는 것'이고, 어린 아이는 성인에 대하여 '의지하다'가 된다. 이에 다시 인신되어 '의지하다', '기대다'라는 뜻이 되었다. 『초사楚辭・이소離騷』에는 "保厥美以驕傲兮."(그 아름다움에 의지하여 교만하고 오만하네.)라는 문장이 있는데, 이 문장에서 '보保'는 '기대다'라는 뜻이다.

유아들이 일을 알기 위해서는 교육이 필요하다.

예 23)은 '교敎'자로, 자형은 '자子'와 '복攴' 그리고 '효爻'가 결합하여 이루어졌다. '효爻'는 '두 개의 오五자가 중첩된 것'으로, 이것은 바로 학습하는 내용 및 흉내내다는 뜻을 나타낸다. '복攴'은 '손으로 몽둥이를 들고 있는 모습'이다. 이 한자는 회의겸형성자(효爻는 성부를 겸한다.)로, 손에 몽둥이를 들고서 어린 아이들에게 성인들을 따라서 계산 등의 생활지식을 학습

하도록 명령하는 것을 나타낸다. 『설문·복부支部』에서는 "上所施下所效
也."(위에서 교육을 시행하면, 아래에서는 그것을 따른다.)라고 해석하였다. '보保'
자 즉, '어린 아이를 업고 있는 성인'과 '교敎'자 즉, '몽둥이를 들고 교육하는
사람'은 반드시 어린 아이의 친척일 필요는 없다. 왜냐하면 씨족 가운데 구성
원은 '不獨子其子'(유독 그의 자식만이 자식이 아니다. 즉 타인의 자식도 자식이다.)이
기 때문이다. 따라서 다른 사람의 자녀도 자신의 자녀처럼 대하였다. '교敎'의
본의는 '교육'이고, 이로부터 '훈련', '교화'라는 의미로 변천되었다.

이제 노인에 대하여 살펴보자.

예 16)은 '장長'자로, 이는 '머리가 길게 자란 사람'을 그린 것이다. 머리카
락이 길게 자랐다함은 나이가 비교적 많다는 것을 뜻한다. 그리고 '인人'
아래 부분에 한 획의 수직선을 그렸는데, 이것은 사람이 짚고 다니는 지팡이
를 나타낸다. 본의는 '길고 짧음'의 '길다'이다. 이로부터 '장구하다', '특기'
라는 뜻으로 변천하였다. 연장자는 경험이 풍부하기 때문에 수령이 될 수
있다. 고로 '군주', '스승'이라는 뜻으로 변천하였다. 『주례周禮·천관天官·
대재大宰』에는 "二曰長, 以貴得民."(두 번째는 군주로, 그들은 귀함으로써 백성을
얻는다.)라는 문장이 있는데, 이에 대하여 정현鄭玄은 『주注』에서 "長, 諸侯
也."(장長이란 제후를 뜻한다.)라 하였다.

예 17)은 '로老'자로, 마치 '긴 머리를 하고 있는 노인'과 같다. 나이가
많으면 씨족에서의 지위가 높기 때문에, 늘 수령과 협조하여 일을 처리하였
다. 악온鄂溫 극인克人은 해방 초기에 이러한 풍속을 유지하고 있었다. 려광
천呂光天은 "一般處理[氏族]公社內部的事情, 都通過公社會議決定, 參加會議的人,
主要由公社各個帳幕里的老年人參加, 鬍子越長越有權威.(일반적으로 씨족공동사회
내부의 일을 처리할 때, 모두 공동사회의 회의를 거쳐 결정하였다. 회의에 참가하는
사람은 주로 공동사회 각개의 장막에서 노인들이 참가하는데, 수염이 길면 길수록
권위가 있다.)"라 하였다(1958년 12기 『민족연구民族研究』의 려광천呂光天의 문장을

참고). '수염이 길다'라는 것은 부계사회에서 권위의 상징이고, 모계사회에서는 '두발이 길다'라는 것이 권위의 상징이다. 전적에서도 이와 같은 기록이 있다. 『후한서後漢書·서강전西羌傳』에 "時燒何豪有婦人比銅鉗者, 年百餘歲, 多智算, 爲種人所信, 皆從取計策."(당시에 소하호에는 동겸보다도 키가 큰 여성이 있었는데, 그녀는 나이가 백세 남짓하였다. 지혜와 계산에 능하여 사람들은 그녀를 믿었고, 그녀에게서 계책을 얻었다.)라는 구절이 있다. 따라서 '로老'자는 '대신'이라는 뜻으로 인신되었고, 춘추시대에 이르러서도 이와 같았다. 『좌전左傳·소공昭公 13년』에 "天子之老, 請帥王賦."(천자의 대부께서 장수를 왕부에 청하였다.)라는 구절에 대하여, 두예杜預는 『주注』에서 "天子大夫稱老."(천자의 대부를 로老라 칭한다.)라 하였다. 이에 다시 '노련하다', '노쇠하다', '매우 고단하다', '케케묵다'라는 뜻으로 인신되었다.

예 18)은 '고考'자인데, 이것은 '로老'와 본의가 같다. 단지 노인이 들고 있는 지팡이만을 더하였을 뿐이다. 『설문』에서는 "考, 老也."(고考는 로老와 같은 뜻이다.)라고 하였다.

예 19)와 예 20)은 모두 '효孝'자이다. 예 20)의 갑골문 '효孝'자와 금문 『산반散盤』에 나오는 '효孝'의 자형은 동일한데, 이들은 바로 '효孝'의 간소화된 형태이다. 자형은 '아이가 노인을 부축하고 있는 모습'을 그린 것이다. 『설문·노부老部』에는 "善事父母者, 從老省, 從子, 子承老也."(부모를 잘 모시는 것이다. 노老자의 생략된 형태와 자子가 결합하여 이루어진 한자로, 자식이 노인을 업고 있다는 뜻이다.)라 하였다. '효도하다'라는 본의로부터 '상중에 있다'라는 의미로 변천하였는데, '守孝'(상중에 있다), '孝服'(상복), '孝衣'(상복)가 그것이다.

원시사회에서는 부축하는 노인은 반드시 자신의 부모일 필요가 없다. 왜냐하면 "人不獨親其親"(사람은 자신의 친 부모만이 부모인 것은 아니다.), "使老有所終"(노인들을 끝까지 봉양한다.)이기 때문이다. 『예기禮記·제의祭義』에는

"昔者有虞氏貴德而尙齒"(옛날에 유우씨는 덕을 귀하게 여기고 나이를 숭상하였다.)
라는 구절이 있는데, 여기에서 "상치尙齒"란 "노인을 존중하다."는 뜻이다.
즉 노인은 전체 씨족사회의 존중과 보살핌을 받는다.

인간들은 힘이 부족하여 모든 일을 처리하는 것은 불가능하기 때문에
서로 도와야 한다.

예 24)는 '우友'자로, 자형은 '한 손으로는 열심히 일을 하고, 다른 한
손은 동일한 방향으로 뻗어 나와서 서로 돕는 모습'을 그린 것으로, '우友'의
본의는 '협조하는 사람'이다. 이것은 바로 당시 사람들의 협력 관계를 보여
주는 한자이다.

2. 친족호칭

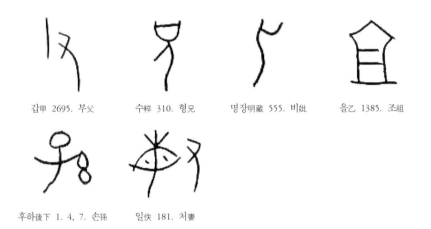

갑甲 2695. 부父   수粹 310. 형兄   명장明藏 555. 비妣   을乙 1385. 조祖

후하後下 1. 4, 7. 손孫   일佚 181. 처妻

'모母'와 '녀女'는 갑골문에서 통용되었는데, 이로부터 '모母'의 초의初義
는 지금의 친생모친親生母親이라는 의미와 서로 달랐음을 알 수 있다. 군혼잡

교의 시대에는 항렬의 구분이 없었기 때문에 근본적으로 칭호도 없었다. 혈연동배혼 시대에는, 항렬의 구분을 위하여 서로 다른 항렬 간 성교를 금지하였기 때문에 비로소 항렬 간의 칭호가 생겨나게 되었다. '모母'는 원래 '성년이 된 여성'을 지칭하였는데, 자기보다 높은 항렬의 여성에 대한 보편적인 호칭으로 사용되었다. 이것은 생육관계가 기준이 아니었다. 은상 갑골문에서도 각 시대의 군주는 어머니 항렬의 모든 여성들을 '모母'라고 칭하였다. 물론 여기에는 생모生母도 포함되었다. 『예기·례운禮運』에 기록된 "不獨親其親"(친부모만이 부모인 것은 아니다.)의 함의 역시 이러한 점을 나타낸다. 이러한 의미를 지닌 '모母'자는 갑골문에서 '여女'자로도 쓸 수 있었다. 하지만 '여아女兒'라는 뜻으로 사용될 때에는 일반적으로 존중의 뜻이 없는 '여女'자를 썼고, '모母'자를 쓸 수 없었다.

'자子'는 본래 '영아'를 그린 한자이다. 일부일처제가 형성되기 전인 '知母不知父'(어머니는 알지만 그 아버지는 누구인지 알지 못한다.)의 시대에 '자子'는 어머니 항렬이 남자아이나 여자아이를 불문하고 자식 항렬에 대한 통칭으로 사용되었다. 친생이든 아니든, 자신보다 하나 아래 항렬이기만 하면 모두 '자子'로 불렀다. 부계제 사회에 이르러, 항렬은 남성혈통이 기준이 되었다. '자子'는 또한 아버지 항렬이 자식 항렬에 대한 통칭이 되었다. 이것 역시 『예기』에서 묘사된 "不獨子其子"(그 자식만이 자식인 것은 아니다.)의 상황인 것이다. 은상 갑골문에서 '자子'는 각 세대의 군주가 아래 항렬을 나타내는 데 사용되었다. 이러한 '자子'는 너무 많아지자, '자子' 다음에 '갑甲', '을乙', '병丙' 등의 십간十干을 더하여 이를 구분하였다. 갑골문에서 '아兒'자는 칭호로 사용되지 않았다.

예 1)은 '부父'자로, 갑골문에서 '부父'자는 '손에 돌도끼를 들고 있는 모습'을 그린 것이다. 이는 본래 '부斧'자의 초문이다. 곽말약郭沫若은 "石器時代男子持石斧以事操作, 故擘乳爲父母之父."(석기시대에는 남자들은 돌도끼를 들고서 일을 하였는데, 이렇게 하여 부모의 부父자가 생겨나게 된 것이다.)라고 하였다(『갑골문중소견지은대사회甲骨文中所見之殷代社會』 참고). 황하 상류 마가요馬家窯 문화 반산류형半山類型 고분에서, 남성의 묘에 돌도끼, 돌자귀, 돌정과 같은 부장품이 많았는데, 이러한 사실은 석기시대에는 이처럼 중요한 노동 도구인 돌도끼는 남성들이 사용했던 것임을 보여준다. 사람에 대한 칭호는 노동 분업에 따라 구별될 필요가 있었는데, 종종 노동 기구와 노동의 대상과 관계되어 있다. 이는 현재의 직무에 따라 호칭하는 것과 유사하다. '부父'란 돌도끼를 지칭하는 것이기 때문에 이는 돌도끼를 사용하는 사람을 말한다. 즉, 이것은 "직명職名"인 것이다. 최초의 뜻은 '성인이 된 남성'이다. 혈연동배혼 시대에는, 같은 항렬의 남자는 같은 항렬의 여자의 남편이자, 일대一代 아래의 자녀의 부친이다. 따라서 '부父'는 자녀의 항렬이 일대 위인 성인 남성에 대한 통칭이고, 후에 친족호칭이 되었다. 친생부친인지의 여부에 대하여, 그 당시에는 판단할 수가 없었다. '부父'가 친족호칭이 되었기 때문에, 후에 '근斤'자를 더하여 '부斧'자를 만들어 도구인 '부斧'를 나타내게 되었다. 대우혼 시대에 이르러, 남편과 부인 간의 관계가 안정되지 않았기 때문에 '부父'는 여전히 아버지 항렬에 대한 호칭으로 사용되었다. 은상 시대에는 비록 일찍부터 일부일처제 혹은 일부다처제가 확립되었지만, 여전히 '부父'를 아버지 항렬에 해당하는 사람에 대한 호칭으로 습관적으로 사용하였다. 현대 중국어에서 '부父'는 '생부生父'를 가리키지만, '백부伯父', '숙부叔父', '구부舅父(외삼촌)', '고부姑父(고모부)' 등의 서면어 단어로부터, '부父' 앞에 수식성 제한성분을 더하여 구별하는 단어형성방법으로부터 볼 때, 총칭은 아직도 '부父'이다. 이것은 바로 상고 화하 민족의 선인들의 동배혼의 잔존인 것이다.

계속하여 '부夫'자를 살펴보자. '부夫'자는 '대大'와 '일一'이 결합하여 이루어진 한자이다. '대大'는 '성인'인데, 여기에 '일一'을 더함으로써 '키가 어느 정도에 달한 성인이 된 남성'을 나타낸다. 이러한 남성들은 전쟁에 참가할 수 있거나 혹은 노역에 종사할 수 있다. '성인 남성'이라는 뜻을 지닌 것으로 볼 때, '부夫'와 '부父'는 동원자同源字이고, 상고음도 같았다.

예 2)는 '형兄'자로, 자형은 '사람이 서서 입을 크게 벌리고 하늘을 향하여 노래를 부르는 모습'을 그린 것이다. 갑골문 '축祝'자는 '사람이 꿇어앉아서 하늘을 향하여 기도하는 모습'을 그린 것인데, 이 두 한자의 자형은 서로 비슷하면서도 혼동되지 않는다. 본의는 '성숙한 남성 청년'이다. 후에 씨족 내에서 혈연관계에 있는 형제자매 간 성교가 허락되지 않았기 때문에, '형兄'은 동 항렬의 남성을 나타내는 친족 호칭으로 변하였다. 같은 어머니에서 태어났든 태어나지 않았든지 간에, 그리고 연령이 많든 적든 간에 일률적으로 '형兄'으로 칭하였을 뿐, '형兄'과 '제弟'의 구분은 없었다. '형兄'은 같은 항렬의 남성에 대한 통칭으로, 은상 시대 갑골문에서 역시 이러하였다. 『설문・형부兄部』에서는 "兄, 長也."(형兄은 자라다는 뜻이다.)라 하였다. 이러한 뜻은 서주시기 이후에야 탄생하였다. '제弟'의 칭호가 언제 탄생했는지에 대해서는 확정할 길이 없다. 현존하는 문헌을 통해 살펴보면, 늦어도 서주 시기에는 있었다. 하지만 갑골문에서 '제弟'자가 친족호칭으로 사용되었는지는 확정하기가 매우 어렵다.

갑골문에는 '매妹'자는 있지만, '자姊'자는 없다. 하지만 갑골문에서 '매妹'는 친족호칭으로 사용되지 않았다. 『설문・녀부女部』에서는 "姊, 女兄也." (자姊는 언니이다.), "妹, 女弟也"(매妹는 여동생이다.)라고 해석한 것을 보면, '자姊'와 '매妹'의 호칭은 '형兄'과 '제弟'의 탄생보다는 늦었을 것이다.

구석기 시대 호모에렉투스의 생활은 매우 어려웠고, 음식물은 보장할 길이 없었다. 그래서 수명이 매우 짧은 편이었다. 북경인 화석에서 확정할 수 있는 22개의 개체 가운데, 14세 이하에 사망한 것은 15개 개체이고,

최고령자는 약 50세에서 60세 정도로 단지 1개체에 불과하였다. 신석기 시대는 도구가 비교적 발전하였는데, 특히 목축업과 원시농업의 탄생은 생활 조건을 개선시켰고, 인간의 수명도 연장시켰다. 대우혼의 혼인 풍속은 씨족 내에서의 성관계를 금지시켰으며, 다른 항렬 간 성관계는 더욱 불허한 결과 두 항렬 이상의 친족호칭을 구분할 필요성이 생겨났다. 이것이 바로 '비妣', '조祖', '손孫'이다.

예 3)은 갑골문 '비妣'자로, '사람이 양손을 받들고 단정하게 앉아 있는 모습'을 그린 것이다. 모계제 씨족사회에서, 양손을 받들고 단정하게 앉아 있는 사람은 전체 씨족 구성원의 존경을 받는 사람으로, 이러한 사람은 나이가 많은 여성일 것이다. '비妣'는 본래 모계씨족 가운데 나이가 많은 여성을 가리켰는데, 후에 조모祖母 항렬의 여성에 대한 통칭으로 사용되었다. 이는 직계친족인지 여부를 불문하고 일률적으로 사용되었다. 갑골문에서 자신의 조모祖母 항렬뿐만 아니라, 증조모曾祖母 역시 일률적으로 '비妣'라 칭하였다. '비妣'가 너무 많아지자, '비妣'자 뒤에 '십간十干'을 더하여 이를 구분하였다. 예를 들면 '비경妣庚', '비갑妣甲'과 같은 것이다.

예 4)는 갑골문 '조祖'자로, 이는 '나무를 쪼개어 만든 신주위패神主位牌'이다. 외형은 '남성 생식기의 음경'과 흡사하다. '조祖'는 모계사회 말기에 출현한 것으로, 본시 씨족의 번창을 위하여 여성이 출산을 기원하면서 숭배하였던 생식生殖의 신으로, 토기로 만든 것(陶祖), 돌로 만든 것(石祖), 나무로 만든 것(木祖) 등이 있다. 앙소문화 말기 임동臨潼 강채姜寨 유적지, 마가요馬家窯문화 감숙甘肅 감곡지아甘谷地兒 유적지, 대문구大汶口문화 산동山東 유방라가濰坊羅家 유적지에서 '도조陶祖', '석조石祖', '목조木祖'가 출토되었다. 현재 몇 몇 소수민족과 한족의 시골에서는 여전히 부녀자들이 "조祖"를 숭배하면서 출산을 기원하는 풍속이 남아 있다. 서쌍판납西雙版納 태족傣族의 부녀자들은 산 위의 '석조石祖'를 숭배하고, 서장西藏의 문파족門巴

族은 '목조木祖'를 모신다. 사천성四川省 목리현木里縣 대패촌大壩村에 있는 계아동雞兒洞이라 불리는 바위 동굴 안에는 '돌로 만들어진 남성의 커다란 음경'을 모시는데, 생육을 하지 못하는 부녀자들은 항상 그곳에 가서 향을 피우고 제사 음식을 차린다. 그런 다음에 이 석조물 위에 잠시 앉으면, 임신하지 못하는 부녀자들은 '석조石祖'가 반드시 임신을 도와줄 것이라 믿을 수 있었다. 부계제 사회에 이르자 남성이 정권을 장악하게 되었다. 이로 인하여 가계家系는 남성을 중심으로 계산하였고, 씨족에서는 남성 선인들을 위하여 나무를 깎아서 "조祖"를 모방하여 만든 신주 위패에 제사를 지냈다. 고기가 가지런하게 진열되어 있는 적대(원래는 썬 고기를 놓는 도마인데, 후에 고기를 올려놓고 제사를 지내는 예기禮器로 변천하였다.) 역시 나무를 깎아서 만들었기 때문에, 갑골문에서는 항상 '조祖'와 '조俎'가 형태가 비슷하여 혼용되었다. 친족 호칭으로 사용될 때에는 '조祖'는 '조부祖父 항렬 이상의 모든 남성'에 대한 통칭이었다. 직계 혈통의 조부祖父이건, 혹은 삼대 혹은 사대 이상이든지 상관없이 일률적으로 '조祖'를 사용하였다. 갑골문 시대에는 여전히 이러한 용법이 있었다. 현대 중국어 서면어에는, '조부祖父', '백조伯祖', '숙조叔祖', '증조曾祖', '고조高祖' 등이 있는데, 모두 '조祖'자 앞에 수식어를 첨가하였지만, 결론적으로는 '조祖'이다. 이것은 바로 갑골문 용법의 잔존이라 할 수 있다. 현대 중국어 구어에서는 '조부祖父', '백조伯祖', '숙조叔祖'를 모두 일률적으로 '야야爺爺(할아버지)'라 칭하고, '증조曾祖'를 '태야太爺(증조할아버지)'라 칭하는데, 결론적으로는 모두가 '야爺'이다. 따라서 '야爺' 역시 '조祖'의 용법과 유사하다. 친족 호칭 가운데 '조祖'의 탄생은 대체적으로 '비妣'보다 늦다. 이것은 바로 부계제 사회의 확립을 나타내는 상징이라 할 수 있다.

예 5)는 갑골문 '손孫'자이다. 『설문』에서는 "孫, 子之子曰孫, 從子從系; 系, 續也."(손孫은 자식의 자식을 가리켜 손孫이라 한다. 자子와 계系가 결합하여 이루어진 한자이다. 계系는 연속하다는 의미이다.)라 하였다. 소전은 '사糸'를 '계系'로 오인하였다. 원시사회에서는 결승結繩으로 사건들을 기록하였으며, 결승으로써 씨족 세대의 변천을 나타내었다. 이 역시 결승의 용법 가운데 하나이다. 『시경·주남周南·종사螽斯』에는 "宜爾子孫, 繩繩兮."(너의 자손이 번성함이 당연하도다.)라는 구절이 있는데, 주희朱熹는 『집주集注』에서 "繩繩, 不絶貌."(승승繩繩이란 끊어지지 않고 이어진 모습이다.)라 하였다. 갑골문의 자형은 '자子'와 '사糸'가 결합한 것으로, '사糸' 아래 '자子'가 있는 것으로 보아, 이것은 바로 줄이 끝없이 이어지는 것처럼 자손도 이처럼 끊임없이 번성하는 것을 나타낸다. '자子'와 '조祖'로부터 추측해보면, '손孫'은 '자子'가 낳은 후대를 가리킨다. 이는 남녀에 상관없이, 자식의 자식, 자식의 손자, 손자의 손자에 상관없이 모두 '손孫'이라 칭할 수 있었다. 『이아爾雅·석친釋親』에 "子之子爲孫, 孫之子爲曾孫, 曾孫之子爲玄孫, 玄孫之子爲來孫, 來孫之子爲昆孫, 昆孫之子爲仍孫, 仍孫之子爲雲孫."(자식의 자식은 손孫, 손孫의 자식은 증손, 증손의 자식은 현손, 현손의 자식은 래손, 래손의 자식은 곤손, 곤손의 자식은 잉손, 잉손의 자식은 운손이다.)라고 하였다. 모두가 '손孫'을 중심으로 앞에 수식성분을 첨가하여 구별하였지만, 결론적으로는 모두가 '손孫'인 것이다. 청대 학의행郝懿行의 『이아의소爾雅義疏』에는 "按孫亦遠孫之通稱, 『詩』'后稷之孫, 實維大王'是也."(손孫이 원손遠孫의 통칭임에 비추어보면, 『시경』의 '후직의 손자가 실로 태왕이시다.'란 구절은 옳다.)라고 하였다.(여기에서 인용한 『시경』은 바로 『노송魯頌·민궁閟宮』의 구절로, "頌古公亶父功德"(고공단보의 공덕을 칭송하다.)은 『사기·주본기周本紀』의 "古公亶父是周始祖后稷二十世孫"(고공단보는 주나라 시조인 후직의 20세 손이다.)에 따른 것이다.) '손孫'의 자형으로부터 판단하건데, 이것이 호칭으로 사용된 것은 '자子' 이후의 일로, 같은 성씨면 결혼하지 못한다는 씨족의 항렬 관념이 분명해진 결과일 것이다. '손孫'은 '자子' 항렬보다 낮은 항렬을 나타낸다. 부계제가 확립된 후, 사유재산관념이 강화됨에 따라서, 재산의 승계를 위하여 '손孫'의 의미가 '직계혈연 관계에 있는 아들의 아들'에 대한 호칭으로 축소되었다.

이상의 친족호칭을 나타내는 자형으로 볼 때, '모母', '자子', '형兄', '손孫', '비妣'는 모두 인체의 형상과 직접적으로 관계가 있는 것으로 보아, 그 기원은 비교적 오래되었다고 할 수 있지만, '부父'와 '조祖'는 '물건의 모습'으로부터 인신된 것으로, 비교적 후대에 생겨난 것이라 할 수 있다. 따라서 친족칭호는 모계제사회에서 탄생하였을 가능성이 있음을 보여준다.

또한 갑골문에는 여성 배우자에 대한 호칭이 있다.

예 6)은 '처妻'자로, '손으로 머리를 빗어 올려 상투를 튼 모습'(자형은 손이 하나이든 양손이든 그 의미는 같다.)을 그린 것으로, 이것은 바로 성인 여성을 나타낸다. 이는 모계제가 붕괴되고 부계제로 넘어갈 때의 과도기에 약탈혼의 풍습을 반영하는 것이다. 본의는 '남성의 배우자'이다. 운남성 경파족景頗族과 백족白族, 사천성 율속傈僳과 이족彝族, 호남성 묘족苗族 등은 모두 약탈혼의 풍속이 있었다. 운남성 태족傣族과 아창阿昌, 그리고 귀주의 수족水族에는, 약탈혼은 결혼하는 과정에서 반드시 행해야만 하는 하나의 의식으로, 이는 사전에 약속을 한 '거짓' 약탈혼이다. 고대 중원의 화하족 역시 이렇게 했을 것이고, 이로부터 차츰 변천하여 남성의 여성 배우자에 대한 칭호가 되었을 것이다. 이 뿐만 아니라 갑골문에서 여성 배우자에 대한 칭호는 '첩妾', '비妃', '모母' 등이 있었는데, 이는 분명히 일부다처제를 반영한 것이고, 부계제가 완전히 확립된 이후의 일이다.

3. 풍속

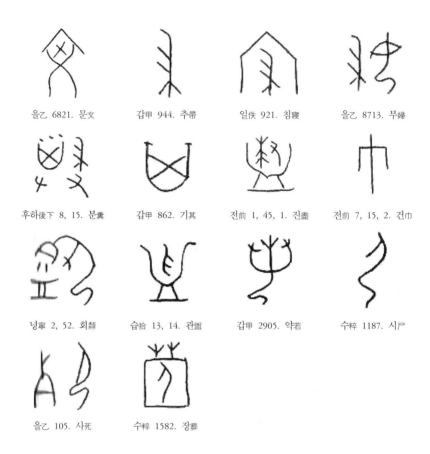

을乙 6821. 문文　　갑甲 944. 추帚　　일佚 921. 침寢　　을乙 8713. 부婦

후하後下 8, 15. 분糞　　갑甲 862. 기其　　전前 1, 45, 1. 진盡　　전前 7, 15, 2. 건巾

녕寧 2, 52. 회頮　　습拾 13, 14. 관盥　　갑甲 2905. 약若　　수粹 1187. 시尸

을乙 105. 사死　　수粹 1582. 장葬

여기에서 소개하는 풍속에는 종교제사 및 가무는 제외한다.(다른 부분에서
별도로 서술하고자 한다.)

1) 문신

예 1)은 갑골문 '문文'자로, '가슴부위를 노출하여 정면으로 서 있는 사람'을 그린 것으로, 흉부에는 교차한 무늬가 있다. 따라서 『설문』에서는 "文, 錯畫也, 象交文."(문文이란 서로 엇갈리게 교차한 그림이다. 서로 교차한 문양을 그린 것이다.)라고 해석하였다. '문紋'은 '문文'의 후기증형자이다. '문文'의 본의는 '무늬'이고, '무늬'는 바로 '새기고 그린 것'이다. 상형자란 본시 만물의 모양에 근거하여 "畫成其物(그 물상을 본떠서 그린 것)"하였고, 상형자는 표의문자의 기초가 된다. 따라서 '문자文字'로 인신되었다. 허신이 말한 '獨體爲文'(독체는 문文이다.)과 '合體爲字'(합체는 자字이다.)라는 것은 한나라 사람들의 관념일 것이다. 선진 시기에는 '문文', '명名', '서書'라 칭하였고, '문자文字'를 연용한 것은 바로 진나라 때의 일이었다. 뜻이 다시 변천하여 '문장文章', '문사文辭', '문재文才'가 되었다.

신석기 시기 모계제 원시사회에서는, 인간들은 만물에 영혼이 깃들어 있음에 경배하였고, 개개의 씨족에게는 각자 독특한 숭배물, 예를 들면 동물과 식물 그리고 자연현상 등과 같은 것들이 있었다. 이러한 숭배물은 자신의 씨족의 기원과 관계있다고 믿었는데, 이것이 바로 씨족 토템이다. 씨족의 구성원들은 씨족의 토템이 자신을 보호해 주길 바랐고, 그래서 토템의 형상을 자신의 몸에 새기거나 그려 넣게 되었다. 이것이 바로 문신이다. 화하민족은 수많은 부족이 융합하여 이루어진 민족이다. 모계제 사회에서 모든 씨족의 문신 문양이 무엇인지에 대해서는 모든 것을 분명하게 밝힐 방법이 없다. 황하 상류의 마가요馬家窯 문화 반산형半山型 유적지와 마창유형馬廠類型 유적지(기원전 2,100~기원전 1,800년, 이 시기는 하대 전기에 해당함)에서 채색하여 그린 사람의 머리와 사람의 얼굴이 발견되었다. 얼굴 부위와 목 부위에는 모두 무늬가 있었는데, 어떤 것은 호랑이와 표범의 무늬이며, 다른 것은 직선과 원 무늬였다. 『묵자墨子·공맹公孟』에는 "越王句踐, 剪髮文身."(월왕 구천은 머리를 자르고 몸에 문신을 새겼다.)라는 구절이 있다. 『예기·왕제王制』에는 "東方四夷, 被髮文身, 有不火食者矣."(동방의 사이四夷는 머리를 자르고 문신을 하였다. 그리고 불로 음식을 익히지 않고 먹는 사람도 있다.)라는 구절이 있다. 뿐만 아니라 『사기·오태백세가吳太伯世家』에는 "於是太伯, 仲雍二人乃奔荊蠻, 文身斷髮, 示不可用."(그리하여 태백과 중옹 두 사람은 형만으로 도망가서 몸에 문신을 새기고 머리를 잘랐다. 이는 가당치 않은 일이었다.)라는 구절이 있다. 이러한 사실로 미루어 볼 때, 춘추전국시대에 이르러, 중원에 자리잡은 화하민족은 이미 문신의 풍속이 사라졌음을 알 수 있다. 하지만 중원 이외의 수많은 민족들은 당시까지도 문신의 풍속이 있었다. 중국에는 현재 고산高山, 붕룡崩龍, 려黎, 독룡獨龍, 태傣, 포랑布朗, 기낙基諾 등 소수민족은 아직도 문신의 습속을 유지하고 있다.

2) 위생

구석기 시대 호모에렉투스는 동굴에서 생활하였다. 그들은 불에 의지하여 음식을 익혀 먹었고, 추위를 이겨내었다. 음식을 먹은 이후에 동물의 유해나 식물의 씨들은 영원히 꺼지지 않은 불속으로 던져버렸다. 산정동인들은 단지 무덤지역과 생활지역을 구분하였을 뿐이다. 산정동 유적지 생활지역에 있는 방 중간에는 잿더미 퇴적물이 있었는데, 이는 쓰레기만을 버린 곳이 아니었음을 보여준다.

신석기 시대에 이르러, 거주 조건이 좋아지면서, 방이 생겨나게 되었고, 인간의 음식물 역시 과거에 비해 더욱 풍부해졌다. 인간들은 썩어 문드러진 음식의 냄새를 혐오하였고, 아름다움을 추구하는 경향은 차츰 강해졌다.

거주환경의 청결을 위하여 훼손된 식기나 도구는 방 바깥에 혹은 쓰레기 더미에 던져야만 했다. 앙소문화 조기에 해당하는 섬서 보계寶雞 북수령北首嶺 유적지(기원전 5,000년)에는 재 웅덩이가 발견되었다. 묘저구廟底溝 2기에 속하는 섬서 무공武功 호서장滸西莊 유적지(기원전 2,900~기원전 2,800년)의 재 웅덩이는 대부분 주방 주위에 있었다. 재 웅덩이는 본시 물품을 저장하기 위한 장소였지만, 폐기된 후에도 간혹 쓰레기를 버리거나 인간을 매장하는 곳이 되었다.

최초의 환경위생도구는 빗자루, 삼태기, 솔, 수건 등이었다.

예 2)는 갑골문 '추帚'(오늘날의 빗자루)자로, 처음에는 본래 비교적 길고 가지가 많은 식물을 뽑아서 사용하였다. 자형의 윗부분은 '빗자루의 가지가 많은 것'을 그린 것이고, 아래 부분의 아귀는 뿌리로, 이렇게 하면 손에 잡기가 편리하였다. 어떤 갑골문은 가운데 '일一'을 더하였는데, 이것은 바로 끈으로 묶은 것을 나타낸다. 즉, 많은 나무 가지를 하나로 묶은 것을 보여준다. 모계제 시대, 성년이 된 부녀자들은 채집활동에 종사하였다. '추帚'는 본래 부녀자들이 야외에서 식물과실을 채집한 후 가져오는 완전한 나무로, 이것은 채집노동을 상징한다. 다시 말하자면, 성년 부녀자를 대표한다. 즉, 이 한자는 노동대상으로부터 인간을 가리키게 된 것이다. 이것은 바로 돌도끼를 나타내는 '부父'자가 성인 남성을 가리키는 것과 같은 이치이다. 갑골문에서는 항상 '추帚'로 '부婦'의 의미를 나타내었다. 모계제가 번성한 신석기 중기에는, '추帚'는 채집을 대표하였다. 게다가 부녀자가 가지고 온 완전한 나무는 거기에 달린 과실들을 채집한 후에도 쓰레기를 청소하는 데 사용할 수 있었다. 『설문 · 건부巾部』의 단옥재 『설문해자주』를 보면 "帚, 所以糞也."(추帚는 청소하다란 뜻이다.)라고 하였다. 즉, 청소하는 도구이다. 『광운廣韻 · 유운有韻』은 『세본世本』의 "小康作箕帚."(소강이 삼태기와 빗자루를 만들었다.)라는 구절을 인용하였다. '소강小康'은 하나라 중흥의 군주로, 이 전설은 빗자루의 최초의 사용은 노예제사회 초기라 하였는데, 너무 늦은 감이 없지 않다.

예 3)은 '침寢'자로, 이 한자는 '면宀'과 '추帚'가 결합하여 이루어졌다. '추帚'는 '부婦'이다. 모계사회 대우혼 시대에는, 성인 여성들은 혼자서 살 수 있는 집이 있었고, 성년 남성들은 이러한 처우가 없었다. 밤에 여자 친구의 방에 가서 잠을 자야 했으며, 아침에 일어나서 떠나야만 했는데, 이것을 '주혼走婚'이라 하였다. 갑골문의 '침寢'자는 '성인 여성이 거주하는 집'을 그린 것이지만, 소전은 형부인 '인人'을 더하였다. '인人'을 더한 목적은 아마도 '추帚'가 나타내는 것은 바로 사람이지 빗자루가 아니다라는 점을 보다 분명하게 보여주기 위함일 것이다. 후에 '인人'은 다시 침대를 나타내는 '장爿'으로 대체되었다. 『설문·면부宀部』에서는 "臥"(누워서 자다.)로 해석하였는데 이것은 인신의로, 본의는 '방'이다. 갑골문에는 본의로 사용되었다. '침寢'의 본의는 '침실'이다. 따라서 제왕 사후에 시체를 안치하는 곳을 '릉침陵寢'(왕릉)이라 하고, 종묘의 정전正殿을 '묘廟', 후전後殿을 '침寢'이라 한다. 침실은 잠을 자는 곳이기 때문에, 이로부터 '잠을 자다', '휴식하다', '숨기다' 등의 뜻으로 변천하였다. '침불성매寢不成寐', '침불안석寢不安席', '침고침토寢苦枕土'에서의 '침寢'은 모두 '잠을 자다'라는 뜻이다.

예 4)는 갑골문 '부婦'자로, 이는 '추帚'에 형부인 '여女'를 증가시킨 것이다. 고문자 체계에서 본다면 '추帚'와 '부婦'는 고금자이다. '추帚'의 본의는 '부녀자'를 가리킨다. 하지만 후에 '추帚'는 청소하는 도구라는 뜻으로 사용되었다. 자형으로 볼 때, '부婦'는 채집활동에 종사하는 여인이다. 노동활동에 참가할 수 있는 사람은 성인인데, 성인 여성은 자연히 이미 결혼한 사람이기 때문에 '이미 결혼한 부녀자'를 나타내게 된 것이다. 다시 '아내', '며느리'라는 뜻으로 변천하였다.

예 5)는 갑골문 '분糞'자로, 자형은 '한 손에는 삼태기를 들고, 다른 손은 빗자루를 들어서 청소하는 모습'을 그린 것으로, 삼태기 앞에 있는 세 개의 점은 바로 쓰레기를 나타낸다. '糞'의 본의는 '제거하다'라는 뜻이다. 『예기·곡례상曲禮上』에는 "凡爲長者糞之禮, 必加帚於箕上, 以袂拘而退, 其塵不及長者."(무릇 어른을 위해서 소제하는 법은 반드시 쓰레받기 위에 빗자루를 더하여 쓰레받기에 담으며, 옷소매로 가리고 물러나며, 그 먼지가 어른에게 미치지 못하게 한다.)라는 구절이 있다. 『석문釋文』에는 "[糞]徐音奮, 掃席前曰糞."(분糞의 음은 분奮이다. 좌석 앞을 깨끗하게 쓸어버리는 것을 분糞이라 한다.)라고 하였다. 이로부터 '쓰레기', '대소변', '비료', '졸렬한 기술'이라는 뜻으로 변천하였다. '糞棋'는 오늘날 '醜棋(졸렬한 수, 뒤처지는 실력)'로, 여기에서 '분糞'은 바로 '뒤떨어진 기술', '졸렬한 기술'이란 뜻으로 쓰였다.

예 6)은 '기其'자로, '식물 줄기로 만든 쓰레받기'와 비슷한 모양을 그린 것이다. 후에 '기其'는 '허사虛詞'로 사용되었기 때문에, 형부인 '죽竹'을 더하여 '기箕'자를 만들었다. 이로부터 '삼태기 모양과 비슷한 것'을 가리키는 뜻으로 변천하였는데, '기거箕踞'란 바로 '두 다리를 마치 삼태기 모양처럼 넓게 벌려서 앉은 모습' 즉, 무례한 자태를 뜻한다.

'쇄刷'(솔), 원시사회에서 '솔'은 아마 수렵한 동물의 꼬리 혹은 식물의 잎이었을 것이다. 중국에서는 9,000년 전에 토기가 만들어 졌는데, 음식을 만들거나 물을 마시는데 사용했던 토기는 깨끗하게 씻어야만 했다. 이때 바로 '솔'이 필요했던 것이다.

예 7)은 갑골문 '진盡'자로, 손해파孫海波는 이 자형은 "像人手持牛尾滌器之形, 食盡器斯滌矣, 故有終盡之意."(사람이 손에 소의 꼬리를 잡고서 그릇을 세척하는 모양이다. 음식을 다 먹으면 그 그릇을 세척해야만 한다. 따라서 끝마치다는 뜻이 있게 되었다.)라고 해석하였다(『갑골문편甲骨文編』에 보임). 『설문·명부皿部』에서는 "器中空"(가운데가 비어있는 그릇)이라고 해석하였는데, 이것은 인신의이다. 다시 인신하여 '극한', '사망', '가능한 한', '전부'라는 뜻이 되었다.

예 8)은 갑골문 '건巾'자로, 『설문·건부巾部』에서는 "巾, 佩巾也."(巾이란 허리에 차는 수건이다.)라고 해석하였다. 자형은 '사람의 몸에 매어진 수건'을 그린 것이다. 앙소문화에 이미 방직과 삼베가 있었다. 원시사회시기 수건이 있었을 가능성은 매우 높다. 『예기·사상례士喪禮』에는 "沐, 巾一; 浴, 巾二." (머리를 감길 때에는 수건 한 장. 몸을 씻길 때에는 수건 두 장)라는 구절이 있다. 이에 대하여 정현鄭玄은 『주注』에서 "巾, 所以拭汚垢."(건巾이란 더러운 때를 깨끗하게 닦는 것이다.)라고 풀이하였다. 부수자로써 '건巾'은 '의衣', '사糸'와 서로 통한다. 따라서 '건巾'이 있는 한자는 대부분 '옷', '직물'과 관계가 있다. 이로부터 '건巾'으로 '머리에 쓰는 관', '덮다'라는 의미로 변천되었다. 고대 여성들은 수건으로 머리를 감쌌으며, 거기에 머리장식을 더하였다. 따라서 후세에 '건괵巾幗'은 '부녀자'를 가리키게 된 것이다.

앙소문화 반파 유적지에서 뼈, 토기, 조개, 돌 등을 갈아서 만든 머리 장식품이 발견되었는데, 이러한 사실은 최소한 황제시대에 화하민족의 선조들은 머리를 빗고 목욕을 하는 풍속이 있었음을 보여준다.

예 9)는 갑골문 '회頮'(huì)자로, '사람이 대야 앞에서 물을 들고 얼굴을 씻는 모양'을 그린 것이다. 『설문·수부水部』에서는 "灑面也."(얼굴을 씻다는 뜻이다.)라고 해석하였다. 『설문』은 소전의 자형에 근거하여 '수水'와 '미未'가 결합하였다고 설명하였지만, '회頮'자는 '중문重文'의 고문古文인 것이다 (단옥재 『설문해자주』를 따름). 따라서 도리어 소전이 후기형성자이다.

예 10)은 갑골문 '관盥'자로, '대야에 손을 넣어 씻는 모양'을 그린 것이다. 소전은 '대야에서 양손으로 물을 움켜쥐고 씻는 모양'을 그렸는데, 의미는 서로 같다. 『설문·명부皿部』에서는 "盥, 澡手也."(관盥은 손을 씻다는 뜻이다.)라 하였다.('조澡'의 본의는 '손을 씻다'이다.) 현대 중국어에서는 여전히 이 본의를 사용하고 있다. 후에 '세척하다', '청결하다'라는 의미로 확장되었다.

예 11)은 갑골문 '약若'(이 한자를 해서체로 한다면 반드시 세 개의 '又'로 써야 한다.)자로, '사람이 꿇어앉아서 머리를 빗는 모습'을 그린 것이다. 자형으로 본다면 남녀를 구분할 수 없는 것으로 보아, 아마 원시사회에서는 남녀 모두가 머리를 길게 늘어뜨리지 않았을까라는 생각이 든다.(갑골문에서 '로老' 자, '장長'자 모두 긴 머리를 하고 있는 노인의 모습을 그린 것인데 이것이 이러한 사실을 증명한다.) 그래서 머리를 곱게 빗어야만 했다. 머리를 빗질하면 한 방향으로 곱게 정렬되기 때문에, '약若'의 본의는 '따르다', '순종하다'라는 뜻이다. 갑골문에서도 대부분 본의를 사용하였다. 오늘날 '약若'처럼 쓰는 것은, 머리 장식을 나타내는 '구口'자를 증가시켜 변화시킨 것이다. 『서書 · 요전堯典』에는 "乃命羲和, 欽若昊天."(이에 희씨와 화씨에게 명하여 넓은 하늘을 경건히 따르게 하셨다.)라는 구절이 있는데, 이 문장에서 '약若'은 '순종하다'라 는 본의로 사용되었다. 후에 '상냥하고 착하다'라는 뜻으로 확장되었고, '마 치', '만일', '너의', '이렇게', '혹은' 등의 뜻으로 가차되었다.

3) 앉은 자세

화하민족의 앉은 자세는, 갑골문의 '녀女', '모母', '읍邑' 등의 자형으로부 터 살펴볼 수 있다. 이 모든 한자들은 '두 무릎을 꿇고 엉덩이를 발꿈치 위에 얹어 놓은 상태로 땅에 앉은 모습'을 하고 있다. 이러한 자세는 매우 오랜 세월동안 유지되었다. 당대唐代 이전의 문헌에 '앉다(坐)'라 하면 모두 이와 같은 자세를 가리킨다. 오늘날 일본 사람들의 무릎을 꿇어서 앉는 모양과 같다. 당대 이후에야 '비교적 높은 다리가 있는 가구'가 출현하였으 며, 사람들은 비로소 의자에 앉을 수 있었고, 두 다리를 곧게 펼 수 있었다. 이렇게 앉는 모습은 오늘날 앉는 모습과 같다. '쪼그리고 앉다(준거蹲居)'라는 것은 바로 '무릎을 구부리고 발꿈치로 땅을 딛는 것'으로, 엉덩이는 허공에 매달린 상태를 말한다. 그 당시 중원 이외의 민족들이 휴식을 취할 때의 모습이 바로 '준거蹲居'이다.

예 12)는 '시尸'자로, 자형은 '무릎을 구부리고 마치 쪼그리고 앉아 있는 모습'을 그린 것이다. 갑골문에서 '시尸'와 '이夷'는 같은 한자로, 대부분 '시尸'자로 '이인夷人(즉, 소수민족)'을 나타내었다. '시尸'는 '쪼그리고 앉은 모습'인 '이踽'자의 초문이다. '시尸'가 '죽은 사람을 나타내는 시체'라는 뜻으로 사용된 것은 바로 후기의後起義인 것이다.

4) 장례풍속

먼 옛날 중국의 초기 원시사회에서는 죽은 자의 시체를 벌판에 내다 버렸다. 『역易 · 계사하繫辭下』에는 "古之葬者, 厚衣之以薪, 葬之中野, 不封不樹, 喪期無數, 後世聖人易之以棺槨."(옛날의 장례는 옷을 갈아입힌 뒤, 나뭇가지로 꽁꽁 묶어 들판 깊숙이 묻었는데, 비석을 세워 표시도 하지 않고, 상을 치르는 기간도 없었다. 후세의 성인이 이를 바꾸어 관곽을 사용하도록 하였다.)라는 구절이 있다. 중국 고인류는 사람이 죽은 후의 영혼은 살아 있는 사람과 마찬가지로 '감각'과 '감정'이 있다고 믿었다. 그래서 시체들이 금수禽獸에 먹히면 고통스럽기 때문에 금수에 먹히지 않게 하기 위하여, 나중에 '토장土葬(땅 속에 매장)'으로 바꾸었다. 고고학에 따르면, 구석기 말기의 산동정인은 의식적으로 시체를 땅 속에 묻었으며, 이것은 최초의 '토장土葬'이었음을 증명하였다. 화하의 선조들은 비록 생활이 매우 힘들었지만, 여전히 생존을 갈구하였기 때문에, 죽음에 대하여 공포와 의혹이 충만하였다. 이에 지하세계에 흉악하고 정말 무서운 얼굴을 하고 있는 죽음을 관장하는 신(土伯)이 있다고 상상하였다. 『초사楚辭 · 초혼招魂』에 '토백土伯'의 모습은 "머리에는 날카로운 뿔이 나

있고, 세 개의 눈을 가진 호랑이의 머리에 몸은 소의 형상, 손가락에는 피가 묻어 있고, 많은 새끼줄로 사람을 잡아서 먹고 있다."라고 묘사하였다.(한대에 불교가 중국에 들어온 이후에, 토백土伯의 위엄은 점차 약화되어, 인도에서 들어온 염라대왕이 그 자리를 차지하여 저승세계의 영원한 지배자가 되었다. 뿐만 아니라 뜻밖에도 사천 풍도豊都에 궁전까지 건립하였다.) 모계사회에서는 전체 씨족은 하나의 생존체로, 인간들의 감정이 매우 풍부하였다. 그들에게 있어서 '토백土伯'에게 잡아먹히는 일은 정말로 슬픈 일이었다.

예 13)은 갑골문 '사死'자로, '사람이 죽은 자의 썩은 시체 옆에서 절을 하고 있는 모습'을 그린 것으로, 이것은 아마도 오늘날의 시체와 결별하는 의식과 흡사하다. 『설문・사부死部』에서는 "死, 澌也, 人所離也. 從歺從人."(사死는 없어지다는 뜻이다. 사람이 이별하는 뜻이다. 알歺과 인人이 결합하여 이루어진 한자이다.)라고 해석하였다. 이것은 회의자이다. 그리고 이후에 '필사적으로', '절망하다', '사라지다', '꺼지다', '활기가 없다', '거듭'이라는 뜻으로 확장되었다. '사불명목死不瞑目', '사유여고死有餘辜'의 '사死'는 '사망하다'라는 뜻이고, '사회복연死灰復燃'의 '사死'는 '꺼지다'라는 뜻이며, '사미징안死眉瞪眼'의 '사死'는 '활기가 없다'라는 뜻이고, '사걸백뢰死乞白賴'(혹은 '사구백뢰死求白賴')의 '사死'는 정도부사로 '거듭', '누차'라는 뜻이다.

이왕 내친김에 장례와 유관한 예속을 언급하고자 한다.

'속광屬纊'('광纊'은 '광絖'으로도 쓴다.)이라는 것이 있다. 『예기・상대기喪大記』에 "屬纊以俟絕氣."(새 솜을 가지고 숨이 끊어지길 기다린다.)라는 구절이 있다. 정현鄭玄은 『주注』에서 "纊, 今之新綿, 易動搖, 置口鼻之上以爲候."(광纊이란 오늘날 새 솜을 말한다. 쉽게 날아오르기 때문에 입과 코에 묻는다.)라고 설명하였다. '속屬'은 '방치하다'라는 뜻이다. 따라서 '속광屬纊'이란 '지금 막 숨을 거두고 있는 사람의 입과 코에 솜을 올려놓고서 숨을 쉬고 있는지 여부를 관찰하는 것'이다. 후에 '임종臨終'의 별칭이 되었다. 청대 방方씨의 문장인

『술애逑哀』에는 "遙想屬纊時, 光景甚凄切."(임종을 생각하노라면, 그 모습이 정말 처절하다.)라고 기록되어 있다.

죽은 자는 깨끗이 씻겨야 한다.

'소렴小斂'은 '옷을 바꾸는 것'이다.

'반함飯含'은 '죽은 자의 입에 조개, 옥, 쌀 등의 물건을 넣는 것'이다.

'복면覆面'은 '죽은 자의 얼굴을 종이 혹은 천으로 덮는 것'이다. 이렇게 한 이후에 친척과 친구들에게 부고를 전하고 혼을 부른다. 사체를 관에 넣는 것을 '대렴大斂'이라 한다. 연후에 출상出喪하여 안장安葬한다.

『초사繫辭』에서 말한 "관곽棺槨"을 발명한 성인은 누구일까? 이에 대하여 고증할 방법이 없다. 조기 앙소문화에 속하는 유적지인 섬서 보계寶雞 북수령北首嶺 고분에서 널빤지가 그을린 흔적이 발견되었는데, 이러한 사실은 최소한 기원전 4,000년 혹은 5,000년에 중원의 선조들은 이미 "관곽棺槨"의 풍속이 있었음을 증명하는 것이다.

예 14)는 갑골문 '장葬'자로, '죽은 사람을 관에 넣고서 풀숲에 있는 땅에 매장한 모습'을 그린 것이다. 소전의 '장葬'자는 '사死'와 '초草'가 결합하였는데, 이 역시 회의자이다. 하지만 자형에서는 '관곽棺槨'의 모습이 보이지 않는다. 『설문・망부艸部』에서는 "葬, 藏也. 從死在艸中, 一其中薦之. 『易』曰 : '古之葬者厚衣之以薪.'"(장葬은 감추다는 뜻이다. 풀숲에 사死가 있는 모양이다. 게다가 그 가운데 있는 일一은 거적을 나타내는 부호이다. 『주역』에서 '옛날에 장사를 지낼 때(시신을) 섶으로 두텁게 쌌다.'라 하였다.)라고 풀이하였다.

연구제시

1. 자기 고향의 현재의 혼인과 장례 풍속을 정리한 후, 어떠한 것들이 고대로부터 전해 내려
   온 것인지 그리고 문화적 의의가 무엇인지 분석하시오.
2. 『설문』에서 풍속과 관련된 한자를 정리하여 본서를 보충하시오.
3. 한족과 다른 소수민족의 혼인과 장례 풍속의 다른 점을 비교한 후, 그 문화적 차이에 대하여
   분석하시오.
4. 『이아爾雅・석친釋親』가운데 친족호칭을 연구하고, 그 문화적 함의를 분석하시오.

주요 참고문헌

1. 晁福林 『先秦民俗史』, 상해인민출판사, 2001년.
2. 汪玢玲 『中國婚姻史』, 상해인민출판사, 2001년.
3. 郝懿行 『爾雅義疏』.

4

거주하는 장소와 마을

수粹 109. 승乘

경京 576. 고高

철撤 2, 111. 경京

을乙 7551. 복復

전前 4, 19, 8. 향向

경도京都 1249. 송宋

경진京津 434. 면宀

경진京津 3820. 궁宮

갑甲 27, 8. 경冏

갑甲 589. 호戶

전前 416, 1. 문門

갑甲 1687. 계啓

갑甲 1047. 화火

갑甲 391. 광光

전前 4, 28, 7. 수叟

전前 4, 10, 4. 명明

경진京津 436. 숙宿

갑甲 308. 정井

전前 7, 51. 읍邑

1. 거실의 변천

중국 대지에 살았던 구석기 시대의 호모에렉투스와 호모사피엔스는 자연적으로 형성된 바위동굴에서 거주하였다. 『역易』에 이르길 "上古穴居而野處."(상고시대에는 움집에서 살거나 들에서 머물며 지냈다.)라고 하였다. 현재 알려진 자료로 볼 때, 구석기 시기 인류가 생활한 바위동굴은 요녕 경구현營口縣 금우산金牛山 바위동굴, 호북 운서현隕西縣 백룡白龍동굴, 광서 류강柳江 통천通天동굴, 류주 백련白蓮동굴, 요녕 객좌현喀左縣 대릉大淩 강변의 합자鴿子동굴, 북경 주구검周口店 룡골산龍骨山 바위동굴 등이다. 룡골산 바위동굴은 길이가 약 140m, 너비는 20m인데 그 안에는 40여m에 달하는 문화 퇴적물이 있다. 동굴입구는 동쪽으로 향하고 있으며, 바깥쪽에는 시냇물이 흐르고, 앞에는 넓은 평원이 있으며, 70만 년 전부터 20만 년 전까지 북경 유인원들의 생활공간이었다.

후에 북경 룡골산의 산 정상에서 또 하나의 동굴이 발견되었는데, 통상적으로 산정동山頂洞(지금으로부터 27,000여 년 전)이라 칭한다. 구조물은 상당히 발달된 수준이다. 동굴입구, 상실上室, 하실下室, 지하실 등 네 개의 부분으로 나뉜다. 동굴입구는 높이가 4m, 아래쪽으로 너비는 5m이다. 상실은 너비가 8m, 길이가 14m이고, 가운데는 재가 있는 것으로 보아, 아마 산정동인이 생활하였던 장소일 것이다. 뼈바늘과 장식품은 상실에서 발견되었다. 하실에는 수직으로 된 가파른 낭떠러지가 있는데 이것은 상실과 서로 통하고 있으며, 여기에서는 몇 개의 뼈대와 붉은 철광가루가 있는 것으로 보아, 죽은 자를 매장하는 장소였을 것이다. 하실의 더욱 깊은 곳에는 수직으로 '정#'자 모양으로 파 내려간 지하실이 있는데, 이곳에서 짐승의 뼈가 발견된 것으로 보아, 대체로 폐기물을 버리는 장소였을 것이다.

20세기 80년대 초에 하얼빈 염가강閻家崗에서 신석기 말기 고인류가 야외에서 거주하였던 야영지가 발견되었다. 이 유적은 지금으로부터 약 27,000여 년 전이다. 호북 강릉江陵 형주진荊州鎭에서도 이와 유사한 유적지가 발견되었다.

바위동굴은 매우 습하였다. 『묵자墨子·사과辭過』에는 "古之民未知爲宮室時, 就陵阜而居, 穴而處, 下潤濕傷民, 故聖人作爲宮室."(옛날에 사람들이 아직 궁실을 알지 못하였을 때, 언덕과 동굴에서 살았다. 하지만 아래에 습기가 많아 사람들을 상하게 하였기 때문에 성인이 궁실을 만들었다.)라는 구절이 있다. 전설에 따르면 유소씨有巢氏가 나무 위에 집을 만들었다고 한다. 『한비자韓非子·오두五蠹』에는 "上古之世, 人民少而禽獸衆, 人民不勝禽獸蟲蛇, 有聖人作, 構木爲巢, 以避群害. 而民悅之, 使王天下, 號之曰有巢氏."(상고시대에, 사람은 적었고 금수는 많았다. 그리하여 사람들은 금수와 독충을 이길 수 없었다. 이에 성인은 나무를 얽어매어 보금자리를 만들어 많은 위험으로부터 벗어나게 하였다. 그러자 백성들은 즐거워하면서 그를 천하의 왕으로 삼았다. 그를 유소씨라 불렀다.)라 하였다. 유소씨는 언제 생활하였을까? 『한서漢書·고금인표古今人表』에 (유소씨를) 천지개벽의 신인 복희씨와 염제 및 황제 사이에 위치시킨 것으로 보아, 아마도 구석기 시대 말기의 인물일 것이다. 고문자에는 나무 위에 거주하는 것을 본떠서 만든 글자가 없지만, 사람이 나무를 오르는 습성을 반영한 자형이 있는 것으로 보아, 이것은 유소씨有巢氏가 전해 준 습관이 아닐까 한다.

예 1)은 갑골문 '승乘'자로, '어른이 나무 위에 오른 모습'을 그린 것이다. 『시경・위풍衛風・맹氓』에 "乘彼垝垣"(저 무너진 담장을 타고 올라가)란 문장이 있는데, 여기에서 '승乘'은 본의로 사용되었다.

『태평어람太平御覽』 권17은 『시학편始學篇』의 "上古皆穴居, 有聖人敎之巢居, 號大巢氏. 今南方人巢居, 北方人穴處, 古之遺俗也."(상고시기에는 모두들 동굴에서 생활하였다. 대소씨라 불리는 성인께서 사람들을 나무 위에 살도록 가르쳐주었다. 오늘날 남방 사람들은 나무 위에서 거주하고, 북방 사람들은 동굴 속에서 살고 있는데, 이는 아마도 고대로부터 전승되어 온 습속이라 할 수 있다.)라는 문장을 인용하였다. 남방은 습하고, 북방은 건조하기 때문에, 소거巢居(나무 위에 거주하다.)와 혈처穴處(동굴 속에 살다.)는 서로 다른 환경에 적응하기 위한 것이었고, 각각 사용했던 시간도 서로 다르다. 장강 유역 이남은 독수소거獨樹巢居로부터 다수소거多樹巢居를 거쳐 간란식干欄式 방으로 변화 발전하였고, 황하 유역은 혈거로부터, 반지하혈거半地下穴居를 거쳐 나무를 세워 진흙으로 벽을 바르는 지상건축으로 변화・발전하였다. 최초의 지상건축은 구석기 시대 말기까지 거슬러 올라간다. 운남 보산保山의 당자구塘子溝 구석기 유적지에서 주동柱洞과 화당火塘이 있는 방 유적이 발굴되었다.

'간란干欄'은 또한 '고란高欄'과 '각란閣欄'이라고도 부른다. 중국의 요瑤족, 장壯족, 경京족, 고산高山족, 묘苗족, 동侗족, 수水족, 포의布依족, 토가土家족, 태傣족, 기낙基諾족, 독룡獨龍족, 납호拉祜족, 경파景頗족 등의 소수민족지구에는 지금까지도 존재하고 있다. 그 방법은 먼저 땅 위에 몇 개의 말뚝을 박은 다음에, 말뚝 위에 바닥을 다진다. 그 후에 다시 바닥에 기둥을 세우고,

그 위에 들보를 올린 다음, 지붕을 덮는다. 마지막으로 몇 개의 말뚝이 지탱하는 허공에 대나무로 이어서 만든 집이 완성되는 것이다. 위와 아래는 바로 나무로 된 계단에 의지하게 된다. 고고학에서 발견한 최초의 간란식 건축물은 절강 여요餘姚 하모도河姆渡 유적지에서 발견되었다. 1층의 높이는 약 1m로, 이는 가축을 사육하는데 사용되었을 것이다. 상층上層은 높이가 2m 이상으로, 주인이 사용하였을 것이다. 갈대와 띠를 이용하여 지붕을 덮었다. 이러한 간란식 집은 줄줄이 지었는데, 매 줄마다의 거리는 약 3m 정도이다. 몇 개의 큰 말뚝 주위에는 작은 말뚝을 조밀하게 연결하여 담을 만들었다. 하모도河姆渡 문화는 지금으로부터 약 7,000년 전이다.

전설에 따르면 집을 발명한 사람은 '고원高元'이다. 『여씨춘추呂氏春秋・물궁勿躬』에 "高元作室."(고원이 집을 만들었다.)는 문장이 있다.

예 2)는 갑골문 '고高'자로, 자형은 '간란식 건축'을 그린 것으로, 윗부분은 바로 사람이 거주하는 집이고, 아랫부분은 나무 말뚝이다. '고高'의 아랫부분에는 '구口'가 있는데, 이것은 후에 증가된 것이다. 『설문・고부高部』에서 "高, 崇也, 象臺觀高之形."(고高는 우뚝 솟아있다는 뜻이다. 누대에서 높은 곳을 바라보는 모습을 그린 것이다.)라고 해석하였다. 하지만 고高는 간란식 건물의 모습이다. 간란식 건물은 일반적인 집보다 높기 때문에 본의는 '높다'라고 해석해야 타당하다고 보여진다. "원元"은 갑골문에서 '옆으로 선 사람'과 '사람 위에 일一획'이 결합한 문자인데, 여기에서 '一획'은 바로 사람의 머리를 가리키기 때문에, 본의는 '머리'이다. "고원高元"이란 바로 간란식 집을 발명한 수령으로, 아마 남방의 신석기 시대 조기의 인물일 것이다.

예 3)은 갑골문 '경京'자로, 이 역시 '간란식 건축'을 그린 것이다. 단지 땅에 박은 말뚝이 하나 더 있을 뿐이다. 『설문・경부京部』에서는 '京'자를 "從高省"(고高의 생략형을 그린 것이다.)라고 해석하였다. 이러한 해석은 '구口'를 증가시킨 '고高'에 근거한 것이다. 하지만 만일 초기 갑골문의 자형에 근거한다면 "從高"(高의 자형을 그린 것이다.)라고 해야 옳다. 그렇다면 어찌하여 '경京'자는 '고高'자보다 말뚝이 하나 더 많은 것일까? 하모도 유적지에서 가장 큰 간란식 건축에 배열된 나무 말뚝은 길이 23m, 넓이 7m인데, 이를 근거로 추정해보면 간란식 건축 면적은 160㎡이상에 달한다. 이렇게 큰 거실은 당연히 모계씨족 구성원들의 '공방公房(관사)'임에 틀림없다. '경京'자 아래 부분에 더하여진 직선 '一'은 하나의 나무 말뚝이 아니라, 비교적 넓은 건축을 나타낸다. 그래서 '경京'은 '크다'라는 의미가 있게 되었고, 후에 '수도首都'라는 의미로 확장되었다. 『설문』에서는 '경京'을 "人所爲絶高丘也."(사람들이 거주할 수 있는 매우 높은 언덕)라고 해석하였는데, 이것은 '경京'류의 간란식 건축은 크고 높다는 비유적인 뜻을 나타낸 것에 불과하다.

혹자는 "한자는 중원의 화하민족이 발명한 것인데, 어찌하여 강남지방의 사물을 나타낼 수 있는 것인가?"라고 물을 것이다. 『사기·제왕본기帝王本紀』에서는 '황제黃帝'는 "南至於江, 登熊, 湘."(황제는 남쪽으로 장강에 이르러, 웅산熊山과 상산湘山에 오르셨다.)라고 하였다. 이에 대하여 『집해集解』는 『지리지地理志』를 인용하여 "湘山在長沙益陽州巴陵縣南十八里也."(상산湘山은 장사 익양주 파릉현 남쪽 18리 떨어진 곳에 위치한다.)라 하였다. 누구의 설명이 정확한지를 막론하고, "강江"과 "상湘"이란 것으로 미루어 볼 때 황제의 세력이 장강 유역까지 미쳤을 것이다. 소병기蘇秉琦는 『관어앙소문화약간문제關於仰韶文化若干問題』라는 문장에서 "考古資料證明中國新石器時代其前期, 是以關中, 晉南, 豫西地帶爲其核心的仰韶文化, 向周圍擴大其影響爲主. 其後期則是以東南諸原始文化集中影響於中原地區的仰韶文化爲主."(고고학 자료는 중국 신석기시대 전기는 관중과 진남 그리고 예서지대가 앙소문화의 핵심지역이었고, 그 주변으로 영향력이 확대되었음을 증명하였다. 신석기시대 후기에는 동남의 모든 원시문화가 중원지역의 앙소문화에 지대한 영향을 끼쳤음도 증명하였다. 1965년 『고고학보考古學報』 1기에 보임)와 같이 주장하였다. 한자가 발명되기 이전, 황하와 장강 유역 및 사방의 "이적夷狄"문화는 서로 교류하고 상호 영향을 주었다. 한자의 형체가 고대 강남의 사물을 반영하는 것은 타당하다고 할 수 있다.

남방의 지면은 습하기 때문에, 간란식 건축은 중국 남방에 매우 광범위하게 분포하였고, 이러한 건축방식은 매우 오랫동안 지속되었다. 장강 중류에는 육조六朝 시기에도 존재하였다. 게다가 서남 지구의 소수민족은 지금도 사용하고 있다.

다음은 북방 즉 황하유역의 고대 민가民家를 설명하고자 한다.

'혈거穴居'(동굴 속 거주)와 '소거巢居'(나무 위 거주)는 대체로 동시대의 일이었다. 『맹자孟子·등문공하滕文公下』에는 "當堯之時, 水逆行, 泛濫於中國, 蛇龍居之, 民無定所. 下者爲巢, 上者爲營窟."(요임금 때에는 물이 역류하여 중국에 범람하였다. 그리하여 뱀과 용이 사람이 사는 곳에 우글거렸기 때문에 백성들은 살 곳이 없어졌다. 낮은 곳의 사람들은 나무 위에 집을 짓고 높은 곳의 사람들은 굴을 파서 삶을 영위하였다.)라는 구절이 있다. 이 문장에서 '하下'란 낮고 습한 곳을 말하고, '상上'은 높고 건조한 장소를 말한다. 맹자의 이 말 중에서 '시간'은 반드시 정확한 것은 아니다. 혈거는 구석기 말기 혹은 신석기 초기에 출현한 주거형식이 정확하다. 고고학에 따르면 황하 중상류의 황토고원에서 발견되었을 뿐만 아니라, 강남 등지의 비교적 높고 점착력이 좋은 토질이 있는 곳에도 혈거가 있었다. 혈거는 두 가지 종류가 있다. 하나는 횡혈橫穴로, 이것은 절벽 위에 가로로 판 깊은 동굴인데, 천연적인 바위동굴에 인공을 가한 건축물이다. 이러한 형태는 고원과 구릉지대에서 유행하였는데, 지금의 섬서 일대의 요동식窯洞式 민가가 바로 횡혈식橫穴式으로부터 발전되어 온 것이다. 다른 하나는 수혈竪穴로, 평원 지대에 많다. 수혈은 아래는 넓고 위로는 좁은 자루형태인 것도 있고, 위아래의 흙벽이 수직으로 입구에 섬돌 및 층계를 놓은 형태도 있다. 수혈의 윗부분에는 반드시 덮는 물건이 있어야만 한다. 북방 수혈 갱구坑口는 모두 원형이기 때문에, 덮는 물건은 오늘날과 유사한 삿갓모양의 원추형이고, 나무줄기와 띠를 이용하여 덮었다. 게다가 출구는 그대로 두었다. 수혈거주방식은 매우 오랫동안 지속되었다. 하남 용산문화(기원전 2,600~기원전 2,000년), 섬서 용산문화(기원전 2,300~기원전 2,000년)에는 모두 전형적인 수혈이 존재하였다.

예 4)의 갑골문은 거꾸로 된 "지止"를 더한 "복夏"자로 예정隸定해야 한다. 여기에 "척彳"방을 더하면 "복復"자가 된다. 후에 "복復"자는 위에 다시 "혈 宀"을 더하였는데, 이 글자의 자형은 『설문』에서 "地穴"(땅굴)이라고 해석한 "覆"자이다. 자형은 땅굴을 굽어서 내려다 본 원형의 모습이다. 갑골문은 칼로 새겼기 때문에 혈거의 입구를 원형으로 표현하는데 불편하기 때문에 사각형으로 표현하였다. 한쪽 끝은 안쪽으로 파서 만들어진 작은 두 방과 서로 연결시켰고, 다른 한쪽 끝은 계단이 있는 출구이다. 이것은 산서 태곡太 谷 백연白燕 유적지의 두 칸 자루형 동굴과 비슷하다. 『시경‧대아大雅‧면綿』 에는 "古公亶父, 陶復陶穴."(고공단보께서는 토굴을 파서 지내셨다.)라는 문장이 있다. 이 문장에서 "복復"은 본의로 사용되었다. 모毛『전傳』에서는 "陶其土 而復之, 陶其壤而穴之."(흙을 파서 토굴을 만들고, 흙을 파서 굴을 만드셨네.)라고 하였다. '도복陶復'과 '도혈陶穴'은 동의同義구조로, '복復'은 곧 '혈穴'이다. 『사기‧주본기周本紀』에 따르면, 고공단보는 주나라 문왕文王의 조부이다. 따라서 은상 후기에 아직도 수혈식 거주의 습관이 존재하였음을 알 수 있다.

'혈거'로부터 '반혈거'로 발전하였다. '반혈거'는 지하로 얕게 파내었 는데, 여전히 계단이 있기 때문에 상하로 이동이 가능하고, 지면은 낮은 벽과 구멍 아래 부분에 세워진 기둥이 공동으로 원추형 집을 지탱하여 지면에서 약간 떨어지게 만들었고, '문'과 '창문'은 하나로, 지붕에 열어 두었다. 앙소문화 조기에 속하는 반파 유적의 반혈거의 모습은, 구멍의 깊이는 70~80cm에 불과하였다. 섬서 무공武功에서 출토된 반혈거 원형 도옥모형圓形陶屋模型은 반혈거의 형태를 정확하게 반영하였다. 반혈거 양식은 매우 오랫동안 지속되었으며, 상, 주 시대에서도 일반 평민들의 주요주거양식이었다.

예 5)는 갑골문 '향向'자로, 이는 반혈거의 지면 부분을 나타낸 것으로, 도옥모형陶屋模型과 일치한다. 『설문』에서는 "向, 北出牖也."(향向이란 북으로 난 창문이다.)라고 해석하였다. 『삼창三蒼』에서는 "向, 北出戶也."(향向이란 북으로 난 외짝 문이다.)라 하였다. 이러한 문장으로부터, '향向'자의 '구口'는 '창문' 혹은 '문'을 나타내고 있음을 알 수 있다. 반혈거는 신석기시대 중원의 선조들의 삶의 공간이 지하에서 지상으로 발전하는 중요한 단계였다. 이것은 바로 중국의 선조들이 태양이 충만하고 통풍이 잘되는 거주환경을 갈망하였다는 것을 반영한다. 고고학에서 발굴한 반혈거의 방 면적은 일반적으로 20~30㎡였는데, 이곳은 모계사회 대우혼 성년 여성이 거주하였던 곳일 가능성이 크다.

반혈거로부터 지상건축으로 발전하였다. 지상건축은 앙소문화 중기에 출현하였다. 어떤 것은 현재 대흥大興 안령구安嶺區에서 살아가고 있는 악륜춘족鄂倫春族의 선인주仙人柱와 비슷하다. 이것은 약간의 통나무를 서로 교차하여 탑 형식으로 만들었고, 바깥 부분은 띠로 덮었으며, 꼭대기에는 통풍이 되는 구멍을 만들었고, 한쪽으로 문을 만들었다. 전체적으로 보면 원추형의 모습이다.

예 6)은 '송宋'자로, '송宋'자의 윗부분의 형태는 정확하게 원추형을 하고 있고, 아래 부분의 나무는 비스듬하게 기울어진 나무 기둥을 나타내는데, 이것은 어쩌면 이러한 유형의 거실을 반영한다고 할 수 있다. 『설문』에서는 "宋, 居也, 從宀從木."(송宋은 살다는 뜻이다. 면宀과 목木이 결합하여 이루어진 한자이다.)라고 해석하였다. 게다가 어떤 것은 원주형과 원추형 복합 형상을 하고 있다. 지붕 꼭대기는 원추형이고, 그곳에는 햇빛과 통풍을 위하여 창을 만들었다. 게다가 지붕 꼭대기를 따라서 뻗어나간 벽 바깥에는 처마를 만들었다.

벽은 원형으로, 벽에는 문을 달았다. 문 아래는 땅에서 약간 떨어졌다. 무공武功에서 출토된 몇 몇 도옥모형陶屋模型 가운데 이와 같은 민가의 모습을 나타내는 것들이 있었다.

예 7)은 갑골문 '면宀'(mián, 속칭 '보자개寶字蓋'라 함)자로, 집의 외부 윤곽을 정확하게 표현하고 있다. 그래서 '면宀'자가 있는 한자는 모두 '집'과 관련되어 있다. 『설문』에서는 "宀, 交覆深室也."(면宀은 교차하여 위를 덮은 깊숙한 방이란 뜻이다.)라고 풀이하였다. 전적에서는 『설문』에서 풀이한 '면宀'이 쓰인 용례는 없다.

예 8)은 갑골문 '궁宮'자로, 이 역시 집을 그린 것이다. '면宀' 안에 있는 두 개의 '구口'자는, 위는 창문을, 아래는 출입하는 문을 그린 것이다. 『설문』에서는 "宮, 室也. 從宀躳省聲."(궁宮은 집이란 뜻이다. 면宀에서 뜻을 취하고 궁躬의 생략된 소리를 취한다.)라고 풀이하였다. 허신은 자형을 형성자로 잘못 해석하였다. "문혁文革" 기간에 발굴된 하남 정주鄭州 대하촌大河村 유적지는 앙소문화와 용산문화 두 개의 문화층에 속하는 퇴적층이다. 이곳에서 지상건축 21개가 발견되었는데, 어떤 것은 연결하여 지어진 것이고, 어떤 것은 단독으로 지어진 것이었다. 집은 사각형 혹은 직사각형 모양이었다. 담은 홈을 파서 기초를 잘 다졌고, 담벽은 일렬로 원목을 박았다. 그리고 서로 잘 묶은 후 안과 밖을 풀과 진흙으로 잘 발랐다. 앙소문화 말기에 속한다면, 지금으로부터 약 5,000년 전의 일이다. 현재 북방 농촌의 토방土房과 매우 흡사하다. 동시에 반지하혈의 방도 발견되었는데, 이러한 사실은 지상건축 초기에는 혈거가 여전히 존재하였음을 보여준다. 『이아爾雅』에서는 "宮謂之室, 室謂之宮."(궁宮은 실室(집)이고, 실室(집)은 궁宮이다.)라고 해석하였다. 상고시대에 '궁宮'은 일반적인 '집'을 말하였는데, 진한 이후에야 전문적으로 제왕이 거주하는 집을 가리키게 되었다. 『묵자墨子』에는 "宮室之法 : 高足以避潤濕, 邊足以禦風寒, 上足以待霜雪, 墻高足以別男女. 故以便生, 不以爲樂也. 今之爲宮

室, 必厚斂百姓, 暴奪民財, 爲曲直之室, 靑黃刻鏤之飾, 故國貧而人難許也."(궁실을 만드는 방법 : 습기를 피할 수 있을 정도로 높게 지어야 하고, 바람과 추위를 막을 수 있게 구석진 곳에 지어야 한다. 그리고 서리와 눈을 대비하기 위하여 높은 곳에 지어야 하며, 남녀를 구분하기 위하여 벽을 높여야 한다. 이는 생존을 위한 것이지 즐거움을 위한 것이 아니다. 오늘날 궁실을 위하여 백성들로부터 많이 거둬들이고 재산을 폭취하고 있으며, 꾸미기 위하여 다양한 조각을 새겨 넣고 있는데, 이렇게 하면 국가가 곤궁해지고 백성들의 삶이 어려워지게 된다.)라는 구절이 있다.(이 문장은 『태평어람太平御覽』 권173에서 인용하였는데, 이는 금본今本 『묵자墨子·사과辭過』의 문장과는 다르다.) 이 문장은 궁실宮室의 쓰임과 너무 호화롭고 사치하면 안된다는 도리를 매우 분명하게 설명하였다.

'전殿'은 『설문』에서 "堂之高大者也."(높고 큰 집이다.)라고 풀이하였다(태평어람 『太平御覽』 권175 인용). 금본今本 대서본大徐本의 『수부殳部』에서는 "擊聲也."(부딪혀 울리는 소리이다.)라고 하였고, 단옥재는 『설문해자주』에서 "此字本義未見, 假借爲宮殿字. 『廣雅』曰 : '堂塾, 殿也.' 『爾雅』 : '無室曰榭.' 郭 『注』 : '卽今堂塾.' 然則無室爲之殿矣."(이 글자의 본의는 아직 보질 못하였지만, 궁전을 나타내는 글자로 가차되었다. 『광아』에서는 '벽이 없는 집을 전殿이라 한다.'고 하였고, 『이아』에서는 '방이 없는 집을 정자라 한다.'고 하였는데, 이에 대하여 곽 『주』에서는 '즉 지금의 벽이 없는 집이란 바로 방이 없는 집을 나타내는데, 이것이 전殿이다.'라 하였다.)라고 하였다. 위 내용을 종합하면, 전殿이란 '내부에 작은 방으로 나뉘어 있지 않은 높고 큰 방'이다. 『사기』에는 "秦始皇以咸陽人多, 先王之宮迂小, 乃營造朝宮渭南禁苑中. 先做前殿阿房, 東西五百步, 南北五十丈, 上可以坐萬人, 下可以建五丈之旗."(진시황이 함양에 사람이 많고 선왕의 궁정이 작다고 생각하여 마침내 조궁을 위수 남쪽 상림원 가운데에 세우고자 계획하여 먼저 전전인 아방을 지었는데, 동서로 오백보이고 남북으로 오십장이다. 위에는 만명을 앉힐 수 있고 아래로는 오장의 깃발을 세울 수 있다.)라고 하였다(『태평어람太平御覽』 권175 인용, 하지만 금본今本『사기·진시황본기秦始皇本紀』의 문장과는 다르다). 이처럼 거대한 작업에 범죄자 70만 명을 동원하였다. 이처럼 백성들은 고된 노동에 시달려야만 했고 재산을 강탈당하였기 때문에, 진나라가 통일은 하였지만 단명短命으로 끝난 것은 어쩌면 필연적인 결과라고 할 수 있다.

'당堂'은 『설문』에서 "殿也."(큰 집이란 뜻이다.)라고 해석하였다. 단옥재는 『설문해자주』에서 "堂之所以稱殿者, 正謂前有階, 四緣皆高起. 許以殿釋堂者, 以今釋古也 ; 古曰堂, 漢以後曰殿. 古上下皆稱堂, 漢上下皆稱殿. 至唐以後, 人臣無有稱殿者矣."(당을 전이라 칭하는 것은 앞에 계단이 있고 사방이 높게 솟아오른 것을 가리킨다. 전을 당이라고 해석하는 것은 지금의 단어로 옛날의 단어를 해석하는 이치이다. 옛날에는 당이라 하였고, 한나라 이후에는 전이라 하였다. 옛날에는 위와 아래를 모두 당이라 칭하였고, 한나라에서는 위와 아래를 모두 전이라 칭하였다. 당나라 이후에야, 사람들은 전이라 칭하지 않았다.)라고 하였다. 최초로 발견된 전당殿堂은 하남 언사현偃師縣 이리두촌二里頭村에 위치하는데, 이는 하대의 궁전 유적지로, 지금으로부터 약 4,000여 년 전이다. 누대를 세웠던 직사각형의 사면에는 8개의 기둥 구멍이 있고, 남북방향으로 9개의 기둥 구멍이 있으며, 동서방향으로 4개의 기둥 구멍이 있다. 각 기둥 구멍 사이의 간격은 3.8m로, 이를 근거로 추산해보면 전체적인 면적은 약 350㎡이다. 이것은 한 쪽 면이 8칸이고, 안으로는 3칸으로 된 사아중첨식四阿重簷式 건축이었다. 사용된 재료는 나무와 진흙 벽, 그리고 띠와 진흙을 섞어서 천장을 발랐다.

'로盧'는 『설문』에서 "寄也, 春夏居, 秋冬去."(몸을 기탁하다는 뜻이다. 봄과 여름에는 머물다가 가을과 겨울에는 떠난다.)라고 하였다. 게다가 『석명釋名』에서는 "寄此爲盧."(이곳에 의탁하는 것을 로盧라 한다.)라고 하였다. '로盧'는 농민들이 밭에 만든 집으로, 봄과 여름에는 밭에서 노동할 때 임시 거주할 수 있는 공간을 제공해주기 때문에, '기寄'로 해석하였다. 그리고 가을과 겨울에는 '로盧'를 떠나서 자신의 고정된 거주지로 돌아온다. 『시경·빈풍豳風·

칠월七月』에 "七月以後, 穹室熏鼠, 塞向墐戶, 嗟我婦子, 曰爲改歲, 入此室住."(7월 이후에는 쥐구멍을 막아 쥐를 쫓아내고, 북창을 바르고 문짝에 흙칠하네. 아~, 아내와 아들아, 해가 또 바뀌려 하느니, 이 방에 모두 모여서 지내세.)라는 구절이 있다. 이것은 바로 농민이 가을에 '로盧'를 떠나서 집으로 돌아와서, 방을 정돈하고, 겨울나기를 준비하는 정경을 묘사한 것이다. 밭 가운데 있는 집은 임시로 거주하기 때문에 형편없이 지었다. 그래서 일반적으로 형편없이 초라하게 만들어진 방도 가리킨다. 류우석劉禹錫의 『루실명陋室名』에는 "南陽諸葛盧."(남양의 제갈공명의 초려草廬)라는 구절이 있다. '로盧'는 임시로 거주하는 장소이기 때문에, 이로부터 뜻이 확장되어 '기거하다', '여행 도중에 숙박하다'라는 것도 '로盧'라고 칭하게 되었다. 『시경・대아大雅・공류公劉』에는 "於時處處, 於時盧旅."(사계절 내내 이곳저곳에 머무르며 여행을 하네.)라는 문장이 있는데, 이에 대하여 모毛씨는 『전傳』에서 "盧, 寄也."(로盧는 기거하다란 뜻이다.)라고 풀이하였다. 임시로 간단하게 거주하는 곳도 '로盧'라 할 수 있다. 따라서 '잠시 거주하는 것'을 '로거盧居'라 하고, '효孝를 실천하기 위하여 묘지 옆에 작게 지은 방'을 '로묘盧墓'라 하며, 그 집을 '로총盧塚', '로영盧塋'이라 한다. 후에 일반적인 집을 지칭하게 되었는데, '로우盧宇', '로택盧宅', '로무盧廡', '로사盧舍', '로실盧室', '로락盧落' 등의 단어가 그것이다.

벽돌과 기와는 약간 늦게 출현하였다. '와瓦'란 원래 토기를 가리켰다. 『설문』에서는 "土器已燒之總名也."(흙으로 만들고 불로 구워 제작한 그릇의 통칭이다.)라고 하였다. 후에 의미범위가 축소되어, 지붕을 덮는데 사용하는 기와를 가리키게 되었다. 『박물지博物志』에 따르면 "桀作瓦."(걸桀이 기와를 만들었다.)라고 하였다. 고고학은 중국에서 서주시기에 처음으로 기와를 사용하였음을 증명하였는데, 이것은 바로 전설의 내용과 비슷하다. 섬서 부풍扶風 소진촌召陳村에 있는 서주의 건축 유적지에서 평기와, 수키와, 반막새(반와당)가 발견되었다. 와당(기와의 마구리)이란 수키와 가장 아랫부분에서 처마끝을 가로막는데 사용된다. 와당에는 일반적으로 문양 혹은 문자가 새겨져 있다. 고고학자와 금석金石학자들은 이러한 문양 혹은 문자들을 중시한다. 둥근기와는 전국시기 말기에 출현하였다. 주풍朱楓의 『진한와당도기秦漢瓦當圖記』, 필원畢沅의 『진한와당도秦漢瓦當圖』, 나진옥羅振玉의 『진한와당문자秦漢瓦當文字』등은 참고할 만하다. 기와의 출현은 집 건축의 질, 미관, 방화防火 기능을 높여주었으며, 띠처럼 매년 고칠 필요가 없이 계속 사용할 수 있었다. 지금도 여전히 기와를 사용하는 농촌지역이 있다. 기와는 원래 건축재료이지만, 간혹 감정을 발설하는 도구로 사용되기도 한다. 이것은 기와의 발명자가 전혀 예측하지 못한 일이었다. 『한서漢書』에는 "霍光巷行, 人見有人在室上撤瓦投地, 就視不見, 而霍氏誅."(곽광이 거리를 지나갈 때, 어떤 사람이 집 위에서 기와를 걷어서 땅에 던지는 것을 보는 사람이 있었다. 그래서 그 사람을 찾았으나 찾지 못하자 곽씨는 본 사람을 죽여버렸다.)라는 문장이 있다(이것은 『태평어람太平御覽』 권188의 문장을 인용하였는데, 금본今本 『한서漢書 · 곽광전霍光傳』의 문장과는 다르다). 곽霍씨 전권專權은 결국 좋은 결말을 이루지 못하였다. 『태평어람太平御覽』 권188은 『진서晉書』의 "張孟陽貌醜, 嘗從潘岳游洛陽市. 岳美貌, 群女爭以果擲岳, 漫車廂 ; 孟陽被投之瓦石."(장맹양의 외모는 볼품없었다. 그는 반악을 따라서 낙양시를 둘러보게 되었다. 반악은 아름다운 외모이기 때문에 많은 여자들이 앞 다투어 반악을 보기 위하여 수레 앞으로 모여들었다. 맹양은 그녀들로부터 기와와 돌을 맞았다.)라는 문장을 인용하였다. '반악'과 '장맹양'은 당시의 여성들로부터 확연히 상반된 대우를 받았다.

세계에서 최초로 서아시아 Ubaidian문화 시기에 벽돌을 사용하였다. 아카드(Akkad)왕조(지금으로부터 약 4,300여 년 전)에 이르러 벽돌은 보편적으로 사용되었다. 중국에서는 전국시기에 최초로 벽돌을 사용하였다. 서한시기 궁실의 지면에는 모두 벽돌을 깔았다. 동한시기에 이르러 민간에서도 사용되었다. 그래서 집의 담벽, 우물벽, 성벽에 모두 벽돌을 사용하였다. 벽돌은 건축재료이다. 사찰에서나 혹은 부유한 사람들은 벽돌에 인물, 동물, 화초 등의 그림을 새겨 넣었다. 대다수는 부조浮彫이지만, 겹부조도 많았다. 그래서 벽돌을 쌓는 형식은 전조磚彫공예를 형성하였다. 소수의 벽돌에는 문자가 새겨졌는데, 이것을 '전문磚文'이라 한다. 하지만 이러한 것들은 비교적 늦은 시기에 출현하였다.

지상 거실은 모두 창과 문이 있다.

예 9)는 갑골문 '경囧'(jiǒng)자로, '창문에 가지와 줄기가 서로 교차하고 있는 모습'을 그린 것이다. 상고시대에는 종이와 유리가 없었기 때문에, 창문에는 나뭇가지와 풀의 줄기를 이용하여 모기나 벌레를 막을 수밖에 없었다.

예 10)은 '호戶'자, 예 11)은 '문門'자이다. 『설문』에서는 "戶, 護也, 半門曰戶, 象形."(호戶는 보호하다는 뜻이다. 문門의 반쪽을 호戶라 한다. 상형문자이다.)라 하였고, "門, 聞也, 從二戶, 象形."(문門은 안과 밖에서 서로 듣는다는 뜻이다. 두 개의 호戶가 결합하여 이루어진 한자로 상형문자이다.)라고 하였다. 자형으로 볼 때, '호戶'는 하나의 사립문만 있는 문이고, '문門'은 두 개의 사립문이 있는 문이다. 전적에서 '호戶'와 '문門'의 뜻은 모두 '문門'을 가리킨다. 하지만 용법상에 미세한 차이가 있다. 안방에 있는 '문門'은 '호戶'라 할 수 있지만, 담장에 있는 '문門'은 '호戶'라 할 수 없다. '문門'은 방의 문, 담장의 문으로 사용될 수 있다. '호구부戶口簿', '호적戶籍'이란 단어는 있어도, '문구부門口簿', '문적門籍'이라는 말은 없다. 방과 담장에 있는 문은 통로일 뿐만 아니라 주인의 신분을 나타내는 곳이다. 그래서 많은 사람들은 문에 편액扁額을 걸어 두었는데, 이것은 바로 이러한 뜻에서 나온 것이다. 따라서 '문門'과 '호戶'는 주인 신분의 귀천을 나타내는 뜻이 담겨 있다. 『북사北史 · 류창전劉昶傳』에는 "唯能是寄, 不必拘門."(오직 부칠 수 있으면 될 뿐, 반드시 문을 잡을 필요가 없다.)라는 구절이 있다. 성어에 '문당호대門當戶對'(혼인 관계에 있어 남

녀 두 집안의 사회적 지위와 경제적 형편이 엇비슷하다.)가 있다. 문門은 '입실入室'
과 '입원入院'의 경계이다. 문에 들어 갔다함은 다른 사람의 집에 들어 간
것을 의미하기 때문에, 이로부터 어떤 학파의 성원이 된 사람이란 뜻으로
비유되었다. 그래서 '문인門人', '문도門徒', '문생門生', '문제자門弟子' 등의
호칭이 생겨났다. 문생門生의 문생門生, 혹은 문생門生의 자식이 다시 학습하
러 온 것을 '문손門孫'이라 칭하는데, '호戶'에는 이와 같은 용법이 없다.

'비扉'는 『설문』에 따르면 "戶扇也."(사립문이란 뜻이다.)라고 풀이하였다.
즉, 이것은 '문짝'이다. 『좌전左傳·양공28년襄公二十八年』에는 "子尾抽桷擊扉
三."(자미는 서까래를 빼어 들고서 문짝을 세 번 두드렸다.)라는 구절이 있다. '비혈
扉頁'이란 '책에서 서명書名, 작자, 출판사가 인쇄된 페이지'를 말한다.

'추樞'는 『설문』에서 "戶樞也."(문짝 도리이다.)라고 풀이하였다. 즉, 이것은
'문의 기둥'이다. 『장자莊子·양왕讓王』에는 "蓬戶不完, 桑以爲樞."(초가지붕에
는 풀이 자라고 있었고, 문짝은 부서져 있고, 뽕나무 줄기로 문지도리를 삼았다.)라는
구절이 있다. '추樞'의 뜻이 확장되어 '관건' 혹은 '중심'이 되었다. 『전국책
戰國策·진책삼秦策三』에는 "今夫韓, 魏, 中國之處, 而天下之樞也."(지금은 한나
라와 위나라가 가운데 위치하고 있어 천하의 중심이다.)라는 문장이 있다. '임금의
자리'는 봉건왕조의 중심이므로, '국군國君'을 '추樞'라 하였다. '중신重臣'을
'추신樞臣', '제위帝位에 가까운 중요한 직위에 접근한 것'을 '추근樞近', '국
가의 기밀'을 '추밀樞密', '당대唐代에 군사를 지휘하던 관서官署'를 '추밀원樞
密院', 그의 수장首長을 '추밀사樞密使'라 하였다. 뿐만 아니라 '국정國政'을
'추균樞鈞', '중앙대권中央大權'을 '추형樞衡'이라 불렀다.

예12)는 '계啓'자로, '한 손으로 문을 잡은 모습'을 그린 것이다. 따라서
본의는 '문을 열다'이다. 『좌전左傳·양공25년襄公二十五年』에 "門啓而入."(문
을 열고 들어가다.)는 문장이 있다. 이로부터 '열다', '계발하다', '시작하다',
'상주(신하가 왕에게 의견을 아뢰거나 일을 보고하는 것)하다'라는 뜻으로 확장되

었다. 해서체는 "복攵"이 있는데, 이것은 "우又"의 잘못된 모양이고, "구口"는 덧붙여진 수식에 불과하다.

'관關(关)'은 『설문』에서 "以木橫持門戶也."(나무를 옆으로 끼워서 문을 지탱하는 것을 말한다.)라고 해석하였다. 즉, '관關'은 '빗장'이다. '빗장'을 걸어 버리면, 대문이 꽉 잠기게 되어, 사람들이 통행할 수 없다. 그래서 군사요새를 '관關'이라 칭한다. 예를 들면 '함곡관函谷關', '산해관山海關', '가욕관嘉峪關' 등이다. 지세가 험준하여 상당히 중요한 지형 역시 '관關'이라 부를 수 있다. 역대로 만들어진 '관關'이 매우 많기 때문에, '관關'으로 지명을 표시하였다. 따라서 동일한 이름일 지라도 가리키는 곳은 반드시 같은 곳이라 할 수는 없다. '함곡관函谷關'을 경계로, '관내關內'는 섬서陝西를, '관외關外'는 동방東方의 육국六國을 가리킨다. '산해관山海關'을 경계로, '관외關外'는 동북東北을, '관내關內'는 산해관山海關 이서以西와 '가욕관嘉峪關' 이동以東 지역을 가리킨다. 간혹 '내외內外'라 칭하지 않고, 방향으로 칭하는데, 예를 들면 동북東北을 관외關外라 하기도 하고 관동關東이라 하기도 한다.

'건楗'은 『설문』에서 "距門也."(문을 잠그는 것 즉, 빗장을 말한다.)라고 풀이하였다(단옥재 『설문해자주』를 따름). 단지 세우는 빗장을 말한다. 따라서 '관건關鍵'이란 비유적으로 '일의 중요한 부분 혹은 결정적인 요소'를 뜻한다.

'폐閉'는 『설문』에서 "闔門也."(문을 닫는 것)라고 풀이하였다.

'식植'은 『설문』에서 "戶植也."(문을 잠그는데 사용하는 가운데 세워진 나무를 가리킨다.)라고 풀이하였다. 이후에 '파종하다', '나무를 심다'라는 뜻으로 확장되었다.

집 건축 형식은 한대에 이르러 이미 매우 무르익었다. 지붕의 양식에는 '경산硬山'('인人'자형 지붕의 양쪽을 받치고 있는 벽 지붕면 단부가 측벽선과 일치하는 맞배지붕형식), '현산縣山'(지붕면이 산장山墻, 곧 건물의 측벽에서 돌출된 맞배지붕 형식이다.), '헐산歇山'(팔작지붕), '무전廡殿'(우진각 지붕), '권붕卷棚'(지붕의 두 경사면이 용마루가 없이 곡선으로 연결되는 지붕형태), '사각찬첨四角攢尖'(송대에는 두첨정斗尖頂이라고 불림. 지붕면이 비교적 가파르고 몇 개의 수척垂脊이 꼭대기 부분에서 만나고 윗면은 다시 보정寶頂으로 덮는다. 찬첨정攢尖亭은 정자, 누각 등에 많이 사용되며, 북경의 천단天壇의 기년전祈年殿 등 궁전에 사용되는 경우도 있다.) 등이 있다. 후에 다시 '중첨重簷'(겹처마지붕), '봉화산장封火山墻'(화재의 확산을 방지하는 기와지붕 위로 돌출한 측벽 겸 담장. 형태는 직선으로 계단식 형태의 마두장 馬頭墻과 곡선 형태의 관음두觀音兜로 나뉜다.) 등이 출현하였다.

다음에는 집과 관련 있는 한자 가운데 자주 쓰이는 한자를 소개하고자 한다.

'동棟'은 『설문』에서 "極也."(집에서 가장 높은 곳을 말한다.)라고 하였다. 단옥재 역시 『설문해자주』에서 "極者, 謂室至高之處."(극極이라는 것은 집에서 가장 높은 곳을 가리킨다.)라고 하였다. 즉, '척름脊檁'인데, 속칭 '대들보'라 한다.

'름檁'은 『집운集韻』에서 "室上橫木."(건물에 있는 횡목이다.)라고 하였다. 즉, '서까래를 받치기 위하여 용마루와 평평하게 댄 큰 원목圓木 즉, 도리'를 말한다.

'주宙'는 『설문』에서 "舟輿所極覆也."(배와 수레가 도착하는 곳 혹은 집을 덮는 대들보를 말한다.)라고 하였다. 단옥재는 『설문해자주』에서 "覆者, 反也, 與復同. 舟輿所極覆者, 謂舟車自此至彼而覆還此, 如循環然. 故其字從由, 如軸字從由也. 訓詁家皆言上下四方曰宇, 往古來今曰宙. 由今溯古, 復由古沿今, 此正如舟車自此至彼, 復自彼至此, 皆如循環然.『淮南·覽冥訓』: '燕雀以爲鳳凰不能與爭於宇宙之間.'高『注』: '宇, 室檐也 ; 宙, 棟梁也.'引『易』: '上棟下宇.'然則, 宙之本義謂棟, 一演之爲舟輿所極復, 再演之爲往古來今."(복覆이란 다시 돌아온다는 반反으로, 이것은 복復과 같다. 허신이 말한 '舟輿所極覆'라는 것은 배와 수레가 여기에서 저기까지 간 후에 다시 이곳으로 돌아오는 것을 말한다. 마치 자연스럽게 순환하는 것과 같다. 그리하여 주宙라는 한자에는 유由자가 들어 있는 것이다. 예를 들면 축軸이

란 한자에도 유由자가 들어 있다. 훈고학자들은 상하사방上下四方을 우宇라 부르고 왕고래금往古來今를 주宙라 한다. 지금으로부터 옛날로 거슬러 올라가고, 다시 옛날로부터 오늘날까지 이어지는 것은 마치 배와 수레가 이곳으로부터 저곳에 이르러 다시 이곳으로 돌아오는 것과 같다. 이 모두가 자연스럽게 순환하는 것과 같다.『회남・람명훈』에는 '연작燕雀은 봉황鳳凰과 우주지간宇宙之間에서 서로 다툴 수 없다.'라는 문장이 있는데, 고高씨는『주注』에서 '우宇란 처마이고, 주宙란 대들보이다.'라고 하면서『주역』의 '위에는 동棟이 있고, 아래에는 우宇가 있다.'라는 문장을 인용하였다. 따라서 결론적으로 말하자면 주宙의 본의는 대들보이다. 그 뜻이 변화하여 배와 수레가 갔다가 다시 돌아오는 것이란 뜻이 되었고, 다시 변화하여 옛날부터 지금까지라는 뜻이 되었다.)라고 설명하였다.

'연椽', '름檁'은 수직으로 된 것으로, 이것은 도리 위에 있는 나무를 고정시키는 것이다. 그래서 기와를 떠받치는 데 사용된다.

'량梁'은『설문』에서 "水橋也."(강을 건너기 위하여 만든 다리란 의미이다.)라고 하였다. 본의는 '다리'로, '교량橋梁'처럼 두 개의 한자를 연결하여 사용된다. 집에서 벽을 받치는 데 사용되거나 혹은 벽과 평행하게 박는 횡목橫木이다.『장자莊子・인간세人間世』에 "夫仰而視其細枝, 則拳曲而不可以爲棟梁." (그러면 고개를 들어 작은 가지를 보라. 그것은 구부러져 있어서 대들보로는 사용할 수 없다.)라는 문장이 있다. 여기에서 '동량棟梁'이라고 붙여 사용하였는데, 이 단어는 후에 비유적으로 '핵심'이라는 뜻으로 사용되었다.

'우宇'는『설문』에서 "室邊也."(지붕 가에 있는 것을 뜻한다.)라고 풀이하였다. 즉, 이것은 '처마'를 말한다.『시경・빈풍豳風・칠월七月』에(蟋蟀) "七月在野, 八月在宇."(귀뚜라미는 칠월에 들에 있다가, 팔월에 처마 아래로 들어간다.)라는 문장이 있다. 뜻이 확장되어 '상하사방上下四方'이 되었다. '우주宇宙'란 원래 '처마와 마룻대와 대들보'를 가리켰으나, 후에 '공간과 시간'으로 뜻이 확장되었다. 오늘날에는 '무한한 공간'을 가리킨다.

처마에 대하여 언급한 이상, '두공斗栱'(대들보 위에 일정한 간격으로 놓여 처마의 돌출부를 지탱하는 부품)을 언급하지 않을 수 없다. '두공斗栱'을 '두공斗拱', '두공枓栱'이라고도 쓴다. 이것은 중국 특유의 나무구조건축이다. 다른 것을 받치는 조립부품으로, '기둥과 대들보가 맞물리는 곳'에 사용된다. 이것은 하중을 견디기 위하여 기둥 윗부분에 뻗쳐 나온 '활'처럼 생긴 모양을 '공栱'이라 하고(소전체에 따르면 "공廾"은 '두 손으로 물건을 들고 있는 모습'을 그린 것으로, '공拱', '공恭', '공供'은 모두 후기자이다.), '공栱' 사이를 받치는 '구기'처럼 생긴 나무를 '두斗'라 한다. '두공斗栱'이라는 건축형식은 한대에 이르러 발전하게 되었고, 동한시대에는 이미 '일두사승식一斗四升式'('승廾'이란 두공 위에 있는 짧은 나무 혹은 기둥을 가리킨다. 이것은 대들보를 올리는 역할을 한다.)의 '용수익신공龍首翼身栱'이 출현하였다. '두공斗栱'은 하중을 견디는 역할을 하기 때문에, 처마가 바깥으로 뻗어 나올 수 있게 되었다. 게다가 건축형식 또한 아름다웠기 때문에, 뜻밖에도 귀족들의 전용이 되었다. 『명사明史・여복지사輿服志四』에 "庶民盧舍, 洪武二十六年定制, 不許用斗栱, 飾彩色."(홍무 26년에, 서민들이 사는 집은 두공을 해서도 안 되고 색채를 입혀서도 안 된다.)라는 구절이 있다.

'궐闕'은 『설문』에서 "門觀也."(궁문의 양 옆에 베푼 두 개의 누대란 뜻이다.)라고 하였다. 본의는 '궁문과 성문 양쪽에 높게 세워진 누대에서 바라봄'이다. 그 가운데에는 돌아다니는 사람들이 없기 때문에, '궐闕(缺)'이라 하였다. 『시경・자금子衿』에 "挑兮達兮, 在城闕兮."(안절부절, 이리 갔다가 저리 갔다가 마음잡지 못하고, 성문 위에 서서 바라봅니다.)라는 구절이 있다. 이에 대하여 최표崔豹는 『고금주古今注』에서 "闕, 觀也, 於前所以標表宮門也. 其上可居登之, 可遠觀人. 人臣將朝至此, 則思其所闕, 故謂之闕. 其上皆畫雲氣, 仙靈, 奇禽, 怪獸, 以示四方, 蒼龍, 白虎, 玄武, 朱雀, 幷畫其形."(궐闕은 바라보다는 뜻이다. 앞에 우뚝 솟아있는 것은 궁문을 나타낸다. 그 위에 올라가면 멀리 사람을 볼 수 있다. 신하들이 아침에 이곳에 와서 바라본 바를 생각하는데 그것을 일러 궐闕이라 한다. 그 위에는 운기와 신선, 기괴한 날짐승과 기괴한 들짐승을 그려 넣었는데, 이것으로 사방을 나타내었고 거기에 더하여 용과 백호, 현무와 주작도 함께 그려 넣었다.)라고 주석을 달았다. '궐闕'은 다시 대문 양쪽에 상징적으로 세워진 건축을 가리키게 되었다. 대다수는 무늬가 새겨진 거대한 돌기둥으로, 한대 귀족의 집 문 앞에는 모두 '궐闕'이 있었고, 점차 후대의 '화표華表'(고대의 궁전, 능묘 등의 큰 건축물 앞에 장식용으로 세우던 거대한 돌기둥으로, 몸체에는 주로 용과 봉황 등의 그림을 새겨 넣었으며, 위쪽에는 꽃을 조각한 석판이 가로로 꽂혀 있음)로 변하였다.

집은 사람들이 거주하기 위하여 반드시 필요한 공간이기 때문에, 사람들의 중시를 받았다. 따라서 집은 안정되기 위한 첫 번째 조건이다.

'안安'은 『설문』에서 "靜也. 從女在宀下."(고요하다는 뜻이다. 여자가 집 안에 있는 모양을 그린 것이다.)라고 풀이하였다. 『육서고六書故』에서는 "室家之內, 女所安也, 故安從女."(집안에 여성이 편안하게 있는 것을 나타내기 때문에 '안安'이란 한자에는 '여女'자가 있는 것이다.)라고 하였다. 이것은 회의자로, 갑골문과 금문에 들어있다. 갑골문과 금문의 자형에 따르면 '여인이 실내에 거주하는 모습'을 그린 것으로, 이것은 바로 모계사회의 풍속을 반영하는 것이라 할 수 있다. 집안은 가족에 관한 중요한 일을 결정하는 여인이 있어야만 비로소 편안해질 수 있다. 『시경·상체常棣』에 "喪亂旣平, 旣安且寧."(어려운 일이 모두 해결되면 편안해지고 편안해지리.)라는 구절이 있다.

'정定'은 『설문』에서 "安也. 從宀從正."(편안하다란 뜻이다. '면宀'과 '정正' 두 개의 한자가 결합하여 만들어졌다.)라고 해석하였다. 하지만 단옥재는 『설문해자주』에서 '正聲'(정正은 소리를 나타낸다.)라고 바꾸었다. 필자는 '정定'은 '從宀從正, 正亦聲.'('면宀'과 '정正' 두 개의 한자가 결합하여 만들어졌고, 여기에서 '정正'은 소리를 나타내기도 한다.)라고 해야 타당하다고 보여진다. 집은 안정되어야 한다. 『논어·계씨季氏』에 "少之時, 血氣未穩定, 戒之在色."(젊었을 때는 혈기가 안정되지 않았기 때문에 여색을 경계해야만 한다.)라는 구절이 있는데, 여기에서 '정定'은 본의로 사용되었다. 이로부터 '안정되다', '결정하다', '확실하다', '결말' 등의 의미로 확장되었다.

'실實'은 『설문』에서 "富也. 從宀從貫 ; 貫, 貨貝也."(부유하다란 뜻이다. '면宀'과 '관貫' 두 개의 한자가 결합하여 만들어졌다. '관貫'이란 화폐를 말한다.)라고 해석하였다. 집이 있고, 돈이 있으면 부유한 사람이라 할 수 있다. 『예기·표기表記』에 "君子尊仁畏義, 耿費輕實."(군자는 인을 숭상하고 의를 경외해야 한다. 그리고 소비하는 것을 분명히 해야 하고 부유함을 가볍게 해야 한다.)라는 문장이 있는데, 여기에서 '실實'은 본의로 사용되었다. 다시 '충실하다', '진실하다', '확실하다'라는 뜻으로 확장되었다.

2. 가구

'가구傢具'는 춘추시대에는 '가기家器'라 하였다. 『좌전左傳·양공5년襄公五年』에 "季文子卒. 大父入斂, 公在位. 宰庀家器爲葬備, 無衣帛之妾, 無食粟之馬, 無藏金玉, 無重器備."(노魯나라의 계문자가 죽었다. 대부들이 그의 집에 가서 납관식을 하였는데, 그때 양공도 그 자리에 참석하였다. 계문자의 가재가 집안의 기물을 내어 장례식 준비를 하는데 비단옷을 입은 여자도 없고 곡물을 먹는 말도 없으며 금옥의 축적도 없고 같은 도구로 중복되는 것도 없었다.)라는 문장이 있다. 최초로 '가구傢具'라고 한 것은, 북위北魏시대 가사협賈思勰의 『제민요술齊民要術』 오五 『종괴류추재오작種槐柳楸梓梧作』에 "凡爲傢具者, 前件木皆所宜種."(무릇 가구라는 것은 나무로 만들기 때문에 마땅히 나무를 심어야 한다.)라는 문장에서이다. 하지만 '가구'가 춘추시대 이후에 출현하였다라고 하는 것은 아니다. '가구'

는 처음에 구석기 시대 말기에 배태되었다. 신석기 시대는 맹아시기였는데, 주된 것은 토기였다. 하상시대부터 춘추시기까지는 청동기 위주의 가구였고, 전국시대와 양한시대에는 작은 목제 가구 시대였으며, 당대 이후에는 긴 다리로 된 목제 가구 시대였다. 가구는 그 용도에 따라서 좌와坐臥, 승직承直, 저장貯藏, 음식餐飮 등의 방면으로 나눌 수 있다. '식기구'에 관한 내용은 '음식'편 내용에 소개할 것이기 때문에 이 부분에서는 언급하지 않겠다.

1) 좌와坐臥 도구

'석席'은 『설문』에서 "藉也. 從巾, 庶省聲."(아래에 까는 것을 말한다. 건巾에서 뜻을 취하고, 서庶에서 생략된 소리를 취한다.)라고 풀이하였다(단옥재 『설문해자주』에 따름). '자藉'는 '점墊'이다. 이것은 우리들이 지금 말하는 '자리'(사람이 앉거나 눕기 위해 짚이나 갈대 혹은 대나무 등을 짜서 만든 물건)이다. 이것은 가장 오래된 가구라 할 수 있다. 구석기시대 말기에 이미 출현하였다. 산정동인山頂洞人과 자양인資陽人들은 뼈바늘과 뼈망치가 있었으므로 당시에는 마름질하여 만드는 재봉기술이 있었다고 할 수 있다. 이치에 따라 말하자면, 재봉기술은 짜는 기술로부터 깨달음을 얻어 출현한 것이다. 따라서 풀이나 혹은 나뭇가지를 엮어서 자리를 만드는 기술이 있었다. 고고학에 따르면, 신석기시대에 최초의 실물이 발견되었다. 이것은 절강 여요餘姚 하모도河姆渡 유적지(지금으로부터 7,000년 전)에서 갈삿(갈대를 엮어 짠 삿자리) 잔해가 출토되었다. 이것은 '가로 세로 각각 세 개의 실(三經三緯)'을 이용하여 서로 중첩시켜 누르는 방식으로 만들었다. 댓개비는 세련된 기술로 깔끔하게 갈아서 가지런하게 만들었다. 최초의 대자리 역시 신석기시기에 발견되었다. 이것은 절강 오흥吳興 전산양錢山漾 유적(지금으로부터 약 5,000년 전)에서 출토되었는데, 넓은 대자리일 뿐만 아니라, 대나무를 깎아서 얇게 만든 후 이것을 서로 엮어서 만들었다. 가로와 세로의 수와 문양이 매우 다양한 것으로 보아, 이것은 당시 뛰어난 대나무 공예를 보여준다고 할 수 있다. 자리는 한대 이전에는 줄곧 매우 중요한 좌와坐臥 가구였다. 게다가 계급사회에서는 엄격한 사용 규정이 있었다. 『주례周禮』에는 소석繅席(사석絲席), 차석次席(즉 점석簟席, 얇고 가는 대나무 줄기를 이용하여 만든 사각형 문양의 대자리. 정현鄭玄은 '작은 대자리'라고 해석하였다.), 완석莞席(왕골로 만든 자리), 부석蒲席(향포의 줄기로 만든 자리), 웅석熊席(곰의 가죽으로 만든 자리, 즉 곰의 가죽 자체가 하나의 자리가 됨) 등 '오석五席'이 있다. 그리고 천자의 자리는 상소석上繅席, 중차석中次席, 하완석下莞席 삼중자리로 되어 있다. 제후는 상소석上繅席, 하완석下莞席만 있을 뿐 중간에 차석次席이 없는 이중자리로 되어 있다. 예의禮儀가 다르면, 자리를 사용하는 것도 차이가 있었다. '석席'은 후에 '초草'자를 더하여 '석蓆'이라 썼는데, 지금은 간략하게 되어 다시 고자古字가 회복되었다. 옛 사람들은 자리를 직접 땅에 깔았기 때문에, 현대인들도 땅에 앉을 때 비록 자리가 없지만 '席地而坐'(땅에 자리를 깔고서 앉다.)라 한다. 옛 사람들은 자리에 앉는 위치 역시 차례가 있었다. 그래서 이것을 '석차席次'라 하였다. 가장 윗자리에 앉는 것을 '석단席端' 혹은 '석두席頭'라 한다(오늘날에는 연석에서의 중간 자리를 가리킨다).

'연筵'은 『설문』에서 "竹席也. 從竹延聲."(대나무로 만든 자리이다. 죽竹에서 뜻을 취하고 연延에서 소리를 취한다.)라고 풀이하였다. 『주례周禮·사궤연司几筵』에 대하여 정현鄭玄은 『주注』에서 "筵亦席也. 鋪陳曰筵, 借之曰席."(연筵 역시 석席이다. 넓게 펴는 것을 연筵이라하고 그것을 빌리는 것을 석席이라 한다.)라고 주석을 달았다. 가공언賈公彦은 『소疏』에서 "設筵之法, 先設者皆言筵, 後加者爲席."(자리를 까는 방법은, 먼저 까는 것을 연筵이라 하고, 그 위에 다시 까는 것을 석席이라 한다.)고 하였다. 손이양孫詒讓은 『정의正義』에서 "筵長席短, 筵鋪陳於

下, 席在上, 爲人所坐藉."(연筵은 길고 석席은 짧다. 연筵을 아래에 깔고 석席을 그 위에 깐다. 이는 사람들을 앉게 하기 위하여 까는 것이다.)라고 하였다. 종합적으로 말하자면, '연筵'과 '석席'은 차이가 없다. 구분하여 말하자면, '연筵'은 아래에 깔며 크고 투박하지만, '석席'은 위에 깔고 작고 정교하다. '연석筵席'이란, 원래 옛 사람들이 깔고서 앉는 자리였지만, 옛 사람들은 술자리를 만들고 손님을 초대하는 것 역시 자리에 앉았기 때문에 이로부터 '술자리', '연회'라는 뜻으로 확장되었다.

'점簟'은 『설문』에서 "竹席也."(대자리이다.)라 하였다. 이것은 비교적 세밀한 대자리이다.

'상牀'(오늘날에는 간단하게 '상床'으로 쓴다.)은 『설문』에서 "安身之坐者."(몸을 편안하게 하여 앉는 도구이다.)라고 하였다. 『석명釋名·석상장釋床帳』에 따르면 "人所坐, 臥曰牀. 牀, 裝也, 所以自裝戴也."(사람들이 앉음에, 눕는 것을 상牀이라 한다. 상牀은 꾸미는 것(裝)이다. 그리하여 스스로 꾸며 까는 것을 말한다.)라고 하였다. 최초의 평상은 앉고 눕는 겸용이었다. 원시의 흙으로 만든 평상은 신석기 조기에 발견되었다. 토상土床은 평지보다 높게 만들었다. 신석기 중기에 이르러, 토상土床에서 널조각 흔적이 발견되었는데, 이것은 아마도 토상土床 위에 널빤지를 깔았던 것으로 보인다. 무덤의 관 아래에는 이미 관상棺床(나란히 배열하는 횡목橫木)이 있었는데, 이로부터 추측할 수 있는 것은 산 사람이 사용하는 평상은 이후의 평상의 형태와 대체적으로 비슷하다라는 점이다. 유사有史시대로 접어 든 이후에, 평상은 더욱 정교해졌다. 옻나무로 완벽하게 만든 커다란 평상이 전국시기에 발견되었다. 이것은 하남 신양信陽 장대관長臺關 1호 초묘楚墓와 호북 형문荊門 포산包山 2호 초묘楚墓에서 발견되었다.

나무로 만든 평상이 출현한 이후, 자리를 평상에 깔았다. 자리의 사각 모서리가 올라오는 것을 방지하기 위하여 모서리를 누르는 물건을 사용하였는데 이것을 '진鎭'이라 불렀다. 조기의 '진鎭'은 옥과 돌로 만들었고, 후에 동과 고령토로 만들었다. 그것들은 동물과 신선 등의 모양을 하였다.

'침枕'은 『설문』에서 "臥所薦首者."(누울 때 머리를 받치는 물건이다.)라고 풀이하였다. 고고학에서 '침枕'이 최초로 발견된 곳은 굴가령屈家嶺문화(지금으로부터 약 5,000년 전)로, 호북 황강黃崗 라사산螺螄山 묘에서 돌로 만들어진 것이 출토되었다.

'탑榻'은 대략 전국시기에 출현하였다. 『석명釋名 · 석상장釋床帳』에서는 "長窄而卑曰榻, 言其榻然近地也."(길고 좁게 만든 평상을 탑榻이라 한다. 탑榻은 지면에 가깝다.)라고 하였다. 외관은 평상이지만, 평상보다 좁고 작으며 또한 낮았다. 이것은 사람들에게 앉기 위하여 제공되는 가구이다. 고고학에서 발견된 최초의 '탑榻'은 서한시기의 것으로, 이것은 하남 단성현鄲城縣 죽개점竹凱店의 벽돌묘에서 출토되었다. 청색 석회암을 조각하여 만든 것으로, 길이는 87.5cm이고, 넓이는 72cm이며, 높이는 19cm이다.

일佚 929. 저宁   습拾 9, 16. 저貯   갑甲 584. 구區

2) 저장 도구

저장가구란 옷과 일상용품을 저장하는 용기이다. 지금 알 수 있는 최초의 저장도구는 신석기조기의 토기로 만든 단지, 항아리, 독, 작은 상자이다.

신석기중기의 묘에서 물건을 놓는 목상木箱, 변상邊箱과 각상角箱이 발견되었고, 게다가 옻칠 공예도 있었다.

신석기말기에 이르러, 재산이 증가하여 사유재산관념이 탄생하였기 때문에, 전적으로 개인의 진귀한 물품을 저장하기 위한 용기가 생겨났다. 예 1)은 '저宁'(zhù, 이는 '안녕安寧'의 '녕寧'자의 간체자가 아니다.)자로, '상하에 균등하게 발이 달려 있는 그릇으로 물건을 저장하는 용기'를 그린 것이다. 일반적으로 이것은 나무로 만들었기 때문에, 고고학에서 '저宁'자와 비슷한 기물이 발견되지 않았다. 『설문』에 따르면 "宁, 辨積物也, 象形."(물건을 구분하여 넣는 그릇이다. 상형문자이다.)라고 하였다. 즉, 이것은 물건을 저장하는 그릇인 것이다. 게다가 '저貯'의 초문이다.

예 2)는 '저貯'자로, 이 한자는 '저宁'와 '패貝'가 결합하여 이루어진 한자이다. 이것은 '용기 가운데 패貝가 있는 모습'을 그린 것이다. 『설문·패부貝部』에서는 "貯, 積也."(저貯는 쌓다는 뜻이다.)라고 풀이하였다. '조개' 이외에도 '옥' 역시 매우 진귀한 물품이다. 남경 북양영北陽營 유적지(대략 기원전 4,000~기원전 3,000년)에서 출토된 옥석玉石과 마노(瑪瑙. 단석이라고도 함. 이는 흰빛이나 붉은빛이 나는 석영의 한 종류로 장식품을 만드는 곳에 사용함)로 만든 장식품, 대문구大汶口 유적지 10호 묘에서 출토된 터키석(구리, 알루미늄, 인 따위를 함유한 아름다운 보석의 하나로 장식품이나 조각 재료로 쓰임), 상아로 만든 그릇, 뼈로 만든 그릇 등은 모두 저장하는 용도로 사용될 수 있었다.

예 3)은 '구區'자로, '많은 기물들이 혜匚 안에 저장된 모습'을 그린 것이다. 여기에서 '혜匚'는 '갑匣의 방'이 아니다. '혜匚'의 음은 xǐ이고, '물건을 저장하는 곳'을 나타낸다. 『설문』에 따르면 "區, 踦區, 藏匿也. 從品在匚中, 品, 衆也."(구區는 기구踦區(몸을 구부려 물건을 가리는 것)로 숨겨 은폐시키다는 뜻이다. 이 한자는 혜匚에 품品이 있는 모양이다. 품品은 많다는 뜻이다.)라 하였다. 단옥재는 『설문해자주』에서 '기구跂區'를 "위곡포혜委曲包藏"라 하였다. 즉, '몸을 구부려 돌면서 물건을 가리다.'는 뜻이다. 그는 또한 "區之義內藏多品, 故引申爲區域, 爲區別."(구區는 안에 많은 물건들을 저장한다는 뜻이다. 그리하여 '구역'이란 의미로 확장되었고, '구별하다'는 뜻으로도 확대되었다.)라고 하였다.

3) 승직承直 도구

'안案'은 『설문·목부木部』에서 "几屬. 從木, 安聲."(안석에 속한다. 목木에서 뜻을 취하고, 안安에서 소리를 취한다.)라 하였다. '안案'은 '几(안석, 책상)'과 비슷한 승직承直가구로, 주로 음식물을 놓는 용도로 사용된다. 용산문화(신석기 말기) 유적지에 속하는 산서 양분襄汾 도사陶寺 묘지에서 모양이 서로 다른 채도 나무 책상이 발굴되었다. 일반적으로 정사각형의 책상은 길이 90~120cm, 넓이 25~40cm, 높이 10~18cm이다. 후에 '독서'와 '사무'를 하는 탁자로 뜻이 확장되었다. 그리하여 '법을 집행하다'는 '안법案法', '분명하고 확실하게 조사하다'는 '안치案治', '고문하다'는 '안사案事'라는 단어가 생겨났다.

'궤几'는 『설문·궤부几部』에서 "踞几也, 象形."(땅에 쪼그리고 있는 책상이다. 상형문자이다.)라 하였다. '궤几'는 상형자로, '낮은 책상의 모습'을 그린 것이다. 원래 '궤几'와 '안案'은 동일한 유형의 물건이었으나, 유사有史 이후에야 점차적으로 사용 기능이 분화되었다. 주대에 이르러 엄격한 규정이 만들어졌다. '궤几'는 두 가지 종류가 있는데, 하나는 '빙궤憑几'로, 이것은 평상 위에 놓아서 사람들에게 몸을 기대게 하는 것이다. 다른 하나는 '기물궤度物几'로, 이것은 물건을 놓기 위한 것이다. '궤几'는 대략 상주商周 시기에 출현하였다. 『주례周禮·사궤연司几筵』에 보이는 5가지 '几'(옥궤玉几, 조궤雕几, 동궤彤几, 칠궤漆几, 소궤素几)는 무두 '빙궤憑几'이다.

'조俎'는『설문 · 조부且部』에서 "禮俎也. 從半肉在且上."(예를 행할 때 희생을 올려놓는 기구이다. 육肉자의 반쪽 즉 仌이 조且 위에 있는 모양을 그린 것이다.)라고 하였다. '조俎'의 기능도 두 가지이다. 하나는 허신이 말한 바와 마찬가지로 '예조禮俎'로, 이것은 제사와 연향燕饗(천자가 군신과 동석하는 연회)때 고기를 놓는 것이다. 다른 하나는 고기를 썰 때 사용하는 것으로 즉 도마이다. '조俎'는 신석기 중기에 출현하였다. 강소 상주常州 우돈圩墩 유적지에서는 중국 최초의 '목조木俎'가 발견되었다. '조俎'는 돌로 만든 것도 있다.

3. 난방, 채광採光, 음수飮水

거실 난방은 '불'에 달려 있다. 일반적으로 '혈거'와 '지상거실' 중앙에 모두 '화당火塘'(실내 바닥을 파서 만든 작은 구덩이)이 있다.

예 13)은 '화火'자로, '화염'을 그린 것이다. 저녁에 빛을 비추기 위해서는 불이 필요하고, 난방 역시 불에 의존한다. 불은 인류의 생존에 매우 중요한 의의가 있다. 불이 없었다면 얼어 죽었을 것이다.

'한寒'은『설문』에서 "凍也. 從人在宀下, 以茻薦覆之, 下有仌."(얼다는 뜻이다. 이 한자는 사람(人)이 집(宀) 안에 있는 모양을 그린 것이다. 풀섶으로 위를 덮은 모양이고, 아래에는 仌이 있다.)라고 하였다. 불이 없다면, 겨울에 땅이 얼어붙기 때문에, 설령 풀로 지붕을 잘 덮었다 하더라도 매우 추울 것이다. 추위서 몸이 얼어 버리는 사람은 매우 빈궁한 사람이기 때문에, '한寒'에는 '빈곤하고 비천하다'라는 뜻을 내포하고 있다. '매우 가난하여 힘들게 독서하는 사람'을 '한사寒士', '한생寒生'이라 하는데, 두보杜甫는 "大庇天下寒士盡歡顔"(천하의 가난한 선비 살게 하여 기쁘게 해 줄까?)라 하여 집에 대한 이상을 나타내었다. 일반적으로 가난한 사람을 '한민寒民', '한인寒人'이라고 하고, 가난한 집의 여인을 '한녀寒女'라고 하며, 가난한 사위를 '한서寒婿'라고 한다. 자신의 집을 낮춰서 '한사寒舍', 보잘 것 없는 사람을 '한문寒門', 지위가 낮은 관리를 '한관寒官'이라 한다. 춥게 지내면 사람이 죽을 수 있기 때문에, '두렵다', '무서워하다'라는 뜻으로 확장되었다. 『오조명신언행록五朝名臣言行錄・참정범문정공參政范文正公』에 "軍種有一韓, 西賊聞之心骨寒."(군종에는 일한一韓이 있는데, 서융은 그것을 듣고서 매우 두려워하였다.)라는 구절이 있다. '한심寒心'의 본의는 '두려워하다'이다. 『일주서逸周書・사기史記』에는 "刑始於親, 遠者寒心."(형벌은 친한 사람에서부터 시작하였으니 관계가 소원한 사람도 두려워하였다.)라는 구절이 있다. 뜻이 확장되어 '실망하다', '상심하다'라는 의미가 되었다.

예 14)는 '광光'자로, '한 사람이 실내에 꿇어앉아서 머리에는 밝게 비추는 불이 있는 모양'을 그린 것이다. 『설문』에서는 "光, 明也, 從火在人上, 光明之意也."(광光은 밝다는 뜻이다. 사람(人) 위에 불(火)이 있는 모양을 그린 것으로, 광명이란 뜻이다.)라고 하였다. 불빛은 어둠을 몰아내기 때문에 '태양', '달', '별' 등 모든 발광체가 내는 빛도 가리킨다. 심지어 사람의 '풍모'와 '풍채'가 매우 뛰어난 것 역시 '광光'이라 하였다. 조식曹植은 『칠계七啓』에서 "幸見光臨."(다행히도 풍채 있는 분이 광림하는 것을 보게 되었구나.)이라 하였다. '화려하다', '영광스럽다', '광채가 나다' 역시 '광光'이라 칭한다. 조식曹植은 『명도名都』에서 "寶劍直千金, 被服光且鮮."(이 보검은 천금이나 값이 나가고, 입은 옷은 곱고도 화려하다.)라고 적었다.

'정료庭燎'는 『설문』에서 "庭燎, 火燭也."(정료庭燎는 횃불이다.)라 하였다(『태평어람太平御覽』 권871 인용). 『시경・정료庭燎』에 "夜如何其, 夜未央, 庭燎之光."(밤이 얼마나 되었는가? 밤이 절반도 되지 않았는데 뜰의 횃불이 빛나는구나.)라는 구절이 있다. 『주례周禮・사훤씨司烜氏』에 "凡邦之大事, 共墳燭庭燎."(무릇 국가의 큰일에는 큰 횃불을 밝혔다.)라는 구절이 있는데, 이에 대하여 정현은 『주注』에서 "墳, 大也. 樹於門外曰大燭, 於門內曰庭燎, 皆所以照衆爲明."(분墳은 크다는 의미이다. 문 밖의 나무에 다는 것을 대촉大燭이라 하고, 문 안에 다는 것을 정료庭燎라 하는데, 이는 모두 백성들에게 밝게 비추기 위함이다.)라고 설명하였다.

'촉燭'은 '횃불'이다. 『예기・곡례상曲禮上』에 "燭不見跋."(촛불은 그 밑 뿌리를 드러나게 하지 않는다.)라는 문장이 있다. 이에 대하여 공영달孔穎達 은 『소疏』에서 "古者未有蠟燭, 唯呼火炬爲燭也."(옛날에는 초가 없었기 때문에, 횃불을 촉燭이라 하였다.)라고 하였다. 횃불은 마른 삼대나 갈대와 같은 것 을 묶은 후 기름을 넣어 만든 것이다. 횃불은 사람이 들고서 사용하거나 혹은 동으로 만든 선반 위에 끼워서 사용할 수 있다. 횃불은 사람의 사 상과 감정을 표현하는 도구이다. 『예기』에 "孔子曰 : '嫁女之家, 三夜不息 燭, 思相離也.'"(공자께서 말씀하시기를 '딸을 시집보낸 집에서는 3일 동안 촛불 을 끄지 않았는데, 그 이유는 이는 헤어져서 서로 그리움을 생각해서이다.'라고 하 셨다.)라는 문장이 있다. 게다가 비유하여 '광명'이란 뜻으로 항상 사용된 다. 『설원說苑』에는 "晉平公問於師曠, 曰 : '五年七十, 欲學, 恐已暮矣.' 師曠 曰 : '臣聞少而學者, 如日出之陽 ; 壯而學者, 若日中之光 ; 老而學者, 如秉燭之 明. 老而不學, 如昧昧夜行焉. 秉燭之行孰如昧行?' 公曰 : '善.'"(진평공이 스승인 광曠에게 물어 말하길 '내 나이 칠십인데, 배우고 싶으나 너무 늦지 않았나 하는 데'라고 하였다. 이에 광이 대답하길 '신은 어렸을 적부터 배우는 사람은 태양이 떠오를 때의 빛과 같고, 중년이 되어 배우는 사람은 태양이 정오에 있을 때의 빛 과 같으며, 노년이 되어 배우는 사람은 횃불의 빛과 같다고 들었습니다. 만일 노 년이 되어도 배우지 않는다면 어떻게 되겠습니까? 어두운 밤에 횃불을 들고 가는 것이 좋을까요 아니면 그냥 아무것도 들지 않고 가는 것이 좋을까요?' 진평공은 '옳은 말이다.'라고 대답하였다.)이라 하였다. 오늘날의 양초는 대략 위진魏晉 이후에야 출현한 것이다. 남조南朝의 진후주陳後主의 시 『자군지출의自君

之出矣』에 "思君如夜燭, 垂淚著雞鳴."(그대 그리는 마음 타는 촛불과 같아, 새벽까지 양초가 타 들어가네.)라는 구절이 있는데, 여기에서 '수루垂淚'란 '양초'를 말한다.

'등燈'은 언제 출현했는지 알 수 없다. 출토 문물 가운데 한대의 등이 있는데, 그 예술성이 매우 정교한 것으로 보아, 아마 늦어도 전국시기에는 있지 않았을까 한다. 등은 밤에 빛을 가져다준다. 불교에서는 등불을 '불법佛法'으로 비유한다. 그래서 '전불법傳佛法'을 '전등傳燈'이라 하는 것이다. 사원에서의 등불은 장명등(長明燈. 주야로 꺼지지 않는 기름등으로 주로 불상이나 신상 앞에 걸어 두는 등을 말한다.)이기 때문에, 신도들은 항상 가서 등불을 밝혀 주어야 한다.

예 15)는 '면宀', '화火', '우又'로 써야 한다. 오늘날 해서체 및 속체는 '수叟'로 쓰는데, 이것은 '수搜'의 초문이다. 즉, '손에 횃불을 잡고 빛을 비추어 집안의 물건을 찾는 것'을 그린 것이다. 『설문』에서 "搜, 一曰求也."(수搜의 또 다른 뜻은 찾는다는 뜻이다.)라 하였다. 본의는 '찾다'이다. '수叟'를 '로老'라 하는 것은 고대 방언의 가차자이다. 양웅揚雄은 『방언方言』에서 "叟, 老也, 東齊, 魯, 衛之間凡尊老謂之叟."(수叟는 늙다는 뜻이다. 동쪽의 제齊나라, 노魯나라, 위衛나라에서는 노인을 공경하여 수叟라고 칭한다.)라 하였다.

예 16)은 '명明'으로, '밤에 밝은 달빛이 창문으로 비추는 모양'을 그린 것이다. 『설문』에서는 "明, 照也, 從月從囧."(명明은 비추다는 뜻이다. 월月과 경囧이 결합하여 이루어진 한자이다.)라고 하였다. 해서체가 되면서 '일日'과 '월月'이 결합하게 되었는데, 갑골문에서도 이와 같은 자형이 있다. 태양과 달이 동시에 비추게 되면 밝게 되기 때문에 광명光明이라는 뜻이 있게 되었다. 그래서 '칠흑같이 어두운 밤에 걸어가는 것'도 '명明'이라 하였다. 『시경·계명鷄鳴』에 "東方明矣."(동쪽이 밝아졌네.)라는 구절이 있다. 밝은 곳에서는 만물을 분명하게 볼 수 있기 때문에, '분명하다', '시력', '총명하다'라는 뜻으로 확장되었다. 『노자老子·33장』에 "知人者智, 自知者明."(남을 아는 것을 지智라 하고, 자신을 아는 것을 명明이라 한다.)라는 구절이 있다. 노자의 말은 『손자孫子·모공謀攻』의 "知彼知己者, 白戰不殆."(상대를 알고 나를 알면 백번을 싸워도 위태롭지 않다.)라는 문장의 뜻과 같다.

고고학에 따르면, 반파 거실 문 안쪽 왼쪽에 잠자는 곳이 있는데, 어떤 것은 거주지보다 지면에서 약 10cm가 높고, 단단하고 반들반들 매끄럽다. 잠을 잘 때에는 분명 그 위에 자리를 깔았을 것이다.(반파 유적지에서 출토된 토기 파편에 자리의 흔적이 찍혀 있다.)

예 17)은 '숙宿'자로, '사람이 실내에서 자리에 누워서 휴식을 취하고 있는 모습'을 그린 것이다. 『설문』에서는 "宿, 止也."(숙宿은 숙박하다는 뜻이다.)라고 하였다. 이것은 회의자로, 본의는 '숙박하다'이다. 『논어·미자微子』에는 "止子路宿."(자로를 묵어서 가게 했다.)라는 구절이 있다. '숙박하다'는 당연히 밤에 잠을 자는 것이기 때문에 다시 '밤'이라는 뜻으로 확장되었다. 『장자莊子·소요유逍遙游』에는 "適百里者, 宿舂糧."(백리길을 가려는 사람은 밤새도록 식량을 찧어야 한다.)라는 구절이 있다.

몇몇 거실로 구성된 씨족취락은, 대다수가 강가에 자리를 하여 식수 문제를 해결하였다. 『초학기初學記』권7에서는 『세본世本』의 "伯益作井"(백익이 우물을 만들었다.), "黃帝見百物始穿井."(황제는 만물은 우물을 파는데서 시작됨을 보았다.)라는 두 개의 문장을 인용하였다. 『여씨춘추呂氏春秋·찰전察傳』에는 "宋之丁氏家無井, 而出漑汲, 常一人居外. 及其家穿井, 告人曰 : '吾穿井得一人.'……'得一人之使, 非得一人於井中也.'"(송나라의 정씨 집안에는 우물이 없었기 때문에, 물을 긷기 위하여 한 사람이 항상 밖에 기거하였다. 다른 집안에는 우물이 있기 때문에 말하길 '나는 우물을 파서 한 사람을 얻었다.'라고 하였다. …… 그리고 '한 사람에게 물을 길어오라고 하는 것은 한 사람을 시켜 우물을 파게 함만 못하다.'고 하였다.)라는 문장이 있다. 고대의 취락은 강물의 범람을 피하기 위하여 강가에 너무 근접할 수 없었다. 따라서 급수汲水는 매우 힘든 일이었기 때문에 가족 가운데 한 사람은 전적으로 밖에 거주하면서 물을 길어 날랐다. 우물의 발명은 원시사회에서 식수 문제를 해결하는 눈부신 발전이었다. 우물이 있으면 편리할 뿐만 아니라 노천의 물보다도 위생적이었다. '익益'의 본의는 바로 '물이 밖으로 흐른다.'이다. 백익伯益은 우물을 파서 토기로 만든 항아리에 물을 가득 채울 수 있게 한 사람이다. 고고학에서 발견된 최초의 우물은 절강 소요현餘姚縣 하모도河姆渡 유적지의 제2층(기원전 약 4,000~기원전 3,300년)에서 발견되었는데, 그 깊이는 1.35m, 내벽에는 10개의 참죽나무를 세웠고, 참죽나무 상부의 안쪽에는 장붓구멍과 사개를 연결하는 수준이 엿보이는 사각형 틀이 있다. 참죽나무 끝에는 4개의 타원형 모양의 나무를 놓아서 사각형을 만들었다. 우물 내부에서 발견된 방사형의 작은 타원목과 갈대 자리의 잔해로 볼 때, 원래의 뚜껑은 '정정井亭'이었음을 알 수 있다. 예 18)은 '정井'자로, '둥근 나무를 서로 장부로 연결한 사각형의 우물 입구'를 그린 것이다. 이것은 나무로 만든 우물인데, 돌로 만든 것과 벽돌로 만든 것도 있다. 근대에는 철근 콘크리트로 만든 것도 있다. 우물은 중국에서 최소한 6,000년의 역사를 가지고 있다. 지금도 여전히 중국의 광대한 농촌에서는 우물을 주요 식수원으로 사용하고 있다.

4. 취락과 성읍

취락은 신석기 시대에 형성되었다. 고인류는 역대로 항상 군집생활을 하였는데, 만일 이렇게 하지 않으면 생존할 방법이 없었기 때문이다.

원시사회의 취락과 성읍은 대부분 강가 양쪽의 높은 곳에 자리잡았다.

취락 유적지 가운데 고고학에서 발굴된 보존이 가장 잘 된 곳은 앙소문화 반파 유형의 섬서 임동臨潼 강채姜寨 취락 유적지(기원전 4,600~기원전 4,400년)이다. 취락은 도자기를 굽는 곳, 묘지, 거주지 세 부분으로 나뉜다. 거주지 중앙에는 광장이 있으며, 주위에는 문이 있고, 100여 개나 되는 방의 문들은 모두 광장을 향하고 있었다. 게다가 큰 방을 중심으로 다섯 개의 집합체가 있는데, 각 집합체에는 혈거, 반혈거, 지상건축 등 다양한 거주지가 존재하였다. 거주 지역은 강에 인접하였는데, 한 면은 천연적인 보호벽이 있고, 나머지 세 개의 면은 각각 넓이 1m, 높이 1m인 참호가 파여 있었다. 반파 유적지 거주 지역은 넓이와 높이가 각각 5m 혹은 6m인 참호로 둘러 싸여 있는데, 이것은 동물 혹은 외부 부족의 침입을 방어하기 위한 것이었다.

예 19)는 '읍邑'자로, 위에는 '구口'가 있는데, 이것은 '사람 거주 지역의 방호 고랑'을 그린 것이다. '구口'가 사각형인 이유는 갑골문은 칼로 새겼기 때문이다. 아래는 무릎을 꿇은 사람 모양인데, 이것은 '구口'가 사람이 거주하는 곳임을 분명하게 보여준다. 따라서 본의는 '사람이 모여서 거주하는 장소'이다. 사회가 발전함에 따라서 도시가 출현하였고, 도시가 출현한 후에야 '읍邑'은 '성읍城邑'을 가리키게 되었다. 『설문·읍부邑部』에서는 "邑, 國也."(읍邑은 국國(국가)이다.)라고 하였다.

최초의 성읍은 정치가 중심이 되어 형성되었기 때문에, '읍邑'은 '국도國都(국가의 수도)'를 가리킨다. 『시경·상송商頌·은무殷武』에는 "商邑翼翼, 四方之極."(상나라의 수도는 질서정연하여 천하의 본보기라 할 수 있네.)라는 구절이 있는데, 이에 대하여 모毛씨는 『전傳』에서 "商邑, 京師也."(상읍商邑은 경사京師(상나라의 수도)다.)라고 풀이하였다. 후에 많은 '읍邑'이 건립됨에 따라서, '읍邑'은 '제후국'을 가리켰고, 또한 '작은 도시와 마을'도 가리켰다. 이에 점차 '현縣'의 별칭이 되었다. '현縣'의 백성을 '읍민邑民'이라 하였고, '현縣'의 장관을 '읍주邑主', '읍령邑令', '읍재邑宰', '읍후邑侯', '읍군邑君'이라 불렀다. '현승縣丞'을 '읍승邑丞', '현위縣尉'를 '읍위邑尉', '현성縣城'을 '읍성邑城', '현지縣志'를 '읍지邑志' 혹은 '읍승邑乘', '읍학縣學'을 '읍상邑庠'이라고 하였다. 게다가 지방을 가리키기도 하였는데, 이에 '읍신邑紳'과 '읍상邑商'이라는 명칭이 그것이다.

1. 중국 남북지역의 집의 발전 상황을 약술하시오.
2. 『설문』에서 집과 관련된 소전체의 문자를 정리하고, 본서를 보충하시오. 그리고 건축과
   연결하여 단어의 뜻과 문화와의 관계를 분석하시오.
3. 중국 집 건축과 중국인의 사유방식은 어떠한 관계가 있는지 생각해보시오.

주요 참고문헌

1. 『中國大百科全書』建築・園林・城市規劃卷.
2. 『爾雅・釋宮』.
3. 劉熙 『釋名・釋宮室』.

5

음식

업鄴3하下, 43, 6.용舂

수粹 227. 미米

명과군호命過君瓜盉. 과瓜

과궤果簋. 과果

갑甲 1, 23. 육肉

일佚 813. 어魚

면반免盤. 로鹵

금궤禽簋. 모某

왕화王盉. 화盉

전前 4, 53, 4. 향香

청菁 5. 익益

명장明藏 472. 유酉

趩簋. 선燹

전前 2, 37, 8. 상蒿

을乙 2818. 획鑊

전前 6, 54, 1. 증曾

수粹 1223. 월刖

속續 4, 4, 5. 조爼

을乙 880. 궤簋

갑甲 3365. 구具

수粹 919. 흡皀

업鄴 3, 46, 1. 수羞

갑甲 3000. 로魯

전前 5, 4, 7. 전奠

합집合集 16043. 향鄕

갑甲 2907. 삼차三次

갑甲 717. 즉卽

합合 90. 식食

을乙 585. 감甘

갑甲 205. 음飮

연燕 2. 기旣

전前 6, 35, 1. 철撤

1. 음식물

음식은 인류가 생존하기 위한 가장 기본적인 조건이다. 원시인들은 생존하기 위하여 생산하였다. 그리하여 음식의 변화는 당시의 생산발전의 수준을 보여준다고 할 수 있다.

원시인류는 처음에 음식을 날것으로 먹었다. 『예기·예운禮運』에서는 "未有火化, 食草木之實, 鳥獸之肉, 飮其血, 茹其毛."(아직 불로 익혀 먹는 법이 없어서, 초목의 열매와 새·짐승의 고기를 먹으며, 그 피를 마시고 그 털을 씹었다.)와 같이 묘사하였다. 이것은 아마도 100만 년 전인 구석기 조기의 일일 것이다. 고고학 자료는 지금으로부터 70만 년 전인 북경인들은 이미 불씨를 관리하여 음식을 익혀먹을 수 있었음을 보여준다. 『한비자韓非子·오두五蠹』에는 "上古之世, ……民食果蓏蚌蛤, 腥臊惡臭而傷腹胃, 民多疾病, 有聖人作, 鑽燧取火以化腥臊, 而民說之, 使王天下, 號之曰燧人氏."(상고 시대에는 ……사람들은 열매와 조개를 먹었는데, 비리고 누린 나쁜 냄새가 났기 때문에 배와 위장에 탈이 많았다. 그리하여 사람들은 많은 질병에 걸리게 되었다. 성인께서 부싯돌을 댕겨 불을 얻게 하는 방법을 만들었으므로, 비리고 누린 것을 바꾸었다. 이에 백성들이 이를 기뻐하므로, 그에게 천하를 다스리도록 하였으니, 이를 '수인씨'라 하였다.)라는 구절이 있다. 이 구절의 설명은 정확하지 않다. 왜냐하면 고인류가 음식을 익혀 먹은 것은 자연적인 불씨를 보존하여 사용하였고, 부싯돌을 이용하여 불씨를 만든 것은 그 이후의 일이었기 때문이다. 『관자管子·경중무輕重戊』에 "燧人作, 鑽燧生火."(수인씨가 부싯돌을 이용하여 불을 만들었다.)라고 설명하였다. 이러한 사실로 유추해보면, 중국의 고인류가 인공적으로 불을 만드는 기술을 발명한 것은 아마도 구석기 말기에 가능하지 않았을까 한다.

북경원인은 수렵과 채집활동에 종사하였다. 음식물은 수렵활동에 얻은 고기와 채집활동을 통해서 얻은 야생 과일이었다. 당시에는 조미료도 없었고, 그릇과 젓가락 같은 식기도 없었다. 유일한 음료수는 자연에 존재하는 강물과 온천수였다.

신석기 시대에 이르러, 원시농업이 발생하였다. 그래서 곡물이 점차 주식으로 변해갔다. 황하유역에는 조를 심었고, 장강유역에는 벼를 심었다. '조'와 '벼'는 찧는 과정을 통하여 쌀이 되었다.

예 1)은 '용春'자로, 자형은 '두 손으로 공이를 잡고서 절구에 있는 조를 찧는 모습'을 그린 것이다. 절구통 안에 있는 점은 쌀을 그린 것이다. 『설문·구부臼部』에서 "春, 搗粟也, 從廾持杵臨臼上, 午, 杵省也. 古者雍父初作春." (용春은 조나 쌀과 같은 곡물을 찧는 것이다. 두 손으로 절굿공이를 들고서 절구(臼) 위에 있는 모양이 결합한 회의문자이다. 여기에서 오午는 저杵의 생략형이다. 옛날에 옹부雍父께서 처음으로 용春을 제작하였다.)라고 하였고, "臼, 春也. 古者掘地爲臼, 其後穿木石. 象形, 中米也."(구臼는 곡물을 찧기 위하여 만든 절구이다. 옛날에는 땅에 구덩이를 파면 절구(臼)가 되었으나, 후에는 나무나 돌을 파내어 절구를 만들었다. 이것은 상형문자로, 가운데는 쌀을 그린 것이다.)라고 풀이하였다. 『역易·계사하繫辭下』에서는 황제를 "斷木爲杵, 掘地爲臼"(나무를 잘라서 절굿공이를 만들었고, 땅을 파서 절구를 만드신 분)이라 칭하였다. 『태평어람太平御覽』은 『세본世本』에 실려있는 송충宋衷의 『주注』를 인용하여 "雍父, 黃帝臣也."(옹부雍父는 황제의 신하이다.)라 하였다. 이상의 내용을 종합하면, '찧는 기술' 혹은 '절구'는 이미 신석기 시대에 발명되었다. 원시농업이 발생한 후, 수확한 좁쌀과 쌀을 찧지 않으면 딱딱한 껍질을 먹을 수밖에 없었다. 초기에는 손을 비벼서 갈았으나, 딱딱한 껍질은 손에 상처를 주었기 때문에 나무 몽둥이로 때려서 갈았고, 후에 절구와 맷돌을 발명하였다. 절구와 맷돌의 출현은 원시농업 출현시기와 거의 비슷하다. 앙소문화 조기에는 절굿공이가 있었다. 앙소문화보다 더욱 오래된 배리강裴李崗문화에는 돌로 만든 절구가 있었다.

곡물은 껍질을 벗겨내야 쌀이 되었다.

예 2)는 '미米'자로, '쌀알'을 그린 것이다. 중간에 횡선은 '사沙'자와 구분하기 위한 것이다. 『설문·미부米部』에서는 "米, 粟實也, 象禾實之形."(미米는 쌀알이다. 벼의 이삭을 그린 것이다.)라고 설명하였다. 고고학에 따르면, 자산磁山문화시기에 이미 조가 있었고, 앙소문화시기에는 기장과 벼 등이 있었음을 발견하였다. 이는 당시의 주식품종은 이미 매우 다양화되었음을 보여준다. 껍질이 벗겨진 곡물은 쌀이기 때문에, '껍질이 벗겨진 일반적인 식물의 곡식의 낟알'을 가리키게 되었으며, 다시 '작다'라는 뜻으로 의미가 확장되었다.

여기에서 다시 '건량乾糧'(외출할 때, 휴대할 수 있는 수분이 적게 함유된 음식)에 대하여 살펴보자. 『시경·대아大雅·공류公劉』에 "迺裹餱糧."(마른 음식과 곡식)라는 구절이 있고, 『장자莊子·소요유逍遙游』에는 "適千里者, 三月聚糧." (천리길을 떠나는 나그네는 세 달 동안 식량을 모아야 한다.)라는 구절이 있는데, 위 문장에서 '후량餱糧'과 '량糧'은 모두 '건량乾糧'을 가리킨다. 게다가 단독적으로 '후餱'라고 칭하기도 한다. 건량乾糧은 오늘날 말하는 '전병'과 '만두'와 같은 가루음식이 아니라 쌀을 삶은 후 햇볕에 쬐어 말린 음식물을 말한다. 오늘날의 휴대식품에 상당하며, 이는 여행 도중에 먹을 수 있고, 특히 전쟁을 수행중인 장병들의 식품이다.

이 밖에도 채소, 고기, 과일, 조미료가 있다. 『국어國語·노어상魯語上』에는 "昔烈山氏之有天下也, 其子曰柱, 能殖百穀百蔬."(옛날 열산씨, 즉 여산씨인 신농이 천하를 다스릴 때 그 아들을 주柱라 했고 온갖 곡식과 채소를 경작했다.)라는 구절이 있다. 이 문장은 채소재배와 곡물재배는 동시에 발생하였거나 혹은 거의 비슷한 시기에 발생하였음을 보여준다. 반파유적지 제38호 집에 있는 작은 항아리에서 탄화된 유채와 배추 혹은 갓과 같은 채소 종자가 발견되었다. 절강 여요餘姚 하모도河姆渡 유적지에서는 연밥 알맹이, 호리병박, 마름이 발견되었고, 절강 오흥吳興 전산양錢山漾 유적지에서는 마름, 참외씨가 발견되었으며, 양저良渚문화 유적지에서는 참외, 땅콩, 누에콩, 참깨씨가 발견되었다. 신석기 시기부터 선진시기까지 약간의 채소만을 재배하였을 뿐, 대부분의 채소는 여성들이 직접 채집하였다. 어떤 사람이『시경』등의 문헌에 근거하여 통계를 냈는데, 선진시기에 재배하였던 채소의 원산지는 대부분 중국이었다. 그 가운데에는, 오이(참외), 박(호리병박), 부추, 해바라기(오늘날에는 동규冬葵라고 함), 생강, 파, 마늘 등이 있다. 채소를 먹는 관념 역시 오늘날과는 다르다. 식욕을 돋우기 위한 것이 아니라, 허기를 채우기 위한 것이다. 그래서 고대인들은 채소가 익었는지 여부는 곡물이 익었는지 여부와 마찬가지로 생각하였다. 『시경・소아小雅・우무정雨無正』에 "降喪饑饉, 斬伐四國."(상난과 기근을 내려 천하의 나라를 죽이고 친다.)라는 문장이 있는데, 이에 대하여 모毛씨는『전傳』에서 "穀不熟曰饑, 蔬不熟曰饉."(곡식이 익지 않은 것을 기饑라 하고 채소가 아직 익지 않은 것을 근饉이라 한다.)라고 풀이하였다. 채소의 품종은 동한시대에 20여 종으로 증가하였고, 남북조 시기에는 30여 종까지 증가하였으나, 채소에 대한 관념은 오늘날과 여전히 큰 차이가 있었다. 『후한서後漢書・효환제기孝桓帝紀』에 (永興二年)"六月, 彭城泗水增長逆流, 詔司隷校尉, 部刺史曰: '蝗蟲爲害, 水變乃至, 五穀不登, 人無宿儲, 其令所傷郡國種蕪菁以助人食.'"(영흥 2년, 6월에 팽성의 사수가 팽창하여 역류하게 되자 사예교위에게 알려 자사를 거느리게 하며 말하길 '황충과 벌레가 해를 입히고, 물이 여기까지 차올랐기 때문에 오곡이 나지 않는다. 게다가 사람들은 거주할 곳과 저장할 음식이 없게 되었다. 이에 난관에 처한 백성들에게 무청을 심어 먹여주어라.'라고 하였다.)라는 구절이 있다. 북위北魏 가사협賈思勰의 『제민요술齊民要術・만청蔓菁』에서는 무청蕪菁을 "若値凶年, 一頃乃活百人耳."(만일 흉년에 무를 심으면, 일 경頃에 100여 명을 구할 수 있다.)라고 칭하였다. '무청蕪菁'이란 오늘날 말하는 무이다. 이러한 사실로 볼 때, 한, 남북조 시기에 무를 심은 이유는 재해에 대처하고 허기를 채우기 위함이지, 오늘날과 마찬가지로 소금에 절인 채소가 아니다. 『제민요술齊民要術・종우種芋』에 "芋可以救饑饉, 度凶年."(토란은 기근을 구할 수 있고 흉년을 넘길 수 있다.)라는 문장이 있다. 토란 역시 허기를 채우기 위하여 사용되었다. 각 시기마다 채소가 차지하는 지위도 매우 큰 변화를 보였다. 예를 들면 배추는 신석기 시기에 심어졌는데, 주로 허기를 채우는 역할을 하였다. 배추는 허기를 채우는 역할을 충분히 소화하지 못하였기 때문에 주요 채소의 역할을 하지 못하였다. 수당 이후에, 채소의 역할은 식욕을 돋우는 역할로 변화하였고, 이에 따라서, 배추는 점차 주요 채소가 되었다. 외부에서 들여온 품종 역시 우리들에게 다양한 음식을 제공해 주었다. 예를 들면 위진 이후에 들여온 오이와 시금치, 수대에 들여온 상추, 명대에 들여온 고추와 토마토, 청초에 들여온 양배추 등이다. 하지만 들여왔다라는 것은 널리 보급하였다는 의미와는 다르다. 예를 들면 토마토는 들여온 지 100여 년 동안 관상식물로 취급하였고, 채소로 재배를 한 것은 불과 몇 십 년밖에 되지 않았다.

예 3)은 금문 '과瓜'자로, 이것은 '덩굴에 오이가 열린 모양'을 그린 것이다. 갑골문에는 채소의 명칭을 나타내는 한자가 없다. 갑골문의 내용은 대다수가 점을 치는 내용이기 때문이다. 채소를 얻을 수 있을지의 여부를 점으로 해결할 리가 없다. 오늘날 발견된 갑골문 가운데 채소의 명칭과 관계된 한자는 없지만, 이것은 당시에 채소를 나타내는 한자가 없었다고 하는 것과는 다르다. 오이는 덩굴 식물이고, 칡 역시 덩굴 식물이다. 그래서 '과갈瓜葛'은 '관계가 있다'는 것을 비유하는 말이다.

야생과일은 구석기 인류의 중요한 식품 가운데 하나였다. 마찬가지로 신석기 시대에서도 주요한 식품이었다. 게다가 신석기 시대에는 몇 몇 과수를 재배하였을 가능성이 있다. 절강 여요餘姚 하모도河姆渡 유적지에서는 상수리나무 종자와 멧대추나무 씨가 발견되었고, 오흥吳興 전산양錢山漾 유적지에서는 야생 복숭아씨와 멧대추나무씨가 발견되었으며, 배리강裴李崗 유적지에서는 대추가, 서안 반파 유적지에서는 밤과 개암나무 그리고 소나무씨가 발견되었다. 이러한 것들은 대체로 채집한 것들이었다. 상대에는 과수를 재배하였던 밭이 있었고, 주대에는 과수를 재배하는 것이 상당히 보편화되었다.

선진시기에 재배하였던 핵과核果류는 복숭아, 배, 매실, 살구, 대추 등이었고, 견과堅果류는 밤과 개암 등이었으며, 또한 감귤(굴원屈原의 작품 가운데 『귤송橘頌』에 있음)도 있었다. 한대에는 비파, 여지荔枝, 바나나, 용안龍眼(무환자과의 상록교목으로 약제로도 쓰이며, 복건성과 광동성 등지에서 주로 생장함)이 재배되기 시작하였고, 장건張騫이 서역지방으로부터 포도와 석류(석류에 대하여 농업사 전문가들은 이견이 존재함)를 들여왔다. 당대에는 무화과와 올리브를 들여왔고, 명대에는 파인애플과 망과를 들여왔다.

예 4)는 금문 '과果'자로, 『설문·목부木部』에서는 "木實也, 從木, 象果形在木之上."(나무의 열매이다. 나무 위에 과일이 있는 형상을 그린 것이다.)라고 풀이하였다. 이로부터 결과, 성취, 충실하다, 맛 좋은 음식 등이라는 뜻으로 확장되었다.

육류는 유목부락의 주식이었다. 화하민족의 선조들은 황하유역에서 생활하였는데, 그곳은 바로 농경문화와 유목문화가 병존하는 곳이었다. 황제부족은 농경문화였고, 염제부족은 유목문화였다. 중원지역은 농경문화가 우세하였다. 육류의 근원은 사육과 수렵이 모두 중요하였다. 사육한 돼지, 양, 닭, 소뿐만 아니라, 수렵한 산돼지, 사슴, 토끼 등이 있었다. 농경부족에서는 고기는 부식副食이었고, 유목부족에서는 고기는 주식主食이었다.

예 5)는 '육肉'자로, 이것은 '고기 덩어리'를 그린 것이다. 『설문·육부肉部』에 있는 "육肉"자에 대하여 단옥재는 『설문해자주』에서 "謂鳥獸之肉."(새와 짐승의 고기 덩어리를 말한다.)라고 하였다. '육肉'자의 본의는 '조수鳥獸의 고기 덩어리'이다. 여기에서 말하는 '조수鳥獸'는 집에서 기르는 가금家禽과 가축家畜을 포함한다. 앙소보다 이른 자산磁山문화와 배리강裴李崗문화에 돼지와 개 그리고 닭의 유골이 있었으며, 앙소문화에는 황소, 하모도河姆渡문화에는 물소, 용산문화 시기에는 양과 말 등이 발견되었다. 그 가운데 돼지의 뼈가 가장 많이 출토되었는데, 이로부터 화하족의 선민들은 돼지고기를 가장 즐겨 먹었음을 알 수 있다. 신석기시기에는 부락에서 포획하였거나 사육한 동물의 고기는 나이가 지긋하신 어머니께서 평등하게 분배하였다. 하지만 계급사회에 이르러, 재물의 차이와 인구의 증가로 인하여, 일반 평민들은 고기를 먹을 기회가 그다지 많지 않았다.『맹자孟子·양혜왕상梁惠王上』에 "鷄豚狗彘之畜, 無失其時, 七十者可以食肉矣."(닭이나 돼지나 개 등의 가축을 기르는데, 그 번식할 기회를 잃지 않으면 70세의 사람들이 고기를 먹을 수 있을 것이다.)라고 하였다. 맹자의 이상적인 설계에 따르면, 70세가 되어야만 고기를 먹을 수 있었다. 하물며 이것은 아주 이상적인 것에 불과하였다.『좌전左傳·장공10년莊公十年』에 "肉食者鄙, 未能遠謀."(지위가 높은 사람들은 생각과 견식이 낮아 원대한 생각을 할 수가 없다.)라고 하였는데, 이에 대하여 두예杜預는『주注』에서 "肉食, 在位者."(고기를 먹을 수 있는 자는 지위가 있는 사람이다.)라고 풀이하였다. 즉, 관직을 하고 있는 관료와 귀족만이 고기를 먹을 수 있었다.

'주육붕우酒肉朋友'의 '육肉'은 먹는 고기를 말하고, '육안범부肉眼凡夫'의 '육肉'은 사람 고기를 말한다. 사서史書에 기록된 바에 따르면, 당대唐代 외척外戚인 양국충楊國忠은 사치가 극에 달하여, 겨울에 뚱뚱한 하녀를 선발하여 배열한 후 바람을 막았는데, 이것을 '육진肉陣' 혹은 '육병풍肉屛風'이라 칭하였다. 이 문장에서 '육肉'이란 바로 사람 고기를 말하는 것이다.

고기는 육고기뿐만 아니라 물고기도 있었다.

예 6)은 '어魚'자로,『설문·어부魚部』에서 "魚, 水蟲也, 象形, 魚尾與燕尾相似."(어魚란 물고기를 말한다. 상형문자이다. 물고기 꼬리와 제비 꼬리는 서로 비슷하다.)라고 해석하였다. 구석기 중기와 말기의 고인류는 물에서 어류魚類와 패류貝類를 잡아서 음식물로 삼기 시작하였다. 10만 년 전의 정촌인丁村人은 청어靑魚, 초어草魚, 우렁이 등을 잡을 수 있었고, 산정동인은 80cm나 되는 초어草魚와 민물조개를 잡을 수 있었다. 신석기시기와 유사有史 문화 이후, 물고기의 종류는 더욱 많아졌다.

조미료에는 소금, 매실, 파, 부추, 산초 등이 있었다.

『설문・염부鹽部』에는 "鹽, 鹹也. 從鹵監聲. 古者宿沙初作煮海鹽."(염鹽은 짠 맛을 내는 조미료이다. 이 한자는 로鹵에서 뜻을 취하고 감監에서 소리를 취하는 형성 문자이다. 옛날 숙사라는 사람이 처음으로 바닷물을 끓여서 소금을 제작하였다.)라고 풀이하였다. 『로사路史・주注』에서는 송충宋衷의 "夙沙, 炎帝之諸侯."(숙사夙沙 는 염제의 제후이다.)는 문장을 인용하였다. 숙사宿沙(혹은 숙사夙沙)라는 명칭으로 볼 때, 이는 해변의 어민이자 신석기 시대의 인물임에 틀림없다. 소금은 최초에 바다에서 채취하였고, 후에야 지하 염광鹽礦을 채굴하였다. 원시 소금 정제 방법은 소금물을 달구어진 목탄에 뿌리면, 목탄 위에는 백색의 소금이 나온다. 이후에 다시 토기로 만든 가마에서 정제하였다. 『태평환우기太平環宇記』에 "滄州鹽山縣, 鹹土在縣東七十里, 東西南北一百五十里地帶海濱, 其土鹹鹵, 海潮朝夕所及, 百姓取而煎之爲鹽."(창주 염산현에는 소금기 있는 짠 흙인 함토가 현의 동쪽으로 70리나 된다. 그리고 동서남북 사방으로 150리가 해변이다. 그곳에는 짠 소금이 있는데, 이것은 바닷물이 조석으로 밀려들면서 만들어낸 것이다. 백성들은 그것을 채취하여 달인 다음 소금을 만든다.)라는 구절이 있다. 『일체경음의一切經音義』9에는 "天生日鹵, 人生日鹽. 鹽在正東方, 鹵在正西方也."(천연적으로 만들어진 것을 로鹵라 하고, 인공적으로 만든 것을 염鹽라 한다. 염鹽은 동방에 있고, 로鹵는 서방에 있다.)라 하였다. 이로부터, 고대의 동방에서는 인공적으로 생산한 해변의 소금을 먹었으며, 서방에서는 하늘에서 주신 광염礦鹽을 먹었음을 알 수 있다. 『사기・화식전貨殖傳』에서는 "山東食海鹽, 山西食鹽鹵."(산동에서는 염鹽을 먹고, 산서에서는 로鹵를 먹는다.)라고 하였다(이 문장에서 산山은 효산崤山을 말하는데, 산동이란 곧 관동關東을 가리킨다.)

예 7)은 금문 '로鹵'자로, 이것은 '자연적으로 형성된 소금 알갱이 모양'을 그린 것이다. 『설문・로부鹵部』에서는 '로鹵'를 "象鹽形"(소금의 모양을 그린 것이다.)라 해석하였는데, 이 설명은 올바른 설명이다. 하지만 "西方鹹地也" (서방의 함지鹹地이다.)라고 해석한 것은 인신의이다. '로전鹵田'은 '염감지鹽鹼地'이고, '로지鹵池'는 '함수호鹹水湖'이다. '염감지'가 생산하는 생산량은 매우 낮기 때문에, 인신하여 '지식이 부족함', '경솔함'이라는 뜻으로 확장되었다. 『홍루몽紅樓夢』 제81회에서 '탐춘探春'이 말한 '로인鹵人'이란 바로 '경솔한 사람'을 가리킨다. 자전字典이나 사서辭書에서는 일반적으로 '로인鹵人'의 '로鹵'는 '로魯'와 통한다고 설명한다. 하지만 실은 그와 정반대이다. '로인鹵人'의 '로鹵'는 본자이고, '로망魯莽'의 '로魯'가 도리어 '로鹵'와 통하는 통가자이다.

『상서尚書・설명하說命下』의 "若作和羹, 爾性鹽梅."(만일 국맛을 맞춘다면 너는 소금이요 매실이니라.)라는 문장에 대하여 공안국孔安國은 『전傳』에서 "鹽鹹梅醋, 羹須鹹醋以和之."(짠 맛을 내는 소금과 매실로 만든 식초, 갱羹은 반드시 소금과 식초를 첨가해야 한다.)라고 풀이하였다. '갱羹'이란 진한 육즙이므로, 반드시 오늘날의 간장과 초의 작용을 하는 것과 비슷한 종류의 소금과 매실을 넣어야만 한다.

예 8)은 금문 '모某'자로, 이것은 '매실 매梅'의 초문初文이다. 이것은 '목木'과 '감甘'이 결합한 회의자로, 고대인들은 생고기의 비린 냄새를 제거하기 위하여 맛을 조절한 것을 '감甘'이라 하였다. 이것은 현대인들이 단 것을 '감甘'이라 하는 것과는 매우 다른 해석이다. 매실 중에서 시큼한 맛은 생고기의 비릿한 냄새를 제거해주기 때문에 바로 '감甘'이 더하여진 것이다. 『설문・목부木部』에서는 "某, 酸果也."(모某란 신 맛을 내는 과일이다.)라 하였다. '모某'가 대명사로 된 것은 가차의이다.

"약작화갱若作和羹"(만일 국맛을 맞춘다면)의 '화和'를『설문・명부皿部』에서는 '화盉'라 썼다. 예 9)가 바로 금문 '화盉'자이다. 이 한자는 '명皿'과 '화禾'가 결합한 것으로, '화禾'는 음으로도 사용된다. 자형은 '음식물을 그릇에 넣고서 산벼로 음식의 맛을 조절하는 모양'을 그린 것이다.『설문・명부皿部』에서 "盉, 調味也."(화盉는 음식맛을 조절하는 것이다.)라 하였다. 이로부터 '화禾'의 본의는 단지 밭에서 기르는 벼만을 나타내는 것은 아님을 알 수 있다. 이러한 뜻으로부터 '조미료를 넣는 그릇'이라는 뜻으로 확장되었다. '음식맛을 조절한다.'라는 의미를 경전經典에서는 '화和'자로 그것을 대체하였다. 하지만 '화和'의 본의는 '상응하다'로, 이것은 '구口'의 뜻과 '화禾'의 소리가 결합한 한자이다. '화和'를 '다양한 맛을 알맞게 잘 섞다.'라는 뜻으로 사용하는 것은 가차용법이다.

예 10)은 '향䅨'자로, 이것은 '산벼를 그릇에 넣고 맛을 조절하는 모양'을 그린 것이다. 산벼로 고기요리의 맛을 조절하여 그 향긋한 향기를 풍기는 것을 말한다. 그래서『설문・향부香部』에서는 "香, 芳也. 從黍從甘."(향䅨은 향기이다. 서黍와 감甘이 결합한 회의문자이다.)라고 해석하였다. 하지만 허신의 자형 분석은 정확하지가 않다. 갑골문은 여러 개의 점을 찍었는데, 이것은 바로 향기로운 냄새가 발산하는 것을 나타낸 것이다. 당시 음식 맛을 조절할 수 있는 산벼는 무엇이었을까? 고고학에서는 이것을 증명할 수 없었다. 소수민족의 상황을 참고해보면, 악륜춘족鄂倫春族은 들에서 나는 파와 부추를 이용하고, 혁철족赫哲族은 들에서 자라는 산초나무와 마늘 그리고 파를 이용한다. 오늘날 한족이 재배하는 파, 마늘, 산초, 부추 역시 야생에서부터 재배 가능하게 된 것들이다. 원시사회에서 음식의 맛을 조절하는 벼는 야생의 벼와 재배한 벼를 포괄한다.

음료수는 물과 술이었다.『예기・옥조玉藻』에는 "五飮 : 上水, 漿, 酒, 醴,

酏."(오음五飮은 물을 가장 좋은 것으로 삼고, 그 다음으로는 간장, 술, 단술, 식혜 차례이다.)라는 문장이 있다. 이 문장에 따르면 물이 가장 좋은 음료수였다. 신석기시기에 토기를 발명하였고, 강이나 우물에서 물을 긷는 도구도 있었다.

예 11)은 '익益'자로, '토기에 물을 가득 채우고 물이 넘쳐서 흘러나오는 모양'을 그린 것이다. 즉 이것은 오늘날의 '일溢'자의 초문이다. '익益'과 '일溢'은 고금자로, 본의는 '물이 가득 차서 넘치다.'이다. 후에 '증가하다', '도와주다', '많다', '부유하고 넉넉하다', '이익' 등의 뜻으로 확장되었다. 대문구大汶口 문화에서는 '채도로 된 것으로 등에 지는 항아리'가 출현되었는데, 이것은 물을 담고서 멀리 갈 수 있는 도구이다.

술은 어떻게 발명되었을까? 『초학기初學記』 권26에는 『세본世本』의 "帝女儀狄始作酒醪, 變五味, 小康作秫酒."(황제의 딸인 의적이 처음으로 술을 만들었다. 그리하여 오미가 변하게 되었다. 소강은 고량주를 만들었다.)라는 문장을 인용하였다. 이 문장에서 '녀女'와 '강康'(즉 '강糠'자의 초문) 두 개의 한자로부터, 술의 발명은 부녀자와 식량과 관련되어 있음을 살펴볼 수 있다. 최초에는 과일을 채집하고 식량을 쌓아 놓은 다음 햇볕에 쬐면 물이 쌓이는데 이렇게 하여 자연적으로 술이 만들어졌을 것이다. 림겸광林謙光의 『대만기략臺灣紀略』에 따르면, 대만의 고산족高山族은 "人好飮, 取米置口中嚼爛, 藏於竹筒, 不數日而酒熟. 客至出以相敬, 必先嘗而後進."(사람들은 술을 마시기를 좋아하였다. 쌀을 입 속에 넣고서 잘게 씹은 다음에 죽통에 담아두었다. 며칠이 지나면 술이 익는데, 이때 손님이 오면 존경의 표시로 먼저 맛을 보게 한 연후에야 집안에 들어올 수 있다.)이라 하였다. 『위서魏書·물길전勿吉傳』과 『수서隋書·말갈전靺鞨傳』 등에는 중국 고대 소수민족도 쌀을 씹어 술을 만들었다는 내용을 기록하였다. 고고학에서는 앙소문화에 이미 토기로 된 작은 술그릇이 발견되었는데, 이로부터 중국에서 술을 빚은 것은 대략 7,000년의 역사를 지넜음을 알 수 있다.

예 12)는 '유酉'자로, '유酉'는 '주酒'의 초문이다. 이 한자는 '술항아리의 모양'을 그린 것으로, 가운데 '이二'라는 횡선은 '항아리에 술이 있음'을 나타낸다. 후에 '유酉'가 간지干支명칭으로 사용되었기 때문에, 'ㅋ(물 수 변)'을 더하여 '주酒'라고 썼다. 『설문·유부酉部』에서는 "酒, 就也, 所以就人性之善惡. 從水從酉, 酉亦聲. 一曰造也, 吉凶所造也. 古者儀狄作酒醪, 禹嘗之而美, 遂疏儀狄. 杜康作秫酒."(주酒는 순응하다란 뜻이다. 이것을 음용하면 인성의 선량함과 추악함이 드러난다. 수水와 유酉가 결합하여 이루어진 한자로, 유酉는 소리를 나타내기도 한다. 다른 뜻으로는 성취하다는 뜻이다. 즉, 좋은 일과 나쁜 일을 만드는 원인이 되기도 한다. 옛날 의적이 술을 만들었으며, 우禹는 술맛을 보았는데 매우 맛이 있었다. 그리하여 그는 의적을 멀리하였다. 두강은 고량주를 만들었다.)라고 풀이하였다. 의적은 또한 우禹의 부인이 되었는데, 전설의 시간은 너무 늦은 감이 있다. 하지만 술의 양면성을 잘 설명하고 있다. 술에 빠지면 가정의 평온에 이롭지 않고, 안정적인 단결에도 영향을 끼친다. 우禹와 같은 성인 역시 이와 같았는데 하물며 일반 사람들은 말할 필요도 없다. 주의할 점은 옛 사람들이 만든 술은 모두가 식량을 발효한 미주米酒라는 점이다. 이것은 오늘날 마시는 50°C에 달하는 백주白酒와는 완전히 다른 것이다. 최초의 과실주는 포도주로, 이것은 『사기史記·대완열전大宛列傳』의 "宛左右以蒲陶(即葡萄)爲酒, 富人藏酒至萬餘石, 久者數十歲不敗."(완의 좌우 양쪽 옆에는 포도를 가지고 술을 만든다. 부유한 사람은 술을 만여 석이나 담는다. 그 가운데 오래된 것은 수십 년이나 된 것도 있다.)라는 문장에 보인다. 한대에 포도가 중원에 전해졌으나, 내륙에서 포도주를 만든 것은 도리어 당대 이후의 일이었다.

다茶는 당대唐代 이전에는 '도茶'라 칭하였다. '다茶'라는 한자는 『다경茶經』에서 처음으로 나타난다. '도茶'와 '다茶'는 고금자古今字이다. 세계 3대 비주류非酒類 음료인 차, 코코아, 커피 가운데 하나인 차의 원산지는 중국의 서남부로, 운귀雲貴 고원의 경계에 위치한 산악 지구는 오늘날까지도 여전히 차의 주요 분포 지역인데, 이러한 사실은 이곳이 바로 차의 발원지임을 설명한다. 선진 문헌에는 '도茶'자가 많이 출현하는데, 하지만 이것은 모두 채소로 출현한 것이다. 한대의 왕포王褒는 『동약僮約』에서 "烹茶盡具."(차를 끓이는 도구를 깨끗하게 씻는다.)라 하였다. '팽도烹茶'를 같이 사용한 것은 결코 채소를 지칭하는 것은 아니다. 왕포는 서한 촉蜀 자양資陽의 중인이다. 이러한 사실로 볼 때 파촉巴蜀의 부유한 사람들은 서한시기에 이미 차를 마시는 습관이 있었음을 알 수 있다. 차는 육조 이후에 남방으로 보급되었고, 중당 이후에야 화북으로 전래되어, 점차 전국적으로 유행하기 시작하였다.

2. 요리하기

구석기 시대의 요리 방법은 매우 간단하였다. 야생 과일을 채집하여 그냥 먹었고, 수렵활동을 통하여 동물을 잡으면 그것을 불에 넣고 구워서 먹었다. 악륜춘鄂倫春 사람들은 짐승의 고기를 나무로 사르는 불에 집어넣어서 구웠으며, 혹은 나뭇가지에 고기를 꿰어서 불에 구웠다.

예 13)은 금문 '선燹'(xiǎn)자로, '손에 두 마리의 돼지를 매단 나뭇가지를 잡고서 불 위에서 굽는 모양'을 그린 것이다. 이것은 바로 당시 원시적인 불의 사용 방법이었다. 『설문·화부火部』에서는 "火也."(불이다.)라고 해석하였다.

고기를 굽는 '포炮'라는 방법은, 『예기·내칙內則』에 "炮取豚若將."(포를 만드는 방법은 우선 돼지를 잡는다.)라고 하였는데, 이에 대해서 정현鄭玄은 『주注』에서 "炮者以塗燒之爲名也."(포라는 것은 진흙을 발라서 불에 태우는 것이기 때문에 그렇게 이름한 것이다.)라고 하였다. 즉, 동물 통째를 혹은 고기 덩어리를 진흙으로 바른 다음에 불에 넣어서 굽는 것으로, 이렇게 하면 까맣게 타는 것을 피할 수 있다. 이 뿐만 아니라 '석팽법石烹法'이 있는데, 태족傣族은 소를 잡은 다음에 땅에 웅덩이를 판 후, 벗겨 낸 소의 가죽을 웅덩이 안에 잘 편다. 후에 물과 소고기 덩어리를 넣고서, 잘 달구어진 돌멩이를 계속하여 물에 집어넣어서 물을 끓어오르게 한 후에 고기를 삶아 익힌다. 익은 고기를 먼저 신께 바친 다음에 많은 사람들이 함께 먹는다.

유사문화 시기에는, 굽는 것은 육류에 한정하지 않았다. 춘추전국 시기에는 구운 빵이 출현하였다. 『묵자墨子・경주耕柱』에 "見人之作餅, 則還然竊之."(남이 떡을 만드는 것을 보고서는 슬쩍 그것을 훔친다.)라는 구절이 있다. 『한서漢書・선제기宣帝紀』에는 선제宣帝께서 피곤하실 때에 "每買餅, 所從買家輒大讎(售), 亦以是自怪."(매번 병을 살 때에, 번번이 많이 파는 곳에 가서 샀다. 왜 그렇게 해야만 하는지에 대하여 이상하게 생각했다.)라는 문장이 있다. 그리고 유희劉熙는 『석명釋名・석음식釋飲食』에서 "餅, 幷也, 溲麵使合幷也. 胡餅, 作之大漫冱也, 亦言以胡麻著上也. 蒸餅, 湯餅, 蠍餅, 髓餅, 金餅, 索餅, 皆隨形而名之也."(병餅은 병幷이다. 밀가루를 반죽하여 서로 합치기 때문에 병幷이라 한 것이다. 호병胡餅은 크고 넓게 만들었다. 이것은 호마胡麻를 넣고 만들면 더욱 맛있다. 증병, 탕병, 헐병, 수병, 금병, 색병 등은 모두 그 모양에 따라서 이름이 붙여진 것이다.)라고 하였다. 한대에 이르러 '병餅'의 종류가 매우 많아졌다.

신석기시대에는 원시농업과 토기가 출현하였으며, 요리방법에도 큰 변화가 발생하였다. 토기는 원래 음식 때문에 발명된 것이었다.

요리방법은 주로 끓이고 삶는 것이다. 배리강裴李崗 문화에는 비교적 원시적인 삼족정三足鼎(세 발 달린 솥)과 도관陶罐(흙으로 만든 항아리)이 있었으며, 앙소문화에는 도부陶釜(흙으로 만든 가마)와 도조陶竃(흙으로 만든 아궁이) 등의 취사도구가 있었다. 쌀 혹은 고기, 채소와 물을 항아리와 솥 혹은 정鼎(큰 솥)에 넣은 후, 항아리와 솥을 세 개의 돌멩이 위에 놓고서 불로 가열

한다. 이러한 것으로부터 영감을 얻어서 세 발 달린 취사도구(정鼎, 력鬲)를 발명하여, 직접적으로 불 위에 놓을 수 있게 되었다. 앙소문화 묘저구廟底溝 유적지에서는 도조陶竈가 발견되었는데, 아래 부분에는 주방 구멍이 있어 이곳에 나무를 넣을 수 있었다. 그리고 윗부분에는 몇 개의 연기 구멍이 있고, 맨 위쪽에는 원형 모양의 주둥이가 있어 그곳에 도부陶釜를 놓을 수 있었다.

예 14)는 '상鬺'(shāng)자로, 이것은 '토기로 만든 솥에 양고기를 넣어서 삶는 모양(오늘날 고고학에서 발견된 신석기 시기의 흙가마 등의 크기는 일반적으로 양 한 마리 전체를 넣을 수 없다.)'을 그린 것이다. 『설문・력부鬲部』: "鬺, 煮也, 從鬲羊聲."(상鬺은 삶는다는 뜻이다. 이 한자는 력鬲에서 뜻을 취하고 양羊에서 소리를 취한 형성문자이다.)라고 해석하였다. 이 한자는 회의겸형성자로 해야 옳다.

예 15)는 '확鑊'(huò)인데, 이것은 고대에는 '부釜'라 하였고, 오늘날에는 '과鍋'라 칭하는 것이다. 이 한자는 '세 발 달린 취사도구(정鼎 혹은 력鬲)에 포획한 날짐승을 넣어서 삶는 모양'을 그린 것이다. 『설문・금부金部』에 있는 "확鑊"자에 대하여 단옥재는 『설문해자주』에서 "鑊, 所以煮也."(확鑊은 삶기 위한 것이다.)라고 풀이하였다. 즉, 삶는 용도로 사용되는 취사도구에 '금金'을 더하여 후기형성자가 된 것이다.

이 뿐만 아니라 찌는 방법도 있다. 앙소문화에 속하는 묘저구廟底溝 유적지 (기원전 2,900~기원전 2,800년)에서는 도증陶甑(흙으로 만든 시루)이 출토되었다. 도증陶甑은 음식물을 찌는데 사용되는 취사도구로, 넓게 벌린 입과 수직으로 된 벽 그리고 아래에는 십 여 개나 되는 작은 구멍이 있는데, 이것은 오늘날의 시루와 유사한 역할을 하는 것이다. 사용할 때 음식물을 그 가운데 넣고서, 물이 가득한 솥이나 항아리 위에 얹어서, 물을 가열하면 수증기가 상승하여 시루 안에 있는 음식물을 익힌다. 찌는 방법은 요리 기술의 대진보로, 이 토기를 사용하여 익힌 음식은 즙이 있는 것과 즙이 없는 음식 두 종류로 나뉜다.

예 16)은 증甑자로, 이것은 바로 '증甑'의 초문이다. 이 한자는 아래는 구멍이 나 있는 불판을 그린 것이고, 위의 두 개의 선은 위로 상승하는 수증기를 그린 것이다. 후에 자형 아래 부분에 '일日'을 더하여 '증甑'자로 쓰게 되었다. '일日'은 시루 아래에 있는 항아리나 혹은 솥 등 물이 가득한 것을 그린 것이다. '증甑'의 위와 아래에는 모두 용기가 있기 때문에 '층層'으로 확장되었고, 뿐만 아니라 '중첩하다'라는 의미도 포함하게 되었다. '증甑'은 항아리 혹은 솥 위에 더하는 것이기 때문에, 여기에 '토土'를 더하여 '증增'이라는 한자가 만들어지게 된 것이다. '증曾'이 부사로 '뜻밖에도', '일찍이'라는 뜻으로 사용된 것은 가차의이다.

불로 직접 음식물을 익히거나 굽는 방법은 여전히 사용되고 있다. 오늘날 전자레인지와 전기오븐이 발명되었을 지라도, 오리구이, 닭구이, 통돼지바베큐는 여전히 맛있는 음식이다.

요리방법 가운데 지지고 볶고 튀기는 방법은 금속 요리 기구가 출현한 이후에야 가능한 조리방법이다. 왜냐하면 토기는 그 정도의 높은 온도에 도달할 수 없기 때문이다. 특히 철기는 매우 얇게 만들 수 있기 때문에 가열 속도가 매우 빠르다.

음식을 삶고 찌기 전에는 그것을 잘 씻고 잘게 썰어야 한다.

예 17)은 월刖(yuè)로, 이것은 칼로 고기를 자르는 것을 그린 것이다. 『설문·도부刀部』에서는 "絕也."(끊다는 뜻이다.)라고 해석하였다. 본의는 절단하다, 단절하다이다. 옛날에 '월족刖足'이라는 형벌이 있었는데, 이것은 바로 다리를 자르는 것이다.

고기를 잘게 썬 다음에는 고기를 올려놓아야 한다.

예 18)은 조俎(zǔ)로, 이것은 나무를 잘라서 만든 도마와 그 안에 놓인 고기조각을 그린 것이다. 『한비자韓非子·난언難言』에 "身執鼎俎爲庖宰."(자신이 직접 솥과 도마를 들고 주방 일을 맡았다.)라는 문장이 있는데, 이 문장에서

'조祖'의 쓰임은 바로 본의 즉, 잘게 썬 고기를 놓은 나무로 만든 도마이다. 후에 제물에 사용할 고기를 놓는다는 것으로 뜻이 확장되어, 제사 예기禮器의 하나가 되었다. 『설문·조부且部』에 "俎, 禮俎也, 從半肉在俎上."(조俎는 제사를 지낼 때 사용하는 제기이다. 도마에 육肉의 반쪽이 올려진 모습을 그린 것이다.)이라 하였다. 고기를 놓는 곳은 청결하고 깨끗한 장소이기 때문에 '면宀'을 더하여 '의宜'로 확장되었다. 『설문·면부宀部』에서는 "宜, 所安也."(의宜는 사람을 편안하게 만드는 곳이다.)라고 해석하였다. 여기에서 '적합하다'라는 뜻으로 확장되었다. 이 부분에 대한 설명은 가구와 관계된 부분을 참고하면 될 것이다.

3. 식사하기

신석기시대의 식기는 주로 흙으로 만든 것이다. 식기에는 밑이 둥근 사발과 발이 둥근 주발, 세 개의 발을 한 사발과 세 개의 발을 가진 항아리, 하나의 귀를 가진 술잔과 흙으로 만든 궤, 호리병과 흙으로 만든 제기 등이 있기는 하지만 이 시기의 식기는 엄격한 용도 구분이 없었다. 젓가락은 고대에 '저箸'라고 칭하였다. 『한비자韓非子·유로喩老』에 "昔者紂爲象箸, 而箕子怖."(옛날 은나라의 주왕이 상아젓가락을 만들자 기자가 그 결과를 두려워했다.)라는 구절이 있고, 『논형論衡·룡허편龍虛篇』에 "傳曰 : 紂作象箸而箕子泣, 泣之者, 痛其極也."(전傳에서 말하길, 주왕이 상아젓가락을 만드니 기자가 울었다. 운다는 것은 마음의 아픔이 극에 달한 것이다.)라는 구절이 있다. 기자箕子는 은나라 주왕이 상아로 젓가락을 만들어 사용하는 것은 너무 사치스럽기 때문에 종국에는 반드시 나라가 망할 것임을 알고서 울었다. 이러한 사실로 볼 때, 은상시대에는 젓가락이 이미 보편적으로 사용하였음을 살필 수 있다.

그렇다면 최초의 젓가락은 어느 시기에 출현하였을까? 음식을 토기에 담아 끓이면 고기 덩어리 혹은 채소가 뜨거운 탕 속에 있을 것이다. 이때 토기로 만든 식기가 있다면 탕이나 뜨거운 음식을 직접 입에 담고 먹을 수 있지만, 만일 그러한 식기가 없다면 뜨거운 탕 속에 있는 고기와 야채를 손으로 직접 잡을 수 없기 때문에 도저히 먹을 수 없다. 장족藏族은 쌀보리는 손으로 잡아서 먹고, 삶거나 구운 소고기와 양고기는 덩어리로 상 앞에 갖다 놓은 다음 칼로 썰어서 먹는다. 만일 장족이 한족의 '화과火鍋', 운남의 '과교미선 過橋米線'과 같은 요리를 먹게 된다면, 그들이 음식을 먹을 때 습관적으로 사용하였던 손은 전혀 쓸 수 없게 되는 상황에 직면할 것이다. 이 경우에는 반드시 나뭇가지나 대나무가지를 빌려야만 한다.

예 19)는 궤簋자로, 왼쪽 부분은 음식을 가득 쌓은 둥근 그릇이고, 오른쪽은 손으로 원시의 젓가락인 나뭇가지를 잡은 모습을 그린 것이다. 궤簋의 본의는 둥근 배와 입이 벌어진 그릇이다. 『설문·죽부竹部』에서는 '方器'(장방형 그릇 이다.)라고 해석하였는데, 이것은 잘못된 해석이다. 원시 젓가락은 납작하고 끝이 뾰족한 작은 나뭇가지였을 것이다. 이것은 후세의 숟가락과 국자 그리고 젓가락의 용도와 같았을 것이다. 채소와 고기를 찌르고 건져서 입에 집어넣는 것은 대체로 토기 식기도구의 출현시기와 같았을 것이다. 후에 두 개의 나뭇 가지 혹은 대나무가지로 음식을 집는 것으로 발전하였는데, 이렇게 되어 숟가 락과 젓가락의 분화가 일어나게 되었다. 신석기 시기 말기 토기가 매우 정교 한 것을 보니, 젓가락은 아마도 그 시기에 출현하지 않았을까 한다.

원시사회는 모계친족사회로 모든 사람들이 같이 식사를 하였다. 부계사 회는 부계친족이 함께 생활하면서 집단적으로 식사를 하였다. 이러한 관습 은 매우 오랫동안 지속되었는데, 오늘날에도 중국의 수많은 농촌에서는 이 와 같다.

집단식사를 하기 위해서는 우선 음식물을 잘 벌여 놓아야 한다. 일반적으로 실내에 구멍을 판 작은 불구덩이 주위에 순서대로 앉는데, 당시에는 탁자가 없었다. 운남 맹련孟連 해동海東 와족佤族의 최소 식사 단위를 "니아새 尼阿賽"라고 한다. 큰 방 안에서 같이 불구덩이에 모여 앉는데, 불구덩이 위쪽에는 여자 씨족 구성원이, 아래쪽에는 남자 씨족 구성원이 앉는다. 신석기 시기 모계제에서의 식사는 대체적으로 이와 같았을 것이다. 아직 성년식을 올리지 않은 남녀 아이들은 어머니와 함께 앉았다. 여인들의 "남편"들은 본 씨족의 구성원이 아니었다. 그래서 그들은 노동을 하거나 식사를 하는 일들은 "부인"의 씨족에서 함께 행해질 수 없는 일이었다.

예 20)은 구具자로, 이는 두 손으로 이미 잘 익은 음식이 놓여 있는 솥을 들고서 다른 사람 앞에 잘 진열하는 모양을 그린 것이다. 『설문』에서는 "共置也."(잘 차려 놓은 것이다.)라고 풀이하였다. '공치共置'라는 것은 설치한다는 것으로, 본의는 바로 '음식을 준비하다.'이다. 그래서 밥과 반찬이라는 뜻으로 확장되었고, 다시 준비하다는 뜻이 되었다. '구具'는 '정鼎'을 본떠서 만든 한자이지만, 금문에서 '정鼎'이 '패貝'자로 와변訛變되었다.

예 21)은 급皀(bì)자로, 이것은 밥과 반찬이 가득 담긴 원형의 식기를 그린 것이다. 위에 그려진 점들은 쌀알을 그린 것이다. 『설문・급부皀部』에서는 "穀之馨香也. 象嘉穀在里中之形, 匕所以扱之."(곡식의 아름다운 향기를 뜻한다. 좋은 곡식이 곡식피 안에 담겨 있는 모양을 그린 것이다. 비匕는 밥을 뜨기 위한 도구이다.)라고 하였다. 하지만 허신의 설명은 자형과 자의가 모두 잘못되었다.

예 22)는 수羞자로, 이는 손으로 잘 익은 양고기를 잡아서 공손하게 바치는 모양을 그린 것이다. 『설문・축부丑部』에서는 "進獻也, 從羊 ; 羊, 所進也 ; 從丑, 丑亦聲."(바치다는 뜻이다. 이 한자는 양羊을 취하였다. 양은 바쳐지는 동물이다. 축丑에서 뜻도 취하고 소리도 취하는 회의겸형성자이다.)라고 하였다. 본의는 '두 손으로 공손하게 바치다.'이고, 여기에서 '추천하다'라는 뜻으로 확장되었다. 뿐만 아니라 '맛있는 음식'이라는 뜻도 포함되어있는데, 이 뜻을 나타내는 한자는 후에 '식食'을 결합하여 '수饈'라는 한자를 만들었다. 오늘날 '수羞'가 '수치심'이라는 뜻으로 사용된 것은 '추醜'의 통가자이기 때문이다. '추醜'는 현대 한자에서 동음대체同音代替의 원칙에 따라서 '축丑'으로 간체화되었고, 그 통가의通假義는 다시 '부끄럽다', '모욕하다'로 확장되었다.

예 23)은 로魯자로, 이것은 그릇에 물고기가 있는 모습을 그린 것이다. 물고기의 맛이 매우 좋기 때문에 본의는 '매우 아름답다'이다. 갑골문에서는 '매우 아름답다'라는 형용사로 사용되었다. 여기에서 다시 '크다'라는 뜻으로 확장되었는데, '목木'을 더하여 '로櫓'라는 한자를 새롭게 만들었다. 『설문·목부木部』에서는 "櫓, 大盾也."(로櫓는 큰 방패이다.)라고 하였다. 오늘날에는 '배를 젓는 노'라는 뜻으로 사용된다. 로魯가 '우둔하고 총명하지 못하다'라는 뜻으로 사용되는 것은 바로 로鹵의 통가자이기 때문이다. 로鹵는 '내륙에서 생산되는 소금'으로, 여기에서 생산되는 소금은 바다에서 생산되는 소금보다 매우 적기 때문에 로鹵는 '나쁘다', '총명하지 않다'라는 뜻을 포함하게 되었다.

예 24)는 전奠자로, 이는 '두 손으로 주기酒器를 들고서 공손하게 바치는 모습'을 그린 것이다. 본의는 '공손하게 바치다'이고, '내버려두다'라는 뜻으로 확장되었다. '내버려두다'라는 것은 '안정됨'이 필요하기 때문에 다시 '안정하다'라는 뜻으로 확장되었다. 죽은 자에 대해서도 술을 바치기 때문에 '제사'라는 뜻으로도 사용되었다. 고문자에서 '전奠'과 '존尊'은 하나의 문자였다. 후에 '존尊'이 주기酒器의 명칭 혹은 존경이라는 뜻으로 사용되었다.

밥과 반찬 진열이 끝나면, 씨족의 구성원들은 순서에 따라서 꿇어앉는다.

예 25)는 향鄕자로, 가운데에 '급皀'자가 있는데, 이것은 잘 익은 밥을 뜻한다. 밥 옆에는 서로 대면하여 꿇어 앉아 있는 '두 사람'이 있는데, 이것은 바로 씨족의 구성원들이 앉는 두 개의 줄을 나타낸다. 향鄕의 본의는 바로 '마주 앉아서 밥을 먹다.'이다. 두 열의 사람들이 서로 대면하여 앉기 때문에 향鄕은 '대면하다'의 향鄕으로 사용되었고, 그 후에는 음을 나타내는 '향向'이 첨가되어 '향嚮'으로 썼다. 방의 북쪽에 창을 낸 모양인 '향向'과 혼용되었기 때문에, 지금은 간체화되어 '향向'으로 쓴다. 향鄕은 씨족 구성원들이 함께 식사를 하는 것이다. 후에는 술과 음식을 마련하여 사람을 초대하여 손님을 접대하는 것 역시 '향鄕'으로 칭하였다. 여기에 다시 뜻을 나타내는 '식食'을 첨가하여 '향饗'자로 썼고, 오늘날에는 '향飨'으로 간략하게 쓴다. 함께 식사를 한다는 것은 바로 동일한 씨족을 뜻한다. 그리하여 이로부터 '취락'이라는 뜻으로 확장되었고, 그리하여 '고향'이라는 뜻이 되었을 것이다. 후에 국가가 생겨나면서, 향鄕은 거주구역의 행정단위가 되었다. 갑골문과 금문에서 '향鄕'과 '경卿'은 하나의 문자였다. 모계씨족사회에서, 일이 있을 때마다 족장이 씨족회의를 주재하였는데, 성년이 된 씨족의 구성원들은 각각 나뉘어 대면하여 앉았다. 게다가 밥을 먹을 때에도 앉는 순서 역시 이와 같았다. 씨족의 구성원들은 평등하게 의견을 발표할 수 있었고, 씨족의 일을 같이 상의하여 처리하였다. 그래서 '경卿'은 후에 군왕 밑에 있는 고급 관리를 가리키게 되었다. 주나라의 제도 하에서 경卿은 대부大夫 위에 위치하였다.

향鄕은 구성원들이 서로 마주 보면서 앉은 것을 나타낸다. 음식물의 향기는 사람들의 식욕을 불러일으킨다.

예 26)은 次로, 사람이 음식물 앞에서 침을 줄줄 흐르는 모양을 그린 것이다. 『설문 · 次部』에서는 "慕欲口液也, 從水從欠."(먹고 싶어서 흘리는 침이다. 수水와 흠欠이 결합한 회의문자이다.)라고 하였다. 후에는 뜻을 나타내는 '양羊'을 더하여 '선羨'이라 썼다(오늘날에는 한자 규범화로 인하여 '수水'를 다르게 변화시켜 이羨처럼 '두 개의 점'만 사용한다). 이 한자는 잘 익은 양고기를 보면서 침이 밖으로 줄줄 흘러나오는 것을 나타내기 때문에, 본의는 '흠모하다'이다.

흠모하면 머지않아 곧 먹을 수 있을 것이다.

예 27)은 '즉卽'자로, 이것은 '사람이 둥근 식기에 다가가서 곧바로 먹으려고 하는 모습'을 그린 것이다. 『설문·급부皀部』에는 "卽, 卽食也."(즉卽은 바로 먹다란 뜻이다.)라고 하였다. 본의는 '먹으려고 접근하다.'이다. 『역易·정鼎』에는 "鼎有實, 我仇有疾, 不我能卽."(솥에 물건이 있다. 이 말은 나의 원수가 병이 있으니 나에게 가까이 할 수 없게 하면 길하리라란 뜻이다.)라는 문장이 있는데, 이 문장에서 '즉卽'은 본의로 사용되었다. 이러한 의미는 다시 '즉시', '도착하다', '당시', '가까이에 붙다', '비위에 맞추다', '의거하다' 등으로 확장되었다.

예 28)은 식食자로, 이것은 '잘 익혀진 음식이 담긴 그릇 위에 뚜껑을 덮은 모양'을 그린 것으로, 본의는 '먹다'이다.

'먹다'라는 행위는 반드시 '향기롭고 단 것'이라야만 할 수 있는 행동이다.

예 29)는 감甘자로, 이것은 '입에 음식물을 넣고서 씹는 모양'을 그린 것이다. 『설문·감부甘部』에 "甘, 美也. 從口含一."(감甘은 맛있다는 뜻이다. 입(口)에 일(一)을 머금은 모습을 그린 것이다.)라고 풀이하였다. 본의는 '맛이 좋다'이다. 이로부터 '달다', '맛있다', '좋다', '취미', '욕심내다' 등의 뜻으로 확장되었다.

음식이 맛이 있으려면 마실 음료수가 있어야 한다.

예 30)은 음飮자로, 이것은 '사람이 손으로 주기酒器를 들고서 고개를 숙여서 혀로 맛을 보는 모양'을 그린 것으로, 본의는 '마시다'이다. 이로부터 '빨다', '양치질하다', '은폐하다', '향유하다', '마음속으로 참고 견디다'라는 뜻으로 확장되었다.

맛있게 차려진 음식물을 다 먹었다.

예 31)은 '기旣'자로, 이것은 '풍성하게 잘 차려진 식기에 대하여 사람이 이미 식사를 마치고 머리를 뒤로 돌려서 떠나고자 하는 모양'을 그린 것이다. 『설문·급부皀部』에 "小食也."(적게 먹는다란 뜻이다.)라고 하였다. 하지만 허신의 설명은 잘못된 것으로, 본의는 '식사를 마치다'이다. 이로부터 '다하다', '닳아서 없어지다', '과거', '이미', '머지않아 곧' 등의 뜻으로 확장되었다. '기왕불구旣往不咎'의 기旣는 '과거'를 뜻하고, '기정旣定'의 기旣는 '이미'를 뜻한다.

식사를 다 마친 후에는 음식물을 치워야 한다.

예 32)는 철撤자로, 이것은 '손으로 식사를 마친 다음 빈 솥을 치우는 모습'을 그린 것으로, 본의는 '치우다'이다. 이로부터 '철수하다', '철거하다', '제거하다'의 뜻으로 확장되었다.

이 뿐만 아니라, 구석기 시대에는 음식물의 출처가 고정적이지 않았다. 채집한 것 혹은 포획한 것이 있으면 먹었기 때문에 '하루에 몇 끼'라고는 정확하게 말할 수 없다. 신석기 시대에 이르러 농업이 출현하였고, 게다가 항상 노동을 하였기 때문에, '하루 두 번의 식사제'를 실행하게 되었다. 주대에도 이와 같았다. '하루 세 번 식사'는 진한 이후에 형성되었을 것이다.

연구제시

1. 『설문해자』의 식부食部, 미부米部, 유부酉部의 한자들을 통하여 중국의 음식문화를 살펴보시오. 혹은 이 세 개의 부수에서 하나의 부수만을 선택하여 연구하여도 된다.
2. 음식습관과 식기의 관계를 분석하시오.

주요 참고문헌

1. 楊文騏 『中國飮食文化和食品工業發展簡史』, 中國展望出版社, 1983년.
2. 林乃桑 『中國飮食文化』, 上海人民出版社, 1989년.
3. 王仁湘 『飮食與中國文化』, 人民出版社, 1994년.
4. (日)篠田統 『中國食物史硏究』, 中國商業出版社, 1987년.
5. 劉熙 『釋名·釋飮食』.

6
옷과 장신구

경京 4632. 치黹

사마광師麻匡. 마麻

椒車父簋. 椒

합合 249. 상桑

명明 2330. 촉蜀

을乙 124. 사糸

후後 2, 8, 7. 사絲

림林 1, 18, 9. 전專

여백궤如伯簋. 쵹喬

우정盂鼎. 경巠

전前 2, 12, 4. 백帛

경진京津 4901. 초初

후後 2, 8, 8. 구求   철鐵 12, 2. 의衣   존存 1, 627. 면免

1. 구석기 시대의 복장

구석기시대 조기의 원인猿人은 온 몸에 털로 뒤덮여 있어서 나체로 생활하였다. 운남 원모인元謀人에서 북경인北京人에 이르기까지 모두가 이와 같았다. 그들은 추위에 저항하고 모기와 같은 곤충에게 물어뜯기는 것에 대하여 저항할 수 있는 능력이 부족하였다. 북경인은 주구점周口店에서 몇 십 만년 동안 생활하였는데, 어찌하여 20만 년 전에 "바깥으로 옮겼을까?" 한랭과 온난 기후의 변화가 이에 대한 원인 가운데 하나이다.

구석기시대 말기에 이르러서야 호모사피엔스들은 옷을 입게 되었다. 의복 생산의 원인에 대하여 대체로 세 가지 학설 즉, ① 실용성 ② 수치심 ③ 장식이 있다. 필자는 실용성에 있다고 여긴다. 겨울에 추위에 저항하고, 여름에는 모기가 달려드는 것을 방어하기 위함이었다. 인간의 음부陰部는 말초신경이 집중되어 있어 감각이 매우 민감하기 때문에, 모기가 물어뜯거나 혹은 추위에 두려움을 느꼈다. 뿐만 아니라 당시의 생산 활동은 수렵과 채집이었기 때문에, 풀숲에서나 초원에서 내달리면서 생활하였다. 이에 음부가 상할 수 있었기 때문에 몹시 두려워하였을 것이다. 그래서 최초의 가장 간단한 복장은 바로 수피獸皮와 깃털 그리고 나뭇잎으로 음부를 가렸다. 이와 유사한 기록은 『예기·예운禮運』의 "未有麻絲, 衣其羽皮."(아직 삼과 실이 없었으므로, 그 우모와 가죽을 입었다.)라는 기록이다. 당시는 군혼잡교群婚雜交를 하였기 때문에 수치심을 느끼지 못하였다. 모계사회가 번영한 시기에 이르러 씨족 내부의 남녀간 성교를 금지하여 대우혼이 형성되었다. 그리고 공개적이었던 성교는 점점 은밀한 성교로 변화하게 되었기 때문에 노출한 생식기관에 대하여 차츰 수치스러운 마음이 생기기 시작하였다. 대우혼 습속의 형성은 신석기 시대 초기의 일이었다. 음부를 가리는 것은 구석기 중기 이후에 출현한 것이다. 생식기를 가렸다고 함은 거기에 어떠한 장식을 하지 않았음을 뜻한다. 그래서 복장의 탄생은 완전히 실용성에 근거를 두었다고 할 수 있다. 대체적으로 구석기중기 즉, 다시 말하자면 10만 년 전의 호모사피엔스로부터 시작하여 정촌인丁村人의 신체가 진보하였다. 뇌 용량은 현대인과 비슷하였다. 하지만 정촌인은 당시 아열대 계절풍 기후 삼림 초원에서 생활하였고, 하투인河套人은 초원지대에서 생활하였기 때문에, 모기가 매우 많았을 것이다. 그래서 몸 앞 생식기를 가리는 간단한 물건이 있었을 것이다. 여기서 더 나아가 몸을 가렸을 것이다. 옷을 만드는 재료는 대체로 동물의 가죽이었고, 덩굴류 식물의 줄기로 단단하게 묶어 사용하였다. 『백호통의白虎通義』에는 "太古之時, 衣皮韋, 能覆前而不能覆後."(태고에, 가죽옷을 입었는데, 그것은 앞에는 가릴 수 있었지만 뒤에는 가릴 수 없었다.)라는 기록이 있다. 귀주와 운남 북부의 이족彝族은 양 가죽으로 만든 웃옷이 있는데, 이것은 양 머리와 양 발의 외형을 그대로 간직한 양 가죽이다. 옷을 입을 때에는 윗몸에 감고서, 양의 발굽을 교차시켜 단추로 삼는다. 여름에는 털이 바깥으로 향하게 하고, 겨울에는 털이 안쪽으로 향하게 하여 입는다. 납서족納西族이 입는 양 가죽 망토는 사각형 모양으로, 사용할 때에는 끈으로 몸에 묶는데, 이것은 바로 원시인들의 유풍이다. 당시 옷을 만드는 재료에는 식물의 가지와 잎도 있었다. 『초사楚辭·산귀山鬼』에는 산귀山鬼의 복식은 "被薜

荔兮帶女羅"(벽려 옷을 입고 새삼 덩굴 띠 두르고), "被石蘭兮帶杜衡"(석란으로 만든 옷 입고 진달래 허리띠를 두르고)이라 하였는데, 이 내용은 바로 원시인들이 식물로 옷을 아름답게 미화한 것을 나타낸다. 옹정雍正년간에 쓰여진『운남통지雲南通志』에서는 그곳 소수민족을 "披樹葉爲衣"(나뭇잎을 따서 옷을 만들었다.)라고 칭하였다.

27,000여 년 전의 산정동인(옛 설에 따르면 18,000년 전)은 이미 뼈바늘이 있었는데, 이 뼈바늘의 잔해는 길이가 28mm, 최대 직경은 3.3mm이다. 이러한 유물을 통해서 볼 때, 이것은 깎고 갈아서 만든 뼈바늘임을 추정할 수 있다. 20세기 80년대, 요녕 해성海城 소고산小孤山 선인동仙人洞 유적지에서 산정동인 연대보다 약간 더 이른 구석기 말기의 고인류화석이 발견되었는데, 여기에서도 몇 개의 뼈바늘이 출토되었다. 연대가 산정동인보다 더욱 이른 사천 자양인資陽人도 이미 뼈바늘이 있었다. 사천 목리현木里縣의 몇 개의 씨족은 처음에는 뼈바늘만 사용하다가 후에 뼈바늘과 대나무로 만든 바늘을 사용하였다. 바늘의 제작은 송곳의 기초에서 개선된 것으로, 구석기 시대의 호모 사피엔스도 분명 먼저 송곳을 발명한 후에 바늘을 제작하였을 것이다. 송곳과 바늘의 발명은 재봉기술을 탄생시켰고, 이로 인하여 동물의 가죽 혹은 식물의 잎을 서로 연결하여, 신체보다 더욱 큰 부위를 덮을 수 있었다. 진정陣鼎은 『전검기유滇黔記游』에서 당시 운남 소수민족은 "夷婦紉葉爲衣, 飄飄欲仙. 葉似野栗, 甚大而軟, 故耐縫紉, 具可卻雨."(이부는 나뭇잎을 꼬아서 옷을 만들어 사뿐사뿐 나풀나풀 신선이 되고자 하였다. 들밤나무의 잎이므로 크고 유연하여 꼬아서 만들면 비를 막을 수 있다.)라고 기록하였다. 동물 가죽과 식물의 잎을 연결하여 옷을 만들면서, 인체는 나쁜 환경에 더욱 잘 적응하게 되었다. 산정동인에게는 다리로부터 음부까지 주요 부위를 가릴 수 있는 옷이 있었다. 산정동인은 화하민족의 재봉 직업의 시조로, 지금까지 계속하여 사용되고 있는 철침의 형태와 실로 재료를 연결하는 기술은 바로 산정동인이 발명한 것이었다.

예 1)은 치黹(zhǐ)자로, 이것은 '두 조각의 옷감을 바늘과 실을 이용하여 서로 연결한 모양'을 그린 것이다. 『설문』에서는 "黹, 箴縷所紩衣也."(치黹는 바느질로 만든 옷이다.)라고 해석하였다. 본의는 '바늘과 실로 옷을 만들다.'이다. 산정동인이 사용한 실은 단지 자연에서 얻은 덩굴 식물의 섬유 혹은 동물의 힘줄 혹은 가죽 끈이었다. 악륜춘족鄂倫春族, 악온극족鄂溫克族은 사슴과 큰 사슴의 힘줄을 잘 말린 후 망치로 두드린 다음에 그 가운데 실로 사용할 수 있는 힘줄을 골라서 사용한다.

2. 원시 방직과 양잠

방직은 짜는 것에서 힌트를 얻은 것으로, 짜는 것은 줄을 묶는 것, 벼리를 짜는 것, 대나무를 짜는 것 등을 포함한다. 지금으로부터 10만 년 전의 허가요인許家窯人의 석구石球는 밧줄과 관련이 있을 가능성이 있다. 신석기시대에 원시 방직이 출현하였다. 지금으로부터 약 8,000년 전(기원전 5,850~기원전 5,400년)의 감숙 태안泰安에 위치한 대지만大地灣문화에는 가락바퀴와 뼈바늘이 있고, 하북 무안武安에서 발견된 자산磁山문화(기원전 5,400~기원전 5,100년)에도 가락바퀴가 있었으며, 그 이외에도 뼈로 만든 북과 뿔로 만든 북 그리고 벼리북 등이 있었다.

먼저 방직재료를 언급하겠는데, 여기에는 두 가지 종류가 있다.

하나는 식물성섬유로, 주로 칡덩굴, 삼, 모시이다. 마가빈馬家浜문화에 속하는 강소 오현吳縣 초혜산草鞋山 유적에서는 모시를 원료로 하는 탄화炭化 방직물 세 개가 출토되었다. 이것이 중국에서 발견된 연대가 가장 오래된 방직물이다. 하남 정주鄭州 청대青臺에서는 도자기에 부착된 모시포와 시마枲麻포가 출토되었으며, 이것은 5,500년 전의 유물에 속한다. 섬서 화현華縣

원군묘元君廟 유적(앙소문화 반파류형)에서는 모시포와 유사한 방직물 잔해가 발견되었다. 중국은 마麻의 원산지이다. 삼은 기원전에 중아시아를 거쳐 유럽으로 전해졌다. 모시는 청대에 유럽으로 전해졌다. 이 이외에도 경마檾麻, 아마亞麻, 황마黃麻 역시 중국에서 유구한 재배 역사를 간직하고 있는 식물성 섬유이다.

예 2)는 금문 마麻자로, 안에 있는 자형에서 위 부분은 풀을 그린 것이고, 아래 세 개의 선은 벗겨낸 마피麻皮를 나타내며, '엄厂'은 원래 야생을 뜻하였으나, 후에 인공으로 재배한 것을 나타내게 된 것이다. 그래서 본의는 오늘날 마麻라고 불리는 마류麻類이다. 『설문』소전에서는 '엄厂'을 '엄广'으로 잘못 변화시켰다(『후마맹서侯馬盟書』에서는 '엄厂'으로 썼다). 그리하여 허신은 이를 잘못 해석하여 "人所治."(사람이 다스리는 것이다.)라고 해석하였다. 단옥재는 『설문해자주』에서 "未治爲之枲, 治之爲之麻"(가공하지 않은 것은 모시(枲)이고, 가공한 것은 마麻다.)라고 하였다. 『급취편急救篇』에 대하여 안사고顔師古는 『주注』에서 "麻謂大麻及胡麻"(마麻라 함은 삼과 호마胡麻를 말한다.)라고 하였다. 양한 이전에는 마라는 것은 모두 삼을 가리킨다. 『시경·진풍陣風·동문지지東門之池』에는 "東門之池, 可以漚麻. 東門之池, 可以漚紵."(동문 밖 연못에 삼 담그면 좋겠네. 동문 밖 연못에 모시 담그면 좋겠네.)라는 구절이 있다. 이 문장에서 '마'는 삼이고, '저紵'는 모시이다. 마를 벗겨낸 이후, 혹은 직접 손으로 줄기에서 가죽을 벗기든지 혹은 물에 며칠 동안 담았다가 꺼낸 후 태양에 말린 연후에, 몽둥이로 줄기를 두드려 짜갠 후 가죽과 분리한다.

예 3)은 금문 㪔로, 이것은 손으로 나뭇가지를 잡고서 마의 줄기를 두드리는 모양을 그린 것이다. 본의는 '분리하다'이다. 『설문』에서는 "分離也."(분리하다.)라고 해석하였다. 서개徐鍇는 『설문계전說文繫傳』에서 "此分散字, 象麻之分散也."(이것은 분리하다는 글자로, 마를 분리하는 것을 그린 것이다.)라고 하였다. 경서에는 모두 '산散'자로 대체하였다.

다른 하나는 동물성섬유로, 주로 잠사蠶絲(누에에서 뽑아낸 실)이다. 부녀자들은 뽕나무로 누에를 길러 실을 뽑아내는 기술을 발명하였다. 『산해경山海經・중산경中山經』에 "宣山, …… 其上有桑焉, 大五十尺, 其枝四衢, 其葉十尺餘, 赤理, 黃華, 表青柎, 名曰帝女之桑."(선산, …… 산 위에는 뽕나무가 있는데, 어떤 것은 줄기가 50자이고 가지는 엇갈려 사방으로 뻗어 있으며 잎의 크기는 한 자 남짓하다. 결이 붉고 노란 꽃에 푸른 꽃받침이 있는데, 이것은 바로 황제의 딸이 가꾸던 뽕나무라 부른다.)라고 기록하였다. 뿐만 아니라 『해외북경海外北經』에는 "歐絲之野, 在大踵東, 一女子跪, 據樹歐絲."(실을 무한정 토해내는 들은 대종의 동쪽에 있는데, 한 여자가 무릎을 꿇고 나무에 기대어 실을 토해내고 있다.)라고 기록하였다. 이 문장에서 "구歐"는 "구嘔"와 통한다. 구사歐絲란 토사吐絲를 말한다. 고고학에서는 양저良渚문화에 속하는 절강 오흥吳興 전산양錢山漾 유적지에서 비단조각, 비단끈, 비단실이 출토되었음을 발견하였다. 이에 대한 평가를 거쳤는데, 그 결과는 바로 누에실임이 판명되었다. 이는 전세계에서 가장 오래된 비단인 것이다. 1984년 하남 영양榮陽 청대촌青臺村 앙소문화유적지에 고령토로 만든 어린아이 옹관에서, 아이의 시체를 싼 평평한 무늬가 있는 비단과 진홍색 빛깔을 내는 그물이 발견되었다. 서북에 위치한 제가齊家문화유적지에서는 누에가 그려진 흙으로 만든 항아리가 출토되었던 적이 있었다. 이러한 사실은 중국 신석기 중기에 야잠野蠶을 이용한 것은 이미 매우 보편적인 일이었고, 남방과 북방 심지어는 서북의 고원조차도 누에가 있었음을 보여준다. 그리고 늦어도 하나라 때에는 집에서 기르게 되었음을 유추해 볼 수 있다.

양잠養蠶을 위해서는 뽕나무가 있어야 한다.

예 4)는 상桑자로, 이것은 '뽕나무의 줄기와 가지 그리고 잎 모양'을 그린 것이다. 『설문』에서는 '상桑'을 "蠶所食葉木."(누에가 먹을 수 있는 나무의 잎)이라고 해석하였다. 뽕나무는 원래 야생이었다. 주대에 이르러서야 황하유역 및 장강유역에서 대량으로 재배되었다.

예 5)는 촉蜀자로, '윗부분은 목目으로 누에의 머리를 대신하였고, 아랫부분은 구부러진 누에의 몸체가 꿈틀거리는 모양'을 그린 것이다. 『설문·충부虫部』에서는 "蜀, 葵中蠶也, 從虫, 上目象蜀頭形, 中象其身蜎蜎."(촉蜀은 뽕나무에 있는 누에이다. 벌레 위에 눈이 있는 모양을 그린 것이다. 그리고 꿈틀거리는 모양을 그렸다.)라고 하였다. 단옥재는 『설문해자주』에서 "葵, 『爾雅』釋文引作桑, 『詩』曰 : '蜎蜎者蜀, 烝在桑野.' 似作桑爲長. 毛『傳』曰 : '蜎蜎, 蠋貌. 蠋, 桑蟲也.'"(규葵는 『이아』에서는 경전을 인용하여 상桑으로 해석하였다. 『시경』에서 말하길 '꿈틀꿈틀 누에는 뽕나무 위에 있네.'라고 하였다. 모씨는 『전』에서 '연연蜎蜎이라는 것은 나비의 애벌레의 모양을 말하고, 나비의 애벌레는 바로 뽕나무의 누에를 말한다.'라고 하였다.)라고 풀이하였다. 촉蜀과 촉蠋은 고금자이다. 촉蠋은 나비의 애벌레이고, 야잠野蠶이다. 야잠野蠶과 가잠家蠶은 어떠한 관계가 있는 것일까? 혹은 본래 같은 것일까? 사람들이 우량 품종을 선택하여 기른 다음에 서로 다른 길로 나아가게 된 것이다. 사천지방의 전설에 따르면 최초로 그곳을 건국한 수령은 잠총蠶叢이었다고 한다. 아마 양잠을 발명한 사람이었을 것이다. 지명을 촉蜀으로 한 것도 양잠과 관계가 깊다고 할 수 있다.

누에는 누에고치가 된 이후에 누에고치에서 실을 뽑는다. 전산양錢山漾 명주 조각은 표면이 매끄러운데, 실을 연결하는 풀이 이미 떨어진 것으로 보아 이것은 뜨거운 물을 이용하여 실을 뽑아냈을 가능성이 있다. 누에를 더운 물에 담근 후에 뽑아낸 것이 바로 실이다.

예 6)은 사糸자로, 『설문·사부糸部』에서는 "細絲也, 象束絲之形."(가는 실이다. 이는 실을 묶은 것을 그린 것이다.)라고 해석하였다. 이에 '사糸'가 들어 있는 한자는 대부분 누에실, 직물, 방직과 관련이 있다.

예 7)은 사絲자로, 『설문·사부糸部』에서는 "蠶所吐也, 從二糸."(누에가 토해 낸 것이다. 두 개의 사糸자가 결합하여 이루어진 한자이다).라고 하였다. 사絲와 사糸는 의미가 서로 같다. 이로부터 실, 방직물이라는 뜻으로 확장되었다. 게다가 매우 미세한 물건을 비유하기도 한다.

섬유를 뽑은 다음에는 방적紡績과 접사接紗를 해야 하는데, 여기에는 두 가지 방법이 있다. 하나는 전문적으로 칡에 사용되는 적접積接인데, 이것은 손가락을 이용하여 칡의 섬유를 비틀면서 서로 연결하는 것이다. 다른 하나는 방추紡墜를 이용하여 누에실 혹은 칡을 함께 엮는 것이다.

예 8)은 전專자로, 이것은 '손으로 방추를 돌리는 것'을 그린 것으로, 위에 있는 세 개를 교차한 것은 세 개의 날실을 돌려서 하나로 합한 선이고, 가운데 있는 것은 이미 잘 짜여진 방직물을 검연기에 둘둘 감은 실타래이고, 아래에 있는 것은 방추이다. 『설문·촌부寸部』에서는 "一曰：專, 紡專."(다른 뜻으로, 전專은 실감개다.)라고 풀이하였다. 전專의 본의는 '방추'로, 후에 속체俗體로 '전磚'으로 썼다. 오늘날에는 다시 간체화되어 '전转'이라 쓴다. 뜻을 나타내는 '女'를 더하면 '전嫥'으로 쓰는데, 이것은 '여인이 방적에 전심을 다하다.'라는 것을 나타낸다. 『설문·여부女部』에는 "嫥, 壹也, 從女專聲."(전嫥은 전념하다는 뜻이다. 이 한자는 여女에서 뜻을 취하고 전專에서 소리를 취하는 형성문자이다.)라고 하였다. 방추는 도는 것이기 때문에, '수手'를 더하여 '단摶'으로 쓴다(오늘날에는 간체화되어 '단抟'으로 사용하는데, 이것은 공을 손으로 비비는 모양을 뜻한다).

예 9)는 금문 亂자로, 이것은 '두 손으로 틀에서 엉킨 실을 가지런히 정리하는 모양'을 그린 것으로, 실을 뽑아낸 후 엉킨 실을 잘 정리하여 방적사로 사용하는 것과 같다. 『설문』에는 "亂, 治也, 幺子相亂, 受治之也, 讀與亂同. 一曰理也."(亂은 잘 정리하여 다스린다는 뜻이다. 실이 서로 엉킬 때 두 손으로 그것들을 잘 다스려야 한다. 음은 란亂과 같다. 다른 뜻으로는 '다스리다'이다.)라고 하였다. 위 문장에서 "요자幺子"란 분명 실이다. 이처럼, 방적과 정리 과정을 통하여 나온 것이 바로 피륙을 짜는 실이다.

피륙을 짜는 실은 직물을 만들 수 있다. 직조방법은 수공방직을 거쳐 원시방직기계를 사용하는 과도기이다. 수공방직이란 대자리를 짜는 것과 같이 실을 짜서 직물을 완성하는 것이다. 씨실(피륙을 짤 때, 가로 방향으로 놓인 실)은 뼈바늘을 이용하여 모서리 쪽으로 밀어 넣는다. 원시 직기는 대체로 요기腰機와 수기豎機가 있는데, 수기豎機는 수직으로 세운 것이다. 두 개의 횡목에는 각각 조구漕溝가 있고, 직경선의 약간 아래쪽을 잡아 당기면 아래에 있는 횡목은 조금 무거운 밑바닥에 닿는다. 게다가 종간綜杆과 날실을 분리하는 막대기를 서로 잘 결합하여 경선 양층에 서로 교차해야 하고, 타위도打緯刀(씨줄을 치는 칼)로 위선을 팽팽하게 해야 한다.

예 10)은 금문 경巠자로, 이것은 '베틀 위에 걸려 있는 날실의 모양'을 그린 것으로, 즉 '경經'의 초문이다. 『설문・천부川部』에서 "巠, 水脈也, 從川 在一下, 一地也, 壬省聲"(경巠은 수맥이다. 천川이 일一 아래에 있는 모양이다. 여기에서 一은 땅을 나타낸다. 그리고 임壬의 생략된 음을 따른다.)라고 하였다. 하지만 이것은 잘못된 해석이다. 『설문・사부糸部』에서는 "經, 織也."(경經은 실을 짜다는 뜻이다.)라고 하였다. 하모도河姆渡 유적지에서는 권포곤卷布棍(포곤을 둘둘 마는 것), 타위도打緯刀(씨줄을 치는 칼), 제종간提綜杆(종간을 끄는 것) 등이 발견되었다. 이러한 사실은 중국의 원시 직기織機는 최소한 6,000년의 역사를 간직하였음을 보여준다. 경經의 본의는 방직紡織으로, 후에 실을 짤 때의 종선縱線을 가리키게 되었다. 이로부터 항상, 관리하다, 경험하다 등의 뜻으로 확장되었다.

직조織造한 생산품은 바로 직물이다.

예 11)은 백帛자로, 이것은 회의겸형성자이다. 건巾은 허리에 차는 수건으로, 이것은 일반적인 직조물을 대표한다. 그리고 백白은 '엄지손가락'을 그린 것이다. 백白과 건巾을 결합한 것은 바로 가장 좋은 직물임을 나타낸다. 그래서 직조물의 총칭이 되었다. 『설문・건부巾部』에서는 "帛, 繒也, 從巾白

聲."(백帛은 견직물의 총칭이다. 건巾에서 뜻을 취하고 백白에서 소리를 취하는 형성문
자이다.)라고 하였다. 『급취편急就篇』에 대하여 안사고顔師古는 『주注』에서
"帛, 總言諸繪也."(백帛은 견직물의 총칭이다.)라 하였다. 이 한자로부터 견직물
옷의 재료는 칡류 이후에 생산되었음을 알 수 있다. 『소이아小爾雅·광복
廣服』에는 "麻, 苧, 葛, 曰布. 布, 通名也."(삼, 모시, 칡을 일러 포布라 한다. 포布는
통칭이다.)라 하였다. 칡과 마로 만든 직조물을 포布라 하고, 실로 만든 직조
물을 백帛이라 칭한다. 하지만 실의 생산량은 칡과 마에 비하여 적기 때문에,
옷감의 주요 근원은 줄곧 칡과 마였다. 중원에서 목화재배는 송원간宋元間의
일이었다. 한나라 때 환관桓寬은 『염철론鹽鐵論·산부족散不足』에서 "古者庶
人耆老而後衣絲, 其餘則麻枲而已, 故命名曰布衣."(옛날에 서인들이 늙으면 실로 짠
옷을 입었고 그 외에는 모두 마와 모시로 짠 옷을 입었다. 그리하여 포의布衣라 명명하
였다)라고 하였다.

3. 신석기 이후의 상고시대의 복장

비록 원시 방직이 출현하였지만, 여전히 수피獸皮가 중요한 옷감이었다.
특히 추운 계절에는 더욱 그러하였다. 『한비자韓非子·오두五蠹』에는 "堯之
王天下也, ……冬日鹿裘, 夏日葛衣"(요임금이 천하를 다스릴 때, ……겨울철에는
사슴 갓옷을 입었고, 여름에는 칡으로 만든 옷을 입었다.)라는 문장이 있다. 요임금
때에도 이와 같았는데, 염황시대는 더욱 말할 필요조차 없을 것이다. 이
시기 재봉기술은 이미 상당한 수준에 있었다. 여기에 더하여 돌칼 등의
도구도 있었기 때문에 수피를 완전하게 재단하여 옷을 만들 수 있었다.
가죽옷에는 목둘레뿐만 아니라 옷소매도 있었기 때문에 팔을 가릴 수 있었
다. 단지 단추만 없을 뿐이었다. 그래서 줄로 묶거나 혹은 가죽 조각을 꿰매

거나 얽어매었다.

예 12)는 초初자로, 이것은 '옷을 만들 수 있게 칼로 옷감을 재단하는 모양'을 그린 것이다. 『설문・의부衣部』에서는 "初, 始也, 從刀從衣, 裁衣之始也."(초初는 시작하다라는 의미이다. 도刀와 의衣가 결합하여 이루어진 회의문자이다. 옷을 재단하기 시작하다는 것이다.)라고 풀이하였다. 온갖 일의 시작을 '초初'라 한다. 그리고 여기에서 '최초의 것', '원래의 것', '첫째'라는 뜻이 생겨났다. 하나의 문자가 처음 쓰인 것이 후기자에 대하여 초문이라 한다. 그리고 서적의 최초의 판본을 초본初本이라 하고, 처음으로 등사한 것을 초각初刻이라 하며, 처음 시험을 초시初試라 한다. 처음 범죄를 초범初犯이라하고, 신혼 첫날밤을 초야初夜라고 한다. 그리고 처음의 배우자를 초처初妻라 하고, 처음 대면한 것을 초회初會라 하며, 본래의 염원을 초충初衷, 초의初意라고 한다.

예 13)은 구求자로, '수피로 만든 상의'를 그린 것이다. 이 옷에는 소매와 깃이 있으며 밖으로 털이 나있는 모양이다. 『설문・의부衣部』에서는 "求, 皮衣也. 從衣, 求聲. 一日象形, 與衰同意. 求, 古文省衣."(구求란 가죽옷을 말한다. 의衣에서 뜻을 취하고, 구求에서 소리를 취하는 형성문자이다. 다른 뜻은 상형문자라고도 하는데, 이는 쇠衰와 같은 의미이다. 고문古文에서는 의衣를 생략하여 구求라고 썼다.)라고 하였다. 구求는 구裘의 초문이다. 지금은 '요구하다'라는 의미로 가차되었다.

표表는 『설문・의부衣部』에 따르면 "上衣也. 從衣從毛, 古者衣裘, 以毛爲表."(상의란 뜻이다. 이 한자는 의衣와 모毛가 결합한 회의문자이다. 옛날의 옷은 털로 만든 것을 표表라 하였다.)라고 하였다. 표表는 회의문자로, 옛날 사람들은 가죽옷을 입을 때 털을 밖으로 향하여 입었다. 그래서 털을 표表라 한 것은 의복의 외표外表를 가리킨다. 이로부터 사람의 외형과 용모라는 뜻으로 확장되었다. 표친表親에 대하여 상대적으로 "내친內親"이라고 하는데, 이것은 비적계非嫡系의 친속을 가리킨다. 복식은 사람의 신분과 개성을 대표한다. 그래서 이로부터 표지, 분명하게 드러내다라는 뜻으로 확장되었고, 또다시 깃발, 귀감이라는 뜻으로 확장되었다.

직물로 만든 상의는 대체적으로 구裘와 비슷하다. 그 당시에는 목 부분을 높게 하지 않았고, 목 아래에 옷깃을 탔다. 오늘날 양복의 옷깃은 중국 상고시대에 있었다. 당송시기에 이르러 중국의 여자들은 가슴 아래에 옷깃을 타는 것이 유행했었다.

예 14)는 의衣로, '상의'를 그린 것이다. 주의할 점은, 고대의 상의는 비교적 길었으며, 길이는 오늘날의 외투와 비슷하였다. 하지만 모습은 달랐다. 일반적으로 윗옷 앞자락은 무릎까지 덮을 수 있었다. 길이는 전후가 일치하지 않았다. 옷섶은 발까지 닿았다. 상의는 신체의 체형에 따라서 몸에 입는 것이기 때문에, 물체의 바깥 부분의 표피表皮를 모두 의衣라고 할 수 있다. 그래서 당의糖衣, 포의炮衣라는 호칭이 생겨났다.

주의할 점은, 의복衣服이라 하면 의상衣裳과 복식服飾을 가리킨다.

복複은 『설문·의부衣部』에 따르면 "重衣也."(겹옷이다.)라고 해석하였다. 즉 홑껍데기이다. 홑껍데기 안에는 안이 있기 때문에, 중복하다, 중첩하다, 번잡하다라는 뜻으로 확장되었다. 그래서 복합複合, 복잡複雜이라는 단어가 있게 된 것이다.

삼衫은 『석명釋名·석의복釋衣服』에 따르면 "衫, 芟也, 芟末無袖端也."(삼衫은 베다란 뜻이다. 소매를 베어내어 끝에 소매가 없는 것을 말한다.)라고 하였다. 즉, 덧소매가 없는 중국식 저고리 상의를 말한다. 오대五代 마호馬縞는 『중화고금주中華古今注·포삼布衫』에서 "三皇及周末庶人, 服短褐襦, 服深衣. 秦始皇以布開胯, 名曰衫."(삼황시대부터 주나라 말기의 서인들은 긴 옷에 짧은 털옷 저고리를 입었다. 진시황은 포로 사타구니를 열어 젖혔는데 그러한 옷을 일러 삼이라 한다.)라 하였다. 이 문장에서 '심의深衣'는 '긴 옷'을 말한다. 당대에 이르러, 조정에서는 적삼의 소매 아래에 변구邊口를 달게 하였고, 아래 무릎이 있는 부분에는 횡폭橫幅을 더하도록 결정하여, 상·중류층 인사들의 상용복장이 되었다. '삼자衫子'는 부녀자가 입는 옷이었다. 송고승宋高承은 『사물기원事物紀原·삼자衫子』에서 "(『實錄』)曰 : '女子之衣與裳相連, 如披衫, 短長與裙相似, 秦始皇方令短作衫子, 長袖猶至於膝.' 宜衫裙之分自秦始也."(『실록』에서 말하길 '여자들은 피삼披衫과 마찬가지로 윗저고리와 치마를 서로 연결시켰다. 길이는 치마와 거의 비슷하다. 진시황은 짧은 윗도리와 무릎까지 내려오는 긴 소매를 만들도록 명령하였다.'라고 하였다. 따라서 윗도리와 치마의 구분은 진나라 때부터 시작된 것이다.)라고 하였다. 군裙은 상의와 서로 연결되지 않은 것이고, 삼衫은 상의와 연결되어 하나로 이어진 옷이다.

임衽(Rèn)은 옷깃이다. 주대 이후 중원지역에서는 상의를 오른쪽으로 옷섶을 여는 습관이 형성되었다. 그리하여 주왕실에 복속된 각 소수민족도 중원을 본받아 옷섶의 오른쪽에 옷깃을 달았다. 그리하여 왼쪽에 옷깃을 단 것을 보면 낙후된 다른 종족의 습속이라고 간주하였다. 공자께서 관중管仲의 공적을 평가할 때 "微管仲, 吾其被(被, 披古今字)髮左衽矣."(만일 관중이 아니었더라면, 우리들도 머리를 풀고 오랑캐 옷을 입었을 것이다.)라고 하였다(『논어論語·헌문憲問』에 보임). 하지만 갑골문의 '의衣'자는 옷깃의 아래 부분에 한 획을 표시하였는데, 이 경우 왼쪽으로 향한 글자와 오른쪽으로 향한 글자 모두 있다. 이로부터 아주 오랜 옛날 중국의 조상들은 상의에 왼쪽 옷깃과 오른쪽 옷깃의 구분이 없었음을 알 수 있다. 사람의 옷섶은 앉거나 누울 때 침대에 까는 돗자리와 맞닿게 되기 때문에 이로부터 인신하여 상욕床褥(침대에 까는 요)라는 뜻으로 확대되었다. 임석불수衽席不修란 생활이 정리가 안 되어 지저분한 것을 가리키고, 임석지호衽席之好는 남녀가 사랑을 나누는 일을 나타낸다.

메袂(Mèi)는 『설문·의부衣部』에서 "袖也."(옷 소매이다.)라고 풀이하였다. 출토된 한대의 상의의 소매는 모두 비교적 길었다. 문헌을 통해서 추측해 보건데 상나라와 주나라 역시 기본적으로 이와 같았을 것이다.

　허리띠의 출현은 비교적 이른 시기였다. 구석기 시대의 호모사피엔스는 동물의 가죽, 나뭇잎의 끈을 동여매었는데, 이것이 바로 허리띠의 초기 모습이었다. 신석기 시대에는 재봉기술이 향상되었고, 직물이 출현하였기 때문에, 허리띠는 장식의 의미가 더해지게 되었다. 앙소문화에서는 토기로 만든 허리띠가 출토되었고, 강소 패현邳縣에서는 장방형의 뼈로 만든 허리띠가 출토되었는데, 이러한 사실들은 이 시기에는 허리띠는 비교적 중요하였음을 보여준다. 계급사회에 이르러, 허리띠의 색깔과 모양은 뜻밖에 신분, 등급의 표지가 되었다.

　유襦는 『설문·의부衣部』에서 "短衣也."(짧은 옷이다.)라고 하였다. 이는 평민들이 노동을 할 때나 혹은 아이들이 입었던 것이다. 우리들이 오늘날의 상의를 선진 시기의 사의詞義(어의)에 따른다면, 아마도 모두 "유襦"류에 귀속될 것이다. 재질이 떨어지고 굵은 마로 만든 유襦는 갈褐이라 부르는데, 이것은 생활이 빈곤한 백성들이 입었던 것이다. 그래서 『시경·빈풍豳風』에는 "無衣無褐, 何以卒歲?"(겨울에 입을 털옷이 없으면 어떻게 한겨울을 보낼 수 있으리.)라는 문장이 있다.

　하의는 상裳이라 하는데, 그 초문은 바로 상常자 이다. 금문에서는 '상尙'이 '상常'을 대신하였는데, 이것은 치마이다. 『설문·건부巾部』에 "常, 下裙也, 從巾尙聲. 裳, 常或從衣."(상常은 치마를 말한다. 건巾에서 뜻을 취하고 상尙에서 소리를 취하는 형성문자이다. 상裳은 상常 혹은 의衣가 결합하기도 한다.)라고 해석하였다. 본래는 노동을 할 때 보호 작용을 하기 위하여 전후 양쪽의 천이 발전한 것이다. 초기의 상裳은 걸어 다닐 때 편안하게 하기 위하여 양측에 균일하게 터진 것이고, 심지어 4조각, 6조각의 천으로 두르기도 하였다. 상裳은 원래 남녀 모두 입었던 것이었지만, 후에 여성들이 입는 치마로 변하였다. 마가요馬家窯 문화에 속하는 마가요馬家窯형 청해青海 대통현大通縣 상손가채上孫家寨 유적지에서 출토된 채도 주발에는 무도舞蹈 문양이 있다. 이것은 한 무리의 여자들이 긴 치마를 입고서 손에 손을 잡고 춤을 추는 문양으로 기원전 3,300~기원전 2,900년의 유물이다. 이로부터 치마를 입는 것은 최소한 5천 년의 역사를 간직하였음을 알 수 있다.

포袍는 상의와 치마를 같이 이은 것을 심의深衣라 부르고, 심의深衣 또한 포袍라 부른다. 게다가 그 안에 비단실과 무명실을 넣은 것(이것은 오늘날 말하는 면포綿袍와 비슷하다.) 역시 포袍이다. 포袍는 평민이 입을 뿐만 아니라 전사戰士 역시 입는다. 『시경・진풍秦風・무의舞衣』에는 "豈曰無衣, 與子同袍."(어찌 옷이 없다고 하리요, 그대와 같이 입으면 될 뿐이거늘.)라는 문장이 있다. 이 문장의 내용은 전사戰士가 추운 것도 두려워하지 않는 격앙된 감정을 나타낸다. 진시황릉묘에서 출토된 병마용兵馬俑 가운데 보병용步兵俑들이 입고 있는 것이 바로 포袍이고, 이것을 장유長襦라 부르기도 한다. 한대 이후에 강사絳紗, 조사皂紗로 만든 포袍가 조복朝服이 되었다.

고絝는 『설문・사부糸部』에서 "脛衣也."(바지다.)라고 하였다. 경의脛衣란 정강이 부위에 입는 바지(단지 두 개의 다리만 있을 뿐이다. 위에는 끈이 달려 있어서 허리띠에 맬 수 있다. 혹은 두 개의 정강이를 하나의 끈으로 허리띠에 서로 연결시킨 것이다. 그렇게 되면 허리는 상당히 넓어져 잠방이 모양이 된다.)이다. 동북의 소수민족은 지금까지도 이와 같다. 한족 역시 입었던 것이다. 『설문』에는 고褲자가 없다. 통상적으로 고絝, 고褲를 이체자로 간주하는 것은 틀린 것이다. 고絝는 둔부臀部와 음부陰部를 포함하지 않는다. 그래서 아래에 고絝를 입은 다음에 겉에 반드시 치마를 둘러야 한다. 1987년 안휘 함산含山 릉가탄凌家灘에서는 신석기 시대의 옥으로 만든 사람 모형이 출토되었다. 남성이고, 모자를 썼으며, 허리띠를 둘렀다. 자세히 보면 상의도 있었고, 바지도 있었던 것 같다. 혹은 옷의 발전 양태가 균등하지가 않다. 예를 들면 강남에서가 중원에서보다 치마를 일찍 입었다. 이 옥으로 만든 사람 모형의 확실한 연대는 고증이 필요하다. 진정으로 바짓가랑이를 함께 연결한 바지는 전국시대 이후에 출현한 일이다. 호북 강릉江陵 마산馬山 전국묘戰國墓에서는 일찍이 바짓가랑이를 함께 연결한 바지가 출토되었다. 잠방이가 있는 바지는 고대에는 곤褌이라 불렸고, 독비곤犢鼻褌이 바로 짧은 반바지이다. 고褲자의 탄생은 매우 늦다. 『설문』, 『옥편玉篇』, 『광운廣韻』 등의 서적에는 모두 보이지 않는다.

긴 옷을 입으면 행동이 불편하므로, 병기兵器의 사용에 영향을 끼쳤다. 전국시대에 조趙나라는 복장개혁을 시작하였다. 무영왕武靈王은 북쪽 오랑캐 군대의 기마騎馬, 군인들의 짧은 옷, 긴 바지, 속대束帶가 중원 사람들의 상의와 하상보다는 훨씬 민첩함을 보고서, 변경을 방어하기 위하여 호인胡人들을 모방하여 복장을 개혁하기로 결심하였다. 그리하여 중원에서 처음으로 기병부대를 만들었다. 무영왕은 대담하게 "今吾將胡服, 騎射以敎百姓."(오늘 나는 오랑캐 복장을 하고자 한다. 그리하여 백성들에게 말을 타고 활을 쏘는 방법을 가르칠 것이다.)이라고 선포하였다(『전국책戰國策・초책2趙策二』에 보임). 기병騎兵의 장고長褲는 당연히 잠방이가 있는 것이다. 하지만 일반 백성들은 여전히 잠방이가 없는 바지를 입었다. 잠방이가 있는 바지를 입는 것이 진정으로 유행하였던 시기는 서한시기이다. 『한서漢書・외척전外戚傳・효소상관황후孝昭上官皇后』의 기록에 따르면, 대장군 곽광霍光은 자신의 외손녀인 상관황후上官皇后가 총애를 입어 자식을 갖게 하고자 하였다. 당시 한의 황제는 몸에 병이 있었으므로, 환관과 의관들은 모두 곽광에게 아첨하였다. 그리하여 곽광은 황제를 보호한다는 명목 하에, 다른 궁녀들이 쉽게 황제에게 접근하지 말도록 하기 위하여 모든 궁녀들에게 궁고窮袴(즉 앞뒤 양쪽에 잠방이가 있는 바지)를 입도록 명령하였다. 그리하여 차후에는 남녀가 궁고窮袴를 입는 것이 유행하게 되었다. 하지만, 한대에 남자가 입었던 궁고窮袴는 허리를 좁게 하니 배꼽이 다 드러났으며, 바지의 두 다리부분을 매우 넓게 한 것으로, 오늘날 여자 아이들이 입는 패션바지와 유사하였다.

충衷은 『설문·의부衣部』에서 "裏褻衣."(안쪽에 입는 속옷이다.)라고 하였다. 단옥재는 『설문해자주』에서 "褻衣, 有外者, 衷則在內者也."(설의褻衣은 밖에 입는 것이고, 충衷은 안에 입는 것이다.)라고 설명하였다. 즉, 이것은 바로 몸에 착 달라붙는 내의인 속袻(속곳)을 말한다. 충衷은 안쪽에 있는 것이므로, 내심內心을 충심衷心이라 하고, 내심內心의 감정을 충정衷情, 충장衷腸, 충억衷臆이라 한다.

모자는 비교적 이른 시기에 출현하였다. 염제는 강姜씨 성인데, 강姜(혹은 강羌)은 바로 양의 뿔로 장식된 모자를 쓰고 있는 모양이다. 그리하여 이것은 아마도 상의와 함께 출현하였을 가능성이 있다.

면冕은 『설문·모부冃部』에 "大夫以上冠也. 古者皇帝初作冕."(대부 이상 관을 썼다. 옛날 황제가 처음으로 면冕을 만들었다.)라고 하였다. 앞의 자형 15)가 바로 冕면자이다. 이것은 사람의 머리에 양뿔로 장식한 모자를 쓴 모습을 그린 것으로, 면冕자의 초문이다. 대부大夫 이상의 관원의 모자를 면冕이라 칭한다. 면은 단지 중요한 예의활동에서야 쓸 수 있다는 것은 면이 만들어진 훨씬 이후에야 나온 활동이다. 후에 면의 모양이 비교적 복잡하게 변하였다. 송인宋人 섭숭의聶崇義의 『삼례도三禮圖』에 따르면, 면의 모양은 원통형의 윗부분에 뒤는 높고 앞은 낮은 면판冕板을 덮었다. 면판의 전후에는 류旒(면류관의 앞뒤에 드리운 옥을 꿴 술)를 달았는데, 류의 다소와 매 류에 매단 옥의 다소는 지위의 높낮음을 나타내었다. 천자天子는 12류를 달았고, 매 류에는 20개의 옥을 꿰매었다. 공公은 9류를 달았고, 매 류에는 9개의 옥을 꿰매었다. 후백侯伯은 7류를 달았고, 매 류에는 7개의 옥을 꿰매었다. 자남은 5류를 달았고, 매 류에는 5개의 옥을 꿰매었다. 천자가 쓰는 면류관은 제사 지내는 대상에 대한 예의禮儀가 다르기 때문에, 면류관 위에 있는 류의 수량, 매 류에 있는 옥의 수량 역시 차이가 있다. 면보다 이른 모자는 대략 나뭇잎이었을 것이고, 후에는 짐승의 가죽을 서로 봉합하여 만든 것이었을 것이다. 『후한서後漢書·여복지輿服志』에는 "上古衣毛而冒(卽帽字)皮."(상고시기에는 털 옷을 입고 가죽 모자를 썼다.)는 기록이 있다. 모자의 형상과 구조는 상고시기부 터 매우 복잡하였다. 초기의 것들은 모두 비교적 간단하였다. 상대에 이르기 까지는 단지 포백布帛으로 두발을 묶어서 약간 꾸민 것에 불과하였다. 오늘날 섬북陜北의 농민들이 하얀 수건을 머리에 두르는 것이 바로 그러한 유풍이다. 계급사회 이후에 의복과 모자는 지위를 나타내는 뜻을 내포하게 되었다.

관冠, 이것은 회의문자로, 손에 모자를 들고서 머리에 쓰는 모양을 그린 것으로, 본의는 모자의 총칭이다. 뜻이 확장되어, '모자를 쓰다' '첫째 자리 를 차지하다'가 되었다. 『장자莊子·도척盜蹠』에는 "謁者入通, 盜蹠聞之大怒, 目如明星, 髮上指冠."(졸개가 들어가 아뢰니 도척이 그 말을 듣고 대노하였다. 눈은 샛별같이 번뜩이고, 머리카락이 치솟아 관을 찌를 듯하였다.)라는 문장이 있다. 위 문장에서 '관冠'은 본의로 사용되었다. 후세 '노발충관怒髮衝冠'이라는 성어 의 기원은 여기에 있다. 관복冠服은 고대 관리의 예복禮服이다. 그리하여 '관 리가 되다'는 것을 칭하여 '탄관彈冠'이라 하였고, '관직를 사직하다'는 것을 '괘관挂冠'이라 하였다.

변弁, 역시 제왕과 관원이 쓰는 모자로, 일반적인 예의활동에 사용된다. 『여씨춘추呂氏春秋·상농上農』에 "庶人不冠弁."(서인들은 모자를 쓰지 않았다.) 라는 기록이 있다. 제사에 사용하는 것을 작변爵弁이라 하고, 수렵이나 전쟁 에 사용하는 것을 피변皮弁이라 하였다. 관冠, 변弁의 형상과 구조는 후에 상당히 복잡하게 변하였기 때문에, 여기에서는 서술하지 않겠다.

신발은 비교적 늦게 출현하였다. 릉가탄凌家灘에서 발견된 옥으로 만든 사람 형상은 맨발을 하고 있다. 남방의 맨발 풍속은 북방보다 약간 오래 지속되었다. 지금까지도 광동, 복건에는 여전히 신발을 신지 않는 맨발을 유지하고 있다. 북방의 추운 지역, 특히 유목 수렵 부족은 비교적 일찍 신발을 사용하였다. 최초의 '혜鞋'는 단지 다리에 동물의 가죽을 동여매는 것에 불과하였다. 후에 칡과 마로 신발을 제작하였고, 대체로 하나라 이후에야 사람들이 반드시 신어야 하는 물건으로 자리매김 하였다.

리履는『설문・리부履部』에 따르면 "足所依也."(발이 의지하는 바이다.)라고 하였다. 즉, 신발이다. 은허殷墟 후가장侯家莊 묘에서 출토된 돌로 만든 꿇어 앉은 사람의 형상은 그 신발의 모양은 앞쪽이 뾰족한 것으로, 마치 배와 같다. 그리하여『설문』에서는 리履자를 소전체의 형체에 근거하여 중간 부분은 배의 모양과 흡사하다고 해석하였다. 리履는 신발이다. 신발은 반드시 신어야만 하는 것이기 때문에, 고로 '신다'는 뜻으로 확장되었다. 그리하여 '리사예호履絲曳縞'라는 성어가 나온 것이다. 신발을 신었다는 것은 걸어가기 위함이기 때문에 또다시 '걸어가다' '밟다' '경험하다'는 뜻으로 확장되었다. 평탄한 지면을 걷는 것을 리탄履坦이라 하고, 위험한 곳을 걸어가는 것을 리위履危라 하며, 일생동안의 경력을 이력履歷이라고 하며, 경력의 연수를 이년履年이라고 한다. 이러한 뜻에서 실행하다, 집행하다는 뜻으로 재차 확장되었다. 그리하여 이행履行이라는 표현이 나왔다. 중용지도中庸之道를 실행하는 것을 리중履中이라 하고, 인도人道를 실행하는 것을 리인履仁이라 하며, 정도正道를 실행하는 것을 리정履正 혹은 리도履道라고 한다.

석潟(què)은『설문・오부烏部』에 따르면 "鵲也."(까치다.)라고 하였다. 원래 는 새의 이름이었다. 선진시기에는 일종의 신의 명칭이었다.『석명釋名』에 따르면 "履, 禮也, 飾足所以爲禮；亦曰抱也, 所以抱足也. 複其下曰舄, 舄臘也, 久立地濕, 故複其下, 使乾臘也."(리履는 예禮이다. 발을 감싸는 것이 예禮를 행하는 것이다. 또한 포抱라고도 한다. 즉, 발을 감싼다는 것이다. 그 아래에 덧대는 것을 석舄이라 한다. 석舄은 랍臘(섣달)이다. 오래 서 있으면 밑바닥이 습하게 된다. 그리하 여 밑에 덧대어 발바닥을 마르게 한 것이다.)라 하였다. 이로부터 리履는 아래가 낮은 신발을 말하고, 석舄은 아래에 나무를 더한 나막신을 뜻한다는 것을 알 수 있다.

혜鞋자는 비교적 늦게 출현하였다. 자서字書와 운서韻書 중에서『광운廣韻』
에 처음 보이고, 문헌 중에서는『설부說郛』에 당유존唐留存이 쓴『사시事始·
혜鞋』의 "古人以草爲屨, 皮爲履, 後唐馬周始以麻爲之, 卽鞋也."(옛 사람들은 풀을
엮어서 구屨(신)을 만들었고, 가죽을 엮어서 리履(신)을 만들었다. 후에 당나라 마주馬周
가 처음으로 마를 엮어서 신발을 만드니 그것이 바로 혜鞋이다.)를 인용한 부분에서
처음 보인다. 하지만 이 문장은 잘못된 부분이다. 왜냐하면 호북 봉황산鳳凰
山 한묘漢墓에서 이미 마로 만든 신발이 출토되었기 때문이다. 그리하여 후
주後周시기부터 마로 만든 신발을 사용하기 시작한 것은 아니다. 하지만
만당晩唐에 이르러서야 혜鞋자가 있었음을 증명한다.

말韤은『설문·위부韋部』에 따르면 "足衣也, 從韋蔑聲."(발에 입는 옷이다.
위韋에서 뜻을 취하고 멸蔑에서 소리를 취하는 형성문자이다.)라고 하였다. 서현徐鉉
등은 "今俗作韈, 非是."(오늘날 속체로 말韈자를 사용하는 것은 옳지 않다.)라고
하였다. 위韋, 혁革을 형방으로 하면 뜻이 서로 통하는데, 이들은 모두 가죽
과 관련이 있다. 이로부터 고대의 버선은 가죽으로 봉제한 것임을 알 수
있다.

피被자는 더욱 늦게 출현하였다. 주거비周去非는『령외대답嶺外代答』에
서 소수민족의 양탄자의 작용에 대하여 "晝則披, 夜則臥, 晴雨寒暑, 未始離
身."(낮에는 쓰고 밤에는 까는 것이다. 비가 오나 맑으나 추우나 더우나를 막론하
고 몸에서 떨어질 수 없는 것이다.)라고 언급하였다. 이것은 원시사회에서는
의衣와 피被가 아직 나누어지지 않았음을 반영하였다. 그 당시 사람들은
옷을 덧입어 화당火塘 주위에 둘러앉아서 잠을 청하였고, 다시 추워지면
그 위에 띠와 풀을 덮어서 생활하였다. 귀주의 묘족苗族은 볏짚을 엮어
서 요를 만들어 사용하는데, 이것은 고대에 풀을 이부자리로 삼았다는
유풍이라 할 수 있다. 이불은 주대에 이미 제도가 확립된 것으로 보아,

하대에는 있었을 가능성이 있다. 부유한 사람은 명주실로 이불을 만들었고, 그 안에 비단실과 무명실을 넣었다. 곤궁한 가정은 베로 만든 이불을 사용하였다. 고대 관원들의 포피布被는 청렴의 상징이었다. 『동관한기東觀漢記』에는 "王良爲大司徒, 在位恭儉, 妻子不入官舍, 布被瓦器."(왕량이 대사도가 되었을 때, 항상 공손하고 검소하였다. 부인은 관사에 들어가지 않았고, 포피와 와기를 사용하였다.)라고 기록하였다. 이불은 사람의 몸 위에 덮는 것이기 때문에, '덮다'는 뜻으로 뜻이 확장되었고, 여기에 다시 披(입다)는 뜻으로 확장되었다. 피被, 피披는 고금자이다.

점簟(diàn)은 『설문・죽부竹部』에 따르면 "竹席也."(대자리란 뜻이다.)라고 하였다. 대자리를 짠 것은 신석기 초기에 이미 있었다. 앙소문화 반혈거의 지면에서 자리문양이 있음을 발견하였다. 점簟은 침상에 깔 수 있을 뿐만 아니라 앉을 때 사용하기도 한다. 선진시기 이전에는 의자가 없었기 때문에 연회와 공무를 논의하는 사람들은 무릎을 꿇어 자리 위에 앉았다. 그리고 사람들의 면전에는 조그마한 탁자가 놓여졌다. 주대에 자리 위에 앉는 위치는 엄격하게 규정되어 있다. 『주례禮記・옥조玉藻』에 따르면 "徒坐不盡席尺. 讀書, 食, 則齊. 豆去席尺."(도좌하였을 때에는 자리에서 한 자쯤 떨어지게 한다. 글을 읽고 식사를 할 때에는 두석과 같이 자리에서 한 자쯤 떨어지게 한다.)이라 하였다.(이 문장은 독서를 하거나 식사를 하기 위하여 앉을 때 자리를 앞쪽으로 한 자쯤 떨어지게 하는 것이 아니다. 독서하거나 식사를 할 때에는 자리 옆에 앉아야만 한다. 왜냐하면 고기와 반찬이 가득한 그릇으로부터 이미 한 자쯤 떨어져 있기 때문이다.)

4. 아름답게 꾸밈

일佚 951. 매每　　　척속摭續 190. 감監　　　일佚 961. 농弄　　　을乙 8896. 영嬰

경유畕卣. 경睘　　　갑甲 3355. 황黃　　　을乙 5327. 미美　　　을乙 4293. 미尾

철援 2, 132. 의義

　　중원의 중화민족 조상들 가운데 여인들은 머리를 빗질하여 상투를 틀었
다. 예 1)은 갑골문 매每자이다. 이것은 여인이 상투를 튼 후에 비녀를 꽂은
모양을 그린 것이다. 앙소문화 반파류형의 원군묘元君廟 묘지(섬서성 화현華縣
류자진柳子鎭 동남부에 위치)에서는 뼈비녀가 출토되었다. 대문구大汶口 문화에
속하는 산동 태안泰安 대문구大汶口 묘지에서 출토된 17개의 이빨이 나 있는
상아로 만든 빗은 매우 정교하고 아름답다. 상아로 만든 빗은 당연히 일부
우두머리 가정에서만 사용될 수 있었다. 일반 사람들은 어떠한 장식이 없는

가장 단순한 것만을 사용할 수 있다. 나무로 만든 빗의 출현 시기는 뼈로 만든 빗의 출현시기보다 상당히 앞선다. 하지만 나무는 쉽게 썩어 문드러지기 때문에, 고고학적으로 증명할 방법이 없다. 갑골문에서 모母와 매每자는 통용되었다. 이러한 사실로 볼 때, '매每'의 본의는 성년 여성인 것이다.

계笄, 『설문·죽부竹部』에서는 "簪也."(비녀란 뜻이다.)라고 하였고, 『석명釋名』에서는 "笄, 繫也, 所以揥冠使不墜也."(계笄는 매는 것이다. 그렇게 함으로써 관이 아래로 떨어지지 않게 한다.)라고 설명하였다. 머리를 빗고 상투를 틀기 위해서는 두발을 고정시킬 수 있는 비녀가 반드시 있어야 한다. 신석기 시기 하북 자산磁山 유적지와 서안 반파半破 유적지 등에서는 뼈로 만든 비녀가 대량으로 출토되었다. 반파 유적지에서만도 700여 건이 있다. 뿐만 아니라 조개로 만든 비녀와 돌로 만든 비녀도 있다. 주의할 점은, 고대에는 남녀 구분 없이 모두 장발이었으므로, 비녀를 사용한 사람들은 여성에 국한되지 않았다. 『논형論衡·회국恢國』에 따르면 "周時被(披)髮椎髻, 今戴皮弁."(주나라 때에는 머리를 나누어 상투를 틀었고, 오늘날에는 가죽고깔을 쓴다.)라고 기록되어 있다. 『삼례도三禮圖』에는 "笄, 簪也. 士以骨, 大夫以象."(계笄는 비녀이다. 사士는 뼈로 만든 비녀를 사용하고, 대부는 상아로 만든 비녀를 이용한다.)라고 하였다. 남성들이 면류관이나 고깔 등의 모자를 쓴 것은 일반적으로 먼저 두발을 고정시켜야 했기 때문이다. 심지어 모자를 두발에 고정한 것도 있었다.

머리를 빗고 비녀를 꽂기 위해서는 거울이 있어야만 했다. 최초의 거울은 감監이다.

예 2)는 갑골문 감監자이다. 감監은 감鑒의 초문이다. 자형은 한 사람이 물이 가득찬 그릇에 몸을 숙여 그릇의 수면을 이용하여 눈을 크게 뜨고서 자신을 바라보는 모양과 같다. 거울이 언제 생겨났는지 확실하게 알 방법은 없다. 선민들이 토기를 발명하였을 때, 어쩌면 거울이 있었을 것이다. 물 역시 용모를 비춰줄 수 있었다. 이러한 사실은 구석기 호모에렉투스들이 강가에서 활동할 때 발견하였다. 청동기 시대에 이르러, 청동기로 만든 대야가 생겨나게 되었고, 이에 감鑑자(또한 감鑒으로 씀)가 출현하였다. 즉, 청동기로 만든 대야 가운데 있는 물을 이용하여 자신의 모습을 비추어 볼 수 있었다. 후에 동경銅鏡(청동기로 만든 거울)을 가리키기도 하였다. 『광아廣雅』에서는 "鑒謂之鏡."(감鑒은 거울이다.)이라 하였다. 감숙성 광하현廣河縣 제가평齊家坪에서 출토된 청동기 거울은 기원전 2,000년에 속하는 제가齊家문화의 유물이다. 따라서 청동기 거울의 사용은 최소한 4,000년이 되었다. 전설에 따르면, 거울은 돌과 옥으로 만든 것도 있었다. 『태평어람太平御覽』 권77은 『습유록拾遺錄』의 "周穆王時, 有如石之鏡, 此石色白如月, 照面如雪, 謂之月鏡."(주 목왕 때, 돌로 만든 거울이 있었는데, 그 빛깔은 달과 같이 밝았으며, 눈처럼 하얗게 비춰볼 수 있었다. 그것을 일러 달거울(月鏡)이라 한다.)라는 구절을 인용하였다. 유리가 중국에 전래된 것은 아주 늦은 시기였다. 송대에 남아시아로부터 안경이 들어왔다. 유리로 된 거울은 대략 명대에 중국으로 전래되었다. 『홍루몽紅樓夢』에는 대관원大觀園에 있는 유리컵, 비취옥, 마노瑪瑙와 같은 진귀한 것들을 묘사하였고, 류劉외할머니가 거울을 보고서 너무 놀랐다는 것을 기록하였다. 이러한 사실로 볼 때, 청초에는 일반인들은 그러한 진귀한 것들을 전혀 몰랐다는 점을 알 수 있다.

장식품은 구석기 호모에렉투스에게도 있었다. 산정동인은 짐승의 이빨, 바다조개껍질, 작은 돌구슬, 물고기뼈, 작은 석추石墜 등의 장식품이 있었다. 여기에는 작은 구멍이 많이 뚫려 있는데, 이는 분명히 끈으로 연결하여 가슴에 걸기 위함이었다. 신석기 시대에 이르러 장식품은 더욱 정교하고 아름다웠다. 강소 무진武進 사돈寺墩 3호묘에서 출토된 아름다운 옥 장식품은 57건에 달한다. 이것들은 기원전 3,300~기원전 2,200년의 양저良渚문화에 속한다. 이렇게 많은 장식품은 어디에서 온 것일까?

예 3)은 갑골문의 농弄으로, 바위 동굴에서 두 손으로 옥을 들고 감상하는 모양을 그린 것이다. 이것은 장식품의 기원을 반영하였다. 『설문』에 따르면 "弄, 玩也."(농弄은 가지고 논다는 뜻이다.)라고 하였다. 농弄의 본의는 감상하다, 손으로 휘두르다이다. 상월賞月(달을 감상함)을 농월弄月이라하고, 상화賞花(꽃을 감상함)를 농화弄花(현대 중국어로 농화弄花는 종화種花, 주화做花이다.)라고 한다. 달과 아름다운 풍경을 감상하는 것을 '농봉음월弄鳳吟月'이라 한다. 뜻이 확장하여 희롱戱弄, 매농賣弄이 되었다. '매농재사賣弄才思'를 농사弄思라하고, 사활두耍滑頭(교활한 짓을 하다)를 '농신농귀弄神弄鬼'라 한다.

옥玉은 광택이 나는 아름다운 돌이다. 『설문』에서는 옥에는 오덕五德이 있다 하여 윤택潤澤, 문리紋理, 성음聲音, 질취質脆, 예렴銳廉 등의 옥의 특징을 인仁, 의義, 예禮, 지智, 결潔 등의 오덕에 억지로 끼워 맞췄다. 이러한 기록으로 볼 때, 옥玉이 고대인들의 마음속에서 차지하는 위치를 엿볼 수 있다. 화하민족이 옥을 사용한 것은 유구한 역사를 간직하였다. 신석기 시대의 앙소문화의 묘장墓葬에서 옥을 사용하여 만든 장식물이 발견되었다. 옥으로 만든 장식물은 그 종류가 매우 많다. 둥근 옥(璧), 노리개(佩), 환옥(環), 서옥(璜), 홀(珪), 반쪽 홀(璋) 등이다. 옥은 고귀함을 상징한다. 아름다운 물건 앞에는 대부분 옥玉자를 더하였다. 미식美食을 옥식玉食, 미주美酒를 옥장玉漿(성어에는 경장옥액瓊漿玉液이 있다.), 미녀美女를 옥녀玉女, 여자가 길을 걸어가는 것을 옥보玉步, 여자가 늘씬한 것을 옥골玉骨, 미죽美竹을 옥죽玉竹, 미금美錦을 옥금玉錦이라 한다. 존경을 나타내는 것 앞에도 옥玉자를 붙인다. 다른 사람의 신체를 옥체玉體, 다른 사람의 말씀을 옥언玉言, 다른 사람의 얼굴을 옥면玉面, 다른 사람의 사진을 옥조玉照라 한다. 옥은 백색이 많기 때문에, 결백함을 형용하는 것들 역시 옥玉자를 사용한다. 여자의 피부가 새하얀 것을 옥기玉肌 혹은 옥부玉膚, 희고 고운 팔을 옥비玉臂, 손가락이 희고 가는 것을 옥첨玉尖, 옥순玉筍, 달을 옥륜玉輪이라 한다.

아름다운 옥을 림琳이라하고, 아름다운 돌을 랑琅이라 한다. 고로 모두가 유명인사이고 보이는 것이 진품인 것을 림랑만목琳瑯滿目이라 칭한다.

점玷자는 옥에 있는 반점을 말한다. 그리하여 치욕을 당하게 한다는 것을 점오玷汚 혹은 점욕玷辱이라 한다.

하瑕자는 옥에 있는 반점 혹은 균열이다. 사람의 결점을 비유하여 하흔瑕痕, 하자瑕玼(혹은 하자瑕疵)라 한다. 아름다운 옥을 유瑜라고 한다. 장점과 단점을 동시에 가지고 있는 것을 하유호견瑕瑜互見이라고 하고, 결점보다 장점이 더 우세한 것을 하불엄유瑕不掩瑜라고 한다.

예 4)는 갑골문 영嬰자로, 이것은 한 여자가 손으로 붕朋(두 개의 가닥으로 만들어진 조개 묶음)을 잡고서 머리에 얹고자 하는 모양을 그린 것이다. 『설문』에서는 "嬰, 頸飾也."(영嬰은 목을 꾸미는 것이다.)라고 해석하였다. 목장식은 바다 조개, 소라, 돌, 이빨, 옥을 이용하여 실로 연결하여 장식 혹은 목걸이를 만든 것이다. 1972년 섬서 서임西臨 동강채㠉姜寨 소녀의 묘에서 실로 연결하여 만든 장식품인 뼈구슬이 출토되었다. 이것을 써본 결과 16m나 되었고, 이것은 목에서부터 허리까지 둘둘 감을 수 있는 길이였다. 『순자荀子・부국富國』에 "辟之, 是猶使處女嬰寶珠, 佩寶玉, 負戴黃金, 而遇中山之盜也."(처녀가 아름다운 구슬로 만든 목걸이를 목에 걸고, 옥으로 만든 허리띠를 차고, 황금을 이고 가다가 산중에서 도둑을 만났다.)라는 구절이 있는데, 이에 대하여 『注』에서는 "嬰, 繫於頸也."(영嬰은 목에 다는 것이다.)라고 하였다. 목에 조개 장식품을 건 것은 여성이므로, 후에 여자 아이, 어린 아이라는 뜻으로 뜻이 확장되었다.

예 5)는 금문 경睘자로, 이것은 환環(环)자의 초문이다. 자형은 목目과 의衣의 결합으로, 목目은 머리를 대표한다. 그리고 활짝 열어 젖혀진 옷깃에는 원형의 옥고리가 달려 있다. 『이아爾雅・석기釋器』에 "肉倍好謂之璧, 好倍肉謂之瑗, 肉好若一謂之環."(옥보다 구멍이 작은 것을 벽璧이라 하고, 옥보다 구멍이 큰 것을 원瑗이라 하며, 옥과 구멍의 크기가 같은 것을 환環이라 한다.)라고 하였다.

여기에서 "호好"가 가리키는 것은 둥근 환옥의 구멍이고, "육肉"은 환옥의 옥 자체를 가리킨다. 환옥 주위가 크지만 구멍이 작은 것을 벽璧, 구멍이 크지만 주변이 작은 것을 원瑗, 환옥 자체의 크기와 구멍의 크기가 같은 것을 환環이라 한다. 산동 제성諸城 정자呈子 유적지 20호, 59호 묘에서 출토된 석원石瑗은 시체 가슴에 있었는데, 이러한 사실은 흉부에 거는 것임을 증명한다. 이는 예 5)의 자형과 서로 합치된다. 환環은 둥근 옥이다. 그리하여 돌다(회전하다), 에워싸다, 사방(둘레, 주위)라는 뜻으로 확장되었다. 주위에 물이 있는 것을 환수環水, 에워싸서 앉은 것을 환좌環坐, 천하사방天下四方을 환우環宇, 주위의 지역 혹은 조건을 환경環境이라 한다.

결玦,『설문·옥부玉部』에 따르면 "玉佩也."(패옥)라고 하였다. 이것은 둥근 모양에 구멍이 있는 패옥佩玉이다. 구멍이 있기 때문에 결玦이라 부른다 (결缺, 결玦은 고음이 비슷하다). 패옥은 다른 사람에게 선물한다. 서로 다른 옥은 각자 서로 다른 뜻을 내포하고 있다.『순자荀子·대략大略』에 "聘人以珪, 問士以璧, 召人以瑗, 絶人以玦, 反絶以環."(다른 사람을 정중하게 모실 경우에는 규珪로, 선비에게 문의할 때에는 벽璧으로, 다른 사람을 부를 때에는 원瑗으로, 다른 사람과 헤어질 때에는 결玦로, 헤어진 다음에 다시 만났을 때에는 환環으로 한다.)라고 하였다. 결玦을 다른 사람에게 보내는 것은 바로 관계를 단절함을 나타낸다.

규珪(지금은 규圭로 사용)는 제사를 지낼 때, 조정에 나아갈 때, 군대를 점검하여 파견할 때 사용되는 서옥瑞玉으로, 일반적으로 장방형이다. 규珪의 반쪽을 장璋이라 한다. 그 쓰임은 규珪와 비슷하다. 당대 단성식段成式은『유양잡조酉陽雜俎』에서 "古者安平用璧, 興事用圭, 成功用璋."(옛날에 평안할 때에는 벽璧을, 일이 번창할 때에는 규圭를, 성공하였을 때에는 장璋을 사용한다.)라고 기록하였다.

예 6)은 갑골문 황黃자로, 이것은 정면으로 서 있는 사람의 허리 부분에 둥근 옥을 단 모양을 그린 것이다. 후에 황黃은 가차되어 색깔을 나타내는 황黃이 되었다. 이에 형방인 옥玉을 더하여 황璜자를 만들었다. 황黃, 황璜은 고금자로, 본래의 글자는 가차의로, 후기자는 본의를 나타낸다. 신석기 시대에도 허리에 두르는 옥이 있었다. 절강 여항餘杭 반산反山과 요산瑤山의 양저良渚문화 유적지에서 부조로 꽃을 새긴 정교한 옥(璜)이 출토되었다. 하, 상, 주대에 귀족들은 허리에 옥을 둘러 의대衣帶에 매야만 했다. 그 모습은 반쪽의 벽璧과 비슷하며, 반원형으로 제사를 지낼 때, 조정에 나아갈 때, 상례를 지낼 때, 장식할 때 등 다양한 경우에 모두 사용할 수 있었다. 은허殷墟 부호묘婦好墓에서 물고기 모양의 황璜이 발견되었다. 『예기·옥조玉藻』에 "古之君子必佩玉, ……故君子在車, 則聞鸞和之聲, 行則鳴佩玉, 是以非辟之心無自入也."(옛날 군자는 반드시 옥을 찼다. ……고로 군자는 수레에 있을 때에는 난화의 소리가 들리고 걸을 때에는 패옥의 소리가 들린다. 그러한 까닭에 사악한 마음이 들어가지 않는다.)라고 하였다. 걸어 다닐 때 옥의 소리는 군자가 광명정대光明正大함을 나타내기 때문에 남몰래 사악한 마음이 들어갈 가능성이 전혀 없다. 언제 옥을 울릴 수 있는가 역시 규정이 있다. 규정에 "君在不佩玉"(국군이 계실 때에는 옥을 차지 않았다.)라는 규정이 있는데, 이것은 국군께서 면전에 계실 때에는 옥을 울릴 수 없음을 가리킨다. 황璜의 모양도 매우 많다. 조각하여 각종 모양을 만들어낼 수 있다. 색깔, 재질 역시 등급의 구별이 있다. "天子佩白玉而玄組綬, 公侯佩山玄玉而朱組綬, 大夫佩水蒼玉而純組綬, 世子佩瑜玉而綦組綬, 士佩瓀玫而縕組綬."(천자는 흰 옥을 차고 검은색 끈을 단다. 공후는 산현옥을 차고 붉은색 끈을 단다. 대부는 수창옥을 차고 검은색 끈을 단다. 세자는 유옥을 차고 분홍색 끈을 단다. 선비는 유민을 차고 주황색 끈을 단다.)라는 내용역시 『예기·옥조玉藻』에 있다.

원시사회에서 사람들은 옥, 조개, 뼈 등의 장식품 이외에도 짐승의 머리, 짐승의 꼬리, 깃털 등을 장식품의 일부분으로 사용하였다.

예 7)은 미美로, 이것은 정면으로 서 있는 사람의 머리에 양 뿔 혹은 깃털을 써서 장식한 것을 그린 것으로, 지금의 동북 악륜춘족鄂倫春族의 모자는 가죽으로 사슴의 머리 모양을 만드는데, 이것은 고대의 상황과 대체적으로 유사하다. 암각화에 그려진 수많은 사람들의 머리 부분에 역시 깃털, 동물의 뿔과 유사한 장식을 하고 있다. 이 한자로부터, 미美의 관념은 복식服飾에서 그 기원이 출발하였음을 알 수 있다. 현대 사회에 유전되는 "양대위미羊大爲美"(양이 큰 것이 아름답다.)라는 화법의 의미는 미美가 먹는 데 그 기원을 두는 것을 의미하는데, 실상은 결코 그렇지 않음을 여기에서 밝혀둔다.

예 8)은 갑골문 미尾자로, 이것은 사람 뒤에 소의 꼬리를 매단 모양을 그린 것이다. 원시사회에서, 사람의 뒤에 동물의 꼬리를 묶는 것은 일종의 장식인 것이었다. 1973년 청해 대통현大通縣 상손가채上孫家寨에서 출토된 채도로 된 항아리의 무도舞蹈 문양에서 춤을 추는 사람은 머리 장식뿐만 아니라 꼬리 장식도 있다. 하지만 계급사회에 이르러 꼬리 장식은 노예의 표지가 되었다.

예 9)는 의義(义)자로, 이것은 머리에 양의 뿔을 쓴 사람이 들고 있는 창 병기의 뒤에 서 있는 모양을 그린 것이다. 『설문・아부我部』에서는 "義, 己之威儀也."(의義는 자신의 위엄을 나타낸다.)라고 풀이하였다. 이것은 의儀자의 초문으로, 본의는 위의威儀, 의표儀表의 의儀이다. 현재 말하고 있는 의의意義의 의義는 가차용법으로, 본자는 반드시 의誼자라야만 한다. 그리하여 허신은 회의자를 "比類合誼"(비류합의)라고 말하였던 것이다. 의義, 의儀는 고금자이고, 의義, 의誼는 통가자이다. 오늘날의 "의儀"가 의義의 본의를 나타낸다. "의義"는 의誼의 본의를 나타낸다. 이것은 정말 재미있는 현상이다. 이러한 변화는 춘추 시대에도 이와 같았다. 의義는 전통 사상에서 중요한 내용이 되었다.

미美, 미尾, 의義 세 개의 글자는 원시사회에서 동물의 머리와 꼬리로 자신을 장식하여 아름다움을 나타내기 위한 습관을 나타낸다. 이것은 당연히 유목 부락의 유풍遺風임과 동시에 씨족 토템과 유관할 것이다. 염제족은 본래 서융 지방에 있었던 양을 치는 유목민으로, 이러한 것들은 아마 염제족 후예들이 보존한 습속일 것이다.

주요 참고문헌

1. 黃能馥等『中國服裝史』, 中國旅遊出版社 2001년.
2. 劉熙『釋名』中的釋首飾, 釋衣服.

7

교통

연燕 60. 출出

경진京津 413. 지之

갑甲 404. 각各

갑甲 2387. 거去

갑甲 404. 정正

속續 1, 3, 2. 정征

연燕 686. 정政

척속摭續 20. 척陟

전前 7, 38, 1. 강降

후後 2, 2, 1, 2. 행行

하河 152. 착辵

금金 507. 례矨

일佚 968. 주舟   전前 4, 38. 짐朕   주珠 290. 거車

1. 보행

원시사회에서 상당히 오랫동안 지속되었던 구석기 시대에는 사람들은 어떠한 교통 도구가 없어 단지 도보로 길을 걸었을 뿐이었다. 그들은 머리에 이고, 손으로 들고, 어깨에 메고, 등에 짊어지고 물건을 옮겼다. 나무막대기는 물건들을 치거나 물건을 짊어질 때 사용하였다. 현재 중국의 요瑤, 기낙基諾, 고산高山, 합니哈尼, 묘苗, 낙파珞巴, 문파門巴 등 소수민족은 물건을 짊어질 때, 긴 횡목을 어깨에 메고서 거기에 물건을 놓은 후 다시 머리에 줄을 감는다. 가란파賈蘭坡의 『산정동인山頂洞人』에 따르면, 산정동인 102호 여성의 두개골 앞쪽에는 요凹자처럼 움푹 들어가 있는데, 이것은 아마도 위에서 설명한 내용과 같이 머리에 줄을 묶고서 물건을 짊어졌기 때문에 형성된 것일 것이다. 어깨에 짊어지는 것으로는 나무 막대기 외에도 대광주리, 동물 가죽포, 망태기 등이 있었다.

『산해경山海經·해외북경海外北經』에는 "誇父與日逐走, 入日, 欲得飮, 飮於河, 渭. 河, 渭不足, 北飮大澤. 未至, 道渴而死. 棄其杖, 化爲鄧林."(과보는 태양을 쫓아 달려 나갔다. 하지만 날이 저물어버렸다. 목이 몹시 말라 물을 마시고 싶어 황하와 위수의 물로는 부족하여 북방의 대택의 물을 마시러 떠났다. 하지만 미처 도착하기도 전에 목이 말라 죽어버렸다. 그가 지팡이를 버렸는데, 그것이 변하여 등림이 되었다.)라고 하였다. 이로부터 나무막대기는 사람들이 걸을 때 도움을 준다는 것을 알 수 있다.

예 7)은 갑골문 정政자로, 이것은 발을 들고 지팡이를 잡고서 앞에 있는 거주지로 걸어가는 모양을 그린 것이다. 지금까지도 몇 몇 여행하는 사람들은 손에 나무막대기를 들고 있는데, 정政의 본의는 바로 '길을 걷다'이다. 길을 걷기 위해서는 방향이 정확해야 한다. 통치자들은 스스로 모든 것이 정확하다고 여긴다. 고로 정치政治의 정政으로 뜻이 확장되었다. 일반 자서字書에는 정치政治가 정政자의 본의라고 하였다. 정正, 정征은 통가의이다. 자형의 변화 방식의 각도에서 살펴보면 이것은 정확하지 않은 것이다. 정치政治라는 뜻으로부터 다시 의미가 확장되어 정권政權, 정책政策 등의 의미가 되었다.

머리로 짐을 옮기든 혹은 어깨에 짊어지든 간에 물건의 최종적인 무게는 모두 다리 아래에 있다. 그리하여 걸어 가다와 관련된 문자는 대체로 지止(趾)자와 결합한다.

예 1)은 출出자로, 이것은 발이 바깥으로 향하여 혈거 혹은 반혈거 동굴을 떠나는 모양을 그린 것이다. 『설문·출부出部』에는 "出, 進也, 象草木益滋上出達也."(출出은 나아가다는 의미이다. 초목이 점점 밖으로 올라온다는 뜻이기도 하다.)라고 하였다. 글자의 자형과 뜻 해석 모두가 정확하지 않다. 본의는 '안쪽에서 바깥쪽으로 나가다.'로 들어오다(入)라는 의미와 반대가 된다. 그리고 출발하다, 생산하다, 출현하다 등으로 뜻이 확장되었다.

예 2)는 지之자로, 이것은 '지止'와 '일一'이 결합한 것이다. 이것은 발끝의 방향과 '일一'은 서로 상반되어 있는 것으로 보아 발끝이 자신이 있는 곳을 떠나서 다른 곳으로 걸어가는 것을 그린 것이다. 『설문·지부之部』에서는 "之, 出也."(지之는 나가다는 뜻이다.)라고 하였고, 『이아爾雅·석고釋詁』에서는 "之, 往也."(지之는 나가다는 뜻이다.)라고 하였다. 본의는 나가다, 도착하다이다. 『전국책戰國策 · 제책3齊策三』에 "臣請爲君之楚."(제가 군주를 위하여 초나라로 가길 청합니다.)라는 문장이 있는데, 여기에서 "지之"는 본의로 사용되었다. 고대한어에서는 인칭대명사(타他, 타它, 타문他們, 타문它們), 지대대명사(저這, 나那, 저사這些, 나사那些), 조사 등 모두 가차의로 사용되었다.

만일 외출하였다가 돌아오면, 발끝의 방향은 출出자와 상반된다.

예 3)은 각各자로, 이것은 발끝이 안쪽으로 향하여 혈거로 돌아오는 모양을 그린 것이다. 따라서 본의는 도착하다, 오다는 뜻이다. 『설문』에서는 "異辭也"(서로 다른 개체를 나타내는 단어.)라고 해석하였다. 이 해석에 따르면 각종各種, 각양各樣의 각各은 가차의이다. "도착하다"라는 뜻은 청동기 명문銘文과 경적經籍에서 대부분 나무가 길게 자란 모양을 나타내는 "격格"자로 가차하여 사용하였다. 예를 들면 『일주서逸周書 · 성개成開』에 "若思不及, 禍格無日."(만일 생각이 미치지 않으면, 불화가 와서 해가 사라질 것이다.)라는 구절이 있다. 각各의 본의는 도착하다, 오다이다. 이 자형으로부터 불어난 글자인 "객客"은 실내로 들어오는 사람을, "약略"은 사람이 논밭의 경계(즉 경략經略)에 들어오는 것을, "뢰賂"는 조개 등 재물을 선물하는 것을 나타낸다.

게다가 "대大"자로 사람이 오고 가는 방향을 표시하기도 하였는데, 예를 들면 역逆자는 대大가 거꾸로 된 것으로 이것은 사람이 오는 것을 나타낸다.

예 4)는 거去자로, 이것은 대大와 구口가 결합한 한자이다. 이것은 성인이 혈거를 떠나서 가는 것을 그린 것으로, 출出자의 뜻과 서로 비슷하다. 『설문 · 거부去部』에 따르면 "去, 人相違也."(거去는 사람이 어떤 곳을 떠난다는 뜻이다.)라고 풀이하였다. 본의는 떠나다이다. 『한비자韓非子 · 외저설좌하外儲說左下』에 "陽虎去齊走趙."(양호는 제나라를 떠나 조나라로 갔다.)라는 구절이 있다. 옛 사람들은 용기는 마음에 있다고 여겼다. 그리하여 마음이 떠나면 용기가 없어지게 되고 두려워하게 된다. 그리하여 겁怯자가 생겨난 것이다. 게다가 거리를 두다, 제거하다, 포기하다, 손실을 입다 등의 뜻으로 확장되었다.

예 5)는 정正자로, 이것은 구口와 지止가 결합한 것이다. 구口는 혈거가 아니라, 취락을 대표하는 위口(wéi)자이다. 정正자의 자형은 발을 들어 취락지로 나아가는 것을 그린 것이다. 원시사회에서는 인구가 매우 적었다. 취락지로 가는 거리는 매우 멀었다. 고로 정正자의 본의는 먼 거리를 가는 것을 말하고, 이것은 정征자의 초문이다. 『설문・척부彳部』에 "征, 正行也."(정征은 단정하다, 걸어가다는 뜻이다.)라고 하였다. 예 6)은 정征자로, 이것은 발을 들어서 취락지로 향하여 길에서 걸어가는 모양을 그린 것이다. 그리하여 정正자와 모양과 뜻이 서로 상통한다. 취락지로 가기 위해서는 방향과 노선이 매우 중요하다. 그리하여 정正자는 한쪽으로 기울어지지 않다는 뜻으로 확장되었다. 『설문・정부正部』에서는 "正, 是也."(정正은 옳다는 뜻이다.)라고 하였다. 뜻이 확장하여 단정하다, 공정하다, 정확하다, 표준이다, 잘 다스리다 등의 뜻이 되었다.

족외혼의 실행과 교환의 발전에 따라서 부락과 부락 사이에 도로가 생겨났다.

최초의 도로는 사람들이 습관적으로 걸어 다녔던 노선에 불과하였다. 즉, 인공적으로 만들어 진 것이 아니라 후세 사람들이 조상들의 족적을 밟아서 앞으로 나아갔을 뿐이었다. 원시사회의 사람들은 대부분 구릉이나 높은 언덕에 살았기 때문에, 부락 사이의 왕래는 항상 산을 오르는 것을 피할 수 없었다. 『산해경山海經・해내경海內經』에 "華山青水之東, 有山名曰肇山, 有人名柏高, 柏高上下於此, 至於天."(화산과 청수의 동쪽에 조산이라는 산이 있고 백고라는 사람이 있는데, 백고는 여기로부터 오르내려 하늘까지 올라간다.)라는 구절이 있다. 일반적인 산길은 등나무 줄기를 잡고서 벼랑을 오르내리는데, 매우 험준한 산은 하늘로 올라가는 것보다 더욱 어려웠다. 그리하여 조산肇山과 같이 높고 험준한 산은 하늘로 오르는 계단이라고 상상하였다.

예 8)의 자형은 척陟자로, 이것은 발이 언덕을 밟아서 오르는 모양을 그린 것이다. 본의는『설문·부부阜部』에서 해석한 "陟, 登也, 從阜從步."(척陟은 오르다는 뜻이다. 이 한자는 부阜와 보步가 결합한 회의문자이다.)와 같다.『시경·주남周南·권이卷耳』에 "陟彼高崗."(저 높은 언덕에 오르려 한다.)라는 문장이 있다. 이 문장에서 척陟자는 본의로 사용되었다. 뜻이 확장하여 먼 거리를 가다, 발탁하다 등이 되었다.

산을 내려오는 것 역시 이와 같았다. 단지 발끝의 방향만 척陟과 상반될 뿐이다.

예 9)의 자형은 강降자로, 이것은 발끝이 언덕에 순응하여 아래로 내려오는 것을 그린 것이다.『설문·부부阜部』에서는 "降, 下也."(강降은 내려가다는 뜻이다.)라 하였다.『시경·대아大雅·공류公劉』에 "陟則在巘, 復降在原."(산꼭대기로 다시 올라 가셨다가 들판으로 다시 내려오셨다.)라는 문장이 있는데, 여기에서 강降자는 본의로 사용되었다. 뜻이 확장하여 낮아지다, 태어나다는 의미가 되었다. 뿐만 아니라 전투에서 일방이 패전한 것을 가리키기도 한다. 높은 곳에 위치한 방어하는 곳으로부터 아래로 내려와 항복하는 것이 투항投降하다는 뜻이다.

길을 닦는 것은 먼저 산간지역부터 시작하였다. 혈거 출입의 방법을 모방하여, 가파르고 험준한 산비탈에 발을 내딛을 홈을 판 후에 계단을 만들었다. 원시사회 말기에 이르러 부락이 증가하였다. 사람들 간의 왕래도 빈번하였다. 용산문화 시기에 성보城堡가 출현한 것으로 보아, 이미 짐수레가 있었을 것이다. 부락연맹의 통치력이 강화함에 따라서, 비교적 많은 인력을 동원하여 도로를 건설할 수 있었다. 그리하여 인공적으로 건설된 사거리가 출현하였다.

예 10)은 행行자로, 이것은 십十자 교차로로 큰 도로를 나타낸다. 본의는 도로이다.『시경·칠월七月』에 "遵彼微行."(좁은길을 따라서)라는 구절이 있다. 그리고 『사기・오제본기五帝本紀』에서는 요임금을 "彤車乘白馬"(붉은 마차에 흰 말을 탔다.)라고 칭하였고, 요임금은 "五歲一巡狩, 群后四朝"(5년마다한 번씩 순행을 하며, 그 동안 여러 군후들은 4번씩 입조하였다.)라고 하였다. 이문장에 대하여 『집해集解』에서는 정현鄭玄의 "巡狩之年, 諸侯見於方岳之下. 其間四年, 四方諸侯分來朝於京師也."(순행하는 그 해에 제후들은 방악에서 알현하였다. 4년 동안 사방의 제후들은 경사에 있는 궁궐에 입조하였다.)라는 문장을 인용하였다. 이처럼 빈번한 정치활동은 인공적으로 만든 대로가 없으면 불가능한일이었다. 길의 용도는 걸어가기 위함이다. 그리하여 걸어가다, 운항하다, 운행하다, 유행하다, 실행하다, 행하다 등의 뜻으로 확장되었다.

인공도로가 있었기 때문에 쉽고 편리하게 길을 걸어 다닐 수 있었다.

예 11)은 착辵(chuò)자로, 이것은 사람의 발끝이 길에서 걸어가는 모양을그린 것이다. 본의는 '걸어가다'이다. 이 한자가 편방으로 사용되면 우리들은 흔히 책받침(辶)이라는 것으로, 무릇 "辵"자가 들어있는 한자는 도로와걸어가다는 의미와 관계가 있다.

조造자는 『설문・착부辵部』에서 "就也."(나아가다.)라고 하였다. 본의는 이르다, 도착하다, 가다이다. 『맹자孟子・공손축하公孫丑下』에 "請必無歸, 而造於朝."(청하건대 지금 돌아오시지 말고 꼭 왕을 뵈러 가시라.)라는 문장이 있다.이러한 본의로부터 인신하여 학업 등이 어떠한 경지에 다다르다는 뜻이되었다. 육유陸游는 『로학암필기老學庵筆記』에서 "吾力學三十年, 今乃能造此地."(나는 30여 년 동안 힘써 학습한 결과, 오늘날 이와 같은 경지에 이르게 되었다.)라고 하였다. 다시 성취하다는 뜻으로 확장되었다. 제조制造하다는 뜻인 조造는 가차일 것이다.

2. 다리와 배

1) 다리

평지와 산악지대는 다리(脚)에 의지하여 걸어 다닐 수 있지만, 강이나 호수 등에서는 다리로 걸어가는 것은 불가능하다. 중국 신석기 시대의 부락은 대부분 강가 근처의 언덕 위에 건설되었기 때문에, 수상교통은 원시사회 사람들이 우선 해결해야만 하는 문제였다. 강물이 얕으면, 사람들의 보폭의 크기에 따라서 그곳에 약간의 돌을 놓으면, 사람들은 돌을 밟아서 물을 건널 수 있었다. 이것이 바로 최초의 원시적 석교石橋이다.

예 12)는 례砅(lì)자로, 이것은 두 개의 돌 사이에 물이 있는 것을 그린 것이다. 『설문·수부水部』에서는 "履石渡水也, 從水從石."(돌을 밟아서 물을 건너는 것이다. 이 한자는 수水와 석石이 결합하여 이루어진 회의문자이다.)라고 해석하였다. 『이아爾雅·석궁釋宮』에서는 "石杠謂之徛."(돌로 만든 조그마한 다리를 징검다리라고 한다.)라고 하였는데, 이에 대하여 곽박郭樸은 『주注』에서 "聚石水中以爲步彴也. 孟子曰: '歲十月徒杠成.' 或曰今之石橋."(강물에 돌을 놓아서 건너갈 수 있었다. 맹자께서 말씀하시길 '10월에 많은 사람들이 조그마한 다리를 만들었다.'라고 하였는데, 이는 오늘날의 돌다리를 말한다.)라고 하였다. 물이 깊고 위험하면 언덕 양쪽에 긴 줄을 매달고 사람들은 그 줄 위를 걸어서 건넌다. 이것이 오늘날 말하는 적교이다. 현재 독룡獨龍, 노怒, 률속傈僳, 강羌, 장藏, 이족彝族 등지에서는 적교를 여전히 사용하고 있다. 몇 개의 원통나무를 나란히 하여 양쪽 언덕 사이에 있는 개울물 위에 올려놓은 것을 목량교木梁橋라 한다. 이것은 구석기시기 호모에렉투스 이후에 출현하였다고 추측한다.

각榷, 『설문·목부木部』에 따르면 "水上橫木所以渡者也."(강물에 횡목을 놓아 물을 건너게 하기 위한 것)라고 풀이하였다. 본의는 독목교獨木橋이다. 독목교는 유일한 통로이므로, 한결같다, 특허, 전매 등으로 뜻이 확장되었다.

교橋, 『설문・목부木部』에서 "水梁也."(물 위에 놓인 다리이다.)라고 하였다.

량梁, 『설문・목부木部』에서 "水橋也."(물 위에 놓인 다리이다.)라고 하였다. 오늘날 현대한어에서는 교량橋梁이라 연결하여 사용한다.

비교적 늦은 시기에 복잡한 구조로 된 석교石橋, 목교木橋가 출현하였다. 이는 신석기 시대 중기의 일일 것이다. 다리 건축 기술은 집 건축 기술의 영향을 받아서 발전하였다. 고고학에서 발견한 최초의 다리는 춘추시대의 것이다. 1972년 제齊나라 도성인 임치臨淄에 대한 고고 발굴 중에, 교량 유적지 2곳을 발견하였다. 경간涇間은 8m 정도였다. 현존하는 최초의 다리는 수대의 공장인 이춘李春 등 사람들이 건설한 조주교趙州橋(지금의 하북 조현趙縣에 위치)로, 지금으로부터 약 1,400년 전이다(국외에서 경간 40m의 아치형다리는 700년 이후에야 출현하였다). 이것은 구멍이 하나인 아치형다리로, 경간涇間은 37m에 달하였다. 정교亭橋는 남방에서 간란식干欄式(우리의 다락형 집 혹은 고상식이라 부르는 유형) 건축의 계발에 따라서 출현하였다. 현재 광서 삼강현三江縣 동족侗族의 정양풍우교程陽風雨橋는 다리 위에 5개의 다락방이 연결되어 있는데, 이 다리를 5개의 간란식 건축의 조합이라고 여겨도 된다.

2) 배(舟)

물을 건너는 가장 간단한 방법은 헤엄쳐 건너는 것이다. 물의 흐름이 완만한 강은 손으로 수영을 하면서 왕래할 수 있다. 수영은 모든 사람들이 다 할 수 있는 것은 아니다. 만일 물을 건널 때 물건을 휴대해야 된다면, 일반적으로 기구의 도움을 받아야만 했다. 신석기 시대에는 토기로 만든 호리병이 매우 많았다. 호壺, 호瓠는 음이 같다. 경전에서는 통상 호용互用하였다. 호로葫蘆 두 글자의 합음合音이 호瓠이다. 『장자莊子·소요유逍遙游』에 "今子有五石之瓠, 何不廬以爲大樽而浮乎江湖."(지금 자네는 닷 섬들이 바가지가 있었는데도 큰 배로 사용해 강과 호수에 띄울 것을 어찌 생각지도 못하는가.)라는 문장이 있다. 성현영成玄英은 『소소疎』에서 "樽, 南人所謂腰舟."(준樽은 남쪽 사람들이 요주腰舟라고 하는 것이다.)라고 하였다. 이로부터 호리병박을 허리에 매어서 물을 건너는 것은 매우 오래된 일이었음을 알 수 있다. 신석기 농업은 이미 호리병박을 재배하였다. 후에 마른 나무를 도끼로 잘 다듬어서 강에 띄웠는데, 이것이 바로 배로, 이는 독목주獨木舟라고 한다. 노怒, 납서納西, 강羌, 몽고蒙古, 요瑤 등 소수민족은 모두 독목주를 광범위하게 사용하였다. 섬서 보계寶鷄 북수령北首嶺 유적지 가운데 중기 유적지(기원전 4,840~기원전 4,170년)에서 배 모양의 채도 호리병이 발견되었다. 윗부분에는 어망 무늬도 있는데, 이러한 쪽배는 단지 물을 건너기 위함이 아니라, 물고기를 잡기 위함이었다. 배를 타고 물고기를 잡는 일은 최소한 6천 년, 7천 년의 역사를 지녔다. 오흥吳興 전산양錢山漾 유적지에서는 나무로 된 상앗대 실물이 발견되었는데, 길이는 180cm 남짓이었다.

예 13)은 주舟자로, 이것은 나무판으로 만든 작은 배를 멀리서 본 모양을 그린 것이다. 약간 곡선의 형태를 이루는 직선은 배의 앞뒤가 약간 올라간 모양을 그린 것이고, 횡선은 양측 뱃전을 서로 연결하는 횡목 및 좌판坐板을 그린 것이다. 『설문·주부舟部』에서는 "舟, 船也. 古者共鼓, 貨狄刳木爲舟, 剡木爲楫, 以濟不通. 象形."(주舟는 배이다. 옛날 공고共鼓와 화적貨狄이 나무를 깎아서 배를 만들었고, 마루를 다듬어서 노를 만들었다. 상형문자이다.)라고 하였다. 이에 대하여 단옥재는 『설문해자주』에서 "古人言舟, 漢人言船. 共鼓, 貨狄, 皇帝, 堯, 舜間人. 貨狄疑卽化益, 化益卽伯益也."(옛 사람들은 주舟라 하였고, 한나라 사람들은 선船이라 하였다. 공고와 화적은 황제, 요, 순 사이의 사람이다. 화적은 화익化益이 아닐까 한다. 화익은 백익伯益이다.)라고 해석하였다. 공고와 화적은 신석기 시대 인물로, 단옥재가 『설문해자주』에서 언급한 내용은 고고학 내용과 일치한다. 공회共貨 두 개의 글자에서 볼 때, 배의 발명은 대체로 인간의 교환과 관계가 깊다고 할 수 있다.

양웅揚雄은 『방언方言』 권9에서 "舟, 自關而西謂之船, 自關而東或謂之舟."(주舟는 관關의 서쪽에서는 선船이라 하고, 관關의 동쪽에서는 주舟라 한다.)라고 하였다. 주舟, 선船은 서한시대에는 단지 방언상의 차이일 뿐이었지만, 선진 문헌에서는 대부분 주舟자를 사용하였고, 서한 이후에는 선船자가 점차 주舟자를 대신하게 되었다.

한대에 조선造船 공업은 높은 수준에 도달하였다. 『사기・평준서平準書』에는 "是時越欲與漢用船戰逐, 乃大修昆明池, 列觀環之. 治樓船, 高十餘丈, 旗幟加其上, 甚壯."(이때 월나라는 한나라를 배로 물리치길 바랐다. 그리하여 곤명지에서 배를 만들기 위하여 그곳을 둘러보았다. 그곳에서 누각이 있는 큰 배를 만들고, 높이는 10여 장이나 되었으며, 거기에 다시 깃발을 달았으니 그 모습은 정말 장관이었다.)라고 기재하였다.

목판선은 독목선과 비교해보면, 공예기술이 매우 복잡하였다. 뿐만 아니라 목판을 병합할 때 생기는 누수 문제를 해결해야만 했다.

예 14)는 짐朕자로, 이것은 두 손으로 배를 만드는 도구를 잡고서 목판의 부족한 부분을 붙이는 모양을 그린 것이다. 『설문・주부舟部』의 짐朕자에 대하여 단옥재는 『설문해자주』에서 "本訓舟縫, 引申爲凡縫之稱."(원래는 목판을 서로 연결한다는 뜻이었다. 이로부터 일반적인 봉재를 칭하게 되었다.)라고 풀이하였다. 『설문』에서 짐朕을 아我로 풀이한 것은 가차의이다. 배가 있음으로 해서, 강과 호수는 더 이상 교통의 장애가 되지 않았다.

3. 수레

수레의 출현은 배보다 훨씬 늦다. 심지어 지금까지도 신석기 시대 고고학에서는 수레의 종적이 발견되지 않았다. 전설에 따르면 수레는 해중奚仲이 발명하였다. 『산해경山海經 · 해내경海內經 · 주注』에서는 『세본世本』의 "奚仲始作車."(해중이 처음으로 수레를 만들었다.)라는 문장을 인용하였고, 『관자管子 · 형세해形勢解』에는 "奚仲之位車也, 方圓曲直皆中規矩鈎繩, 故機旋相得, 用之牢利, 成器堅固."(해중이 수레를 만들었다. 장방형의 직선과 원의 곡선은 모두 곱자와 낫 그리고 줄을 이용하였다. 그리하여 수레바퀴가 돌게 되었다. 그것을 이용하여 단단하게 둘러쌀 수 있었고, 또한 견고하게 만들어 낼 수 있었다.)라고 기록하였다. 뿐만 아니라 『좌전左傳 · 정공원년定公元年』에 대한 두杜씨는 『주注』에서 "奚仲爲夏掌車大夫."(해중은 하나라에서 수레를 관장하는 대부였다.)라고 하였다. 하나라 당시 해중이 만든 수레는 『관자管子』의 설법에 따르면 공법이 매우 정교하고 단단하였다. 가장 원시적인 수레는 하나라 이전에 출현하였을 것이다. 대체로 신석기 시대 말기의 일일 것이다. 현재 고고학을 통해 알 수 있는 최초의 수레는 하남 안양安陽 은허殷墟에서 발견된 부패된 10대의 독원거獨輗車로, 수레바퀴살은 18개이고, 수레의 위는 장방형이었으며, 2~3명이 탈 수 있었다. 수레의 끌채와 끌채 사이의 거리는 약 1m이고, 양쪽에는 인人자형 멍에가 달려 있다. 이 수레는 두 마리 말이 끌수 있었는데, 상말주초商末周初에 이르러서야 네 마리 말이 끄는 수레가 출현하였다. 상나라의 수레는 이미 이처럼 진보하였다. 하대夏代는 16세世까지 몇 백 년 간 지속되었다. 하대夏代 이전에 이미 수레가 있었음은 어느 정도 믿을 수 있다.

수레의 발명은 바퀴가 돌아간다는 것을 인식하면서부터 시작되었다. 『회남자淮南子 · 설산훈說山訓』에서는 "見飛蓬轉而知爲車"(옛 사람들이 비봉이 굴러

다니는 것을 보고서 수레를 알게 되었다.)라는 내용이 있다. 대지만大地灣 문화에 가락바퀴가 있었고, 대문구大汶口 문화 중기에 이미 도기륜제법陶器輪制法이 발명되었다. 원시 인류는 물건을 운반할 때, 가벼운 것은 머리에 이거나 어깨에 짊어지는 방법을 이용하였고, 무거운 것은 줄로 끌었다. 더 나아가 서로 목판을 연결하거나 혹은 나무를 서로 연결하여 그 위에 물건을 올려놓고서 줄로 끌었다. 이러한 방법은 오늘날 북방의 한랭지구에서 겨울철의 눈썰매와 유사하다. 바퀴를 물건을 끄는 목판과 결합한 것이 바로 수레이다. 최초의 수레바퀴와 가락바퀴는 거의 비슷하였다. 수레의 바퀴살통이 없다면, 큰 나무를 잘라서 사용하기도 하였다. 이는 오늘날 가정에서 사용하는 원통형 도마와 서로 비슷하다고 하겠다. 수레를 만드는 방법은 수레바퀴살통과 바퀴를 함께 고정한 후 다시 두 바퀴 사이에 목판을 얹고서, 목판과 굴대가 서로 만나는 곳에 나무통을 박는다. 이것이 바로 가장 원시적인 수레이다. 수레는 최초에 인력으로 끌었고, 후에 말을 훈련시켜 수레를 끌게 하였다. 이리하여 수레 끌채, 가름대, 멍에 등이 출현하게 된 것이다.

예 15)는 거車자로, 이것은 수레의 두 개의 바퀴, 굴대, 끌채, 가름대의 모습을 그린 것이다. 대략 하상夏商 시대의 수레의 모양인 것이다. 『설문·거부車部』에서는 "輿輪之總名, 夏后時奚仲所造, 象形."(수레는 바퀴 등 모든 것이 조합한 하나의 완전한 형체를 이르는 말이다. 하나라 때 해중이라는 사람이 만들었다. 상형문자이다.)라고 거車자를 해석하였다. 『고공기考工記』의 총서總序에 따르면 수레는 전쟁에 사용(병거兵車), 수렵에 사용(전거田車), 일반적으로 타는 용도로 사용(승거乘車) 등 세 가지 용도로 나뉜다. 하지만 자세히 그것을 읽어보면, 단지 대소의 구별일 뿐이다. 춘추 이전의 병거는 전장에서 주력으로 신속하게 전진하여 적을 죽이는 임무를 담당하였다. 당시 국가의 역량은 병거의 많고 적음을 표지로 삼았다. 그래서 "만승대국萬乘大國", "천승소국千乘小國"이라는 말이 있게 된 것이었다(여기에서 승乘이란 하나의 병거를 말한다).

전차를 타는 위치도 달랐는데, 예를 들면 수레를 지휘하는 최고 통솔권자는 가운데에 타고, 수레를 모는 사람은 왼쪽에 타며, 수레의 오른쪽에는 무사가 탄다. 따라서 수레의 오른쪽에 있는 무사를 거우車右라 하고, 참승參乘이라 하기도 한다. 만일 일반적인 전차라면, 수레를 모는 사람은 중간에, 왼쪽에 는 우두머리 장수가, 오른쪽에는 무사(車右)가 자리한다. 오른쪽에 타는 무사 는 최고 통솔권자나 혹은 우두머리 장수를 보위하는 책임을 맡는다.

다음에는 수레와 관련하여 흔히 보이는 단어를 소개한다.

륜輪, 『설문·거부車部』에서는 "有輻曰輪, 無輻曰銓."(바퀴살이 있는 것을 륜 輪이라 하고, 바퀴살이 없는 것을 전銓이라 한다.)라고 해석하였다.

곡轂, 『설문·거부車部』에서는 "輻所湊也."(바퀴살이 모이는 곳이다.)라고 해 석하였다. 바퀴살 중앙에 수레 축에 나 있는 가운데가 빈 원형 나무이다.

할轄, 『설문·거부車部』에서는 "車聲也, 從車害聲. 一曰轄, 鍵也."(수레의 소 리이다. 거車에서 뜻을 취하고 해害에서 소리를 취하는 형성문자이다. 다른 뜻으로는 비녀장이다.)라고 해석하였다. 이 설명에서 비녀장이라 풀이한 부분이 정확하 다. 할轄의 본의는 바퀴가 벗어나지 않도록 굴대 머리 구멍에 끼는 큰 못으 로, 이것은 일반적으로 금속으로 만든다. 관할管轄하다라는 뜻으로 확장된 후에야 관할구역(轄區), 다스리다 등의 단어가 생겨나게 되었다.

폭輻, 『설문·거부車部』에서는 "輪轑也."(바퀴살이다.)라고 풀이하였다. 즉 오늘날에는 폭조輻條라고 칭하는 것이다.

주輈, 『설문·거부車部』에서는 "轅也."(끌채이다.)라고 풀이하였다.

원轅, 『설문·거부車部』에서는 "輈也."(끌채이다.)라고 풀이하였고, 『방언方 言』 권9에서는 "轅, 楚衛之間謂之輈."(원轅이라는 것을 초楚나라와 위衛나라에서는 주輈라고 부른다.)라고 하였다. 이를 종합적으로 주輈, 원轅은 모두 끌채이다. 구분하여 말하자면 약간의 구별이 있을 뿐이다. 『석명釋名·석거釋車』에 따 르면 "轅, 援也, 車之大援也."(원轅이라는 것은 당기다(援)는 뜻이다. 수레가 큰 것이다.)라고 하였고, "輈, 句也, 轅上句也."(주輈라는 것은 구부러지다(句)란 뜻으로 끌채 위가 약간 구부러진 것을 말한다.)라고 풀이하였다. 즉, 주輈는 구부러진 것이다. 단지 하나의 끌채로 말 양 옆을 묶는다는 것은 사람을 태우기 위한 병거兵車로, 옛 사람들은 그것을 작은 수레(小車)로 보았다. "원지대원轅之大援"이라고 한 것은 큰 수레의 끌채로, 큰 수레라는 것은 짐을 싣기 위하여 만들었는데, 이 수레에는 두 개의 끌채가 있는 것으로 소가 끌었다.

액軛, 『설문・거부車部』에서는 "轅前也."(끌채 앞에 있는 것이다.)라고 해석하였고, 단옥재는 『설문해자주』에서 "曰轅前者, 謂衡也. 自其橫言之謂之衡, 自其扼制馬言之謂之軛."("轅前"이라고 말한 것은 바로 가름대(衡)를 말한다. 말을 가로 막는 것을 형衡이라 하고, 말을 몰기 위하여 그 위에 씌운 것을 액軛(멍에)라고 한다.)라고 하였다. 끌채와 축이 연결되는 부분 끝에 횡목을 놓는데, 그것을 가리켜 형衡이라 하고, 형衡과 끌채가 만나는 부분에 쇠사슬을 꽂는데, 큰 수레에 사용되는 쇠사슬은 예輗라 하고, 작은 수레에 사용되는 쇠사슬은 첩軏이라 한다. 그래서 공자께서는 "大車無輗, 小車無軏, 其何以行之哉!"(큰 수레에는 예輗(멍에)가 없고, 작은 수레에도 첩軏(멍에)가 없으니 어찌 갈 수 있으리오!)라고 하였다(『논어論語・위정爲政』에 보임). 멍에 양 쪽에는 인人형으로 된 협판夾板을 묶어서 말을 몰았다. 협판夾板을 덧대는 것을 액軛(멍에)이라고 한다. 병거兵車는 두 개의 멍에가 필요한데, 상대商代의 병거는 두 개의 말이 끄는 것이었다.

사駟, 『설문・마부馬部』에서는 "一乘也."(네 필의 말이란 뜻이다.)라고 풀이하였다. 끌채 양 옆에는 멍에를 매어 수레를 쓰는데, 이때 두 필의 말을 복服이라 한다. 복服의 양 옆에는 각각 한 필의 말이 있다. 가죽 끈으로 직접 굴대에 묶은 것을 참驂(네 필이 끄는 마차에서 바깥쪽에 있는 두 필의 말이라 한다. 주대周代의 병거는 모두 네 필의 말이다. 사駟는 즉 네 필의 말이 끄는 전차를 말한다.

여輿, 『설문·거부車部』에서는 "車輿也."(수레에서 사람이 타는 곳을 말한다.)라고 하였다. 단옥재는 『설문해자주』에서 "輿爲人所居."(輿는 사람이 타기 위하여 만들었다.)고 하였다. 즉, 여輿란 수레에 사람이 타기 위하여 만든 것이다. 옛날 사람들은 뒤에서부터 수레에 올라탔다. 그리하여 여輿의 후면은 일반적으로 활짝 열려져 있었다. 양측에는 약간 높은 기騎(yǐ)라고 하는 목판이 있다. 앞에는 약간 낮은 사각형 모양의 판이 있고, 그 위에는 식軾이라 하는 손잡이가 있다. 전차에는 일반적으로 세 명이 설 수 있다(전차에는 좌석이 없다). 탑승 인원의 위치는 일반적인 전차와 전차를 지휘하는 전차로 구분된다. 일반적인 전차는 가운데 수레를 모는 사람이, 왼쪽에는 우두머리 장수가, 오른쪽에는 참승驂乘(즉 무장)이 탄다. 전차를 지휘하는 전차는, 가운데는 전장에서의 최고 통솔권자(임금이나 군주 혹은 명령을 위임받은 최고 장군)가 타는데, 그 앞에는 북이 있어 그 소리로 진군이나 전투를 지휘한다. 왼쪽에는 수레를 모는 사람이, 오른쪽에는 참승驂乘(Cān shèng)이 탄다. 여輿는 수레 위에 사람이 타기 위하여 만든 것이므로, 뜻이 확장되어 수레를 가리킬 수도 있다.

교통도구는 배와 수레 이외에도 탈 수 있도록 훈련된 동물도 있다. 고대에 탈 수 있도록 훈련된 동물은 소, 말, 코끼리 등이다. 소는 원래 육식을 위하여 사육시킨 것이었으나, 후에 쟁기를 끄는 용도로 사용되었다. 신석기 시대의 쟁기 실물이 출토되었는지에 관해서는 쟁론이 있어, 소가 언제부터 탈 수 있었으며 물건을 실었는지 추측할 방법이 없다. 하지만 분명한 것은 늦어도 주나라에는 이미 있었다는 점이다. 전설에 따르면 노자老子는 소를 탔다고는 하지만, 소를 타는 것은 보편적인 현상은 아니었다. 말은 용산문화 이후부터 집에서 기르는 가축이 되었다. 최초에는 수레를 끌기 위함이었다. 그리하여 말을 타는 것은 수레를 쓰는 것보다는 늦게 출현하였다. 중국 중원지역의 첫 번째 기병부대는 기원전 307년 조趙나라가 "삼호三胡"에 대처하기 위하여 편성하였다. 진, 한에 이르러, 기병과 보병이 전장에서 주력이 되었다. 전차는 주로 포진布陣을 방어하는데 사용되었다. 소수민족 유목 부락의 기마의 역사는 중원보다 약간 앞선다. 코끼리에 대해서는, 전설에 따르면 은나라 사람들이 코끼리를 탔다고 한다.

연구제시

1. 『설문』에 실려 있는 지부止部, 주부走部, 착부辵部, 척부彳部, 행부行部로부터 본장의 내용을 보충하고, 사람이 걸어다니는 것과 관련된 글자(이 가운데 어떠한 부수의 글자도 가능하다)를 문화적으로 분석하시오.

2. 『설문』의 주부舟部, 거부車部, 마부馬部 중에서 본장에서 설명하지 않은 글자를 추려서 보충하고, 그 가운데 서로 연관있는 글자를 뽑아서 문화적으로 분석하시오.

주요 참고문헌

1. 劉熙 『釋名』中的釋車, 釋船.
2. 祝慈壽 『中國工業技術史』的第十章.

8

사회경제

신석기시대 원시사회의 경제는, 대체적으로 수렵과 채집 단계에서 이미 농경과 목축 단계로 발전하였다. 게다가 이와 더불어 토기를 만들고 옷을 만드는 등 원시수공업도 발전하였다.

1. 채집과 어업 및 수렵

전前 7, 13, 3. 어漁

일佚 383. 신辰

후後 2, 8, 12. 망网

갑甲 2501. 궁弓

갑甲 3117. 시矢

갑甲 2533. 사射

천天 96. 후侯

림林 2, 19, 14. 함函

| 전前 6, 63, 5. 정阱 | 을乙 4680. 단單 | 일佚 149. 수獸 | 전前 6, 12, 5. 감敢 |

| 을乙 5395. 조罩 | 갑甲 2285. 금禽 | 을乙 814. 리離 | 갑甲 232. 척隻 |

| 려종郘鐘. 대隶 | 수粹 1043. 채采 |

태고적 호모사피엔스 모계사회 초기(구석기시대 중·말기에 해당함)에는 조기 호모에렉투스와 마찬가지로 채집과 어업 및 수렵은 여전히 주요한 생산 활동이었으나, 기술면에서는 진보하였다.

물고기와 대합조개 등 수생동물을 잡는 것은, 고대 인류에게 있어서는 단백질의 중요한 근원이었다. 물고기를 잡는 방법은 손으로 잡는 방법, 화살을 쏘아 잡는 방법, 날카로운 몽둥이로 찔러서 잡는 방법 등이 있었다. 고고학에서는 10만 년 전의 산서 정촌인丁村人 유적지에서는 물고기 두개골 화석이 있었음을 발견하였다. 2만 7천 년 전의 산정동인 유적지에서 출토된 청어青魚의 눈자위 뼈 화석을 추산해 보면, 이 청어는 길이가 80cm에 달하고, 무게는 대략 7~8kg이었다. 이처럼 큰 물고기를 잡을 수 있었다는 점은,

어느 정도의 포획기술을 장악하고 있었음이 분명하였다. 신석기시기에 이르러, 포획방법은 더욱 진보하여, 낚시로 잡는 방법과 그물을 이용하여 잡는 방법 등의 기술을 장악하였다. 앙소문화 서안西安 반파半坡 유적지에서 출토된 뼈로 만든 갈고리 모양의 낚시는 상당히 예리한 낚시바늘을 갖추고 있었다. 뿐만 아니라 절강 오흥吳興 전산양錢山漾 유적지에서는 대나무로 만든 통발이 출토되었다.

예 1)은 어漁자로, 어魚와 수水가 결합하여 이루어진 한자이다. 이것은 물에서 물고기를 잡는 것을 나타낸다. 본의는 허신이 해석한 "捕魚也."(물고기를 잡는다는 뜻이다.)와 같다.

산정동인의 장식품 가운데 바다 새고막조개껍질(아마도 교환하여 얻은 것일 것이다.)이 있었고, 정촌인丁村人이 생활하였던 분하汾河에는 대형 방합이 있었다. 대합조개류 역시 호모사피엔스가 포획한 것이었다. 신석기 초기 유적지에서는 더욱 많은 대합조개껍질이 발견되었다. 예들 들면 하북 자산磁山문화 유적지에서 대합조개류가 있었다.

예 2)는 진辰자로, 윗부분은 대합조개껍질을, 아래 부분은 껍질 밖으로 나와 있는 대합조개의 발을 그린 것이다. 진辰은 신蜃의 초문이다. 『예기·별인鼈人』에 대한 정현鄭玄의 『주注』에서는 "蜃, 大蛤."(신蜃은 커다란 대합조개다.)라고 하였다. 진辰이 간지자干支字로 가차되어 사용되었기 때문에, 후에 형부인 충虫을 더하여 신蜃자를 만들었다. 전설에 따르면 신蜃이라 불리는 교룡蛟龍이 있었는데, 이 동물은 바다에서 기氣를 토해내어 커다란 누대와 성곽城郭을 만들 수 있었다. 그리하여 신기루라 명하였다.

물고기와 동물을 포위해서 잡는 그물의 발명 역시 신석기 시대의 일이었다. 『여씨춘추呂氏春秋·이용異用』에 따르면 "蛛蝥作網罟, 今之人學紵."(거미가 그물을 만들 수 있었고, 오늘날의 사람들은 북을 배울 수 있었다.)라고 하였다. 이 문장에서 서紵의 뜻은 북을 뜻하는 저杼와 통가자이고, 주모蛛蝥는 거미의 다른 이름이다. 고대 인류가 북을 이용하여 그물을 짠 것은 거미가 거미줄을 얽어매는 것에서부터 깨달음을 얻은 것이다. 『태평어람太平御覽』에서는 『세본世本』의 "芒作網."(망芒이란 사람이 그물을 만들었다.)라는 문장을 인용하였다. 망芒, 망網은 고음이 비슷하고, 모두 명보明母 양부陽部 자이다. 단지 개합구開合口만 차이가 있을 뿐이다. 망芒은 그물을 만든 사람이다. 고고학에서는 앙소문화에 돌이나 토기로 만든 고기 그물의 추가 발견되었음을 입증하였다. 그물을 만든 "망芒"은 아마 모계사회 앙소시기의 인물일 것이다.

예 3)은 망网자로, 줄로 잘 얽어맨 그물의 모양을 그린 것이다. 『설문·망부网部』에서는 "庖犧所結繩以漁"(포희씨는 결승으로 물고기를 잡았다.)라고 하였다. 그물의 발명은 포희라고 말하고 있다. 이것은 신석기 초기로, 고고학적 발견 시대와 비슷하다. 당시 그물을 만든 끈의 원료는 단지 칡과 같은 덩굴성 식물 섬유였다. 주의할 점은 망网은 망網, 망罔이 간화된 한자가 아니라는 점이다. 망网은 상형자이고, 갑골문에도 있다. 오늘날 망网의 자형을 사용하는 것은 고자古字를 회복한 것이다. 망网에 소리를 나타내는 성방인 망亡을 더하여 망罔자가 된 것이고, 망罔에 뜻을 나타내는 형방인 사糸를 더하여 망網자가 된 것이다. 망网, 망罔, 망網은 고금자이지만, 용법상에서 이미 차이가 있었다. 단, 어업과 수렵 도구라는 점에서는 세 개의 한자가 통용된다. 법망法網(법망), 롱조籠罩(덮다), 망로網路(네트워크), 망라網羅(망라)라는 단어에서는 망网, 망網을 통용할 수 있지만, 일반적으로 망罔을 사용하지는 않는다. 모함하다, 무지하다, 미혹하다, 없다 등의 의미를 나타낼 때에는 절대로 망网, 망網을 사용할 수 없고, 단지 망罔자만을 사용할 수 있을 뿐이다.

짐승을 사냥하는 것은 유인원 시대의 주요 생산 활동이었다. 호모사피엔스시대에 이르러 수렵기술이 매우 발전하였다. 10만 년 전의 허가요許家窯인들은 비삭석飛索石을 사용하여 짐승을 타격할 수 있었다. 산서 삭현朔縣 치욕峙峪 유적지에서는 2만 8천여 년 전의 돌화살촉이 발견되었다. 돌로 제작하는 것보다 대나무나 나무로 제작하는 것이 더욱 편리하였다. 그리하여 지금의 소수민족은 대나무와 나무로 화살촉을 응용하는 것이 더욱 보편화되었다. 그리고 활과 화살의 발명은 돌화살촉의 출현보다 훨씬 빨랐다.

예 4)는 궁弓자로, 활의 모양을 그린 것이다. 오늘날 해서화하여 사용하는 궁弓자는 이미 활시위가 생략된 것이다. 『설문·궁부弓部』에서는 "弓, 以近窮遠, 象形. 古者揮作弓."(궁弓은 가까운 곳에서 먼 곳에 이르게하는 무기이다. 상형문자이다. 옛날 휘揮라는 사람이 궁弓을 만들었다.)라고 하였다. 『예기』에 따르면 "飮玉爵者弗揮."(옥술잔을 마시는 자는 잔에 남은 찌꺼기를 뿌리지 않는다.)라고 하였는데, 이에 대하여 정현鄭玄은 『주注』에서 "振去餘酒曰揮."(남은 술을 떨쳐버리는 것을 휘揮라 한다.)라고 하였다. "휘揮"의 본의는 떨다, 내던지다는 뜻이다. "휘揮"는 화살을 활의 탄성을 이용하여 멀리 있는 사람을 쏘는 것이다. 『세본世本』 송충宋衷의 『주注』에서는 "揮, 黃帝臣."(휘揮는 황제의 신하다)라고 하였다. 하지만, 위 설명은 시간상 몇 만 년이나 착오가 있는 것으로 보인다. "휘揮"는 응당 구석기 중기 호모사피엔스라고 보는 것이 타당하다.

예 5)는 시矢자로, 이것은 화살의 날과 꽁지의 모양을 그린 것이다. 『설문·시부矢部』에서는 "矢, 弓弩矢也. ……古者牟夷初作矢."(시矢란 궁노弓弩에 이용하는 화살이다. ……옛날 모이牟夷라는 사람이 처음으로 화살을 만들었다.)라고 하였다. 전설에 따르면, 활과 화살의 발명은 두 사람이다. 대략 표창과 같이 화살은 단독으로 사용할 수 있었다. 뜻이 확장되어 '곧다'는 뜻이 되었고, 맹세하다, 베풀다는 뜻으로 가차되었다.

예 6)은 사射자로, 이것은 손으로 활시위에 화살을 얹은 후 활시위를 끌어당겨서 쏘고자 하는 모양을 그린 것이다. 활시위에 화살이 있는 모양이 와변訛變하여 신身자가 되었고, 우又와 촌寸은 고문자 형체가 비슷하여 통용되기 때문에, 오늘날에는 해서화되어 사射자로 쓴다. 『설문·시부矢部』에서는 와변된 자형에 근거하여 "弓弩發於身而中於遠也"(몸에서 궁노弓弩가 발사되어 멀리있는 물체에 적중한다.)라고 해석하였다. 자형에 대한 해석은 정확하지 않지만, 본의는 활을 쏜다는 뜻이다. 『논형論語·술이述而』에는 "子釣而不綱, 弋不射宿."(공자는 낚시질을 하였으나 그물로 잡지는 않았으며 주살로 자는 새는 잡지 않았다.)라는 문장이 있다. 사射는 투합하다, 추측하다, 도모하다, 비치다 등으로 뜻이 확장되었다.

화살을 쏠 때에는 매우 정확하게 쏘아야 한다. 그리하여 평소에는 반드시 수많은 연습이 필요하다.

예 7)은 후侯자로, 이것은 길게 드리워진 가죽이나 베를 향하여 하나의 화살이 날아가는 것을 그린 것이다. 후에 해서화하여 약간 변하여 후侯자로 쓴다. 『설문·시부矢部』에서는 "春饗所射侯也, 從人從厂, 象張布矢在其下."(봄에 향음주례鄕飮酒禮를 거행할 때 사용되는 과녁이다. 인人과 엄厂 그리고 길게 드리워진 과녁 아래에 화살이 있는 모양을 그린 것이다.)라고 하였다. 갑골문은 엄厂과 시矢가 결합하여 이루어진 것으로, 『설문』에 쓰인 고문과 같다. 본의는 과녁이다. 『시경·소아小雅·빈지초정賓之初筵』에 "大侯旣抗, 弓矢斯張."(큰 과녁 걸어두고 화살 먹여 잡아당긴다.)라는 구절이 있다.

화살대는 많이 가지고 다녀야 하기 때문에 화살자루가 필요하다.

예 8)은 함圅자로, 이것은 화살이 큰 자루 안에 있는 모양을 그린 것이다. 『설문』에서는 "舌也"(혀란 뜻이다.)라고 잘못 해석하였다. 본의는 화살을 넣는 자루이다. 그리하여 작은 갑, 봉투, 편지봉투, 갑옷, 포용 등의 뜻으로 확장되었다.

활과 화살의 발명은 수렵의 효과를 대폭 제고시켰다. 그리하여 어업과 수렵 경제를 새로운 단계에 진입할 수 있게 하였다.

함정 역시 수렵에 사용되었다. 함정은 들짐승들이 습관적으로 걸어 다니는 길에 파 놓았다. 혹은 사람들이 산의 삼면을 에워싼 후 함성을 지르면서, 한쪽 면을 남겨 두고서 함정의 방향으로 몰아서 짐승을 포획하였다.

예 9)는 정阱자로, 이 한자는 록鹿과 정井이 결합하여 사슴이 함정에 빠진 모양을 그린 것이다. 『설문・정부井部』에서는 "阱, 陷也, 從阜從井, 井亦聲." (정阱은 함정이란 뜻이다. 부阜와 정井이 결합하여 이루어졌으며 정井은 또한 소리를 나타내는 회의겸형성자이다.)라고 하였다. 갑골문과 소전은 모두 회의겸형성자이다. 갑골문은 록鹿자를, 소전은 부阜자를 결합하였다는 점에서는 다르나, 결합하여 나타내는 뜻은 서로 같다. 즉, 모두 수렵에 사용하는 함정을 가리킨다.

수렵은 또한 화살에 불을 붙여 공격하는 방법도 있다. 해방 전 악륜춘인鄂倫春人들은 항상 사냥꾼들이 집단적으로 출동하였다. 손에 횃불을 들고서 들짐승이 있는 산 주위에서 횃불을 흔들면서 소리를 낸다. 그렇게 하면서 점차 범위를 축소시키는데, 그렇게 하면 짐승들이 놀라 이리저리 날뛴다. 그 때 동물들을 사살한다.

수렵할 때 멀리 있는 사람은 화살로 쏘아 죽이고, 가까이 있는 사람은 "단單"(나무막대기 위에 날카로운 창을 단 도구)을 가지고 포획한다.

예 10)은 단單자로, 이것은 두 갈래로 나 있는 나무막대기에 돌창을 묶고서 동물을 찌르는 도구이다. 뿐만 아니라 두 갈래로 나 있기 때문에 작은 동물의 목을 사이에 넣고서 조르기도 한다. 후에는 두 갈래로 나 있는 부위에 더욱 잘 고정하기 위하여 횡목을 덧대어 동여매었다. 이러한 모습은 점차 예 11)의 수獸자 왼쪽의 윗부분처럼 변하였는데, 이 모양은 오늘날 해서화한 단單자의 근원이 되었다. 단單자는 오늘날 단일單一을 가리킨다. 이것은 두 개라는 "쌍雙"과는 반대이다. 이것은 바로 가차의이다.

예 11)은 수獸자로, 수狩자와 같은 글자이다. 수獸는 회의자로, 이것은 단單과 견犬이 결합한 것이다. 즉, 단單(양 끝이 뾰족한 창)을 손에 들고서 짐승을 잡는데 견犬(개)이 도와주는 것을 말한다. 수狩는 형성자로 견犬에서 뜻을 취하고 수守에서 소리를 취한다. 『설문・견부犬部』에서는 "狩, 犬田也."(수狩

는 개로 수렵한다는 뜻이다.)라고 풀이하였다. 즉, 개로 사냥하는 것으로, 본의
는 수렵이다. 오늘날 수獸가 사냥을 통하여 획득한 들짐승을 가리키는 것은
바로 인신의이다. 갑골문은 후에 단單 밑에 수식적인 의미를 나타내는 구口
를 더하여 썼다. 오늘날 간화하여 견犬자를 삭제하고 수兽처럼 쓴다.

커다란 들짐승을 수렵하기 위해서는 항상 집단적으로 협력해야 한다. 뿐
만 아니라 용감한 정신도 갖추어야 한다. 서장 동남쪽에 사는 락파족珞巴族
은 산에 들어가 호랑이를 사냥할 때에는 사냥꾼 7~8명이 함께 행동한다.
그리하여 호랑이가 반드시 통과하는 길이나 혹은 호랑이 굴 부근에 매복한
다. 일단 호랑이가 출현하면, 용감한 우두머리 사냥꾼이 먼저 나무 몽둥이를
들고 달려들어서, 몽둥이를 호랑이 입에 박는다. 계속하여 나머지 사냥꾼들
이 함께 달려들어, 머리를 누르고, 귀를 묶고, 발을 잡고, 꼬리를 묶는 등
서로 협력하여 호랑이를 움직이지 못하게 누른다. 사냥꾼 한 명이 날카로운
나무 몽둥이를 항문으로부터 호랑이 복부로 밀어 넣는다. 호랑이는 한바탕
소란을 피운 다음에 숨이 끊어진다. 사냥꾼들은 죽은 호랑이를 들쳐 올려서
산을 내려온다. 울타리에 온 다음에 한바탕 경축 활동을 벌인다.

예 12)는 갑골문 감敢자로, 자형은 손에 끝이 갈라진 나무 몽둥이를 들고
돼지와 직면해 있는 모양을 그린 것으로, 이 형세는 대체로 락파珞巴인들이
호랑이를 포획할 때 시작하는 상황과 비슷하다. 우두머리 사냥꾼은 짐승을
사냥할 때 사용하는 끝이 갈라진 나무 몽둥이를 들고서 용감하게 얼굴을
위로 쳐들면서 멧돼지를 찌르고 때린다. 본의는 '용감하다'라는 뜻이다. 『설
문』에서는 "앞으로 나아가다."라고 해석하였는데, 이것은 인신의로 해석한
것이다. 금문에서는 감敢자를 "단單"자를 생략하여 "구口"자로 썼고, 소전에
서는 거꾸로 된 돼지는 조豖자로, 그리고 구口자는 고古자로 와변하였기 때
문에 『설문』에서의 자형 분석은 잘못 되었다.

예 13)은 조罺자로, 이것은 그물로 새를 덮은 것을 그린 것이다. 『설문·

추부隹部』에서는 "覆鳥令不走也, 從网隹, 讀若到."(새를 덮어서 날아가지 못하게 한다는 뜻이다. 망网과 추隹가 결합하여 이루어진 회의자로, 도到처럼 읽는다)라고 하였다.

긴 손잡이에 작은 그물을 동여맨 모습인 예 14)는 금禽자이다. 이 형태는 후에 손잡이 모양이 바뀌고 또한 위에 성부인 금今자를 더하여 금禽자가 되었다. 금禽의 본의는 손잡이가 달린 그물로 동물을 포획하다는 뜻이다. 이것은 금擒자의 초문이다. 인신되어 포획한 동물 역시 금禽이라 한다. 『설문』에서는 "禽, 走獸總名."(금禽이란 날짐승의 총칭이다.)와 같이 인신의로 해석하였다. 갑골문에서 금禽, 필畢(오늘날에는 간화하여 필毕로 씀.)은 같은 글자이다. 필畢은 손잡이 형태가 변하지 않았다. 위에 뜻을 나타내는 형부인 전田을 첨가하여 사냥하는 것을 나타낸다. 『설문』에서는 "畢, 田罔也."(필畢은 사냥할 때 사용하는 손잡이 달린 그물이다.)라고 풀이하였다.

예 15)는 리離자로, 이것은 사냥할 때 사용하는 손잡이가 달린 그물로 새를 잡는 것을 나타낸다. 본의는 사로잡다는 뜻이다. 갑골문 복사에서는 리離를 '포획하다'라는 의미로 사용하였다. 포획한 조수鳥獸는 다른 짐승 무리와 분리되기 때문에, 고로 '분리하다'는 뜻으로 뜻이 확장되었다. 『설문·추부隹部』에서는 리離를 새이름으로 해석하였는데, 이것은 그 음을 가차한 것이다.

돌을 던지거나, 화살을 쏘거나, 그물을 사용하거나, 양 끝이 갈라진 나무 막대기를 사용하거나, 함정을 이용하거나하는 그러한 포획방법으로 동물을 포획한 것은 고대 인류에게 고기를 제공하기 위함이었다.

예 16)은 척隻자로, 이것은 손에 포획한 새를 잡고 있는 모습을 그린 것이다. 즉, 획獲자의 초문이다. 『설문·견부犬部』에 "獲, 獵所獲也."(획獲은 사냥으로 포획한 것을 말한다.)라고 풀이하였다. 척隻이 새 한 마리를 나타내는 양사로 쓰이는 용법은 후기의後起義이다.

예 17)은 금문 대隶자로, 이것은 손으로 동물의 꼬리를 잡은 모습을 그린 것이다. 『설문·대부隶部』에서는 "隶, 及也."(대隶는 다다르다는 뜻이다.)라고 하였다. 뒤쪽에서 짐승을 잡는 것이 대隶이다. 대隶는 체逮자의 초문이다.

구석기부터 신석기 중기의 모계사회에서 채집은 줄곧 가장 중요한 생산 활동이었다. 이것은 인류가 먹는 음식물의 주요한 출처였다. 당시에는 일반적으로 나무의 과실이나 혹은 식물의 씨앗을 채집하였다. 화북 신석기 조기의 자산磁山문화에는 호두, 박달나무 씨가 있었고, 앙소문화에는 밤, 솔, 우렁이가 있었으며, 기타 새알, 야생벌꿀, 곤충, 식물의 뿌리 등도 있었는데, 이러한 것들은 아마도 채집한 것들인 것이다.

예 18)은 채采자로, 이것은 손을 나무에 덮고서 과실을 따는 모양을 그린 것이다. 『설문·목부木部』에서는 "采, 捋取也. 從木從爪."(채采는 거두어 들이다는 뜻이다. 이 한자는 목木과 조爪가 결합하여 이루어진 회의문자이다.)라고 하였다. 본의는 '따다'라는 뜻이다. 채집은 주로 부녀자가 담당하였다. 악륜춘족鄂倫春族 남자들은 수렵을 하고, 부녀자들은 가을에 아이들을 데리고 산에 가서 채집활동을 한다. 고대에 채집한 칡과 같은 덩굴식물은 옷감을 만드는 주요한 원천이었다. 채采는 '따다'는 본의로부터 인신하여 채택하다, 채집하다, 채납하다, 채굴하다 등의 의미가 되었고, 가차되어 문채라는 의미가 되었다. 채采, 채採, 채彩는 고금자이다.

채집과 어업 및 수렵 경제가 중요한 지위를 차지한다는 점은 모계씨족사회의 중요한 특징이다.

2. 농업

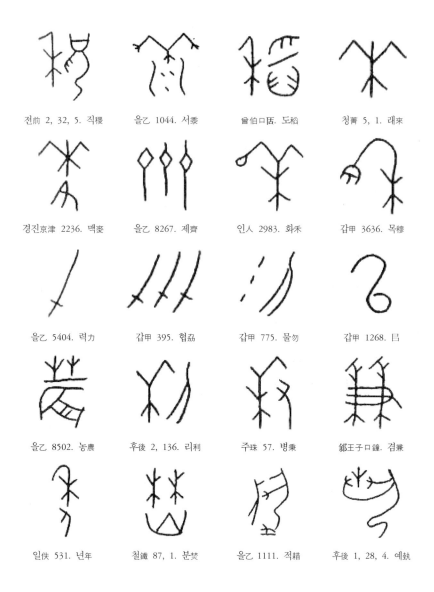

전前 2, 32, 5. 직稷   을乙 1044. 서黍   曾伯口固. 도稻   청菁 5, 1. 래來

경진京津 2236. 맥麥   을乙 8267. 제齊   인人 2983. 화禾   갑甲 3636. 목穆

을乙 5404. 력力   갑甲 395. 협劦   갑甲 775. 물勿   갑甲 1268. 目

을乙 8502. 농農   후後 2, 136. 리利   주珠 57. 병秉   邾王子口鐘. 겸兼

일佚 531. 년年   철鐵 87, 1. 분焚   을乙 1111. 적耤   후後 1, 28, 4. 예埶

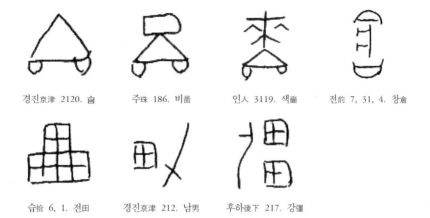

경진京津 2120. 靣　　주珠 186. 비靣　　인人 3119. 색嗇　　전前 7, 31, 4. 창倉

습拾 6, 1. 전田　　경진京津 212. 남男　　후하後下 217. 강彊

1) 농업의 발생과 농작물의 종류

중국의 농업재배는 어떠한 사람에 의하여 창조되었을까? 일반적인 전설에 따르면 신농씨이다. 『장자莊子·도척盜蹠』에 의하면 "神農之世, 臥則居居, 起則於於, 民知其母, 不知其父, 耕而食, 織而衣, 此至德之隆也."(신농씨 시대에는 안락하게 누워 자고 일어나서는 유유자적했다. 백성들은 자신의 어머니는 알아도 아버지는 몰랐다. 농사를 지어 먹고 길쌈을 해 입었다. 이것이 바로 지극한 덕이 한창 성행했을 때의 일이다.)라는 구절이 있다. 이 구절을 통하여 신농씨는 바로 모계씨족사회 시대의 인물이라는 것을 알 수 있다. 고고학 자료에 따르면 중국의 원시 농업은 구석기 시대 말기에 시작되었다. 신농씨가 만일 오늘날까지 살았다면, 만 살에서 2만 살 정도 되었을 것이다. 어떻게 채집경제로부터 재배경제에 이르렀을까? 『신어新語·도기道基』에는 "上古民人食肉, 飮血, 衣皮毛. 至於神農, 以爲行蟲走獸難以養民, 乃求可食之物, 嘗百草之實, 察酸苦之味, 敎民食五穀."(옛날 사람들은 고기를 먹고 피를 마셨으며 가죽과 털옷을 입었다. 신농씨에 이르러 곤충과 짐승으로 인하여 백성을 잘 기를 수 없었기 때문에, 이에 먹을 음식을 구하기 위하여 모든 식물의 과실을 먹어본 후 그 맛을 살폈다. 그리하여 백성들에게 오곡五穀을 먹을 수 있는 방법을 가르쳐주었다.)라는 구절이 있다. 구석기 말기, 인구가 증가함에 따라 채집과 수렵은 안정적으로 음식물을 제공할 수 없었는데, 이러한 상황을, 소위 "行蟲走獸難以養民"(곤충과 짐승으로 인하여 백성을 잘 기를 수 없다.)라고 한 것이다. 그리하여 야생의 곡물을 잘 선별하여 그 맛을 살핀 연후에 농경을 할 수 있었다. 전설의 내용과 현대 학자들의 분석은 대체적으로 일치한다.

신석기 시대, 원시농업이 생겨났을지라도 어업, 수렵, 채집은 여전히 중요한 지위를 차지하였다. 이것은 원시농업구조의 특징이다.

중국은 세계 농작물의 중요한 발상지 가운데 하나이다. 일반적으로 조와 기장은 서북 황토고원에 기원한다. 조는 강아지풀(setaria vividis)로부터 나왔다. 하북 무안武安 자산磁山 유적지(기원전 5,400년~기원전 5,100년)에서는 조를 저장하였던 88개의 땅굴이 발견 되었는데, 탄화된 조의 실물은 세계에서 최초의 조 가운데 하나임을 보여주었다. 조는 중원에서 경작 역사가 가장 오래되었다. 농업경제에서 중요한 지위를 차지한 후, 조(북방에서는 곡자穀子라고 칭한다. 조를 정제한 것을 소미小米라고 한다.)는 북방 사람들의 주식이 되었다. 신석기 시대 황하 유역의 유적지에서 출토된 인골을 토대로 탄소13을 이용하여 당시의 식단 메뉴를 측정한 결과, 조가 당시의 주식이었다. 그리하여 오곡의 으뜸이기 때문에 조에 대하여 제사를 지내야 한다고 여겼다.

예 1)은 직稷자로, 이것은 화禾와 형兄(축祝)이 결합한 글자이다. 『예기외전禮記外傳』에 따르면 "稷者, 百穀之神也."(직稷이라는 것은 모든 곡식을 관장하는 신이다.)라고 하였다. 자형은 사람이 벼(禾) 앞에 무릎을 꿇어앉아서 입을 크게 벌리고 풍작을 기도드리는 모습을 그린 것이다. 여기에서 형兄자가 후에 와변하여, 오늘날에는 직稷자로 쓴다. 『이아爾雅·석초釋草』에서는 "粢, 稷."(자粢(기장)이 직稷이다.)라고 하였고, 손염孫炎은 『주注』에서 "稷, 粟也."(직稷은 조다.)라고 하였다. 형병邢昺은 『소소疏』에서 "郭云 : '今江東人呼粟爲粢', 然則粢也, 稷也, 粟也正是一物."(곽郭씨가 '지금의 강동 사람들은 조(粟)를 자粢라고 부른다.'라고 하였다. 하지만 자粢, 직稷, 속粟은 하나의 식물을 가리킨다.)라고 하였다. 수수는 시간이 흐른 후에야 재배되었다. 지금까지 신석기 시대에 중국에서 수수를 재배하였다는 증거를 찾아내지 못하였다. 정주鄭州 부근의 대하大河 유적지에서 출토된 소위 "수수"라는 것은, 그 형태와 재의 모양 검증을 통하여 일반적인 수수와 차이가 있음을 보여주었다. 화하민족은 연대의 차이가 매우 심한 후기의 농작물을 오곡의 신으로 제사를 지냈을 리가 없다고 생각한다. 왕념손王念孫, 정요전程瑤田, 단옥재段玉裁 선생은 직稷을 "수수"로 해석하였는데, 필자는 이 해석은 문화학에 있어 확고한 지위를 차지할 수 없다고 생각한다. 조는 유구한 재배의 역사를 지닌 농작물이기 때문에 오곡의 신으로 존경받았다.

기장은 황하 유역에서 수수와 공존한 곡물로, 기장을 정제한 것을 속칭 대황미大黃米라 부른다. 식용할 수 있는 기장은 야생기장에서 발전한 것이다. 지금까지도 감숙 롱서隴西 황토고원에는 야생기장이 자라고 있다. 감숙 진안秦安 대지만大地灣 유적지(기원전 5,800년~기원전 5,400년)에서 발견된 저장고에 있는 탄화기장이 중국에서 연대가 가장 오래된 기장 표본이다.

예 2)는 서黍자로, 이것은 이삭이 듬성듬성한 기장을 그린 것이고 자형에서 수水는 기장의 낟알을 나타낸다. 『설문·서부黍部』에서는 "黍, 禾屬而黏者也."(서黍는 벼과에 속하는 것으로 찰진 곡물이다.)라고 풀이하였다. 소전에서는 수水자가 와변하여 우雨의 하반부와 비슷하게 되었다. 그래서 허신은 소전의 자형에 근거하여 "從禾, 雨省聲."(화禾에서 뜻을 취하고 우雨의 생략된 소리를 취하는 형성문자이다.)라고 해석했다. 하지만 위의 설명처럼 서黍는 회의자이다. 서黍는 원래 북방의 기장쌀을 나타내었으나 후에 남방의 찹쌀도 가리켰다.

황하 유역의 곡류 작물은 조, 기장 이외에도 숙菽(큰 콩)이 있었다. 큰 콩의 원산지 역시 중국이다. 야생 대두大豆는 여전히 전국 각지에 분포해 있다. 하지만 콩류는 단백질 함량이 높기 때문에 보존하기 어렵다. 그리하여 지금까지 신석기 시대의 콩류 잔존물이 발견되지 않았다. 갑골문의 "受菽年"(콩 풍년을 얻다.)의 기록에 근거하면, 늦어도 상나라 시대에는 이미 재배가 시작되었다. 섬서 후마侯馬 유적지에서 탄화되지 않은 대두 10알이 출토되었다. 흑룡강 녕안현甯安縣 대모단둔大牡丹屯 유적지에서는 탄화된 대두가 출토되었다. 이 모든 것들은 전국시대의 유물들이다. 두豆라는 한자는 본래 긴 다리가 있는 그릇을 그린 상형자이므로, 이것이 콩이라는 의미로 사용된 것은 가차된 것이다. 『전국책戰國策·한책1韓策一』에 "韓地險惡, 山居, 五穀所生, 非麥而豆. 民之所食, 大抵豆飯藿羹."(한나라의 지세는 험준하고 사람들은 산에 거주한다. 그곳에서 곡식을 농사짓는데, 보리를 재배하지 않고 콩을 재배한다. 그리하여 사람들은 콩을 먹는데, 백성들이 먹는 것은 대저 콩밥과 콩국이다.)라는 구절이 있다. 『전국책』은 한나라 사람이 만든 책이다. 이 책 안에 쓰인 내용들은 거의 대부분 근거가 있을 것이다. 이에 따르면 진한 이후에 숙菽을 두豆라 칭하는 것이 유행하였다. 후에 초艸를 더한 두荳자가 탄생하였다.

장강 유역에는 논벼가 주로 재배된다. 벼는 야생벼에서 발전된 것이다. 장강 중·하류에는 지금도 여전히 야생벼가 광범위하게 분포한다. 일반적으로 이 일대는 벼문화의 주요 발상지라고 한다. 신석기 시대의 유적지에서 벼껍질 잔해가 40여 곳에서 발견되었다. 주로 태호太湖 지역의 강소 남부와 절강 북부에 집중되어 있다. 이 이외에도 호북, 강서, 복건, 광동, 운남, 대만 등지가 있다. 선도秈稻(메벼의 일종)와 갱도粳稻(메벼의 일종) 이 두 개는 아종亞種인데 선도가 더 많다. 그 가운데 연대가 가장 이른 것은 하모도河姆渡 유적지에서 발견된 선도 퇴적층으로, 가장 두터운 곳은 1m를 초과한다. 이 유물은 지금까지 7,000여 년이 되었다. 황하 유역은 비록 신석기 시대에도 논벼를 재배한 적이 있었지만, 그 비중은 조, 기장보다 훨씬 낮았다.

예 3)은 도稻자로, 금문의 자형은 형성자이다. 『설문・화부禾部』에서는 "稻, 稌也. 從禾舀聲."(도稻는 찰벼다. 화禾에서 뜻을 취하고 요舀에서 소리를 취하는 형성자이다.)라고 하였다. 주준성朱駿聲은 『설문통훈정성說文通訓定聲』에서 "今蘇俗, 凡粘者不粘者, 統謂之稻. 古則以粘者曰稻, 不粘者曰杭. 又蘇人凡未離稈去穗曰稻, 稻旣離稈去穗曰穀. 穀旣去穗曰米. 北人謂之南米, 大米. 古則穀米亦皆曰稻."(오늘날 소蘇 지역 사람들은 찰진 것과 찰지지 않은 것을 통칭하여 도稻라 한다. 하지만 옛날에는 찰진 것을 도稻라 하였고 찰지지 않은 것을 갱杭이라 하였다. 또한 소蘇 지역 사람들은 볏짚에서 겨를 분리하지 않은 것을 도稻라 하고, 도稻에서 이미 볏짚을 분리한 것을 곡穀이라 한다. 곡穀에서 겨를 분리한 것을 미米라 하는데, 북방 사람들은 그것을 남미南米, 대미大米라고 한다. 옛날에는 곡미穀米를 도稻라고도 하였다.)라고 하였다.

대맥大麥(보리), 소맥小麥(밀)은 미국 시카고대학의 하병체何炳棣 교수는 『중국농업적본토기원中國農業的本土起源』에서 원산지가 서남아시아 가운데 겨울철에 비가 내리는 지역이다라고 주장하였다. 대략 기원전 2,000년 경 즉, 하나라 때 중국에 전해졌다. 갑골문의 래來, 맥麥, 제齊자로부터 보건데, 밀은 늦어도 상나라 초기에 이미 보편적으로 재배되었음을 알 수 있다. 중국에서 발견된 최초의 밀은 신강 공작하孔雀河 유역의 신석기 유적지에서 출토된 탄화밀로 지금으로부터 약 4,000년 정도 되었다. 안휘 박현亳縣 조어대釣魚臺에서 출토된 것은 상나라의 유물에 속하는데, 이것은 상나라 때에 이미 회북 지역까지 전파되었음을 보여준다. 선진 전적典籍에서 맥麥 한 글자만 사용된 것은 모두 밀을 가리키고, 모麰자는 보리를 가리킨다. 서한에 이르러, 숙맥宿麥(동맥冬麥으로, 이것은 가을에 파종하여 이듬해 여름에 거두는 밀이다.)과 선맥旋麥(춘맥春麥으로, 봄에 파종하는 밀이다.)이 구분되었다.

예 4)는 래來(来)자로, 밀에 잎과 줄기 그리고 아직 패지 않은 이삭이 있는 모양을 그린 것이다. 『설문·래부來部』에서는 "來, 周所受瑞麥來麰, 一來二縫, 象芒束之形, 天所來也, 故爲行來之來."(래來는 주나라가 받은 좋은 밀과 보리를 말한다. 하나의 뿌리에 두 개의 밀 이삭이 달려 있다. 밀 이삭이 날카로운 모양을 그렸다. 하늘이 전해 준 것이므로, 행래行來(가고 오다)의 래來(오다)라는 의미로 쓴다.)라고 풀이하였다. 주나라 사람들은 최초에 대략 하夏왕조 말년에 섬서성과 감숙성 일대에서 활동하였다. 맥류麥類는 주나라 사람들을 통하여 서아시아로부터 중국에 전래한 것으로, 이것은 본토에서 야생식물로부터 진화한 것이 아니다. 그리하여 "天所來"(하늘에서 온 것)이란 뜻이기 때문에, 행래行來(가고 오다)의 래來(오다)란 뜻으로 쓰이게 되었다. 『시경·주송周頌·사문思文』에 "思文后稷, 克配彼天, 立我丞民, 莫匪爾極, 貽我來牟."(문덕 높으신 후직, 저 하늘과 짝이 되셨네. 우리들 만백성을 살리신 것은 지극하신 님의 덕 아닌 것이 없네. 하느님께서 밀과 보리를 내려 주셨네.)라는 구절이 있다. 이 문장에서 모牟는 모麰(보리)를 대신한다. 주나라 사람들은 후직后稷을 그 시조始祖로 칭하는데, 이것은 주나라 사람들이 농업으로 국가를 발전시켰음을 반영하는 것이다. 『사기』에서는 후직은 요순시대에 태어났고, 상나라의 시조인 계契와 동시대의 인물이라고 하였으나, 이것은 믿을 수 없다. 후직부터 문왕文王까지는 15세世, 계契부터 상商의 주왕紂王까지는 30세世이므로, 후직은 하夏왕조 말기의 사람인 상商의 탕왕湯王 연대(탕湯부터 주紂까지 17세世)와 비슷할 것이다. 이와 같이, 후직시대에 "하느님께서 우리들에게 밀과 보리를 내려주셨네."라는 구절은 하병체何炳棣 선생이 고증한 시간과 대체적으로 일치한다. 정鄭씨는 『전箋』에서 "貽我來牟"(우리들에게 밀과 보리를 내려주셨다.)라는 내용은 '주周무왕武王이 우진盂津을 건널 때 새가 오곡을 물고 온 일'을 가리킨다고 여겼는데, 이것은 매우 잘못된 일이다.

예 5)는 맥麥자로, 이 한자는 래來와 거꾸로 된 지止가 결합한 것이다. 이것은 외부로부터 전해 온 즉 "天所來"(하늘이 배려준) 곡식이라는 뜻을 나타내는 것일 것이다. 래來와 맥麥은 원래 같은 글자이지만 구조가 다른 한자이다. 래來자의 상고음은 래모來母 지부之部이고, 맥麥자는 명모明母 직부職部이다. "지之"와 "직職"은 음입상통陰入相通이고, "명明"과 "래來"는 복보음複輔音이다. 주대에 이르러 음音은 이처럼 밀접한 관계가 있다. 래來자를 행래行來(가고 오다)의 래來(오다)라는 뜻으로 차용하면서, 두 개의 한자가 분화하게 된 것이다.

예 6)은 제齊(齐)자로, 이것은 보리의 이삭 세 개가 서로 어긋나게 나와 있지만 잘 조화를 이루고 있는 모양을 그린 것이다. 『설문・제부齊部』에서는 "齊, 禾麥吐穗上平也, 象形."(제齊란 보리 이삭이 올라와 평평하게 된 모양을 그린 것이다. 상형문자다.)라고 풀이하였다. 후에 보리 이삭 모양을 나타내는 것이 또다시 예서처럼 변하여, 점차 제齊자의 형태가 되었다.

예 7)은 화禾자로, 이것은 모에 생겨난 최초의 이삭 모양을 그린 것이다. 따라서 화禾의 최초의 뜻은 사람들이 기르는 조와 들에 자라는 야생 조를 개괄적으로 가리킨 것이었지만, 후에 전문적으로 사람들이 기르는 속粟(조)만을 가리키게 되었다. 『춘추설제사春秋說題辭』에 "粟生爲苗, 秀爲禾."(조가 모에서 생겨나 아름답게 이삭이 패었다.)라는 구절이 있다. 후에 뜻이 확장하여 농작물의 모를 총괄적으로 가리키게 되었다.

예 8)은 목穋자로, 이것은 벼이삭이 뾰족뾰족하게 패인 모양을 그린 상형문자이다. 금문에서는 이삭 아래에 처음으로 세 개의 필획을 더하여 수식하기 시작하였다. 『설문・화부禾部』에서는 형성문자로 해석을 잘못하였다. 목穋자는 본시 조를 가리켰다. 조의 이삭이 아래로 드리운 것은 잘 익었다는 뜻으로 이렇게 되면 풍년을 기원하게 된다. 그리하여 목穋자에 미선美善(아름답고 좋다.)는 뜻이 있게 되었다.

신석기 시대 농업에 대한 고고학적 발굴에 따르면, 대지만大地灣 유적지에서는 유채씨가 발견되었고, 반파半坡 유적지에서는 겨자씨 혹은 배추씨가 발견되었다.

2) 농업 도구와 재배 기술

농업 도구는 땅을 고르는 도구, 밭을 가는 도구, 수확하는 도구 등 몇 가지로 나뉜다. 농업 도구를 만드는 재료는 돌, 뼈, 뿔, 대합조개, 나무 등이다. 구석기 시대 말기에 원시 농업이 발생하였는데, 당시의 농사 도구는 단지 돌도끼와 끝이 날카로운 나무 몽둥이뿐이었다. 신석기 시대에 이르러 농업이 점차 발전함에 따라, 농기구의 용도가 나뉘게 되었다. 나무를 찍는 돌도끼는 경작지를 평탄하게 고르는 도구가 되었고, 돌자귀는 농지를 깨끗하게 정리하는 도구가 되었다. 경작 도구로는 땅을 갈아엎는 돌보습, 뼈보습, 돌삽 등이 있고, 파종하기 위한 나무 쟁기, 김을 매기 위한 대합조개껍질 등이 있다. 수확하는 도구에는 돌칼, 돌로 만든 낫, 뼈로 만든 낫, 대합조개로 만든 낫, 대합조개로 만든 칼 등이 있다.

뢰耒(쟁기)는 처음에는 원래 끝이 날카로운 나무 몽둥이였다. 아랫부분에 횡목을 잘 동여맨 후에 그곳을 힘껏 밟아 땅 속에 들어가게 한 후에 손을 아래로 하여 쟁기의 윗부분을 누른다. 지레의 원리를 이용하여 흙을 뒤집는 것이다.

예 9)는 력力자로, 이것은 쟁기를 그린 것이다. 쟁기로 밭을 가는데 매우 곤란할 경우, 서장의 문파인門巴人들은 땅을 일굴 때 두 사람이 날카로운 몽둥이를 나란히 잡고서 동시에 땅에 삽입하여 땅을 파낸다. 『설문·력부力部』에서는 "力, 筋也, 象人筋之形."(력力은 힘줄이다. 사람의 힘줄을 그린 모양이다.)라고 풀이하였다. 이것은 잘못된 것이다. 쟁기라는 뜻으로부터 의미가 확장하여 능력, 위력, 공로, 노역, 힘을 다하다 등의 의미가 되었다. '세

균역적勢均力敵'의 력力은 역량力量이란 뜻이고, '역부종심力不從心', '역소임중力小任重'의 력力은 모두 능력을 뜻하며, '역투지배力透紙背'의 력力은 필력筆力을 뜻한다.

예 10)은 협劦자로, 이것은 세 개의 쟁기가 협력하여 땅을 갈아엎는 것을 그린 것이다. 『설문·협부劦部』에서는 "劦, 同力也, 從三力."(협劦은 힘을 합한다는 뜻이다. 이 한자는 세 개의 력力이 결합한 회의문자이다.)라고 풀이하였다. 고문자의 형태간의 관계에 따르면, 협協과 협協은 협劦에서 불어난 분화자分化字이다. 협劦은 힘을 합치는 것이기 때문에, 여기에서 뜻이 확장하여 협協은 마음을 합치다, 협協은 많은 힘을 합치다가 된 것이다.

『역易·계사하繫辭下』에는 "揉木爲末"(나무를 구부려 쟁기를 만든다.)라는 구절이 있다. 나무로 만든 쟁기는 쉽게 부패되기 때문에, 고고학에서는 아직까지 쟁기의 실물을 발견하지 못하였다. 쟁기는 하나의 보습에서 두 개의 보습으로 발전하였다. 묘저구廟底溝 2기 문화(기원전 2,900년~기원전 2,800년) 회갱灰坑 벽에서는 두 개의 보습을 한 쟁기의 흔적이 발견되었다.

예 11)은 물勿자로, 이것은 보습 두 개가 있는 쟁기가 흙을 뒤엎을 때 흙먼지가 공중에서 흩어지는 모양을 그린 것이다. 따라서 본의는 흙색이다. 흙먼지라는 뜻에서 번잡하다는 의미로 확장되었다. 부정부사로 사용되는 물勿은 갑골문에서 같은 글자가 아니다. 경전에서는 물物로 썼다.

사耜(보습)는 속칭 산鑵이라 한다. 자루 중간의 횡목은 한 개의 보습이 있는 쟁기와 같다. 하지만 아래 부분에는 자귀 모양의 보습 머리를 안장하였다. 보습의 머리에는 돌, 뼈, 나무 등이 사용되었다. 최초의 돌자귀는 하남 신정현新鄭縣 배리강裵李崗 유적지(기원전 5,500년~기원전 4,900년)에서 발견되었고, 나무 쟁기와 뼈로 만든 쟁기는 하모도河姆渡 유적지에서 발견되었다.

예 12)는 目자로, 이것은 나무로 된 손잡이 아래에 자귀 모양의 보습을 안장한 모양을 그린 것이다. 즉, 이것은 뢰耜의 초문이다. 보습은 쟁기보다 용도가 다양하여 흙을 뒤엎고 흙을 북돋고 구덩이를 파낼 수 있었다. 갑골문 복사에서 㠯은 사용하다는 뜻이다. 『설문』에서 역시 "㠯, 用也"(㠯은 사용하다는 뜻이다.)라고 해석하였다. 후에 인亻을 더하여 "이以"로 썼다. 그리고 농기구를 나타내는 㠯는 뢰耒를 더하여 사耜로 썼다.

김을 매는 도구는 뼈, 돌 혹은 대합조개껍질로 제작하였다. 하모도河姆渡 유적지에서는 사슴뿔로 만든 학鶴 부리 모양의 호미가 출토되었고, 서안 반파半坡 유적지에서는 돌호미 19개가 출토되었다. 그리고 강서 만현萬縣 선인동仙人洞 유적지 하층(약 7,000년 전)에서는 약간 갈아서 만든 두 개의 구멍이 있는 민물조개껍질이 출토되었는데, 이것은 손잡이를 더하여 땅을 갈아엎을 수 있고 혹은 김을 맬 수도 있는 도구이다. 이에 대한 근거는 『회남자淮南子·사론훈氾論訓』에서 "古者磨蜃而耨"(옛날에는 무명조개를 갈아서 김을 맬 수 있었다.)라는 구절이다.

예 13)은 농農(农)자로, 초艸와 진辰이 결합하여 이루어진 한자이다. 이것은 무명조개로 김을 매는 모양을 그린 것이다. 갑골문에는 또한 림林과 진辰이 결합한 자형도 있다. 림林을 결합하든 초艸를 결합하든 그 의미는 같다. 이것은 『설문』의 농農자 해석에 부가된 고문 농䢉자의 형체와 일치한다. 그리고 "農, 耕也."(농農은 밭을 갈다는 뜻이다.)라고 해석하였다. 이러한 뜻에서부터 농사, 농민, 열심히 일하다 등의 의미로 확장되었다.

농작물을 수확하는 농기구는 주로 낫과 칼이다. 선인동仙人洞 유적지에서 출토된 구멍 한 개가 있는 대합조개 껍질은 손으로 잡아서 하는 수확 농기구이다. 가장 이른 돌낫은 하남 신정新鄭 배리강裵李崗 유적지에서 발견되었다. 날 부분은 갈아서 만든 것이고, 세밀한 톱 이빨도 있었다. 뿐만 아니라 낫 머리와 수직인 자루도 안장할 수 있었다. 칼의 형태는 복잡하였다. 타제打制 석도石刀는 원추형이다. 절강 오흥吳興 전산양錢山漾 유적지에서 출토된 마제 석도馬制石刀는 장방형長方形 혹은 반월형半月形이다. 이 외에도 대합조개껍질과 토기 조각이 있는데, 이것들은 일반적으로 줄을 이용하여 손에 묶어서 벼이삭을 잘랐다.

예 14)는 리利자로, 이것은 화禾와 도刀가 결합한 한자이다. 이것은 칼로 벼를 자르는 것을 그린 것으로, 본의는 '양식을 수확하다.'란 뜻이다. 『좌전左傳·성공2년成公二年』에 "物土之宜, 而布其利."(그 땅에 적당한 곡물을 심어서 이익을 널리 미치도록 하였다.)라는 구절이 있다. 즉, 토지의 적합성을 고찰한 후 그 위에 식량을 파종하기 때문에 고로 길하다, 좋다, 순리, 이익, ~보다 낫다 등의 의미로 확장되었다. 칼로 벼를 벤다는 것은 칼의 기점에서 볼 때, 그 뜻은 응당 '날카롭다'가 되기 때문에, 고로 빠르다는 뜻으로 확장이 가능하다.

손 역시 농작물 수확의 도구인 것은 당연하다. 특히 원시농업이 막 발생하였을 때는 수확은 거의 채집 습관을 답습하였기 때문에, 종종 손으로 곡식의 이삭을 잘라내든지 혹은 벼의 뿌리를 뽑아내었다. 하모도河姆渡 유적지 벼이삭 퇴적층에는 벼이삭, 벼껍질, 줄기가 있는 벼 등도 있다.

예 15)는 병秉자로, 이것은 손으로 벼를 잡은 것을 그렸다. 『설문·우부又部』에서는 "秉, 禾束也, 從又持禾."(병秉은 벼묶음이다. 손(又)으로 벼(禾)를 잡은 것을 그린 회의문자이다.)라고 풀이하였다. 벼 한 묶음이란 뜻으로부터 잡다, 장악하다, 주관하다, 유지하다 등의 의미로 확장되었다. '병촉대단秉燭待旦'의 병秉은 잡다, '병공집법秉公執法', '병정무사秉正無私'의 병秉은 주관하다, '병요집본秉要執本'의 병秉은 장악하다, '병절지중秉節持重'의 병秉은 유지하다는 뜻이다.

예 16)은 겸兼자로, 이것은 손으로 동시에 두 개의 벼 묶음을 잡고 있는 모양을 그린 것이다. 『설문·력부秝部』에서는 "兼, 幷也, 兼持二禾, 秉持一禾."(겸兼은 함께하다는 뜻이다. 겸兼은 두 개의 벼를 함께 잡은 모습이고, 병秉은 한 개의 벼를 잡은 모습이다.)라고 풀이하였다. 이로부터 인신하여 동시에 몇 가지 일을 하다, 겸병하다, 힘을 다하다, 전부 등의 의미가 되었다. '겸수병축兼收秉蓄'의 병秉은 전부, '겸수병채兼收幷採'의 병秉은 해박하다, '겸약공매兼弱攻昧'의 병秉은 겸병하다는 뜻이다.

모든 벼를 뽑은 후에는 부락으로 운송해야 한다.

예 17)은 년秊자로, 이것은 화禾(벼)와 인人(사람)이 결합한 한자로, 사람이 잘 익은 벼를 짊어진 모양을 그린 것이다. 『설문·화부禾部』에서는 "年, 穀孰(熟)也. 從禾, 千聲."(년秊은 곡식이 잘 익었다는 뜻이다. 화禾에서 뜻을 취하고 천千에서 소리를 취하는 형성문자이다.)라고 하였다. 하지만 년秊은 회의겸형성자이다. 허신의 해석과는 달리 갑골문에서는 인人에서 소리를 취한다. 곡식은 1년에 한 차례 익는다(신석기 시대에는 이모작이 없었다). 그리하여 '나이'라는 뜻으로 확장되었다.

원시농업의 재배 기술은 대체로 도경화종刀耕火種(칼로 관목과 잡초를 쳐낸 다음 불을 놓아 경작지를 만드는 것으로 '화전'을 뜻한다.)에서 보습으로 밭을 일구는 사경耜耕 농법으로 발전하였다. 신석기 시대 취락은 대부분 강가에 인접한 곳으로 주위에는 넓은 토지가 있는 산언덕이 둘러싸여 있는 곳에 자리하였다. 산언덕은 당시 수많은 나무, 대나무, 관목으로 덮여 있었다. 원시인들은 먼저 돌도끼로 나무 혹은 대나무를 팬 다음 다시 불을 놓아 쓰러 넘어진 나무들을 불태웠다. 해방 전, 독룡獨龍, 와佤, 노怒 등 소수민족은 여전히 화전농법단계에 머무르고 있었다. 불로 태운 다음 어느 정도 시간이 경과한 후, 뾰족한 나무 몽둥이로 땅을 뚫은 다음 파종한다. 밭 관리는 잡초를 제거하는 것만 하고, 수확할 때에는 손으로 끊는다. 수확을 끝낸 후에는 땅을 버리고 떠난다. 거주지가 형편없고 초라하기 때문에 해마다 거주지를 옮겨 다녔다. 황폐한 토지에 잡초가 자라날 때까지 기다렸다가, 토양이 비옥해진 후 다시 화전하여 농사를 짓는다.

예 18)은 분焚자로, 림林(수풀)과 화火(불)가 결합한 것으로 이것은 불로 수풀을 태우는 것을 그린 것이다. 『설문·화부火部』에서는 "焚, 燒田也. 從火林."(분焚은 밭에 불사르는 것이다. 화火와 림林이 결합한 회의문자이다.)라고 해석하였다.(단옥재의 『설문해자주』에 따르면) 분焚은 수풀을 태운 후 경작하는 것이라 하였다. 이로부터 인신하여 불태우다, 불에 쬐다 등의 의미가 되었다. '분서갱유焚書坑儒', '분계시의焚契市義'의 분焚은 모두 '태우다'는 의미이다.

호미와 보습을 이용한 농사 단계에 이르러, 비교적 고정적인 휴경休耕 방법이 생겨났다. 이에 따라 농기구도 발전하여 보습과 두 개의 보습이 있는 쟁기가 출현하였다. 그리하여 밭을 뒤엎어 심경深耕할 수가 있었다. 기술의 중점은 화전방법으로부터 토지이용방법으로 전환하였고, 수확은 화전보다도 배 이상 증가하였다. 농작물은 해마다 재배할 수 있었기 때문에, 사람들은 정착하게 되었고, 그리하여 촌락이 형성되었다.

예 19)는 적耤자로, 이것은 옆으로 서 있는 사람이 두 개의 보습이 있는 쟁기를 잡고서 쟁기를 발로 눌러 밭을 일구는 모양을 그린 것이다. 따라서 본의는 '경작하다'는 뜻이다. 갑골 복사에서는 본의로 사용되었다. 『설문·뢰부耒部』에서는 "耤, 帝耤千畝也."(적耤은 임금이 친히 천 이랑을 경작한다는 뜻이다.)라고 하였다. 즉, 임금께서 친히 천 이랑을 경작한다는 것으로 본의는 '경작하다'는 뜻이다. 쟁기를 잡으면 반드시 발로 눌러야한다. 그렇기 때문에 밟다는 뜻으로 확장되었다. 경전에서는 자藉자로 쓴다. 빌리다는 의미는 후기의이다. 보습을 이용한 농사에는 모종을 옮겨 심는 방법도 있다.

예 20)은 예埶자로, 사람이 막 생겨난 모종을 잡고서 심는 모양을 그린 것이다. 『설문』에서는 "埶, 種也."(예埶는 심다는 뜻이다.)라고 풀이하였다. 본의는 '심다'란 뜻이다. 후에 뜻을 나타내는 형방인 초艸와 소리를 나타내는 성방인 운云을 더하여 예藝(艺)를 썼다. 예藝의 본의는 '재배하다'는 뜻이다. 『시경·당풍唐風·보습鴇羽』에 "王事靡盬, 不能蓺稷黍."(나랏일은 끊임이 없어, 기장도 못 심었네.)라는 구절이 있다. 여기에서 예蓺는 예藝로 본의인 '심다'란

뜻으로 사용되었다. 후에 뜻이 확장하여 기예, 재능, 경적經籍, 예술 등이
되었다.

3) 곡물 저장

곡물 저장은 2종류로 나뉘는데, 하나는 줄기와 이삭을 분리하지 않고
그대로 쌓아두는 것으로 이러한 방법은 일반적으로 단기간 저장하는 데
사용한다.

예 21)은 㐭자로, 이것은 아래에 작은 단을 만들어 그곳에 곡물을 쌓은
모양을 그린 것이다. 아래에 있는 작은 단에는 나무를 덧대었는데, 그것은
공기를 통하게 하고 공기가 통하여 곡물을 건조시키는 작용을 한다. 『설문·
㐭部』에 "穀所振入也."(곡식을 수확한 후 넣는 것이다.)라고 하였다.(단옥재의 『설
문해자주』에 따르면) 혹체或體인 름稟자를 부가하였다. 『예기·중용中庸·주注』
에 "振, 猶收也."(진振이란 거둬들인다는 뜻이다.)라고 하였다. 즉 들여 넣어 저장
하는 것이다. 『설원說苑·담총談叢』에서는 "稼生於田而藏於稟."(농작물은 밭에
서 자라고 창고에 저장한다.)고 하였다. 본의는 곡식 창고이다. 인신하여 소장하
다, 저장하다, 저축하다, 양식, 쌀로 봉급을 주다 등의 의미가 되었다.

예 22)는 비啚자로, 이것은 구口와 㐭(창고)이 결합한 회의문자다. 여기에서
구口는 부락의 방어하는 한계를 나타내는 위圍자의 초문이다. 이 글자의
전체적인 뜻은 취락에 쌓인 곡식은 정말 소중하다는 의미이다. 이 글자에
대하여 단옥재는 『설문해자주』에서 "凡鄙吝字當作此, 鄙行而啚廢矣. 『論語』
'鄙夫', 『周書』'鄙我周邦', 皆當作此."(대저 인색하다는 뜻을 나타내는 한자는 비啚
자로 써야 한다. 하지만 비鄙자가 유행하였기 때문에 비啚자는 폐지되었다. 『논어』의
'비부鄙夫'와, 『주서』의 '비아주방鄙我周邦'에서의 '비鄙'자는 반드시 비啚자로 써야 한

다.)라고 하였다. 변방은 국가 주권이 미치는 곳으로, 조정은 더욱 관심을 가지고 보살펴야 한다. 고로 국가를 건설한 이후에는 변방의 성읍을 잘 보호해야하기 때문에 뜻을 나타내는 형방인 읍邑자를 더하여 비鄙자가 되었다. 비鄙의 본의는 변방의 성읍이고, 후에 채읍采邑을 가리키기도 하였다. 주나라 때에는 왕성王城의 교외에 500가구를 비鄙라 하였다. 인신하여 교외, 저속하다, 모자라다, 경시하다, 아끼어 탐하다 등의 의미가 되었다.

예 23)은 색嗇자로, 래來와 㐭(창고)가 결합하였다. 래來는 밀이므로, 이것은 밀이 창고에 쌓인 것을 나타낸다. 1년간 경작하여 수확한 농작물은 정말 소중하기 때문에, 본의는 소중하게 생각하다는 뜻이다. 인신하여 아끼다, 탐하다, 절약하다 등의 의미가 되었다. 『방언方言』 권12에서는 "嗇, 積也."(색嗇은 쌓다는 뜻이다.)라고 하였고, 권10에서는 "嗇, 貪也."(색嗇은 탐한다는 뜻이다.)라고 하였다.

저장방법 가운데 다른 하나는 수확한 후 탈곡하여 곡물을 저장하는 방법이다. 탈곡을 거친 곡물은 지하 구덩이 안에 저장해야 한다. 구덩이의 모양은 아래쪽이 작고 위쪽이 넓은 대야 모양, 위쪽과 아래쪽이 크기가 같은 잔 모양, 아래쪽이 넓고 위쪽이 작은 자루 모양 등 세 종류가 있다. 반파半坡 유적지 조기에 해당하는 웅덩이는 일반적으로 아랫면의 직경이 1m를 초과하지 않는다. 하지만 강채姜寨 4기의 자루 모양의 웅덩이는 아랫면의 직경이 2m 이상에 달한다. 여기에는 수천 kg의 곡물을 저장할 수 있는데, 이를 통하여 농업이 상당히 발전하였음을 엿볼 수 있다. 일반적으로 구덩이 위에는 나무를 덮는다. 대문구大汶口 문화(기원전 4,300년~기원전 2,500년) 시대의 구덩이에는 아래에 구멍기둥이 있었다. 이는 빗물을 막기 위하여 원추식圓錐式 지붕을 만들기 위함이었다고 추측해 볼 수 있다. 지상에 곡물 창고를 만들기 시작한 것은 이보다 매우 오랜 시간이 경과한 후에야 가능했다. 도사陶寺 유적지(기원전 2,500년~기원전 1,900년) 고분에서 나무로 만든 지상

곡물 창고 모형이 출토되었다. 아랫면은 원기둥 모양이고, 윗부분은 버섯 모양의 지붕이다. 이는 현대의 곡물 창고와 비슷하다. 많은 양을 저장할 수 있는 이러한 곡물 창고는 계급사회에 들어선 후에 만들어졌을 것이다.

예 24)는 창倉(仓)자로, 가운데는 소리를 나타내는 성부인 장爿(즉 상㸚자의 초문初文)이고, 그 나머지 부분 가운데 아랫부분은 곡물을 저장하는 구덩이를, 윗부분은 천장을 그린 것이다. 『설문·창부倉部』에 "倉, 穀藏也."(창倉은 곡식을 저장하다는 뜻이다.)라고 해석하였다. 소리를 나타내는 성부인 장爿은 후에 와변하여 호戶가 되어, 오늘날의 번체자인 창倉자가 되었다.

4) 논밭의 경계

농업이 화전방법에서 호미와 보습을 이용하는 방법으로 발전하면서 경작지는 점차 고정되었다. 신석기 시대에는 북방에서는 아직까지 쟁기를 사용하지 않았고, 남방에서는 도작稻作하였다. 양저良渚문화 시기에 보습과 유사한 석기石器가 있었는데, 돌보습인지 아닌지는 고고학계에서 논쟁이 뜨거워 아직 판정하기 곤란하다. 초기에는 단순한 쟁기로 땅을 파서 씨앗을 심었는데, 씨앗을 심는 거리가 고정되지 않았다. 그래서 많이 뿌리면 그만이었다. 보습으로 땅을 뒤엎는 방법으로 발전하였지만 이때에는 단지 씨앗을 심은 자리를 약간 봉긋하게 했을 뿐 소를 이용하여 쟁기를 끌어 밭이랑을 만드는 경지에는 아직 다다르지 못하였다. 씨앗을 땅속에 심은 후에는, 논밭 관리에 있어서 김을 매는 것을 제외하고 가장 중요한 것은 바로 모종이 조수鳥獸의 침해를 받지 못하게 보호해야 하는 것이다. 날짐승이 씨앗과 잘 자란 곡식 이삭을 쪼아 먹지 못하게 하기 위하여, 태족傣族은 활에 대나무 화살을 이용하여 새를 쫓아내고 광서의 요족瑤族은 소리를 낼 수 있는 구멍 뚫린 죽통竹

筒을 높은 곳에 매달아 놓고서 새를 놀라게 하여 쫓아낸다. 초식동물이 농작물을 먹지 못하게 하기 위하여, 현재에도 수많은 민족이 경작지에 울타리를 친다. 어떤 울타리는 1층을 수리하는데 그치지 않는다. 국가가 출현한 이후에는 경작지를 통일적으로 관리하였다. 특히 기름진 곳은 도랑을 파거나 혹은 울타리로 사이를 두어 갈라놓아 토지 소유의 한계를 확정하였다.

예 25)는 전田자로, 경작지에 울타리를 두르거나 혹은 도랑을 파서 사이를 갈라놓은 형태를 그린 것이다. 『설문·전부田部』에 "田, 陳也. 樹穀曰田. 象四口十, 阡陌之制也."(전田은 넓게 늘어놓다란 뜻이다. 곡식을 심는 것을 전田이라 한다. 이 한자는 네 개의 구口와 십十자가 결합하여 이루어졌다. 이것은 천맥阡陌(밭 사이에 난 길) 제도를 나타낸다.)라고 하였다. 진陳과 전田은 동음이므로 성훈聲訓(같은 음으로 뜻을 해석하는 것)하여, 오곡의 모종을 진열하는 것을 가리킨다. 『설문』에서의 자형에 대한 해석은 후의 천맥阡陌 제도에 근거하여 추측하여 판단한 것이다. 주대에는 정전제井田制를 실행하였다. 주대에는 밭을 정井자에 따라서 9등분으로 나누었다. 중앙의 것은 공전公田이고 나머지 8부분은 팔부八夫의 사전私田이다. 공전은 팔부의 도움으로 경작된다. 그리고 수확한 후에는 공전의 것을 바친다. 인신되어 경작하다, 많다 등의 의미가 되었다.

또한 밭에서 농사를 지어도 수확이 생기고 수렵해도 역시 수확이 생긴다. 그리하여 전田은 사냥한다는 의미도 지니게 되었다. 전田과 전畋은 고금자이다. 『역易·항恒』에 "田無禽."(사냥을 하여도 잡히는 것이 없다.)라는 구절에 대하여, 왕필王弼은 『주注』에서 "田, 獵也."(전田은 사냥하다는 뜻이다.)라고 하였다.

농업이 흥기함에 따라 나무를 베어내고 흙을 뒤엎는 노동의 강도가 비교적 커졌다. 그리하여 이러한 일은 일반적으로 남자가 담당하게 되었다. 마가요馬家窯 문화 묘지의 남자 수장품에는 돌도끼, 돌자귀, 돌정 등이 있었는데 이것이 바로 그러한 사실을 증명한다.

예 26)은 남男자로, 전田과 력力이 결합하여, 쟁기로 밭을 일구는 사람은 곧 남자라는 의미를 나타낸다. 『설문‧남부男部』에서는 "男, 丈夫也, 從田從力, 言男子用力於田也."(남男은 대장부란 뜻이다. 이 한자는 전田과 력力이 결합한 회의문자이다. 즉, 남자가 밭에서 힘을 쓴다는 의미이다.)라고 풀이하였다. 이것은 남자들이 밭에서 쟁기를 들고 힘쓰는 것을 말한다. 인신하여 장년 남자, 아이 등의 뜻이 되었다. '남경여직男耕女織', '남존여비男尊女卑', '남도여창男盜女娼', '남혼여가男婚女嫁', '남권여애男權女愛' 등 성어 가운데 남男자는 모두 남자를 가리킨다.

생산기술의 발달은 농작물 수확을 증가시켰고, 이와 더불어 인구가 불어나게 되었다. 그리하여 사람들은 비옥한 토지의 중요성을 이해하게 되었고, 이에 강역疆域 관념이 생겨나기 시작하였다. 이러한 관념은 먼저 각 씨족마다 생겨났다.

예 27)은 강疆자로, 강畺은 소리를 나타낸다. 두 개의 밭을 위 아래로 병렬시킨 것은 서로 다른 씨족에 속하는 두 개의 경작지를 나타낸다. 강疆은 오늘날 강대하다는 의미인 강强자의 본자이다. 『설문‧궁부弓部』에서는 "弓有力也."(활에 힘이 있다.)라고 풀이하였다. 강强은 형성자로, 뜻을 나타내는 충虫과 소리를 나타내는 홍弘이 결합한 한자이다. 본의는 곤충의 이름이다. 어떤 사람은 쇠등에라 하기도 하고, 어떤 사람은 흑미충黑米蟲이라 하기도 한다. 이 한자의 왼쪽에 있는 "강畺"은 바로 강역疆域을 뜻하는 강疆의 고자이다. 나라의 경계 관념의 탄생은 농사가 경제생활에서 중요한 지위를 차지하였음을 설명한다. 이것은 모계사회 말기에 탄생하였을 것이다.

3. 가축

을乙 518. 견犬

전前 4, 52, 3. 방尨

명明 2354. 취臭

갑甲 3339. 축逐

전前 4, 51, 3. 체彘

일佚 43. 시豕

경진京津 1048. 가猳

합집合集 11257. 환豢

경진京津 2651. 환圂

전前 7, 23, 1. 계鷄

갑甲 3422. 우牛

전前 1, 29, 5. 모牡

전戩 23, 10. 빈牝

갑甲 392. 뢰牢

하河 387. 양羊

철鐵 86. 3. 고羔

갑甲 1131. 양養

갑甲 3782. 목牧

수렵에서부터 가축을 사육하는 단계로의 발전은 일반적으로 신석기시대 초기라고 여긴다. 수렵기술이 발전하면서 포획량이 증가하게 되어 살아있는 짐승을 붙들어 매어 길렀을 가능성이 있다. 농업 발전이 만들어낸 정착생활 역시 들짐승을 길들이는데 조건을 제공하였다. 들짐승으로부터 가축으로 변화된 것은 기들임, 번식, 우량 품종을 선택하여 기름 등의 단계를 거쳐야만 한다. 돼지, 개, 닭, 소, 양, 말을 육축六畜이라 한다. 육축은 신석기시대에 모두 가축이 되었다. 하지만 육축이 가축으로 변하는 시간은 각각 서로 다르다. 개가 가장 이르고, 그 다음으로는 돼지, 양, 소, 닭, 말이었다. 육축이란 단어는 중원 지역에 있었던 주나라 사람들의 표현이었을 것이다. 은나라 사람들은 코끼리를 기른 적이 있었고, 변방의 소수민족 지역에서는 낙타, 당나귀 등을 사육한 적이 있었다. 이러한 동물들은 모두 야생으로부터 길들여 진 것이다. 원산지 역시 모두 중국이다. 이전에 어떤 사람은 물소, 면양綿羊, 닭, 낙타, 당나귀 등은 서방에서 전래된 것이라 여겼지만, 이것은 중국의 서북, 서남의 소수민족 지역을 외국으로 여겨 생겨난 오해에 불과하다. 가축의 사육은 야방, 인목, 전양, 권양 등 몇 종류의 형식이 있다. 해방 전 화전 농업 단계에 처하였던 노怒, 율속傈僳, 독룡獨龍 등 소수민족은 소, 양, 돼지 등을 부근에 있는 들에 방목하여, 자유롭게 먹이를 구하였고 번식시켰다. 그리고 먹을 때가 되면 다시 잡으러 갔다.

개는 이리에서 길들여진 것이다. 일설에 따르면 야생의 개가 진화한 것이라고 한다. 중국은 세계의 개의 원산지 가운데 하나이다. 최초의 개 뼈는 하북성 무안武安 자산磁山 유적지(기원전 5,400년 ~ 기원전 5,100년)에서 발견되었다. 하남성 절천浙川 하왕강下王岡 유적지의 무덤에서는 개를 순장하였던 것도 있다. 어떤 사람은 이를 통하여 개는 구석기 말기에 길들여지기 시작하였을 가능성이 있다고 추측하였다.

예 1)은 견犬자로, 이것은 쏙 빠진 배와 둘둘 말아 올린 꼬리를 특징으로 하는 개의 측면을 그린 모양이다.『설문・견부大部』에 따르면 "犬, 狗之有縣(懸)蹏者也, 象形. 孔子曰 : '視犬之字如畵狗也.'"(견大은 공중에 발끝이 달린 개의 일종이다. 상형문자이다. 공자께서 말씀하시길 '견大자를 보면 흡사 개를 그린 듯하다.'라고 하셨다.)라 하였다. 현제懸蹏의 현懸은 견大과 음이 가깝기 때문에 성훈聲訓한 것으로, 발끝이 높은 것을 말한다. 실제로는 의미상 구분이 없다. 또한 겸양 혹은 타인을 멸시하는 단어로도 사용된다. 예를 들면 자신의 아들을 낮춰 견자大子라 하고, 다른 사람의 아들을 멸시하여 견자大子라고 부른다.

옛 사람들은 이미 외형적으로 개의 서로 다른 품종을 구별할 수 있었다.

예 2)는 방尨(máng)자로, 이것은 개의 몸에 긴 털이 나 있는 모양을 그린 것이다.『설문・견부大部』에서는 "犬之多毛者."(털이 많은 개)라고 해석하였다.

원시사회에서는 개의 후각이 민감하고 반응이 민첩한 특징을 이용하여 사냥꾼들은 짐승을 잡을 때 개를 이용하였는데, 이러한 사실은 수獸자를 통해 살필 수 있다. 즉 수獸자는 견大자가 결합한 것으로 보아 사냥할 때 개의 도움이 있었음을 방증한다.

예 3)은 취臭자로, 이것은 자自(코의 형태)와 견大이 결합한 한자이다. 즉, 개의 코는 냄새를 잘 맡는다는 의미이다.『설문・견부大部』에 따르면 "臭, 禽走臭而知其迹者犬也."(취臭란, 금수가 도망가면 그 냄새를 쫓아 그의 종적을 아는 동물로, 이러한 동물이 개다.)라고 해석하였다. 본의는 '냄새를 맡다'는 동사이다. 후에 '냄새를 맡다'는 동사는 구口를 더하여 '후嗅'라고 썼다. 뜻이 확장하여 '냄새'가 되었고, 재확장하여 '좋지 않은 냄새'가 되었다. 오늘날의 음은 chòu로 변했다.

돼지 사육은 매우 일렀다. 광서성 계림桂林 증피암甑皮巖 유적지에서 발견된 집에서 기르는 돼지 뼈는 지금으로부터 약 9,000년 전이다. 절강성 여요餘姚 하모도河姆渡 유적지에서 출토된 동물 뼈에서는 집돼지가 차지하는 비중이 비교적 높았다. 배리강裵李崗 유적지(기원전 5,500년~기원전 4,900년)에서는 점토를 구워 만든 생동적인 집돼지의 머리가 출토되었다. 이러한 사실은 당시 집돼지의 사육은 남방과 북방에서 매우 큰 발전이 있었음을 설명한다.

돼지는 수렵하여 얻은 멧돼지를 길들인 것이다.

예 4)는 축逐자로, 시豕와 지止가 결합한 한자이다. 이것은 발을 들어서 빨리 달려 돼지를 쫓는다는 뜻이다. 『설문·착부辵部』에 따르면 "逐, 追也." (축逐은 뒤쫓다는 뜻이다.)라고 풀이하였다. 갑골문으로 볼 때, 동물을 뒤쫓는 것은 축逐이고, 사람을 뒤쫓는 것은 추追이다. 하지만 후세에 전해지는 전적에서는 축逐과 추追 양자는 구분이 없다. 뜻이 확장되어 몰아내다, 추구하다, 뒤따르다, 경쟁하다, 차례대로 등이 되었다.

가까이 다가오면 화살을 쏘아야 한다.

예 5)는 체彘자로, 이것은 시矢와 축逐이 결합한 것으로, 화살이 돼지의 몸에 적중한 모양을 그린 것이다. 나진옥羅振玉은 『증정은허서계고석增訂殷墟書契考釋』에서 "從豕身著矢, 乃彘字也. 彘殆野豕, 非射不可得, 亦猶稚之不可生得."(돼지 몸에 분명하게 드러나 있는 화살이 결합한 것으로, 이것은 체彘자이다. 체彘는 멧돼지를 해친 것으로, 멧돼지를 잡기 위해서는 화살로 쏘는 방법 이외에는 다른 방법이 없었다. 뿐만 아니라 어린 멧돼지도 산 채로 잡을 수는 없다.)라고 설명하였다. 본의는 멧돼지이지만, 후에 전적에서는 집돼지도 가리켰다. 『설문·시부豕部』에서는 "彘, 豕也."(체彘는 돼지란 뜻이다.)라고 하였다. 『맹자·진심상盡心上』에 "五母雞, 二母彘, 無失其時, 老者足以無失肉矣."(다섯 마리의 어미닭과 두 마리의 어미돼지를 제 때를 잃지 않고 기르게 하면, 늙은이가 넉넉히 고기를 먹을 수 있다.)라는 구절이 있다.

돼지는 수렵으로 얻을 수도 있고, 집에서 기를 수도 있다.

예 6)은 시豕자로, 이것은 통통한 배와 아래로 늘어진 꼬리를 지닌 돼지의 모습을 그린 것이다.

가축을 기르기 위해서는 반드시 자웅雌雄을 구별해야 한다.

예 7)은 가豭자로, 이것은 수컷 돼지의 배 아래에 불알이 있는 모양을 그린 것이다. 가豭는 후기형성자이다. 『설문·시부豕部』에서는 "牡豕也."(수컷 돼지다.)라고 풀이하였다. 본의는 수컷 돼지이므로, 의미가 확장되어 다른 수컷 동물도 가리키게 되었다.

예 8)은 환豢자로, 임신 중인 암컷 돼지를 양손으로 어루만지는 형상을 그린 것이다. 이것은 가축을 사육한다는 의미이다. 소전을 보면 이 한자는 미米, 공廾, 시豕 세 개의 한자가 결합하여 이루어졌다. 즉, 양손으로 쌀을 받쳐 들고 돼지를 먹이는 모습을 그린 것이다. 오늘날에는 해서체로 환豢자로 쓴다. 『설문·시부豕部』에서는 "豢, 以穀圈養豕也."(환豢이란 곡식을 가지고 우리 안에서 돼지를 기르는 것을 말한다.)라고 하였다. 전적에서 역시 가축을 사육한다는 의미로 사용된다. 뜻이 확장되어 공양하다, 사들이다 등의 의미가 되었다. 서안 반파半坡 유적지에서는 나무 울타리로 주위를 두른 가축 사육장 2곳이 발견되었다.

예 9)는 환圂자로, 시豕와 위口(圍)가 결합한 한자이다. 이것은 돼지가 울타리 안에 있는 모양을 그린 것이다. 『설문』에 따르면 "圂, 厠也, 從口, 象豕在口中也."(환圂은 뒷간이란 뜻이다. 위口가 결합한 한자로, 이것은 돼지가 우리 안에 있는 모양을 그린 것이다.)라고 풀이하였다. '측厠'이란 돼지가 인가人家 곁에서 살아가는 것을 말한다.

분豬은 거세된 돼지이다. 상주商周 시대에는 이미 돼지를 거세하는 기술을 장악하고 있었다. 그리하여 돼지를 온순하게 만들 수 있었으며, 육질을 좋게 할 수 있었다. 이것은 돼지 사육 기술 상 커다란 돌파구였다.

닭은 대체로 아시아에 기원을 둔다. 이것은 야생 닭을 길러 성공한 것이다. 시대가 배리강裴李崗 문화보다 늦은 앙소仰韶문화 유적지에서 대량의 닭뼈가 출토되었다. 이러한 사실은 중국이 세계에서 가장 빨리 닭을 사육한 지역 가운데 하나임을 보여준다.

예 10)은 계鷄자로, 닭의 모양을 그린 것이다. 후에 소리를 나타내는 성부인 해奚자를 더하여 계鷄(鸡)로 쓴다. 『설문·조부鳥部』에서는 "知時畜也."(시간을 아는 가축이다.)라고 풀이하였다.

북방의 황소는 최초에는 자산磁山 유적지에서도 발견되었다. 남방의 물소 뼈는 최초 하모도河姆渡 유적지에서 발견되었다. 황소와 물소는 모두 야생 소에서부터 길들여진 것들이다.

예 11)은 우牛자로, 정면에서 뿔이 달린 소의 머리 모양을 바라본 모습을 그린 것이다. 『설문·우부牛部』에서는 "牛, 大牲也."(우牛는 큰 희생犧牲이란 뜻이다.)라고 하였다. 의미가 확장되어 사람의 집요한 성격을 가리킨다.

자웅의 구별은 각각 뜻을 나타내는 의부意符를 더한다.

예 12)는 모牡로, 우牛와 丄가 결합한 것이다. 丄은 수컷의 생식기로, 즉 조且(祖)를 간략하게 표시한 것이다. 『설문·우부牛部』에 따르면 "牡, 畜父也."(모牡는 가축에서 수컷을 말한다.)라고 하였다.

예 13)은 빈牝자로, 우牛와 비匕가 결합한 것이다. 비匕는 비妣의 본자로(제5장 제4절 비妣자 참고), 『설문·우부牛部』에서는 "牝, 畜母也. 從牛匕聲."(빈牝은 가축에서 암컷을 말한다. 뜻을 나타내는 우牛와 소리를 나타내는 비匕가 결합하여 이루어진 한자이다.)라고 하였다. 모牡, 빈牝은 원래 소의 수컷과 암컷을 가리켰으나, 후에 모든 동물의 수컷과 암컷을 가리키는 뜻으로 의미가 확장되었다.

반파半坡 유적지의 나무 울타리, 강채姜寨의 울타리와 가축방목장으로 볼 때 가축 사육은 이미 우리 안에 가두어 기르는 방법과 사람이 직접 방목하여 기르는 방법이 서로 결합한 단계까지 발전하였음을 보여준다.

예 14)는 뢰牢자로, 이것은 소가 한쪽에 문이 달린 울타리 안에 있는 모양을 그린 것이다. 『설문·우부牛部』에서는 "閑養牛馬圈也."(소와 말을 가둬 기르는 우리)라고 풀이하였다. 본의는 가축을 기르는 울타리이다. 가축이 달아나는 것을 막기 위하여, 울타리를 견고하게 만들어야만 했다. 그리하여 견고하다, 회유하다란 뜻으로 확장되었다. 한나라에 이르러서야 사람을 가두는 곳을 가리키게 되었고, 다시 감옥에 가두다라는 뜻으로 확장되었다.

양의 사육은 비교적 늦은 시기이다. 반파半坡 유적지에서 출토된 양의 뼈는 가축인지 여부를 아직까지 판단할 수 없다. 집에서 기른 산양의 뼐은 하남성 섬현陝縣 묘저구廟底溝 2기(기원전 2,780년인 조기 용산龍山에 속함) 문화 유적지에서 최초로 발견되었다. 집에서 기른 면양綿羊의 뼈는 내몽고 적봉赤峰 홍산紅山문화(기원전 3,500년 전후)에서 최초로 발견되었다.

예 15)는 양羊자로, 이것은 두 개의 귀는 생략하고 두 개의 뿔이 나 있는 양의 머리 정면을 그린 것이다.

예 16)은 고羔자로, 양羊과 소小(밑에 있는 네 개의 점은 소小자이다.)가 결합하여, 새끼 양을 나타내었다. 『설문·양부羊部』에 따르면 "羔, 羊子也. 從羊照省聲."(고羔는 양의 새끼를 말한다. 뜻을 나타내는 양羊과 조照에서 생략된 소리가 결합하여 이루어진 한자이다.)라고 하였다. 소전에서는 네 개의 점을 화火로 잘못 나타내어 조생성照省聲(조照에서 생략된 소리)라고 잘못 풀이하였다.

양, 소는 모두 우리 안에서 기르는 방법과 사람이 직접 방목하는 방법이 서로 결합하였다.

예 17)은 양養자로, 복攴과 양羊이 결합하여 이루어진 한자이다. 이것은 손에 나무 막대기를 들고서 양을 몰아 방목하는 것을 그린 것이다. 이것은 『설문·식부食部』의 양養자에 덧붙여진 고문과 거의 비슷하다. "養, 供養也. 從食羊聲."(양養은 공양하다는 뜻이다. 뜻을 나타내는 식食과 소리를 나타내는 양羊이 결합하였다.)라고 하였다. 이것은 후기형성자이다. 자형은 원래 양을 방목하는 것을 가리켰다. 그래서 후에 사육하다, 양육하다, 공양하다, 번식하다, 배양하다, 보양하다, 수양하다 등의 의미로 확대되었다.

예 18)은 목牧자로, 복攴과 우牛가 결합하여 이루어진 한자이다. 이것은 손에 몽둥이를 들고 소를 몰아 방목하는 것을 그린 것이다.『좌전·소공昭公 7년』의 "牛有牧"(소에는 소를 먹이는 목인牧人이 있다.)라는 문장에 대하여 두杜 는『주』에서 "養牛曰牧."(소를 기르는 것을 목牧이라 한다.)라고 풀이하였다. 목 牧이란 본래 소를 기르는 것을 가리키기도 하고, 가축을 방목하는 것을 가리 키기도 한다. 목牧, 양養 두 개의 글자는 자형을 구성하는 방법이 서로 같고, 본의 역시 서로 같다. 뜻이 확대되어 수레나 말을 몰다, 통치하다, 수양하다 등의 의미가 되었다.

여기에서 한 가지 주의해야 할 점은 신석기 시대의 가축 사육은 종합적인 경제의 일부분이다라는 점이다. 지금까지 신석기 시대에 가축 사육 위주의 목축형 경제 유적지가 발견되지 않았다.

4. 수공업

부정缶鼎. 부缶

록백궤麓伯簋. 도匋

고庫 1807. 원員

을乙 6404. 명皿

갑甲 3575. 정鼎

수粹 1503. 력鬲

후後 1, 6, 4. 두豆

갑甲 444. 범凡

을乙 2934. 호壺   존存 2, 55. 방匸   금金 511. 주鑄

　원시 수공업은 방직, 토기제작, 편직編織, 야동冶銅 등이 있는데, 방직에
대한 내용은 이미 본장 제5절에서 설명하였기 때문에, 여기에서는 주로
원시사회의 토기제작업의 발전에 대하여 소개하고자 한다.

　토기는 농업 발생 후의 일이다. 이것은 음식물을 삶고 찌기 위하여 출현하
였던 것이다. 『태평어람太平御覽』 권833에는 『주서周書』의 "神農耕而作陶."
(신농씨는 농사에 힘을 썼고 토기를 만들었다.)라는 구절을 인용하였다. 이것은
토기의 발생은 원시 농업과 밀접한 관계가 있음을 설명한다. 즉 다시 말해서
구석기 시대 말기에 출현하였을 것이다. 신석기 시대 조기의 배리강裵李崗,
자산磁山, 대지만大地灣 유적지에서 출토된 토기는 재질이 푸석푸석하고, 그
모양이 비교적 단순하였다. 앙소仰韶문화에 이르러서야 채도가 발전하였고,
일반적으로 붉은색, 흑색, 백색 등 몇 종류의 색깔이 생겨나게 되었다. 무늬
는 대부분 당시 보았던 식물, 동물, 물, 불, 구름 등을 반영하였고, 게다가
약간 추상적인 기하학적 문양도 있었다. 용산龍山문화는 얇고 아래가 볼록한
흑색토기(속칭 알껍데기 흑색토기)를 위주로 한다는 점이 특징이다. 안팎으로
검은 빛깔을 내는데, 이는 마치 금속의 광택을 머금은 듯하다. 뿐만 아니라
올록볼록한 문양과 매듭 문양은 신석기 토기제작 공예의 최고봉이라 할
수 있다. 얇고 아래가 볼록한 채색토기는 강한江漢평원을 중심으로 하는
굴가령屈家嶺문화(기원전 3,000년~기원전 2,600년)에서 발견되었고, 채색토기

의 공예 기술은 흑색토기보다 약간 뒤떨어졌다.

토기를 만드는 방법은 손으로 반죽하는 만드는 방법, 모형과 틀을 만들어서 만드는 방법, 진흙과 나뭇가지를 대야에 넣고 쌓아가면서 만드는 방법, 진흙을 판 위에 올려놓고 돌리면서 만드는 방법(륜제법輪制法) 등이 있다. 보다 발달한 륜제법은 황하유역에서 대문구大汶口문화 말기에 시작되었고, 용산龍山문화에서 성행하였다. 장강유역에서는 마가빈馬家浜 문화 말기에 시작되었고, 굴가령屈家嶺 문화와 양저良渚 문화에 성행하였다. 최초로 가마를 구워서 토기를 제작하는 방법은 아무런 장치도 없이 나뭇가지만 그대로 쌓아 올린 다음에 토기를 굽는 것이었다. 원시적인 횡혈식 토기 가마는 최초 배리강裴李崗유적지에서 발견되었고, 앙소仰韶문화에 성행하였다. 비교적 발달한 수혈식 가마는 앙소仰韶문화에 시작되어 용산龍山문화에 성행하였다.

예 1)은 금문 부缶자로, 구口와 오午(절굿공이)가 결합한 것이다. 구口는 토기 모양을 그린 것이다. 『설문·부부缶部』에 의하면 "缶, 瓦器之總名, 所以盛酒漿, 秦人鼓之以節歌, 象形."(부缶란, 토기의 총칭이다. 그러므로 술을 담을 수 있다. 진나라 사람들은 그것을 두드리며 노래를 불렀다. 상형문자이다.)라고 하였다. 이 문장에서 와기瓦器란 토기를 말한다.

예 2)는 금문 도匋자로, 인人과 부缶가 결합하였는데, 아마도 사람이 토기를 제작한다는 의미일 것이다. 즉 이것은 도陶자의 초문이다. 『설문·부부缶部』에서는 "匋, 瓦器也, 從缶包省聲. 古者昆吾作匋. 宋『史篇』讀與缶同."(도匋란, 토기를 말한다. 부缶에서 뜻을 취하고 포包에서 생략된 자형의 소리를 취하는 형성문자이다. 옛날 곤오昆吾에서는 도匋라고 썼다. 송의 『사편』에서는 부缶와 같이 읽는다고 하였다.)라고 해석하였다. 하지만 이것은 반드시 從人缶聲(인人에서 뜻을 취하고, 부缶에서 소리를 취한다.)라고 해석해야만 한다. "곤오"는 고대 부락의 명칭이다. 아마도 토기 제작에 뛰어났기 때문에 이러한 이름을 얻은 듯하다. 전설에 따르면 상나라의 탕湯왕에 의하여 멸망한 하나라와 동맹한 부락 가운데 곤오가 있는데, 하남河南에 위치하였다. 이러한 내용은 『국어國語·정어鄭語』에 보인다. 토기를 제작하기 위해서는 불이 필요하다. 그리하여 불과 같은 붉은 동銅을 캐내는 산을 곤오라고 부르는데, 이 내용은 『산해경山海經·중산경中山經』에 보인다. 태양이 가장 뜨거울 때인 정오를 통과하는 하늘 역시 곤오라고 부르는데, 이것은 『회남자淮南子·천문훈天文訓』에 보인다. 한나라의 장형張衡은 『사현부思玄賦』에서 "躋日中於昆吾兮, 憩炎火之所陶."(태양이 한낮에 곤오에 오르고, 활활 타오르는 불꽃과 같은 산인 도구陶丘라는 언덕에서 휴식을 취한다.)라고 하였다. 이러한 사실로 볼 때, 한나라 사람들은 일찍이 곤오, 불꽃, 토기 간에는 의미적 상관관계가 있다고 여겼음을 알 수 있다. 곤오에서 토기를 제작하기 위해서는 불이 필요하다. 역사서에서는 곤오를 불의 신인 축융祝融의 후예라고 억지로 갖다 붙였다. 예를 들면 『국어國語·정어鄭語』의 "昆吾爲夏伯"(곤오는 하백이다.)라는 구절에 대하여, 위소韋昭는 『주注』에서 "昆吾, 祝融之孫."(곤오는 축융의 자손이다.)라고 풀이하였다. 곤오는 신농씨시대와 비슷한 씨족 혹은 부락의 이름이었을 것이고, 하나라 때 우두머리인 백伯으로 봉해졌을 것이다.

부缶자의 자형에서 구口는 토기를 옆에서 바라본 모습이다. 위에서 바라본 토기의 구口는 원형이다. 이러한 자형은 륜제법이 발명된 이후인데, 이러한 내용을 토대로 본다면 토기의 주둥이를 원형으로 그리는 것이 보다 정확하다고 보여진다.

예 3)은 원員자로, 정鼎과 O이 결합한 것이다. 이것은 토기 주둥이가 원형을 따른다는 것임을 뜻한다. 즉, 이것은 원圓자의 초문이다. 후에 소전에 이르러서 잘못하여 정鼎자를 패貝자로 바꾸었다. 『설문·패부貝部』에서는 "員, 物數也"(원員은 물건의 수를 뜻한다.)라고 해석하였는데, 양사로 해석한 것은 가차의에 해당한다.

토기를 측면에서 바라본 모양에는 예 4) 명皿도 있다. 이것은 권족圈足의 동이(盆), 주발(碗), 제기(豆), 단지(壺) 등의 토기와 비슷하다. 『설문·명부皿部』에서는 "皿, 飯食之用器也, 象形."(명皿은 밥을 먹을 때 사용하는 그릇이다. 상형문자이다.)라고 풀이하였다.

토기는 주로 음식에 사용되는데, 이것은 음식을 만드는 용기, 음식을 담는 용기, 술을 담는 용기 등으로 나뉜다.

예 5)는 정鼎자로, 세 개의 발이 달려 있고 가운데가 둥근 배 모양을 한 솥 형태를 그린 것이다. 토기로 제작한 솥은 일반적으로 귀가 없다. 정鼎은 부뚜막과 노구솥을 겸비한 음식을 만드는 용기로 일반적으로 음식을 삶는 용도로 사용된다. 세 개의 발 사이의 틈에 땔감을 넣고 불을 피운다. 『설문·정부鼎部』에 따르면 "鼎, 三足兩耳, 和五味之寶器也."(정鼎은 세 개의 발과 두 개의 귀를 가지고 있다. 온갖 맛을 아우르는 귀중한 용기이다.)라고 풀이하였다. 정鼎은 이후에 동銅으로 만들었으며, 이것은 지위와 권위의 상징이 되었기 때문에, 고로 귀중한 용기라 칭해졌다. 정鼎은 세 개의 발이 있기 때문에, 세력이 균등한 적대적 관계에 있는 삼자를 비유한다. 정족삼분鼎足三分, 정족지세鼎足之勢, 정족이립鼎足而立은 모두 세 세력으로 나뉘어 서로 대립하다는 뜻으로 서로 같다. 정鼎은 정頂과 음이 서로 통하기 때문에 "최고"라는 뜻이 있는데, 정정유명鼎鼎有名(명성이 자자함)에서의 쓰임이 이와 같다.

력鬲과 정鼎의 구별은 력鬲은 발 안이 비어 있고 발과 배는 서로 연결되어 있지만, 정鼎은 발 안이 꽉 차 있다.

예 6)은 력鬲자로, 비어 있는 발이 배와 서로 연결되어 있는 솥을 그린 것이다. 『설문·력부鬲部』에서는 "鼎屬"(정鼎과 같은 유형에 속한다.)라고 해석하였다. 또한 『이아爾雅·석기釋器』에서는 "鼎款足謂之鬲."(정鼎과 비슷하지만 속이 비어있고 발이 있는 정鼎을 력鬲이라 한다.)라고 하였다. 력鬲의 배 안에 있는 물이 발 내부까지 들어갈 수 있기 때문에 열을 받는 면적이 증가한다. 그리하여 주로 음식을 찔 때에 사용된다.

음식을 담는 용기에는 주발(碗), 바리때(缽), 소반(盤), 제기(豆) 등이 있다.

예 7)은 두豆자로, 살짝 말린 발과 높은 다리 그리고 둥근 소반의 모양을 한 음식을 담는 제기를 그린 것이다. 『설문・두부豆部』에 따르면 "豆, 古食肉器也."(두豆란 옛날 고기를 올려놓는 용기다.)라고 하였다. 하지만 두豆는 이후에 농작물인 콩의 명칭으로 사용되었다. 오늘날 황두黃豆라고 하는 것은 가차의 이다.

예 8)은 범凡자로, 높게 말린 발과 좁은 배를 하고 뚜껑이 없는 소반 모양을 그린 것이다. 이것은 반盤자의 초문이다. 『설문・이부二部』에서는 "最括也"(한 곳에 모아서 총괄하다.)라고 해석하였는데, 이것은 가차의이다. 범凡이 뜻을 나타내는 형방으로 사용될 때, 대부분 주舟자로 잘못 쓰는데, 예를 들면 반盤자 가운데 주舟는 범凡으로 써야 한다.

물을 담거나 술을 마시는 용기에는 병(瓶)과 단지(壺) 등이 있다.

예 9)는 호壺자로, 이것은 짧은 권족圈足, 두 개의 귀, 둥근 배 그리고 뚜껑이 있는 단지를 그린 것이다. 『설문・호부壺部』에 따르면 "壺, 昆吾圓器也. 象形, 從大, 象其蓋也."(호壺는 곤오 지역의 둥근 용기이다. 상형문자이다. 위에는 대大가 있는데, 이것은 뚜껑을 그린 것이다.)라고 풀이하였다. 이것은 토기제작기술을 발명한 곤오가 처음으로 만든 둥근 용기이다. 호壺는 호瓠인데, 이것은 호로葫蘆(호리병박)의 합음合音이다. 호壺는 호리병박을 모방하여 만든 토기일 가능성이 많다.

토기 제작은 중국의 신석기 시대의 중요한 내용 가운데 하나이다. 고고학에서 발견한 수 만개 이상에 달하는 선사시기의 토기는 화하 문명의 귀중한 보물임과 동시에 세계문명사상 찬란한 유물이다.

자기瓷器는 상나라 때 생겨났다. 이것은 토기 기술 발전의 필연적인 결과이다. 청유기靑釉器(청색의 유약이 발린 용기)는 자기의 근원이다. 한나라 이전은 점진적으로 발전한 원시적 단계이고, 위진시대에 이르러서야 진정으로 청자青瓷가 출현하였다. 이것은 자기 시대의 위대한 시작임을 나타낸다.

토기를 발명하기 이전에 자리(席), 광주리(筐), 키(箕) 등과 같은 대나무로 짜서 만든 것들이 있었다.

예 10)은 방匚(fāng)자로, 이것은 대나무 혹은 나뭇가지를 엮어서 만든 손에 잡는 틀이 없는 광주리 모양을 그린 것이다. 후에 소리를 나타내는 성부인 왕王자를 더하여 광匡을 썼고, 다시 뜻을 나타내는 형부인 죽竹을 더하여 광筐이 되었다. 『설문・방부匚部』에 따르면 "匚, 受物之器, 象形. 讀若方."(방匚은 물건을 담는 용기로, 상형문자이다. 그리고 방方처럼 읽는다.)라고 풀이하였다. 옛날 광주리는 아마도 장방형이 많았기 때문에 그 음을 방方으로 하였을 것이다. 나무로 그 모양을 모방하여 만든 것은 갑匣(작은 상자), 궤櫃(柜)이고, 주검을 넣는 것은 구柩이다.

신석기 시대에 이미 야동冶銅기술이 있었다. 중국 최초의 실물인 구리는 임동臨潼 강채姜寨 유적지(기원전 4,700년 전후)에서 출토되었는데, 이는 앙소仰韶문화 조기에 속한다. 마가요馬家窯 문화에서는 온전하게 보존된 구리로 만든 칼(기원전 3,280년~기원전 2,740년)이 발견되었다. 용산龍山문화, 제가齊家문화 시대에 이르러 구리로 제작된 것들이 출토된 유적지는 몇 십여 곳에 달한다. 야동冶銅 기술은 토기제작기술을 모방하여 만들어졌다. 원료는 대체로 자연적으로 얻은 구리였다. 구리로 만든 송곳과 같은 작은 것들은 쇠를 불려서 만들었고, 구리로 만든 도끼와 칼과 같은 큰 것들은 주조하여 만들었다. 상주商周 시대에 이르러 청동기 시대에 진입하였다.

예 11)은 주鑄자로, 이것은 두 손으로 도가니와 노구솥을 잡고서 이미 녹은 구리를 거푸집 틀에 따르는 모양을 그린 것이다. 문자 가운데 지止자가 있는 것은 녹은 구리가 흘러 들어가는 것을 비유한다. 『설문・금부金部』에 따르면 "鑄, 銷金也."(주鑄란 쇠를 녹인다는 뜻이다.)라고 풀이하였다. 하지만 야동冶銅은 신석기 시대에 막 흥기하였기 때문에, 경제생활에 중요한 영향을 끼치지는 못하였다.

연구제시

1. 『설문』의 화부禾部, 미부米部, 견부犬部, 치부豸部, 부부缶部, 와부瓦部, 뢰부耒部, 어부魚部 등 부수 중의 글자로부터, 본장의 내용을 보충할 수 있는 것을 찾아 내어 논술하시오.
2. 본장의 사고 방법으로부터 출발점으로 삼아, 본장에서 조정할 수 있는 이론적 틀 예를 들면, 자기瓷器, 칠기漆器, 죽편竹編 등을 보충할 수 있는지 등에 대하여 사고하시오.

주요 참고문헌

1. 『中國大百科全書』的農業卷.
2. 祝慈壽 『中國工業技術史』, 重慶出版社, 1995年.
3. 何炳棣 『黃土與中國農業的起源』, 香港中文大學, 1969年.

9

계급과 국가

1. 사유관념

을乙 971. 패貝

갑甲 777. 붕朋

경도京都 2113. 득得

수粹 12. 옥玉

후하後下 18, 3. 보寶

앙소仰韶문화시기에, 수공업은 부단히 발전하였다. 대문구大汶口문화 시기를 거쳐, 용산龍山문화시기에 이르러, 토기제작업은 보편적으로 륜제법輪制法을 채용하였다. 야동冶銅은 반드시 채광, 제련, 주형 제작, 주조, 수정 등의 공정을 거쳐야 한다. 이미 가정에서 간단하게 만들었던 범위를 초과하였으며 독립적인 수공업 부문이 되었다. 뼈를 가공하는 기술(상아에 조각을 새길 때 일반적으로 짐승의 뼈를 갈아서 한다.), 돌을 가공하는 기술(석기를 제조하고, 옥으로 장식품을 만드는 것) 등의 공예는 점차 정교하고 세밀해져갔다. 이러한 기술은 반드시 전문적으로 전수되어야만 했다. 이렇게 하면서 점차 수공업과 농업이 분리되기에 이르렀다.

인류의 노동 분업은 필연적으로 교환을 탄생시켰다. 교환은 일찍이 모계 씨족사회가 한창 번창하였을 때 발생하였다. 하지만 당시 생산품은 풍부하지 않았다. 단지 우연적으로 씨족간에 진행되었을 뿐이었다. 농업기술이 발전하였고 동물 사육 방법이 개선되었기 때문에 잉여 식량과 가축은 수공업 생산품과 교환하게 되었다. 농업 생산량이 증가하자 농업에 종사하는 남성의 지위 역시 상승하게 되었다. 그리고 남편은 아내를 독점하게 되어 일부일처제가 탄생하게 되었고, 이러한 제도는 대우혼을 대체하였다. 남자들은 자신의 자식을 확인할 수 있게 됨으로써, 부계사유재산의 승계는 보증을 받게 된 것이다. 부계제 시대의 생산품의 교환은 단지 씨족간 진행에서부터 개체생산자로 확대되었다. 대다수 학자들은 용산龍山문화 시기는 원시사회 해체의 시기였고, 부계제가 점차 모계제를 대체하였다고 생각하였다.

빈번한 교환과 교환 상품의 범위 확대는 상품교환비율에 대하여 표준적인 가격이 매겨진 실물화폐를 출현시키는 계기가 되었다. 예를 들면 가축, 식량, 옥석, 토기, 포백 등 모두 실물화폐를 충당할 수 있었다. 해방 전 공산貢山의 독룡족獨龍族은 돼지를 실물화폐로 사용하였다. 즉, 작은 돼지 한 마리는 25cm 정도 크기의 철로 만든 노구솥 1개 혹은 옥수수 50 통에 상당하였고, 큰 돼지는 60cm정도 크기의 철로 만든 노구솥 1개 혹은 옥수수 150 통에 상당하였다. 실물화폐는 휴대하기에 불편하였기 때문에, 간편하고 편리한 희귀한 바다조개를 등가 교환으로 하는 조개화폐가 출현하였다. 청해성 락도樂都 류만柳灣 마창馬廠유형(기원전 2,350년~기원전 2,050년) 무덤의 부장품에는 바다조개 및 돌이나 뼈로 모방한 조개가 있었다. 모방 제작한 조개의 출현은 상품교환의 발전을 의미하고, 바다조개는 더 이상 사용하기에 충분치 않았음을 보여준다. 마창馬廠유형의 하한선下限線은 전설의 왕조인 하왕조와 맞물려 있으므로 하왕조 이전에 이미 조개화폐가 있었음을 알 수 있다. 『문헌통고文獻通考』에서는 "虞, 夏, 商之幣"(우虞, 하夏, 상商의 화폐이다.)라고 칭하였는데, 대체적으로 믿을 수 있는 내용이다.

예 1)은 패貝자로, 이것은 바다조개의 모양을 그린 것이다. 『설문·패부貝部』에 따르면 "貝, 海介蟲也. ……象形. 古者貨貝而寶龜, 周而有泉, 至秦廢貝行錢."(패貝는 바다에 사는 갑각류의 연골동물이다. ……상형문자이다. 옛날 조개껍데기는 재부財富로 여겨졌으며, 거북껍데기는 진귀하게 여겨졌다. 주나라 화폐에는 천泉이 있었는데, 진나라에 이르러 조개를 없애고 전錢이 통행되었다.)라고 하였다. 그리하여 패貝자가 있는 한자는 모두 돈, 재물과 관련되어 있다.

출토된 바다조개에는 구멍이 있었는데, 이것은 함께 연결하기 위한 것이었다.

예 2)는 붕朋자로, 이것은 뚫린 구멍을 끈으로 연결한 바다조개의 모양을 그린 것이다. 글자는 본래 두 개의 조개 모양으로 써야 하는데, 와변訛變하여 붕朋으로 쓴다. 『설문·조부鳥部』에서는 붕鳳의 고문古文이라 하였는데, 이러한 해석은 잘못된 것이다. 조개를 연결하면 붕朋이 된다. 그리하여 옛날에는 조개화폐의 단위가 되었다. 『시경·소아小雅·청청자아菁菁者莪』에 "旣見君子, 錫我百朋."(이미 군자를 만나보니, 나에게 백붕百朋을 주신 듯하구나.)라는 구절이 있는데, 이에 대하여 정현鄭玄은 『전箋』에서 "古者貨貝, 五貝爲朋."(옛날에는 조개를 화폐로 삼았는데, 다섯 개의 조개 묶음을 붕朋이라 하였다.)라고 풀이하였다. 붕朋은 조개를 함께 연결한 것이기 때문에 인신하여 사람의 동류同類, 친구, 붕당, 친교를 맺다, 함께 라는 의미로 확대되었다. 붕비위간朋比爲奸(무리를 지어 나쁜 짓을 함.)의 붕朋은 야합하여 결탁하다는 뜻이다.

이 시기에 이미 사유관념이 생겨났다. 결코 『예기・례운禮運』에서 말한 "貨惡其棄於地也, 不必藏於己"(재물이 땅에 버려진 것을 싫어하지만, 자기 것이라고 감출 필요가 없다.)라는 "온 세상이 일반 국민들의 것인 천하위공天下爲公"의 시대가 아니었다. 길에서 얻은 것을 자기 것으로 삼는 것은 당연한 일이 아닌가!

예 3)은 득得자로, 이것은 척彳, 패貝, 우又가 결합한 한자이다. 즉, 길에서 조개를 주운 것을 그린 것이다. 『설문・척부彳部』에서는 "得, 行有所得也." (득得은 길에서 얻는 것이다.)라고 하였다. 본의는 '얻다' '획득하다'이다. 소전에서는 패貝자를 견見자로 잘못 썼다.

조개 이외에 옥 역시 중요하고 진귀한 물품이다. 남경 북양영北陽營 유적지(기원전 약 4,000년~기원전 3,000년)에서 출토된 옥석, 마노瑪瑙 장식품, 대문구大汶口 유적지 10호 무덤에서 출토된 터키석, 상아로 만든 기물, 뼈로 만든 기물 등 풍부한 부장품은 모두 빈부차이와 사유재산을 반영한다.

예 4)는 옥玉자로, 이것은 끈으로 연결한 옥 모양을 그린 것이다. 『설문・옥부玉部』에서는 "玉, 石之美有五德者, ……象三玉之連, I其實也."(옥玉은 아름다운 돌이다. 옥에는 5가지 덕이 있다. ……세 개의 옥을 서로 연결한 모양을 그린 것으로, 중간에 있는 I은 옥을 연결한 실이다.)라고 하였다.

조개와 옥은 인간이 귀중하게 여기는 보물이 되었다.

예 5)는 보寶자로, 이것은 실내에 조개와 옥이 있는 모양을 그린 것이다. 금문에서는 소리를 나타내는 성부인 부缶자를 더하여 소전체와 같은 모양이 되었다. 『설문・면부宀部』에서는 "寶, 珍也, 從宀從王(玉)從貝, 缶聲."(보寶는 진귀한 것이다. 면宀과 옥玉 그리고 패貝에서 뜻을 취하고 부缶에서 소리를 취하는 형성문자이다.)라고 하였다. 지금은 보宝로 쓰는데, 이 한자는 실내에는 단지 옥玉만 있으면 된다는 것을 나타낸다. 인신하여 귀중한 물건, 귀중하게 여기다,

잘 보관하다 등의 뜻으로 확대되었다. 어떤 때에는 존경을 나타내는 부사로도 사용된다.

조개와 옥 이외에도 토기, 골기, 생산도구, 가축 등도 사유재산이 되었다. 대문구大汶口 문화 말기의 무덤들을 통해 볼 때, 각 무덤에서 나오는 부장품마다 현격한 차이가 있는데, 이것은 현격한 빈부의 차이를 반영한다. 발견된 도구, 돼지 머리 혹은 돼지턱뼈 부장품은 당시의 습관과 풍속이었다. 보미普米, 경파景頗, 와佤 등 소수민족은 죽인 가축의 두골頭骨을 집 처마에 걸어두어 자신의 재산을 자랑하였고, 와佤, 요瑤, 서黍, 납서納西 등 소수민족 역시 돼지머리 혹은 돼지아래턱 뼈를 부장품으로 하였다. 그리하여 이러한 것들이 많으면 많을수록 영광된 것으로 여겼다.

2. 계급

후하後下 20. 10. 복僕

경진京津 852. 첩妾

부정父鼎. 노奴

일佚 637. 인印

을乙 925. 복𠬝

을乙 524. 신臣

갑甲 783. 해奚

림林 1, 6, 9. 장臧

을乙 6694. 부孚　　　속續 2, 18, 7. 계係　　　갑甲 774. 병井　　　을乙 867. 윤尹

연燕 28. 군君　　　전前 7, 3, 2. 사史　　　합집合集 1415. 령令　　　갑甲 2908. 왕王

　　부계씨족 공동사회가 모계씨족 공동사회를 대체한 이후, 초기 씨족 내부의 구성원들은 그래도 평등하였다. 점차 부권父權이 상승하면서 차츰 노예제도가 출현하였다. 이와 더불어 남성이 부락추장 혹은 부락연맹의 장이 될 정도로 발전하였다. 이 시기의 토지, 삼림, 하천 등은 모두 공동사회의 재산이었지만, 가축, 도구, 집, 일용 그릇 등은 개인 사유에 속하였다. 해방 전 와족佤族, 노족怒族, 악온극족鄂溫克族 등은 모두 노예제가 존재하였다. 가정의 가축과 노예는 매매, 채무 환급, 약탈 등으로 통하였다. 노예는 재차 다른 사람에게 팔 수 있었다. 심지어 주인의 분노를 사게 되면 사형에 처해질 수 있었다. 그 가정의 가장 역시 노동을 벗어날 수 없었다. 해방 전 경파족景頗族 부락의 수령은 세습적인 산관山官이었다. 백성들은 산관에게 관곡官穀, 관례官禮를 납부하였고, 관청의 공무에 노동력으로 동원되었으며, 동물을 도살하면 관청에게 넓적다리를 납부해야만 하였다. 산관은 몇 개에서부터 수십 개의 마을을 불평등하게 관할할 수 있었고, 마을에는 산관이 임명한 채두寨頭가 있었다. 중국 역사상 용산龍山문화, 마가요馬家窯문화에는 모두 노예제의 특징을 지니고 있다. 하남의 용산龍山문화 유적지에서는 폐기된 땅굴에서 어지럽게 흩어진 사람의 뼈를 놓아두었던 횟대가 발견되었는데, 이것은 정상적으로 몸을 위로 향하고 사지四肢를 가지런히 펴는 장례 풍속과는 다른 것이었다. 이것은 아마도 일반 가정의 노예였을 가능성이 많다. 마가요馬家窯문화의 유만柳灣 유적지 93호 무덤과 327호 무덤에서는 순장된 일반 가정의 노예가 있었다.

예 1)은 복僕자로, 머리 부분에는 신辛(뾰족한 송곳과 같은 신辛으로 얼굴에 문신을 새긴 것은 노예를 나타내는 표지이다.)이 있고, 뒤쪽에는 꼬리 장식이 있으며, 손에는 삼태기를 들고서 일하고 있는 노예를 그린 것이다. 『설문 · 복부業部』에 따르면 "僕, 給事者."(복僕이란 노역에 종사하는 사람을 말한다.)라고 풀이하였다. 지금은 복仆자를 사용한다. 본의는 가정에서 일하는 노예이지만, 후에 일반적인 노예를 가리키게 되었다. 인신하여 수레를 몰다, 겸손함을 나타내는 말 등의 의미로 확대되었다.

가정에 속한 노예들은 경작, 방목 등을 하였고, 또한 가사일을 하며 주인을 보살피기도 하였다. 가사 일을 하기 위해서는 여성이 가장 적합하다.

예 2)는 첩妾자로, 여女와 신辛이 결합한 것이다. 즉, 신辛으로 벌을 가한 여자 노비를 말한다. 『설문』에 따르면 "有罪女子給事之得接於君者."(죄를 지은 여자로, 군주를 위하여 시중을 든다.)라고 해석하였다. 여자 노비들은 집안의 가장을 위하여 일을 하였는데, 여기에는 "가장을 모시고 잠자리에 드는 일"도 포함되었다. 그리하여 첩妾은 후에 일부다처제의 부차적인 배우자도 가리키게 되었다. 인신하여 여자 자신을 낮추는 말로 사용되었다. 첩妾의 출현은 부녀자의 지위 저하를 나타낸다.

예 3)은 노奴자로, 여女와 우又가 결합하여 이루어진 한자이다. 이것은 단지 한 손으로 누르고 억압하여 자유가 없는 여인의 모양을 그린 것이다. 『설문 · 녀부女部』에 따르면 "奴, 奴婢皆古之罪人也."(노奴란, 남녀 노비를 말하며 고대에는 모두 죄인이었다.)라고 풀이하였다. 노奴는 본래 여자 노비를 가리 켰으나, 후에 남자 노비도 포함하게 되었다. 인신하여 멸시하거나 혹은 자신 을 낮추는 뜻이 되었다.

노예는 모두 주인의 규제를 받았다.

예 4)는 인印자로, 손(爪)으로 무릎을 꿇어앉은 사람을 누르는 모양을 그린 것이다. 이것은 억抑자의 초문이다. 갑골문에서 인印과 앙卬은 하나의 글자 였다. 『설문・인부印部』에 따르면 "卬, 按也. 從反印, 抑俗從手."(앙卬은 누르다 는 뜻이다. 거꾸로 된 인印이다. 억抑은 앙卬의 속자이고, 수手가 결합하였다.)라고 풀이하였다. 후에 등장한 도장(印璽)은 사용할 때 반드시 눌러야 하기 때문에 인印은 도장을 나타내었다. 그리하여 두 개의 글자가 분화되기에 이르렀다.

억압의 목적은 노예를 순종시키기 위함이었다.

예 5)는 복艮자로, 이것은 손으로 무릎을 꿇어앉은 사람을 억압하는 모양 을 그린 것이다. 이렇게 하여 복종시킨다는 뜻이 되었다. 즉, 이것은 복服자 의 초문이다. 『설문・우부又部』에서는 "治也"(다스리다.)라고 해석하였는데, 이것은 인신의이다. 다시 인신하여 임용하다, 실행하다, 일을 시키다, 종사 하다, 복종하다, 탄복하다, 짊어지다, 인정하다 등이 되었다. 소에게 멍에를 매우고 말을 타다라는 뜻인 복우승마服牛乘馬의 복服은 일을 시키다는 뜻이 다.

노예는 주인을 존중해야만 한다. 주인이 지나갈 때, 옆에서 여기저기 살펴 야만 한다.

예 6)은 신臣자로, 이 한자는 옆으로 세워진 눈으로 시선을 주목하여 존중 함을 나타낸다(금문의 망望자 윗부분의 신臣자 역시 주목함을 표시한다). 그리하여 노예를 지칭하게 되었다. 『설문・신부臣部』에서는 "臣, 牽也, 事君也, 象屈服 之形."(신臣이란 억눌리는 사람, 군왕을 모시는 사람이란 뜻이다. 굴복하는 모양을 그린 것이다.)라고 풀이하였다. 노예라는 뜻으로부터 인신하여 임금을 섬기는 신하란 뜻으로 확장되었다. 끌어 당기다는 견牽으로 신하를 나타내는 신臣을 해석한 것은 음으로 뜻을 나타내는 성훈聲訓 방법이다. 즉, 군주에게 매어 있어서 온순하게 따르는 신하의 모습은 마치 사람에게 끌어 당겨지는 가축과 흡사하기 때문에 견牽으로 해석한 것이다. 인신하여 민중이란 뜻이 되었고, 자신의 비천함을 나타내는 칭호를 나타낸다.

예 7)은 해奚자로, 이것은 머리를 끈으로 붙들어 맨 사람을 손으로 이끄는 모양을 그린 것이다. 해奚의 본의 역시 노비이다. 가차되어 '어찌'라는 뜻인 하何에 상당하는 의문대명사가 되었다. 이 의문대명사는 어떠한 일이나 어떤 곳을 물어볼 수 있다. 노예의 출처는 매매賣買와 빚 변제 이외에도 주로 부락간 전쟁을 통한 약탈이었다.

예 8)은 장臧자로, 이 한자는 과戈와 신臣이 결합하여 만들었다. 이것은 전쟁 중에 창으로 노예를 타격하여 포로를 잡고 전리품을 노획한 것을 나타낸다. 본의는 노비이다. 『한서漢書・사마천전司馬遷傳』에 대하여 진작晉灼은 『주注』에서 "臧獲, 敗敵所被虜獲爲奴隷者."(노비란 적에게 패하여 붙잡힌 사람들이다.)라고 하였다. 노비가 된 자들은 제 멋대로 행동할 수 없고 온순하기 때문에, 『설문・신부臣部』에서 "臧, 善也."(장臧은 착하다는 뜻이다.)처럼 해석한 바와 같이 인신되었다. 다시 인신하여 성공하다는 뜻이 되었다. 노비란 뜻으로부터 인신하여 소장하다는 뜻이 되었다. 의롭지 못하게 얻은 재물을 장臟(장물)이라 하고, 몸속에 숨겨져 있는 것을 장臟(오장)이라 한다. 장臧과 장藏, 장臟, 장臟은 모두 고금자이다.

전쟁 중에는 성인 노예를 약탈하고 평상시에는 부녀자와 아동들을 약탈한다.

예 9)는 부孚자로, 이 한자는 수手와 자子가 결합하여 만들었다. 이 한자의 모양은 어린 아이를 포획하는 것을 그린 것이다. 즉, 동사 부俘의 초문으로, 후에 뜻을 나타내는 형부인 인人을 첨가하였다. 인신하여 전쟁 중 포획한 포로를 가리키게 되었다. 『설문·인부人部』에 따르면 "俘, 軍所獲也."(부俘란 군대가 포획한 사람이다는 뜻이다.)라고 풀이하였다.

포획한 노예가 복종하지 않을 때에는 끈으로 묶었다.

예 10)은 계係자로, 인人과 사糸가 결합하여, 끈으로 사람의 목을 묶은 모양을 나타낸다. 소전에서는 사糸자가 와변하여 계係가 되었다. 『설문·인부人部』에서는 "係, 契束也."(계係란 속박하다는 뜻이다.)라고 풀이하였다. 본의는 '다발로 묶다'이다. 갑골문 복사에서는 인신하여 노예를 가리키기도 하였다.

심지어 많은 사람들이 함께 묶인 것도 있다.

예 11)은 병幷자로, 이것은 두 사람의 다리 부분에 끈이 서로 연결된 모양을 그린 것이다. 본의는 함께, 병합하다란 뜻이다. 접속사인 병차幷且(게다가)는 가차의이다.

해방 전의 경파족景頗族에 남아 있던 노예제로부터 보건데, 사회적으로는 이미 관료, 일반 백성, 노예 등 세 개의 등급으로 구분되어 있었다. 그 한계는 엄격하고, 서로 다른 등급 간에는 통혼通婚할 수도 없었다. 산관山官, 채두寨頭라는 관직은 노예는 말할 필요조차 없고 백성들 역시 될 수 없는 관료였다. 관료란 노예주를 말한다. 마가요馬家窯문화 말기 무덤 가운데, 큰 무덤의 부장품은 일반무덤보다 10여 배에 이른다. 류만柳灣 564호 무덤의 부장품은 토기 91 건뿐만 아니라 석기와 터키석 등도 있었다. 하지만 일반 무덤의 부장품은 10 건도 채 되지 않고, 심지어 아무 것도 없는 무덤도 있다. 큰 무덤은 부유한 사람, 노예주 혹은 관료, 추장 등의 것일 것이다.

예 12)는 윤尹자로, 손에 1을 든 모양을 그린 것이다. 윤尹의 자형은 부父자의 구성 요소와 유사하다. 부父는 부斧의 초문이다. 즉, 손에 찍고 깨뜨리는 무기인 돌도끼를 든 모양을 그린 것이다. 그리하여 오른손 아래에 一이 수직으로 세워져 있는 것이다. 윤尹은 아래 끝이 뾰족한 돌로 만든 물건(구체적으로 어떤 사물인지 확인할 수 없음)을 손에 들고 있는 모양을 그린 것이다. 손 아래에 일―이 수직으로 세워져 있다. 끝이 뾰족한 사물은 사건을 새겨 기록할 수 있고, 거북껍데기를 뚫어 점을 치는 일 등에 이용할 수 있다. 그래서 『설문・우부又部』에서 윤尹을 "治也"(다스리다.)라고 해석한 것이다. 본의는 다스리다, 관리하다이다. 부계씨족 공동사회 초기에, 생산 경험이 풍부한 남자들이 여자를 대신하여 씨족의 수령이 되었다. 그리하여 부호로 사건을 기록한다든지 혹은 점을 칠 수 있는 사람들은 부락에서 지위가 비교적 높게 되었다. 그리하여 윤尹은 장관이란 뜻으로 사용하게 되었던 것이다.

후에 군君 역시 고대 부족의 추장을 나타내는 명칭으로 사용되었다. (윤尹, 군君은 하나의 글자이다. 군君에서 밑에 있는 구口는 수식에 불과하다.)

예 13)은 군君자이다. 『설문・구부口部』에 따르면 "君, 尊也."(군君은 존귀하다는 뜻이다.)라고 풀이하였다. 그리고 『예기・상복喪服』에서는 "君, 至尊也." (군君은 지극히 존귀하다.)라고 하였다. 이에 대하여 정현鄭玄은 『주注』에서 "天子, 諸侯及卿大夫有地者, 皆曰君."(토지를 소유한 천자天子, 제후諸侯, 경대부卿大夫를 군君이라 한다.)라고 풀이하였다. 인신하여 존칭을 나타내는 뜻이 되었다.

석기시대에는, 짐승을 잡을 수 있는 용감한 사람이 존중을 받았으므로, 사냥꾼들이 지도자가 되었다.

예 14)는 사史자로, 이것은 손에 짐승을 잡는 끝이 두 갈래로 나뉘어져 있고 그 끝이 뾰족한 단單을 잡고 있는 모양을 그린 한자이다. 감敢자는 거꾸로 된 돼지 모양을 생략하였다. 본래 용감한 사냥꾼을 가리켰다. 갑골문에서 사史, 리吏, 사事는 하나의 글자이다. 용감한 사냥꾼은 작은 우두머리가 될 수 있었기 때문에 『설문・일부一部』에서 리吏를 "治人者"(사람을 다스리는 사람), 사史를 "記事者"(사건이나 일을 기록하는 사람)라고 해석하였다. 사냥은 마을에서 행해지는 큰 행사이다. 따라서 사정이나 일을 나타내는 사事로 사용되었다. 국가를 건립한 후, 사史는 관직명으로 사용되었다. 역대로 각

시대마다 담당하는 업무가 서로 달랐다. 사史는 은나라에서는 밖에 거주하는 무관武官(이것은 자형의 해석에 가깝다.)이란 의미로 사용되었고, 주나라 이후에는 사관史官(사건을 기록한다든지 제사를 진행한다든지 점을 치는 등의 일을 담당함)이란 의미로 사용되었다. 사史와 리吏는 본래 하나의 글자에서 분화된 것이다. 그리하여 사史는 문서를 관리하는 하급관리도 가리키게 되었다. 인신하여 사서史書란 뜻으로 확장되었다.

부락의 지도자 혹은 그 수하의 작은 수령은 부락이나 혹은 마을 사람들에게 명령을 내리는 권리가 있었다.

예 15)는 령令자로, 이 한자는 거꾸로 된 입과 그 밑에 꿇어앉은 사람을 그린 것이다. 거꾸로 된 입이란 아래에 대하여 상대적으로 위에 위치하고 있음을 나타낸다. 이것은 바로 꿇어앉은 사람이 그 위에 있는 사람이 내리는 명령을 듣고서 시행하는 것을 나타낸다. 갑골문에서 령令과 명命은 하나의 글자이다. 명命에서 구口는 수식에 불과하다. 『설문·절부口部』에서는 "令, 發號也."(령令이란 명령을 내린다는 뜻이다.)라고 하였고, 『구부口部』에서는 "命, 使也."(명命이란 시키다는 뜻이다.)라고 풀이하였다. 두 글자의 뜻은 서로 통한다. 령令은 동사인 '명령하다'는 뜻으로부터 인신하여 파견하다, 시키다, 법령이란 뜻이 되었다. 명령을 내릴 수 있는 사람은 관리이다. 그리하여 다시 인신하여 관리의 명칭(예를 들면, 현령縣令, 상서령尚書令)이란 뜻이 되었다. 명령을 내릴 수 있는 지위에 이른 자들은 일반 백성들에 비하여 일을 자연스럽게 잘 처리할 수 있기 때문에 다시 좋다, 아름답다 등의 의미로 인신되었다. 명命은 비록 본의는 령令과 상통하지만, 그 인신의는 같은 것도 있고 다른 것도 있다. 명命 역시 인신하여 파견하다, 임명하다는 뜻이 되었고, 이러한 뜻 이외에도 명命은 훈계하다, 부르다란 뜻으로 인신되었다. 계급사회에서는 통치자는 자칭 타인에게 명령을 내릴 수 있는 권리는 천제天帝가 부여한 것이라 하였다. 그리하여 자신을 천자天子라고 불렀다. 그리하여 다시 인신하여 천명, 운명이란 뜻이 되었고, 이러한 뜻에서 더욱 확장하여 수명, 생활 등의 의미가 되었다.

씨족이 발전하여 부락이 되고, 더 나아가 부락 연맹을 구성하였다. 왕王자는 부락연맹수뇌의 칭호인가 아니면 국가건립 후의 군주의 칭호인가? 『시경』, 『초사』에서는 은나라 조상가운데 계契를 현왕玄王이라 칭하였고, 그 6세손을 왕해王亥라 칭하였는데, 이것은 『산해경』의 칭호와 같다. 갑골문 복사에서도 왕해王亥라고 칭하였는데, 당시 은나라는 국가라기보다는 부락 수준이었다고 함이 보다 타당하다. 은나라는 계契로부터 14세손인 탕湯이 건국하였다.

예 16)은 왕王자로, 불이 활활 힘차게 타오르는 모양을 그린 것이고, 그 위에 횡선인 일—은 땔감 혹은 지사 부호이다. 이것은 불이 힘차게 타오른다는 왕旺자의 초문이다. 『장자莊子‧양생주養生主』에는 "神雖王, 不善也."(정신은 비록 왕성할 지라도 그것은 옳지 않다.)라는 구절이 있다. 이 문장에서의 왕王자는 본의로 사용되었다. 활활 타오르는 불꽃을 왕권의 상징으로 사용하여, 상고시대 국가건립 초기의 최고통치자의 칭호가 되었다. 진한이후, 최고통치자는 자칭 황제皇帝라 하였다. 왕王은 황제 다음의 작위로 강등되었다. 이러한 뜻으로부터 다시 인신하여 일반적인 수령, 동류 가운데서 가장 큰 사람 혹은 한 가지가 가장 돌출한 사람 등을 뜻하게 되었다.

3. 형벌

림林 1, 9, 1. 신辛   갑甲 1490. 벽辟   일佚 426. 재宰   을乙 3299. 刞

현비궤縣妃簋. 현縣

합집合集 500. 행幸

전전前 5, 36, 4. 집執

령궤속簋. 보報

청菁 1, 1. 어圉

계급이 출현한 이후, 노예주는 자신들의 통치권을 유지하기 위하여 필연적으로 형벌을 사용하였다. 노예제 시대의 형벌은 단지 관습법만이 있었을 뿐 어떠한 고정된 규정이 없었다. 그리하여 부락의 지도자와 마을의 수령은 관습법을 시행하는 사람으로, 이것만으로도 부락민들을 완전하게 다스릴 수 있었다. 관습법을 통하여 민족의 습속을 유지하기도 하였지만 이보다 더욱 중요한 것은 지도자와 우두머리의 권위와 백성과 노예에 대한 통치를 보호하는 것이었다. 경파景頗, 노怒, 와佤 등 소수민족의 민족학 자료로 볼 때, 비록 전문적인 사법기구가 없었을지라도 추장 수하에는 이미 공무를 수행하는 사람들이 있었다. 예를 들면, 경산관景山官 수하에 제사를 지내는 관원, 작은 수령, 전달을 담당하는 관원 등이 있었다. 이 이외에도 형벌과 종교를 결합하여, 귀신을 부려서 부락의 관습법을 위반한 사람을 징벌하게 하는 사람도 있었다. 게다가 어떤 추장은 자신을 보호하기 위하여 사람들을 고용하기도 하였고, 그의 집에는 지하 감옥도 마련해 두었다. 노예주가 사적으로 노예를 때린다든지 묶는다든지 혹은 살해한다든지 하는 일들은 모두 관습법에 합당하였다. 이러한 사건에 대하여 간섭할 수 있는 사람은 아무도 없었다. 불완전한 체제의 노예제에서 완벽한 체제를 갖춘 노예제로 발전한 이후에 이러한 현상은 더욱 보편적이 되었다. 관습법을 위반한 백성과 노예를 살해하는 수단과 방법이 더욱 많아졌다.

노예의 얼굴에는 기호를 새겨 넣었다.

예 1)은 신辛자로, 이 한자는 경형黥刑(묵으로 얼굴에 기호를 새기는 것)을 시행할 수 있는 구부러진 칼의 옆모양을 그린 것이다. 이것은 오늘날 목공들이 사용하는 둥근 정과 유사하지만 하단부가 더욱 날카롭다. 이것이 천간天干을 나타내는 이름으로 사용된 것은 가차의이다. 갑골문에서 첩妾, 복僕 등의 한자에는 모두 신辛자가 들어 있는데, 이것은 바로 얼굴에 부호를 새긴 노예를 말한다. 신辛은 본래 노예의 몸에 부호를 새겼던 형벌 도구이다. 노예의 몸에 새길 때에는 고통이 따르는 것은 당연하다. 그리하여 신辛은 오미五味 가운데 하나인 매운 맛을 나타내는 의미로 사용되었다. 여기에서 더 나아가 매운 채소를 가리키게 되었다. 인신하여 쑤시고 아프다, 비통하다, 고생하다 등의 뜻이 되었다.

일반 백성이 우두머리에게 빚을 지거나 혹은 관습법을 위반하였을 때에는 노예로 강등될 수 있다.

예 2)는 벽辟자로, 이것은 사람이 꿇어앉아서 신辛으로 형벌을 받는 모양을 그린 것이다. 본의는 『설문·벽부辟部』에서 "法也"(다스리다.)라고 해석한 것과 같다. 인신하여 형벌, 죄과罪過, 모방하다, 잘 다스리다 등의 뜻이 되었다. 관습법을 주관하여 실행하는 사람은 추장이나 혹은 수령이다. 그리하여 후세에 인신하여 군주君主(천자, 제후를 포괄함)를 뜻하게 되었다. 게다가 개벽 開闢, 타피躲避(도피하다), 비여譬如(예를 들다) 등의 뜻으로 가차되었는데, 후에 각각 벽闢, 피避, 비譬자로 썼다. 벽辟은 벽闢, 피避, 비譬와 고금자 관계이다.

그리고 신辛으로 형벌을 받는 사람은 가노家奴로 변했다.

예 3)은 재宰자로, 『설문』에서는 "宰, 罪人在室下執事者, 從宀從辛. 辛, 罪

也.”(재宰란 집에서 잡무를 보는 죄인을 말한다. 면宀과 신辛이 결합한 회의문자이다. 신辛이란 죄罪를 뜻한다.)라고 풀이하였다. 본의는 집안에서 사무를 관장하는 노예이므로, 이로부터 인신하여 관직명을 나타내게 되었고, 다시 인하여 '주재하다'란 뜻을 나타내었다. 다시 '사무를 관장하는 직책'이란 뜻으로부터 인신하여 가축을 도살한다는 뜻이 되었다. 하지만 언어는 사회의 발전에 따라서 변화하는 것이기 때문에 지금은 "재宰"자는 일반적인 사람에게도 사용될 수 있다. 즉, 일에 종사하면서 고객 곁에서 무섭게 끌어당기는 사람을 재객宰客(손님을 속이는 사람)이라 부른다.

노예주인 통치자를 거역하였을 때에는 코를 파내어 버리거나 혹은 머리를 잘라 버렸다.

예 4)는 劓로, 갑골문에서는 자自(코)와 도刀가 결합한 한자이다. 이것은 칼로 코를 깎아서 파내는 모양을 그린 것이다. 이 글자는 후에 비鼻와 도刀가 결합한 한자로 변하였는데, 이 한자가 바로 정전正篆에 있는 혹체或體이다. 『설문・도부刀部』에서는 "劓鼻也."(코를 베어내다는 뜻이다. 단옥재『설문해자주』를 따름. 월劓(yuè)자는 베어내다는 뜻이다.)라고 하였다.

예 5)는 금문 현縣(县)자로, 즉 현縣의 초문이다. 이 한자는 끈으로 사람의 목을 묶어서 나무에 거꾸로 매달아 있는 모양을 그린 것이다. 따라서 본의는 매달다, 걸다이다. 인신하여 매단 악기, 서로 잡아당기다, 격차, 상을 걸다 등의 뜻이 되었다. 행정구획의 명칭으로 사용된 것은 가차의이다. 후기자인 현懸이 본의를 나타낸다. 현縣과 현懸은 고금자이다.

최초에 노예 혹은 백성을 포획하였던 도구는 굵은 밧줄이었다. 그 후에 손을 채우는 수갑과 발을 채우는 족쇄를 발명하였다.

예 6)은 행幸(niè, 행복幸福하다라는 행幸자와는 하나의 글자가 아니다.)자로, 이 한자는 죄인의 손을 포박하는 나무로 만든 수갑을 그린 것이다. 수갑이란 중간에는 둥근 구멍이 나 있는 두 개의 목판을 연결한 것이다. 이것을 사용할 때에는 둥근 구멍을 펼쳐서 팔꿈치가 있는 곳에 놓고서 두 손을 결합하여 묶었다. 목판의 위와 아래의 양 끝에는 끈으로 묶었다. 『오경문자五經文字』에서는 "幸, 所以犯驚人也."(행幸은 범인을 잡는 것이다.)라고 하였다. 즉, 행幸의 본의는 사람을 묶는 형벌 도구이다. 이러한 뜻으로부터 인신하여 자유를 구속하고 억누름, 협공하다, 협박하다 등의 뜻이 되었다.

예 7)은 집執(执)자로, 이 한자는 꿇어앉은 사람의 두 손에 수갑을 채운 모습을 그린 것이다. 『설문·행부幸部』에 따르면 "執, 捕罪人也."(집執이란 죄인을 포박하는 것이다.)라고 하였다. 본의는 '체포하다'이다. 이로부터 잡다, 장악하다, 집행하다라는 뜻으로 확장되었다.

체포되어 온 사람에 대하여 죄상罪狀을 선포하여 형벌로 보답한다.

예 8)은 금문 보報(报)자로, 이 한자는 억압하여 제압한 사람에게 손으로 형구形具를 채운 모습을 그린 것이다. 『설문·행부幸部』에 따르면 "報, 當罪人也."(보報란 죄인을 판결하는 것이다.)라고 하였다. 사회조직이 점차 치밀해짐에 따라 하급관원들이 중대범죄를 저지른 범인을 판결하기 위해서는 상관에게 보고를 해야 한다. 그러므로 인신하여 보고하다, 보답하다, 회신하다 등의 의미가 되었다.

범인을 구금하는 곳을 어圉라 한다.

예 9)는 어圉자로, 이 한자는 손에 수갑을 찬 사람이 감옥에 갇혀서 단지 얼굴만 그 밖으로 내민 형태를 그린 것이다. 『설문·행부幸部』에 따르면 "圉, 囹圄, 所以拘罪人."(어圉란 령어囹圄(감옥)이라 부르기도 한다. 죄인을 구금하는 곳이다.)라고 풀이하였다. 어圉의 본의는 감옥이다. 후에 인신하여 말을 기르는 우리를 가리키게 되었다.

전설에 따르면 감옥은 고도皐陶가 창조한 것이다. 『백호통白虎通·성인聖人』에 "皐陶馬喙, 是謂至信, 決獄明白, 察於人情."(고도가 하는 말은 정말로 믿을 수 있어 감옥에 대한 사항을 결정하는데 분명히 하였다. 그는 인정을 굽어 살필 줄

아는 사람이다.)라는 내용이 있다. 그리고 『죽서기년竹書紀年』에는 "咎繇作刑." (구요咎繇가 형벌을 제정하였다.)라고 하였다. 고도는 일명 구요咎繇라고도 한다. 구咎의 본의는 재앙이다. 인신하여 죄과罪過라는 뜻이 되었다. 구요라는 이름의 어원 역시 형송刑訟과 관계가 있다. 구요는 순임금의 신하이다. 이는 부계사회 노예제가 형성된 시기로 고고학적 자료로 추측한 시간과 대체로 서로 합치된다.

4. 무기

경진京津 1531. 병兵

을乙 692. 월戊

을乙 8658. 무戊

동궤冬簋. 모矛

을乙 1708. 과戈

수수粹 1153. 수戍

수수粹 1162. 계戒

철철鐵 67, 4. 무武

경경京 2214. 융戎

우정盂鼎. 주冑

을乙 8716. 함㚔

철철鐵 71, 3. 승丞

연燕 442. 튀뮈   철掇 1, 450. 벌伐   갑甲 868. 戈   을乙 2948. 괵馘

국가가 건립되기 전에는 부락에는 전문적인 군대 집단이 없었다. 병사가 필요할 때에는 추장 혹은 우두머리가 각 마을에 사람을 파견하여 각자 병기를 들고 참전하도록 소집하였다. 원시무기는 비삭석飛索石(돌을 줄에 매달아 빙글빙글 돌리면서 원하는 방향으로 날아가는 돌), 곤봉, 돌도끼, 돌칼, 활 등과 같은 수렵 도구였다. 원시노예제가 처음으로 성행하였을 때에는 군사민주주의 시기로, 토지산림자원을 쟁탈하기 위하여 그리고 노예를 약탈하고 보복으로 인한 살인을 위하여 빈번하게 전쟁이 발발하였다. 그리하여 전쟁의 필요에 의하여 전쟁 도구가 부단히 발전하게 되었으며, 이렇게 하여 전쟁 도구는 수렵도구와 각기 다른 길을 걷게 되었다. 하지만 여전히 약간의 도구들 예를 들면 활, 돌칼, 창, 함정 등은 전쟁과 수렵에 공통적으로 사용하였다.

원시노예제는 전설적인 요, 순, 우 시대에 왕성하게 일어났다. 요, 순, 우는 모두 일찍이 단수丹水 유역(지금의 섬서성과 하남성 사이의 단강丹江)에 살았던 삼묘三苗부락과 격렬한 전쟁을 치렀던 적이 있었다. 그리하여 삼묘 지역을 겸병하였다. 중국 소수민족 가운데 양산涼山 이족彝族의 "타원가打冤家"와 운남 덕굉德宏 경파족景頗族의 "랍사拉事"는 재물을 약탈하기 위하여 전쟁을 하였다. "랍사"란 무장하여 가축을 약탈하는 것을 말한다. 경파족은 전문적으로 "랍사"를 조직하였는데, 그들은 생산 활동에 종사하지 않는 무사인 "조포找布"라고 한다. 전쟁이 발생하였을 때 "조포"는 마을에서 임시적으로 조직된 병사들을 이끌고 전방을 향하여 돌진하여 대적하고 있는 부락의 마소를 약탈하고 심지어 대적하는 마을의 집들을 마구 불사르기도 한다. 부락마다 "랍사"는 몇 백 명의 사람들을 동원시킬 수 있는데, 종종 수많은 사상자를 초래하기도 한다. 대문구大汶口문화에 속하는 강소성 비현邳縣 대곽자大墩子 유적지의 무덤에서 발견된 바에 따르면, 죽은 자는 중년의 남자로 왼손에는 뼈로 만든 비수가 쥐어져 있었고, 팔뚝뼈 아래에는 돌도끼가 놓여져 있었다. 삼각형으로 된 한 개의 뼈화살이 왼쪽 넓적다리뼈 속에 박혀있었는데 그 깊이는 2.7cm에 달하였다. 이는 아마 경파족의 "조포"와 유사한 씨족의 무사였을 것이다. 이 사람은 전투 중 독화살에 맞아 사망한 것으로 보인다.(독화살이 넓적다리에 맞지 않았다면 화살로 사망에 이르게 할 수 없다. 많은 소수민족들은 독화살을 이용하여 수렵을 하는데, 독화살로 잡은 동물은 독이 들어 있기 때문에 불에 굽거나 삶은 후에 먹는다. 그래서 중독되지 않는다.) 대곽자 유적지에는 남녀합장묘가 있고, 각 묘지마다 부장품에는 차이가 있었다. 이것은 부계씨족사회이기 때문에 세습 제도가 탄생하였을 가능성이 있기 때문이다.

나무 몽둥이, 활, 돌도끼, 돌칼은 원시 병기였다.

예 1)은 병兵자로, 이 한자는 두 손에 도끼를 든 모양이다. 도끼는 구부러진 손잡이와 날카로운 날을 지녔다. 본의는 병기이다. 인신하여 병기를 든 사람을 가리키게 되었다. 이러한 뜻으로부터 다시 인신하여 전쟁, 살해 등의 뜻이 되었다. 매우 순조롭게 싸워서 이기다는 뜻인 병불혈인兵不血刃의 병兵은 무기를 가리키고, 병사와 군마가 날래고 용감하다는 뜻인 병강마장兵强馬壯의 병兵은 사병을 가리키며, 병사와 군마가 어지러이 날뛰다는 뜻인 병황마란兵荒馬亂의 병兵은 전쟁을 가리킨다.

돌도끼를 크게 하고 여기에 다시 손잡이를 장착한 것이 바로 도끼이다.

예 2)는 월戊자로, 병기인 도끼의 모습을 그린 것이다. 후세의 청동기 시대에는 청동기로 병기를 제작하였기 때문에 형방인 금金자를 넣어서 월鉞자가 되었다. 『설문・월부戊部』에서는 "戊, 斧也."(월戊이란 도끼이다.)라고 하였다. 전형적인 돌도끼는 광동성 곡강현曲江縣 석협石峽 유적지(기원전 2,900년~기원전 2,700년)에서 출토되었다. 평평하고 얇지만 활 모양처럼 예리한데, 정면으로 보면 장방형이다. 게다가 나무 손잡이가 매달려 있으며 중간부분은 가늘고 양 옆은 투박하며 구멍도 나 있다. 강소성 해안海安 청곽青墎 유적지에서 출토된 토기로 제작된 도끼 모형을 참고하면, 도끼의 손잡이는 대략 도끼머리의 4배 쯤 넓다. 이로부터 돌도끼는 근거리에서 격투하기 위한 병기임을 알 수 있다. 이는 일반적인 돌도끼의 사용방법과 유사하다. 갑골문의 월戊자에서 손잡이를 나타내는 부분이 후에 와변하여 과戈가 된 것이다.

예 3)은 무戊자로, 이 역시 손잡이가 있는 도끼 모양을 그린 것이다. 무戊가 천간天干의 명칭으로 사용됨은 가차의이다.

날카로운 나무 막대기는 땅을 파고 짐승을 찌르는데 사용될 뿐만 아니라 격투하여 사람을 찌르는 데에도 사용된다. 이것이 바로 "목모木矛(나무창)"이다. 그리고 대나무 한쪽 끝을 경사지게 한 후에 날카롭게 깎으면 죽창이 된다. 세계에서 수많은 소수민족들은 지금까지도 전쟁에 죽창을 사용하고 있다. 돌로 날카롭게 만든 창끝에 나무 손잡이를 묶게 되면 이것이 바로 석모石矛(돌창)이다. 앙소仰韶문화 말기 진황채秦王寨 유형의 왕만王灣 유적지(하남성 낙서洛陽 부근, 대략 기원전 3,400년~기원전 3,000년)에서 돌창의 창끝이 출토되었고, 기타 앙소仰韶문화 유적지에서는 뿔로 만든 창끝이 출토되었다.

예 4)는 금문 모矛자로, 위에는 창끝의 양쪽 날을, 아래에는 끈으로 손잡이 위에 있는 창끝을 둥글게 묶은 모양을 그린 것이다. 청동기 시대에 이르러 구리로 만든 창이 출현하였고, 철기 시대에는 철로 만든 창이 탄생하였다.

돌호미는 농작물을 수확하는 도구이다. 손잡이를 더 길게 하고 호미끝을 곧게 펴면 돌창이 된다. 돌창의 실물은 거의 발견되지 않았고, 신석기 시대 말기에 해당되는 것이 발견되었다. 게다가 어떤 사람은 돌창은 구리로 만든 창을 모방하여 제작한 병기라고 여기기도 하였다. 창(戈)은 호미처럼 구부려서 죽이는 병기이므로 그 손잡이는 상대인 적을 공격하기에 적당해야 한다. 그래서 길게 만들어야만 했다. 청동기 시대에는 이것이 주요 병기였다. 특히 차전車戰에 매우 적합하였다. 청동으로 만든 창의 보편적인 사용은 대략 하왕조 이후의 일이었다. 현재 고고학에서 발견한 최초의 구리로 만든 창은 상왕조 때 사용된 창이다. 진한 이후, 전차戰車가 전장에서 역할이 미미하였기 때문에 전차의 주요 병기로 사용되었던 창은 차츰 역사의 무대에서 사라져갔다.

예 5)는 과戈자로, 이것은 창의 전체 모습을 그린 것이다. 一을 수직으로 한 것은 창의 손잡이이고, 손잡이에서 一을 가로로 한 것은 창끝이다. 손잡이 상단에 있는 작은 횡선은 손잡이를 덮은 것을 나타내고 하단에는 고달(창 손잡이 아래 원추형으로 달려 있는 것)로 땅에 직접 삽입이 가능하다. 과戈는 창이란 뜻으로부터 인신하여 전쟁을 가리키게 되었다.

방어를 할 때에는 병기를 몸 가까이에 두어야 한다.

예 6)은 수戍자로, 이것은 창(戈) 옆에 사람이 서 있는 모양을 그린 것이다. 이렇게 하여 방어하다는 뜻을 나타내었다. 『설문·과부戈部』에 따르면 "戍, 守邊也, 從人持戈."(수戍란 주위를 지키는 것을 말한다. 사람(人)이 창(戈)을 들고 있는 것을 나타낸다.)라고 풀이하였다. 인신하여 '지키는 병사' 혹은 '방어하는 곳'을 나타내게 되었다.

긴급한 상황을 만났을 때에는 창을 들고 칠 준비를 한다.

예 7)은 계戒자로, 이것은 두 손에 창(戈)을 들고 있는 모양을 그린 회의문자이다. 본의는 '경계하다'이다. 『시대서詩大序』에서는 "言之者無罪, 聞之者足以戒."(말하는 자는 죄가 없고, 그것을 듣는 자는 족히 경계해야 한다.)라는 구절이 있다. 인신하여 준비하다, 출발하다, 타이르다, 명령하다, 나쁜 습관을 고치다 등과 같은 뜻이 되었다.

예 8)은 무武자로, 과戈와 지止가 결합한 것이다. 지止란 발이다. 따라서 '무사가 창을 들고 정벌하러 나가다.'는 뜻이다. 본의는 무사의 족적이다. 『시경·대아大雅·하무下武』에는 "昭茲來許, 繩其祖武."(무왕武王의 도道 소명昭明하심이 이와 같으니 내세來世에 능히 그 자취를 잇는다면)라는 구절이 있는데, 이에 대하여 모毛씨는 『전傳』에서 "武, 迹也."(무武란 자취를 말한다.)라고 하였다. 또한 전적에는 보무步武라고 연이어 사용한 문장이 있는데, 보步는 두 개의 지止가 있어서 발을 두 번 드는 것을 가리키는 것으로 오늘날 두 발자국과 같다. 하지만 무武는 한 개의 지止가 있어서 발을 한 번 드는 것을 가리킨다. 고대의 반보半步는 반걸음(跬)과 같은데 오늘날에는 일보一步에 해당한다. 『국어國語·주어하周語下』에 "夫目之察度也, 不過步武尺寸之間."(대저 눈의 살펴 헤아림이 보步, 무武, 척尺, 촌寸지간에 불과 하다.)라는 구절이 있는데, 이에 대하여 위소韋昭는 『주注』에서 "六尺爲步, 賈君以半步爲武."(육척六尺은 일보一步에 해당한다. 가군賈君은 반보半步를 무武라 하였다.)라고 풀이하였다. 무武란 족적足跡이다. 족적은 전진하는 것이다. 그러므로 인신하여 계승하다는 의미가 되었다. 이로부터 다시 인신하여 용감하다, 군대의 위력, 병법, 군사 등의 의미가 되었다.

고고학에서는 원시적인 방어 장비가 거의 발견되지 않았다. 단지 감숙성 영창永昌의 원앙지鴛鴦池 유적지에서 팔을 보호하기 위하여 돌로 만든 보호 장비와 뼈로 만든 보호 장비가 출토되었을 뿐이다. 팔을 보호하기 위하여 돌로 만든 보호 장비는 원통으로 되어 있으며 길이가 16cm 정도이고, 뼈로 만든 보호 장비는 길이가 15~16cm의 뼈조각으로 만들어졌다. 방패, 갑옷, 투구는 모두 만든 재질과 관계가 있는 듯 보존된 것은 없다. 방패는 경파족의 무사인 "조포找布"가 전쟁을 할 때 돼지가죽으로 만든 방패를 들고서 전쟁을 하였고, 대만 란서아蘭嶼耶의 미인들은 나무로 만든 방패와 등나무로 만든 방패를 사용하였다.

예 9)는 융戎자로, 이것은 창(戈)과 방패가 함께 놓여 있는 모양을 그린 것이다. 『설문・과부戈部』에 따르면 "戎, 兵也. 從戈從甲."(융戎이란 병기를 말한다. 과戈와 갑甲이 결합한 회의문자이다.)라고 하였다. 『설문』은 소전체인 융戎자의 자형에 근거하여 갑甲과 결합하였다라고 풀이하였으나, 이것은 방패의 와변에 불과하였다. 과戈와 순盾은 모든 병기를 대표하는 병기이다. 『시경・대아大雅・상무常武』에는 "整我六師, 以脩我戎."(우리 군사를 정돈하시고, 군사를 다스리게 하셨다.)라는 구절이 있는데, 정현鄭玄은 『전箋』에서 "治其兵甲之事."(병기를 다스리는 일)라고 풀이하였다. 인신하여 병거兵車, 사병, 전쟁, 크다 등의 뜻이 되었다. 고대 부락인 서융西戎은 용맹하여 전쟁을 잘 하였기 때문에 고로 융戎이란 명칭이 된 것이다. 융戎자는 가차하여 인칭대명사인 너(你), 너희들(你們)이란 뜻도 나타낸다.

원시 갑옷과 투구 역시 가죽과 나무로 제작되었다. 경파족의 "랍사拉事"가 강탈할 때, 병사들은 나무껍질과 등나무 줄기를 몸에 둘둘 감는다. 률속족傈僳族은 소가죽으로 만든 갑옷과 나귀가죽으로 만든 투구를 몸에 덮는다. 서장 지역의 락파인珞巴人 역시 가죽으로 만든 갑옷을 입는다.

예 10)은 금문 주冑자로, 무사가 쓴 방어용 투구를 그린 것이다. 원래 투구와 눈을 그린 주冑자가 소전체에서는 유由자와 월月자로 바뀌었다. 『설문・모부冃部』에서는 "冑, 兜鍪也, 從冃由聲."(주冑란 투구를 말한다. 모冃에서 뜻을 취하고 유由에서 소리를 취한 형성문자이다.)라고 하였다. 『설문』에서 이문異文이 가죽(韋)과 결합한 것으로 볼 때, 고대 원시적인 투구 역시 가죽으로 제작되었음을 알 수 있다. 이러한 사실은 민족학 자료와 일치한다.

수렵하기 위하여 사용되는 함정 역시 전쟁에도 사용되었다.

예 11)은 함臽자로, 이것은 사람이 함정에 빠진 모양을 그린 것이다. 사람

주위에 흩어진 몇 개의 점은 위장을 하기 위하여 덮은 흙덩어리가 붕괴한 것을 나타낸다. 『설문·구부臼部』에서는 "臽, 小阱也, 從人在臼上."(함臽이란 함정을 말한다. 사람이 함정에 빠져 있는 모습을 그린 것이다.)라고 하였다. 함정과 흙덩어리가 잘못 인식되어 구臼자가 되었다. 함臽은 함陷자의 초문이고, 본의는 함정이다. 인신하여 함몰하다, 모함하다, 매몰하다, 쳐부수다, 결점 등의 뜻이 되었다.

자신과 같은 편인 무사가 함정에 빠졌을 때에는 구조해 주어야만 한다.

예 12)는 승丞자로, 이것은 두 손으로 함정에 빠진 사람을 구조해주는 모양을 그린 것으로, 증拯자의 초문이다. 본의는 '구조하다'이다. 이 뜻으로부터 인신하여 '위로 끌어 올리다.'라는 의미가 되었는데, 이 경우에는 증拯자를 사용한다. 다시 인신하여 '보좌하다'가 되었고, 제왕을 보좌하는 사람은 관리이기 때문에 또한 관직명으로 사용되었는데, 이 경우에는 승丞자를 사용한다.

병기가 없을 때에는 손 역시 격투에 사용할 수 있다.

예 13)은 투鬥자로, 이것은 두 사람이 서로 손을 들고서 싸우는 모양을 그린 것이다. 『설문·투부鬥部』에 따르면 "鬥, 兩士相對, 兵仗在後, 象鬥之形."(투鬥란 병사 두 명이 서로 대적하고 있고 그 뒤에는 무기가 있는 모양을 그렸다. 이것은 서로 싸우는 모양을 그린 것이다.)이라고 풀이하였다. 두 사람이 신체가 무기로 잘못 인식된 것이다. 『설문』에서는 자형을 잘못 해석하였지만, 본의는 싸우다는 의미로 정확하게 해석하였다. 투鬥자는 간체자로 술잔이나 술동이를 나타내는 두斗자로 사용하는데, 이것은 동음同音으로 대체한 것이다. 인신하여 시합하다, 상대하다, 우연히 서로 만나다, 혼란스럽다 등이 되었다.

전투는 수많은 백성과 노예들이 부상을 당하거나 사망을 초래한다.

예 14)는 벌伐자로, 이것은 창끝에 있는 갈고리로 사람의 머리를 자른 모양을 그린 것이다. 『설문 · 인부人部』에 따르면 "伐, 擊也."(벌伐이란 타격을 가하다란 뜻이다.)라고 풀이하였다. 본의는 '베어 죽이다'이다. 이 뜻으로부터 인신하여 베다, 토벌하다, 제거하다, 파괴하다, 두드려 부수다, 공격하다, 비평하다, 모순 등의 의미가 되었다. 그리고 가차되어 과시하다는 의미가 되었다. 죄를 지은 백성은 벌을 주고 불쌍하고 착한 백성은 도와주다는 뜻인 벌죄적민伐罪吊民의 벌伐은 토벌하다는 뜻이고, 같은 무리의 사람은 편을 들고 다른 무리의 사람은 배격한다는 벌이당동伐異黨同의 벌伐은 공격하다란 뜻이며, 공로와 재능을 과시하다는 뜻인 벌공긍능伐功矜能의 벌伐은 과시하다란 뜻이다.

예 15)는 𢦏자로, 이 한자는 과戈과 종从이 결합한 것이다. 즉, 이것은 갈고리처럼 생긴 창으로 두 사람의 하체를 자른 모양을 그린 것이다. 이 한자는 섬殲(歼)자의 초문이다. 『설문 · 과부戈部』에서 "絶也"(끊어지다.)라고 해석하였다. 본의는 절단하다, 전부 죽이다는 뜻이다.

전쟁의 포로 가운데 복종하는 사람은 노예가 되고, 불복하는 사람은 살해되었다. 심지어 목을 잘라서 무사들의 용감함을 나타내는 표지로도 삼았다. 대만의 고산족高山族, 운남의 와족佤族은 모두 싸워서 사람의 머리를 취하는 것을 영예롭게 여기는 풍속이 있다. 신석기 말기 무덤에서 발견된 사람의 머리를 순장한 것은 아마 무사의 전리품일 가능성이 있다.

예 16)은 괵聝자로, 이것은 사람의 머리가 창 아래에 걸려 있는 모양을 그린 것이다. 목目은 사람의 머리를 간략하게 그린 모양이다. 목目 위에는 산山자를 거꾸로 한 것과 유사한 것은 끈 혹은 머리털로 창끝에 묶은 것이다. 후세에는 머리를 자르지 않고 왼쪽 귀를 잘랐다. 그리하여 이 한자는 이耳와 혹或이 결합한 것이다. 『설문 · 이부耳部』에서는 "聝, 軍戰割耳也. ……從耳或聲."(괵聝이란 전쟁에서 귀를 베어내다는 뜻이다. ……이耳에서 뜻을 취하고 혹或에서 소리를 취하는 형성문자이다.)라고 풀이하였다. 『시경 · 대아大雅 · 황의皇矣』에

는 "攸馘安安"(전리품이 휘황찬란하네.)라는 구절이 있는데, 이에 대하여 모毛
씨는『전傳』에서 "馘, 獲也, 不服者殺而獻其左耳爲馘."(괵馘은 획득하다는 뜻이다.
복종하지 않으면 죽여서 그 사람의 왼쪽 귀를 바치는데 이것을 괵馘이라 한다.)라고
풀이하였다.

5. 도시와 영토

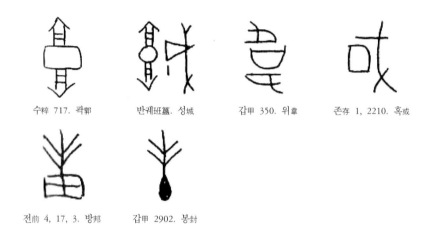

수粹 717. 곽郭　　반궤班簋. 성城　　갑甲 350. 위韋　　존存 1, 2210. 혹或

전前 4, 17, 3. 방邦　　갑甲 2902. 봉封

　　도시는 정치통치중심과 경제무역중심이 생겨나면서 출현하였다. 전설에
따르면 신농씨 시대에 물건을 교환하기 위한 시장이 형성되었다고 한다.
『역易·계사하繫辭下』에는 "神農氏作, 斫木爲耜, 揉木爲耒, 耒耨之利, 以敎天下.
蓋取諸益. 日中爲市, 致天下之民, 聚天下之貨. 交易而退, 各得其所."(신농씨는 나
무를 깎아 보습을 만들고, 나무를 구부려 쟁기를 만들어서 밭을 갈고 김을 매는 이로움
으로써 천하를 가르쳤으니 익괘益卦에서 취하였다. 한낮에 시장을 만들어 천하의 백성

들을 오게 하고 천하의 재화를 모아서 교역하고 물러가 각각 제 살 곳을 얻게 하였다.)
라는 구절이 있다. 원시농업의 발전은 토기제작과 방직 등 수공업의 발전을
촉진시켰고, 수공업의 발전으로 인하여 고정 시간인 "한낮"이라는 개념과
고정 지점인 "시장"이라는 개념이 생겨나 교환 활동이 가능하게 되었다.
황제, 전욱, 요, 순, 우는 모두 자신들의 활동중심지가 있었는데, 이곳을
사서史書에서는 "도어모都於某"라고 하였다. 『여씨춘추呂氏春秋·귀인貴因』
에는 "舜一徒成邑, 再徒成都, 三徒成國."(순임금 시대에 한 무리가 모이니 읍이
만들어졌고, 다른 무리가 결합하니 더욱 큰 도시가 만들어졌으며, 세 무리가 결합하니
국가가 형성되었다.)라는 구절이 있다. 『예기·제법祭法·소疏』에서는 『세본
世本』의 "鯀作城郭."(곤鯀이 성곽城郭을 만들었다.)라는 구절을 인용하였다. 이로
부터 하나라 이전에 이미 도시가 형성되었음을 알 수 있다.

　하나라 이전은 용산龍山문화시기이다. 하남성 회양淮陽의 평양대平糧臺
고성古城 유적지는 지금으로부터 약 4,000년 전인데, 이는 하남성 용산문화
중기(『문물文物』 1983년 3기에 실려 있는 『하남회양평량대룡산문화성지시굴간보河
南淮陽平糧臺龍山文化城址試掘簡報』에 보임)에 속한다. 회양은 곧 진陳나라의 수도인
진성陳城이다. 혹자는 평양대는 『시경·진풍陳風』에 수차례 언급된 완구宛丘
일 가능성이 있다고 여긴다. 현재까지 발견된 옛 성터 유적지 가운데 이것은
시간이 분명한 최초의 성터 유적지이다. 평양대는 회양현성 동남쪽으로
4km 떨어진 대주장大朱莊 서남쪽에 위치한 곳에 자리하고 있다. 높이는 지
면에서 3~5m이다. 이곳을 파서 연구해본 결과, 땅을 다져서 만든 성벽이
있었고, 아래쪽 넓이는 13m, 부서진 천장의 넓이는 8~10여m였다. 지금까
지 보존된 가장 높은 곳은 3.6m이다. 성벽 밖에는 성을 보호하기 위하여
주변에 파 놓은 매우 넓은 강물이 있다. 남북 양쪽에 두 개의 성문을 발견하
였는데, 남문에는 두 개의 점토로 만든 직사각형의 벽돌을 쌓아서 만든
문을 보호하기 위한 문위방門衛房이 있고, 중간에는 길이 있으며, 길 아래에

는 진흙으로 만든 배수관이 묻혀 있다. 성 외벽의 길이는 대략 185m이고, 정방형에 가깝다. 주위는 대략 740m이다. 이 외에도 하남성 등봉_{登封} 왕성 강_{王城崗}의 성터 유적지와 산동성 역성_{歷城} 성자애_{城子崖}의 성터 유적지 등이 있다. 이러한 내용으로 볼 때, 부계씨족사회 후기에 부락 연맹의 수령은 이미 자신의 통치 중심인 성보_{城堡}를 건축하였음을 알 수 있다.

예 1)은 곽_郭자로, 이 한자를 해서체로 쓰면 곽_享자로 써야 한다. 하지만 이렇게 쓰면 향_享(xiáng)자와 혼동되기 때문에, 곽_郭자는 후에 뜻을 나타내는 형부를 더하여 만들었다. 구口는 성의 외벽을 그 나머지 부분은 성문 위에 설치된 누대를 그린 것인데, 성문 위에 설치된 누대란 성문을 닫은 후에 성문을 수비하는 사람들이 있는 곳을 말한다. 본의는 성벽이다. 주나라 이후에야 내성_{內城}을 성_城이라 부르고 외성_{外城}을 곽_郭이라 부르기 시작하였다. 『설문_{說文}·곽부_{享部}』에 따르면 "享, 度, 民所度居也."(곽_享이란 거주하다는 의미로 백성들이 거주하는 장소를 말한다.)라고 하였다.

예 2)는 금문 성_城자로, 이것은 『설문』에 부가된 주문_{籒文}과 같다. 성_城은 형성자이다. 『설문·토부_{土部}』에는 "城, 以盛民也."(성_城이란 백성들을 안에 받아들이는 곳이다.)라고 풀이하였다.

성의 외벽은 가장 중요한 방어 시설이며, 사람이 순찰해야만 한다.

예 3)은 위_韋(韋)자로, 중간에 있는 구口는 사각형의 성벽을 그린 것이다. 위와 아래에 있는 발은 무사가 성과 마을을 보호하기 위하여 순찰하는 족적을 표시한다. 이것은 위_衛자의 초문이다. 『설문·행부_{行部}』에서는 "衛, 宿衛也."(위_衛란 궁에서 숙식하고 궁을 방어하는 것을 말한다.)라고 하였다. 무사들이 순찰할 때 등을 지고 얼굴을 돌리면서 가기 때문에 어기다는 의미로 인신되었다. 『설문·위부_{韋部}』에서는 "韋, 相背也."(위_韋란 서로 위배함을 말한다.)라고 풀이하였다. 무사가 순찰하면서 성 주위를 돌기 때문에 주위를 돈다는 의미로 인신되었고 이것을 나타내는 한자는 위_圍자로 쓴다. 위_韋, 위_衛, 위_違,

위圍는 고금자이다.

성은 무장하여 지켜야만 한다.

예 4)는 혹或자로, 이 한자는 구口와 과戈가 결합하여 이루어졌다. 여기에서 구口는 성벽을 그린 것이다. 즉, 무기를 들고서 지키는 것을 말한다. 이것은 국國자의 초문이다. 『설문・과부戈部』에서는 "或, 邦也. 從口從戈以守一, 一, 地也."(혹或은 국가이다. 구口, 과戈가 결합하여 이루어진 한자이고, 이 두 개가 결합하여 일一을 지킨다는 의미이다. 여기에서 일一은 땅을 의미한다.)라고 풀이하였다. 이에 대하여 단옥재는 『설문해자주』에서 "蓋或, 國在周時爲古今字. 古文只有或字, 旣乃復制國字."(주나라 때 혹或은 국國과 고금자 관계였다. 고문에는 단지 혹或자만 있었지만 후에 국國자를 만들었다.)라고 하였다. 혹或이 대명사, 부사, 접속사, 조사 등으로 사용됨은 모두 가차의이다.

농업이 발전한 이후에야 논밭의 경계 관념이 생겨났다. 토지자원을 쟁탈하는 것 역시 고대 부락 전쟁의 목적 가운데 하나였다. 논밭의 경계 관념으로부터 부락의 영지領地로 발전하였고, 성의 건축 역시 영지를 통제하기 위함이었다.

예 5)는 방邦자로, 이 한자는 나무로 논밭의 경계를 삼은 것을 그린 것이다.

고대 농업 개발지대에서는 나무를 심어 상호 경계를 삼았다. 『설문・읍부邑部』에서는 "邦, 國也. 從邑, 丰聲."(방邦이란 나라이다. 읍邑에서 뜻을 취하고, 봉丰에서 소리를 취하는 형성문자이다.)라고 하였다. 여기에서 말하는 국國이란 통제하는 영지를 가리킨다. 이로부터 인신하여 분봉分封, 지역 등의 의미가 되었다.

부락의 영지는 농경지, 어업과 수렵 장소인 산지와 강, 심지어 도로 등이 구분되었는데, 봉토는 나무를 쌓아 올려서 경계로 삼았다.

예 6)은 봉封자로, 이 한자는 흙더미 위에 나무를 심은 모양을 그린 것이다. 본의는 경계이다. 『설문・토부土部』에 따르면 "封, 爵諸侯之土也. 從之從土從寸, 守其制度也. 公侯百里, 伯七十里, 子男五十里."(봉封이란 작위의 등급에 따라서 제후에게 나누어주는 토지를 말한다. 지之, 토土, 촌寸 등 세 개의 한자가 결합하여 이루어진 회의문자로, 여기에서 촌寸은 분봉하는 제도를 준수함을 나타낸다. 공후는 주위가 100리, 백은 70리, 자남은 50리이다.)라고 풀이하였다. '분봉하여 제후에게 주는 영지'란 뜻은 후기인신의이다. 경계란 다른 나라에 진입해서는 안되는 것이기 때문에, 인신하여 '봉쇄하다'는 의미가 되었다. 봉건封建이란 토지를 나누어주고 국가를 건립하는 것이므로, 봉封이란 바로 허신이 말한 "작위의 등급에 따라서 제후들에게 나누어주는 토지"이다. 봉封자의 자형으로부터 흙더미 위에 나무를 심었음을 알 수 있다. 그리하여 다시 인신하여 흙더미, 물체의 돌출 부위, 매장하다, 덮다, 봉함封緘 등의 의미가 되었다. 편지봉투(信封)의 봉封은 봉함封緘이라는 의미이고, 표지(封面)란 봉함된 서적 가장 위에 있는 면을 말한다.

지금까지 살펴본 사유재산, 계급, 형벌, 전쟁, 성보 등의 정황으로 볼 때, 중국의 신석기 시대 말기에 원시 공동사회가 해체되었고 화하문화가 이미 국가를 건립할 수 있는 전야까지 발전하였음을 알 수 있다.

1. 『설문』 중의 과부戈部, 신부辛部, 행부幸部, 신부臣部, 위부口(wéi)部, 도부刀部에 해당하는
   문자와 계급투쟁과의 관계를 연구하시오.

주요 참고문헌

1. 金景芳 『中國奴隸社會史』, 上海人民出版社, 1983年.
2. 呂思勉 『中國民族史』, 中國大百科全書出版社, 1987年.
3. 劉熙 『釋名 · 釋兵』.
4. 蔡俊生 『人類社會的形成和原始社會形態』, 中國社會科學出版社, 1988年.
5. 田繼周 『先秦民族史』, 『秦漢民族史』, 四川民族出版社, 1996年.

10

원시사유와 종교

일佚 374. 일日

일佚 518. 월月

갑甲 675. 정晶

습拾 5, 14. 천天

철掇 2, 455. 운云

을乙 9067. 우雨

고庫 410. 박雹

갑甲 573. 미湄

효존效尊. 양揚

존하存下 520. 숙夙

내몽고 음산陰山 암각화.
태양숭배그림

청菁 6, 1. 신申

을乙 727. 뢰雷   주珠 452. 홍虹   갑甲 3918. 봉鳳   후하後下 39, 10. 봉鳳

습拾 55. 룡龍   합집合集 3755. 롱瀧   갑甲 948. 귀龜   존하存下 915. 린麐

수粹 17. 토土   전前 2, 32, 5. 직稷   하河 383. 제帝   갑甲 571. 종宗

갑甲 414. 조祖   경진京津 1046. 향亯   갑甲 282. 시示   인人 2284. 축祝

일佚 928. 료尞   갑甲 890. 매薶   수粹 9. 침沉   전前 6, 27, 1. 교狡

갑甲 2700. 제祭   철鐵 501. 혈血   합집合集 14294. 이彝   갑甲 3510. 전奠

수粹 236. 풍豐

존存 2, 155. 한夔

갑甲 216. 무巫

갑甲 860. 복卜

을乙 6259. 점占

한자의 조자원리인 육서에 반영된 화하 선민들의 사유방식에 대하여 이미 제4장에서 언급하였다. 여기에서는 한 걸음 더 나아가 만물유령(萬物有靈 —모든 사물에 영혼이 깃들어 있음), 조상숭배, 제사, 점복占卜 등 원시사회의 종교 활동을 통하여 화하 선민들의 사유의 특징을 살펴보고자 한다. 사유방식과 사유특징은 매우 밀접한 관계가 있다. 만일 이 두 가지 사항을 한 곳에 놓고서 종합적으로 논술한다면, 원시사유에 대하여 더욱 분명하게 이해할 수 있을 것이다. 하지만 본서는 한자의 형체 각도의 관계를 연구하는 것이기 때문에 두 장으로 구분할 수밖에 없었다. 이에 필자는 독자들이 전후를 참고하면서 읽기를 희망한다. 전자는 의식적인 면에 치중하여 보다 많은 설명을 하였고, 여기에서는 문화와 종교적인 면을 중시하여 설명하고자 한다.

1. 상징, 자아중심, 의탁사유

원시사회의 인류가 사물을 관찰할 때에는 우선 시각에 의존하였다. 왜냐하면 "듣는 것 보다 보는 것이 훨씬 낫기 때문"이다. 우리들이 직접 눈으로 보아 관찰할 수 있는 구체적인 사물은 아주 미세한 부분까지도 분명하게 구별해 낼 수가 있다. 인지認知능력이 향상됨에 따라 사물의 상징을 나타내는 특징을 판단할 수 있었다. 뿐만 아니라 한자의 형체부호를 사용하여 이러한 상징을 기록할 수 있었다.

예 1)은 일日자, 예 2)는 월月자, 예 3)은 정晶(이것은 성星의 초문으로, 정晶은 후에 소리를 나타내는 성부인 생生자를 첨가하고 일日자를 생략하여 예서체인 성星이 되었다.)자이다. 우리가 눈으로 볼 때, 해와 달 그리고 별은 모두 하늘에 떠 있는 발광체이고, 외형도 모두 원형으로 나타낼 수 있다. 만일 그것들이 나타내는 본질적인 특징을 통하여 태양, 달, 별을 구분해낼 수 없다면 이것들은 단지 하나의 글자로 나타낼 수밖에 없었을 것이다. 태양은 원형만 있을 뿐이고, 달은 원형인 경우는 드물고 거의 대부분 이지러져 있다(『설문・월부月部』에 따르면 "月, 闕也."(월月은 이지러짐을 말한다.)라고 하였다. 여기에서 궐闕은 결缺과 통가자이다. 『석명釋名』에서는 "月, 缺也, 滿則缺也."(월月은 이지러짐을 말한다. 차면 이지러진다.)라고 하였다). 그리고 달은 삼십일 가운데 원형이 될 때는 단지 며칠에 불과할 뿐이다. 별들은 밤하늘에 가득 차 있어 수로 나타낼 수 없었다. 이러한 것들이 바로 그것들만이 지닌 고유한 상징인 것이다. 그리하여 옛 선인들은 이러한 상징을 인식한 후에야 비로소 일日, 월月, 정晶이라는 세 개의 글자를 만들어낼 수 있었다.

이와 마찬가지로 예 6)은 우雨자, 예 7)은 박雹자이다. 이것들은 모두 하늘에서 떨어지는 것들이다. 하지만 비(雨)는 물방울이고, 우박(雹)은 얼음덩어리이다. 이 두 개의 한자에 동일하게 들어있는 횡선 一은 하늘을 나타내고,

수많은 점은 물방울을 나타내며, 속이 비어있는 많은 동그라미는 우박을 나타낸다(雹字에서 거꾸로 된 산山형의 세 수직선은 본래 물방울을 나타내는 세 개의 점이다). 그리하여 비와 우박 양자의 특징을 구분하게 되었다.

자아중심이란 "나"를 기준으로 하여 주위환경 및 전체 세계를 판단하는 것을 말한다. "자아중심"은 스위스 심리학자 피아제(Jean Piaget. 1896~1980)가 『발생인식론원리發生認識論原理』에서 "자신중심화", "그것은 실제로 나를 중심으로 하는 가장 초보적인 유추와 추리 과정이다."라고 하였다(진지량陳志良의 『사유적건구화반사思惟的建構和反思』에 보임). "나"는 사물을 인식하는 기준이자 출발점이다. 사물은 나와의 관계를 통해서 사물을 인식할 수 있다.

천天은 상二(上)과 대大(갑골문에는 상上과 인人이 결합한 것도 있고, 그림으로 나타낸 것도 있다.)가 결합한 한자이다. 대大란 정면으로 서 있는 사람이고, 사람의 위라는 것은 사람의 정수리를 말한다. 『설문·일부一部』에 따르면 "天, 顚也."(천天이란 정수리를 말한다.)라고 하였다. 본의는 머리이다. 인신하여 정수리 위는 바로 하늘을 가리키게 되었고, 여기에서 다시 인신하여 하느님, 천명天命, 천성天性, 가장 적합한 기후, 천연天然, 하루 등의 뜻이 되었다. 이것은 하늘은 사람 위에 있다는 이러한 관계를 통하여 인식한 것이다.

왼쪽(左)과 오른쪽(右)은 원래 사람의 왼손과 오른손을 가리켰다. 이것은 인류가 노동할 때 양손의 사용상의 차이와 협동에 대한 인식의 결과이다. 더 나아가 왼손이 있는 쪽, 오른손이 있는 쪽이란 것으로부터 방위를 가리키게 되었다. 달콤한 맛은 입 속에 음식물을 넣어 씹음으로써 인식된 것이고, 듣는 소리는 귀로 느끼는 것이다. 사실 자형으로 볼 때 나를 중심으로 하는 상형자는 없을지라도 한자들을 분석해보면 대부분 "자아중심화"로부터 인지된 것임을 알 수 있다. 이것은 사람의 오랜 경험의 인식 결과이다. 시豕자에서 볼록하게 그린 배는 멧돼지를 수렵하여 잡아먹을 때 고기가 많다라는 것에서 인지한 것이고, 호虎자에서 날카롭게 그린 발톱과 이빨은 호랑이가 동물과 사람을 포식하는 것으로부터 인지한 것이며, 모母자에서 두 개의 점은 바로 유아에게 젖을 먹인다는 것으로부터 인지한 것이다.

자아중심화를 통하여 인지한 사물은 유한적이지만 도리어 가장 기본적인 인식이라 할 수 있다. 새로운 사물이 출현하였을 때 사람들은 원래 있었던 인식을 이용하여 유추하고, 인간의 뇌에 이미 존재하는 개념과 새로운 사물을 유추하는데, 이것이 바로 언급된 의탁사유인 것이다. 의탁사유하여 나타낸 것은 구체적인 것일 수도 있고 추상적인 것일 수도 있다.

예 5)는 운云자로, 이것은 상二(上)과 회回가 결합한 것이다. 회回란 물이 소용돌이치는 모양을 그린 것이고, 상上은 하늘을 나타낸다. 회回가 물이 빙빙 돌면서 소용돌이치는 모양을 그렸다는 점을 이용하여 운기雲氣가 뭉글뭉글 퍼져나가는 것을 비유하였는데, 이것이 바로 운云의 뜻이다. 후에 우雨자를 더하여 해서체인 운雲자가 되었다.

예 8)은 미湄자로, 이것은 수水와 미眉가 결합한 한자이다. 『설문·수부水部』에 따르면 "水草交爲湄."(물과 풀이 서로 한 데 모여 있는 기슭을 물가(湄)라고 한다.)라고 풀이하였다. 또한 『석명釋名』에서는 "水草交曰湄. 湄, 眉也, 臨水如眉臨目也."(물과 풀이 서로 한 데 모여 있는 곳을 물가라고 한다. 물가(湄)란 눈썹(眉)이다. 물가는 물에 인접한 곳이다라는 점은 눈썹이 눈에 인접한 곳과 마찬가지이다.)라고 하였다. 물가(湄)는 물과 풀이 서로 만나는 곳을 말한다. 눈썹(眉)은 눈 위에 있다는 점을 이용하여 물과 풀이 강기슭에 있음을 비유한 것이다. 주周자는 논밭 사이에 빽빽하게 심어진 모를 그린 것이다. 본의는 '주도면밀하다'이다. 원시농업은 도경화종刀耕火種(칼로 관목과 잡초를 쳐낸 다음 불을 놓아 경작지를 만들어 농사를 짓는 방법)의 방법에서부터 쟁기로 밭을 갈아 농사를 짓는 방법이 탄생하기 전까지, 즉 쟁기가 발명되기 전에는 밭에는 밭이랑이 없었다. 나무를 잘라 구부려 만든 뢰사耒耜(옛날 쟁기와 비슷한 농기구)로 땅을 파서 파종하여 빽빽하게 심었는데, 이러한 상황에 근거하여 옛 선인들은

'빽빽하다는 밀密'의 개념을 나타내어, "밭에 모가 심어져 있는 것을 그렸다."라고 말하였다. 현대 언어 가운데 수사방법인 의인화擬人化, 비유比喩의 본질은 바로 자기중심적 사유의 표현인 것이다. 소수민족 가운데 원시부락의 민요, 민간고사, 언어에는 풍부한 의인화와 비유 등의 용법이 있다. 그 원인은 바로 여기에 있는 것이다.

2. 애니미즘과 영혼불멸

피아제(Jean Piaget)는 만물유령론萬物有靈論(애니미즘)을 자아중심사유의 특징 가운데 하나로 여겼다. 필자는 서술의 편의를 위하여 이를 나누어 각각 살펴보고자 한다. 애니미즘 역시 "나"라는 이 기준점으로부터 출발하여 자신의 체험과 주관적 느낌을 만물에까지 확대하여 우주의 각종물체 역시 인간과 마찬가지로 의식 활동을 구비하고 있다고 여기는 것이다. 인류 초기에는 인간이 통제할 수 없는 자연현상은 신비스러운 의지가 통제한 것이라 생각하였다. 이러한 사고방식을 통하여 복잡하고 변화무쌍한 우주를 해석하였다. 애니미즘은 원시인들의 세계관이다. 아동 사유의 발전은 어느 정도로 인류 사유의 발전 과정을 반영한다. 2~3세 아동은 주위의 물건을 인식하여 항상 자신의 느낌을 만물에까지 확대한다. 그리하여 아동은 의인화된 이야기를 듣기를 가장 좋아한다.

애니미즘이란 원시인들이 우주의 모든 만물을 숭배한다는 것이 아니라 단지 인류생활에 영향력이 큰 물체 혹은 현상을 숭배함을 말한다. 『국어國語・노어魯語』에 "加之以社稷山川之神, 皆有功烈於民者也. 及前哲令德之人, 所以爲明質也. 及天之三辰, 民所以瞻仰也. 及地之五行, 所以生殖也. 及九州名山川澤, 所以出財用也. 非是不在祀典."(여기에 '사직'과 '산천'의 신을 덧붙였는데, 이것들은 모두 백성들에게 큰 은덕이 있는 것들이었다. 또한 옛날 철인과 훌륭한 덕을 가진 사람들은 백성들이 분명히 믿을 수 있다고 여긴 사람들이었다. 하늘의 삼신은 모두 백성이 앙망하는 것이고 땅 위에 있는 오행은 모두 백성들이 생활을 의뢰하는 것이며 천하의 명산과 하천과 못은 모두 자원이 있는 곳이다. 이런 곳이 아니면 제사 지낼 곳이 없다.)라는 구절이 있다. 숭배는 원시인 세계관의 공리주의의 표현이다. 그들은 인류생활에 영향을 끼치는 자연현상들에 대하여 이해할 수 없었고 통제할 수 없었기 때문에 부득이하게 경외할 수밖에 없었고 또한 애걸할 수밖에 없었다. 이렇게 하여 원시사회는 잠시 동안 인간과 자연간의 통일의 길을 찾을 수 있었고, 인류가 자연에 대한 의존관계를 적절하게 조절할 수 있었으며, 더 나아가 자연을 해석할 수 있게 되었다. 애니미즘은 오랜 신석기시대 동안 세계의 "보편진리"였다.

원시인의 숭배 대상은 천상天象, 동물, 토지와 산천, 농작물, 조상이었고, 통일된 국가가 출현한 이후에는 지고무상한 하느님도 숭배 대상에 포함되었다.

1) 천상天象

가장 먼저 살펴볼 것은 해와 달이다. 『관자管子 · 백심白心』에 "化物多者, 莫多於日月."(사물이 변화무쌍함은 해와 달의 변화무쌍함에 미치지 못한다.)라는 구절이 있고, 『예기 · 제의祭義』에 대하여 정현鄭玄은 『주注』에서 "日爲百神之主."(해는 수많은 신 가운데 으뜸이다.)라고 하였다. 또한 『예기 · 교특생郊特牲』에 대하여 정현鄭玄은 『주注』에서 "天之神, 日爲尊."(하늘의 신 중에서 해가 가장 존귀하다.)라고 하였다. 한나라 사람들의 전적과 민간고사 중에는 해와 달에 관한 신화가 매우 많다. 『산해경山海經 · 해외동경海外東經』에 "湯谷上有扶桑,

十日所浴, 在黑齒北, 居水中. 有大木, 九日居下枝, 一日居上枝."(탕곡 위에는 부상이라는 나무가 있는데, 이곳은 열개의 태양이 목욕하는 곳으로 흑치의 북쪽에 있다. 물속에서 자란다. 큰 나무가 있는데 아홉 개의 태양이 아래 가지에 있고, 한 개의 태양은 윗가지에 있다.)라는 구절이 있다. 태양은 동쪽에서 떠오른다. 중국의 동쪽은 드넓은 바다이므로 '태양은 물에 살고 있다.'는 것은 옛 선인들의 당연한 추리라고 할 수 있다. 매일 매일 하루도 쉬지 않고 해가 승천한다는 것으로부터 10개의 태양이 돌아가면서 대지를 비춘다고 상상하였다. 부상과 큰 나무에 산다는 것은, 선인들이 둥지에 살았다는 점으로부터 태양신의 주거지임을 추측하였다. 『회남자淮南子』에는 "羿請不死之藥於西王母, 姮娥竊之奔月宮. 姮娥, 羿妻也, 服藥得仙, 奔入月宮爲月精."(예가 서왕모로부터 불사약을 얻었는데, 항아가 그것을 훔쳐 달나라로 도망쳤다. 항아는 예의 아내이다. 불사약을 먹은 후에 신선이 되었다. 월궁으로 달아나 빛나는 달의 광채가 되었다.)라는 구절이 있다. 달은 고요하고 밝다. 달은 옥에 무늬를 새겨 만든 난간이 있는 신선들이 사는 궁궐이라고 상상하였다. 그리하여 월궁을 관장하는 사람은 아름다운 여자일 것이다. 영녕永寧 납서족納西族 신화는 도리어 한족과 상반된다. 즉, 납서족 신화에서는 달은 남성이고, 태양은 여성이라고 여긴다. 대낮의 태양은 여성과 마찬가지로 일터로 나가 노동하는 것이고, 밤의 달은 남성과 마찬가지로 태양을 방문하러 간다. 아주阿注를 거쳐 혼인한다는 것은 바로 납서족이 여성의 집에 방문하여 혼인하는 것으로부터 이것은 바로 해와 달과의 관계로까지 유추하게 된 것이다. 이러한 사실로 볼 때, 애니미즘에서의 "영혼"에 대한 이해는 시대와 민족에 따라서 차이가 있음을 볼 수 있다.

예 11)은 내몽고 음산陰山의 암각화에서 발견된 태양숭배그림으로, 한 사람이 태양을 향하여 무릎을 꿇고 두 손을 합장하여 머리 위로 들어 올려 태양을 향하여 머리를 조아리는 것이다.

예 9)는 금문 양揚자로, 단지 시각만 다를 뿐 예 11)의 태양숭배그림의 구조와 비슷하다. 이것은 사람이 무릎을 꿇고서 양손을 들어 처음 떠오르는 태양에게 머리를 조아리는 모양을 그린 것이다. 이 한자는 회의겸형성자이다. 태양을 숭배하기 위해서는 손을 들어야만 한다. 『설문·수부手部』에 "揚, 飛舉也."(양揚이란 날다, 들어 올리다는 뜻이다.)라고 하였다. 태양에게 머리를 조아려 재배를 드린다는 것은 태양의 위력을 경건하게 숭배한다는 뜻이다. 이로부터 인신하여 들어 올리다, 찬양하다, 떨쳐 일으키다, 칭찬하다, 비치다 등의 의미가 되었다. 장점이나 유리한 조건은 발휘하거나 발양하고 단점이나 불리한 조건은 극복하거나 피하다라는 뜻인 양장피단揚長避短의 양揚은 발양하다는 뜻이고, 무력을 뽐내고 위풍을 과시하다라는 뜻인 요무양위耀武揚威의 양揚은 과시하다는 뜻이며, 끓는 물을 퍼냈다 다시 부어 끓어 오르는 것을 막다는 뜻인 양탕지비揚湯止沸의 양揚은 안에서 나오다는 뜻이다.

예 10)은 숙夙자로, 이것은 사람이 일찍 일어나서 아직 지지 않은 달에게 무릎을 꿇고 절하는 모양을 그린 것이다. 『설문·석부夕部』에 "夙, 早敬也."(숙夙이란 새벽, 경건하다는 뜻이다.)라고 하였다. 새벽, 경건하다라는 의미는 본의로부터 직접 인신한 결과이다. 아침 일찍 일어나서 밤 늦게 자다는 뜻인 숙흥야매夙興夜寐의 숙夙은 새벽이라는 뜻이다.

천둥과 번개는 선인들이 추측하기 힘든 불가사의한 현상이었다. 음매陰霾(많은 연기와 먼지 입자 등으로 인해 하늘이 뿌옇게 되는 현상)가 가득하고, 번개가 치고 천둥이 울리고, 혹은 가는 비가 계속하여 내리고, 초목이 일제히 자라난다. 사람과 가축이 맞아 죽거나 혹은 폭우가 재난이 되면 누가 이것을 통제할 수 있겠는가? 『사기·오제본기五帝本紀』 정의正義는 『산해경山海經·해내동경海內東經』의 "雷澤有雷神, 龍首人頰, 鼓其腹則雷."(우레 연못 속에는 우레 신이 있는데, 그 신의 모습은 용의 머리에 사람의 뺨을 하고 있다. 우레 신이 배를 두드리면 우레가 친다.)라는 구절을 인용하였다(이 내용은 금본今本과 다르다). 우레 신은 사람과 짐승이 한 몸이 된 괴물이다. 선인들은 우레 신이 정의正義를 주관할 수 있기를 희망하였다. 『홍범오행전洪範五行傳』에 따르면 "夫雷, 人君象也, 入能除害, 出能興利."(대저 우레라 함은 군자의 모습이다. 들어가서는 해로움을 없애고, 나와서는 이로움을 흥기시킨다.)라고 하였다. 오늘날까지 사람들은 우레를 맞은 사람들을 나쁜 사람이라 여기고 하늘은 응당 이런 사람들에게 응보應報한다고 여긴다.

예 12)는 신申자로, 이것은 천둥과 번개의 번쩍하는 빛이 굽이친 모습을 그린 것이다. 옛 조상들은 이것을 신神이라 여겼다. 신申, 전電, 신神 세 개의 글자는 고대에는 하나의 글자였다. 주나라의 금문에서는 여전히 신申을 신神의 의미로 사용하였다. 『설문·충부虫部』에서는 홍虹자에 대하여 "申, 電也."(신申이란 번개이다.)라고 풀이라 하였고, 신申자에 대해서는 "申, 神也."(신申이란 신神이다.)라고 풀이하였다. 신申은 번개로, 번개의 불빛은 온 세상을 밝게 만든다. 그리하여 인신하여 퍼지다, 연장하다, 표명하다, 경고하다, 억울함을 분명하게 밝히다 등의 의미가 되었다. 또한 신령스럽다는 의미로도 사용되기 때문에 이러한 뜻에서부터 인신하여 신기하다, 영험하다, 비범하다 등의 의미가 되었다. 지지地支의 명칭으로 사용된 것은 가차의이다.

그리고 천둥을 신이 만든 소리라고 여겼다.

예 13)은 뢰雷자로, 이 한자에 있는 두 개의 원은 우르릉 쾅쾅 울리는 천둥소리를 나타낸다. 자형은 번개 주위에 천둥소리를 내고 있음을 그린 것이다. 선인들은 천둥은 뢰공雷公이라 불리는 신이 천상에서 북을 두드려서 내는 소리라고 여겼다. 『초사楚辭·원유遠游』에서는 천상에서 출행할 때의 위력적인 장면을 상상하면서 "左雨師使徑侍兮, 右雷公以爲衛."(왼쪽은 우사雨師에게 시종케 하고, 오른쪽은 뢰공雷公에게 호위케 하네.)라고 말하였다. 천둥같이 맹렬하고 바람같이 빠르다는 뜻인 뇌여풍행雷厲風行의 뢰雷는 천둥소리를 가리키고, 이것은 '일처리가 매우 엄중하고 빠름'을 비유한다.

비가 내린 후에 무지개가 하늘에 걸린다. 선인들은 양쪽 끝에 수증기를 마실 수 있는 머리가 있다고 여겼다. 『산해경山海經·해외동경海外東經』에는 "虹虹在其北, 各有兩首."(쌍무지개가 북쪽에 있는데 두 개의 머리를 가지고 있다.)는 구절이 있다. 『석명釋名·석천釋天』에서는 무지개를 "其見每於日在西而見於東, 啜飮東方之水氣也."(해가 서쪽에 있을 때마다 동쪽에 보이는데, 이것은 바로 동방의 물의 기운을 마시는 것이다.)라고 하였다.

예 14)는 홍虹자로, 이 한자의 자형은 전설상의 내용과 서로 같다. 즉, 활 모양의 무지개가 하늘에 걸려 있고 양쪽에는 입을 크게 벌리고 그것을 삼키는 머리가 있는 모양을 그린 것이다. 『설문·충부虫部』에서는 "虹, 螮蝀也, 狀似虫, 從虫, 工聲."(홍虹이란 무지개(螮蝀)이다. 그 모양은 벌레의 모양과 흡사하다. 그리하여 충虫에서 뜻을 취하였다. 공工에서 소리를 취하여 만든 형성문자이다.)라고 풀이하였다. 홍虹은 후기형성자인데, 충虫과 결합된 것으로 보아 여전히 무지개를 생명이 있는 동물에 포함시켰음을 알 수 있다. 무지개는 하늘에서 반원형을 형성하기 때문에 이러한 사유로부터 인신하여 다리를 가리키게 되었다. 무지개는 색깔이 오색찬란하기 때문에 다시 인신하여 오색 깃발을 의미하게 되었다.

전설에 따르면 바람의 신인 풍신風神을 비렴飛廉이라 불렀다. 홍흥조洪興祖는 『초사보주楚辭補注』에서 『이소離騷』의 "後飛廉使奔屬"(뒤에는 비렴을 쫓아오게 하였다.)라는 문장 다음에 응소應劭의 "飛廉, 神禽, 能致風氣."(비렴이란 날짐승들을 관장하는 신으로 능히 바람의 기운을 부릴 수 있다.)라는 내용을 인용하였다. 비飛란 새의 동작이다. 이것은 바람이 돌연히 지나감을 비유한다. 풍신이란 이름은 매우 적절하다. 비렴의 법력法力은 실재로 사람을 두렵게 만든다. 화를 낼 때에는 집을 뒤엎어버리기도 하고, 나무를 절단내는가 하면, 파도를 일으켜 배를 전복시키기도 한다. 기분이 좋아지면 미풍을 불어 살짝 스쳐지나가는가 하면, 여름철에 기온을 떨어뜨려서 시원하게 만들기도 한다. 온갖 날짐승의 신인 비렴은 한자로 그것의 형체를 그릴 수 없기 때문에, 신조神鳥인 봉황새(鳳)를 차용하여 나타내었다. 이것은 가차자로, 음차하였을 뿐만 아니라 의의意義 역시 관계가 있다.

2) 사령四靈

화하 민족의 숭배대상에는 소위 사령이라 하는 것이 있는데, 『예기·예운禮運』에서는 "麟, 鳳, 龜, 龍, 謂之四靈."(기린(麟), 봉황(鳳), 거북(龜), 용(龍)을 사령이라 한다.)라고 하였다. 사령 가운데 단지 거북만이 실물이고, 용, 봉황, 기린은 다양한 동물을 종합하여 허구화한 것이다.

용의 모습은 다양한 동물의 모습에서 취하였다. 이것은 바로 화하 민족의 기원이 다원적임을 반영한다. 용은 뱀, 악어, 돼지, 말, 사슴, 개 등을 종합한 형상이고 이 외에도 천상의 번개까지 더하여 형상화하였다.

화하의 전설에 따르면 이무기는 인류의 시조인 여와女媧와 복희伏羲의 형상이다. 『초사楚辭·천문天問』에 대하여 왕일王逸은 『장구章句』에서 "女媧人頭蛇身"(여와는 사람의 머리와 뱀의 몸을 하였다.)고 하였으며, 『태평어람太平御覽』권78은 『제계보帝系譜』의 "伏羲人頭蛇身, 以十月四日人定時生"(복희는 사람의 머리와 뱀의 몸을 하였다. 정확하게 10월 4일에 탄생하였다.)라는 문장을 인용하였다. 황하 중·상류에 분포한 한작鞥作문화구는 신석기 시대에는 삼림과 초원이 덮여져 있었고 뱀이 매우 많아 선인들에게 공포심을 안겨 주었다. 게다가 이무기는 그 가운데서 가장 큰 것이었다. 따라서 당시 어떤 부락에서 이무기를 토템으로 삼았다는 것은 가능한 일이었다. 용산龍山문화에 속하는 산서성 양분襄汾 도사陶寺 유적지에서 출토된 대야 모양의 토기에 그려진 용의 모양은 이무기와 상당히 흡사하다. 용의 길고 구불구불한 신체는 바로 이무기 신체의 "이식"이다. 여와와 복희가 뱀의 몸을 하였다는 것은 바로 용의 몸을 하였다는 것과 같다. 이것은 중화민족은 용의 전달자이자 수호자라고 칭하는 근원인 것이다.

악어는 장강 중·하류 도작稻作문화구에 존재한다. 앙소仰韶온난시기에 회하淮河유역에는 양자악揚子鼉(Chinese alligator)이 생존하였었다. 태호족太昊族은 강회江淮 일대에서 생겨났다. 『좌전左傳·소공昭公17년』에 "太昊氏以龍紀, 故爲龍師而龍名."(태호 복희씨는 용으로 기율을 다졌다. 그리하여 용사龍師가 되었고 용의 이름을 얻은 것이다.)라는 구절이 있다. 당시 강회 일대에는 강과 호수가 밀집하여, 수중생물이 매우 풍부하였다. 수중생물 가운데 양자악이 가장 크고 두려운 존재였다. 태호족의 "용"은 악어의 머리일 가능성이 많다. 무산武山 서평西坪에서 출토된 채도병彩陶瓶에는 도룡농(鯢魚) 무늬가 그려져 있었다. 용의 다리는 악어의 몸에서 옮겨온 것이고, 용의 비늘과 수염은 물고기에서 취하였다.

원시농업이 흥기한 이후, 가축사육은 원시인들의 중요한 경제활동이었다. 돼지는 가장 빨리 사육한 가축이다. 사람들은 가축이 번창하고 목축이 발달하기를 희망하면서 돼지머리를 영물靈物로 숭배하였다. 왕충王充은 『논형論衡·용허편龍虛篇』에서 "古者畜龍, 故國有豢龍氏, 有御龍氏."(옛날에는 용을 길렀다. 그리하여 나라에는 용을 기르는 환룡씨豢龍氏와 용을 잘 다스리는 어룡씨御龍氏가 있었다.)라고 하였다. 위 문장에 따르면 용은 가축의 일종으로 가축 모양을 하였다. 동북지역의 홍산紅山문화 유적지(기원전 3,500년)의 삼성타랍三星他拉촌에서 옥룡玉龍이 출토되었는데, 돼지 머리에 뱀의 몸이었다. 전설에 따르면 동부董父는 진심으로 용을 좋아하였다. 그는 용에게 맛있는 음식들을 잘 먹이면서 기르자 많은 용들이 그에게로 왔다. 그리하여 용을 가축처럼 잘 길러 순임금에게 봉사하였다. 순임금은 그에게 동董이란 성姓과 환룡豢龍이란 씨氏를 내렸다. 순임금은 용산龍山문화시기에 해당한다. 이러한 사실로 볼 때 당시의 용은 여전히 가축의 모습이었다. 돼지의 형상은 말처럼 그렇게 영민하고 용맹스럽지 않다. 말 사육이 보급된 이후, 용의 돼지 머리는 말로 대체되었다. 한나라 시대에 용의 모습은 말의 머리에 뱀의 꼬리를 그렸다(이 상의 내용은 왕충의 책에 보인다). 뿐만 아니라 뿔도 있었는데, 이것은 소의 뿔 혹은 사슴의 뿔과 닮았다. 발톱은 개의 발톱 혹은 호랑이의 발톱과 닮았 다. 악어는 물에 산다. 용 또한 자연적으로 물에 산다. 용이 신비로운 점은 스스로 하늘로 올라갈 수 있기 때문이다. 그리하여 용을 구름, 비, 우레, 번개 등과 연결시키기 시작하였다. 전적과 전설에 등장하는 용의 모습은 복잡하고 고정되지 않았다. 그리하여 용은 차츰 수많은 동물의 형상을 종합 한 허구적인 영물靈物이 되었다. 원시사회에서 용의 형상은 지역문화가 서로 달랐기 때문에 차이가 발생하였고, 부락 혹은 부락연맹체의 토템이 되었다. 용의 형상이 화하민족이 공통적으로 숭배한 영물이 된 것은 하상夏商 시대 이후의 일이었다.

예 17)은 용龍자로, 이 한자는 용의 머리와 몸체의 모습을 그린 것으로, 몸체는 뱀처럼 구부러져 있다. 크게 벌린 입모양은 홍虹자의 양 끝의 모양과 같다. 용은 하늘로 승천하여 구름을 몰고 와 비를 내리게 할 수 있는 점으로 보아 그의 입은 모든 강물과 바다를 집어 삼켜 구름과 안개를 내뿜으며 장마를 불러 올 수 있을 정도로 컸다. 『설문·용부龍部』에서는 "龍, 鱗蟲之 長, 能幽能明, 能細能巨, 能短能長. 春分而登天, 秋分而潛淵. 從肉, 飛之形, 童省 聲."(용龍이란 비늘을 가진 동물 가운데 으뜸이다. 천지를 암흑으로 만들 수도 있고 밝게 할 수도 있다. 매우 작게 변화할 수 있으며 또한 매우 거대하게 변화할 수도 있다. 뿐만 아니라 매우 짧게 변화할 수도 있고, 크게 변화할 수도 있다. 춘분春分에 하늘로 승천하고 추분秋分에 깊은 연못 속으로 들어간다. 육肉과 비飛가 결합하여 뜻을 나타내고, 동童의 생략된 자형에서 소리를 취하여 만든 형성문자이다.)라고 풀이하 였다. 용은 상상하여 표현한 상형문자이므로 허신은 용의 모양을 잘못 해석하였다. 허신의 설명한 대로 물과 하늘에서 자유자재로 변화를 해 대는 신령스런 동물인 것이다. 주나라 시대에는 국군國君을 용으로 비유하였다. 『역易·간괘干卦』에는 "飛龍在天, 大人造也."(용이 하늘을 나는 일은 바로 대인이 하는 일이다.)라는 구절이 있는데, 이에 대하여 『소疏』에는 "飛龍在天, 猶聖人 之按王位."(용이 하늘을 나는 일은 오직 성인만이 왕위에 오를 수 있다.)라고 풀이하였다. 한나라와 당나라 시기에는 걸출한 인재도 용으로 칭할 수 있었다. 황제가 스스로 용에 비유한 일은 바로 진한 시대 이후에야 발생한 사실로, 점차 용龍자는 황제의 전용이 되었고, 용의 도안 역시 단지 궁정에서만 전용될 수 있었다. 명청 시기에는 민간의 집에서 감히 용을 그리거나 용을 조각하면 참수당해야만 했다.

예 18)은 롱瀧자로, 이 한자는 용이 거대한 입을 벌려서 강물을 마시는 것을 그린 것이다. 『설문·수부水部』에서는 "雨瀧瀧貌"(비가 부슬부슬 내리는 모양)라고 해석하였다. 머리 부분은 신辛자가 아니라 거꾸로 된 왕王자이다. 용의 머리에 그것을 그린 이유는 권위를 나타내기 위함이었다. 『설문·용부龍部』에서는 용은 춘분春分에 하늘로 승천하고 추분秋分에 깊은 연못 속에 들어간다라고 해석하였다. 춘분에 승천하면 비를 뿌릴 수 있고 추분에 깊은 연못 속으로 들어가면 강수량이 감소한다. 이것은 분명 북방 내륙의 기후의 영향 때문인 것으로 억지로 가져다 붙인 내용이다.

봉황은 날짐승을 종합하여 창조해 낸 영물로, 가금류와 야금野禽류를 포괄한다. 가금류 가운데 가장 중요한 것은 닭인데, 신석기 조기 하북성 무안武安 자산磁山, 하남성 신정新鄭 배리강裹李崗 유적지에서 닭의 뼈가 발견되었다. 집 안에서 기르는 닭은 아시아 원계原鷄로부터 길들여진 것이다. 『산해경山海經·남산경南山經』에는 "有鳥焉, 其狀如鷄, 五彩而文, 名曰鳳皇, 首文曰德, 翼文曰義, 背文曰禮, 膺文曰仁, 腹文曰信. 是鳥也, 飲食自然, 自歌自舞, 見則天下安寧."(이곳에 새가 있는데, 그 생김새는 닭과 비슷하지만 오색의 무늬가 있다. 그 새를 이름하여 봉황이라 한다. 이 새의 머리 무늬는 덕德을, 날개 무늬는 의義를, 등의 무늬는 예禮를, 가슴의 무늬는 인仁을, 배의 무늬는 신信 나타낸다. 이 새는 먹고 마심이 자연의 절도에 맞으며, 절로 노래하고 절로 춤을 추는데 이 새가 나타나면 천하가 평안해진다.)라는 구절이 있다. 여요餘姚 하모도河姆渡 1기 유적지에서 출토된 뼈로 만든 수저에는 두 마리의 새가 태양을 실은 무늬가 있는데, 그 모양은 수컷 닭과 흡사하였다. 닭이 울면 태양이 떠오르기 때문에 "단봉조양丹鳳朝陽"이라는 말이 있게 되었다("단丹"은 봉황이 사는 단혈지산丹穴之山을 가리킨다. 이것은 『산해경·남산경』에 보인다. 일설에는 머리 깃털이 붉은 것을 단봉丹鳳이라 하기도 하였는데, 이것은 『금경禽經』에 보인다). 선조들이 닭에 대한 토템숭배는 당연히 가금류를 사육하기 위한 공리적인 필요에 의하여 출현하였다고 할 수 있다.

야금野禽은 주로 공작의 모양에서 취하였다. 앙소仰韶 온난 시기에 중원 지역에 공작이 있었다. 하남성 절천浙川 하왕강下王崗 유적지에서 공작 뼈가 출토되었다. 공작은 온화하기도 하고 또한 가장 아름다운 날짐승이기도 하다. 선조들이 공작을 숭배한 것은 매우 자연스러운 일이었다. 지금도 태족傣族 사람들은 여전히 공작을 신조神鳥로 간주한다. 뿐만 아니라 고기를 먹는 맹금류인 매와 제비가 있는데, 은상殷商 시대에 숭배하여 제사를 지냈던 현조玄鳥는 바로 제비와 같은 새이다. 봉황은 수많은 금류禽類의 형상을 종합하여 창조해낸 것이다. 후에 성별의 구분이 있은 다음에, 수컷은 봉鳳이 되었고, 암컷은 황凰(전적에는 대부분 황皇자를 쓴다. 황凰은 봉鳳자가 있은 다음에 자연적으로 만들어진 한자이다.)이 되었다. 대략 진한시대에 이르러서야 봉鳳이 기본적인 정형이 되었다.

예 15)는 봉鳳자로, 봉鳳자 옆에 형兄(祝)자를 더하였다. 이것은 사람이 무릎을 꿇어 신조神鳥에게 절하며 제사를 지내는 모양을 그린 것이다. 머리 부분에 관모가 있다. 예 16)은 거꾸로 된 왕王자로 썼는데, 이것은 용龍자의 머리 부분에서와 같은 점으로 보아 그 뜻이 서로 같다고 할 수 있다. 예 16)의 봉鳳은 공작의 꼬리와 같이 긴 꼬리가 있지만, 예 15)의 봉鳳의 몸체는 닭의 모양과 비슷하다. 『설문・조부鳥部』에 대한 단옥재의 『설문해자주』에는 "鳳, 神鳥也, 天老曰鳳之象也. 麐前鹿後, 蛇頸魚尾, 龍文龜背, 燕頷鷄喙, 五色備擧. 出於東方君子之國, 翺翔於四海之外, 過崑崙, 飮砥柱, 濯羽弱水, 莫宿風穴, 見則天下大安寧. 從鳥凡聲."(봉鳳이란 신조神鳥이다. 황제의 신하인 천로天老가 말하길, 봉황의 모습은 앞은 기린 모습이고 뒤는 사슴 모습이다. 뱀과 같은 목, 물고기와 같은 꼬리, 용과 같은 무늬, 거북과 같은 등, 제비와 같은 턱, 닭과 같은 부리를 가졌다. 그리고 온갖 색을 전부 구비하였다. 동방 군자의 나라에서 나와 사해의 밖을 선회하며 곤륜산을 거쳐 황하에 있는 지주에 와서 물을 마신다. 그리고 약수에서 깃털을 깨끗하게 씻고 황혼 무렵에 바람의 동굴에서 머문다. 봉황이 한 번 나타나면 천하가 평안해진다. 이 한자는 조鳥에서 뜻을 취하고 범凡에서 소리를 취하는 형성문자이다.)라고 설명하였다. 이러한 물고기와 같은 꼬리와 거북이와 같은 등을 지닌 봉황은 오늘날 민간의 봉황의 모습과 결코 같지 않다. 뿐만 아니라 원시사회에서 숭배하던 토템인 봉황의 모습과도 일치하지 않는다. 이것은 서로 다른 시기에 화하 민족이 부단한 가공하고 수정한 결과일 것이다. 고대에는 성덕聖德이 있는 사람을 비유하는데 자주 사용되었다. 『논어・미자微子』에 "鳳兮鳳兮, 何德之衰也."(봉황이여, 봉황이여! 어찌 그대의 덕이 쇠하였는가!)라는 구절이 있는데, 이에 대하여 형병邢昺은 『소疏』에서 "知孔子有聖德, 故比孔子於鳳."(공자께서 성덕을 지니고 있기에 공자를 봉황에 비유하였다.)라고 하였다. 봉황鳳凰이라 함께 쓴 것은 봉鳳은 수컷이고 황凰은 암컷이다. 용봉龍鳳이라 함께 쓴 것은 용龍은 수컷이고 봉鳳은 암컷이다.

린麟 또는 기린麒麟이라 칭한다. 이것은 주로 사슴의 모습을 하고 있으며 이 역시 허구를 종합한 영물이다. 봉황과 마찬가지로 자웅이 서로 잘 어울린다. 『사기・사마상여전司馬相如傳・색은索隱』에 "雄曰麒, 雌曰麟"(수컷을 기麒

라 하고 암컷을 린麟이라 한다.)라는 구절이 있다. 사슴은 관목灌木이 뒤덮인 초원에 사는 온화하고 아름다운 동물이므로 화하민족은 역대로 사슴을 인자한 동물로 여겼다. 청동기 부계작아형父癸爵亞形에 있는 족휘族徽(부족을 나타내는 휘장) 가운데 사슴의 측면이 그려져 있고, 부기정父己鼎의 아형亞形 가운데 그려진 것 역시 변형된 사슴인데, 이러한 것들은 고대에는 확실히 사슴을 토템으로 하는 부락이 있었음을 설명한다. 『예문류취藝文類聚』 권98은 『설원說苑』의 "帝王之著, 莫不致四靈焉, 德盛則以爲畜, 治平則至矣. 麒麟麇(當爲麋)身牛尾, 圓頭一角, 含信懷義, 音中律呂, 步中規矩, 擇土而踐, 彬彬然, 動則有容儀."(사령 가운데 으뜸은 기린이다. 기린의 덕은 쌓이면 온 세상이 평온해진다. 기린은 큰 기린의 몸체에 소의 꼬리가 달려 있고, 둥근 머리에는 뿔 하나가 솟아있다. 이런 자태는 신의信義를 머금은 모습이고, 음률이 조화를 이루는 듯 하며, 반듯한 규칙이 있는 듯하다. 어느 곳에나 함부로 서지 않고 자연과 잘 조화로운 모습을 하며 의로운 행동을 하는 듯하다.)라는 문장을 인용하였다. 기린 역시 수많은 동물을 종합한 것이기 때문에, 『이아爾雅』, 『효경孝經』, 『천문天問』 왕일王逸 『주注』 등 전적에서 묘사한 자태는 모두 차이가 있다. 『명사明史·외국전外國傳』에서는 뜻밖에도 국외의 긴 목을 한 사슴을 기린으로 간주하여, "前足高九尺, 後足六尺, 頭長丈六尺有二."(앞발의 높이는 9척이고 뒷발은 6척이며 목은 6척 2촌에 달한다.)라고 하였다.

예 20)은 린麐자로, 이 한자는 형성문자이다. 『설문·록부鹿部』에서는 "牝麒也, 從鹿吝聲"(린麐은 암기린이다. 록鹿에서 뜻을 취하고 린吝에서 소리를 취하여 만든 형성문자이다.)라고 해석하였다. 린麐은 린麟의 이체자이다. 그리고 기麒를 "仁獸也, 麋身牛尾一角"(어진 동물이다. 몸에는 소의 꼬리와 하나의 뿔이 나 있다.)라고 해석하였다.

기린은 털 달린 동물 중에서 으뜸이고, 용은 비늘 달린 동물 중에서 최고이며, 봉황은 깃 달린 동물 중에서 가장 뛰어나다. 이 세 가지 동물은 모두 허구적으로 만들어낸 영물이다. 하지만 거북은 지금까지 존재해 온 기어다니는 동물로, 배고픔과 갈증을 견딜 수 있으며 1,000년~2,000년 정도 오래 장수할 수 있다. 그리하여 선조들의 눈에 비친 동물 가운데 거북은 바로 수성壽星(큰개자리에서 가장 밝은 별로서 시리우스(Sirius) 다음으로 밝으며, 옛사람들은 이 별이 장수를 상징한다고 하여 '수성壽星'이라고 불렀다.)이므로 신령스러운 동물로 여겨지게 되었다. 『설문해자의증說文解字義證』에서는 『백첩白貼』의 "龜, 介蟲之長, 水族之靈."(거북은 단단한 껍질을 가진 동물 가운데 으뜸이고, 수생 동물 가운데서 영적인 동물이다.)라는 문장을 인용하였다. 뿐만 아니라 거북을 미래의 길흉을 아는 신물神物로 여겼다. 『예문류취藝文類聚』 권99에서는 손孫씨가 쓴 『서도瑞圖』의 "龜者, 神異之介蟲也. 玄采五色, 上隆(指背)象天, 下平(指腹) 象地, 生三百歲, 游於蕖葉之上, 三千歲尙在蓍叢之下. 明吉凶, 不偏不黨, 唯義是 從."(거북은 신비스러운 갑각류이다. 검은 빛이 발하고 오색이 찬란하며 등껍질은 하늘의 모양을 하였고 배껍질은 땅의 모양을 하였다. 거북은 능히 300세를 살 수 있고, 연잎 위를 유유히 헤엄을 치기도 한다. 3000세 이상을 점치는 데 사용하였는데 그것은 우리들에게 길흉을 분명히 밝혀주기 때문이다. 거북의 어느 한 곳으로 치우치지 않는 불편부당한 자태는 바로 의로움을 보여준다.)라는 문장을 인용하였다. 이러한 영물이기 때문에 거북은 당연히 부락의 토템으로부터 발전하게 되었던 것이다.

예 19)는 귀龜(龟)자로, 『설문·귀부龜部』에 따르면 "龜, 舊也, 外骨內肉者 也. 從它, 龜頭與它(卽蛇)頭同. 天地之性. 廣腰(據嚴可均校改, 原作廣肩)無雄, 龜鼈之 類以它爲雄, 象足甲尾之形."(귀龜란 나이가 많은 것을 말한다. 몸 겉에는 뼈가 있고 안에는 고기가 있는 동물이다. 이 한자는 뱀을 나타내는 타它와 결합하였는데, 거북의 머리는 뱀의 머리와 흡사하기 때문이다. 천지의 본성을 지니고 있으며, 넓은 어깨와 큰 허리를 지닌 동물이며, 수컷은 없다. 거북과 수중 갑각류는 뱀으로 수컷 성질을 나타낸다. 이 한자는 다리와 등뼈 그리고 꼬리를 그린 상형문자이다.)라고 풀이하였다. 거북은 외형적으로는 자웅의 구분이 어렵다. 선조들은 세세하게 관찰하지 않았기 때문에 거북은 모두 수컷 성질을 지녔다고 오인하였다. 생식을 하기 위해서는 반드시 뱀과 교미를 거쳐야만 했다. 그리하여 신령스러운 거북인 현무玄武의 모습은 대체로 뱀이 거북이 위에 올라가서 교미를 하는 모양을 하고 있는 것이다. 당나라 시대에는 당시 기생집의 기생들은 머리에 녹색 두건을 썼는데, 이것은 바로 거북의 머리 색깔과 비슷하다. 그리하여 사람들은 기생들을 거북이라고 조롱하였다. 뿐만 아니라 부인이 매음賣淫한 것은 불건전한 성행위이므로 이것은 수컷 성질이 없는 거북과 유사한 행위라고 간주하였다. 송나라를 거쳐 원명 시기에는 거북의 명예가 매우 실추되어 단지 궁정 건축에서만 보일 뿐이다. 지금은 도교道敎 등 작은 범위 내에서 거북의 영기靈氣를 보존하고 있을 뿐이다.

3) 사직社稷

끝없는 대지는 만물을 짊어지고 있다. 채집, 어업과 수렵, 농경, 목축 등은 모두 토지에 의지하는 인류의 생활이다. 의衣, 식食, 주住, 행行은 모두 토지와 떨어질 수 없다. 그리하여 선조들은 일찍부터 토지를 숭배하였는데, 이것이 바로 "사社"이다. 하나라 선민들은 황하 중류에서 흥기하였다. 신석기 시기 경제 생활 가운데 가장 중요한 현상은 농업의 발전이었다. 황하 한작구旱作區의 주요 농작물은 곡식이다. 하나라 사람들은 온갖 곡식에 대해서도 숭배하였다. 이것이 바로 "직稷"이다. 『효경위孝經緯』에는 "社, 土地之主也, 土地闊不可盡敬, 故封土爲社, 以報功也. 稷, 五穀之長也, 穀不可遍祭, 故立稷神以祭之."(사社라는 것은 토지의 주인이다. 토지를 개간하면 반드시 경건함을 다해야만 한다. 그리하여 흙을 쌓아서 사社를 만들어 그 공덕에 보답하는 것이다. 직稷이란 오곡의 으뜸이다. 곡은 두루 널려 있어 모든 곳에서 제사를 지낼 수 없기 때문에 곡신을 세워 그곳에 제사를 지내는 것이다.)라는 구절이 있다. 봉토封土란 흙을 모아서 사단社壇을 만든 것을 말한다. 사직이란 곧 토신土神과 곡신穀神이다. 전적에서는 종종 모씨족某氏族 선조와 사직을 연결시키곤 한다.

귀주 대강臺江의 묘족苗族은 돌 몇 개를 쌓아서 땅의 귀신들이 거주하는 방을 만들고 그 안에 두 개의 장방형으로 생긴 돌을 넣어 지신地神으로 삼는 다. 매년 밭을 개간할 때에는 세 차례 향을 피운 다음에야 땅을 일군다. 붕룡족崩龍族은 토지신에게 제사를 지낸다. 왜냐하면 농작물은 바로 토지신 이 선사하는 은혜로 간주하고, 거기에서 얻어지는 농작물에는 영혼이 깃들 어 있다고 여기기 때문이다. 게다가 영혼의 이름을 곡랑穀娘이라 한다. 제사 를 지낼 때에는 부녀자들이 곡랑신을 불러들이고 풍년을 기원한다. 곤명 서산西山 이족彝族은 봄에 땅을 일구기 전에 토주대회土主大會를 개최하는데, 이때 돼지를 잡아서 제사를 지낸다. 그리고 이곳에는 두 개의 신수神樹를 세우는데 이것을 토주土主로 삼는다. 그리고 지모地母에게 제사를 지낸다. 가을에 추수할 때에는 다시 오곡신五穀神에게 제사를 지낸다. 홍산紅山문화 에 속하는 요서遼西 동산취東山嘴 유적지에서는 평대식平臺式 제단祭壇이 발견 되었다. 이것은 위에서 언급한 봉토封土를 사신社神으로 삼았던 것일 가능성 이 매우 농후하다. 윗부분에는 몇 조組로 구성된 입석立石이 있는데, 이것은 대체적으로 묘족苗族의 지귀방地鬼房에 있는 거석巨石과 마찬가지로 토지신 을 나타내는 표지일 가능성이 높다. 화하 선민들의 사직社稷은 실질적으로 농업에 대한 제사인 것이다.

예 21)은 토土자로, 이 한자는 땅 위에 흙덩어리가 있는 모양을 그린 것이 다. 『설문·토부土部』에 따르면 "土, 地之吐生物者也."(토土란 만물을 토해내어 생장시키는 토지를 말한다.)라고 풀이하였다. 갑골문에서는 간혹 '사社'로 사용 되기도 하였다. 『설문·시부示部』에는 "社, 地主也, 從示土."(사社란 토지의 신주를 말한다. 이 한자는 시示와 토土가 결합한 회의문자이다.)라고 하였다. 『예기외전禮記外傳』에는 "社者, 五土之神也."(사社라는 것은 오토五土의 신神이다.)라는 문장이 있다. 사社는 회의겸형성자로, 흙더미를 제단이나 혹은 신주처럼 세워 놓고 제사를 지내는 모양을 그린 것이다. 역대 제왕들은 모두 사묘社廟를 세워 토지신에게 제사를 지냈다. 매년 봄과 가을에는 사일社日을 정하여 집회集會를 열었는데, 춘사일春社日에는 풍년을 기원드렸고, 추사일秋社日에는 풍년을 경축하였다. 이러한 활동을 사회社會라 하였다. 후에 인신하여 경제의 기초와 상층 건축으로 구성된 사회의 형태를 지칭하게 되었다.

예 22)는 직稷자로, 이 한자는 사람이 무릎을 꿇고 곡식에 대하여 제사를 지내면서 기도를 드리는 모양을 그린 것이다. 직稷은 속粟(조)이다. 『설문·화부禾部』에서는 "五穀之長"(오곡 가운데 으뜸이다.)라고 해석하였다. 『백호통白虎通』에는 "尊稷五穀之長, 故封稷而祭之也. 稷者得陰陽中和之氣而用尤多, 故爲長也."(직稷은 오곡 가운데 으뜸이기 때문에 직稷을 쌓아서 제사를 지낸다. 직稷이라는 것은 음양陰陽의 중화中和된 기운을 가장 많이 얻은 것이기 때문에 으뜸이라 한 것이다.)라는 구절이 있다. 부락에서 부족장들은 모두 사단社壇을 세워 직稷에 제사를 지냈다. 이후 국가가 사직社稷을 건설하는 것은 반드시 따라야만 하는 예제禮制가 되었다. 『한서漢書·교사지郊祀志』에서는 "社者, 土也. 宗廟, 王者所居. 稷者, 五穀之主, 所以奉宗廟, 共粢盛, 人所食以生活也. 王者莫不尊重親祭, 自爲之主, 禮如宗廟."(사社라는 것은 토土이다. 종묘라는 곳은 왕이 거주하는 곳이다. 직稷이란 오곡의 으뜸이다. 그래서 종묘에서 제사를 지낸다. 제사를 지낼 때 기장을 가득 담아 바치는데, 이것은 인간이 생활하는데 필요한 곡식이다. 왕은 친히 제사를 지내기 때문에 스스로 으뜸이 되었다. 왕 역시 종묘에서 제사의 예를 행한다.)라는 구절이 있다. 따라서 사직은 인신하여 국가라는 의미를 가리키게 되었다.

4) 선조

원시인들은 잠을 잘 때의 몽환夢幻(꿈)을 낮 생활과 한 가지 일로 간주하였다. 그들은 인간의 의식 활동이 뇌와 밀접한 관계가 있음을 이해하지 못했다. 그리하여 영혼은 사람의 육체와 서로 독립적이라 인식하였다. 사람은 영혼이 몸에 의지하여 살아가고 있다고 믿었고, 만일 사람이 병이 생기게 된다면 그것은 영혼이 인체를 떠나서 어려운 일을 당했기 때문이라고 여겼다. 인간이 잠을 잘 때 꾸는 꿈은 영혼이 빈둥거리며 돌아다니다가 보게 되는 정경情景이라고 간주하였다. 육체가 사망하면 영혼은 그들만의 고향에 도달하여 영혼이 되어 여기저기 떠돌아다닌다. 이것이 바로 원시인들이 말하는 영혼불멸론이다.

영혼은 어떠한 그림자나 자취가 없으며, 매우 자유롭게 오고 간다. 그리하여 살아 있는 사람에게 해를 끼칠 수도 있고, 살아 있는 사람을 보호할 수도 있다. 조상이 죽었어도 그 영혼은 여전히 존재한다. 이렇게 하여 조상에 대한 숭배가 탄생하였다. 조상에 대한 숭배와 제사는 애니미즘의 심화된 표현이다.

조상에 대한 숭배는 두 가지로 표현되는데, 한 가지는 바로 장례 풍속에서 표현된다. 이것은 바로 죽은 자의 영혼 역시 생전의 생활 조건을 유지하도록 하는 것이다. 고고학에서 발굴된 수많은 부장품은 바로 영혼불멸의 반영인 것이다. 다른 한 가지는 선조의 영혼에 대한 막사膜祀이다. 귀주 대강臺江 묘족苗族은 죽은 노인을 매장한 후에 돌아와서는 화당火塘 옆에 나무 의자를 놓고서 선인의 귀신이 돌아와 앉아서 가정을 보호해 주길 바란다. 서쌍판납西雙版納에 있는 태족傣族은 마을 건설에 공이 있는 사람이 죽으면 이 사람을 마을의 보호신으로 여기고 한 그루의 나무를 대표로 하든지 혹은 대나무를 쌓아서 소실小室을 만들어 영혼이 깃들게 한다. 양산凉山의 이족彝族은 조상의 신주神主를 산 위 바위 동굴에 감춘다. 어떤 사람이 그것을 흔들면 난투가 벌어질 수도 있다. 민족학 자료로 볼 때, 조상의 영혼 자체에 대한 숭배는 최초에는 영혼 자체는 눈으로 확인할 수 없는 무형적인 존재이므로 그것들을 유형화해야만 했다. 그리하여 그들은 조상께서 생전에 사용하였던 물건을 대신한다거나 혹은 조상의 영혼이 거주할 건축물을 건축하여 유영화하였다. 이것은 후에 신주神主(혹은 영패靈牌)로 발전하였다. 그 위에는 문자 혹은 특수 부호로 조상의 이름을 표시하거나 혹은 현세의 친족이 그에 대한 호칭을 표시하였다. 최후에 조상에 대한 우상偶像, 그림, 조각 형식이 출현하였다. 물론 이 가운데에는 신화로 승격화 될 가능성이 있는 경우도 존재하였다. 이럴 경우에는 사람의 형상만을 고집하지는 않았다. 악륜춘족鄂倫春族은 나무로 사람의 모양을 조각하여 조상으로 삼아 모신다. 마가요馬家窯 문화에 속하는 청해성 유만柳灣 묘지에서는 사람 모양의 채도 단지가 출토되었다. 감숙성 영창永昌의 원앙지鴛鴦池에서는 돌로 만든 사람의 두상頭像이 출토되었는데, 위에는 구멍이 있어서 끈으로 뚫어내어 몸에 지니고 다닐 수 있었다. 용산龍山문화에 속하는 하남성 섬현陝縣의 칠리보七里舖에서는 인면人面토기조각이 출토되었다. 이러한 것들은 모두 화하 민족의 선민들이 조상에 대한 우상偶像 숭배와 관계가 있을 것이다. 『예기·교특생郊特牲』에는 "萬物本乎天, 人本乎祖."(만물은 하늘에 근본하고, 인간은 조상에 근본한다.)라는 구절이 있다. 우리 조상들은 역대로 선조에 대하여 숭배하면서 제사를 지냈고 그들을 매우 존중하였다.

예 24)는 종宗자로, 이 한자는 받들어 모시는 신주神主와 패위牌位가 실내에 있는 모양을 그린 것이다. 단옥재의 『설문해자주』에 실린 『설문·면부宀部』의 해석에 따르면 "宗, 尊也, 祖廟也."(종宗이란 존경하여 받드는 조상이란 뜻이며, 조묘祖廟란 뜻도 있다.)라고 하였다. 인신하여 조상, 종족, 종파, 근본 등이란 뜻이 되었다.

예 27)은 시示자로, 이것은 신주神主 모양을 그린 것이다. 이것은 원래 조상을 대표하는 영패靈牌였기 때문에, 인신하여 신神을 가리키게 되었다. 『설문・시부示部』에는 "天垂象見吉凶所以示人也, 從二(上), 三垂日月星也. 觀乎天文以察時變, 示神事也."(하늘이 천문天文을 아래로 내려 인간사의 길흉을 인간들에게 보여주는 것이다. 시示는 이二(上)와 세 개의 직선으로 된 문자로, 세 개의 직선은 바로 태양과 달 그리고 별을 나타낸다. 인간들은 천문을 본 후에 시간과 세상의 변화를 관찰하였다. 시示란 귀신의 일을 말한다.)라고 하였다. 허신은 인신의에 근거하여 천상天象에 대한 숭배로 뜻을 해석하였다. 그의 해석이 비록 정확하진 않았지만 여전히 원시인들은 모든 일들을 신에게 길흉을 물어 본 습속을 반영하였다고 할 수 있다.

예 25)는 차且자로, 이 한자는 갑골문에서는 조祖자로 사용되었다. 차且는 원래 남성 생식기의 모양이다. 부계사회에 이르러 남성 생식기에 대한 숭배로부터 남성의 시조始祖 및 신주神主로 변화되었다. 시示와 차且는 모두 신주의 모양을 그린 것이다. 이 가운데 시示가 더 원시적인 모습이라 할 수 있다. 차且는 후에 형방인 시示를 더하여 조祖자로 썼다. 본래 신주를 나타내었지만, 조상을 대표한다. 『설문・시부示部』에서는 "祖, 始廟也."(조祖란 처음, 종묘란 뜻이다.)라고 풀이하였다. 조祖의 본의 역시 종묘이다. 인신하여 조상, 조상에 대한 제사, 시작하다, 근본, 숭상하다, 답습하다란 뜻이 되었다.

종宗이란 단지 종족의 조상들의 신주를 일반적인 방 안에 놓고 제사를 지냈었지만, 후에 조상의 지위가 날로 높아짐에 따라 종묘를 높은 누대에 세우게 되었다.

예 26)은 향亯자로, 이 한자는 높은 누대 위에 세워진 종묘의 모양을 그린 것이다. 종묘에 제사를 지내기 위해서는 제품祭品을 올려야 하기 때문에 고로 허신은 이것을 "獻也"(바치다.)라고 풀이하였다.

5) 천제天帝

애니미즘뿐만 아니라 영혼을 총괄하는 사람은 누구일까? 부락 연맹체가
점차 통일하여 국가를 형성한 이후, 인간에게는 군주君主가 출현하였다. 이
러한 인간의 상황으로부터 비현실적인 허구의 세계를 추측하여, 귀신과 영
혼의 세계를 주관하는 군주인 천제를 탄생시키게 되었다. 천제란 관념은
비교적 늦게 출현하였는데, 아마 원시사회가 해체되고 노예제국가가 출현
한 이후일 것이다. 인류 생활에 대한 통제적 측면에서 본다면 이 시기 사회
조직의 역량은 이미 자연규칙을 초과하였다. 그러한 사회조직에서의 군주
의 권위는 지고무상한 것이 되었다. 그리하여 만물을 관리하는 천제에 대한
숭배가 출현하였다. 『설문해자의증說文解字義證』에 수록된 "제帝"자에 대하
여 설명하면서 『백호통白虎通』의 "德合天地者稱帝"(그 덕이 천지와 일치하는 자
를 제帝라 칭한다.), "帝者, 天號"(제帝란 하늘을 호령한다.)라는 구절을 인용하였
다.

예 23)은 제帝자로, 이 한자는 나무를 묶은 후 세운 모양을 그린 것이다.
세워진 나무의 역할은 불에 태워서 제사를 지내는 것이다. 윗부분에 있는
하나의 횡선 혹은 두 개의 횡선은 나무 위에 놓여진 제품祭品을 나타낸다.
이러한 사실로 볼 때, 제帝자는 체禘자의 초문이다. 『설문・시부示部』에 따
르면 "禘, 諦祭也, 從示帝聲."(체禘란 자세히 살펴보는 제사이다. 시示에서 뜻을 취
하고 제帝에서 소리를 취하는 형성문자이다.)라고 하였다. 그리고 『예기・제법祭
法』에 등장하는 "燔柴於泰壇, 祭天也."(나무를 태단泰壇에서 태워서 하늘에 제사를
지낸다.)라는 구절에 대하여 공영달孔穎達은 『소疏』에서 "燔柴於泰壇者, 謂和
薪於壇上, 而取玉及牲置자上燔之, 使氣達於天也."(태단泰壇에서 나무를 태운다는
것은 제단에 땔나무를 쌓은 다음에 옥과 희생을 그 위에 놓아 불을 살라 그 기운이
하늘에 오르게 하는 것을 말한다.)라고 풀이하였다. 제帝는 하늘에 제사를 지낸

다라는 뜻으로부터 인신하여 천제를 가리키게 되었다. 인간 세상에 있는 군주는 후后, 군君, 왕王 등의 칭호가 권위를 나타내기에 부족하였기 때문에 다시 천제라는 칭호로 자신을 가리켰다. 하나라와 상나라 이후에야 군주가 천제라고 칭하였다. 전적에 기술된 황제黃帝, 제요帝堯, 제순帝舜, 제우帝禹의 제帝는 완전히 후인들이 기술한 칭호이다. 『설문・상부上部』에서는 "帝, 諦也, 王天下之號也."(제帝란 살핀다는 뜻이며, 또한 천하의 왕에 대한 호칭이기도 하다.)라고 하였다. 이러한 해석은 천제란 의미를 더욱 확장시킨 결과이다.

원시사회의 숭배대상은 매우 많았다. 이상의 내용은 단지 고문자형체를 종합하여 주요 방면에 대해서만 서술하였다. 생식숭배에 대한 내용은 본서 친속칭호 제1절에서 이미 언급하였다.

3. 제사

숭배대상이 있으면 제사를 지내야만 한다. 최초의 제사활동은 매우 간단하였다. 숭배대상인 영물靈物 앞에 상징성이 있는 음식을 놓음으로써 보은報恩과 숭배 및 경건을 나타내면 족했다. 생산이 발전하고 이에 따라 부락조직이 강화되었다. 그리하여 노예주는 의식적으로 제사활동을 통하여 신성성을 강화하였다. 신성성을 강화하기 위하여 간혹 공포스러운 분위기를 자아내기도 하였다. 이렇게 하면서 노예주 지위의 합리성을 해석하였다. 더욱 합리화하기 위하여 제사를 변화시켰으며 더욱 복잡하게 만들었다. 제사를 지내기 위해서는 제사 장소, 제기祭器, 제품祭品 및 제사를 주관하는 자의 활동이 있어야만 했다.

제사 장소는 야외 제단과 제사 건축 두 종류로 나뉜다. 홍산紅山문화의 요녕성 동산취東山嘴의 제단祭壇 부근에는 취락 유적지가 없다. 이러한 사실로 볼 때, 이곳은 아마도 몇 개의 촌락이 공동으로 제사를 지냈던 장소일 것이라고 추측할 수 있다. 요녕성 서부에 위치한 우하량牛河梁의 여신묘女神廟 유적지는 여시조女始祖를 제사지내는 사찰이다. 이 뿐만 아니라 백성들이 거주하는 집 가운데 일부분 역시 제사장소로 사용되었다. 전문적인 제기祭器의 출현은 제사활동이 고급단계에 들어갔다는 표지로, 신석기 중기에 이미 제기가 있었다. 하남성 절천浙川의 하왕강下王崗 유적지 가운데 조기 2기에 해당하는 앙소仰韶문화층 부분 묘지에서 장례에 전문적으로 사용되었던 부장품이 발견되었다. 대문구大汶口 묘지에서는 죽은 자의 몸에 달린 귀갑龜甲이 발견되었고, 용산龍山문화 삼리하三里河 묘지에서는 정교하고 아름다운 제사활동용 예기禮器가 출토되었다. 제품祭品은 주로 인간의 음식물을 귀신에게 바쳐 즐기도록 하였다. 후에 사람들이 좋아하는 물건도 귀신에게 드리는 것까지 발전하였다. 홍산紅山문화에서는 옥玉으로 제사를 지냈는데, 이것이 바로 그러한 것이다. 인간을 제품祭品으로 삼은 것은 매우 잔혹한 것이다. 하지만 원시사회, 노예제사회에서는 이러한 일들이 확실히 존재하였다. 제사를 지내는 사람의 활동은 주로 숭배대상에 대하여 숭앙하는 큰 제사를 진행하였고, 제사를 진행하면서 귀신에게 보살핌을 기도드리는 행위를 하였다.

예 28)은 축祝자로, 이 한자는 제사를 지내는 사람이 신주神主 앞에 무릎을 꿇어앉아서 위로 입을 크게 벌리고 기도를 드리는 모양을 그린 것이다. 『설문·시부示部』에 "祝, 祭主贊詞者."(축祝이란 제사를 주관할 때 신께 기도를 올리는 사람이다.)라고 풀이하였다. 본의는 제사활동을 주관하는 사람이다. 이러한 뜻으로부터 인신하여 신께 복을 기원하다, 행복을 기원하다 등의 의미가 되었다.

하늘과 땅에 대한 제사는 탁 트인 교외郊外에서 진행하였으며, 이 경우에는 제품祭品도 매우 중요하였다.

예 29)는 료尞자로, 이 한자는 불 위에 나무를 쌓아 화염이 창공으로 퍼져 나가면서 하늘에 제사를 지내는 모양을 그린 것이다. 료燎와 제帝 두 개의 한자는 이 한자를 구성하는 요소가 거의 비슷하다. 료燎는 불꽃이 활활 타올라 그 위에 놓인 희생이 보이지 않는 것이고, 제帝는 아직 불을 붙이지 않은 나무 위에 희생을 놓은 모습이다. 하지만 두 개의 글자가 나타내는 의미는 하늘에 제사를 지내는 것으로 서로 같다. 단지 제帝자는 인신하여 그 자형으로부터 매우 멀어졌을 뿐이다. 『설문·화부火部』에서 "燎, 柴祭天也."(료燎는 나무를 태워 하늘에 제사를 지내는 것이다.)라고 풀이하였다. 이로부터 인신하여 불사르다는 의미가 되었다. 료燎는 료燎에 형방을 증가하여 만든 한자이다. 『설문·화부火部』에서는 "燎, 放火也, 從火尞聲."(료燎는 불을 놓다는 뜻이다. 이 한자는 화火에서 뜻을 취하고 료尞에서 소리를 취하는 형성문자이다.)라고 풀이하였다.

하늘에 제사를 지내기 위해서는 하늘과 맞닿아야 한다. 하지만 그렇게 할 수 없었기 때문에 희생을 태워서 그 연기를 하늘로 보내어 하늘에 바쳤다. 땅에 제사를 지내기 위해서는 땅을 파서 희생을 땅에 매장하였다.

예 30)은 매薶로, 이 한자는 땅에 함정을 파고 그 안에 소가 거꾸로 떨어져 있고, 그 주위에는 흙먼지를 날리며 매장하면서 땅에 제사를 지내는 모양을 그린 것이다. 오늘날에는 매埋로 쓴다. 갑골문에서는 이 글자에 소가 들어 있기도 하고, 양, 개, 사슴의 모양이 있는 것도 있다. 따라서 제사를 지내는 희생품은 소에 한정하지 않았음을 알 수 있다.

희생을 땅에 묻어서 제사를 지내어 토지신에게 향용享用하게 하는 이치와 마찬가지로 강과 호수의 신에게 제사를 지내기 위해서는 희생을 물속에 침몰시켜야 한다.

예 31)은 침沉자로, 이 한자는 거꾸로 된 소(이 경우 잘 묶어야 한다. 그래야만 물에 가라앉기 때문이다.)가 물에 빠진 모습과 물에 빠질 때 물보라가 일어나는 모습 그리고 강과 연못에 제사를 지내는 모습을 형상화하였다. 『주례周禮·

대종백大宗伯』에는 "以埋, 沈祭山, 林, 川, 澤."(땅 속에 묻고 물에 빠뜨려서 산과 숲 그리고 하천과 연못에 제사를 지낸다.)라는 구절이 있다. 이 한자는 인신하여 침몰沈沒하다라는 뜻을 나타내는 침沉이 되었다.

하늘, 땅, 산, 하천에 대해서는 때에 맞추어 제사를 지내야만 한다. 재해를 당하였을 때에는 수시로 제사를 지내면서 귀신에게 평안을 보호해 주길 기도드렸다. 만일 큰 가뭄이 들었을 때에는 심지어 사람을 희생으로 하여 불에 태워서 기우제를 지내기도 했다.

예 32)는 교焋자로, 이 한자는 두 다리를 교차하여 끈에 묶인 사람이 불에 안치되어 불타는 모양을 그린 것이다.『설문・화부火部』에 따르면 "焋, 交木 然也."(교焋란 나무를 엇갈리게 놓아 불을 피운다는 뜻이다.)라고 해석하였는데, 『설문』에서의 자형에 대한 해석은 부정확하다.

예 38)은 한㸑자로, 두 손을 교차하여 끈에 묶인 사람이 불에 안치되어 불에 타면서 제사를 지내는 모양을 그린 것이다.『여씨춘추呂氏春秋・순민順 民』에 "昔者湯克夏而正天下, 天大旱, 五年不收. 湯乃以身禱於桑林, 曰 : '余一人 有罪, 無及萬夫. 萬夫有罪, 在余一人. 無以余一人之不敏, 使上帝鬼神傷民之命.' 於是剪其髮, 䟏其手, 以身爲犧牲, 用祈福於上帝, 民乃甚說, 雨乃大至."(옛날 탕임 금이 하나라를 정벌하니 천하가 바로 잡혔다. 하지만 큰 가뭄이 들어 5년 동안 곡식을 수확할 수 없었다. 이에 탕임금은 자신의 몸을 희생시키면서 뽕나무 숲에서 기도를 드리며 말하길 "저 한사람에게 죄가 있고 만민은 죄가 없습니다. 만민에게 죄가 있음 은 저 한사람에 있는 것과 같습니다. 제가 불민하여 상제와 귀신들의 노여움을 얻어 백성들이 손상을 입게 되었습니다." 그래서 탕임금은 머리를 자르고 손을 묶어 자신을 희생으로 삼아 상제에게 복을 기원하는 제사를 드리니, 온 백성이 매우 기뻐하였다. 그리하여 큰 비가 내렸다.)라는 구절이 있다. 위 문장에서 력䟏은 력櫪의 가차자 로, '역기수櫪其手'란 나무로 만든 수갑을 열 개의 손가락에 차는 것을 말한 다. 력櫪자를 경전에서는 력歷으로 썼다. 이에 대한 예는『장자莊子・천지편

天地篇』의 "則是罪人交臂歷指."(이는 곧 죄인의 팔을 뒷결박하여 손가락을 겹쳐 맨다.)라는 구절에 보인다. 탕임금은 스스로 희생을 삼아서 제품祭品으로 충당하였으니, 이것은 탕임금 이전에 중원에서는 사람을 불살라 하늘에 제사를 지내는 습속이 있었음을 증명하는 것이다. 한熯이란 사람을 묶어서 불태우는 것을 형상화 하였다. 불살라 버리면 말라 버린다. 그리하여 『설문·화부火部』에서는 "乾貌"(마른 모양)라고 해석한 것이다.

일반적인 귀신에 대한 제물은 주로 인간들이 먹는 음식물이다. 제물의 다소多少에도 등급이 있다. 이것은 제사대상의 명망과 제사를 주관하는 사람의 신분에 따라 결정되었다. 제사에 바쳐지는 제물에는 온전한 희생이 있고 고기 덩어리도 있으며 피와 술 그리고 벼와 옥 등도 있다.

닭과 같은 조류 역시 제물이 될 수 있다.

예 35)는 이彝자로, 두 손으로 날짐승을 들고서 바치는 모양을 그린 것이다. 후에는 제사 예기禮器에 날짐승 모양을 새겨 넣은 것을 이彝라 한다. 시간이 흘러 이彝는 예기禮器를 나타내는 공식 명칭이 되었다. 『주례周禮·춘관春官·사존이司尊彝』에 "裸用鷄彝, 鳥彝."(라裸는 제사를 지낼 때에는 닭이 그려진 이彝와 새가 그려진 이彝를 사용한다.)라는 구절이 있다. 『설문·사부糸部』에서는 "彝, 宗廟常器也."(이彝란 종묘에서 상용되는 제기이다.)라고 풀이하였다. 소전체의 이彝자는 금문을 답습하여 와변하였다. 이彝자의 윗부분은 닭의 모습이고 아랫부분의 공廾은 두 손의 모습을 해서체화한 것이며, 계系는 닭의 두 날개를 끈으로 묶는다는 것을 나타내며, 미米는 이 한자를 꾸미는 장식에 지나지 않는다.

예 33)은 제祭자로, 이것은 손에 육고기를 들고서 신주神主에 바치는 모양을 그린 것이다. 『설문·시부示部』에 "祭祀也, 從示, 以手指肉."(제사이다. 시示자와 손(手)에 고기를 들고 있는 모양이 결합하여 이루어진 회의문자이다.)라고 풀이하였다. 그리고 『옥편玉篇』에서는 "祭, 薦也."(제祭란 공물을 바치는 것이다.)라고 풀이하였다. 즉, 귀신에게 제물을 바치는 것을 제祭라 한다. 이로부터 인신하여 '모든 제사 활동'이란 의미가 되었다.

희생의 육고기를 올려 제사를 지내는 것도 있고 희생의 피를 올려 제사를 지내는 것도 있다.

예 34)는 혈血자로, 이것은 그릇에 피를 가득 채우고 제사를 지내는 모양을 그린 것이다. 『설문・혈부血部』에 따르면 "血, 祭所薦牲血也. 從皿, 一象血形."(혈血이란 제사를 지낼 때 희생의 피를 바치는 것이다. 이 한자는 민皿과 일一이 결합한 것으로 여기에서 일一은 피를 나타낸다.)라고 풀이하였다. 후에 모든 동물과 인간의 혈액을 가리키게 되었다. 인신하여 혈연, 선홍색, 살육하다는 뜻이 되었다.

중국에서의 술 제조는 늦어도 신석기 중기에 가능하였다. 사람들은 맛있는 술을 즐긴다. 그렇기 때문에 술을 귀신에게도 올려 향용享用하도록 하는 것은 매우 자연스러운 일이다.

예 36)은 전奠자로, 이 한자는 술동이를 일一 위에 놓은 형상으로, 여기에서 일一이란 예기에 가득 담긴 제물을 나타낸다. 최초에는 석판石板 혹은 목판木板과 같은 종류였을 것이다. 후에 발이 달려 있어 약간 높게 위치하여 차츰 기丌 형태가 되었다. 그리하여 소전체와 같이 된 것이다. 『설문・추부酋部』에서는 "奠, 置祭也. 從酋, 酋, 酒也. 下其丌也."(전奠이란 제사를 차리는 것을 말한다. 이 한자는 추酋가 결합되었는데, 추酋란 술을 말한다. 그 아래에는 대(丌)가 있다.)라고 풀이하였다. 후에 전奠은 상제喪祭를 나타내는 고유명사가 되었다. 『석명釋名』에 "喪祭曰奠. 奠, 停也, 言停久也."(상제喪祭를 전奠이라 한다. 전奠은 오래 머문다는 뜻인 정停이다. 말이 멈춘지 오래되었다는 것이다.)라는 구절이 있다.

농업이 발전하면서 차츰 밭벼도 제물로 사용되었고 또한 인간의 심미관념이 제고提高되면서 옥 역시 제물로 사용되었다. 예 37)은 풍豐자로, 이 한자는 아랫부분은 두豆와 윗부분은 예기에 놓여진 두 개의 옥꾸러미가 결합한 것이다. 즉, 옥을 제기에 가득 담아 제사를 지내는 모양이다. 이로부터 인신하여 제기를 풍豊이라 한다. 『설문·두부豆部』에서는 "豊, 行禮之器也. 從豆, 象形."(풍豊이란 예를 거행하는 그릇이다. 두豆와 결합한 한자로, 이것은 상형문자이다.)라고 풀이하였다. 이로부터 다시 인신하여 제사를 올리는 일 역시 풍豊이라 하였다. 예禮자는 나중에 형부를 증가시켜 만든 한자이다. 『설문』에서는 "禮, 履也, 所以事神致福也. 從示從豊, 豊亦聲. 礼, 古文禮."(예禮란 이행하다는 뜻이다. 이것은 신에게 제사를 지내어 복을 기원하는 일이다. 시示와 풍豊이 결합한 회의문자이고, 풍豊은 소리를 나타내기도 한다. 따라서 이것은 회의겸형성자이다. 례礼는 고문古文 례禮자이다). 오늘날에는 간체자로 고문古文을 사용한다.

4. 무술巫術

애니미즘 사상은 매우 방대하고 복잡한 귀신 계통을 허구화하였다. 조상들은 이러한 귀신들과 연결하는 방법을 무술이라 하였다. 최초의 무술은 비교적 간단하였다. 단지 재앙과 기이현상에 대한 해석과 제거에 불과하였다. 일반적으로 촌락의 연장자나 혹은 수령이 씨족 혹은 부락의 역사와 결합하여 귀신의 뜻을 설명하였다. 율속족僳僳族의 제사는 가장 나이가 많은 노인이 주재하여 진행하거나 혹은 가정과 마을의 습속에 따라서 가정에서 직접 제사를 지내기도 한다. 사회생활의 발전에 따라 인간들은 귀신들에게 자신의 언행言行을 더욱 많이 지도해주기를 바랐고 또한 자신을 보호하여 재앙으로부터 해방시켜주기를 요구하였다. 이렇게 하여 무술은 점차 발전되었다. 무술의 발전은 인류와 귀신간의 관계가 밀접한 것을 나타낸다. 이렇게 하여 전문적으로 인간과 귀신을 담당하는 중개인 즉, 무당이 출현하게 되었다. 전적에서는 무당을 축祝이라 칭하였다. 축祝은 종교지식에 정통해야만 했다. 『국어國語 · 초어하楚語下』에서는 "而能知山川之號, 高祖之主, 宗廟之事, 昭穆之世, 齊敬之勤, 禮節之誼, 威儀之則, 容貌之崇, 忠信之質, 烟絮之服, 而敬恭神明者, 以爲之祝."(그리하여 산천의 소리, 조상들의 주인, 종묘의 일, 종묘에 신주를 모시는 일에 대하여 정통하고, 근신하는 모양으로 경건하게 일을 처리하고, 예절을 지킴에 정확하며, 위의를 갖추어야 하며, 용모 또한 뛰어나고, 밑바탕이 충신이 충만해야 하며, 의복을 단정해야 한다. 이렇게 하여 신명을 공경하는 자를 일러 축祝이라 한다.)라고 하였다. 무당은 화하 민족 최초의 지식인이자 사상가였다. 그들은 종교이론을 발전시켰으며, 그들은 그들이 만든 미래와 행복한 생활에 대한 환상을 이용하여 인간들이 당시 사회에서 사람과 사람간의 관계의 법칙, 인간과 자연, 인간과 귀신간의 법칙을 준수하도록 독려하였다. 모계사회에서는 모든 사람들은 평등하였다. 무당은 귀신의 뜻을 전달함으로써 사회의 관계를 협조시켰다. 부계사회에서는 추장이 생산활동을 지휘하였고 모든 생활을 처리하였으며 분쟁을 해결하는데 협조하였다. 묘족苗族은 두 사람이 논쟁하면서 시비를 가리기가 매우 어려운 경우에 처했을 때, 무당은 세 개의 도끼날을 불에 달군 후 논쟁이 발생한 쌍방을 무당을 따라서 도끼날 위를 걷게 하였다. 도끼날에 발이 데이거나 상처를 입은 사람이 죄를 지은 사람이다. 청나라 사람은 『유서리견록維西離見錄』에서 "이족彝族은 약속을 어긴 자를 무당에게 끌고 갔다. 그곳에서는 가마에 기름을 붓고 기름을 펄펄 끓게 한 다음에 손을 기름 속에 넣게 했다. 손이 문드러지지 않는 자는 무고를 당했다. 물건을 잃어 버렸을 때 역시 이러한 방법을 써서 증명하였다."라고 기록하였다.

예 39)는 무巫자로, 이 한자는 자형이 특이하여 해석하기가 매우 힘들다. 아마 무술과 관련된 부호와 관계가 있는 듯하다. 『설문 · 무부巫部』에서는 "巫, 祝也, 女能事無形以舞降神者也. 象人兩袖舞形."(무巫란 무당을 말한다. 여성은 신을 섬기는 일을 한다. 그리고 가무에 의지하여 신을 강림하게 할 수 있다. 이 한자는 사람이 두 소매를 길게 하여 춤을 추고 있는 형상을 묘사하였다.)라고 풀이하였다. 여자는 무巫이고, 남자는 격覡(xí)이다. 이러한 구분은 후대에 발생하였다. 『설문』에서 자형에 대한 해석은 고문자에 부합하지 않는다.

무술은 매우 많다. 내용에 따라 기복祈福, 구사驅邪, 보복報復 등으로 나눌 수 있는데, 보복報復은 귀신에게 청하여 원수에게 재앙을 내리도록 기도를 드리는 것이다. 방법에 따라서는 저주, 가무, 잡기, 마술, 유추, 금기, 위협, 법의法衣 등등 그 수를 헤아릴 수 없을 정도로 매우 다양하다. 하지만 이 가운데 가장 중요한 것은 바로 점을 치는 것이다.

점치는 것이란 무당이 점칠 때 사용되는 모종의 물건의 변화를 보고 처리하는 것으로, 물건에 나타난 조짐의 변화에 근거하여 귀신의 뜻을 해석하여 길흉화복을 예측하는 것을 말한다. 점을 칠 때 사용하는 물건은 매우 많다. 원시부락은 각자 자신이 점을 칠 때 사용하는 물건이 있다. 여족黎族은 계란, 돌, 진흙 꾸러미를 사용하고, 율속족傈傈族은 칼, 대나무, 조개껍데기를 이용하며, 이족彝族은 양의 어깨뼈, 닭, 나무를 이용한다. 그리고 와족佤族은 소의 간, 닭뼈, 손을 이용하며, 강족羌族은 양털을 이용한다. 이러한 물건들을 처리하는 수단에는 다음과 같이 여러 가지가 있다. (1) 불로 태우는 것, 예를 들면 대나무를 태우면 대나무 살이 쩍쩍 벌어지면서 위로 올라가는데 이 때 올라간 수가 홀수인지 짝수인지에 따라 점을 친다. (2) 새기는 것, 예를 들면 점을 치는 이유를 말하면서 나무에 새기는데 이 때 새겨진 눈금이 홀수인지 짝수인지에 따라 점을 친다. (3) 던지는 것, 예를 들면 계란을 던져 계란 껍데기의 상황을 관찰하여 점을 친다. (4) 불에 굽는 것, 뼈를 불에 달구어 균열된 문양을 보고 점을 친다. 이러한 물건 가운데 가장 많이 사용되는 것은 짐승의 뼈이다. 고고학에서 발견한 중국 최초의 점을 치는데 사용하였던 뼈는 앙소문화 조기에 속하는 하남성 절천浙川의 하왕강下王崗 유적지에서 출토된 것이다. 그 다음은 내몽고 파림좌기巴林左旗 부하구문富河

構門 유적지(기원전 3,350년)에서 점을 칠 때 사용하였던 뼈가 발견되었다. 이 뿐만 아니라 산동성 용산龍山문화 장구章丘의 성소애城小崖 유적지, 제가齊家문화(기원전 2,000년) 감숙성 영정永靖의 대하장大何莊 유적지, 하남성 용산龍山문화 왕만王灣 3기유형 유적지 등에서는 모두 사슴, 소, 양, 돼지 등의 어깨뼈가 발견되었다. 주의해야 할 점은 1987년 하남성 무양舞陽의 가호賈湖 유적지에서 부호가 새겨진 거북등껍질이 출토되었다는 점이다. 이는 대략 용산龍山문화에 속한다. 이것은 거북등껍질이 점을 치는 데 사용된 최초의 실물 유물이다.

납서納西, 강羌, 이彝 등 소수민족에서는 점을 칠 때 소나 양의 어깨뼈를 사용한다. 무당이 점을 칠 때는 우선 점을 치는 이유를 말한 다음에 뼈를 태우고 그 다음에 뼈에 나타난 징조를 해석한다. 이처럼 대략 세 가지 단계를 거쳐서 점을 친다. 양산涼山의 이족彝族은 뼈를 상하좌우 네 가지로 구분하는데, 이때 상上은 바깥을 하下는 안쪽을 좌左는 자신을 우右는 귀신을 각각 나타낸다. 그런 다음에 뼈를 구워 뼈에 나타난 문양을 보고 해석하는데, 왼쪽 아래에 문양이 있을 때에는 좋고 그렇지 않은 경우에는 나쁜 의미를 가지고 있다. 고고학에서 발견된 점에 사용되는 물건은 대부분 구운 것들이다. 이러한 방법은 상나라 때 행해졌던 구멍을 뚫은 다음에 불에 달구는 방법과는 달리 단지 개별적인 뼈에 구멍만을 뚫은 것이었다. 게다가 뼈에 나타난 문양 역시 은상시기의 갑골에 나타난 분명한 점술 문양이 아니었기 때문에 어떻게 해석해야하는지 고증할 방법이 전혀 없다.

예 40)은 복卜자로, 이것은 뼈를 구운 후에 나타난 균열을 그린 것이다. 『설문·복부卜部』에 따르면 "卜, 灼剝龜也, 象灸龜之形. 一曰象龜兆之縱橫也." (복卜이란 거북등껍질을 잘 다듬어 굽는 것이다. 거북등껍질에 뜸을 뜨는 모양을 그린 것이다. 다른 뜻은 거북등껍질에 종횡으로 균열된 모양을 그린 것이다.)라고 풀이하였는데, 이 설명에서 다른 뜻이라고 한 부분이 맞는 설명이다. 본의는 점치다이다. 이로부터 인신하여 예측하다, 짐작하다, 부여하다, 보답하다 등의 의미가 되었다.

예 41)은 점占자로, 이 한자는 복卜과 구口가 결합하여 만들어졌다. 즉 거북등껍질에 나타난 문양에 근거하여 말로 그것을 해석하는 모양을 나타낸다. 『설문·복부卜部』에 따르면 "占, 視兆問也."(점占이란 나타난 문양을 보고 물어보는 것이다.)라고 풀이하였다. 점占과 복卜의 본의는 같다. 인신하여 관찰하다, 예측하다, 징조 등의 의미가 되었다.

점치는 것은 인류 최초의 "예측학豫測學"으로, 이것은 원시인들이 사물 발전의 인과관계를 찾기 위한 희망을 반영하였다. 점을 치는 방법은 인류와 귀신의 연계방법으로, 우주에 대한 과학적 인식은 아니었다. 하지만 무당은 점을 친 내용을 영험하게 하기 위하여 어쩔 수 없이 현실 생활에 보여지는 경험적 인식을 그 안에 투영시켰다. 그리고 부단히 점을 치는 방법을 보충하고 수정하여 미신과 과학을 결합시켰다. 은나라 사람들의 점의 내용인 『역경易經』이 바로 그러하였다.

원시종교는 원시사회의 주요한 정신적 역량을 한 데로 묶는 것이자 또한 원시인들의 정신생활의 주요한 방면이었다. 이것은 원시인들의 세계관, 이상, 감정과 지혜를 반영하였다. 원시예술은 대다수가 원시종교와 서로 연결되어 있다.

연구제시

1. 『설문』의 용부龍部, 조부鳥部, 귀부龜部, 록부鹿部에 속한 글자로부터 화하민족의 사령四靈숭배를 분석하시오.
2. 『설문』 가운데 시부示部에 속한 문자로부터 중국의 제사 습속을 분석하시오.
3. 『설문』에서 간지干支로 이름을 삼은 것과 유관한 해설을 정리하여, 한나라 사람들의 음양오행 등에 대한 관념을 분석하시오.

주요 참고문헌

1. 『中國大百科全書』哲學卷.
2. 『中國大百科全書』宗敎卷.
3. 雷漢卿 『「說文」"示部"字與神靈祭考』, 巴蜀書社, 2000年.

11

과학기술

일佚 67. 화火

을乙 8691. 염焱

후하後下 37, 5. 열爇

성명誠明 2. 재灾

경진京津 2245. 초焦

존하存下 520. 숙夙

송정頌鼎. 단旦

고庫 1025. 조朝

을乙 180. 측昃

갑甲 2034. 막莫

갑甲 755. 석夕

일佚 518. 일日

갑甲 225. 월月

연燕 85. 둔屯

전戩 22, 2. 춘春

경진京津 568. 년年

전前 7, 26, 3. 성星

산동성 거현莒縣 릉양아夌
陽阿에서 출토된 도존陶尊.
천상각문天象刻文

일佚 200. 갑甲

갑甲 231. 을乙

갑甲 2907. 병丙

을乙 9083. 정丁

을乙 8658. 무戊

청菁 3, 1. 기己

청菁 4, 1. 경庚

림林 1, 91. 신辛

일佚 37. 임壬

철鐵 112, 3. 계癸

연燕 103. 순旬

청菁 6, 1. 자子

청菁 3, 1. 축丑

청菁 5, 1. 인寅

철鐵 39, 4. 묘卯

연燕 170. 진辰

수粹 498. 사巳

연燕 78. 오午

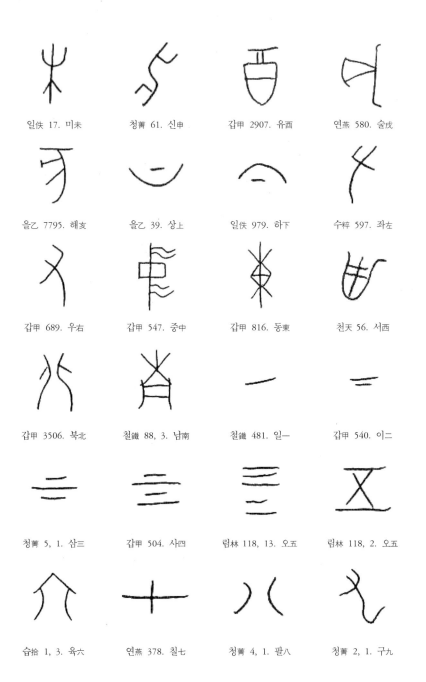

일佚 17. 미未	청菁 61. 신申	갑甲 2907. 유酉	연燕 580. 술戌
을乙 7795. 해亥	을乙 39. 상上	일佚 979. 하下	수粹 597. 좌左
갑甲 689. 우右	갑甲 547. 중中	갑甲 816. 동東	천天 56. 서西
갑甲 3506. 북北	철鐵 88, 3. 남南	철鐵 481. 일一	갑甲 540. 이二
청菁 5, 1. 삼三	갑甲 504. 사四	림林 118, 13. 오五	림林 118, 2. 오五
습拾 1, 3. 육六	연燕 378. 칠七	청菁 4, 1. 팔八	청菁 2, 1. 구九

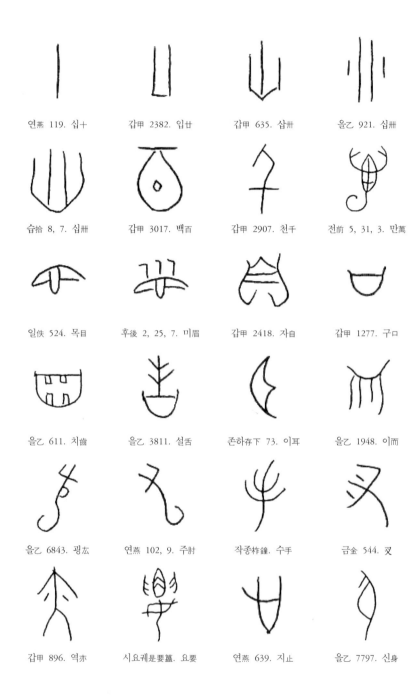

연燕 119. 십十　　갑甲 2382. 입廿　　갑甲 635. 삽卅　　을乙 921. 십卌

습拾 8, 7. 십卌　　갑甲 3017. 백百　　갑甲 2907. 천千　　전前 5, 31, 3. 만萬

일佚 524. 목目　　후後 2, 25, 7. 미眉　　갑甲 2418. 자自　　갑甲 1277. 구口

을乙 611. 치齒　　을乙 3811. 설舌　　존하存下 73. 이耳　　을乙 1948. 이而

을乙 6843. 굉厷　　연燕 102, 9. 주肘　　작종柞鐘. 수手　　금金 544. 叉

갑甲 896. 역亦　　시요궤是要簋. 요要　　연燕 639. 지止　　을乙 7797. 신身

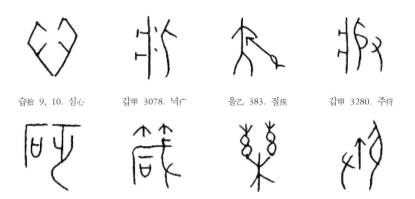

| 습습拾 9, 10. 심心 | 갑甲 3078. 녁疒 | 을乙 383. 질疾 | 갑甲 3280. 주疛 |

| 설문 소전. 펌砭 | 설문 소전. 잠箴 | 약정藥鼎. 약藥 | 을乙 276. 은殷 |

과학기술이 포괄하는 내용은 매우 광범위하다. 앞에서 이미 논술한 바 있는 선사시대의 문화, 양잠과 방직, 음식 익히기, 혈거와 지상건축, 배와 수레, 술 제조, 토기 제작, 활과 화살 등 이러한 것 역시 과학기술에 포함된다. 하지만 이 부분에 대해서는 다시 서술하지 않고, 단지 불, 시간 기록, 방위, 수학, 의학 등 몇 방면에 대해서만 원시사회과학기술의 맹아적 상황을 소개하고자 한다. 유사시대 이후의 과학기술에 관한 상황은 대부분 몇 개의 자형으로 기술할 방법이 없기 때문에 여기에서는 어쩔 수 없이 생략하고자 한다.

1. 불의 이용

6·70만 년 전, 북경원인은 불을 이용할 수 있었고 불씨를 보존할 수 있었다는 점은 이미 알려진 사실이다. 불씨를 보존하는 방법 가운데 하나는 불을 꺼지지 않게 하는 것이다. 소수민족 대다수가 실내 바닥을 파서 만든

작은 불구덩이인 화당火塘을 가지고 있으며, 서장의 낙파족珞巴族 노인들은 야간에 화당에 나무를 대는 일을 담당하였다. 다른 한 종류는 불씨를 꺼지지 않게 하는 것인데, 이것은 불이 활활 타오르지 않는 초목에 불을 붙이는 방법이다. 이 방법을 이용하기 위해서는 부단히 나무를 바꾸어 주어야만 한다.

불을 이용하게 되었다는 것은 인류 발전 과정에서 중대한 과학기술의 성과였다. 불은 몸을 따뜻하게 하는 것, 음식을 익히는 것, 밝히는 것, 수렵 등 다방면에 응용할 수 있었기 때문에 인류문명발전의 중요한 조건이 되었다. 신석기시기에 이르러 불의 응용 범위가 더욱 확대되었다. 도구 제작, 숲을 태워 농사를 짓는 것, 불을 살라 토기를 제작하는 것, 구리를 녹여 도구를 만드는 것, 질병을 예방하는 것, 제사를 지내는 것 등에 불이 사용되었다. 이에 따라 인류는 점차 인공적으로 불을 얻는 기술을 장악하게 되었다. 『한비자韓非子』에 "上古之世, 有聖人作, 鑽燧取火以化腥臊, 而民悅之, 使王天下, 號曰燧人氏."(상고시대에 성인이 부싯돌에 구멍을 내어 불을 만드는 방법을 발명하여 비릿한 음식들을 잘 익히니, 사람들이 그것을 매우 기뻐하여 온 천하의 왕으로 삼아 그를 수인씨라 하였다.)라는 구절이 있다. 『태평어람太平御覽』 권869에는 『박물지博物志』의 "燧人鑽木而造火."(수인씨가 나무를 뚫어서 불을 만들었다.)라는 문장을 인용하였다. 산정동 유적지에서는 구멍을 뚫는데 사용하였던 짐승 뼈로 만든 침이 출토되었는데, 이는 산정동인들은 이미 구멍을 뚫으면서 불씨를 얻는 기술을 장악하였음을 설명한다. 이러한 기술은 구석기 말기에 발명되었을 수도 있다.

예 1)은 화火자로, 이 한자는 불꽃이 활활 타오르는 모양을 그린 것이다. 『설문・화부火部』에서는 "火, 燬也."(화火는 불이다.)라고 풀이하였다. 인신하여 연소하다, 화재, 횃불, 불처럼 뜨겁다 등의 의미가 되었다.

예 2)는 염焱(yàn)자로, 이 한자는 세 개의 화火가 결합하였다. 즉, 활활 타오르는 불씨를 그린 것이다. 『설문·염부焱部』에서는 "焱, 火華(花)也."(염 焱이란 불이 빛나는 것이다.)라고 풀이하였다. 옛 조상들이 구멍을 돌리면서 불씨를 얻는 기술을 장악한 이후에는 또한 불씨를 보존해야만 했다. 왜냐하 면 구멍을 비비면서 불씨를 얻기 위해서는 시간을 많이 허비할 뿐만 아니라 또한 공기가 비교적 건조하다든지 하는 일정한 조건이 갖추어져야만 가능 하였기 때문이다. 이렇게 해서 얻어진 불씨는 방안에 있는 화당에 잘 보관해 야만 했다.

예 3)은 설爇(ruò)자로, 이 한자는 손으로 횃불을 잡고서 불을 태우고자 하는 모양을 그린 것이다. 『설문·화부火部』에서는 "爇, 燒也."(설爇이란 불사 르다는 뜻이다.)라고 풀이하였다.

불은 인류에게 수많은 이로움을 가져다주었으나, 간혹 불이익을 초래하 기도 하였다.

모든 가족들은 방 가운데 있는 불씨를 잘 보존해야만 했다. 원시사회의 집을 덮은 지붕은 대부분 띠와 풀 그리고 나뭇가지였기 때문에 화재를 피할 수 없었다. 하물며 뜻밖에 발생하는 산불과 같은 천재지변은 말할 필요가 없다.

예 4)는 재灾자로, 이것은 집안에서 불이 일어난 것을 그린 것이다. 반드시 천재지변으로 인한 화재만을 가리킨 것은 아니다. 인신하여 모든 재앙, 죄 악, 손상 등의 의미가 되었다.

초원에 농사를 짓기 위하여 불을 지르거나 혹은 자연적으로 발생한 산불 등은 간혹 동물을 태워버릴 수도 있다.

예 5)는 초焦자로, 이것은 불로 새를 태우는 모양을 그린 것이다. 이 한자 는 회의겸형성자로, 본의는 '화상을 입히다.'이다. 단지 동물만을 가리키는 것은 아니다.

2. 시간관념과 날짜 기록방법

원시사회의 시간과 계절 관념은 천문 현상, 식물, 동물 등의 사물을 관찰하면서 얻어진 것이다.

1) 하루의 시간 구분

원시인들은 태양이 떠오르면 일을 하고 태양이 지면 일을 멈추어 쉬었다. 낮에 노동을 할 때에는 붉은 태양이 하늘 높이 걸려 있고 밤에 쉴 때에는 밝은 달이 밤하늘에 떠오른다. 그들은 태양과 달이 하늘에서의 운행 상황을 관찰하여 하루의 시간을 나누었다. 현재에도 시계가 보급되지 않은 몇 몇 농촌에서는 농민들은 하늘에 떠 있는 태양과 달 그리고 별의 위치에 따라서 시간을 판단하기도 한다. 『초학기初學記』권1에는 『찬요纂要』에 실린 "日初出曰旭, 日昕曰晞, 日溫曰煦, 在午曰亭午, 在未曰昳, 日晚曰旰, 日將落曰薄暮."(태양이 처음 떠오르는 것을 욱旭, 태양이 떠올라 밝아진 것을 희晞, 태양이 따뜻하게 내리쬐는 것을 후煦, 태양이 가운데 있는 것을 정오亭午, 태양이 서쪽 끝에 있는 것을 질昳, 태양이 늦게까지 있는 것을 간旰, 태양이 막 떨어지는 것을 박모薄暮라고 한다.)라는 구절을 인용하였다. 이러한 것들은 태양이 하늘에 있는 위치에 관한 명칭일 뿐만 아니라 또한 낮 시간의 구분이다. 태양이 하늘에 떠 있는 위치에 대하여 명확한 기준이 없고, 일 년 사계절 태양이 뜨고 짐에 따른 변화에 대해서도 명확하지 않았기 때문에 옛 조상들의 구분은 정확한 것은 아니었다. 하지만 이러한 시간 관념은 당시 생산력 저하의 상황에는 적합하였다. 그들의 하루의 활동은 해가 아직 떠오르지 않고 달이 아직 지지 않을 때부터 시작되었다.

예 6)은 숙夙자로, 이것은 아침에 일어나서 달에게 절하는 모양을 그린 것이다. 『이아爾雅 · 석고釋詁』에 따르면 "夙, 早也."(숙夙은 이르다는 뜻이다.)라고 하였다. 이것은 날이 아직 밝지 않아 달이 여전히 보이는 시간을 가리킨다. 그리하여 숙야夙夜를 붙여 사용한다. 이렇게 붙여 사용하면 일찍과 늦게라는 두 개의 뜻을 겸하기도 할 뿐만 아니라 단지 이른 시간을 나타내기도 한다. 『시경 · 소남召南 · 채번采蘩』에 "夙夜在公"(아침부터 밤까지 조정의 일을 보네.)라는 구절이 있다. 그리고 마서진馬瑞辰은 『모시전전통석毛詩傳箋通釋』에서 "以其時天尙未旦, 而執事有恪, 因謂之夙夜."(그 시간은 아직 해가 떠오르지 않은 시각이지만, 공무를 처리함에는 법도가 있기 마련이다. 그리하여 그러한 것을 숙야夙夜라고 한다.)라고 하였다. 태양이 들어가서 태양이 떠오를 때까지를 모두 야夜라고 한다. 이 문장에서 "숙야夙夜"의 숙夙은 태양이 떠오르기 전을 가리키는데, 이것은 야夜와 의미가 같다(앞 장 가운데 천문 현상에서 소개한 "숙夙"에 관한 내용 참고).

하늘이 점차 희미하게 밝아지고는 있지만 그때까지도 달이 떠 있는 것을 조朝라 한다.

예 8)은 조朝자로, 이 한자는 태양이 초목 사이로 떠올라 날이 희미하게 밝아지긴 하였지만 달이 아직까지 지지 않은 모양을 그린 것이다. 『예기 · 제의祭義』에는 "周人祭日以朝及闇"(주나라 사람들이 태양에 대하여 제사를 지내는 날에는 아침부터 저녁까지 한다.)라는 문장이 있다. 이 문장에 대하여 정현鄭玄은 『주注』에서 "朝, 日出時也."(조朝란 태양이 떠오를 때이다.)라고 설명하였다. 본의가 새벽이므로, 이로부터 인신하여 환하다, 시작하다, 하루 등의 의미가 되었다. 군주는 새벽에 신하들과 만나서 일을 상의한다. 그리하여 다시 인신하여 알현하다, 회견하다, 제배祭拜드리다, 조정, 왕조 등의 의미가 되었다. 새벽에 태양이 동방에서 떠오르기 때문에, 그리하여 다시 인신하여 동방이란 뜻이 되었다. 중국의 지형은 서고동저西高東低이므로 물은 대체로 동쪽을 향하여 흐른다. 그리하여 다시 인신하여 작은 강물이 큰 강물로 흘러 들어간 다는 의미가 되었다. 변덕스럽다는 의미인 조삼모사朝三暮四, 형세가 매우 급박하다는 의미인 조불보석朝不保夕, 매우 가깝다는 의미인 조발석지早發夕至에 쓰여진 조朝는 새벽이란 뜻이다.

붉은 태양이 동쪽에서 떠올라 막 지면과 떨어진 시간을 단旦이라 한다.

예 7)은 단旦자로, 이것은 금문이다. 이 한자는 태양이 처음으로 떠올라 그 빛이 지면과 서로 맞닿아 있는 모양을 그린 것이다.『설문・단부旦部』에서는 "旦, 明也. 從日見一上; 一, 地也."(단旦은 밝다는 의미이다. 이것은 태양이 일一 위에 있는 모양으로, 여기에서 일一은 지면을 나타낸다.)라고 풀이하였다. 본의는 '동이 트다'이다. 이로부터 인신하여 밝다, 새벽, 어떤 날 등의 의미가 되었고 또한 전문적으로 음력 초하루를 가리키기도 한다. 주의할 점은, 단旦은 밝다, 둘째 날, 음력 초하루를 가리킬 뿐 둘째 날 아침을 뜻하지는 않는다는 점이다.

태양이 정오를 지나는 시간을 측昃이라 한다.

예 9)는 측昃자로, 이 한자는 일日과 대大가 결합하여 이루어졌다. 그리고 약간 기울어진 대大자는 태양이 서쪽으로 이동하여 그림자가 바르지 않은 것을 나타낸다. 그리하여 "오후"라는 뜻을 만들어 냈다.『설문・일부日部』에서는 "昃, 日在西方時側也. 從日仄聲."(측昃이란 태양이 서쪽으로 기울어진 것을 말한다. 이 한자는 일日에서 뜻을 취하고 측仄에서 소리를 취하는 형성문자이다.)라고 풀이하였다. 위 문장에서 "측側"은 해 그림자가 옆으로 기운 것을 가리킨다. 측昃은 후기형성자이다.

태양이 막 지려고 할 때가 모暮이다.

예 10)은 막莫자로, 이것은 태양이 초목 사이로 떨어진 모양을 그린 것이다.『설문・망부茻部』에서는 "莫, 日且冥也. 從日在茻中."(막莫이란 태양이 점차 어두워지는 것을 말한다. 이 한자는 태양이 수풀 사이에 있는 모양을 그린 것이다.)라고 하였다. 본의는 저녁 무렵이다. 이로부터 인신하여 어둠이 막 깔릴 때 혹은 나이가 끝날 때 등의 의미가 되었다. 막莫이 대명사, 부사, 접속사로 사용되는 것은 모두 가차의이다. 뜻을 나타내는 형방인 일日자를 증가시켜 모暮라고 쓴다. 막莫과 모暮는 고금자이다.

태양이 져서 보이지 않고 달이 처음으로 떠오를 때를 석夕이라 한다. 예 11)은 석夕자로, 이것은 반월半月 모양을 그린 것이다. 갑골문에서 석夕과 월月은 하나의 글자이다. 비록 점으로 서로 구별하였으나, 그 구별은 그리 엄격하지 않았다. 『설문・석부夕部』에서는 "夕, 莫(暮)也. 從月半見."(석夕은 저녁이란 뜻이다. 달이 반쯤 보이는 모양을 그린 것이다.)라고 풀이하였다. 『곡량전穀梁傳・장공莊公8년』에 "自日入至於星出謂之夕."(태양이 들어가 별에 다다른 것을 석夕이라 한다.)라는 구절이 있다. 본의는 저녁 무렵이다. 이로부터 인신하여 '밤새'라는 의미가 되었다. 『열자列子・주목왕편周穆王篇』에 "昔昔 夢爲國君."(밤마다 군주가 되는 꿈을 꾸었다.)라는 문장이 있는데, 『석문釋文』에서 "昔昔, 夜夜也."(석석昔昔은 밤 마다란 뜻이다.)라고 주석을 달았다. 석昔은 석夕의 통가자이다. 태양은 서쪽으로 떨어지기 때문에, 다시 인신하여 '서쪽을 향하여'란 의미가 되었다.

예 12)는 일日자로, 이것은 태양을 그린 것이다. 『역易・계사하繫辭下』에 "日往則月來, 月往則日來."(해가 지니 달이 뜨고, 달이 지니 해가 뜬다.)라는 구절이 있다. 인신하여 시간 상 태양이 떠오르고 질 때까지의 시간을 의미하게 되었다. 이로부터 다시 인신하여 태양이 떠 오른 후 둘째 날 다시 태양이 떠오를 때까지의 시간을 의미하게 되었는데, 이것은 주야晝夜를 포함한다. 즉, 오늘날의 '하루'라는 의미이다. 『주비산경하周髀算經下・주注』에는 "從旦 至旦爲一日也."(태양으로부터 태양까지가 하루가 된다.)라는 구절이 있다. 후에 시간 계산이 비교적 정확하게 되었을 때, 한밤중을 경계로 나누었다. 『상서 尚書・홍범洪範・소疏』에는 "從夜半以至明夜半, 周十二辰爲一日."(한밤중으로부터 다음날 한밤중까지 12진辰이 하루이다.)라는 구절이 있다. 다시 인신하여 세월, 날짜 등의 의미가 되었다.

눈으로 직접 태양의 위치를 목격하여 시간을 측정하는 방법은 후에 해시계를 발명하는 사고의 기초가 되었다.

2) 달

조상들이 달이 이지러지고 다시 둥글게 되는 모양을 관찰하여, 1년은 12개월로 되어있다는 것을 알아낸 것은 매우 오래된 일이었다.『산해경山海經・대황서경大荒西經』에 "有女子方浴月, 帝俊妻常義, 生月十有二, 此始浴之." (여자가 지금 달을 씻기고 있다. 제준의 아내인 상희가 12개의 달을 낳아서 여기에서 처음으로 그것들을 씻겼다.)라는 구절이 있다. 원시사회에서는 사람들이 수렵과 채집을 위해서는 반드시 기후의 변화에 따른 만물의 상태에 대한 지식을 갖추어야만 했다. 매년 동일한 기후의 변화에 따른 만물의 상태 변화는 해의 모양 변화와 수차례의 대비를 통하여 매우 쉽게 1년은 12개월이라는 점을 알게 되었다. 그래서 달에 대한 인식은 대략 원시농업 발생 이전의 일일 것이다. 악륜춘족鄂倫春族은 12회의 보름달을 1년으로 삼는다. 앙소仰韶 문화에 속하는 정주鄭州 대하촌大河村 유적 제3, 4기 유적지에서는 태양무늬와 달무늬 토기 파편이 출토되었다. 태양무늬가 있는 토기 파편을 복원한 결과 토기 그릇이 되었는데 거기에는 뜻밖에도 12개의 태양이 그려져 있었는데, 이것은 1년 12개월과 관계가 있을 것이다.

예 13)은 월月자로, 반월半月 모양을 그린 것이다. 본의는 "달"이다.『시경・소아小雅・천보天保』에 "如月之恒, 如日之升."(보름달이 되려는 달처럼, 아침 해가 떠오르는 것처럼!)라는 문장이 있다. 달이라는 본의로부터 인신하여 달빛이라는 뜻이 되었다. 달은 상현달에서 보름달로 보름달에서 상현달로 변화하기 때문에 다시 인신하여 한 달을 가리키게 되었다. 꽃처럼 아름다운 얼굴을 뜻하는 화용월모花容月貌라는 성어에서 월月은 얼굴빛과 전혀 관계가 없다. 조상들은 만물을 음양陰陽으로 구분하였다. 남자는 양陽이 되고, 태양은 양의 정수이다. 여자는 음陰이 되고, 달은 음의 기본이 된다. 그리하여 달로써 여자를 형용하였다.

3) 나이와 계절

식물의 생장, 동물의 활동, 밤하늘에 떠 있는 별자리의 변화는 대부분 계절과 관계가 있다. 그리하여 옛 선인들은 어업과 수렵, 채집, 농경을 통하여 수많은 기후에 따른 만물의 상태 변화현상을 관찰할 수 있었다. 이렇게 하여 계절과 나이의 변화를 알 수 있게 되었다. 동북지방 오소리강烏蘇里江 강가에 거주하는 혁철인赫哲人들은 해방 전에는 어업과 수렵 경제를 주로 하였다. 그들은 알을 낳기 위해 바다에서 강으로 돌아오는 연어를 잡는데 그들에게 있어서 가을이란 바로 연어를 잡아먹는 계절을 뜻한다. 매년 그것을 먹은 뒤에는 물고기 머리 하나를 걸어두는데, 그들은 자신의 나이를 기록하지 않고 단지 연어를 몇 차례 먹었는가를 기록할 뿐이었다. 『후한서後漢書·오환열전烏桓列傳』에 "見鳥獸孕乳以別四節."(새와 짐승이 새끼를 낳아 기르는 것을 보는 것으로써 사계절을 구분한다.)라는 구절이 있다. 송나라 맹공孟珙은 『몽달비록蒙韃備錄』에 "달단인韃靼人과 여진인女眞人은 유목생활에 의지하여 생활하는데, 초원에 목초가 다시 푸르러지는 횟수로 햇수를 기록하였다. 예를 들면 몇 살인지 물어볼 때 그들은 몇 차례 초원이 푸르러진 것을 보았는지 물어본다."라고 기록하였다. 합니족哈尼族 노인들이 전해주는 1년 12개월의 명칭은 기후 변화에 따른 만물의 상태 변화 현상과 서로 결합하여 만들어졌다. 즉, 송구월送舊月, 영신월迎新月, 초사월草死月, 지습월地濕月, 종곡월種穀月, 채파월踩耙月, 매우월霉雨月, 발초월拔草月, 오사월熬泗月, 상신곡월嘗新穀月, 입고월入庫月, 앵도월櫻桃月이 그것이다.

중국 조상들은 원시사회에서는 초목의 새싹이 처음 발아하는 때를 봄으로 여겼다.

예 14)는 둔屯자로, 이 한자는 초목이 처음 땅을 뚫고 올라와서 잎이 아직 피지 않은 모습을 그린 것이다. 『설문·면부宀部』에 "屯, 難也, 象草木之初生屯然而難."(둔屯은 어렵다는 뜻이다. 초목이 처음 땅을 뚫고 나올 때 어렵게 힘쓰는 모양을 그린 것이다.)라고 풀이하였다. 갑골문에서는 간혹 둔屯을 봄이란 뜻으로 사용하였다. 『전前4·6·6』에 "壬子……貞今屯受年九月."(임자壬子년에……올 봄에 풍년을 거둘지를 묻습니다.)라는 갑골문이 있는데, 이 문장에서 "금둔今屯"이란 바로 오늘날의 "봄"이고, "수년受年"이란 풍년을 말한다. 둔屯은 본래 초목이 처음으로 땅을 뚫고 나오는 것을 가리킨다. 그리하여 갑골문에서는 봄이란 뜻으로 사용될 수 있었다. 초목이 처음으로 땅을 뚫고 나올 때 어린 새싹이 땅을 뚫어야만 하는 것은 매우 어려운 역경이므로 인신하여 '어렵다'는 뜻이 된 것이다. '어렵다'는 뜻으로부터 다시 인신하여 막히다, 아끼다 등의 의미가 되었다. 초목은 땅에 뿌리를 단단하게 내리기 때문에 인신하여 지키다, 수비하다 등의 의미가 되었고, 이러한 뜻으로부터 다시 인신하여 마을, 모임 등의 의미가 되었다.

예 15)는 춘春자로, 이것은 둔屯과 일日이 결합한 한자이다. 이렇게 결합하여 초목이 처음으로 발아하는 시기는 바로 봄이다는 뜻을 나타낸다. 『설문·초부艸部』에 "春, 推也, 從艸從日, 春時生也, 屯聲."(춘春은 밀어내어 나오다는 의미이다. 이 한자는 초艸와 일日이 결합한 것으로 봄에 자라나다는 의미이다. 그리고 둔屯은 소리를 나타낸다.)라고 풀이하였다. 허신이 '밀어내다(推)'라고 해석하는 방법은 바로 성훈聲訓의 방법으로, 여기에서는 밀어내다(推)는 '나오다' 는 뜻과 비슷하다. 『옥편玉篇』에서는 "春, 蠢也, 萬物蠢動而出也."(춘春이란 꿈 틀거리다는 의미이다. 즉 만물이 꿈틀거리며 나온다는 것이다.)라고 풀이하였다. 사실 춘春은 둔屯의 증형자로, 본의는 봄이다. 이로부터 인신하여 초목이 자라나다, 춘정春情, 춘색春色, 나이 등과 같은 의미가 되었다.

　하늘에 있는 별자리의 변화를 이용하여 계절을 판단하는 것은 식물생장 을 관찰하는 것보다 훨씬 정확하다. 운남성 기낙족基諾族의 전설에 따르면 고생하면서 한작旱作 식물의 씨앗을 파종하였는데 간혹 풍년을 거둘 수 없었 다. 후에 해질 무렵 서쪽으로 오리온 벨트에 해당하는 별자리가 지면으로부 터 3척의 높이에 도달했을 때 파종을 하면 한작 곡물은 해마다 풍년이 든다. 『상서尚書・요전堯典』에 "日短星昴."(해는 짧아지고 별은 묘성이 뜬다.)라는 구절 이 있다. 즉, 묘성昴星이 중천에 도달하면 낮이 가장 짧다는 것을 관찰하였음 을 보여준다. 천문학자들의 추측에 따르면, 이러한 천문현상은 기원전 2,000 여 년 전에 발생한 적이 있었다. 이러한 사실은 하나라 이전에 사람들은 이미 별자리의 모양으로 계절을 판단하는 지식을 지니고 있었음을 설명한 다. 앙소仰韶문화 말기의 대하촌大河村 유적지에서 별자리가 그려진 토기 파 편이 출토되었는데, 잔존하는 별 세 개의 배열 상황은 북두칠성의 손잡이 부분과 흡사하였다. 이러한 사실은 앙소인仰韶人들은 북두칠성의 손잡이 방 향의 변화를 관찰하여 계절을 판정하는 것 즉, 『갈관자鶡冠子』에서 언급한 "斗柄東指, 天下皆春"(북두칠성의 손잡이가 동쪽을 가리킬 때는 봄이다.)라는 사실 을 알고 있었음을 보여준다고 할 수 있다.

　예 17)은 성星자로, 이 한자는 정晶(다섯 개의 원은 정晶의 변체變體임)과 생生 이 결합하여 이루어졌고, 여기에서 생生은 소리를 나타내기도 한다. 옛선인 들은 이미 밤하늘에 떠 있는 별자리의 변화는 식물생장주기와 관계가 있다 는 사실을 알았다. 『설문・정부晶部』에 "星, 萬物之精, 上有列星. 從晶, 生聲."

(성星이란 만물의 정수이다. 윗부분은 별들이 진열된 모습을 보여준다. 정晶에서 뜻을 취하고 생生에서 소리를 취하는 형성문자이다.)라고 풀이하였다. 성星은 형방인 정晶을 증가시켜 만든 한자이다. 성방인 "생生"은 초목이 성장함을 나타낸다.

식물생장과 별자리의 변화가 계절을 확정한다는 것 이외에도 선인들은 태양출몰의 방위변화로 농사를 짓는 시기를 판정하는 것을 이해하였다. 양산凉山 이족彝族의 노인들은 하나의 고정된 지점으로부터 태양이 어떤 산에 떨어지는 지를 관측하여 어떤 씨앗을 파종할 지를 판단하였다. 산동성 묘현莒縣에 있는 릉양하淩陽河 강가에서는 토기로 제작된 항아리에 천문현상이 새겨진 무늬가 출토되었는데, 예 18)이 그것이다. 이는 대문구大汶口 문화에 속한다. 천문현상을 새긴 사람은 출토된 항아리 부근에 있는 돌이 가리키는 방향에 있는 5좌의 산봉우리 가운데 중앙에 있는 산봉우리로 올라갔었을 것이며, 아침의 태양이 바로 그 산봉우리 위에 걸쳐있을 때가 바로 춘분春分이었음을 예측하였을 것이다. 이 천문현상을 새긴 문양은 제사를 지내는 시간은 춘분인 바로 그날에 위치해야만 한다는 것을 보여준다. 이 문양을 해석한 일은 천문학에 관련된 중요한 고고학적 성과이다.

농업이 발전한 이후에는 농작물의 수확으로 햇수를 기록하였다.

예 16)은 년年자로, 이것은 사람이 잘 익은 벼를 짊어진 모양을 그린 것이다. 『설문』에 따르면 "年, 穀熟也."(년年이란 곡식이 잘 익었다는 뜻이다.)라고 하였다. 이로부터 인신하여 곡식은 1년에 한번 익기 때문에 갑골문에서는 일년을 기록한다는 의미로 사용되었다. 다시 인신하여 설날, 연대, 세월, 나이, 수명 등이 되었다. 젊고 기력이 왕성하다는 뜻인 연부력강年富力强의 년年은 나이를 가리킨다.

4) 날짜 기록 방법

원시사회에서 최초의 날짜 기록 방법은 결승結繩, 각치刻齒, 혹은 산주算籌와 시초蓍草 등이었다. 『사기·제왕본기五帝本紀』에서는 황제黃帝를 "迎日推策"(절기가 오면 점을 쳐 그 점대로 날을 헤아릴 수 있다.)라고 칭하였다. 그리고 『집해集解』에서는 "黃帝得蓍以推算曆數, 於是逆知節氣日辰之將來, 故日推策迎日也."(황제는 시초蓍草로 역법을 추산하여 어떤 날에 어떤 절기인지를 알 수 있었다. 그리하여 어떤 절기가 있으면 그 날을 정확하게 추정할 수 있었다.)라고 하였다. 위 내용으로 볼 때, 황제시대에는 날짜를 기록할 수 있었을 뿐만 아니라 언제 어떤 절기가 있는지도 능히 추산할 수 있었다.

간지干支를 이용하여 날짜를 기록한 것은 어느 시기에 발명된 것인지 확정할 수 없다. 예 19)~28)은 10개의 천간天干 명칭 즉, 갑甲, 을乙, 병丙, 정丁, 무戊, 기己, 경庚, 신辛, 임壬, 계癸 등을 각각 나타낸 것이다. 그 가운데 정丁은 쇠못 모양을 그린 것이고, 무戊는 도끼와 같은 병기이고, 신辛은 죄를 지은 사람의 얼굴에 새기는 도구를 그린 것이다. 그 나머지 형체가 나타내는 의미는 무엇인지 정확하게 알 수는 없지만, 이러한 것을 이용하여 천간명天干名으로 한 것은 가차이다. 『사기·하본기夏本紀』의 기록에 따르면 하왕조에 제공갑帝孔甲과 제이계帝履癸라는 명칭이 있는 것으로 보아 임금은 날짜로 자신의 명칭을 삼았음을 알 수 있다. 그리하여 날짜를 기록하는 천간이 바로 자신의 이름을 나타내게 된 것이다. 이러한 사실로 추정해 보면 천간으로 날짜를 기록하는 방법은 하나라 이전에 발명되었을 가능성이 높다. 『산해경山海經·대황남경大荒南經』에는 "東南海之外, 甘水之間, 有羲和之國, 有女子名曰羲和, 方日浴於甘淵. 羲和者, 帝俊之妻, 生十日."(동남해의 밖, 감수 사이에 희화의 나라가 있었는데, 그곳에 있는 여자의 이름을 희화라 하였다. 그녀는 감연에서 태양을 목욕시켰다. 희화는 제준의 처로 10개의 태양을 낳았다.)라는 구절이 있는데, 여기에서 10개의 태양과 관련된 신화는 천간과 무관하지 않을 것이다. 날짜 기록은 10가지 명칭이 있다. 천간은 날짜를 기록하였는데, 이로부터 천간은 오래전부터 전문적으로 사용된 서수사序數詞임을 알 수 있다. 하나라를 나타내는 하夏자는 사람이 태양을 향하여 절하는 모습을 그린 것으로, 천간을 임금의 이름으로 삼은 것 역시 하나라에 보인다. 천간은 어쩌면 하나라를 세운 부락의 오래된 방언일 수도 있다. 10일은 일순一旬이다.

예 29)는 순旬자로, 이것은 회전하는 모양에 지사부호인 일一을 더하여 만든 한자이다. 즉, 갑甲부터 계癸까지의 10일이 1차례 순환하는 것을 나타낸다. 『설문・포부勹部』에 따르면 "旬, 遍也, 十日爲旬."(순旬이란 보편적임을 뜻한다. 10일이 순旬이다.)라고 풀이하였다. 은나라 사람들은 순말旬末에 하순下旬의 길흉에 대한 점을 쳤다. 따라서 순旬이란 관념의 탄생은 상나라 초기까지 거슬러 올라갈 수 있다. 본의는 10일이다. 이로부터 인신하여 10살, 세월, 일반적 등의 의미가 되었다.

예 30)~예 41)은 각각 자子, 축丑, 인寅, 묘卯, 진辰, 사巳, 오午, 미未, 신申, 유酉, 술戌, 해亥인 십이지지十二地支의 갑골문 자형이다. 문자의 형태를 통하여 그것이 나타내는 뜻은 대부분 알 수 있다. 자子와 사巳는 원래 하나의 한자로 어린 아이의 모습을 그린 것이다. 축丑은 『설문・축부丑部』에 따르면 "象手之形."(손의 모양을 그린 것이다.)라고 하였다. 인寅은 화살을 그린 것으로 시矢자와 같다. 간혹 차이를 나타내기 위하여 구별부호를 첨가하기도 하였다. 진辰은 신蜃의 초문으로 조개를 그린 것이다. 미未는 『설문・미부未部』에 따르면 "象木重枝葉也."(나무에 많은 가지와 나뭇잎이 달린 모양을 그린 것이다.)라고 하였다. 신申은 번개의 모양을 그린 것이다. 유酉는 주酒의 초문으로 술을 담는 그릇을 그린 것이다. 술戌은 도끼와 같은 병기를 그린 것이다. 묘卯는 칼과 관계가 있다. 오午는 절굿공이를 나타내는 저杵의 초문이다. 해亥는 돼지 모양과 비슷하다. 이러한 것들이 십이지지의 명칭으로 사용되는 것은 모두 가차이다. 십이지지는 언제 탄생하였는지에 대해서는 더욱 확실히 알기는 어렵다. 지지는 12개이기 때문에 아마 1년은 12개월과 관계가 있지 않을까 한다. 혹은 아마도 전문적으로 달을 기록하기 위하여 사용하였던 오래된 서수사序數詞일 것이다. 이것은 단지 추측일 뿐 그 어떤 증거도 없다. 갑골문 복사에서 천간과 지지를 서로 배합하여 날짜를 기록하는 것이 이미 습관화 된 것으로 미루어 추측하건데, 지지의 발명은 하나라까지 거슬러 올라 갈 수 있을 것이다.

3. 방위지식

원시인들은 아주 오래전부터 방위지식에 대하여 이해하고 있었다. 어업과 수렵 생산 중 이미 상하좌우의 방위를 구분할 수 있었다. 만일 그렇지 않았더라면 집단적으로 힘을 합쳐 일을 할 수가 없기 때문이다.

예 42)는 상上자, 예 43)은 하下자로, 이들은 물체의 상대적 위치 관계를 나타내는 부호로 표시하였다. 상上자는 짧은 일一을 사용하여 어떠한 물체의 긴 획 위에 있음을 나타내고, 하下자는 상上자의 형상과 반대이다.

예 44)는 좌左자, 예 45)는 우右자로, 좌우 양쪽 손으로 인간의 양측 방위를 나타내었다.

신석기시대에 이르러 인구가 증가하였고, 이로 인하여 씨족취락의 범위가 확대되었다. 그리하여 씨족 내에 큰 일이 있을 경우에는 반드시 씨족 구성원들을 불러 모았다.

예 46)은 중中자로, 깃발이 바람에 펄럭이며 휘날리는 모양을 그린 것이다. 당란唐蘭은 『은허문자기殷墟文字記』에서 "此其徽幟, 古時用以集衆. 『周禮 · 大司馬』教大閱, 建旗以致民, 民之, 仆之, 誅後至者, 亦古之遺制也. 蓋古者有大事,

聚衆於曠地, 先建中焉, 群衆望見中而趨附, 群衆來自四面八方, 則建中之地爲中央矣. 列衆爲陳, 建中之酋長或貴族恒居中央, 而群衆左之右之望見中之所在, 卽知爲中央矣. 然則中本徽幟, 而其所立之地恒爲中央, 遂引申爲中央之義, 因更引申爲一切之中."(이것은 아름다운 깃발을 나타낸다. 옛날에는 깃발로 모든 사람을 불러 모을 수 있었다. 『주례·대사마』에는 대열할 때에는 깃발을 세워 백성들도 깃발이 세워진 곳에 와서 깃발에 엎드리도록 가르쳤다. 만일 가장 늦게 도착한 자는 목을 베었는데 그러한 일은 옛날부터 이어져 내려온 습속이었다. 옛날에 큰 일이 있을 때에는 넓은 곳에 백성들을 불러 모았고, 그럴 때에는 반드시 깃발을 먼저 세웠다. 깃발이 가운데 세워진 것을 보고 백성들은 그 주변에 모여 들었다. 깃발을 중심으로 백성들이 사방팔방에서 모여들었기 때문에 깃발은 중앙에 처하게 되었다. 그리하여 깃발이 세워진 곳이 중앙이 되었다. 백성들이 늘어져 서 있는 것을 진이라 하였고 깃발을 세운 추장이나 귀족은 항상 가운데 위치하였다. 그리하여 군중들은 좌우에서 깃발이 있는 곳을 바라보게 되면서부터 중앙이라는 의미를 알게 된 것이다. 따라서 중中이란 본래는 깃발이었으나, 후에 깃발이 세워진 곳이 중앙이 된다는 것을 알게 된 후에 중앙이란 뜻으로 인신되었다. 그리고 다시 모든 것의 중심이라는 뜻으로도 인신되었다.)라고 하였다. 본의는 가운데란 뜻이다. 이로부터 인신하여 안, 내심, 바르다, 적합하다 등의 의미가 되었다. 과녁의 중앙을 화살로 적중하는 것은 중中(zhòng)이다. 이로부터 다시 인신하여 부합하다, 도달하다, 뽑다, 얻다, 비슷하다 등의 뜻이 되었다.

　　방위개념의 탄생은 신변身邊의 방위보다 늦다. 『국어國語·초어楚語』에 "顓頊受之, 內命南正重司天以屬神, 命北正黎司地以屬民."(전욱은 그것을 받아 남쪽으로는 정중에게 하늘을 받들어 신들을 귀속하게 하도록 명령하였고, 북쪽으로는 정여에게 땅을 받들어 온 백성들을 귀속하도록 명령하였다.)라는 구절이 있는데, 이에 대하여 위소韋昭는 『주注』에서 "南, 陽位."(남南은 양陽의 위치이다.), "北, 陰位也."(북北은 음陰의 위치이다.)라고 하였다. 전설의 옛 황제인 전욱은 신석기 시대 후기의 인물이다. 남북방향을 분별하는 것은 동서방향보다 약간 더 어려웠다. 이는 신석기시대 선조들은 이미 네 개의 방향에 대한 개념이 있었음을 설명한다. 신석기시대의 묘지는 모두 고정된 방향이 있었다. 임동臨潼 강채姜寨묘지에서 죽은 자들은 대부분 머리를 서쪽으로 향하였고, 게다가 원군묘元君廟 묘지에서 역시 머리 부분이 모두 서쪽을 향하였다. 묘저구廟底溝 묘지에서는 머리 부분이 모두 남쪽을 향하였고, 왕만王灣유적지에서는 성인의 머리는 모두 서북 방향을 향하였으며, 대문구大汶口 묘지에서는 대다수의 머리가 동쪽을 향하였다. 뿐만 아니라 당시 건축의 문 역시 모두 고정된 방향이 있었다. 신석기 중기의 앙소문화에서는 이미 네 개의 방향을 정확하게 구분할 수 있었다. 왕만王灣 묘지에서 볼 때, 당시에도 서북, 동남 등 복합적인 방향을 구분할 수 있었던 것 같다.

민족학 자료로 볼 때, 수많은 민족은 모두 태양의 출몰을 이용하여 동서방향을 판정하였다. 하지만 시간이 한참 흐른 후에야 남북 방향을 분별하는 지식이 생겨났다. 경파족景頗族의 재와어載瓦語 어휘 중에는 남과 북이 없다. 게다가 동을 [pui tho fut]으로 칭하였다. 즉, 이것은 바로 태양이 떠오르는 방향을 말한다. 그리고 서를 [pui va? fut]으로 칭하였는데, 이것은 태양이 떨어지는 방향을 말한다(서실간徐悉艱 등이 쓴『경파어어언간지景頗語語言簡志』에 보임).

예 48)은 서西자로, 새의 둥우리를 그린 것이다. 『설문』에서는 "西, 鳥在巢上, 象形. 日在西方而鳥棲, 故固以爲東西之西. 棲, 西或從木妻."(서西란 새가 보금자리에 깃들어 있는 모양을 그린 상형문자이다. 태양이 서쪽에 있을 때 새가 보금자리로 깃든다. 그리하여 동서라는 방위를 나타내는 서가 되었다. 서棲는 서西의 혹체或體이다. 이 한자는 목木에서 뜻을 취하고 처妻에서 소리를 취하는 형성문자이다.)라고 풀이하였다. 서西는 즉 서棲자의 초문이다. 소전체에서는 서西자 위에 새의 모양을 하였는데, 오늘날에는 해서체화되어 새의 모양을 횡선 일一로 간소화하였다. 그리고 갑골문의 서西는 보금자리는 있지만 그 위에 새는 없는 모습이다. 나진옥羅振玉은 『증정은허서계고석增訂殷墟書契考釋』에서 "日旣西落, 鳥已入巢, 故不復如篆文於巢上更作鳥形矣."(해가 서쪽으로 지면 새들은 보금자리로 깃든다. 고로 전문에서와 같이 보금자리 위에 새의 모양을 그리지 않은 것이다.)라고 하였다. 새가 보금자리로 깃드는 것으로부터 서쪽이라는 개념을 나타내었을 뿐만 아니라 해가 지는 방향도 나타내었다.

예 47)은 동東자로, 서중서徐仲舒 선생은 탁槖(전대)의 초문으로 해석하였다. 즉, 이 한자는 『갑골문집석甲骨文集釋』, 2,029쪽의 설명과 마찬가지로 전대의 모양을 그린 것이다. 학자들 대부분 이 학설을 찬성하지만, 이 한자의 자형을 자세히 들여다보면 의심할 만한 부분이 매우 많음을 발견하게 된다. 갑골문 속東자는 목木이 결합하였고, 중간에 하나의 원형 혹은 여러 개의 원형은 끈으로 묶은 것을 나타낸다. 『합집合集』 36518호편, 『남남南南』 2・56호편에 있는 동東자는 하나의 원형이 있는 속東자와 형체가 완전히 일치한다. 하지만 갑골문과 금문의 동東자의 자형을 관찰해보면, 중간에 일一이 없는 것은 갑골문에 몇 개만이 보일 뿐이다. 따라서 동東자는 목木과 결합되어 있다. 당란唐蘭 선생은 『석사방지명釋四方之名』이라는 책에서 "金文偏旁東束二字每通用, 東卽束之異文."(금문에서 사용되는 편방인 동東과 속束 2개의 한자는 통용된다. 동東은 즉 속束의 이문異文이다.)라고 하였다. 중간에 타원형으로 된 것은 새길 때 편의를 위함 때문이고, 목木자 위와 아래를 서로 연결하여 쓰기 위함 때문이었다. 구석규裘錫圭 선생은 『문자학개요文字學槪要』, 42쪽에서 "我們可以把甲骨文看作當時的一種比較特殊的俗體字, 而金文大體上可以看作當時的正體字."(우리들은 갑골문을 당시의 비교적 특수한 속체자의 일종이라 간주할 수 있다. 하지만 금문은 대체로 당시의 정체자일 것이다.)라고 하였다. 금문의 동東자 중간 부분에는 갑골문의 ×형이 없다. 두 개의 횡선을 한 것도 단지 하나의 청동기에 지나지 않았다. 신경정臣卿鼎, 오사위정五祀衛鼎, 격백궤格伯簋 중간의 원호圓弧 필획은 양 끝을 서로 연결시키지 않아 일日자처럼 썼다. 동東, 탁橐은 쌍성雙聲이다라는 등의 고음에 대한 근거는 결코 믿을 만한 것이 못된다. 왜냐하면 『시경』과 『설문』을 종합하여 얻은 주나라의 음계音系로 갑골문의 음전音轉 현상을 예측하는 것은 매우 위험한 일이기 때문이다. 예를 들면 몇몇 갑골문의 동자분화同字分化 현상으로 이후의 음계를 설명하기란 매우 어렵다. 『설문·동부東部』에서는 "東, 動也, 從木. 官溥說, 從日在木中."(동東은 움직인다는 뜻이다. 목木이 결합된 한자이다. 관부官溥는 태양이 나무에 걸려 있는 모양이라 말했다.)라고 풀이하였다. 『산해경山海經·해외동경海外東經』에서 "湯谷上有扶桑, …… 一日居上枝."(양곡 위에 부상이 있는데, …… 하나의 태양이 윗가지에 있다.)라는 구절이 있다. 그리고 『회남자淮南子·천문훈天文訓』에는 "日出於湯谷, 浴於咸池, 拂於扶桑."(태양이 양곡에서 뜨고 함지에서 목욕을 하고 부상에서 닦는다.)라는 구절이 있다. 여기에서 부상扶桑은 부상榑桑이다. 『설문·목부木部』에 따르면 "榑, 榑桑, 神木, 日所出也."(부榑란 부상이다. 신목이고 태양이 떠오르는 곳이다.)라고 하였다. 예 47)은 동東자로, 바로 태양이 신목인 부상扶桑의 가지에 머무르는 모양을 그린 것이다. 석기시대에는 원시 삼림이 온 대지를 뒤덮었다. 중원내륙에서는 드넓은 바다를 볼 수 없었다. 태양이 동방에서 떠오르면 자연히 나뭇가지에 와 닿게 된다. 그리하여 태양은 신목인 부상扶桑에 머문다는 신화가 탄생하게 된 것이고, 이를 근거로 동東자가 만들어지게 된 것이다. 동東은 태양이 처음으로 떠오르는 방향으로, 이것은 민속학적 자료와 일치한다. 동서는 태양의 뜨고 지는 그 순간부터 탄생한 개념이다. 어떤 사람은 금문의 중重자는 사람이 전대를 짊어진 모양이라 여겼는데, 모든 동東자는 인人자가 있는 것으로 보아, 마치 측면으로 서 있는 사람과 동방에서 떠오르는 태양 빛이 서로 중첩되고 있는 듯하다. 그리하여 또 다른 본의는 중첩하다는 의미이다. 『설문·중부重部』에서는 "重, 厚也."(중重은 두텁다는 의미이다.)라고 하였다. 이것은 인신의이다.

정오에 사람은 태양과 대면하게 된다. 사람의 등은 북방을 향한다.

예 49)는 북北 자로, 이는 두 사람이 서로 등을 지고 서 있는 모양을 그린 것이다. 『설문·북부北部』에서는 "北, 乖也, 從二人相背."(북北은 어긋나다는 뜻이다. 두 사람이 서로 등져 있는 모습을 그린 것이다.)라고 풀이하였다. 『국어國語·오어吳語』에 "吳師大北."(오사가 대패하였다.)라는 구절이 있는데, 이에 대하여 위소韋昭는 『주注』에서 "軍敗賁走曰北. 北, 古之背字."(군대가 패배하여 분주하게 도망가는 것을 북北이라 한다. 북北은 고대의 배背자이다.)라고 풀이하였다. 북北의 본의는 등지다는 뜻인 배背자이다. 태양의 뜨고 짐으로부터 동서가 결정되었고, 사람이 태양을 바라볼 때 등이 향하는 방향은 북이므로 북향을 가리키게 되었다. 그리고 군대가 패배하면 병사는 상대와 등져서 도망가기 때문에 인신하여 패배하다는 의미가 되었다.

예 50)은 남南자로, 그 형태가 불분명하다. 허신은 "南, 草木至南方有枝任也."(초목이 남방에 있으면 바야흐로 가지가 무성하게 된다.)라고 해석하였다. 당란唐蘭 선생은 남南은 질그릇으로 만든 악기라고 해석하였고, 또한 이것은 곡穀으로 가차된다고 하였다. 『은허문자기殷墟文字記』의 기록에 따르면 "南所以假借爲方向者, 南者穀也, 善也, 古人喜南而惡北, 蓋緣日光之故也."(남南이 가차되어 방향이 된 것은, 남南이라는 것은 곡식이요 좋다는 것이다. 그리하여 옛 선인들은 남南을 좋아하였고 북北을 싫어하였다. 그러한 연고로 남은 태양 빛이 되었다.)라고 하였다. 당란唐蘭 선생의 학설은 참고할 만하다. 남南자의 형태는 비록 불확실하지만, 신석기 시대의 사람들은 이미 사면四面의 방향을 분별할 수 있었다는 점은 확실하다.

4. 수학

인간의 생산과 생활의 수요는 수학을 탄생시켰다. 모계사회 초기에는 어업과 수렵 그리고 채집 경제였다. 씨족 구성원들은 포획하고 채취한 음식물을 골고루 분배받았다. 이렇게 하기 위해서는 씨족 구성원의 숫자, 포획한 동물, 채집한 식물의 수량을 계산해내야만 했다. 이렇게 하여 자연수自然數가 탄생하였다. 원시적인 수數는 구체적인 물건과 연계가 되었다. 이렇게 한 연후에야 비로소 추상적인 수數가 나오게 되었다.

수數는 기본 어휘이다. 와족佤族은 문자가 없다. 하지만 와족의 어휘 가운데 백百 이내의 수사가 있다. 와족의 어휘 가운데 고유 수사를 사용하면 1~29까지 조성할 수 있지만, 30~90, 천, 만은 모두 태어傣語를 빌려 사용한다. 이러한 사실로 미루어 볼 때, 와족의 언어 가운데 수사의 발생순서는 손가락으로부터 10까지의 수가 발생하였고 발가락을 더하여 20까지의 수가 만들어 졌음을 추측해 볼 수 있다. 와족의 원시 계산 능력은 20까지였을 것이다. 후에 백까지 발전하였다. 천, 만은 외부 부족과 교류한 이후에야 도달하게 된 계산능력이다. 묘저구廟底溝 유적지에서 출토된 채도도안彩陶圖案에는 두 개의 원 안에 그물무늬가 있는데, 왼쪽으로 기울어진 선은 각각 9개이고 오른쪽으로 기울어진 선은 각각 12개이다. 이러한 사실은 앙소仰韶인들은 적어도 12이내의 계산능력이 있었음을 보여준다. 신석기 시대 말기 중원지구의 생산수준을 와족과 비교해보면, 와족은 명청시대에서야 비로서 수렵과 채집 위주의 경제에서부터 농업 위주의 경제로 넘어갔고 청말에 이르러서야 화전농법이 쟁기로 땅을 일궈 파종하는 과도기 단계로 넘어갔다. 사회조직은 원시농업 공동사회와 부락이었다. 대문구大汶口문화는 결코 와족의 청말생산수준보다 떨어지지 않는다. 이에 대문구문화시기에 선조들은 적어도 백百 이내의 계산능력을 보유하고 있었다고 추측할 수 있다.

예 51)~예 66)은 수사 1부터 100까지이다. 그 가운데 1부터 5까지는 횡선을 새겨 나타내었고, 10부터 40까지는 하나의 직선으로 10을 대표하였다. (40을 4개의 직선과 4개의 직선이 서로 연결시킨 것으로 볼 때, 서로 연결시키지 않은 형태가 더욱 오래되었을 것이다.) 그렇다면 더욱 분명한 원시적인 성질이 있는 결승結繩과 산가지 혹은 목편木片과 골편骨片 등은 숫자를 새긴 것들이 아닐까? 하지만 이를 판정할 방법이 없다. 예 56)은 오五자로, 여기에도 ×모양으로 만들었다. 두 개의 선을 교차시켰는데, 그 연원 역시 일一과 십十과 마찬가지로 약간의 변화에 지나지 않는다. 육六부터 구九는 차음자借音字인데, 육六의 형체는 불분명하고, 칠七은 절切의 초문이고, 팔八은 물건을 나눈 것을 그린 것이고, 구九는 주肘의 초문이다. 백百은 일一과 소리를 나타내는 백白으로 구성된 한자이다. 『설문・백부白部』에서는 "百, 十十也. 從一白."(백百이란 10의 10개를 말한다. 일一과 백白이 결합하여 이루어진 회의문자이다.)라고 풀이하였다. 이로부터 백百은 전문적으로 만들어낸 수사임을 알 수 있다.

천千, 만萬의 계산능력은 백百 이내의 수를 장악한 것보다 약간 늦었다. 『산해경山海經・해외동경海外東經』에 "帝命竪亥步, 自東極至於西極, 五億十選九千八百步. 竪亥右手把算, 左手指靑丘北, 一曰禹令竪亥, 一百五億十萬九千八百步."(천제가 수해에게 명하여 동쪽 끝에서 서쪽 끝까지 걷도록 하였는데 오억 십만 구천 팔백 보였다. 수해는 오른 손에 산가지를 잡고 왼손으로 청구의 북쪽을 가리키고 있다. 혹은 우가 수해에게 명하였다고도 한다. 혹은 오억 십만 구천 팔백 보였다고도 한다.)라는 구절이 있는데, 이에 대하여 곽박郭璞은 『주注』에서 "選, 萬也."(선選이란 만萬을 뜻한다.)라고 주석을 달았다. 이 전설로부터 천, 만의 계산 관념은 신석기시대 말기 혹은 하나라 초기 정도에 탄생하였다고 보여진다. 하지만 "만萬"의 차자借字가 당시는 결정되지 않았기 때문에, 선選으로도 썼을 것이다.

예 67)은 천千자로, 『설문・십부十部』에서는 "千, 十百也, 從十從人."(천千이란 백의 10개를 뜻한다. 십十과 인人이 결합한 회의문자이다.)라고 풀이하였다. 갑골문에서는 일—과 소리를 나타내는 인人이 결합한 형성문자이다.

예 68)은 만萬(万)자로, 갑골문에서는 전갈 모양을 그린 것이다. 이것을 수사로 사용한 것은 가차의이다.

계산능력 이외에도, 선조들은 초보적이고도 평면적인 기하학적 지식과 입체적인 기하학적 지식을 장악하고 있었다. 앙소仰韶문화, 대문구大汶口문화, 용산龍山문화 등 신석기 중기와 말기에 해당하는 토기에 있는 문양으로 볼 때, 그들은 이미 삼각형, 마름모형, 사각형, 직사각형, 원형, 다각형의 기교를 표현해 내는 능력을 장악하고 있었음을 알 수 있다. 앙소문화에서 출토된 토기로 제작된 고리는, 안쪽은 원형이고, 바깥쪽은 5~9까지 서로 다른 다각형이다. 하모도河姆渡 유적지에서 출토된 토기는 18각형으로 된 주둥이가 있다. 이러한 다각형은 단순히 직선을 서로 연결하는 데만 그치지 않고 원호 등을 나누어야 형성되는 다각형도 있었다. 호북성 송자松磁의 계화수桂花樹 유적지는 굴가령屈家嶺문화(기원전 3,000년~기원전 2,600년)에 속하는데, 이곳에서 출토된 토기로 제작된 구슬은 가운데가 비어있는데 그 주위가 24개 면을 가지고 있고 가운데는 삼각형 모양을 하고 있다. 이는 당시 이미 원을 등분하는 입체 기하학 지식을 장악하고 있었음을 설명한다. 토기 제작 이후에 륜제법輪制法이 출현하였는데, 이를 이용하여 원주와 원형 등 입체 기하학 지식을 토기제작에 응용할 수 있었다.

5. 의학

중국의 선조들은 오랜 생활을 통하여 자신의 신체의 각 부위에 대하여 알게 되었고, 전쟁 중 포로를 죽이거나 혹은 제사에 사람을 희생犧牲으로 삼으면서 점차적으로 인체의 해부에 관한 지식을 축적하게 되었다. 게다가 채집활동을 통하여 약간의 약초를 분별하게 되었고, 병고의 통증으로부터 어느 정도의 물리요법을 장악하게 되었다.

1) 인체지식

예 69)~예 86)은 인체 각 부위를 나타내는 상형문자이다.

예 69)는 목目자로, 『설문・목부目部』에서는 "人眼, 象形."(사람의 눈으로 상형문자이다.)라고 풀이하였다. 이로부터 인신하여 시력, 관찰하다, 견해, 구멍 등의 뜻이 되었다. 눈은 인간의 얼굴 부분에 위치하는 것으로 사람을 볼 때 가장 먼저 주의해야 할 부위이다. 뿐만 아니라 문장의 표제標題를 가리키기도 한다.(제목題目의 제題의 본의는 이마이다.) 이로부터 다시 인신하여 목록, 명칭 등의 의미가 되었다.

예 70)은 미眉자로, 『설문・미부眉部』에서는 "眉目上毛也, 從目, 象眉之形. 上象額理."(미眉란 눈 위에 있는 털이다. 이 한자는 눈과 눈썹모양을 그렸다. 윗부분은 눈썹이다.)라고 풀이하였다. 이 문장에서 "액리額理"란 눈썹을 말한다. 눈썹은 눈 위에 위치하므로, 인신하여 편액에 글씨를 쓰다는 의미가 되었다. 눈썹은 눈가에 위치하므로, 또한 인신하여 옆, 측면 등의 의미가 되었다. 눈썹은 여자들의 중요한 화장 부위이므로, 미眉는 여인을 가리키기도 한다.

예 71)은 자自자로, 『설문・자부自部』에서는 "鼻也, 象形."(코란 뜻이다. 상형문자이다.)라고 풀이하였다. 사람의 코는 자칭自稱하는 역할도 하기 때문에 재귀대명사로 사용되기도 한다. 다시 인신하여 유래, 시작하다, 본래 등의 의미가 되었다.

예 72)는 구口자로, 『설문・구부口部』에서는 "口, 人所以言, 食也, 象形."(구口는 사람이 말을 하는 곳, 먹는 곳이다. 상형문자이다.)라고 풀이하였다. 입은 인간이 생존할 수 있게 만드는 음식섭취기관이므로, 이로부터 인신하여 인구, 구미口味 등의 의미가 되었다. 입은 말하는 기관이므로, 또다시 인신하여 언어, 말재주, 고소하다, 나타내다 등의 의미가 되었다. 또한 만물의 출입구를 가리킨다. 성격이 시원시원하여 할 말이 있으면 바로 한다는 뜻인 심직구쾌心直口快, 언변이 매우 뛰어나다는 의미인 구약현하口若懸河, 함부로 비평하다는 뜻인 구중자황口中雌黃, 겉으로는 달콤함과 웃음으로 친한 척하지만 속으로는 은근히 해칠 생각을 품고 있음을 비유한 구밀복검口蜜腹劍 등에 있는 구口는 모두 '말하다'는 뜻이다.

예 73)은 치齒(齿)자로, 『설문·치부齒部』에서는 "口斷骨也, 象口齒之形, 止聲."(입 속에 있는 치아를 뜻한다. 이 한자는 입 속에 있는 치아를 그린 것이다. 지止는 소리를 나타내는 형성문자이다.)라고 풀이하였다. 갑골문에서는 윗니와 아랫니를 그린 모양이다. 그리하여 지止는 나중에 성부로 덧붙여진 것이다. 인신하여 연령, 동년배 등의 의미가 되었다.

예 74)는 설舌자로, 『설문·설부舌部』에서는 "在口所以言也, 別味也. 從干從口, 干亦聲."(입 속에서 말을 하는 기관이자 맛을 보는 기관이다. 간干과 구口가 결합한 한자로 여기에서 간干은 소리도 나타내므로 회의겸형성자이다.)라고 풀이하였다. 갑골문에 따르면 간干이란 한자는 결합되지 않았다. 오히려 혀에 나 있는 무늬를 그린 것이다. 혀의 기능은 말을 하고 맛을 분별하는 것이다. 따라서 말하다는 뜻으로 인신되었다. 혀가 칼이 되고 입술은 창이 돼 사람을 해친다는 순창설검脣槍舌劍의 설舌은 말하다는 뜻이고, 설인舌人은 통역관을 뜻한다.

예 75)는 이耳자로, 『설문·이부耳部』에서는 "主聽也, 象形."(주된 기능은 듣는 것이다. 상형문자이다.)라고 풀이하였다. 본의는 귀이다. 인신하여 듣다, 듣자하니 등의 의미가 되었다. 접속사와 어기사로 사용된 것은 가차의이다.

예 76)은 이而자로, 사람의 아래턱의 수염을 상형한 것이다. 『설문·이부而部』에서는 "而, 頰毛也, 象毛之形."(이而란 턱수염이다. 털의 모양을 그린 것이다.)

라고 풀이하였다. 접속사와 대명사 등으로 사용된 것은 모두 가차의이다.

예 77)은 굉厷자로, 이것은 사람의 팔 위에 지사부호인 일―을 더하여 만든 한자이다. 『설문·우부又部』에서는 "厷, 臂上也, 從又從古文厶, 古文厷象形, 肱或從肉."(굉厷은 팔뚝을 뜻한다. 우又와 고문 사厶가 결합한 회의문자이다. 사厶란 고문 굉厷자로, 팔이 구부러진 모양을 그린 것이다. 굉肱은 굉厷의 혹체로, 육肉과 결합한다.)라고 풀이하였다. 사厶는 지사부호가 와변된 것이다. 굉肱은 후기형성자이다.

예 78)은 주肘자로, 우右자의 자형 모습과 서로 비슷하다. 이것은 바로 주肘자의 초문을 그린 것이다. 『설문·육부肉部』에서는 "肘, 臂節也, 從肉從寸. 寸, 手寸口也."(주肘란 팔꿈치를 뜻한다. 이 한자는 육肉과 촌寸이 결합한 회의문자이다. 촌寸이란 손목의 맥 짚는 곳을 나타낸다.)라고 풀이하였다. 이 한자에서 촌寸은 구九의 변형이다. 촌寸은 수사로도 차용된다. 여기에 다시 형부인 육肉자를 더하여 주肘자를 만들었다.

예 79)는 금문 수手자로, 이것은 손가락 5개를 편 손 모양을 그린 것이다. 『설문·수부手部』에서는 "拳也."(주먹이다.)라고 풀이하였다. 단옥재는 『설문해자주』에서 "今人舒之爲手, 卷之爲拳, 其實一也."(오늘날에는 손을 편 것을 수手라하고, 손을 둥글게 한 것을 권拳이라 하지만 사실 같은 것이다.)라고 하였다. 인신하여 친히, 수예, 능력 등의 의미가 되었다. 손에서 책을 떼지 못한다는 뜻인 수불석권手不釋卷, 손과 발을 어디다 둬야 할 지 모른다는 뜻인 수족무조手足無措, 손에 어떠한 무기도 들고 있지 않다는 뜻인 수무촌철手無寸鐵에서의 수手는 모두 사람의 손을 가리킨다.

예 80)은 叉자로, 이 한자는 우又에 손톱을 나타내는 지사부호인 점을 더하여 만들었다. 『설문·우부又部』에서는 "叉, 手足甲也. 從又象叉形."(叉는 손톱과 발톱을 뜻한다. 우又의 모양을 본뜬 다음에 손톱 모양을 그린 것이다.)라고 풀이하였다.

예 81)은 역亦자로, 이 한자에서 두 개의 점은 정면을 향하여 팔을 벌려서 있는 사람의 두 개의 겨드랑이가 있는 지점을 나타낸다. 『설문·역부亦部』에서는 "亦, 人之臂亦也. 從大象兩亦之形."(역亦은 사람의 겨드랑이를 뜻한다. 사람과 두 개의 겨드랑이를 그린 모습이다.)라고 풀이하였다. 액腋은 역亦의 후기형성자이다. 인간의 겨드랑이는 두 개이므로, 역亦은 또한, 다시 등의 의미로 확장되었다.

예 82)는 금문 요要자로, 이것은 두 손을 자신의 허리 부분을 살짝 누르는 모양을 그린 것이다. 그리고 중간 부분은 사람의 허리 뒤에 있는 살이 접힌 모양을 그린 것이다. 요腰는 후기형성자로, 본의는 허리이다. 요要와 요腰는 고금자이다. 『묵자墨子·겸애중兼愛中』에 "昔者, 楚靈王好士細要."(옛날에 초나라 영왕은 허리가 가는 신하를 좋아하였다.)라는 구절이 있다. 문장에서의 요要는 바로 허리를 뜻한다.

허리는 사람의 중간에 있기 때문에 인신하여 저지하다, 영접하다는 의미가 되었다. 허리는 사람에게 있어서 가장 중요한 부분이므로 다시 인신하여 중요하다, 요지, 간단명료하다, 권력 등의 의미가 되었다. 요要가 요구하다는 의미로 사용된 것은 가차의(어떤 사람은 부르다는 의미인 요邀의 통가자라 여김)이다. 그리하여 다시 인신하여 정벌하다, 희망하다, ~를 시키다 등의 의미가 되었다. 요약하여 말하다는 뜻인 요이언지要而言之의 요要는 간략하다는 의미이다.

예 83)은 지止자로, 인간의 발을 그린 것이다. 이것은 지趾의 초문이다. 『이아爾雅·석언釋言』에 "趾, 足也."(지趾는 발이다.)라고 풀이하였다. 지止의 본의는 다리이고, 다리의 기능은 서다, 가다이다. 이로부터 인신하여 멈추다, 거주하다, 마치다, 만류하다, 도착하다, 도달하다, ~에 처하다 등의 의미가 되었다. 있는 곳을 나타내는 지止는 후에 지址자로 썼다. 지止와 지址는 고금자이다. 지극히 선한 경지에 이르다라는 뜻인 지어지선止於至善의 지止

는 도달하다는 의미이다.

예 84)는 신身자로, 이 한자는 사람과 볼록 튀어난 배를 그렸다. 이것은 바로 사람의 신체를 가리킨다. 소전체에서는 배 아래에 사선 일一을 더하여 오늘날의 해서체인 신身자가 되었다. 인신하여 잉태하다, 만물의 주간主干, 자신, 스스로 등의 의미가 되었다. 몸이 자기 마음대로 되지 않다는 뜻인 신불유기身不由己, 몸이 건장하고 힘이 있다는 뜻인 신강력장身强力壯의 신身은 신체를 뜻하고, 몸소 많은 전투를 경험했다는 의미인 신경백전身經百戰, 직접 그 입장이 되어 보다는 뜻인 신임기경身臨其境의 신身은 모두 직접이란 의미이다.

옛 조상들의 인체 각 부위에 대한 지식은 외관상에만 그친 것은 아니었다.

예 85)는 심心자로, 이것은 인간의 심장을 그린 것이다. 이는 당시 어느 정도 해부학적 지식이 있었음을 나타낸다. 『설문·심부心部』에서는 "心, 人心土藏, 在身之中, 象形. 博士說以爲火藏."(심心은 사람의 심장을 뜻한다. 심장은 토土에 해당하는 장기이다. 또한 심장은 사람의 가운데 위치한다. 이 한자는 상형문자이다. 박사의 학설에 따르면 심장은 당연히 화火에 해당하는 장기다라고 한다.)라고 풀이하였다. 무릇 모든 사물은 모두 오행五行과 연결시키는 것을 좋아하였는데, 이것은 동한 시대의 참위설讖緯說의 영향이 불러 일으킨 결과로 문자의 본의와는 무관하다.

2) 질병과 치료

원시사회는 거주, 음식, 옷차림 등의 조건이 매우 낙후되었다. 질병에 대한 저항은 모두 신체저항능력과 자아건강활동에 의지할 뿐이었다. 『여씨춘추呂氏春秋·고악古樂』에 "昔陰康氏之始, 陰多滯伏而湛積, 水道壅塞, 不行其

原, 民氣鬱閼而滯著, 筋骨瑟縮不達, 故作爲舞以宣道之."(옛날 요임금 초기에 양이 많이 막히고 잠복하여 습기가 많이 쌓이고 물길이 막히어 흐르지 못하였다. 백성의 기가 답답하게 체증을 일으키고 근골이 위축되었다. 그래서 춤을 만들어 백성을 가르쳐 이끌었다.)라는 구절이 있다. (금본今本에서는 음강씨陰康氏를 도당씨陶唐氏로 고 쳤다.) 후에 비로소 의료기술을 발명하였다.

원시사회에서의 질병이란 감염에 의한다든지 전쟁에서 적에게 상해를 당한다든지 수렵활동에서 맹수에서 물린다든지 하는 것들이었다.

예 86)은 녁疒(nuò 혹은 nè)자로, 이것은 병이 들어 침대에 기대 누워 몸에 땀방울이 맺힌 모습을 그린 것이다.『설문』에서는 "疒, 倚也, 人有疾病, 象依 著之形."(녁疒이란 기댄다는 의미이다. 사람이 병들어 기대어 있는 모양을 그린 것이 다.)라고 풀이하였다.

예 87)은 질疾자로, 이것은 대大와 시矢가 결합한 것이다. 이 한자는 화살 이 급속히 날아와 피할 새도 없이 겨드랑이에 화살이 맞은 모양을 그린 것이다. 그렇기 때문에 이 한자는 빠르다는 의미와 상처라는 두 개의 의미를 동시에 가진다.『설문』에 실린 질疾자에 대한 설명에 대하여 단옥재는『설 문해자주』에서 "矢能傷人, 矢之去甚速, 故從矢會意."(화살은 능히 사람을 상하게 할 수 있다. 화살은 매우 빠른 속도로 가기 때문에 시矢와 결합하여 회의자를 만들었 다.)라고 설명하였다.『광운廣韻・질운質韻』에서는 "疾, 急也."(질疾은 빠르다.) 라고 풀이하였다. 질병이란 뜻으로부터 인신하여 아프다, 장애, 고통, 질투 (질疾과 질嫉은 고금자이다.), 비난하다, 우려하다 등의 의미가 되었다. 빠르다 는 의미로부터 다시 인신하여 민첩하다, 힘을 다하다 등의 의미가 되었다.

병病,『논어論語・자한子罕』에 "子疾病."(공자께서 몸이 불편하시다.)라는 구 절이 있는데,『집해集解』는 포함包咸의『주注』에 있는 "疾甚曰病."(질疾에서 더욱 심해진 상황을 병病이라 한다.)라는 문장을 인용하였다.『설문』의 질疾자에 대하여 단옥재는『설문해자주』에서 "析言之則病爲疾加, 渾言之則疾亦病也."

(분명하게 말하자면 병은 질疾이 가중된 것이고, 모호하게 말하자면 병과 질疾은 같은 것이다.)라고 설명하였다. 따라서 병은 중병 혹은 중상이고, 질疾은 일반적이고 보통의 병이다. 병이 완치될 가망이 없다는 뜻인 병입고황病入膏肓의 병病은 중병을 뜻한다. 이 성어를 결코 질입고황疾入膏肓이라 말해서는 안 된다. 인신하여 피곤하다, 빈곤하다, 결점, 우려하다 등의 의미가 되었다.

질병의 치료방법은 약초, 안마, 침으로 자극주기 등이다.

묘반림苗泮林이 편집한 『세본世本・작편作篇』에는 "神農和藥濟人."(신농씨는 약초로 사람들의 어려움을 구제하였다.)라는 문장이 있다. 그렇다면 원시농업이 발생하던 시기에 약초가 있었다고 추측이 가능하다. 채집경제는 필수적으로 먹을 수 있는 식물을 변별해야만 했다. 『홍명집弘明集・리혹론理惑論』에 "神農嘗草, 殆死者數十."(신농씨는 온갖 약초를 맛보게 하였는데, 목숨이 위태롭거나 사망한 자 수십인에 달하였다.)라는 구절이 있다. 이러한 내용으로 볼 때, 당시 사람들은 비통스러운 대가를 지불함과 동시에 몇 몇 식물의 약성藥性을 파악하게 되었음을 알 수 있다. 원시농작물을 재배한 이후에도 채집은 여전히 음식물의 보충수단이 되었다. 이와 더불어 약물과 유관한 지식 역시 점차 축적되어갔다. 『태평어람太平御覽』 권721에는 『제왕세기帝王世紀』에 실린 "神農嘗味草本, 宣藥療疾, 救夭傷之命, 百姓日用而不知, 著『草本』四卷."(신농씨가 온갖 풀들을 맛본 다음에 약초로 병을 고칠 수 있음을 선포하였고, 많은 생명을 구해냈다. 하지만 백성들은 날마다 상용하면서도 그것을 모르니, 『초본』4권을 만들었다.)라는 문장을 인용하였다. 신농씨가 『초본』을 저술하였다는 것은 불가능하였다. 하지만 신석기 농업발전시기에 약초에 대한 지식이 이미 갖추어져 있었다는 사실은 확실하다고 할 수 있다.

예 91)은 금문 약藥(药)자로, 『설문・초부草部』에서는 "藥, 治病草, 從草樂聲."(약藥이란 병을 치료하는 풀이다. 이 한자는 초草에서 뜻을 취하고 악樂에서 소리를 취하여 만든 형성문자이다.)라고 풀이하였다. 본의는 약재이고, 이로부터 인신하여 치료하다는 의미가 되었다.

지속적인 경험을 통하여 원시인들은 점차 안마로 질병을 치료할 수 있는 방법을 모색해냈다.

예 88)은 주肘(zhǒu)자로, 사람이 침대에 누워서 손으로 복부를 누르는 모양을 그린 것이다. 허신은 "小腹病"(아랫배가 아픈 것)라고 해석하였다. 아랫배가 아프면 손으로 그곳을 살살 눌러 문지르면 고통이 줄어들 수 있다. 따라서 그것으로부터 유추하여 위, 관절 등에도 병이 있어 통증을 느낄 때면 부드럽게 눌러주는 것만으로도 고통을 경감시킬 수 있음을 생각해냈다. 이것이 바로 원시적인 안마 방법이었다.

이 뿐만 아니라 신석기 시대 사람들은 침으로 찌르는 방법도 이해하였다. 반파半坡에서 출토된 뼈침은 양쪽 끝이 뾰족하게 된 것도 있고 한쪽 끝에는 구멍이 없는 것도 있다. 하남성 무양舞陽에서 출토된 뼈침은 좀 큰 편이지만 여기에도 구멍이 없는 것으로 보아 이러한 뼈침들은 의료 도구일 가능성이 있다. 『산해경山海經·동산경東山經』에 "又南四百里, 曰高氏之山, 其上多玉, 其下多箴石."(다시 남쪽으로 400리를 가면 고씨산이라는 곳인데, 산 위에서는 옥이, 산기슭에서는 잠석이 많이 난다.)라는 구절이 있는데, 이에 대하여 곽박郭璞은 『주注』에서 "可以爲砭針治臃腫者."(돌침으로 부스럼을 치료할 수 있다.)라고 풀이하였다. 돌침을 불로 따뜻하게 달구어 소독한 후에 부스럼 부위에 있는 고름을 짜낸다. 그렇게 하여 고름을 다 짜내면 부스럼을 빨리 치유하게 할 수 있다. 이것이 침을 이용한 최초의 치료 방법인 것이다.

예 90)은 『설문』에 실려 있는 소전체인 잠箴자인데, 후에 침針자로 썼다. 『설문·죽부竹部』에서는 "箴, 綴衣箴也, 從竹咸聲."(잠箴이란 옷을 꿰매는 바늘이다. 이 한자는 뜻을 나타내는 죽竹과 소리를 나타내는 함咸자를 결합하여 만든 형성문자이다.)라고 풀이하였다. 의료용 침으로 전용된 것은 아마도 옷을 깁다가 우연하게 부스럼이 있는 곳이 찔려 고름을 짜낸 다음에 이러한 일에서부터 영감을 얻어 침을 만들기 시작하면서부터일 것이다. 그리하여 잠箴은 폄砭과 뜻이 서로 통한다.

예 89)는 소전체인 폄砭자로, 『설문』에서는 "以石刺病也. 從石乏聲."(돌로 병을 찌르는 것이다. 이 한자는 석石에서 뜻을 취하고 핍乏에서 소리를 취한 형성문자 이다.)라고 풀이하였다. 『일체경음의一切經音義‧18』에서는 "攻病日藥石, 古 人以石爲針, 今人以鐵, 皆謂療病者也."(병을 치료하는 공병攻病을 약석藥石이라 부른 다. 옛 사람들은 돌로 침을 삼았고, 오늘날 사람들은 철로 침을 삼는다. 이 모든 것들은 병을 치료하는 것들이다.)라고 하였다.

예 92)는 은殷자로, 이 한자는 손에 돌침을 잡고서 사람의 배를 찌르는 모양을 그린 것이다. 아마도 옛 사람들은 병이 위독하면 돌침으로 치료를 한 듯하다. 이렇게 치료하는 동시에 옆에서는 무당들이 노래를 부르고 춤도 췄다. 그리하여 허신은 "殷, 作樂之盛稱殷."(성대한 음악과 춤을 제작하는 것을 은殷이라 칭한다.)라고 풀이하였다. 이로부터 다시 인신하여 성대하다, 크다, 많다, 깊다는 뜻이 되었다. 또한 새롭게 짜낸 고름은 검붉은 색이므로 은殷 에는 검붉은 색이란 뜻도 있다.

여기에서 원시인들의 의료는 대부분 원시종교와 연관되어 있다는 점을 재차 언급할 필요가 있다. 무속인들은 바로 의사였다. 병을 치료할 때 귀신 에게 제사를 지내고 동시에 약물 치료와 돌침 치료가 동시에 진행된다. 무속인들은 귀신의 계시를 받아서 병을 치료할 수 있었다. 이렇게 하여 부단히 의료 경험을 축적하여갔다. 장주長澍가 편집한 『세본世本‧작편作篇』 에는 "巫彭作醫."(무팽이 의술을 만들었다.)는 구절이 있다. 『산해경山海經‧대 황서경大荒西經』에는 "有靈山, 巫咸, 巫卽, 巫盼, 巫彭, 巫姑, 巫眞, 巫禮, 巫抵, 巫謝, 巫羅十巫, 從此神降, 百藥爰在."(영산이 있는데, 무함, 무즉, 무반, 무팽, 무고, 무진, 무례, 무저, 무사, 무라 등 열 명의 무속인들은 이곳에서 신들이 강림하고, 온갖 약들이 이곳에 있다.)라는 문장이 있다. 최초로 약을 사용한 사람과 그러한 의료경험을 총집한 사람이 바로 무속인들이었다. 소수민족 중에 이러한 자료는 매우 많기 때문에 여기에서 장황하게 서술하지 않겠다.

1. 중의학 이론과 상고시대 화하민족의 사유 관계를 논하시오.
2. 『설문』에 실려 있는 화부火部의 문자를 정리하고, 불의 발명이 인류생활에 끼친 위대한 영향을 논하시오.

주요 참고문헌

1. 宋兆麟等 『中國原始社會史』, 文物出版社, 1983年.
2. 中醫醫學史와 관련된 저작 가운데 하나를 선택.
3. 『中國大百科全書』中國傳統醫學卷.

12

예술

갑甲 2858. 무舞

합집合集 14292. 귀鬼

전前 4, 18, 6. 귀鬼

을乙 669. 외畏

갑甲 394. 이異

1. 춤

원시시대의 춤은 원시인들의 생산활동, 생활, 전쟁 및 원시 종교와 밀접하게 관련되어 있다. 이는 강렬한 공리주의적 성질만을 지닐 뿐, 결코 순수한 오락활동이 아니었다. 수렵과 무공을 학습하는 것, 무기를 만들고 전쟁을 수행하는 방법을 학습하는 것, 구애활동, 제사를 지낼 때 귀신을 흉내내는 행위 등등의 이러한 행위들은 원시적인 최초의 춤이었다. 후에 다른 것들을 모방하는 내용이 점차 확대되었고 그 안에 감정을 표출하는 요소까지 증가하였다. 『모시毛詩·주남서周南序』에 "情動於中而形於言. 言之不足, 故嗟歎之. 嗟歎之不足, 故永歌之. 永歌之不足, 不知手之舞之, 足之蹈之也."(감정이 마음속에서 움직여 말로 나타나고, 말로만은 부족하기 때문에 차탄하고, 차탄도 부족하여 노래 부르고, 노래를 불러도 부족하여 자신도 모르게 손으로는 춤을 추고 발로는 땅을 쿵쿵 밟는다.)라는 문장이 있다. 이 문장에서 "부지不知"란 '자각하지 못하였음'을 말한다. 플레칸노프(Plekhanov)는 『예술론論藝術』에서 "當狩獵者有了想把狩獵時使用力氣所引起的快樂再度體驗一番的冲動, 他就再度模仿動物的動作, 創造自己獨特的狩獵舞."(수렵에 임하는 자는 수렵할 때 사용할 힘으로부터 느껴지는 쾌락을 생각하면서 그러한 힘을 재차 체험하고자하는 충동을 느낀다. 그리하여 그는 다시 동물의 동작을 모방하면서 자신만의 독특한 수렵무를 창조해낸다. 중역본, 73쪽.)라고 하였다. 이 뿐만 아니라 채집, 파종 등의 동작을 모방한 춤도 당연히 있었다.

운남성 독룡족獨龍族, 랍호족拉祜族의 원숭이가 이를 잡는 모습을 모방한 춤, 까치 춤, 공작 춤 등은 금수의 동작에 대한 매우 자세한 모방과 장기적으로 관찰한 결과이다. 뿐만 아니라 밀을 수확하는 춤, 곡식을 포대에 담는 춤, 모에 김을 매는 춤 등은 농사를 지을 때의 다양한 동작을 재현한 것이다. 한족의 고대 원시 춤 역시 이와 유사한 내용이 있다. 『여씨춘추呂氏春秋·고악古樂』에 "昔葛天氏之樂, 三人操牛尾投足以歌八闋 : 一曰載民, 二曰玄鳥, 三曰遂草木, 四曰奮五穀, 五曰敬天常, 六曰達帝功, 七曰依地德, 八曰總禽獸之極."(옛날 갈천씨가 음악을 연주할 때 세 사람은 소꼬리를 잡고 발을 구르면서 팔궐을 노래하였다. 팔궐이란 재민, 현조, 수초목, 분오곡, 경천상, 달제공, 의지덕, 총금수지극을 말한다.)라는 구절이 있다. 여기에서 "투족이가投足以歌"란 "춤추면서 노래를 부른다."란 뜻이고, "팔궐八闕"은 그 이름으로부터 그 대략적인 내용을 다음과 같이 유추해볼 수 있다. "현조玄鳥"와 "총금수지극總禽獸之極"은 수렵과 관련된 춤이고, "수초목遂草木"은 『문선文選』에서는 장집張揖의 설명을 인용하여 "초목을 기른다."라고 주석을 달았는데, 이것은 바로 원시사회에서는 초목이 울창하여 인공적인 녹화가 필요치 않아 초목을 기를 필요가 없다. 그렇지만 초목에서 길러진다라고 한 것으로 보아 이것은 아마도 채집활동을 나타내는 춤이 아닌가 한다. "분오곡奮五穀"에서 "분奮"이란 "발생시키다"로 번역해야 옳다. 즉, 오곡을 생산한다는 뜻으로 이것은 농경의 내용과 관련된 춤의 재현이다. "경천상敬天常"과 "달제공達帝功" 그리고 "의지덕依地德"은 천지에 대한 제사와 관련된 춤이다. "재민載民"은 『광운廣韻·대운代韻』에 따르면 "載, 始也."(재載란 처음 시작하다는 뜻이다.)라고 한 것으로 보아 아마도 인류의 기원과 관련된 춤인 듯하다. 즉, 인류의 기원과 관련된 신화의 내용을 춤으로 나타낸 것이든지 혹은 생식기 숭배와 관련된 춤일 것이다.

고고학에서 발견된 춤과 관련된 최초의 자료는 1973년 청해성 대통大通의 상손가채上孫家寨에서 출토된 춤이 그려진 채도 문양의 그릇으로, 주둥이가 29cm에 달한다. 그릇 안에는 5명으로 이루어진 3개 조로 구성된 여성들이 일치된 동작으로 손에 손을 잡고 집단적으로 춤을 추는 듯 한 그림이 그려져 있다. 이 여성들 엉덩이 밑에 꼬리 장식이 살랑거린다. 이 그릇은 마가요馬家窯문화의 마가요기馬家窯期(기원전 3,300년~기원전 2,900년)에 속한다. 이것은 지금으로부터 5,000년 전 화하 선민들의 춤에 관한 "기록"이다.

예 1)은 무舞자로, 윗부분은 위를 향한 입 모양이 그려져 있는데 이것은 형兄과 축祝의 자형 모양과 비슷하다. 이것은 입을 크게 벌리고 노래 부르는 것을 나타낸다. 전체 글자는 한 사람이 정면으로 서서 두 손으로 동물의 꼬리를 잡고서 뛰면서 입을 크게 벌리고 노래를 부르는 모양을 그린 것이다.

이 내용은 『여씨춘추』에서 기록한 "操牛尾投足以歌"(소의 꼬리를 길게 늘어뜨려 노래 부르면서 춤을 춘다.)라는 내용과 부합한다. 이로부터 인신하여 조소하다, 농담하다, 만지작거리다 등의 의미가 되었다. 손은 춤을 추고 발은 뜬다는 의미인 수무족도手舞足蹈의 무舞는 춤추다란 뜻이고, 문장이나 희롱하고 글줄이나 끄적거림을 뜻하는 무문농묵舞文弄墨의 무舞는 희롱하다는 의미이다.

춤은 원시 종교와 제사활동의 중요한 구성 요소로, 원시인들은 춤을 통하여 귀신에 대한 믿음, 충성, 숭배와 존경, 기도, 두려움 등과 당혹스러움과 같은 감정을 표현해냈다. 경건한 마음으로 일치된 단결심을 나타내는 단체 종교 행사에서 인간의 정신은 귀신의 영혼과 "통일"되었다. 그렇게 하여 원시인들은 귀신의 무한한 위력을 느낄 수 있었고, 더 나아가 희미한 환상으로 보이는 종교적 전당을 보게 되었던 것이다. 이렇게 함으로써 그들의 집단의식과 정신적 단결력을 더욱 강화할 수 있었다. 게다가 그들 자신의 도덕적 완전함을 독려하여, 장래에 영혼이 무한한 아름다움이 가득한 환상의 세계에 진입할 수 있게 하였던 것이다. 종교적인 춤은 종교 신앙을 보호하는 중요한 수단으로 일반 신도의 춤과 무속인의 표현 두 가지로 나눌 수 있다.

무속인은 제사를 지낼 때 신비스러운 공포 분위기를 더욱 강하게 자아내기 위해서 종종 화장을 해야만 했다.

예 3)은 귀鬼자로, 이것은 무속인의 얼굴에 공포스러운 무늬가 그려진 가면을 써서, 신주神主 앞에 무릎을 꿇어앉아서 제사를 진행하는 모양을 그린 것이다. 가면을 쓰지 않았을 경우에는 마치 귀신의 모양처럼 화장을 하기도 한다.

예 2) 역시 귀鬼자로, 이것은 귀신 모양으로 화장을 한 무속인이 정면으로 서 있는 모습에 불과하다. 『설문·귀부鬼部』에 "鬼, 人所歸爲鬼, 從人, 象鬼頭."(귀鬼란 사람이 돌아가서 되는 것이다. 이 한자는 사람의 모습에 귀신의 머리를 그린 모양이다.)라고 풀이하였다. 인간이 죽으면 영혼은 돌아가서 귀신이 된다는 것은 바로 영혼불멸론에 따른 해석이다. 귀鬼의 본의는 조상의 영혼이므로, 인신하여 조상을 뜻하게 되었다. 은나라 사람들이 신봉하는 귀신은 결코 일반적인 귀신이 아니라 조상의 영혼을 담은 귀신들이다. 이로부터 인신하여 일반적인 귀혼鬼魂, 만물의 정령, 신비 등의 의미가 되었다.

예 5)는 이異(畀)자로, 이것은 무속인이 얼굴에 공포스러운 문양이 그려진 가면을 쓰고서 손을 들어 올린 모양을 그린 것으로, 장족藏族의 도귀跳鬼와 요족猺族의 도감왕跳甘王과 유사하다. 이異자는 원래 대戴자의 초문이다. 이러한 가면을 쓴 사람을 보면 경이롭기 때문에, 인신하여 기이하다, 특별하다는 의미로 사용되었다. 『설문・이부異部』에는 "異, 分也."(이異란 나누다는 뜻이다.)라고 풀이하였다.

무속인이 춤을 출 때에는 항상 종교적인 신비스러운 분위기를 증가시키기 위하여 막대기, 칼과 창, 사람 혹은 동물의 뼈, 깃털 등 도구들을 사용한다. 광동성 요족猺族의 무당들이 사용하는 무기는 신의 지팡이, 복숭아나무로 만든 채찍, 칼, 검 등이다.

예 4)는 외畏자로, 이것은 머리에 가면을 쓴 무속인이 귀신 모양을 하고서 손에 몽둥이와 같은 도구를 들고 춤을 추는 모양을 그린 것이다. 만일 귀신이 이러한 도구를 들면 사람들을 두려움으로 몰아갈 수 있기 때문에 허신은 "畏, 惡也."(외畏는 싫어하다는 뜻이다.)라고 풀이하였다. 본의는 두려움이다.

무속인은 일반적으로 노래도 잘 부르고 춤도 잘 춘다. 동북지방의 악륜춘족鄂倫春族과 만족滿族의 무속인들은 병자에게서 귀신을 때려 물리치는 의식을 하기 위하여 처음부터 끝까지 줄곧 노래 부르면서 뛰면서 춤을 춘다. 이러한 의식이 길고 짧음은 병의 상황이 크고 적음과 병이 난 가정의 가속家屬들이 내는 돈의 다소에 따라서 결정된다. 긴 의식은 심지어 몇 시간에 걸쳐 진행되기도 한다. 어느 정도 수준의 인내력 없이는 이처럼 긴 시간을 참을 도리가 없다. 토가족土家族의 무속인들은 "제마梯瑪"라고 부르는데, 이 말은 맨 앞에 나서서 춤을 추는 사람을 뜻한다. 지금까지 내용을 종합하면, 고대의 무속인들은 전문적으로 춤을 추면서 노래를 부르는 최초의 사람이었다.

전前 4, 10, 5. 경磬   갑甲 84. 각殻   합슴 309. 주壴   복卜 617. 고鼓

하何 759. 팽彭   존하存下 611. 약龠   청菁 9, 3. 악樂   경진京津 2247. 가可

국아종□兒鐘

2. 음악

원시음악 역시 성악과 악기 두 종류가 있다. 성악은 악기보다 일찍 출현하였다. 최초의 성악은 바로 노동할 때 내는 호령이었다. [러시아] 플레칸노프(Plekhanov)는 『유물주의역사관唯物主義歷史觀』에서 "原始人在勞動時總是伴着

歌唱. 音調和歌詞完全是次要的, 主要的是節奏. 歌的節奏恰恰體現着工作的節奏——音樂起源於勞動. 視工作之爲一個人所做或爲一群人所做, 歌也分爲獨唱的或合唱的."(원시인들은 노동할 때 늘 노래를 불렀다. 음조와 가사는 둘째 문제였다. 중요한 것은 바로 리듬과 박자였다. 노래의 박자는 정확하게 노동의 박자와 일치하였다. 음악의 기원은 노동이다. 일도 한 사람이 하는 노동이 있고 집단이 공동으로 하는 노동이 있듯이, 노래 역시 독창과 합창으로 나뉜다.)라고 하였다. 중국내 민족학 자료로 볼 때, 노동의 리듬과 어울리는 노래는 곡조가 비교적 간단하고 가사 역시 간단하여 이해하는 데 별 어려움이 없다. 하지만 그 노래가 함축하는 내용은 매우 광범위하다. 독룡족獨龍族은 단지 렵인조獵人調, 옥미조玉米調, 구혼조求婚調, 애탄조哀歎調 등 몇 종류만 있다. 이러한 몇 종류의 고정된 곡조는 와족佤族 역시 마찬가지이다. 하지만 가사의 내용은 도리어 노래 부르는 사람이 환경의 차이에 따라 자신이 다양하게 바꿔 불렀다.

예 8)은 가可자로, 이것은 구口와 丁(갑을병정의 "정丁"과는 다르다)이 결합한 한자이다. 丁은 '가柯'자의 초문이다. 갑골문에서 보면 이것은 도끼자루를 나타내는 형태와 비슷하다. 『설문 · 목부木部』에 따르면 "柯, 斧柄也."(가柯는 도끼자루를 뜻한다.)라고 하였다. 『시경 · 벌가伐柯』의 "伐柯如何, 匪斧不克."(도끼자루 베려면 어떻게 할까요, 도끼가 아니면 아니 되겠지.)라는 구절에 대하여, 정현鄭玄은 『전箋』에서 "克, 能也, 伐柯之道唯斧乃能之."(극克이란 할 수 있다는 뜻이다. 도끼자루를 베는 방법은 도끼가 능히 할 수 있다.)라고 해석하였다. 위 시구는 대략 목재를 베어내고 깎아서 도끼자루를 만드는데, 이때 도끼가 없으면 이러한 일을 할 수 없다는 내용이다. 석기시대에 도끼는 가장 중요한 노동도구였다. 구석기시대에는 도끼에 자루가 없었고 단지 베어내고 두드리는 돌멩이면 족했다. 신석기 시대에 이르러서야 자루가 있는 도끼가 출현하였다. 도끼에 자루를 달 수 있는 것은 원시인들에게 있어서는 매우 중대한 과학기술의 성과였다. 갑골문의 가可자는 구口와 丁(柯)이 결합하였다. 가可자로부터 불어난 가柯와 가哥(歌) 등의 문자로부터 분석해보면, 가可자를 만들 때의 최초의 뜻은 노동할 때 입에서 흘러나오는 노래를 나타내는 노동의 리듬인 것이다. "가可"는 즉 가歌의 초문이라 할 수 있다. 『설문·가부可部』에 따르면 "可, 肯也."(가可란 옳다는 뜻이다.)라고 풀이하였다. 이것은 후기의이다.

예 9)는 금문에서는 가詞를 가歌로 사용하였다. 이것은 "가哥"와 "가可"는 본래 노래라는 뜻과 관계가 있음을 설명한다. 『설문』에서는 "歌, 詠也."(가歌는 노래하다는 뜻이다.)라고 풀이하였다. 『설문·언부言部』에서는 "訶, 大言而怒也."(가訶란 큰 소리로 화를 내다는 뜻이다.)라고 풀이하였다. 가詞의 해석은 자형이 나타내는 본의가 아니다.

악기는 노래보다 늦게 생겨났다. 이것은 민족학 자료에서 증명할 수 있다. 서장의 낙파족洛巴族은 노래는 있는데, 낙유洛瑜의 북부에 있는 목장에서 사용되는 몇 개의 대나무피리를 제외하면 다른 어떠한 악기도 없다. 원시인들이 노래를 부를 때 가장 원시적인 반주 형식은 박수를 친다거나 다리를 두드린다거나 노동 도구인 목기와 토기를 두드리는 행위 등이다. 리듬이 있는 타악기의 기원은 선율이 있는 악기보다 빠르다. 이사李斯는 『간축객서諫逐客書』에서 "夫擊甕叩缶, 彈箏搏髀而歌呼鳴鳴快耳者, 眞秦之聲也."(무릇 항아리를 치고 질장군을 두드리며 쟁을 타고 넓적다리를 두드리면서 노래를 불러 귀를 즐겁게 하는 것이 진실한 진나라의 음악이다.)라고 하였다. 진나라의 음악은 전국시대에 반주에 쟁을 두드렸지만 여전히 토기를 두드리는 방법과 넓적다리를 두드리는 원시적인 풍습을 유지하고 있었다.

침가본沈家本은 『침벽루우존고枕碧樓偶存稿』 2권 『사민고佘民考』에서 "人死剔本納屍, 少年群而歌, 劈木相擊爲節."(사람이 죽으면 밑을 잘라내어 시체를 바치는데, 이때 소년들은 무리지어 노래를 부르면서 나무를 쪼개어 서로 부딪히면서 반주를 만든다.)라고 하였다. 나무를 두드리면서 반주를 맞추던 것이 나무로 치는 방법으로 변했다. 원시시대 나무로 만든 북은 큰 나무 속을 파 낸 구유이다.

와족佤族과 묘족苗族은 모두 이러한 나무 북을 사용한 적이 있다. 청대의 함풍咸豊은 『려파현지고荔波縣志稿』에서 "苗有擊槽之樂, 値一槽在中, 男女兩旁立, 各執竹片下擊槽, 上以竹片交擊, 略有音節, 錯則哄笑."(묘족은 커다란 구유를 두드리는 음악이 있다. 구유를 가운데 놓고 양 옆에 남녀가 서서 각각 죽편을 잡고서 구유의 아래를 두드리고 죽편을 위로 쳐들면서 서로 때리는데 이때 반주가 생성된다. 교차될 때 서로가 깔깔거리며 웃는다.)라고 하였다.(려파현荔波縣은 귀주성 남부에 위치하고, 광서성과 이웃하고 있다.) 구유 형태의 북에서 양 옆에 동물의 가죽을 씌운 원통형 북으로 변화하였는데, 이것은 현재의 북과 대체로 유사하다. 장주長澍가 편집한 『세본世本・작편作篇』에는 "夷作鼓."(이夷가 북을 만들었다.)라는 구절이 있다. 이에 대하여 장주長澍는 다시 "夷卽黃帝次妃肜魚氏之子夷鼓, 其名鼓, 以其作鼓."(이夷는 황제의 둘째 비인 동어씨肜魚氏의 자식인 이고夷鼓로, 그의 이름을 고鼓라고 하였다. 그는 북을 만들었다.)라고 덧붙여 설명하였다. 『황제내경黃帝內經』에는 "黃帝與蚩尤戰, 玄牛制夔牛鼓."(황제와 치우가 전쟁을 치를 때, 현우는 기우고를 만들었다.)라는 구절이 있다. 하지만 황제시대에 북이 있었다는 전설은 신석기 고고학적 증명을 얻어내지 못하였다. 어쩌면 북을 만든 재료인 나무와 가죽은 쉽게 부패하기 때문에 보존될 방법이 없었음일지도 모른다.

예 3)은 주壴자로, 윗부분은 북 장식을 그린 것이고, 가운데 부분은 북 몸체를, 아랫부분은 북과 연결된 받침대를 그린 것이다. 즉, 이것은 고鼓의 초문으로, 갑골문에서는 주壴가 고鼓로 사용되었다. 『설문・주부壴部』에서는 "壴, 陳樂立而上見也."(주壴란 북을 진열하여 그것을 세우니 윗부분에 있는 장식품이 보이는 것을 말한다.)라고 풀이하였다. 즉, 북을 옆으로 세우니 그 윗부분에 있는 장식을 볼 수 있다는 것이다.

예 4)는 고鼓자로, 이것은 손에 북채를 들고서 북을 때리는 모양을 그린 것이다. 갑골문에서는 동사로 북을 치다는 의미로 사용되었다. 이것은 자형에서 드러나는 의미와 일치한다. 지금은 고鼓자는 단지 명사로만 사용될 뿐이다. 『설문・고부鼓部』에서는 "鼓, 郭也. 春分之音, 萬物郭皮甲而出, 故謂之鼓. 從壴, 支象其手擊之也."(고鼓란 가죽으로 옆을 싼 악기를 말한다. 이것은 춘분일 때의 음악이다. 만물이 둘러싸인 가죽을 뚫고 나오는 것이므로 고鼓라고 한 것이다. 이것은 주壴와 지支가 결합한 한자로, 지支는 손에 들고서 북을 두드리는 모습을 그린 것이다.)라고 풀이하였다. 서개徐鍇는 "郭, 覆冒之意.."(곽郭이란 뒤덮는다는 의미이다.)라고 하였고, 『석명釋名』에서는 "鼓, 廓也, 張皮以冒之, 其中空也."(고鼓란 둘레를 말한다. 즉 넓은 가죽을 편 다음에 그것을 덮고 그 안은 텅 비어 있는 것을 말한다.)라고 하였다. 뿐만 아니라 『급취편急就篇』에 대한 안사고顏師古의 『주注』에는 "鼓之言郭也, 張郭皮革而爲之也."(고鼓를 곽郭이라 한다. 넓은 가죽을 둘러싸면 북을 만들 수 있다.)라고 하였다. 북의 특징은 가운데가 비어있어, 그것을 두드리면 공명共鳴하여 소리가 먼 곳까지 울려 퍼지기 때문에, "곽郭"(곽廓)으로 성훈聲訓하였다.

예 5)는 팽彭자로, 주壴(즉, 고鼓의 초문)와 삼彡이 결합한 글자로, 여기에서 삼彡은 북소리가 울려 퍼지는 모양을 나타낸다. 『설문・주부壴部』에 "彭, 鼓聲也."(팽彭이란 북소리란 뜻이다.)라고 풀이하였다.

원시인들은 이 이외에도 돌을 두드려 반주를 맞췄는데, 이러한 방법은 후에 변화하여 경쇠(磬)가 되었다. 『상서尚書・요전堯典』에 "於予擊石拊石, 百獸率舞."(제가 경쇠를 치고 가볍게 두드리니 온갖 짐승들이 따라서 춤을 추었다.)라는 구절이 있는데, 이 문장에서 "석石"은 경쇠(磬)를 가리킨다. 『요전堯典』편은 요임금과 순임금 시기인 2명의 황제의 역사를 기록한 것이므로 경쇠는 요순 시기에 있었다고 할 수 있다. 고고학에서 보여지는 최초의 석경石磬은 산서 성 하현夏縣의 거하구車下溝 유적지에서 출토되었다. 길이는 60cm이고 윗부 분에는 매달기 위해 만들어진 구멍이 있었다. 이것은 기원전 2,000년 경의 유물로 측정되었다. 이 시기는 하나라에 속한다. 이것은 『상서尚書・요전堯

典』에서 기술한 시대와 차이가 많지 않다.

예 1)의 자형은 경磬자로, 이 한자는 줄로 그것을 허공에 매달아 손에 북채를 들고서 두드리는 모양을 그린 것이다. 『설문·석부石部』에서는 "磬, 樂石也.……古者毋句氏作磬."(경磬은 두드려 반주를 할 수 있는 돌로 만든 악기이다. …… 옛날 무구씨가 경쇠를 만들었다.)라고 하였다. 『광아廣雅·주注』에는 "毋句, 堯臣也."(무구씨란 요임금의 신하이다.)라고 풀이하였다. 이것은 『요전堯典』에 기록된 시대와 서로 부합하고, 출토된 경쇠의 측정연대와도 거의 비슷하다.

토기가 발명된 이후에 원시인들 역시 장군을 두드려 리듬을 만들었다. 『역易·이離』에는 "日昃之離, 不鼓缶而歌, 則大耋之嗟, 凶."(기운 해가 걸려 있음이니 장군을 두드리고 노래하지 않으면 즉 큰 노인이 슬퍼함이다. 흉하다.)라는 구절이 있다. 『시경·진풍陳風·완구宛丘』에 대하여 공영달孔穎達은 『정의正義』에서 『역易』에 대한 정현鄭玄의 『주注』에 나오는 문장인 "『詩』云:'坎其擊缶', 則樂器亦有缶."(『시경』에 '장군을 두드린다.'라고 하였는데, 이때 두드리는 악기는 장군이다.)라는 구절을 인용하였다. 장군(缶)이란 토기로 만든 음식을 만드는 데 사용되는 그릇을 말한다. 장군을 허공에 매달아 두드린다는 것은 바로 원시적인 종에 해당할 것이다. 『산해경山海經·해내경海內經』에 "炎帝之孫伯陵, 伯陵同吳權之妻阿女緣婦, 緣婦孕三年, 是生鼓, 延, 殳. 殳始爲侯. 鼓, 延是始爲鐘, 爲樂風."(황제의 자손이 백릉인데, 백릉은 오권의 처인 아녀연부와 동침하였다. 연부가 3년 임신하여 고, 연, 수를 낳았다. 수가 처음으로 과녁을 만들고, 고와 연이 비로소 종을 만들어 음악으로 삼았다.)라는 구절이 있다. 악기인 종을 발명한 사람의 이름은 고鼓이다. 따라서 종의 발명은 북과 관계가 있음을 알 수 있다. 이 모든 것이 반주를 하기 위하여 만든 타악기이므로, 북은 속이 빈 구유로부터 변화된 것이며, 장군은 여기에 착안을 하여 계발된 것이다. 장군은 허공에 걸어서 그것을 치며 소리를 내는 것이기 때문에 여기에 착안하여 종을 만들었다. 들리는 바에 따르면, 묘저구廟底溝 유적지에서 토기로 만든 종이 발견되었다고 한다. 섬서성 장안현長安縣 객성장客省莊 섬서 용산龍山 문화유적지에서도 토기로 만든 종 하나가 출토되었다. 그 모양은 사각형이고, 안은 비어 있으며 손잡이도 있는 그런 종이다. 금속으로 만든 최초의 종은 섬서성 장안長安의 보도촌普渡村 장불묘長由墓에서 출토된 용편종甬編鐘으로, 이것은 서주시대초기(기원전 10세기)에 속한다.

예 2)는 각殼(què)자로, 줄로 종을 매달고 손에 망치를 들고서 종을 두드리는 모양을 그린 한자이다. 왼쪽에 있는 자형은 갑골문의 남南자인 것으로 보아, 남南을 방위사로 사용하는 것은 원래 없는 글자의 가차에 해당함을 엿볼 수 있다. 『설문』에서는 "殼, 從上擊下也."(각殼이란 위에서부터 아래로 내려치는 것을 말한다.)라고 풀이하였다.

고대에는 죽통竹筒 역시 두드려 반주를 하였을 것이다. 와족佤族은 대나무로 만든 북이 있고, 이족彝族은 대나무통을 두드렸다. 게다가 신석기시대 유적지에서 질그릇으로 만든 소리를 내는 구슬이 출토된 적이 있는데, 이 역시 타악기였을 가능성이 농후하다.

취악기의 기원 역시 매우 오래되었다. 가장 원시적인 바람을 불어서 반주하는 방법은 휘파람을 부는 것 혹은 간단하게 입에 잎사귀나 대나무 잎 하나를 물고서 하는 부는 방법 등이다. 중국의 소수민족에게서 이러한 예를 쉽게 찾아볼 수 있다. 한족 역시 이와 유사한 경우가 있다. 휘파람을 부는 방법을 모방하여 제작한 악기는 구멍 하나만 있는 질나발과 뼈로 만든 피리 그리고 대나무로 만든 피리가 있는데, 조기의 것에는 단지 하나의 취공이 있을 뿐이었다. 경파족景頗族의 악기인 "륵융勒絨"은 크기가 서로 다른 두 개의 대나무관을 연결하여 만든 것으로 단지 취공만이 있을 뿐이다. 서안西安 반파半坡 유적지에서는 질나발 두 개가 출토되었는데, 이것은 지금으로부터 약 6,000년 전의 유물이다. 질나발 한 개에는 단지 취공만이 있을 뿐이다. 강소성 오강吳江의 매언梅堰유적지(마가빈馬家浜 문화에 속하는 것으로, 기원전

5,000년~기원전 4,000년)에서 뼈로 만든 피리 하나가 출토되었다. 한쪽에는
씨 모양의 작은 취공만 뚫려 있었다. 취공만 있는 것으로부터 음공音孔이
있는 것으로 발전하였다. 이것은 일정한 음계에 따라 만든 악기이다. 산서성
만영萬榮의 형촌荊村, 감숙성 옥문玉門의 화소구火燒溝, 산서성 태원太原의 의
정義井 등 신석기 유적지에서 출토된 질나발은 모두 음공이 한 개부터 세
개가 있다. 하남성 무양舞陽에서는 7개의 음공이 있는 뼈로 만든 피리가
출토되었다.

　피리의 계발에 영향을 입어 죽관에 각각의 음공을 배열하기 시작하였다.
이 모든 음공을 종합하여 하나의 취공을 만들었다. 이것이 바로 우생竽笙과
같은 악기이다. 장주長澍가 편집한 『세본世本·작편作篇』에는 "女媧作笙簧."
(여와가 생황을 만들었다.)라는 구절이 있다. 또한 "隨作笙. 隨作竽."(수가 생을
만들고 우를 만들었다.)라고도 하였다. 이 문장에 대하여 송충宋衷은 『주注』에
서 "隨, 女媧氏之臣."(수는 여와씨의 신하이다.)라고 해석하였다. 화하족 전설에
따르면 여와는 인류의 시조로, 우생의 제작을 여와의 시기에 귀속시킨 것으
로 보아 이는 아마도 우생이란 악기는 매우 오래되어 언제 시작되었는지
알 수 없었기 때문일 것이다. 앞에서 제시하였던 자형 예 6)은 약龠자로,
이것은 죽관에 음공이 배열된 우생과 같은 취악기를 그린 것이다. 윗부분에
있는 구口는 음공을 그린 것이고, 수직으로 된 것은 관을 간략하게 한 것이
며, 중간에 있는 원형은 죽관이 서로 잘 연결되었다는 것을 보여준다. 『설
문·약부龠部』에서는 "龠, 樂之竹管, 三孔以和衆聲也."(약龠은 악기 가운데 대나
무를 엮어서 만든 관악기를 말한다. 세 개의 구멍은 음을 잘 조화시켜 모든 소리를
만들어낼 수 있다.)라고 풀이하였다.

　최초의 현악기는 바로 활시위이다. 화살을 쏠 때 역시 현악기를 뜯는
것과 같은 작용을 한다. 화살을 쏜 다음 활시위의 진동이 귓가에 전달되면
귀를 매우 즐겁게 한다. 여기에 착안하여 줄을 나무에 걸어서 고정시킨

것이 바로 원시적인 거문고와 같은 현악기이다. 귀주성의 묘족苗族에는 지고地鼓가 있는데, 이것은 땅굴을 판 다음 그 위에 나무판을 덮고 나무판 위에서 가늘게 자른 대오리를 두드리는 것이다. 이때 나무 막대기를 대오리와 목판 사이에 놓는다. 그렇게 하여 북채로 땅굴을 두드리면 위에 있는 목판이 연주를 하는 듯한다. 목판과 대오리가 서로 진동을 일으켜 각각 우아한 정취를 느끼게 한다. 이것 역시 원시적인 연주 방법 가운데 하나일 것이다. 거문고는 음계가 서로 다른 많은 음계의 현으로 구성된다. 거문고를 만들기 위해서는 음계에 관한 지식이 있어야 한다. 하남성 무양舞陽의 가호賈湖에서 출토된 뼈로 만든 피리에 근거하여 추측하면, 이미 7도 음계가 가능하였다라고 확신한다. 게다가 가호賈湖 유적지는 신석기 조기에 속한다. 이것은 바로 이 시기에 이미 거문고를 발명할 수 있는 조건을 구비하였다라는 점을 설명한다. 『산해경山海經・해내경海內經』에 대한 곽박郭璞의 『주注』는 『세본世本』의 "伏羲作琴, 神農作瑟."(복희씨가 거문고를 만들고 신농씨가 큰 거문고를 만들었다.)라는 구절을 인용하였다. 『설문』에서는 "琴, 禁也, 神農所作."(금琴은 금지하다는 뜻이다. 신농씨가 만들었다.)라고 하였고, 또한 "瑟, 庖犧所作弦樂也."(슬瑟은 복희씨가 만든 현악기이다.)라고 설명하였다. 『여씨춘추呂氏春秋・고악古樂』에는 "昔古朱襄氏之治天下也, 多風而陽光畜積, 萬物散解, 果實不成, 故士達作爲五弦瑟, 以來陰氣, 以定群生."(옛날 주양씨가 천하를 다스릴 때 바람이 많이 불고 햇볕이 매우 뜨거웠다. 그리하여 만물이 해체되어 열매가 열리지 않았다. 이에 사달은 오현을 가진 거문고를 만들어 음기를 불러들이니 만물이 제자리를 찾을 수 있었다.)라는 구절이 있다. 『한서漢書・고금인표古今人表』에서는 주양씨를 신농씨 앞에 놓았다. 원시농업은 신석기 초기에 발생하였다. 주양씨, 신농씨 시기에는 거문고가 있었다. 이는 당연히 신석기 조기에 속한다. 지금까지 고고학적으로는 신석기 시기의 현악기가 발견되지 않았다. 이에 이러한 전설을 믿을 수 있을 지는 아직까지 실증할 방법이 없다. 지금까지 연대가 알려진 최초의 거문고 실물은 춘추시기의 것이다. 이것은 호남성 장사長沙 류성교瀏城橋 1호 초묘楚墓에서 출토되었다.

예 7)은 악樂(乐)자로, 나진옥羅振玉은 『증정은허서계고석增訂殷墟書契考釋』 중권에서 "此字從絲附木上, 琴瑟之象也."(이 글자는 나무 위에 줄을 매달아 놓은 모습으로 거문고를 그린 그림이다.)라고 하였다. 후에 인신하여 음악을 가리키게 되었다. 『설문·목부木部』에서는 "樂, 五聲八音總名."(악樂은 오성과 팔음의 총칭이다.)라고 풀이하였다.

경京 1566. 율聿   사태궤師兌簋. 화畫

3. 미술

선사시대의 미술은 공예조형, 공예장식, 조소, 채도회화, 암각화 등을 포괄한다.

공예조형은 재질에 따라서 토기, 목기, 석기로 나눌 수 있고, 용도에 따라서 음식과 관련된 그릇, 예를 행하는 그릇, 도구 등으로 나눌 수 있다. 이 가운데 대부분은 토기로 제작된 음식과 관련된 그릇이다. 어떤 것은 식물을 모방하여 만든 것이 있는데, 이러한 것은 대부분 호리병박을 모방하여 만든 토기들이다. 또한 어떤 것은 동물을 모방하기도 하였는데, 예를 들면 화현華縣의 태평장太平莊에서 출토된 묘저구廟底溝 형의 물수리 솥과 교현膠縣의 삼리하三里河에서 출토된 개와 돼지 모양의 그릇, 섬서성 무공武功에서 출토된 거북 모양의 토호, 오강吳江의 매언梅堰에서 출토된 새 모양의 토호와 같은 것들이다. 이 뿐만 아니라 사람을 모방하여 만든 조형도 있는데, 예를 들면 태안秦安의 대지만大地灣에서 출토된 사람 머리 모양의 채도병이 그것이다.

공예장식은 주로 채도문양에 체현되었는데, 문양은 기하학적 문양, 식물과 동물 그리고 인물과 천문현상과 같은 것들이다.

기물조형 이외의 소조는 연대가 이른 것은 신정新鄭 배리강裵李崗 유적지와 하남성 밀현密縣 아구북강我溝北崗 유적지에서 출토된 것들이다. 배리강裵李崗 문화(기원전 5,500년~기원전 4,900년)에 속하는 것으로는 돼지머리, 양머리, 사람머리 등이 있다. 이 뿐만 아니라 집 모양의 모형과 신상神像 등도 발견된 적이 있다. 유명한 것은 요녕성 객좌현喀佐縣 동산취東山嘴에서 출토된 여신상女神像이다.

회화繪畵는 채도회화와 암각화 두 종류로 나뉜다.

채도회화와 채도장식은 구분이 쉽지 않다. 장식에서부터 탈피한 진정한 채도회화는 하남성 여염촌汝閻村 부근의 신석기 유적지에서 발견되었다. 이것은 질그릇으로 만든 항아리 배 부위에 황새와 물고기 그리고 돌도끼 문양의 그림이다. 즉, 황새가 서서 큰 물고기를 입에 물고 있는 모습에 그 옆에는 돌도끼가 놓여져 있는 모양의 그림이다. 게다가 돌도끼와 물고기 윤곽에는 붓에 먹을 묻혀서 검은색으로 그림을 그렸다. 묵으로 그린 선은 투박하고 거칠다. 황새는 눈 부위를 제외하면 모두 묵으로 그림을 그렸지만 그 윤곽만큼은 선으로 그린 것이 아니기 때문에 질감상의 대비를 형성하였다. 염촌閻村 유적지는 신석기 중기에 속하는데, 이것은 지금으로부터 대략 5,000년 전이다.

채도상에 그려진 장식과 그림으로부터 당시에는 이미 그림을 그리기 위한 붓과 염료가 있었다고 추정할 수 있다. 임동臨潼 강채姜寨 유적지의 84호 묘에서 염료를 만드는 데 사용되었던 도구와 돌로 만든 벼루 그리고 벼루덮

개와 토기로 만든 잔, 몇 개의 검은색 염료인 산화 망간 등이 발견되었다. 이러한 점으로 미루어 볼 때, 이 무덤의 주인은 아마도 토기에 그림을 그리는 미술가였을 것이다.

이것은 중국에서 지금까지 발견된 연대가 가장 오래된 회화 도구들이다. 이는 지금으로부터 대략 6,000년 전쯤이다. 돌로 만든 벼루와 염료를 조절하기 위하여 만든 토기로 된 접시는 다른 신석기 유적지에서도 발견된다. 하지만 지금까지 신석기 시대에 해당하는 그림을 그릴 때 사용하는 붓은 발견하지 못하였다. 경파족景頗族의 그림붓은 한쪽 끝에 추를 달아 만든 가늘고 가운데가 도톰한 형상의 대나무 가지이고, 태족傣族은 나뭇가지를 사용하고, 이족彝族은 양털을 잘 묶어서 붓을 만든다. 원시인들이 사용하였던 붓 역시 이와 같을 것이라 생각된다. 즉, 짐승의 털과 새의 깃털을 나뭇가지나 대나무에 묶어서 만들었을 것이다. 채도에 그려진 동일한 선일 지라도 어떤 것은 가늘고 섬세하지만 어떤 것은 투박하고 두껍다. 게다가 꺾이는 부분에서는 붓끝이 날카로운 부분으로 나눈 흔적도 엿볼 수 있다. 이때 사용되는 붓은 연한 붓으로 이런 붓에는 대개 짐승의 털과 새의 깃발과 같은 것을 사용한 것일 것이다. 하지만 기하학 모양의 선은 힘차게 펴져 있는데, 이때 사용되는 붓은 단단한 붓으로 이런 붓에는 대개 나뭇가지나 대나무 표찰과 같은 것을 사용한 것일 것이다. 이러한 사실로 볼 때, 앙소 채도문화는 7,000년의 역사를 간직하였고, 중국의 그림붓 역시 이에 상응하여 7,000년의 역사를 간직하였다고 할 수 있다.

예 1)은 율聿(yù)자로, 이것은 손에 밑이 나뉘어진 붓을 든 모양을 그린 것이다. 『설문·율부聿部』에서는 "聿, 所以書也."(율聿은 글씨를 쓸 때 사용하는 것이다.)라고 풀이하였다. 즉 쓰는 데 사용하는 도구로, 이것은 필筆자의 초문이다. "죽竹"은 후에 증가한 형방이다. 지금은 간체자인 "필笔"로 쓴다.

암각화 역시 당시 중요한 예술 형식이다. 중국 대륙에서 내몽고 음산陰山

랑산狼山 지구, 운남성 창원滄源, 광서성 좌강左江 유역, 연운항連雲港 장군애將軍崖, 신강新疆 호도벽현呼圖壁縣 등에서 수많은 암각화가 발견된다. 북방의 암각화는 주로 동물, 수렵, 인물 등을 표현하였으며, 남방의 암각화들은 동물, 수렵 이외에도, 채집, 집, 종교 등을 표현하였다. 중국 암화의 연대는 대부분 불분명하다. 고고학자들은 연운항 면병산綿屛山 마애봉馬耳峰 남쪽 산기슭에 있는 장군애의 암각화의 연대가 가장 오래되었고, 이것은 신석기시대의 유물이라고 확신하였다. 암각화에는 사람의 얼굴, 새와 짐승, 별자리, 농작물 등이 그려져 있는데, 이러한 사실로 볼 때 이것은 아마도 풍년을 기원드리는 제사 그림과 흡사하다. 그림은 돌을 깎거나 갈아서 새기는 두 가지 방법으로 새긴 것으로, 깊이는 대략 1mm, 넓이는 2~3mm이다. 장군암은 주로 편마암으로 되어 있는데, 강도가 센 단백석蛋白石이나 혹은 석영석石英石과 같은 도구로 능히 새길 수 있다.

예 2)의 자형은 화畵(畵)자로, 윗부분은 붓(聿)이다. 이 한자의 윗부분은 손으로 붓을 들고 있는 모양이다. 중간 부분은 예乂(刈)자로, 칼로 새기는 것을 말한다. 아래 부분은 전田 혹은 주周와 비슷하지만 전田이나 주周자가 아니라, 이것은 그림을 그릴 때 문양이 서로 교차한 것을 나타낸다. 금문의 화畵자 역시 중간에 X형이 없다. 이것은 아마 손에 붓을 들고서 직접 그림을 그리는 모양을 나타낸 것일 것이다. 『설문・화부畵部』에서는 "畵, 界也, 象田四界, 聿所以畵之."(화畵란 한계를 구분한다는 뜻이다. 이 한자는 밭과 그 주위의 경계를 그린 한자이다. 붓은 구획을 구분하는데 사용되는 도구이다.)라고 풀이하였다. 경계를 구분하는데 붓을 사용할 수는 없다. 화畵에 경계의 뜻이 있는 것은 자형과 합치되지 않는다. 이것은 단지 후기의에 불과하다.

1. 『설문』의 음부音部, 약부龠部 등을 참고하여 음악과 관계된 글자를 정리하고, 중국 고대 음악의 정황을 탐구하시오.
2. 중국의 암각화 자료를 수집하여, 그 가운데 한 폭의 암각화에 대하여 문화적인 분석을 하시오. 그리고 갑골문과 금문의 자형, 암각화에 나타난 인간, 동물, 도구, 집 등의 모습과 고문자가 서로 비슷한가를 대조하시오.

주요 참고문헌

1. 『中國大百科全書』音樂·舞蹈卷, 美術卷.
2. 개인적으로 선정한 中國美術史의 著作.

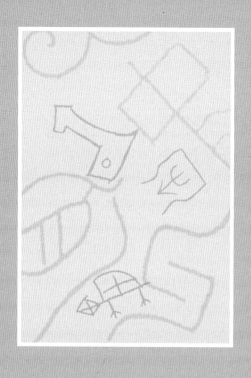

주요 참고문헌

許愼,『說文解字』, 中華書局, 1963年, 縮影陳昌治本.

李昉等,『太平御覽』, 中華書局, 1960年, 縮印宋本.

段玉裁,『說文解字注』, 上海古籍出版社, 1981年, 縮影經韻樓原刻本.

桂馥,『說文解字義證』, 上海古籍出版社, 1987年, 縮影連筠簃叢書本.

朱駿聲,『說文通訓定聲』, 武漢古籍出版社, 1983年, 縮影臨嘯閣本.

孫海波,『甲骨文編』, 中華書局, 1965年, 改訂本.

李孝定,『甲骨文集釋』.

徐仲舒主編,『甲骨文字典』, 四川辭書出版社, 1988年.

趙誠,『甲骨文簡明詞典』, 中華書局, 1988年.

容庚,『金文編』, 中華書局, 1985年, 修訂第四版.

周法高,『金文詁林』.

徐仲舒,『漢語古文字字形表』, 四川人民出版社, 1981年.

裘錫圭,『文字學槪要』, 商務印書館, 1988年.

饒宗頤,『符號・初文與字母―漢字樹』, 上海書店出版社, 2000年.

徐仲舒, 趙振鐸等『漢語大字典』, 四川辭書出版社, 湖北辭書出版社, 1990年.

羅竹風等,『漢語大詞典』, 漢語大詞典出版社, 1994年.

宋兆鱗, 黎家芳, 杜耀西『中國原始社會史』, 文物出版社, 1983年.

金景芳,『中國奴隷社會史』, 上海人民出版社, 1983年.

郭沫若,『中國古代社會硏究』, 人民出版社, 1964年, 이판.

呂振羽,『史前期中國社會硏究』, 三聯書店, 1961年.

編委會,『中國大百科全書』, 考古卷, 歷史卷, 民族卷, 宗敎卷, 音樂・舞踊卷, 美術卷,
　　　　哲學卷, 農業卷, 語言文字卷.

_____,『辭海・歷史地理分冊』, 上海辭書出版社, 1978年.

_____,『中華文明史・第一卷』, 河北敎育出版社, 1989年.

柳詒徵,『中國文化史』, 中國大百科全書出版社, 1988年.

呂思勉,『中國民族史』, 中國大百科全書出版社, 1987年.

袁珂,『中國神話史』, 上海文藝出版社, 1988年.

袁珂, 周明, 『中國神話資料萃編』, 四川省社會科學出版社, 1985年.

袁珂, 『山海經校注』, 上海古籍出版社, 1980年.

劉城淮, 『中國上古神話』, 上海文藝出版社, 1988年.

莊錫昌, 顧曉鳴, 顧雲深等, 『多維視野中的文化理論』, 浙江人民出版社, 1987年.

莊石昌, 孫志民等, 『文化人類學的理論構架』, 浙江人民出版社, 1988年.

黃能馨, 陳娟娟, 『中國服裝史』, 中國旅游出版社, 2001年.

晁福林, 『先秦民俗史』, 上海人民出版社, 2001年.

祝慈壽, 『中國工業技術史』, 重慶出版社, 1995年.

李宗山, 『中國傢具史圖說』, 湖北美術出版社, 2001年.

汪玢玲, 『中國婚姻史』, 上海人民出版社, 2001年.

王利華, 『中古華北飲食文化的變遷』, 中國社會科學出版社, 2001年.

中華書局編, 『古代經濟專題史話』, 中華書局, 1983年.

魯達, 『中國歷代婚禮』, 北京圖書館出版社, 1998年.

萬建忠, 『中國歷代葬禮』, 北京圖書館出版社, 1998年.

후기

갑골문과 금문의 내용을 통하여 고대사회와 언어적 상황을 연구한 저술은 매우 많고 그 성과 또한 뛰어나다. 하지만 갑골문과 금문의 형태로부터 고대사회의 상황을 체계적으로 연구하는 것은 아직도 미개척의 처녀지이다. 문화의 관점으로 한자 자체의 발생, 변화, 성질, 구조, 전도前途 등에 관한 연구는 중국 국내 언어학계에서는 단지 근래에야 시작되었다. 필자는 1988년에 장세록張世祿 스승의 20년대『문자상지고대사회관文字上之古代社會觀』란 저술에서 영감을 얻어,『문화문자학』초고를 썼다. 일찍이 이 초고를 미술전공연구생들에게 두 차례 강의한 적이 있었는데 당시에 많은 환영을 받았다. 후에 초고를 18만자 이내로 압축하였고, 그 명칭을『한자여화하문화漢字與華夏文化』로 바꾸었다. 그리고 이것을 파촉서사巴蜀書社에 1995년에 넘겼다. 이 책은 한어를 전공하는 본과생들에게 선택과목 교재가 되었으며, 2000년까지 줄곧 사용되었다. 사용하던 중, 계속하여 몇 가지 문제를 발견하게 되었고 또한 하고 싶은 말을 다 하지 못하였다는 생각이 들었다. 그리하여 작년 가을부터 근 십 몇 년 간의 관련 있는 연구 업적을 수집하기 시작하였고 특별히 중국문화사 방면의 연구 성과물을 집중적으로 수집하였다. 그리고 글자수를 두 배로 증가시켰다. 이 원고가 바로 지금의『문화문자학』이다.

이 원고를 쓰고 난 후, 재차 전체 내용을 읽고 내려가면서 아직도 만족스럽지 못한 점이 있고 또한 하고 싶은 말도 매우 많다고 느껴진다. 하지만 주위의 일들이 너무 많아 다시 반년간의 시간을 내어 이 일을 하는 것이 불가능하기 때문에 보다 자세하게 보충하는 작업은 단지 후일을 기약할 수밖에 없다는 생각이 든다.

『한자여화하문화』 초고를 완성하였을 때, 장세록 선생께서 서序를 써 주셨다. 그리고 지금의 책은 다시 정리하여 완성하였다. 은사께서 서거하신지 10여년이 흘렀지만 지금 이 순간 눈물겹도록 그분이 그립다. 그분의 가르침을 영원히 가슴에 새기면서 개인의 미천한 능력을 한어 연구에 바친다.

『한자여화하문화』 출판 후, 학계와 한어를 연구하는 학습자들의 두터운 사랑에 힘입어 수많은 책에 본인의 책이 참고서 대열에 올랐다. 그리하여 많은 학습자들과 서신 교류도 하고 있는데, 개인적인 열정의 한계로 인하여 어떤 편지는 아직까지도 회신을 하지 못하였다. 이에 이 자리를 빌려 진심으로 죄송하다는 말을 전한다. 필자는 개인적으로 본서가 지금까지와 마찬가지로 많은 관심을 받길 희망한다. 잘못된 부분에 대해서는 많은 지적을 부탁드리며 앞으로도 지금처럼 많은 교류가 있길 바라는 바이다. 또한 본서와 『한자여화하문화』의 관점이 일치하지 않는 부분이 있다면 본서를 기준으로 하는 것이 옳다는 점을 이 자리에서 다시 한번 강조하여 밝혀둔다.

　본서는 파촉서사 하지화何志華 선생의 세심한 교열과 본인과의 반복적인 협의에 힘입어 많은 착오를 피할 수 있었다. 이 자리를 빌려 머리숙여 깊은 감사의 말씀을 전한다.

류지성

2002년 4월 9일

성도成都 사자산獅子山에서

본서의 문자해석에 대한 색인

1. 본서에서 해석한 문자를 전부 나열하여 독자들의 문자 조사에 편의를 제공하고자 하였다.
2. 페이지 앞에 부호 △가 있는 것은 본서에 고문자 형체가 없는 문자이다. 본서에서 해석된 소수 쌍음사雙音詞는 자연히 대응하는 고문자가 없기 때문에, 부호 △를 더하지 않았다. 단자單字 페이지 앞에 부호 △가 없는 것은 이에 대응하는 고문자가 있는 것이고, 고문자 페이지가 있는 것은 고문자 형체가 있는 페이지이다. 해석하기 위해서는 장절에서 자세하게 설명된 고문자 번호를 살펴보아야 한다.
3. 색인은 필획과 필순 순서로 배열하였다.
4. 몇 개의 글자는 수차례 출현하였기 때문에 각각의 페이지를 모두 나열하였다.

6획

11획

임진호(任振鎬)

현재 초당대학교 교수
국제어학원장, 한중정보문화학과장

주요 저서

『甲骨文 발견과 연구』,『길위에서 만난 孔子』,『1421년 세계 최초의 항해가 정화』,『디지털시대의 언어와 문학연구』

주요 논문

「說文解字에 인용된 詩經의 釋例研究」,「詩經에 대한 유협의 文心雕龍의 認識研究」,「漢代의 辭賦創作과 經學」,「柳宗元의 山水小品文에 대한 美學的 理解」외 다수

김하종(金河鍾)

현재 초당대학교 한중정보문화학과 전임강사

주요 논문

「殷商金文詞彙研究」,「論殷商金文中象形符號的文字性質」,「殷商金文中複合族氏金文的內含初探」외 다수

문화문자학

2011년 7월 25일 초판인쇄
2011년 7월 30일 초판발행

지은이   劉 志 成
옮긴이   임 진 호 · 김 하 종
펴낸이   한 신 규
편 집   김 영 이
펴낸곳   도서출판 **문현**
주 소   138-210 서울특별시 송파구 문정동 99-10 장지빌딩 303호
전 화   Tel.02-443-0211 Fax.02-443-0212
E-mail   mun2009@naver.com
등 록   2009년 2월 24일(제2009-14호)

ISBN   978-89-94131-62-7 93820 정가 45,000원